鲁山文艺

2021年优秀文艺作品辑

郭伟宁 主编

中国文联出版社

图书在版编目（CIP）数据

鲁山文艺：2021年优秀文艺作品辑 / 郭伟宁主编. -- 北京：中国文联出版社，2023.3
ISBN 978-7-5190-5083-2

I.①鲁… II.①郭… III.①文艺－作品综合集－中国－当代 IV.①I217.1

中国国家版本馆 CIP 数据核字 (2023) 第 039878 号

主　　编	郭伟宁
责任编辑	王素珍
责任校对	潘传兵
装帧设计	吴燕妮

出版发行	中国文联出版社有限公司		
社　　址	北京市朝阳区农展馆南里10号	邮编	100125
电　　话	010-85923025（发行部）	010-85923091（总编室）	
经　　销	全国新华书店等		
印　　刷	天津画中画印刷有限公司		

开　　本	889毫米 x 1194毫米　　1/16
印　　张	29
字　　数	480千字
版　　次	2023年3月第1版第1次印刷
定　　价	168.00元

版权所有·侵权必究
如有印装质量问题，请与本社发行部联系调换

1	2
4	3

1　**大富贵图**（美术）史宏远
2　**芙蓉鸳鸯**（美术）崔巍
3　**花鸟**（美术）梁玉峰
4　**荷塘**（美术）靳春敏

1	2	3
7	6	4
		5

1　富美尧山（美术）郭岗生
2　山水（美术）翟红叶
3　尧山新姿（美术）高武昌
4　照平湖（美术）王国辉
5　梅花（美术）于淑敏
6　吴镜堂烈士（美术）申建军
7　山高水长（美术）王中林

1	2
	3
6	
5	4

1　**尧山如画**（摄影）郭东伟
2　**明月照故乡**（摄影）王彩霞
3　**乡村如画**（摄影）王彩霞
4　**美丽鲁山**（摄影）何进文
5　**秋天玉米丰收了**（摄影）何进文
6　**平湖渔歌**（摄影）王淑繁

鲁山文艺 | 2021年优秀文艺作品辑 | 4

1 自由自在（摄影）李泓旻
2 美丽乡村（摄影）郭东伟
3 共同家园（摄影）叶要宏
4 希望（摄影）何元生
5 幸福大道（摄影）何进文

	2
1	3
	4
6	5

1 **游平湖**（摄影）黄岩
2 **天眼**（摄影）王中营
3 **新时代 新农村**（摄影）杨天增
4 **最美公路鲁山石林路**（摄影）郭东伟
5 **田园新曲**（摄影）何进文
6 **秋色**（摄影）杨留建

1 晨曦（摄影）郭朝源
2 天路（下汤镇）
　（摄影）郭东伟
3 《村里如今喜事多》
　库区乡东许庄
　（摄影）黄岩
4 事事如意（摄影）郭东伟
5 晨光（摄影）马进伟

書法作品集錦頁面

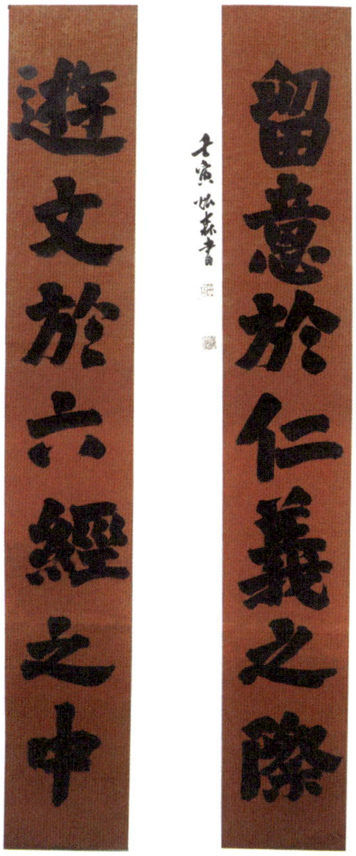

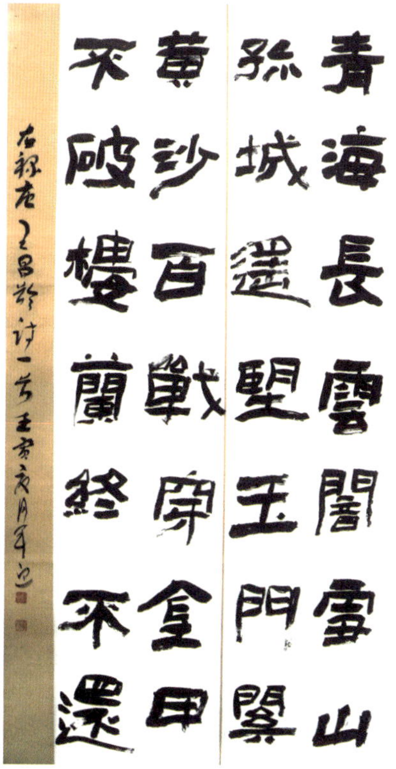

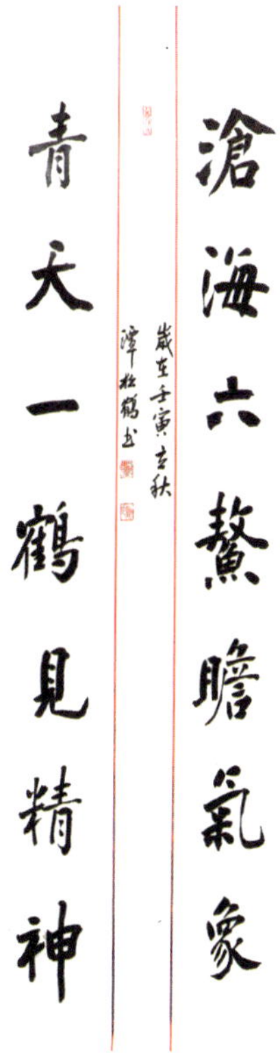

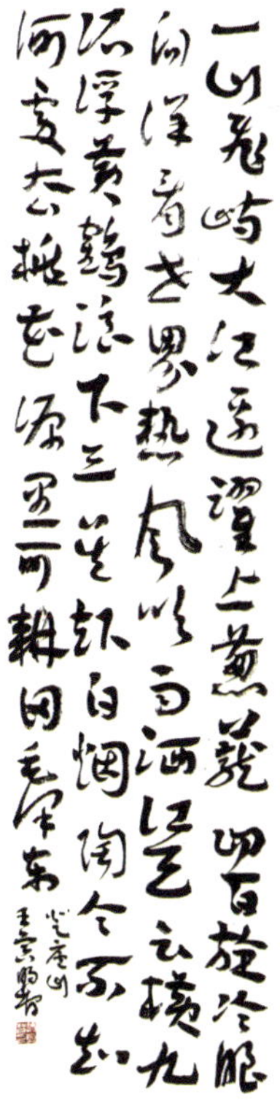

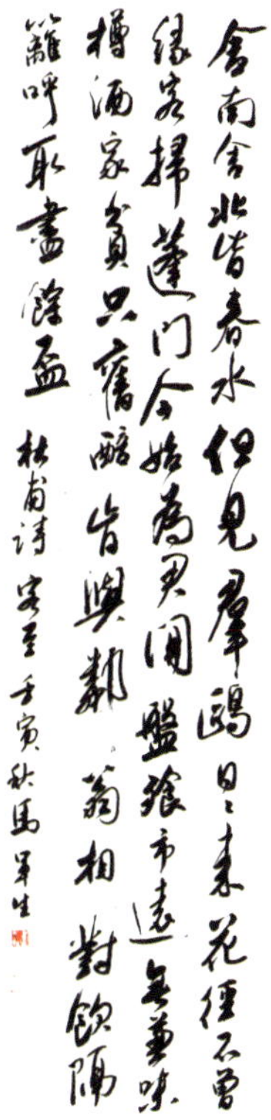

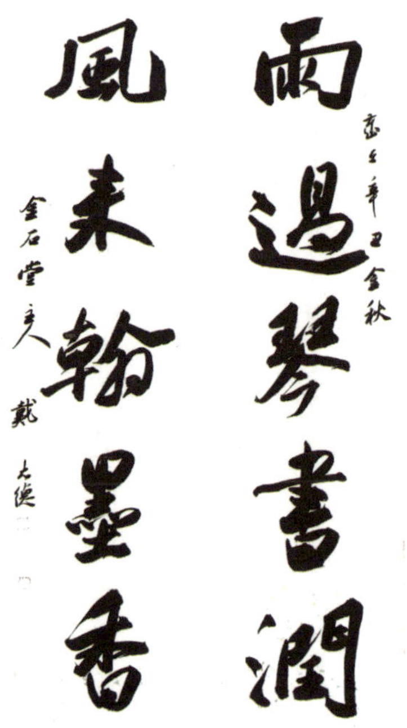
雨過琴書潤
風來翰墨香

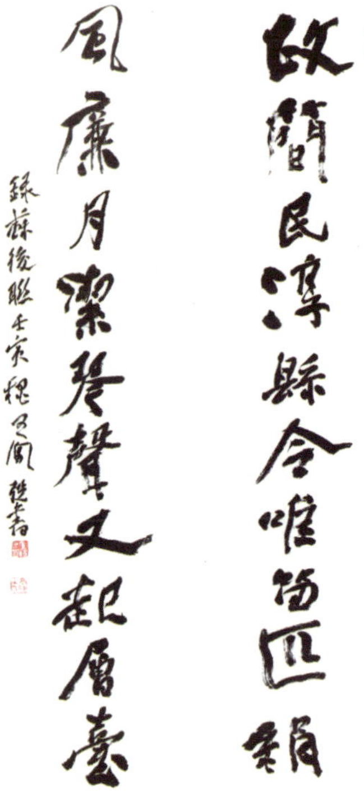

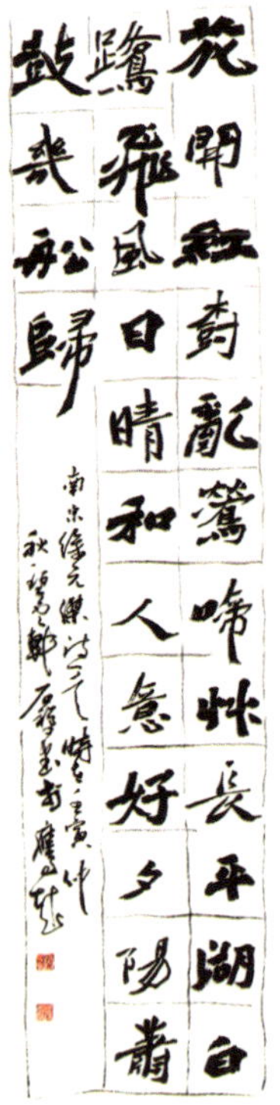
花開紅樹亂鶯啼
草長平湖白鷺飛
風日晴和人意好
夕陽簫鼓幾船歸

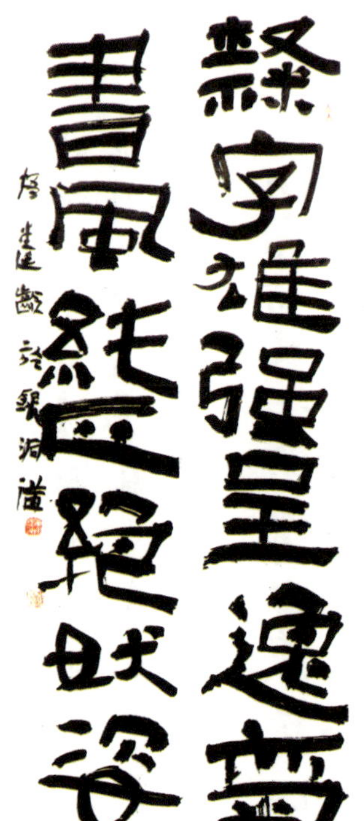

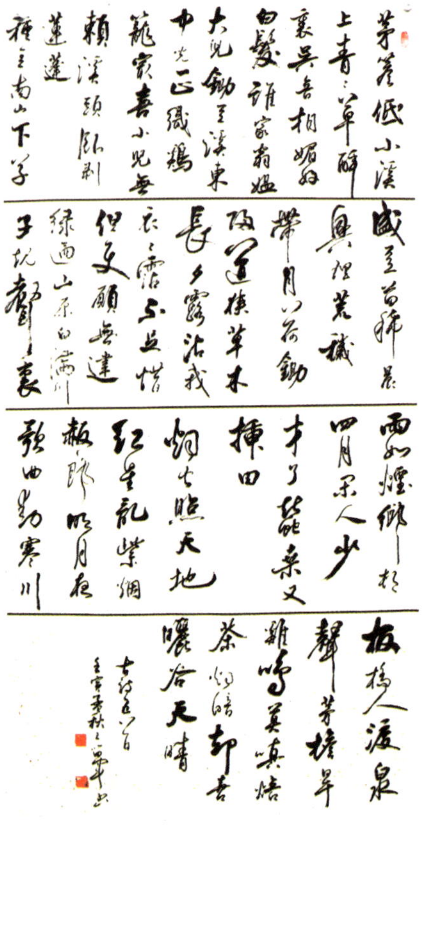

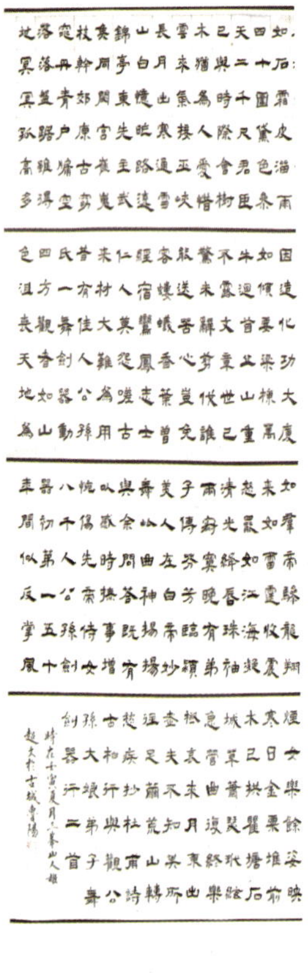

《鲁山文艺》编委会

顾　问：刘　鹏　叶　锐　刘万福　杨聚强
主　任：焦慧娟
副主任：许　杰　李怀海　邢春瑜　谷红涛
主　编：郭伟宁
副主编：袁占才　石随欣　晏文轩　叶剑秀
编　委：（按姓氏笔画排序）
　　　　马进伟　王峰涛　王霄菲　师红军　乔双锁
　　　　郭东伟　郭宇朋　郭岗生　曹新峰　裴晓艳
　　　　翟红叶

序

一朵芙蕖初照水

郭伟宁

《鲁山文艺》款款走来,如约同广大读者见面。

春风不改。《鲁山文艺》秉持"坚持正确导向,博采文艺精品、讲好鲁山故事、彰显时代风采"的宗旨,广泛传播社会主义核心价值观,创造性转化、创新性发展中华优秀传统文化,繁荣鲁山文化事业,讲好鲁山故事,展现可信、可爱、可敬的鲁山形象,全景式反映鲁山文艺创作的丰硕成果,兼收并蓄。从大量来稿中,我们精编细选,选录有筋骨、有道德、有温度的文艺作品,继续为广大读者奉献饕餮盛宴。与君初相识,犹如故人归。当这本散发着墨香的《鲁山文艺》悄然摆上案头,轻轻捧在手里,徐徐打开,如同与一位久别的老友重逢,定会让你倍感亲切。

繁林新叶。《鲁山文艺》又是全新的,是展示新时代鲁山文艺创作繁花似锦的园地,是新时代文艺春天绽放的一枝新叶。新时代承载新使命,也赋予《鲁山文艺》新的目标和新的要求。笛管新篁拔玉青。在这个崭新的时代,在新的历史起点上,鲁山文联将以党的二十大精神为指引,继续团结带领全县广大文艺工作者,举旗帜、聚民心、育新人、兴文化、展形象,坚持为人民服务、为社会主义服务,坚持百花齐放、百家争鸣,坚持以人民为中心的创作导向,推出更多增强人民精神力量的优秀作品,大力培植最持久、最深沉的精神力量,培育造就德艺双馨的文学艺术家和文化文艺人才队伍。

一朵芙蕖初照水。水正清,霞正明。《鲁山文艺》,犹如出水芙蓉,袅袅婷婷、醇馥幽郁。

长路漫漫,匪敢懈怠。在开启文艺培根铸魂、助力鲁山现代化建设的新征程上,《鲁山文艺》将不负读者,不负时代。

期待您的持续关注。

目 录

· 小说读点 ·

活成一棵树　　叶剑秀 /001

天使的眼泪　　陈玉山 /037

温暖的黄布包　　王晓静 /050

洼子湾的人和事　　熊立功　秦训金 /063

牛把儿王三　　石随欣 /074

猎人·灰灰·狼　　贺敬涛 /077

高高山上一树槐　　赵大民 /082

四奶奶　　杨娥 /111

靠山　　马凌 /120

"卧底"局长　　张润华 /123

小青年扳倒大团总　　石玉磊 /125

山村小戏　　王重扬 /127

婚姻显微镜　　赵红霞 /133

故乡的云　　徐军民 /135

飞花剪　　龙武 /142

赵书记巧系红线　　乔书明 /146

· 岁月深处 ·

尧山　　王剑冰 /150

这一道揽锅菜　　乔叶 /153

我去地坛，只为能与他相遇　　杨海蒂 /156

大地的眼睛　　叶剑秀 /164

至今追慕仰遗音　　袁占才 /168

行走在人生的秋末冬初　　曲令敏 /172

故乡的花瓷　　赵敏 /175

鲁山之冬　　李人庆 /179

琴台千载韵悠悠　　雷小军 /182

田间最忙是麦收　　张仁义 /185

再现《记一根弦的音乐》　　徐森 /189

鲁山，美的抒情　　孙庆丰 /191

· 亲情驿站 ·

怀念二姆　　赵大民 /195

最是读书滋味长　　杜光松 /202

妻子的手术　　胡同一 /204

怀念我的母亲　　曹中贵 /207

回忆我的父亲　　闫申 /213

光阴的故事　　马凌 /216

亲情明亮　　程应峰 /219

· 乡韵悠长 ·

大路通天　　李人庆 /228
家乡味道　　林旷德 /234
鲁山在日新月异的风情里美丽　　胡庆军 /238
家乡端午的香布袋　　张海鹏 /241
古风新韵鹁鸽吴　　杨西仑 /243
美丽"三汤"我的家　　张其龙 /246
又闻家乡蛙鸣　　南红 /250
酸爽最是马齿苋　　贾海峰 /252
村东头那棵皂角树　　黄鑫 /254

· 心灵物语 ·

温馨的小屋　　郭祥召 /256
印记·年　　胡晓 /258
依依墟里烟　　李季 /261
夏夜萤光美　　姜利威 /263
最美人间四月天　　王凤英 /265
故乡夏夜记忆　　胡正彬 /267
葡萄架下是故乡　　宋莺 /269
秋日清欢（三章）　　魏益君 /271

· 寻幽探胜 ·

元结遗址遗存探访纪行　　林旷德 /275
游百瀑峡　　石磊 /285
踏访应河源　　杨西仑 /287
上帝遗留的仙境——丽江古城　　鲁厚之 /290
泥土的记忆——陕州澄泥砚　　尹红岩 /292

素颜江南　　康平 /296

· 文化看台 ·

鲁山历史上的辉煌　　潘民中 /303
"屈原之寺"与中原地区的
　　端午祭祀屈原　　彭恒礼　李涵闻 /313
墨子的籍贯、生卒和事迹考辨　　黄震云 /319
熠熠闪光的中原农耕文化明珠　　袁占才 /326
犨城故地供奉名人
　　与犨城端午习俗探微　　石随欣 /330
河南"南阳郡""南阳"辨析　　张新河 /335
大著直声"袁都宪"　　杨朝辉 /338
仓颉文化　薪火相传
　　——致"世界汉字节"　　郭宇朋 /340
徐玉诺——河南递给世界的
　　一张文化名片　　史大观 /345
徐玉诺家室及身后事　　徐帅领 /347

· 诗词流韵 ·

廉政文化楹联　　/350
严寄音诗词作品　　/353
王欣诗词作品　　/355
翟红本诗词楹联作品　　/357
石随欣诗词作品　　/361
李国建楹联作品　　/363
郑东方诗词作品　　/364
张亚军诗词作品　　/366
李晓阳诗六首　　/368

杨小林诗作品　　　/369
赵苑舒诗作品　　　/370
娄钦梅诗作品　　　/371
王朝义诗词作品　　/372
中国梦　赵大民/373
南湖　李红艳/373
百年征程　谢少华/373
水调歌头·井冈山之行　杨绪江/374
逢党百年喜看鲁山新气象　傅渝/374
张建国童谣作品　　/375
李保国诗歌作品　　/377
杨东晓诗歌作品　　/382
历史的情缘　贾海峰/386
飘扬的旗帜　丁桂红/388
红色党旗的赞叹（外一首）　祝宝玉/390
最美党旗红　唐海林/392
童年·雪　闫铭沏/394
出彩鲁山长联　胡吉祥/395

· 艺苑撷英 ·

古韵新曲唱鲁山　石随欣/396
抗战爱国将领任应岐　乔书明/398

"五星创建"耀鲁山　乔双锁/400
作风建设在鲁山　乔双锁/402
老汉的心事　郭敬伟　乔双锁/403
人大工作谱新篇　乔双锁/405
"书香政协"谱新篇　冯国/407
《信访工作条例》方向明　冯国/409

· 书文评鉴 ·

以爱唤醒爱　冻凤秋/411
毫无矫饰的民间情怀　曲令敏/415
值得"怀念"的《怀念爱》　娄禾青/418
生动的乡村风物志　潘磊/421
大地上留下脚印窝连窝　闵虹/425
痴心企业踏浪行
　　勇立潮头唱大风　鲁厚之/432
小说《痴心》的习俗语境
　　与生命观照　赵黎/439
痴心不改，实业报国　郭伟宁/442
《致我所爱的人》读后感　王福安/444
淡极始知花更艳　郭伟宁/445

· 文艺动态 ·

小说读点

活成一棵树

叶剑秀

1

民国十八年的风贫瘠而空瘦。

刚入荒春，天空一片阴沉灰蒙。干裂生硬的冷风像一群饥饿的飞鸟到处扑棱，掠过波浪似的丘陵，终归也没找到饱腹的食物，像小孩儿一样怄气耍赖，上蹿下跳地打旋儿，好似故意偷懒和撒娇，坠下身子不走了，仿佛非要等来点施舍才肯上路。

枯蒿还没有发芽，挺着瘦弱的身子哧哧发笑，笑风的无知和荒谬。

马中山在路旁槐树上拴了菊青骡子，猴急地跳跃几步，褪下单薄棉裤小解。正当他对着一堆乱石滋得舒坦的时候，瞥见了不远处的土丘下窝着一团东西，那团东西忽然蠕动着折起身子，马中山才看清楚是个人。他不好意思地点头示意，双手簌簌地扠了扠裤腰："这前不着村后不着店的，在这儿弄啥呢？"

"等人，我和闺女在这儿等人。"回话的声音苍白无力。

马中山再一次打量，原来是两个人："谁知道还有个女娃呢！"说完转身离去。走了几步，随意回问一声："荒山野岭的，在这儿等啥人？"

"等北山的刘皮匠，约好今儿个过来的。"

马中山停了下来。

姑娘坐起身来，眼神少气无力地眨巴一下，柔弱无助地倚靠在老人身旁。姑娘一头蓬乱的黑发，脏不拉叽的靛蓝色对襟土布夹衫，不太合体地罩在单薄的身上。姑娘浑浑噩噩看了他一眼，双手夹着膀子瑟瑟打战。

出于好奇，或者是怜悯，马中山抬头巡视四周，哀叹一声说："天近晌午，如不介意，随我到前面的三里铺吃碗热面，边吃边等。"

父女俩对视，急促地起身，像遇到了神，躬身施礼。

三里铺是个不大的地方，在三条商路的交汇处，既不是镇，也不是村，有一二十家生意门店散落在路两旁，照应着过往行人。

在一家小店，马中山要了三碗热汤面和三个杂面馒头。

父女俩不管不顾，埋头吃得急忙而失态。

老人说："其实我和刘皮匠也不太熟。他在我们村收过几回羊皮，我托他给闺女找个婆家，约好今天在这儿碰头的。"

马中山叹一声："这年头，人都顾不住自己，话就更指靠不住了。不瞒您说，我也是做皮货生意的，这个刘皮匠还真没听说过。"

闺女一口咬下去，馒头上就是一个深窝，哧溜又喝了一口汤。

老人看了闺女一眼说："两天都没进东西了。"

马中山问："哪有这样嫁姑娘的，不怕遇到坏人啊？"

老人抹一把嘴，望着马中山："逼得没一点活路了，能给她找口饭吃就行。"

马中山不解："干吗要交给刘皮匠，在咱这儿找个安稳人家不行？"

老人眼里泛起湿红："近了麻烦大，远了免得有念想。"

马中山起身结了账："该上路了。"

分手的时候，老人拉住了马中山："你是个好人，把姑娘带走吧，俺也放心。"

马中山轻笑一声挥挥手："我三十大几的人了，有老婆孩子。"

姑娘走上来，羞怯的眼里发出乞求的微光："俺不求什么。你只当做件好事，再拖就出事了。"

马中山一脸惊疑，摸了摸下巴："我倒是可以帮这个忙，不会太差。"

老人急身靠近马中山，悄声细语嘀咕一阵儿。

马中山会意，抬腿上了骡子："三天后，不管事成不成，我都会去你家一趟。"

2

大叶村叶家的院落里飘起一缕细细的烟雾，晚饭毫无疑问不怎么景气。叶家先前是大户人家，原本是称叶府的，到了叶敬棠手里，变成了老态病牛的模样，气息照样还有，底气已经不足了。唯有残留的这座院落和上房的三间青砖瓦房，东西草棚厢房，算上河滩的三亩薄地，还多少可见曾经的殷实。叶敬棠不止一次地对人说，他爹不成器，把家业抽干了，房子和田地换成烟粉，吸一口吐出来，都变成别人家的了。轮到他体弱多病，能给叶家留条根就不错了，指望挣回以前的家产，他没有那能耐，也不愿去受那份罪。眼下去集镇上喝一碗羊杂冲汤，还隔三岔五接连不上，哪还有工夫去想那乱七八糟的事呢。

孩子的事总得想吧？不想。孩子叫叶青林，人闷话少，木讷笨拙，25了，早过了婚龄。叶敬棠的老婆不知哭了多少次，终归也没哭出个媳妇来。埋怨多了，就招来叶敬棠一顿臭骂："闷葫芦放不出一个响屁，靠别人按住屁股挤压，就能听个响儿？"

"断了后，看谁丢人。"老婆悻悻地嘟囔。

叶敬棠撂下常说的那句话："早该断了，笑话不到我头上。仰八叉尿尿，流哪儿是哪儿。爹不管我，我不管儿，不亏不欠。"

马中山走进叶家的那一刻，叶家有了转折和生机。马中山做生意起步时手头紧，买骡子钱不凑手，叶敬棠给过接济，虽说早还了，恩情不能忘。

叶敬棠听马中山说完，该喜不喜，依旧麻木着一张老脸："哪儿的？"

"北山石岭村的。"

"多大了？"

"19。"

"人咋样？"

"模样还说得过去，个头不小，人结实，到咱家好养。"

"想要多少？多了我可拿不出。"

"好说得很。一口袋细粮，一口袋粗粮。"

叶敬棠的老婆一旁问："就这么多？"

叶敬棠横瞪过去："这也不是小数，不当家不知柴米贵。办事还要买鞭炮、贴喜字对联啥的，不置办两桌酒席？羊毛都要出在羊身上。"

女人嘟哝一句："能跟咱就算烧高香了，别再毛长发短了。"

叶青林一旁闷声坐着，抬起耷拉的脑袋望一眼爹，气恼地别过头，脸上急出酱紫色的暗光。

叶敬棠抬手指过去："你急啥？老子不是正在掂量嘛！"

事情说妥当了。

二月十九，好日子。马中山和本家堂弟马同保各牵了骡子，驮上两口袋粮食去娶亲了。

路上，马同保冲着马中山悻悻地埋怨道："像这种好事就不能给我撺掇？哪有胳膊往外拐的！我三十多了，光棍一条，咱同族兄弟的筋骨还连着不是，你就忍心？"

"你能拿出这两口袋粮食？"马中山问。

马同保蔫巴着脑袋，嘴里还不停地嘟哝。

"你一个人的日子天天还不知在哪本账上吊着，给你个女人能养住？"马中山说，"终日吊儿郎当的，没个正形，一肚子歪门邪道。等把自己的肠子捋直了，以后有机会。"

迎娶很顺展。天近晌午一阵鞭炮响过，叶青林结婚了，有媳妇了。

新媳妇叫什么名字？马中山还真不知道。马中山就去问新媳妇，问过了一扬手告知大伙儿："新媳妇叫朱微花。"人群里立刻有人调侃说："朱尾花，不就那猪尾巴草嘛。"众人哄堂大笑。

晚上闹洞房，在马同保看来是一份难得的福利。三十多了没娶女人，家里穷，眼小，嘴贱手贱，毛病多，拖到现在光棍一条。借闹洞房之机，浑水摸鱼，趁势占点女人的便宜，这就是他的幸福时光。

马同保正动手动脚耍腥动荤呢，突然嗷地一声圪蹴到地上，捂住裆部嘴咧得烂枣似的："她抓我蛋，抓我蛋。"众人大笑。

新媳妇不示弱："他胡掐乱摸，捏疼我了，活该。"

闹洞房的气浪一波接一波。

马同保肚里窝着一股浊气，从地上爬起来，瞅准混乱的间隙，飞快地伸出手，像一个娴熟的捕猎者，一爪子抓在乳房上。新媳妇恼羞成怒，一脚蹬上去，恰好又踹到了马同保命根的部位。

众人的笑声里，有人窃语："这媳妇野道啊。"

洞房里闹得没规没矩，叶敬棠管不了，这是千百年的乡俗。他唤过马中山到院子中，低声问："原来是大脚哦？"

马中山笑答："叔啊，都啥年景了，辫子割了一遍又一遍，都民国了，还记着那老皇历？脚大步子稳，做事牢靠。"

叶敬棠悻悻地说："早知道这么贫贱，没教养，少给她家半口袋粗粮足够了。"

叶青林在族门排行老四，没人记住新媳妇的名字，都唤她老四家里的，或是四媳妇。

四媳妇过门三天，叶家没有消停过。

叶青林呆板笨拙，但在某个领域，活路做得还是十分敬业勤恳的，弄得四媳妇半夜三更娇声嗲气地叫。那声音是一种放浪，是一种轻浮，穿过那堵半截界墙的空间，传入老两口的耳膜，那是让人难以忍受的低级风化。

折磨和煎熬过后，叶敬棠气得踹了老伴儿两脚。

娘无奈，悄声对儿子说："别让她夜里叫了，我和你爹三夜没睡觉了。"

叶青林里屋劝媳妇，新媳妇却大声嚷："这事能憋住？谁憋住让我看看。这怪谁？你不折腾我会叫？"

这声音好像是故意的。叶敬棠把儿子叫到东屋严厉训斥："早不请安晚不问安也就算了，还不讲妇道，竟敢犟嘴顶撞，有败门风啊。才过门三天，不收拾一顿，以后就别想拿捏住她！"

在叶敬棠的授意和怂恿下，小两口果然干了一仗。结果是叶青林被收拾得鼻青脸肿，几天没有出门。

一个月后，马中山跑生意回来，告知四媳妇一个不幸的消息。她爹收到叶家的两口袋粮食，还清了所有欠债，把自己多疾多病的身体挂在自家的枣树上了。

四媳妇似乎早就知道会有这一天，痛哭一场后，明白以后再没牵挂，就安下心来在叶家过起日子。

四媳妇说话声大，走路脚下生风，是个闲不住的人。或许是自小在山上放羊疯野惯了，她不喜欢待在家里，有事无事总到外面走动。其实她也没地方去。四媳妇嫁到大叶村谁也不认识，数来还算与马中山家有点缘分，毕竟是马中山给她找了个有饭吃的家。

想想自己命苦，5岁那年娘得了风寒，药没少吃，可病没治好，却欠了富户家一坨子债。爹把她拉扯大，放羊拾柴漫山跑，还了这么多年也没填上那个无底洞。债主放了狠话，还不上债就要拉她去抵债，做债主的小老婆，爹被逼得没有退路了。

马中山大哥是好人，让她躲过一劫，尽管找了个除了那儿好哪儿都不好的男人，总算不用忍饥挨饿天天揪心过日子了。

四媳妇记着这点恩，就常去马中山家串门，找马嫂拉家常。马中山的媳妇是个孱弱的女人，说话像蝇子嗡嗡，做点事像蚂蚁搬家，慢腾得让人着急。家里有个两岁的儿子，起名砖头，却不硬实，娇弱得过于乖巧，丝毫看不到同龄男孩的匪性戾气。

大叶村的马啸天名声很大，在外面上过大学堂，那年突然回来了，在县城组织一帮人闹革命。马啸天时不时也回村里，大多是在晚上，一回来就悄悄召集村里的人讲外面的事。四媳妇听说了，虽然不识字，也想去听听，想看看马啸天人长得啥样，到底讲些啥。她拉上马嫂，躲躲闪闪就溜进了马啸天家的老宅。

一盏旧式马灯照着，一屋子人听得入神，热血贲张的，似乎还能听到捏手骨的声音。去听了两三次，四媳妇听出点门道，这天要变了。回去的路上，她对马嫂说："不变就不行，早晚得变，富人家流油，穷人家发愁，啥时候是个头呢。"

马中山经常在外跑皮货生意，偶尔回家一次，总是带点糕点或包子回来。四媳妇常去帮马嫂做家务，免不了跟着沾点荤腥。日子久了，两家的情分越来越浓，可在左邻右舍的闲言碎语中，四媳妇爱占小便宜，是个没出息的女人。

这话听着扇脸。叶敬棠把烟袋锅磕得叮当响，一扬手烟袋杆戳到了叶青林的额头上：你真该管管了，总不能让我的老脸天天装在裤裆里。不管咋说，叶家过去也是大户人家！

无论是公公叶敬棠，还是丈夫叶青林，都不能对四媳妇动手调教了，因为四媳妇有了身孕，这是叶家的大喜啊。

生孩子是女人一大关口，很多女人声嘶力竭地号叫，要死要活的，可四媳妇没那么金贵，头上浸满一层汗，却不声不响。等生完以后，接生婆问她："你咋就不知道疼，也不唧哝一声。"四媳妇抹把脸上的虚汗，微笑说："从小放羊，母羊生小羊，哪有那么多讲究，见多了就那么回事。男人快活一时，女人受累一世，生养都是女人的事。羊羔子长成长不成，得看母羊护不护犊子，还要看是不是风调雨顺。人也一样。"

四媳妇能够在叶家站稳脚步，直起腰杆，是因为有功劳，她为叶家三年接连生了两个小子。只凭这一点，足以让别人的嘴巴掖进裤腰里去，叶家往上数。五代都是单传，四媳妇却来个龙虎镇宅，这便是能耐，资本和优势可以压倒一切。

叶敬棠很在意孙子起名字的事，请来村里的先生赔上好茶好烟，扒拉半天发黄的书本，也没起出个称心如意的大号来，一直拖了三年也没个结果。四媳妇嫌啰唆，一锤子就定下来了："就叫大山、小山吧，说不准以后就是个靠山呢，靠不住这个靠那个，两座山呢。"

四媳妇护犊子。七八年以后，大山和小山到处跑了，四媳妇也变成了四嫂子。

3

日子一天天瘦下去。

外面闹了这么多年革命，天还没变，倒是听说大老远的日本人来了。从北方刮过来的风都在发抖，三天两头就能闻到空气里的血腥味。

人作孽，天无常，要出大事了，要人命呢。四嫂子在浑浊的日光下常常哀叹。

果然出事了。

先是马啸天的尸首黄昏时被运回村里，满脸的血，好吓人。马啸天被对手打了黑枪，高大的身躯倒在县城的福音堂门口，圣洁的雪花很快覆盖了他直挺挺的身躯，料峭的寒风里留下了一片灿若杜鹃的殷红。老族长招来村里青壮年男子，在村后树林的坡地上挖了墓坑。殡葬是悄无声息进行的，村里去了很多人，四嫂子也去了。参加葬礼的人默然肃立，哽噎抽泣。四嫂子拉着马嫂，不禁抹起眼泪。想起马啸天说过的话：光亮不会被屠刀和残暴斩断，光亮不会消失在黑暗里，总有一天会照耀到每个角落。太深了，她只懂个大概意思。

马啸天是个真男人，虽说点亮的那点光很快被浇灭了，但以后还会照过来。四嫂子坚信这个理儿，就像黑夜和白天轮换一样，不会一黑到底。

半个月后，从城里回来的人说，马啸天手下的人把县国民党部端了，保安团被马啸天的铁血团打得七零八落，鲁阳城里戒严了，大街小巷的路口站满了警察局的人，逢人必查。

日本人还没打过来，国共的队伍不断摩擦，谁也顾不上惩治各地的土匪杆子。各地的鲁莽草民随便几十个人弄来几条破枪，就能打家劫舍，闹腾得一地鸡毛。

马中山撞上土匪了。

没人能说清楚马中山是被哪股绺子残害的，骡子没了，人也没了，浑身被打得稀巴烂。有人捎信过来，村里人到北山去找，找到的时候人已经发凉了。马中山的媳妇早已哭得少气无力，寻死觅活的，唯一能安抚她的便是四嫂子了。

马中山说没就没了。四嫂子头想得炸疼都没有想明白，抢东西干吗还要人命，这世道咋是恶人横行，好人遭罪，撇下这孤儿寡母的，以后的日子咋过呢。

四嫂子从自家拿来几尺白布，把白生生的土布撕得咻啦啦脆响，草草缝成孝衣孝帽，给马嫂和小砖头戴上，自己的眼泪吧嗒吧嗒地掉在白布上，仿佛是拓印上的暗褐色花朵。没棺材总要弄个苇席吧，四嫂子回家揭下自家床上的苇席，裹了马中山冰凉的尸首，草草入殓了。

四嫂子嘴里念叨着，一向机灵的马中山大哥怎么就没躲过土匪的劫杀呢？她点燃几张草纸，火光映在她瘦峋的脸上和暗淡的目光里。或许她想明白了：天上地下到处是厄运，谁能躲得过去啊，躲得过今天，明天呢？

家里乱成了一锅粥，叶敬棠把叶青林骂得狗血喷头。四嫂子进家的时候，叶青林瞪红了眼睛，紧握着拳头做好了出击的准备，一声怒吼劈过来："布呢，五尺多呢。人家死人丧葬，你跑家里揭席，你这败家的娘们……"

"你想咋的！"四嫂子冷峻的目光居然把叶青林挡在了五步之外，木橛子似的杵着一动不动。

"不怕事你就蹦跶吧，逼急了我带着大山、小山出走逃命去。不是人家马大哥牵线，我还来不到你家呢。不念旧恩的人连猪狗都不如。"四嫂子发了一通火，堂屋的叶敬棠气得手打哆嗦，喝茶的茶杯掉在了地上，当啷一声响，极像敲了一锤子丧钟。

漫天长夜，光阴像一剂中药，越熬苦味越浓。叶敬棠终于熬不住了，决定要卖河滩里的三亩薄地。叶青林抱着膀子蹲在门口，像一头憋屈的瘦牛，横瞪几下呆滞的牛眼，最终也不敢去顶撞父亲。

四嫂子死活不依，叉着腰和公爹叶敬棠掰扯起来："这地是咱家的命根，卖出去收不回来。你总得为两个孙子留条活路吧。"

叶敬棠主意拿得稳，懒得和缺少教养的儿媳妇纠缠，快快地走出门去："反天了，卖不卖由不得你。一年四季添不上一件衣裳，抽烟没仔儿，逛集没钱，还有啥脸面呢？先前不是这样的。"

几天后，四嫂子从马嫂家里回来，叶敬棠刚刚送走客人收好地款，一桩两相情愿的交易，变成了黄纸黑字的契约。四嫂子抱着脚脖子号啕起来，直哭得昏天暗地，眼泪终归也没挽回三亩薄地的流失命运。

叶敬棠到集镇上美美地饱餐了一顿。当有人夸耀瘦死的骆驼比马大时，叶敬棠嘿嘿一笑："有钱了，一月俩月吃不完呢。"叶敬棠给两个孙子带了两个柿饼大小的包子，在回家的路上有人没人问，他总会炫耀地剔着牙说："这冲汤的味道好似没有以前那么醇正了，包子个头好像也小了。"

四嫂子把火气撒在叶青林的身上，每天一大早就吆喝叶青林起床，带上镐耙和铁叉，去河滩旁的乱石上劳作。四嫂子不怕下力气，硬邦邦的话和柔软的汗珠子摔在地上："不开垦出几亩荒地，一家几口吃啥？"

马中山死后，马嫂家的天就塌了，小砖头和自己两个孩子像青涩的生瓜，正长身体呢，可怜啊。

马嫂家闹鬼了。开始是暗闹，夜晚跳进院子弄出点动静，蒙脸吓人；后来是明闹，找上门来动手动脚，强行撕扯。

那鬼是马同保，死皮赖脸地缠上马嫂了。

四嫂子听了摁不住愤怒的火气：这事不能容忍，不能软弱。容忍就是给他壮胆，软弱就是给他梯子，他蹬着梯子越爬越高，最后爬到头上拉屎拉尿，这身子早晚要被他占了去。女人最紧要的是名声。

马嫂满脸的怯懦和无奈："他是个无赖，恶煞的样子，我招架不住。"

四嫂子身子一横："别怕，有我呢。"

那天中午，小砖头去找大山、小山了。马同保又来了，进屋就直往马嫂身上扑。四嫂子忽然挑起门帘从里屋走出来："想咋的？欺负人不是？没脸没皮的，信不信我把你吆喝到全村里去，让唾沫星子淹死你。"

马同保止住手，涎着脸说："哟，大脚嫂子也在。吆喝去吧，我啥时候有过脸？随便吆喝，敲鼓打锣满街吆喝，我等着看热闹。"

四嫂子把牙骨咬得嘎嘣响："有本事去娶个女人，欺负弱女人算熊男人。"

马同保摊开双手哼笑一声："我招你了惹你了？我和你没多大恩怨吧？还是我把你用骡子驮回来的。那一脚踹蛋的事，我早过去了。她单身寡妇，我光棍一条，弯刀对住瓢切菜，能过到一起说不准是桩好事呢，上门来求个婚，犯着哪门条律了？"

四嫂子竟一时无言以对，想了片刻说："这种事要看人家愿不愿意。"

"这不是来问的嘛，不问咋知道呢。"

"有你这么来求的吗？"四嫂子看一眼苦怏怏的马嫂，"你好歹说句硬气话，免得云稠雨多。"

马嫂摇了摇头。

四嫂子目光盯紧马同保："看到了吧，人家不愿意。"

马同保"嘿嘿"两声，退身出去："慢慢来，说不准以后她会愿意的。"

四嫂子朝院子里啐了一口："不是什么好货。以后别招惹他，招神容易送鬼难。"

很多事不是四嫂子能预想到的。一个多月后,也是午后,四嫂子去给马嫂送黑菜,她看见马同保从马嫂家里出来,脸上挂着得意的笑。马同保看了她一眼,不屑地把手插进裤兜里,仰着脸摇头晃脑地走了。

四嫂子急走进去,马嫂还在床上躺着。"糊涂啊,你咋应了他呢。"四嫂子瞥一眼马中山的遗像,气恼地跺脚。

马嫂的眼泪流满脸颊,嘤嘤啜泣:"孩子哭着叫饿,我实在无法啊。他送来几个烧饼……还留下几串钱,打发一阵说一阵吧。"

四嫂子坐在院子的石头上发愣,砖头从外面走进来。砖头比大山大两岁,该是10岁了。四嫂子看着砖头塌陷的眼窝,忽然一阵心酸,好像自己被欺负了一样。

4

戳人心窝子的事脚跟脚地来了,像条疯狗,紧追不舍。

四嫂子万万没有想到,她的公爹叶敬棠会做出丧尽天良的事。

天近晌午的时候,四嫂子在马嫂家浆洗衣服,眼皮突突地跳,心里像被猫抓一样慌乱。她定了定神,自语说:"咋回事呢,不会是有灾吧,我得回家看看。"四嫂子被风催着,呼呼就到家了。

家里来了客人,免不了又是公爹的狐朋狗友,乱糟糟的嬉笑声传出来。叶青林在院里抱头蹲着,极尽一个男人的窝囊和懦弱,只要看到叶青林这样的架势,准是家里出了事。四嫂子的血液直往上涌,心要蹦出来了。果然,一声惊恐的尖叫,小山似挣脱笼子的山鸟飞奔出来,一下子抱紧四嫂子的大腿:"娘——娘!爷要卖我。"

四嫂子一惊,急忙护住小山:"别怕,孩子,有娘就没事。"

四嫂子瞪圆双目,冲向堂屋:"你们干啥?你们要干啥!"

屋里人惊呆了。

"当家的说日子过不下去了,托我给孩子找个人家,这不是今天来了吗?"说话的是村里的马三胖子。

四嫂子看到桌子上放着的五块银圆,火冒三丈:"我的孩子我当家,谁也做不了主!有娘生就有娘养,谁也别想打这歪主意!"

马三胖子唯诺道:"你看这契约都写好了……"

"啥狗屁契约,拿来我看看!"四嫂子抓起桌子上的一纸契约,呼呼啦啦撕个粉碎，转身跑进灶屋拿出菜刀，"我看谁今儿个能把孩子领走！"

来人是西村的两位老者，看这阵仗，赔上歉意说："不知道家里没商量好，早知道就不来了。"

四嫂子抓起五块银圆，疯跑到院子里，挥手一甩抛向天空。圆圆的几块银圆在空中翻几个跟头，带着日头反射的光亮，瞬间落向不同角落。

两人急忙在院子里弓腰找寻。

四嫂子转身抓起长把扫帚，冲着叶青林狠狠地拍去。叶青林起身躲闪，四嫂子追着猛打："我的孩子就值这几块钱？我晚回来半步，这就骨肉分离了！伤天害理啊！你个没用的肉头爹，窝囊啊！"

叶敬棠老两口始终没走出堂屋半步。

来人走后，四嫂子火气难消，扯着嗓子吼叫："卖了田，卖孙子，咋不卖自己呢！"

叶敬棠忽然喷出一口瘀血，倒在地上，再也没有起来。

日子仍在苦水里浸泡。三里五村的郎中找遍，谁也难保叶敬棠的性命。勉强维持到秋罢，叶敬棠一伸腿，走了。殡葬那天，四嫂子想不起公公的好，任凭怎么用力，也难以挤出半滴眼泪。她承认，她是借着孝布的遮掩，偷偷抹了几口唾沫，眼睛上才有点朦胧的潮湿，算是顾及了虚假的面子。

家里暗无天日几个月，四嫂子几乎不去马嫂那里了，想起来马嫂既同情又生气，万一撞见马同保，她又得恶心多天。

刚入冬，婆婆也撒手走了。四嫂子有了清闲，思来想去又到马嫂家。去了她就有了惊异，马嫂家里没有牵念中的邋遢和凄惶，倒是有了几分活泛的气息，母子两人的衣着也明显更新。马嫂似乎得到极大的满足，淡然地梳理几下头发，伸头照几下镜子："多亏马同保隔三岔五的接济，就这样对付着过吧。"四嫂子眼睛迷蒙着。她还能说什么？话在肚心里绕几个弯，变成自艾自怨的哀叹："这年月，孤儿寡母的也只能靠女人这点本钱糊口了。"马嫂不与马同保纠合一起，还能怎样？自己又能给马嫂什么呢？

5

民国三十一年，河南大旱。

刚进入春天，干燥的野风就来了，来了就不走了，终日毫无节制地刮着，刮干了万物的血脉。天象出了毛病，人世间就乱了分寸。

干燥的热风一直刮了八十余天，滴雨未下，土地生烟。旱灾，干涸了生命的欲望，湮灭了人性的尊严。

一片饥荒，满目惨状。无数的百姓由开始恐惧后来变为祈祷。

政府指望不住，老百姓只好求助于鬼神。城乡的片片角落里都升腾着烧香拜佛的青烟，寺庙里香火更旺，神像前跪满了祈雨的乡下人，他们把求生的希望全部寄托在天神的护佑上。

四嫂子开垦出来的二亩荒地，变成了一片焦土。

那一年，鲁阳县的夏粮只收两三成。每天都能听到死人的消息，遍地饿殍。

天无绝人之路，焦渴的人们终于等来了一场喜雨。那是在农历五月底，鲁阳县普降甘霖，接连下了三天透雨，久旱的土地精神起来。在饥饿边缘上挣扎过来的庄稼人再也不敢懈怠，抢住头墒，适时播下了秋禾的种子。秋苗出土，长势喜人，田野里泛起了绿油油的喜悦。

谁也不会想到，笑意还没退去，更大的灾难又来了。这一次来势更加凶猛，更加沉痛和惨重，让人避之不及，防不胜防。

农历七月中旬，谷穗结穗时节，田野里的绿豆、黄豆结荚成熟了，好收成就在眼前。忽一日，远处嗡嗡的声音传来，顷刻间，一眼望不到边的团团黑雾自北向南压过来。眨眼工夫，乌云密布，遮天盖地，恍若夜幕降临。

过蚂蚱啦！

田野里到处是成堆成片的蚂蚱，小有寸长，大如手指。伸手就能抓到一把，跺脚就能踩死一片。村里人奋力扑打起来，越打越多，无济于事。只一袋烟工夫，田里的玉米、高粱、谷子被蝗虫吃得片叶不留。

成群结队的蝗虫远远没有闹腾够。第二天，蝗虫的数量有增无减，漫山遍野的青草、树林已被吃得精光，目之所及，一片凄凉。蝗虫涌进农户家，从房子上流水似的滚爬而下，裹成疙瘩，蚁聚成堆。有一家树上因落蝗虫过多而折枝，有一家的驴棚被压塌。各家闩门闭户，一开房门，蝗虫就会蜂拥而入，乱飞乱跳，直往人身上扑。灶房里的灶台上、案板上、水缸里到处都是蝗虫，一揭锅盖蝗虫就往锅里钻。

各村的甲、保长们传出话，谁家打死一口袋蚂蚱，县府奖赏十斤白面。乡民们纷纷跑出家门，到田野里去驱赶蝗虫。有的用铁锨掩埋，有的用扫帚清扫，有的用木板拍打，有的敲锣打鼓恐吓，有的索性跪在自家田头磕头祈祷。到了晚上，人们在不同地点，点起多处篝火诱杀蝗虫……

一连两天，村子里不见了炊烟。

秋庄稼在即将成熟的浆苞里被蝗虫扫荡殆尽，乡民们欲哭无泪，凄惶中哀鸿遍野。

奇怪的是蝗虫不吃豆科类农作物。蝗虫过后残存下来的红薯、豆类作物，成了延续生活的命根子，但没等到长熟，便被饥饿的乡民们哄抢一空。

蝗虫过后，县府再也没提奖励白面的事。

本来就凄苦的日子再度陷入了绝望。

先是大旱，接着又过蚂蚱，一个灾连着一灾，不知谁造了大孽，老天要毁人啊。四嫂子开始盘算出路了。

马同保早跑得无影无踪了，马嫂家断了烟火。四嫂子说：树挪死，人挪活，趁还有点力气，咱得早动身，走出去。

马嫂少气无力地说："出路在哪儿啊？往哪儿走？"

四嫂子沉思片刻，说："成群结队的老鼠都往南逃，它们有灵性，咱也随着往南走。咱要想办法保住这三个孩子。保住孩子就是保住了家里的靠山，保住了村里的脊梁骨。"

那年初冬，四嫂子带上马嫂和三个孩子背上简易的行装，离开了大叶村，一路南下。究竟要去哪里，她也不知道。临走的时候，四嫂子对叶青林说："我带孩子出去保命，你在家只能靠你自己了，能熬过去是你的福分。"告别的那一天，四嫂子在村口面对古槐树深深地鞠了一躬，嘴里默念说："在这生死的关口上，不得不去找个活命的道儿，哪怕是下作或卑劣的门路，求您护佑我的孩子。如果大人出了事，请您把孩子们招呼回来，这里是他们的家。"

这似乎是一场虔诚而神圣的仪式，带着几许庄严和苍悲，仿若这一去就是一次伤痛的别离。

出了门才知道，苦难不是一家一户的事。

灰白的苍天下，无尽的乡间山路上，到处流散着推车挑担、拖儿带女的逃荒队伍，一路上听到的尽是凄惨惊魂的悲讯。一个姓李的老人，到一家富户讨饭，被看家的谩骂。临轰出门时他扭头看见了厨房门口的泔水缸，就不顾一切地跑了过去，把头伸进缸里下手抓捞，谁知那家的狗硬是把他从缸里拖出，摁在地上疯咬起来，一会儿就成了血人。一个30多岁的妇女，带上年仅14岁的女儿讨饭，饿急了，她和女儿一同卖身，一次能挣得一个烧饼。为了一家七口人的活命，母女俩不停地接客，不久染病身亡。一个11岁的小女孩，随父母走在逃荒的路上，实在不忍饥饿，跑到路旁的豌豆地里，抓起一把豌豆秧就狼吞虎咽地往嘴里塞。小姑娘刚嚼两口，就被看庄稼的人捉住了。小姑娘的父母急忙上前求饶，那人却不由分说一个耳光打下去，可怜的小姑娘嘴里衔着豆秧、嘴角流着鲜血倒在地上。

一幕幕惨象，令人寒彻心骨。

一路风月，不知走了多少天，一打听过了南阳、邓州，双脚已经踏入湖北的地界了。

湖北长江，天下粮仓。看到一条好大的河，一打听不是长江是丹江。不管什么江，有水的地方一定会丰润一些。

四嫂子固执地以为，他们是出来逃荒的，不是要饭的。逃荒和要饭有区别，区别在哪里，她也说不清楚，四嫂子反复告诫孩子们：谁问就这样回话，咱是逃荒的。

颠沛流离十多天，才知道讨饭也是有技巧的，每讨要一口饭，都是一个伤脸丢面的经历和过程。

那一天四嫂子他们路过麒麟镇，忽然来了一队兵，毫无来由地扭住一个年轻人，强行带走，引起一阵慌乱的骚动。后来才知道，这是抓壮丁。青天白日，这不是抢人吗！

这事对四嫂子触动很大，毕竟三个孩子已经十三四岁了，不定哪天赶上厄运，被拉走勉强凑数，那可是说理都找不到门。不能这样游荡下去，要找个落脚的窝，孩子们的命比啥都重要。

四嫂子迫切祈望找到一个栖身地方，远离集镇和繁华，偏僻闭塞的小村最好。

冬天的风已经嗖嗖地冷，像在北方受了多大冤枉，跑到南方撒起野来。落寞的旷野里，肃杀成一地枯皱，一眼望到几里开外，难寻一点有生息的印迹。

四嫂子看到一片菜园地里孤零的草庵时，大喜过望。当她们穿过菜地的小道绕过去的时候，忽然就有了失落和沮丧。

草庵里出来一个中年男人，手里握着一柄铁锹。四嫂子点头示好：俺是逃荒过来的，想寻个存身的地儿。

男子的目光审视一阵，摇了摇头：不行，这哪儿能行。

四嫂子苦笑央求：大哥行个好吧。

男子说："这草庵跑风漏气的，野地的风毒得很，几个孩子扛不住，要不住我家吧。我家就在村上，俺姓朱。家里原来有头驴，驴卖了，驴铺还在，一间茅草屋，能将就。"

四嫂子一怔，急忙弯腰鞠了躬："遇到一家子了，大哥好人啊。"

朱大哥两口，姑娘出嫁了，儿子被抓走了。还有一个病恹恹的老娘，日子也在穷苦的边缘上走。院子不大，一角有间驴铺，收拾一下住进去，好歹算有个窝了。

朱大哥反复叮嘱："千万不能让几个半大孩子出门，世道乱得很。"他有一个儿子，前年16岁，那天正在菜园帮他干活呢，被包抄过来的一帮官兵硬是拉走了，至今下落不明。孩子们要看紧，要饭也不能到处乱跑，穷村去了也白磨腿。西边的林王庄是个大村，周边田地多，会好一些。东边的麒麟镇有集市，街上商户多，人傲慢，排斥外来人，要小心。

依照朱大哥的点拨，四嫂子和马嫂分了工，马嫂去林王庄，四嫂子去麒麟镇，这成了她们以后固定的讨要线路。

麒麟镇繁华，可逃荒要饭的人一拨一拨的，大户人家都不敢随便开门。要饭只靠腿勤嘴甜不行，更多的时候要看运气。

四嫂子的运气总是好一点，每天都比马嫂收获大。每天她们傍晚时分回家，把讨要来的剩饭剩馍匀给饥饿的孩子。

饥一顿饱一顿的日子在后心贴肚皮地挨着，能够维系生命就是万幸。

进入腊月，年节就不远了。寒风里伸出一只魔鬼般的手，掐在了她们的脖颈上，上气不接下气。过了腊月二十三小年，按照当地风俗，各家各户忙着过年，为了躲避晦气，不再打发要饭的了。

四嫂子一天没要来东西了。昨天她只带回去两个黑面窝头，马嫂什么也没要到，孩子们在家早该嗷嗷叫了。天色即将暗下来，这是四嫂子最后可以利用的时光。她拖着疲惫的身子，踏上了一家富户的台阶，她一声声一阵阵地敲门。褐红色的大门终于拉开一条缝，露出一张瘦窄的老脸："怎么又是你？"

四嫂子把手伸进门缝里，唯恐那道威严的大门被无情关闭："我有孩子，两天没吃东西了。您大恩大德，行行好吧。"

那张冷峻的脸忽然有了温色，把门的缝隙又拉开一些，探出半个身子，拿眼搜寻过来，把四嫂子上下看了一遍："能干活吗？"

四嫂子不明就里地点点头。

"这是周府，我是府上的管家，年前府上忙着过年，你过来帮忙洗几天衣服吧。"

四嫂子急忙问:"多少工钱?"

"没有工钱。管你吃饭,一天给你三个杂面馍。"

四嫂子低头犹豫了,合计着三个杂面馍的分量。

"不行算了,我再找别人。"管家说着要关门。

四嫂子把手掌伸到管家的面前:"五个,咋样?"

管家眯眼盯着四嫂子的眼睛,悄声嘀咕一句:"模样耐看,加一个条件……"

四嫂子眼里瞬间冒起了火,愤然转过头去。

"我晓得你们这些人,自己掂量吧,关门喽。"

没有半点回旋的余地,四嫂子说:"我干。一天一结账。"

管家嬉笑一声:"这是大户,不欠账,回去收拾一下,明天来吧。"

四嫂子挡住门:"今儿个先给五个馍。"

管家眨巴几下精猾的眼:"好吧,等着。今儿个算是赏你的。"

天空飘起大片的雪花,冷风仍在狂欢,眼前成了风雪乱舞的世界。四嫂子抹一把凄苦的眼泪,抱紧怀里的杂面馍,急步往回赶路。路上空无一人,弥漫着肃杀和恐惧。四嫂子偶尔抬头的一瞬,忽然看到一个人影正对她走来。她慌乱的神经猝然紧绷起来,心里冒出超人意志的胆略:"如遇打劫,先求饶,再拼命,无论如何要让孩子们吃到嘴里。"

人影越来越近,隐约能感到是个男人。这时候出没在荒野雪地里的人,绝非安生守家的人。那人缩着脖子抄着手,低头悠悠地行走,忽然停了下来,双手向腰里摸着。四嫂子也停下来,铆上最后一股劲,做好了应对的准备。那人好像没有发现四嫂子,褪下棉裤撒了一泡尿,提起裤子扰了几扰,束好腰继续低头走路。到了四嫂子面前,他愣一下也斜一眼四嫂子,缩着脖子走了。

四嫂子刚刚松下一口气,又见一个人影迎面走来。四嫂子绝望了,心里明白,彻底完了,前后夹击,难以逃脱了。

四嫂子横下一条心:"听天由命吧。天让人绝人难活,再大的凶险也得走过去。"四嫂子走到前面那人撒尿的地方,后面的人影几乎同时赶到,四嫂子惊呆了,扑上去竟然哭出声来:"大山!孩子,你怎么出来了?"

"天黑了,你不回,我出来找你。"

四嫂子母子相拥而泣,就要离开的时候,一束暗淡的光亮恍入眼帘,那是一道奇异无比的神奇光亮,犹如天神的慈悲灵光闪现。

四嫂子和大山几乎是同时看到那块银圆的。在那刚刚留下尿痕的地方，想必是那个喝酒或赌博的人，抆腰时丢弃的宝贵财富。

　　马嫂一天没要来东西，只带回一个冰凉的大萝卜，早被孩子们瓜分了。一天的饥寒，马嫂受了凉，早已钻进稀薄的被子里。

　　当晚，是孩子们有生以来最快活的时刻。吃完馍，三个孩子有了精神，把那块银圆传递了无数遍，看看，笑笑。

　　马嫂悄悄拉了四嫂子一把。四嫂子看到马嫂眼里噙满泪花，急忙俯下身，把脸贴近马嫂。

　　马嫂嘤嘤嗡嗡地泣语几句，四嫂子大约听出了事由：马嫂一天没要来东西，心急火燎地进了一家门，遇上一个光棍汉，好像是喝了酒，把她摁倒在脏不拉叽的床上，强行奸污了，临走只给了她一个青头萝卜。

　　四嫂子一阵心酸，坐在马嫂身旁沉默许久，想想自己的遭遇，她没有勇气对马嫂说。出门逃荒的女人，注定了受辱的可怜命运吧。四嫂子看一眼几个兴奋的孩子，怅叹一声："这世道哪儿说理去。年前你别出去了，我找到活了，这段日子有着落了。有这块银圆撑着，过罢年的荒春天也不会太忧愁了。"

6

　　四嫂子拢了拢头发，找出包裹里的碎花夹衫，虽然略显单薄，毕竟周正一些。人家是大户人家，不能太邋遢。

　　周府大院有口老井，冬天的井水不凉。大包小件的衣服，四嫂子不怕，这苦吃得起。她一个人默默劳作，一件件地精心揉搓洗涮，唯恐丢了来之不易的饭碗。

　　黄昏时分，到了结账的时候，四嫂子去找管家，脸麻麻地发热，心燥燥地跳，做贼似的找到了配房一角的管家房舍。管家正在低头书写密密麻麻的小字，抬头看一眼，眼镜里余光乜一眼桌子："正忙呢。你的薪酬，拿走吧。"

　　四嫂子双手拿起，看一眼管家，转身退了出来。

　　第二天黄昏又去的时候，管家躺在黑红色的圈椅里眯眼，好像正在等她。四嫂子刚进去，管家站起身子，迷离的眼睛里溢出垂涎的光，仿佛是蛇嘴里游弋的毒信："略作打扮，模样还俊。说好的事，不兑现，我不白施舍你了？"

　　四嫂子不想说话，麻木地转过身去。

管家从后面抱上来，双手在四嫂子隆起的胸上游曳，继而一只瘦巴巴的手游动到腰身，撩开衣襟直往上钻，一阵乱摸、揉搓。

四嫂子僵尸般挺在那儿，屈辱在五脏六腑中打转，一股恶心的气味直往上涌，浑身抽搐，反胃，想吐。

衣服照常洗，暗地里的事情照常做。管家的欲望膨胀了，手就不安分了，试图侵入新的领域。又一个黄昏，例行交易性质的熊抱，管家的手在裤腰的分界点上伸向了相反的方向。四嫂子恍然一惊，止住了那只贪婪的手。管家的手显然没有四嫂子的力气大，意外的阻止让他意外，一口充满杂异味道的气息喷在女人的脖颈上："我这把年纪做不了大事，过过手瘾而已。"

"不行。没有说这一条。"

"男女之事，哪儿有死规矩。"

"不行。"

"我再加两个杂面馍。"

"加三个也不行。"

"小心我断了你的口粮。"

这句话仿佛一把温柔的利器，一下子戳到了软肋。四嫂子浑身酥软下来，她心里在盘算，还有四天才到年三十，这是个漫长的时光，足以让几口人饿倒，甚至再也站不起来。

四嫂子思磨片刻，把松动的手再次扣紧："说不行就不行。你敢断我的活路和口粮，就是说话不算话，不仁不义，我就把这事抖搂出来，满大街去吆喝。反正我一个逃荒要饭的，脸面也不值钱，咱看谁丢人。"

管家缓缓松开了那只掠夺的手。

熬到大年三十下午，四嫂子早早被打发出周府，结束了短暂而荒唐的雇佣差事。

四嫂子走在回家的路上，暮色里飘起零碎的雪花。想到苦苦等待的几个孩子，她吞咽下委屈的眼泪，加快了脚步。周围响起了稀拉拉的鞭炮声：这年头的节日气氛已经没有那么欢快！她多么想弄来一团面，哪怕烂菜梗子作馅，给孩子们包一顿饺子，祈佑孩子们来年平安，可她没有能力做到。

四嫂子回家，赶上了意外的惊喜。

朱大哥端来了热腾腾的饺子。孩子们欢天喜地，四嫂子的眼里却盈满了泪花，赶忙止住孩子们放下碗。按照四嫂子的旨意，孩子们懂事地跪在地上连磕三个响头，给朱大哥问安拜年，也算是感恩回报。

朱大哥神色慌乱："快起来，使不得。家里穷，平时照顾不了你们。过年了，表点心意，不多，每人半碗，馅里没肉，白菜萝卜凑的，穷人也要过年。"

四嫂子的半碗饺子匀给了三个孩子，眼泪把不住，扑簌扑簌掉进碗里。

过罢年，日子还在正月里，意想不到的事来了。

马嫂有了身孕。

无论如何不能留下这个野种。马嫂终日哭啼，让人心慌意乱。

四嫂子一边要饭，一边想办法。在一家药铺买了打胎的中草药，终于卸下一个沉重的包袱。马嫂流产后身体虚弱，需要吃药康复，那一块银圆一天天变薄，慢慢被药罐子煮化得无影无踪。

马嫂还不能出去要饭，几口人填充肚子的生计，落在了四嫂子的两条腿上。

漆黑漫长的黑夜里，总能看到一丝光亮。四嫂子睡不着，午夜时分，起身走到院子当中，屈膝跪下，仰望星空，双手合十，默念半个时辰，一连磕了十几个闷头，祈祷上天开恩。

四嫂子相信天无绝人之路，如果想灭掉几个草民性命，那是易如反掌的事，没必要天天架在苦难的火炉上烤，他们身上没有丁点儿多余的油水可以榨出来。

四嫂子遇到好人了。在麒麟镇她又找到了一家王姓大户，给人家当磨工。每日的活计就是淘洗麦子或玉米，然后套上毛驴磨面。原来是上了岁数的老两口支应着这个差事，现在四嫂子一个人就干了，薪酬依然是五个杂面馍，但规避了隐晦而又丧失尊严的下流交易。

东家对她很信任，四嫂子干得细致而卖力。那个荒漠而饥寒的春天，在生命的拐角，似乎流淌着几缕明媚的阳光。

四嫂子终究没有守住善良的底线。她的裤腰里掖藏着一个不可示人的秘密。她精心缝制一个二指宽、四指长的小布袋，每次往里装面的时候，都会暗暗告诫自己，尽可能少点。当她将匀掖进裤腰，走出王府大门时，心神慌乱，一种愧疚和负罪感压得她直不起头来。

有讯息说，老家的天透开一点光亮了。飘零的枯叶要归根，回家的欲念一天比一天迫切。

四嫂子他们是在1944年麦收时节返回老家的。

临走那天，他们对朱大哥一家千恩万谢，几个孩子一直长跪不起，痛哭流涕。

四嫂子带着几个人绕道麒麟镇，在王府大门外停下来，对着那扇红木大门深深鞠躬，她感恩这扇大门里的人。

已经看到大叶村的全貌了，过了村前的小河，就到家了。四嫂子掬了一捧河水，咕嘟咕嘟咽下喉咙，不知怎么眼泪就流下来了。她一下子瘫坐在河边的草地上，迟迟不愿迈过那条经年流淌的小河。

进村了，四嫂子虔诚地站在村口老槐树下，对着老槐树默念："我把孩子们带回来了。"

回来才知道，村里饿死的老幼弱残有一百多人。事实证明，四嫂子当初的预判和抉择是无比正确的。不管怎么说，她保住了孩子们，安然无恙地回来了。

四嫂子回家的第一件事是埋人。

她带着孩子们走了以后，叶青林靠给别人打短工养活自己，没活可干的时候就上顿不接下顿地吊着，瘦得只剩皮包骨了。叶青林病倒在床上，不知躺下多少天了。四嫂子回来的时候，叶青林还有一口气，仿佛冥冥中知道四嫂子带孩子们回来了，强撑着见了孩子们最后一面。

四嫂子给叶青林擦洗完发臭的身子，换了一件干净的土布衣裳，请来村里的剃头匠刮脸剃须。她想让叶青林体面地走，也算没白做一场夫妻。

四嫂子带着大山和小山继续拾掇河滩里开垦下来的荒地，一场小雨过后，撒下了秋禾的种子。播下种子，就是播下日子的希望。

马嫂回来以后，到处乱窜的马同保像一条嗅觉灵敏的野狗，很快就闻到了气息，不用龇牙咧嘴，无须摇尾乞怜就钻进了那个熟悉的院落。

马嫂的忍让和容纳，四嫂子只能摇头叹息。

7

入冬，村里来了工作队。

那时候来村里的人一拨一拨的，分不清是哪座庙里的神。一打听，这回是穷人的队伍里派下来的。工作队两个人，一男一女。男的四十来岁，都叫他李队长，人长得俊朗，结实威武，说话带着南方口音，轻扬却有筋骨。四嫂子去听了一次李队长的讲话，说得有板有眼。逃荒时听惯了南方话，李队长一说话，四嫂子听起来亲切。女的叫赵英，是个好说好笑的北方姑娘。大家都叫她小赵或英子。英子和李队长都戴着一顶瓦灰色的布帽，帽子的正中缀着两颗扣子。村里人都不知道啥意思，听见过世面的人说，是八路军的标志。

李队长说，日本人要过来了，工作队来是为穷苦百姓做主，建立地方武装，大家合成一股劲，抵抗日本鬼子……听起来都是新鲜事。

四嫂子被工作队看上了。最初找她的是英子，说村里要成立妇救会，让四嫂子当主任，说她是最合适的人选。四嫂子一听一巴掌拍在大腿上："玩笑开不得，我大字不识，一个不知礼数的穷苦女人，站不到人前。村里那么多有头有脸的女人，哪个都比自己强。"

英子搬来了李队长。四嫂子看见李队长心就莫名地发慌，他身上好像有种摄人心魄的光，能照见人的五脏六腑。

李队长看着四嫂子："你能行。"

四嫂子低着头："我不行。"

李队长说："练练就行了。"

四嫂子说："练练也不行。"

李队长说："我从湖南打到陕西，从陕西南下到河南，英子从山西出来，都是历练出来的。"

英子说："我们都是穷苦人出身。李队长的爱人，我的父母都牺牲在抗日战场上，我们照样出来工作，为了更多的人以后能过上幸福生活。"

四嫂子搓了一把衣襟："你们练练行，我生就的地黄瓜练不出来。"

李队长说："我们大老远跑来为啥？为老百姓做事。外贼入侵，国忧民怨，穷人总是要翻身的。都不想站出来为大伙儿做事，啥时候才能当家做主？"

这话听起来耳熟。四嫂子抬抬头，一只手端起脸："谁会听我的呢？"

李队长说："我们给你撑腰。"

四嫂子直起身："谁带我？"

英子接过话："李队长和我都可以帮你带你啊，我们身后还有强大的组织呢。"

四嫂子问："谁是组织？组织啥样？"

英子笑起来："组织不是一个人。我们来这儿工作，李队长就可以代表组织。"

四嫂子看一眼李队长："你是组织啊，我以后就跟着组织干。"

大叶村成立了妇救会，四嫂子成了妇救会主任。后来又成立了民兵队，马栓子是民兵队长。

李队长不知从哪里弄来十条枪，村里的小伙子挺起身了。

四嫂子摸摸英子腰里的枪："李队长咋就那么大能耐呢？他弄枪容易吗？"英子嘻嘻一笑，附在四嫂子耳旁悄声说："别急，李队长正给你想办法，你也会有的。"

李队长果然就把一把精致的手枪推到了四嫂子面前："给你申请了一把枪，用来防身。有了枪，要学会用，回头让英子教你。"

英子的笑总是有点顽皮："我只能教些初步使用，想学好还是让李队长手把手来教，这可是英雄团出来的神枪手啊。"

村子变了样，日光和月光似乎也忙碌起来。

英子在村里办起了识字班，男女老少都跟着学。四嫂子积极参加，还强调大山、小山这些孩子们必须学习，再也不当睁眼瞎。学习的间隙，英子教大伙儿唱歌、跳舞。开始他们都有点羞怯和别扭，学多了，都觉得是件很有意思的事。

四嫂子除了学习文化，对练习枪法更有兴趣，只要有点时间就找李队长求教切磋。

日本人果然来了。人心开始慌乱起来。

日本人是1945年麦梢黄的时候，从东西进，除了在半道遭遇八路军一次伏击外，几乎没有遇到其他什么抵抗，很顺利地进驻鲁阳县城。

马同保离开了村子，又跑得无影无踪。马嫂遭到冷落，日子又回到了饥荒上。四嫂子终日忙得焦头烂额，再也顾不上马嫂的冷暖了。

李队长召开了一次紧急会议。日本人进驻县城后，加紧成立伪政府，大肆招揽皇协军。日本人站稳脚跟后，势必会到各乡镇烧杀掠抢，搜刮粮食，满足他们的需求。八路军的南下支队已经在鲁阳西部山区驻扎，一为阻止日军西进，二可以袭扰打击县城的日伪军。我们基层组织要做的是，保护群众生命财产安全，转移维系生命的粮食，有机会还要铲除汉奸，很多事就是坏在这些汉奸走狗手里。

这么多大事，李队长说得枝叶不乱，布置严密。四嫂子听得热血沸腾，不禁分了心神，这事如果放在叶青林身上能愁死他。

到地狱走一遭，人会变成魔鬼，到天空飞一圈，鸟都变了羽毛。马同保回村了，不知在哪里云游一圈，发迹了。

那个往日邋遢不堪的马同保，变得人模人样，头发梳得油亮，衣服也穿得光鲜起来，尤其那双高筒皮鞋格外惹眼。马同保在街上溜达一圈，有人的地方停留下来，故意弯腰摩挲一下黑色皮鞋，唯恐别人没看清似的。有人问，回来不去马嫂那里叙旧了？马同保小眼一眯："鲁阳县城的窑子逛遍了，哪个不是细皮嫩肉的，都比老倭瓜强多了。"

马同保成了日本人的狗，在皇协军里做上了中队长，隔三岔五回到村里，身上像带着瘟疫病菌，村里人避之不及。

李队长吩咐下去，密切关注马同保，谨防他回村打探消息，祸害乡里。四嫂子建议除掉马同保这个汉奸，留下早晚都是祸害。李队长想来想去，最终不允，理由是马同保还无大罪，过早处置，日本人迁怒，势必会给村里招来屠杀之灾。

一个多月后，日本人要突袭大叶村，有些意外。大叶村距县城四十里地，一个偏僻乡村，日本人咋会盯上呢？

消息是马嫂透露出来的。头天晚上，马同保悄悄摸回村里，去了马嫂家里，临走无意间漏了一句。马嫂感觉事情不妙，起身敲开四嫂子的家门。不管是真是假，都要做周密防范。李队长、四嫂子和马栓子连夜组织乡亲们转移到后山的山洞和树林里。

民兵队的人做好了战斗的准备。

上午，大队人马来了。日本人扑了空，把村里剩下的老弱病残十几口人，赶到村口的老槐树下，一直折腾到日头偏西，一无所获，气急败坏地扇了马同保两个脆响的耳光，放火烧了几处房屋，灰溜溜地走了。

所幸的是村里没有人员伤亡。

不久，日本人像秋霜里的蚂蚱，气数尽了。

马同保没了靠山，失魂落魄地回到了村里。第二天就被民兵从马嫂家里揪了出来，关押了。公审汉奸马同保那天，没想到乡亲们火气那么大，刚刚开始，一顿乱棍把马同保打死了，死相很惨。

四嫂子找到马嫂说："你带着砖头走吧，离开大叶村，这里你待不下去了。和汉奸有牵连，落下的骂名会让你喘不过气来，身上的污浊一辈子都洗不干净，以后难免还会受牵连。换个地方，对孩子有好处。"

马嫂听了四嫂子的话，带着砖头投奔了很远的亲戚，村里再无她的信息。

日本人走了，原以为日子可以消停下来，可有人不让消停。

8

1946年，内战开始，国共双方的队伍又打起来了。

很多事四嫂子想不明白，日本鬼子不在家好好过日子，大老远跑来祸害人，结果如一群斗败的野狗夹起尾巴求饶，图啥呢？日本人走了，自己人又开始打自己人，不是窝里斗吗？有事不会坐下来商量吗？

李队长说，谈判了，没谈成，只能打了。咱不想打，国民党要打。

四嫂子"哦哦"地点头，脑子里还是一团混沌：不管怎么打，谁对咱老百姓有好处，咱就跟着谁干。选准的事，咱就走到底。

那天开完会，英子说："仗一开打，部队需要人，李队长可能要回部队。"

四嫂子心里猛然一惊，却淡笑一声，掩饰了自己的情绪，低头走了。回家的路上，四嫂子晕头晕脑地自语："他怎么能走呢？走了村里就没依靠的脊梁了。"

晚饭后四嫂子坐下来纺棉，鬼使神差地总是断线，断了续，续了断，心神慌乱像得了怪病。

李队长来了，进门说："我找你有事跟你说。"

四嫂子坐着没动："啥事？"

"是好事，是喜事。"

四嫂子脸上发热："说吧。"

"在这儿说不合适。"

四嫂子站起身倒了一杯水，低头递过去："有啥不合适的，孩子们都出去了。"

"我要给你一个惊喜。"

四嫂子的心突突跳。

"走吧，和我去村部，去了你就知道了。"

四嫂子像变了个人，不再有说有笑、风风火火，跟在李队长身后，温顺得像只小羔羊。她暗暗掐了一下手腕，心里说："没出息，多大的事豁出去不就是了！"屋里已经挤满十几个人，扯开一块长方形的红布，气氛有些喜庆，好像正在张罗一件大喜事。

四嫂子血往上涌，娇羞得不敢看大伙儿一样。

气氛变得庄严肃穆了。李队长简明扼要："根据个人意愿，经组织研究，批准马栓子等人光荣加入组织，下面我带领大家宣誓。"

那晚，四嫂子和马栓子等十几个人，面对着绣着镰刀、锤头的旗帜，做了庄重的承诺。

那一晚，四嫂子再也没有睡着，鲜艳的红旗和李队长坚毅的面容，不停地在她脑海里闪现。

1947年初冬，自己的队伍很快打了过来，鲁阳县城解放了。

到了第二年，国共队伍在山东较劲，仗打得很大，战事吃紧。

正在这个节骨眼上，李队长和英子奉命调回部队了。

四嫂子感到前所未有的失落，连夜做了一双鞋，不管怎么说都是缘分，总该表达一下心意。

那晚，四嫂子和李队长出去溜达，在村外的小河边，四嫂子送给李队长一双鞋，李队长送给四嫂子一支钢笔。那晚的月亮忽明忽暗，把他们送进了小树林。两人彻夜未归，相处一个通宵，说了什么做了什么，只有天上的星星知道。四嫂子觉得那是她最幸福、最值得的一个夜晚，但她从没有对谁说起过这件事，只是把那支钢笔视作宝物，随身携带在身上。

第二天，英子对她的笑带着顽皮。四嫂子不娇不羞，指头捣在英子的额头上："鬼妮子，随你咋猜都行。"

四嫂子记着李队长的话，支援前线的工作不能落在其他村子的后面。

四嫂子和马栓子商议，成立大叶村支前小分队，筹集布鞋、衣服、米面及大肉粉条，奔赴前线。

马栓子和四嫂子争执不下，各不相让。马栓子说："哪有让一个女同志带队出征的道理？"

四嫂子说："你留下是村子里的脊梁和灵魂，你去了村里就没魂了。"

在一个寒风料峭的早上，四嫂子带上12名队员、6辆推车，满载着全村人的心愿，出征了。

沿途，他们不断遭遇敌机轰炸，炸翻了车辆，有6人倒在了血泊里。四嫂子从未见过这样的血腥场面，人被炸得血肉模糊，胳膊腿都找不到了。四嫂子脸上淌着泪水，咬紧牙关，胸腔里发出一声吼："大叶村的人好样的。记住他们埋下的地方，余下的跟我上路。"

和四嫂子一起支前的12人，仅回来5人。村里闹翻了天，号哭一片，未归来的家属纷纷找四嫂子要人。

四嫂子家的大门敞开着，她一个人在枣树下木然地坐着，满脸麻木，好像在等待着大伙儿的指责和谩骂。人群围上来，四嫂子不打招呼，威仪凛然地一动不动。场面僵持下来，怒气在那个瞬间凝固了。

四嫂子泪流满面。

村里人明白过来，大山也没有回来。

四嫂子把一块"支前模范"的奖章藏在了箱子里。

9

解放了，中华人民共和国成立了，全国一片欢腾，村里热闹得像过节。四嫂子变成了四婶子，仍在村里任妇女主任，忙前忙后管着村里的事。

刚刚直起身子，畅口气，土改的事刚做完，抗美援朝的事跟着来了。保家卫国，这事比天大。四婶子似鞭抽的陀螺，转了这家转那家，情呀理呀的讲得很像李队长的模样，几天下来，嘴上磨出了血泡，村里人没有那么高觉悟。

四婶子和马栓子愁得不行，解不开村民心里那个结：支前时几个青壮年裹尸未还，尸骨埋在异乡，这疼痛还未过去，如今还要出国和外国人打仗。热肚皮去拼冷枪子，十有八九要血染异土，连个念想都难留下。

村里人还没在悲痛中缓过神来。

再这样家国情怀地说下去，也不会有人积极响应。四婶子心急火燎，改了思路，走在大街上扯着嗓子吼："大叶村的年轻人，有血性的站出来，国家需要你们，窝囊尿包的别出门，以后永远也别出门。大叶村的人啥时候让人看不起过，安稳的日子谁给的？"

村街上支起一个破旧的桌子，竖起志愿报名参军的横幅。四婶子的小儿子小山第一个报名参军，四婶子亲手给儿子戴上了大红花。

陆陆续续有人来了。三天后，大叶村有13个年轻人骑上了高头大马。

送别的时候，四婶子抱了抱每个人，轮到小山，他给小山整整衣领，咬着嘴唇点了点头。四婶子转身振臂一呼："你们都是汉子，到了战场上让外国人见识一下大叶村的人不好惹，中国人不好惹！"

四婶子三天没有出门，她在家抱着大山的相框，一直呆坐。

下雪了，冷风咬人。四婶子常常一个人在村口游走。她用手打起眼罩，眺望着远方，脸上挂满泪痕。

四婶子流泪的时候，从不愿让人看到。

三个月后，小山终于回信了。四婶子拿到邮员的信，疯了似的往家跑。她坐在自家的床头上，小心地拆开信，一字一句地念下去："亲爱的母亲，入朝几个月了，没时间写信。仗打得太惨烈了，我们都很坚强，谁也不是孬包，不断打胜仗。我在战场上见到砖头了，他变得强壮了，没说几句话就分手了，没几天听说他在争夺阵地的时候牺牲了。我们不是一个团，我坚守在另一个阵地上，没有去看他最后一眼。美国佬被我们打得往南败退，胜利是属于我们的。总攻的时间到了，我有时间再给您写信。再见，我亲爱的母亲！"

四婶子热泪盈眶，喃喃自语，这孩子长大了。

四婶子再也没有收到小山的信。第一批回国的人员里没有小山的身影，大叶村没有回来一个。

后来四婶子收到了一块奖章，那是小山被授予战斗英雄的荣誉勋章。四婶子双手颤巍巍地捧着一张烈士证书，瞪着呆滞的双眼。怎么没有一张孩子的照片呢？这孩子挎枪的神态一定很威风，冲杀的身影一定很勇猛……

宽绰的院子里剩下四婶子一个人，显得格外地清寂和空落。消停的时候，四婶子一个人常常呆坐，有时会把她的和小山的奖章翻出来，端详一遍又一遍，然后哀叹一声，泪眼婆娑。

日子稳妥下来，阳光有了温暖和热情，生活的节奏依然在跳荡。

纷纷扰扰的事在疯长，似一朵朵烦人的谎花开在光阴的藤蔓上。

大叶村和周流村相邻，中间隔一条河。两村的人把土地看得金贵，为争夺河滩地争斗了几代人，历史上发生过多次群体械斗和流血伤亡事件。

1956年的春末，周流村把河道以北的河滩地犁耙一遍，种上了黄豆，很快就绿莹莹一地。明明是大叶村的地，咋就生吃硬吞呢？大叶村人咽不下这口气，愤然找到马栓子，要给周流村点颜色，决心用武力夺回。

任凭马栓子怎么劝阻，也浇不灭村民们燃烧起来的火焰。村口集结了手持铁锹、木棍的村民，一场械斗在所难免。

四婶子蹚着风来了，大声呵斥："都给我回家，打斗能解决问题？有本事先来打我，我看哪个敢动手。没有平息不了的事，我去一趟。"

四婶子真去了，一个人去的，谁也拦不住。

晌午的时候，四婶子满面春风地回来了。等候的人围上来问究竟，四婶子一扬手："散了吧。都说妥了，让他们收了这一季，以后啊，按河水改道定锤子。河道中间南边归周流，北边归咱村，每年由天定。本来就是上天的事，应该让天来定，争争斗斗啥时候是个头啊。"

谁能违背天意？天上的事，人间确实管不了，也没能力管。

开始吃大食堂了，清汤寡水涮下来，人瘦得皮包骨头。

四婶子说："这样下去不行，非饿死人不可，得想点办法。"

会议开到深夜，村干部头都炸了也想不出门路，这是上面的意思。

马栓子问："你说咋弄？"

四婶子绷紧嘴唇，蹦出一句话："动用仓库的储备粮。"

马栓子嘴里的旱烟袋差点儿掉下来："这是欺瞒上级，这是弄虚作假！"

四婶子："救人要紧。"

"瞒不过去咋办？"

四婶子瞪着通红的眼："瞒一天是一天，一直瞒下去。"

"上边追查下来，谁来扛？"

四婶子："大伙儿一起扛；都不愿扛，我来扛。"

一帮子爷们儿在吞云吐雾中沉默不语。

四婶子拉了拉脖子的围巾，撂下不容拖延的话："这事就这么办吧。都把各队社员的嘴管严实点，别跑风漏气地自找麻烦。"

三个月后，上级果然追查下来。村里的凉风沉闷压抑，树上的枝枝叶叶一边倒，沉重的罪责指向了四婶子。面对严苛犀利的质问，四婶子甘愿接受："这事与别人不相干，都是我的过错，要清算还是惩罚，我认。"说这话时，四婶子捋了捋齐耳短发，样子淡定坦然，好似早已做好了接受处置的打算。

四婶子沾了支前模范和烈属的光，工作组大事化小，小事化了，写了一份调查报告，事情草草了结。

四婶子从村街上走过，村里人几乎没人言语，甚至连一个招呼都不打，无数的目光投过来，深深的敬仰和感激铭刻在一张张饱经苦难的脸上。

马栓子迎面走过来，面带愧意说："我们一帮子爷们儿，比你都矮一截。"

四婶子说："哪一个也不比我矮，只不过是脊梁上缺根筋。"

10

  村子和村里的人疯疯癫癫好几年，像患了精神病，闹腾够了，终于歇息下来。初冬的时候村里来了十来个年轻人——上边安排下来的，他们的名字叫下乡知青。马栓子带上村里最好的车把式，一大早就出发了。到公社三十多里山路，晃悠一天才把这些城里娃接回村里。

  当晚村里就犯了难，这一帮子孩子吃住就是大问题。村里的干部围在一起，商量来商量去，也拿不出个计策。马栓子说，让他们住大队部吧，吃饭派到各家各户。几个爷们儿抱着膀子抽烟，连头都懒得点一下。

  四婶子开口了："这样不行，大队部地方小，太拥挤，他们住不下。还有四个女娃呢，不方便。再说到各家派饭也不是办法，咱的粗糙饭食孩子们受不了。"

  "咱们能吃，他们不能吃？"有人说。

  四婶子说："这些城里的孩子娇贵，村里得养着，这是上边的指示，咱也不能亏待这些孩子。"

  马栓子问："你说咋办？"

  四婶子说："先住我家吧，东西厢房收拾一下，我照管他们。吃饭另立个灶，找个人专门做饭，粮油等开支村里兜着。"

  有人哪哪磕了几下烟锅："眼下这么紧巴，还不知道他们住到猴年马月，咋供养得起呢，这一大笔开支从哪里来？"

  四婶子把手拍在桌子上："从牙缝里挤出来。"

  马栓子摇摇头："且顾眼下还行，日日月月咋办？"

  四婶子说："以后在小学南面的空地上盖个院子，建一排像回事的房子，弄个知青示范点。"

  "还要建房？咋建，用啥建？"有人抵制。

  四婶子大嗓门怼回去："勒紧裤腰带建！咱大叶村啥时候落后过？支前那会儿命都敢豁上，抗美援朝天大的事都能扛下来，这事更不能装怂。"

  几个村干部没有四婶子骨头硬，拗不过，这事定了。

  四婶子家里热闹起来。一拨年轻人充满激情和活力，收拾房屋抢着干，打扫院落不怕脏和苦，说说笑笑的像个革命大家庭。城里孩子看似细皮嫩肉，浑身却带着艺术细胞。他们白天随社员出工，晚上练唱革命歌曲，还在院里排练起舞蹈，有模有样的，引来了村里人挤满院子，让村里人开了眼。

进入腊月，村里不断出事，很蹊跷。

开始是丢鸡，后来是丢狗，隔三岔五，三三两两地丢，这是村里从未有过的现象。人们扳来算去，算到了知青身上。这群城里娃子来了以后，村里才开始不安宁的。怨气和斥责的锋芒指向了那个躁动不安的院子，院子里有四婶子为他们撑腰。

一向要强的四婶子几乎被村民们打垮了。

那天傍晚收工后，四婶子被村里人围在村口，当场质问，似是一场批斗会。四婶子想争辩，却被棍棒一样的言语封住了口："你什么事都爱出风头、抢头功、抢名声，可曾想过村里人的感受？"

"支前听你的，白白丢了几条性命。"

"抗美援朝听你的，十几个人的尸首埋葬异国他乡，你咋不弄回来呢？"

"来了一帮城里的毛头娃，你让村里人养着，却养了一窝贼，你总得给个说法吧？"

"你想风光我们不拦着，别再祸害大伙儿行吧？"

"还有完没完？"四婶子大眼瞪得血红，把铁锹重重地杵在地上，"想造反啊，我啥阵势没见过，怕过谁！"

四婶子的话带威，很镇人，居然没人言语了。

四婶子回家一脚踹开大门，"哐当"一声闭了屋门，蒙上被子悄悄哭泣了一场。

冷静下来，四婶子捋捋其中的头头道道：一个月下来，这帮年轻人的新鲜和激情没了。粗糙的饭菜和苦力的劳作，把他们折腾得疲惫不堪，最初的钢铁誓言没了，肠子和骨头瘦了，歪点子出来了，背着我干起了偷鸡摸狗的事。我能原谅他们，村里人不能原谅。一只鸡、一条狗身上驮着各家的很多事呢。惹毛了村里人，天大的事都会发生。

难挨的冬夜，知青们嘻嘻闹闹在厢房打牌，四婶子堵在了门口："都给我坐好，我有话给你们说。"

"有话说呗，正打牌呢。"有人不在乎地回一句，没人当回事。

四婶子冲上去，抢过纸牌，抛向房顶。薄薄的纸片在昏暗的灯光里飞舞，惊呆了一张张青春的脸。

"我有话对你们说！"

有人扫了兴致，愤愤不满："说呗，听不听是我们的权利。"

"你不想听给我出去，滚大街上去，滚回城里去！"

在他们眼里，四婶子是个慈善勤劳的人，从没见过凶狠的一面：今天这架势瘆人。

四婶子一起一伏鼓动着胸脯，"咕咚"一声坐在凳子上，抬手指了一圈："你们给我听着，你们是来农村锻炼的，是接受贫下中农再教育的。我们是教育你们的，你们是被教育的。村里人把你们当宝贝，前心贴后背地供养着你们，唯恐你们吃苦受罪，不指望你们干出点什么，可总得守个本分吧？乡亲们弓身驼背在为你们建造知青房，你们却去偷他们的鸡和狗，良心呢！你们知道一只鸡和一条狗对老乡们多重要吗？"

屋内能听到四婶子喘气的声音。

"几次了？"四婶子大声问。"我问你们几次了？"

无人应声。

"我问你们几次了，偷了多少只鸡、多少条狗！"

终于有人站起来："三次。八只鸡，两条狗。"

"不能惯着你们，再惯就成废物、土匪了。你们要照价赔偿，明天兑现。要不我给你们家长写信，问问他们是怎么教育你们的。你们的父母待在城市里，是老百姓用血和命送他们进城的，他们怕你们忘本，才让你们下来。"

第二天村里的天气晴好。

半年后，知青们住进了知青示范点宽敞的新房。院里的菜园子，记录着那段青葱岁月。

11

20世纪80年代初，是个国势民运的分水岭。四婶子变成了四奶奶。

公社改乡了，大队改村了。

四奶奶一直守着那个空落的院子过日子。土地分到各家各户，四奶奶一个人下田劳作。毕竟是七十多岁的老人了，左邻右舍都去帮她，四奶奶却硬朗地拒绝："这点农活不算啥，我一个人能行。想让我多活几年，就让我多干点。我土命，离不开土地，离开了就蔫巴了。很多人不知道土地的金贵，土地养人啊。"

闲暇的时候，四奶奶喜欢一个人在院子里呆坐，眼里常常充满着迷茫。有时候四奶奶会在院子里放一张桌子，找出心爱的钢笔，恭恭敬敬地抄党章。四奶奶抄写得极其认真，抄着抄着，自己念出声，眼里就会放出光来。抄累了，四奶奶把那支钢笔放在胸口上，微微闭目。

马栓子来了，悄声打趣："想啥呢。"

四奶奶一愣，沧桑的脸上掠过一丝微妙的羞涩，忙抬手捋了一下头上的华发。

四奶奶不再是村里的干部了，余威还在，村里人依然敬她。

村里实行民主选举了，这是新举措。候选人定了，乡里来的领导找四奶奶征求意见，因为她是中华人民共和国成立前老党员、支前模范。

四奶奶戴上老花镜，把三个候选人名单端详好大一阵，食指捣在马思强的名字上："这孩子不行，人懒、心不太正，要当村主任，他驮不住这责任。"

马思强被划掉了。

村里乱套了。马家家族势力大，不依不饶，闹得鸡飞狗跳。马思强的老婆找上门来，嘴里带着火，冲着四奶奶问："你凭啥说我家思强不行？风水轮流转，也该轮到俺了。"

四奶奶不气不恼，摁住话头："这不是轮不轮的事，我担心他干不好，当了不如不当，怕你家出事。"

马思强老婆的火气更旺："不当咋知道？老树枯枝，多管闲事。这不是你管天管地的年代了。"

四奶奶挥了挥手，迷离的眼睛望着院里的枣树，仿佛漫过枝叶的天空，蕴藏着深邃莫测的玄机。

马思强的老婆还要说下去，发觉四奶奶的面色和目光生冷起来。那目光透着威严和震慑，令人发怵。临走，她嘟哝道："我家思强当不上，别人也别想当成，到时候看气死谁。"

为了平衡各种关系，不惹出乱子，村里保留马思强候选人名单。

结果，马思强当上了。

两年后，马思强被警车带走，投进了那扇森严的牢门。

四奶奶的话应验了。

马家人把所有的怒气记在四奶奶头上：不是她的诅咒和预设哪有这样的恶果？坐不住的要算马思强的老婆了，她要找四奶奶出气，可冲到门口却冷静了。她没胆量进去，一个满身光环的老人，进去了又能咋的？弄不好事情更糟。

马家大家族里没一个人站出来分忧解难，痛苦和悲伤落在马思强老婆身上。她只得去找老支书马栓子诉说求援。马栓子正在喂牛，听完一阵子唠叨，不紧不慢地点上一支烟:"去找四奶奶吧,她看得透。既然她预言灵验,总能支个招。"

马思强的老婆硬着头皮去找四奶奶。四奶奶正在地头栽树,看见马思强的老婆走来,示意她帮扶一把,自己挥铲封土。四奶奶好像知道她来问什么,自语说:"庄稼人有自己的本分,不耕种咋有收获?不栽树咋乘凉?凡事都有规矩,都是毁在了贪念上。咱大叶村的人能活出个名望,靠的就是争气、抱团。只要邪气抬头,一准出事。二十万,是政府给村民的占地补偿款,私吞了,也不好咽下去。只当买个教训吧,对后人有好处。别再到处扑腾了,省下点财物和力气,隔段时间去看看他吧。"

快要立秋的时候,四奶奶家的红枣熟了。四奶奶招呼村里的孩子们过来品尝快乐,她就乐呵呵地逗孩子们:"这枣个个甜,谁知道它们长在一棵树上,个头、颜色咋不一样呢?"

孩子们争相举手。

四奶奶说:"别着急,等想好了再回答我,想多长时间不限制,十年二十年,一辈子都行。"

四奶奶也有烦恼和迷惑的时候。她有时在村街上转悠,有时坐在自家门口,打量着四季变化,观望着人心冷暖。冷不丁她会叫住一个年轻人发问:"你把头发染成黄杂毛让谁看呢?美了丑了?"年轻人脸一扭,懒得回话,急匆匆地离去了。四奶奶气恼地叹一声,神情有些失落。村里的姑娘媳妇走得正有兴致,四奶奶劈头盖脸问过来:"衣服露着肚皮,裤子带着窟窿,赤皮漏胯的俊了羞了?"女人们听了就不咸不淡地笑一声,满不在乎地扭动着细腰和肥臀,轻盈而妖艳地走了。四奶奶的话紧追不舍:"女人要像个女人,伤风败俗。"

邻居的二嫂子和四奶奶逗乐,俏皮地问:"四奶奶,您像女人吗?"

四奶奶像被问住了,好大时候没说话。她望着小河边的树林,恍若忆起愉悦的往事,说:"有时候,我很像女人。"

四奶奶可能是神智倦怠了,略显絮叨,常常自己和自己说话:"老李家的姑娘初中毕业出去打工,一年光景开个40万的车回来,打死我都不信。人咋被作践成这样子了?男不男女不女的,早晚会出事。"说得多了,四奶奶想到了支前时的板车、炮火和鲜血,莫名的忧伤和深深的感叹就裹进褶皱苍老的脸上。

12

跨过千禧年，四奶奶变成了四老太。

四老太是个崇高尊贵的称谓，只有跨世纪的老人才能配得上。四老太把自己活成了村口的大树，令人敬仰、生畏。她把自己活成了哲人，说出来的话朴实却深邃。比如她说起村里的井，古井是地上的眼，把眼都填上了土，眼就什么也看不见了。没了眼睛，人就会迷路，找不到方向了。比如她说起河，河水变得越来越脏了，能把人的身子洗干净？

四老太这两句名言，足以让人琢磨大半生。

闹春时节，花和草都喧嚷。曾经在大叶村下乡的侯思源回村了。侯思源是个大学者，做过大学的教授、主任，后来当过大报的社长，退下来以后，故地重游，感慨颇多，这儿拍拍，那儿照照，最后要去拜见四老太。

"能想起我是谁吗？"

四老太说："你不是那个猴子吗？不会忘，那时候你不安分，没少找麻烦，今年多大了？"

"六十挂零，退了。"

"听说你后来考上大学了？"

"赶上了好时候。"

"还当了领导？"

"做点力所能及的事。"

"退了想起来回来看看？"

"现在闲了，有时间转转了。"

"你这孩子不厚道啊。听说你写过一篇文章，回忆当年的知青生活，把村子写得肮脏不堪，把村里的人写得薄情寡义，有这回事吧？"

陪同的县乡领导感到气氛不对，急忙劝止。四老太来气了："都给我一边去，让我把话说完。"

四老太接着说："谁让你们下来的，怎么下来的，村里人管不了，也不是村里人请你们来的。你们到村里以后，看你们还是群孩子，可怜你们，掏心掏肺地对你们好。村里是不是勒紧裤腰带给你们盖最好的房子？是不是从牙缝里挤出来好吃的接济你们？"

四老太抬起拐杖指在侯思源的胸口上："你小子拍拍良心好歹说句人话，哪儿亏待你了。那次你们不听劝阻，不懂装懂地砌石堰，结果塌方了，把你们几个埋在下面，不是村里人发现及时送往医院，小命早留这儿了。哪儿还会满嘴喷粪说住牛棚了、吃猪食了。做人要知道感恩，还教授呢，你能教出好学生我鼻子耳朵都不信。现在人模人样地回来了，他们还把你当爷敬着，看看你们的出息吧。"

场面很尴尬。侯思源窘在那里，像电到了痴呆神经，木然地一动不动。

侯思源没有因为四老太的数落而气恼，他在村里转了一圈，临走时给四老太深深地鞠了三个躬。离开的时候，他默默不语，眼里噙满了泪花。

三个月后，大叶村村委会收到一封来信，是侯思源寄来的一张报纸，上面刊登了他撰写的文章《我在大叶村的日子里》。文中描述了他与大叶村的深情厚谊，列举了四老太对他们知青的教诲和呵护，读来催人泪下。同时还给四老太写了一封致歉信，表达了他的愧疚和悔意，诚恳地请四老太宽恕原谅。

四老太抿着松软收缩的小嘴笑了两声："这孩子，我就想让他学会做人，要不他临死也不知道他们欠着村里的。"

岁月不居，四老太把自己熬老了，精神却还在，近百岁的老人生活还能自理，这不能不说是个奇迹。

村里人的热心和照料没有留住四老太。

四老太以特殊的方式告别人世，无疾而终。

四老太走得太突然，谁也没有想到。

北京奥运之年，电视里终日欢腾一片，四老太天天看比赛，一天不落，看到动情处，她会握紧拳头，有时会激动落泪。

奥运会闭幕那天，有几个老人陪同四老太看了半天电视，中午人散了，四老太站起身做饭，吃完饭躺在沙发上熟睡了，再也没有醒来。

四老太走得毫无预兆，走得安然慈祥，嘴角还保留着欣然的微笑。

四老太过世那天，村里出现了一种奇特的现象：全村的鸡鸭牛羊哑然失声，低首静卧；村里所有的树木枝叶下垂，好似在虔诚地默哀。

全村人挤满了院子，村里乡里县里来人了，筹备四老太的葬礼，上面有指示，规格要高，仪式要隆重。

悼词是乡党办秘书写的，他不知道四老太的尊姓大名，去问村里人，居然没人能够说出来。

众人在整理四老太的遗物时，发现了她的身份证，人们才想起四老太叫朱微花。遗物中还有一封信，稀稀拉拉地写满了一页稿纸。

前来吊唁的侯思源受当地政府委托，在追悼会上宣读了四老太的遗嘱：房屋归村委会，家中物件分给邻居；存折上的存款是我和大山、小山的党费，交组织；把大山、小山的烈士证书，还有我的所有证书一起火化；把那支伴我半生的钢笔别在我胸前……

※ 作者简介

叶剑秀，男，河南省鲁山县人。中国作家协会会员，中国散文学会会员，平顶山市作家协会副主席、鲁山县作家协会主席。先后发表小说、散文200余万字。其散文被收入2018年《中国精短美文精选》、2019年《中国散文年选》、2020年《中国精短美文精选》等选本；曾获首届河南文学期刊短篇小说奖，第二十九届梁斌短篇小说一等奖，张骞文学奖；出版有长篇小说《野太阳》、小说集《黄土厚韵》、散文集《怀念爱》。

天使的眼泪

陈玉山

1

出事那天早晨,鸟雀的叫声似乎比往日尖厉一些。

点点醒来的时候窗外已是晨光清凉,鸟声一片。点点揉了揉眼睛,沉重的睡意像一盆浑浊的水渐渐地清澈起来。望着窗口,点点满怀期待地想:该是晴天了吧!晴天了她就可以带着弟弟去半坡杨捡地软了。想着地软以及由地软生发延展的幸福期盼,点点的心里就有些微微的兴奋和激动,但她没有马上起床,被窝里的温暖和惬意让她有些留恋。她再次揉了揉眼睛,侧转身面向睡在床里边的弟弟。此时,弟弟小宝像一只乖巧的小猫咪睡得正香,他鼻翼翕动,双眼微眯,小脸蛋红扑扑的,模样非常温美可爱。点点禁不住凑上去在小宝的额头上小心地亲了一口。小宝就像某种被触摸的虫子,身子蠕动着,小嘴巴一撮一撮,发出甜甜的类似吃奶的吮吸声。点点就觉得弟弟的小嘴很秀气,秀气得像一朵明艳可爱的小花。这样想着,她就觉得很逗,很有趣,心里一乐差点儿笑出声来。

点点起了床,她没有惊动小宝,也没有惊动奶奶。奶奶睡在西边的房间里。

外面的天依然没有放晴,但也不是那种恼人的阴雨天。入秋以来,天老是下雨,阴雨绵绵,潮湿泥泞,下得人的心情都要发霉了。现在天空虽然依旧布满云彩,但完全不是往日那种沉重的灰黑云彩,而是薄薄的干净得像棉花一样的白云彩。点点在打开房门那一刻,心里还是有一种花儿绽放般的舒心愉快。点点怀着舒心愉快的心情,快速走下台阶,在一阵鸟鸣声中打开水龙头接水。汹涌的水柱"哗"的一声跳跃着喷涌而出,活像一条受惊而蹿动的蛇。

点点接了半桶水就赶紧把水龙头关上。点点虽然已经11岁,可身子还很瘦弱、很单薄——看上去只有七八岁的光景,半桶水对她来说已经很沉重。点点气喘吁吁地把水提进灶房,没有片刻停歇,便手脚不停地忙活着生火做饭。今天是星期天,她和小宝都不用上学。她急于把饭做好,是为了早点吃完饭去半坡杨捡地软,雨后的早晨清凉爽润,正是捡地软的最佳时机。

地软在窝村还有另一个名字,叫地曲莲;又因为它与黑木耳一样的形状和颜色,所以也有人叫它木耳菜,但地软要比黑木耳更加脆弱娇嫩,黑绒绒的,像婴儿眼皮子一样单薄透明。地软是一种菜,也是一味药,做菜可热炒凉拌,烩汤作羹,濡润爽脆,味道鲜美;药用可清热明目,滋补肝肾,不但能治疗风火眼疾,气虚脱肛,还有明显的降血脂软化血管的作用。镇街上大大小小的超市、药店、饭馆都挂着收购地软的牌子。他们收来的地软很少自己吃,大都卖给了来这里旅游的城里人。春天的时候,点点和小宝在半坡杨捡了半提篮地软去镇街上卖。他们转悠了大半天,最后卖给了十字街的明月超市,虽然明月超市只换货不给钱,但给的价高,货又便宜。姐弟俩在明月超市里用地软换了五根香肠,一包奶心饼干,还有五个他们从没吃过的草莓果冻。那是一次全新的体验,一次甜蜜美好的记忆,他们的心里充满了激动和幸福的期待,期待着能捡到更多的地软,期待着换回更多好吃的东西。可地软不是到处有,也不是经常有,只有半坡杨山根下才有,也只有雨后没有太阳的阴天里才能捡到。天放晴了,太阳出来一晒,风儿一吹,地软就干瘪了,皱缩了,捉迷藏似的贴到地皮上看不见了。

火苗在灶膛里呢喃,温暖的柴草味氤氲弥漫。点点拿一个瓢从面缸里挖些面倒在碗里,然后加了水用筷子搅拌。点点是个懂事勤快的女孩子,村里人都称赞她是有能耐的"小大人"。小大人的能耐都是跟着奶奶学的。爹娘不在家,奶奶是他们唯一可以亲近和依靠的人,可奶奶老了,有很严重的头疼病,很多时候连自己都照顾不了。点点从5岁就开始成了奶奶的帮手。她跟着奶奶学会了做饭、炒菜和许多琐碎的家务活计。

锅里的水开了,青蛙似的咕噜咕噜叫。点点揭开锅盖,把搅拌好的稀面糊糊倒进锅里,然后用勺子慢慢搅动,以防粘锅。点点做好了汤,又炒了两个鸡蛋,然后又撕开一包咸芥菜倒在一个小盘子里。咸芥菜、鸡蛋、蒸馍,还有油盐米面什么的都是从桂花姨的小卖部买来的。他们在桂花姨的小卖部买东西不用给钱,娘会通过手机微信把钱转给桂花姨。点点还常带着弟弟到小卖部用桂花姨的手机给娘通电话——这是娘在家时和桂花姨说好的。

点点把饭菜做好，分了一份盖在锅里留给奶奶吃。奶奶昨天晚上又犯病了。奶奶犯起病来很可怕，像中了邪似的又喊又叫，眼冒绿光，痛苦不堪。奶奶每次犯病后都要迷迷糊糊地睡上大半天。

点点把小宝叫醒，小宝却嘟嘟囔囔地老大不高兴。他说他正在做梦，正在穿娘给他买的新鞋，不该这个时候把他给弄醒。点点说："小宝你起来吧，起来吃饭！"小宝怨气十足地嘟着嘴不说话。点点说："小宝乖，快起来吧，姐给你炒鸡蛋了！"小宝还是不说话。点点又说："吃完饭咱去半坡杨捡地软！"听到捡地软，小宝好像立刻就把那个幸福的梦给忘记了，他翻了个身爬起来，揉着鼻子说："那……那你把裤子给我拿来。"点点很高兴，一边给小宝拿裤子一边说："小宝真乖，来，姐帮你穿衣服！"

2

点点和小宝走在村道上的时候还不到早饭时辰，村子里清旷沉静，袅袅的炊烟如一棵棵枝叶婆娑的树在人家的灶房上空摇曳生长，空气里弥漫着农家饭菜温煦的香熟气息。点点挎着一只竹编的小提篮——春节前娘在镇街的集市买回的，一边走路一边招呼着好奇贪玩的弟弟。弟弟小宝似乎很兴奋，他一出家门就蹦蹦跳跳，手舞足蹈，不好好走路，一会儿跑到路边说他看到了一只蹬倒山大蚂蚱，一会儿又惊乍乍地蹲在地上大声叫道："姐，姐，快来，你快来！"点点以为发生了什么事，赶紧跑过去，看到的却是一群忙碌着搬家的黑蚂蚁。

村道上没有一个人，风是轻轻淡淡地吹。经过天才叔家门口时，一只小灰狗坐在门墩下，支着耳朵汪汪叫。小宝喊了声"小灰灰"，狗便满脸兴奋地奔跑过来，在小宝面前情绪激动地上蹿下跳。小宝一弯腰把狗抱起来，紧紧揽在怀里。点点拿眼睛瞅瞅狗，又瞅瞅小宝，说："这狗多脏，身上肯定有跳蚤，快把它放下吧！"小宝手一松，狗吧嗒一声落在地上。落在地上的狗表情诧异，有些落魄，它费解地仰头看着小宝，看了会儿便折身往回跑，任凭小宝小灰灰小灰灰地叫，狗却出人意料地决绝，头也不回地跑开了。

到了河边的十字路口，姐弟俩没有过桥，也没有顺着水泥大道往村外走，而是向北朝河的上游走去。向北的路是沙土路，湿阴阴的路面上有两条车轱辘崭新的印辙。河里涨了水，浊浪滔滔，声势浩大。小宝愈加兴奋，不停地说话，不停地捡起石块土块往湍急的河水里扔。点点告诫小宝不要靠近河边走，河边长满了又湿又滑的地锦草，踩上去容易摔倒。可小宝就是不听，他嘻嘻笑着跑到河边上，故意张大嘴巴叫，扬起胳膊做出要跳下去的样子。点点快要吓死了，她一次又一次连拉带抱强行把小宝弄到路上去，累得满脸冒汗，呼儿呼儿直喘气，眼泪都要淌下来了。

点点很气恼，小宝顽劣任性，一点都不听话，但她明白，自己不能和小宝急，更不能和小宝争吵闹气。小宝只有5岁，不懂事，她得哄着他，让着他。点点下意识地抬头看看天，天上的云彩似乎又淡了一层，有些地方已经露出湛蓝明亮的晴空，太阳随时都会像一条欢快的鱼儿从云彩后面游出来。点点近乎央求般地拉住小宝的手说："快走吧，小宝，你看太阳都要出来了。太阳一出来咱可捡不到地软了！"点点这样说后，小宝就不再胡闹了。小宝之所以那么任性地撒泼使野，只是和姐姐闹着玩，有些小孩子在大人面前撒娇使性子的意思，要是耽搁了捡地软就太可惜了。

心里想着地软，小宝像换了个人似的，跟在姐姐身后一心一意地走路，不再左顾右盼，也不再大呼小叫，还煞有介事地催促姐姐快走快走，一定要跑在太阳的前边。宁静的沙土路上两个小人儿一前一后，你追我赶，快速奔走。河谷里空气清新，花香四溢，山坡上有野斑鸠咕咕鸣叫。在一棵叶子发黄的老栎树下，点点和小宝转向一条岔路。岔路向南边山谷延伸。顺着岔路走了一段长满黄荆的缓坡，又转过一道山弯，便是铁头爷的家了。

一辆半旧的红色面包车停在铁头爷家门前的小桥头。那是一座陈旧得没有栏杆的石头桥。桥下河水汤汤，浪花飞溅，一块黑色大石头一半没在水里，一半裸在水外，远远望去像是一头什么动物卧在桥下。小桥的那头是铁头爷家的院落，石墙泥皮，绿树闲草，非常幽深清净。铁头爷是村里住在山里最深处的一户人家。先前还有四户人家住在这里，可他们都被扶贫了，搬到山下的新村去了。铁头爷却死活不搬，儿子金生要接他们去城里治病、养老，跑了一趟又一趟，好话说了一汽车，可铁头爷横竖不答应。他说，这里是他的家，是他的根，他在这个院子里生，也要在这个院子里死。铁头爷倔强得像头驴，谁都说不动他，谁都拿他没辙。

"姐，车，这儿有一辆车！"小宝一边喊着一边兴冲冲地跑过去。点点也快速追了过来，看着那辆车说："是贾政叔的车。"小宝站在车前，拿手轻轻抚摸着亮光光的车灯，好奇地说："贾政叔的车停在这里干啥？"点点想了想，说："贾政叔在乡下跑出租，拉人，也拉货，应该是给铁头爷家送什么东西吧。"正说着话，桥那边就有了响动。点点和小宝同时转过头，只看见贾政叔正扶着铁头爷从桥上走过来，他们走得很小心，也很艰难。"慢点，"贾政叔说，"不要急，脚步踩稳了慢慢走！"铁头爷80出头了，脑袋里又出过血，走路抬不起步子，一点一点地蹭。铁头奶跟在后面，她是位满头白发的小老太，手里提着个小马扎，两只胳臂一扭一扭，像是在赶着一群鸭子走路。原来是铁头奶租了贾政叔的车去镇街赶集——今天是八月二十六——镇街逢集。自铁头爷患病后，每月二十六老两口都要租车到镇街上赶集。铁头奶扶着铁头爷步履艰难地在街上走走看看，不时把轻便的小马扎放在街边的地上让铁头爷坐下歇息。每次来镇街他们都要买一些必需的日常用品和那些治不好病却永远也离不开的中药西药，最后还要在黑虎桥头买一兜新炸的王家大麻花。王家大麻花面里加了蛋清和蜂蜜，香软酥甜，好吃好消化，放个十天半月依然新鲜可口。虽然老两口有儿有女，却都不在身边，女儿在南方给儿媳妇带孩子，一年半载也难得回来一次。儿子在省城上班，平时工作忙，只有到了节假日才带着子女回家住两天。

看到点点和小宝，贾政叔似乎有点惊讶。他说："点点，跑这儿弄啥？"点点低着头，腼腆地说："俺去半坡杨捡地软。"铁头奶蹒跚着走来，满脸黑苍苍的皱纹含着慈祥的笑，她说："点点呀，吃饭没有？"点点说："吃过了。"铁头奶说："山上老滑，不敢卖野眼，不敢带弟弟往陡坡上爬！"点点说："俺知道。"铁头爷僵着身子站在车旁等着贾政叔扶他上车，他嘴歪眼斜，表情僵硬。小宝觉得铁头爷的表情凶巴巴的，充满敌意，他挑衅般地对着铁头爷龇牙蹙鼻做了个鬼脸。铁头爷好像愤怒了，拼命把细长脖子向前伸，嘴和眼歪得都要掉地上了。铁头奶把铁头爷的一只胳膊抱住，拿卫生纸把他的口水擦干净，她说："老头子，你这是咋了？是不是见到孩子们高兴了？想和他们说话哩？"铁头奶一边说着，一边在铁头爷的胸上轻轻地揉。铁头爷喉咙里"鸡儿鸡儿"叫——似乎有一只小鸡就要从里面飞出来了，然后龇着鼻子有些笑的意思。铁头奶就快活地嚅着苍老的嘴说："你看你爷多高兴，改天来家里和你爷玩，你爷可喜欢你们小孩了！"

待铁头爷和铁头奶都上了车，贾政叔转过身对点点说："天凉了，哪里还有地软，别去山上了，还是坐车回家吧！"点点摇摇头，固执地说："俺不！"

3

到了半坡杨，点点和小宝都被水库里的水给震惊了。他们没有想到山上的水库里会有那么多水。第一次来正是经过一冬干旱少雨的春季，水库里的水几近干枯，只在坝根处龟缩着一汪沉静的清澈，现在水大得从堤坝上往外漫，都快涨到两边的山根下了，水波荡漾，一片汪洋。半坡杨这地方是一个三面环山的河湾地，河水清丽，树木繁茂，地势相对温润舒缓。原本这里是一个世外桃源般安适宁静的小山村，住着十多户人家，后来上面要在这里建水库，集体搬到山下去了。

姐弟俩一边感叹着令人震惊的水，一边蹚着一条毛毛小道往北边的山坡下走。秋天的山野青绿红黄，色彩绚丽，一只山喜鹊拖着长长的尾巴在山梁上叽喳叽喳地叫。点点和小宝穿过一片稀疏的槲树林，就看到了坡根下有个灰黑色的窝棚，那是常到这里用捕猎机电兔子的人为藏身和过夜搭建的。点点和小宝捡地软的地方就是窝棚后面那一大片低缓的坡洼地。

坡洼地里没有树，长着稀稀拉拉的黄荆和密集的蒿草，那些可爱的地软就生长在蒿草下面的砂石地上。姐弟俩一到坡洼地便迫不及待地寻找起来，他们怀着火一样的热情，把上次捡到地软的地方快速搜寻了一遍，结果完全出乎他们的预料，一朵地软都没有。小宝便有些急躁，问点点："地软哪里去了？怎么连一朵都没有？"点点抹着脸上的汗，充满自信地说："别急，慢慢找，说不定很快就会找到！"

坡洼地里湿气重，蚊虫多，遍地荆棘，荒草丛生。姐弟俩的裤脚和鞋袜早已湿透了，沾满了泥巴，手臂也被荆棘划破，他们却不管不顾，像爬行动物似的手脚并用，四处游走。可找来找去，差不多把整个坡洼地都找遍了，还是连地软的影子都没有。小宝不但急躁，而且气愤，指责姐姐说："你不是说能找到吗？哪里有？你看看哪里有？"好像捡不到地软都是姐姐的错。点点不生气，却很纳闷：是呀，下了这么多天的雨，怎么会没有地软呀？点点很快就想起了贾政叔说的话，天凉了，哪里还有地软？贾政叔说得没错，看来今天一定是白忙活了。点点把提篮丢在地上，看着小宝悻悻地说："天凉了，地软长不出来了！"小宝出人意料地没有说话，嘟着嘴，既懊恼，又沮丧。

天上的太阳依然没有出来，北边苍茫的山脊上有一只鹰在静静地盘旋，山坡上风平浪静，平阔浩大的水面像睡着了似的一点儿声息都没有。不知从哪里飞来了一群山雀，落在他们身后一块大青石旁的荆丛里喳喳叫。山雀们的叫声麦芒似的尖细刺耳，这让小宝有些心烦意乱，他随手抓了块石头向那簇荆棘投去。小宝无论如何都不曾想到，一块小石头，会招惹那么大的动静，会带来意想不到的收获。就在石头落下鸟雀飞起的同时，荆棘下轰隆隆腾起一道黄色的光。"兔子，兔子！"小宝惊得跳了起来。点点一转身，一只毛色发黄的野兔正从面前坡洼地斜刺里向山上的密林奔去，尽管野兔的奔跑快如闪电，瞬间遁入密林，点点还是清楚地看到它剑一样尖俏的耳朵和机警恐惧的眼睛。

两人望着野兔逃走的方向怔了片刻，惊魂甫定，好奇心驱使小宝朝那簇荆棘跑去。小宝一到荆棘下，像被马蜂蜇了似的呼叫："姐，姐，你来，你快点来！"点点闻声奔了过去，第一眼就看到了那片激动人心的地软。它们呈环状生长在荆棘下的一小片茅草和石头之间的地面上，清鲜温润，精巧别致，像一朵朵盛开的黑色的小莲花。点点赶紧把提篮拿来，她一边扒拉着茅草往前走，一边告诫小宝说："小心，别把地软踩碎了！"小宝表现出少有的顺从听话，他学着姐姐的样子哈着腰蹲下身来，一边小鸡啄米般快速捡拾，一边不停地向前，向左右移动。两个人兴奋得有些微微的心跳，谁都不再说话，似乎一说话就会把地软给吓跑了。有绿尾金翅的野蚂蚱在他们面前蹦跶，有体格硕大的红头蚊子嗡嗡叫着趴在他们的脸上叮，叮得满脸都是明亮鲜艳的红疙瘩，他们却浑然不觉。直到把地软一棵不剩地捡拾干净，姐弟俩这才一边挠着又痛又痒的脸，一边望着满满一提篮花朵般的地软，情绪激动得大呼小叫，欣喜若狂，好像他们捡到的不是地软，而是比金子还要贵重的大元宝。

4

下山的时候，小宝捡了一根干树枝攥在手里，敲敲打打走在点点的身后。收获地软的兴奋让他躁动不安，嘴里的话像螃蟹吐泡泡似的一串一串往外冒，他说的都是明月超市里好吃好喝好玩的东西，譬如棒棒糖、山楂卷、蛋黄派、玩具手枪之类。小宝说来说去，就不可避免地说到了鞋。他问点点一提篮地软能不能换一双鞋。点点说："哪能？一双鞋八十多，咱这一提篮地软也就值十多块。"小宝想要的是那种白色带蓝道道的运动鞋，鞋跟下嵌入一块透明的塑胶，里面装有电子灯，夜晚走路会放射出色彩斑斓的光。孩子们把那种鞋叫作"电灯鞋"，好多同学有，桂花姨家的乐乐也有。乐乐是女孩子，她的电灯鞋是鲜艳的粉红色，灯光更加璀璨夺目。夏日的傍晚他和姐姐去桂花姨的小卖铺里买酱油，乐乐穿着那双鞋在他面前骄傲地跳来跳去，他看得眼花缭乱，头都晕了，回到家哭着闹着要电灯鞋。点点无奈，只好带他再次去了桂花姨的小卖铺，用桂花姨的手机给娘打电话。电话一通，小宝就哭了，他说他想娘要娘回来，娘不在家他老害怕。娘在电话里乖呀娃呀哄了大半天，小宝终于不哭了。小宝不哭了就向娘要鞋，要那种会闪光的电灯鞋。娘爽快地答应了他。

娘说："买，乖，娘一定给你买！"小宝吸溜着鼻子说："那你什么时候买？"娘说："春节，春节回去给你买！"从那一刻起，小宝分分秒秒都在望眼欲穿地盼着。他盼着春节早些到来，盼着娘早些回家。夜里总是做关于鞋的梦，他在梦里穿着娘给他买回来的崭新的电灯鞋，笑着喊着，蹦着跳着，那亮晶晶的灯光快乐地闪呀闪，闪呀闪，他兴奋得都快要飞起来了……

"姐，"小宝突然说，"我要电灯鞋！"点点转回身，把提篮从左胳膊转移到右胳膊，说："娘不是说了，春节回来给你买！"小宝说："春节还早哩，我等不及，我现在就想要！"点点说："现在哪有？娘又不在家！"顿了顿，她又说："要不咱回家给娘打个电话，让娘把鞋买好了给咱寄回来！"小宝疑惑地说："寄回来？怎么寄回来？"点点说："从快递寄，寄到桂花姨的小卖铺里。你没看见村上出去的人往家寄东西，都寄到桂花姨的小卖铺里！很快的，两三天，最长不超过四天！"姐弟俩说着走着，已经到了铁头爷家门前的坡垭里。点点找了个平展地儿把提篮放下，准备歇会儿再走。小宝却急于回家给娘打电话。他说他饿了，要点点快些回家做饭。他一边催促姐姐，一边抢在前面，像是要追赶什么似的快速朝山下走去。点点追在后面，关切地说："小宝你走慢点，看好路，可别摔倒了！"

铁头爷他们已经回来，大门敞开，灶房上飘着一缕柔弱轻淡的炊烟。桥头依然停着贾政叔那辆半旧的红色面包车。贾政叔正撅着屁股在那里吭哧吭哧卸轮胎。点点和小宝走过来，两人同时叫了声贾政叔。贾政叔直起腰，说："哦，是你姐弟俩呀！"贾政叔伸着脖子往点点挎着的提篮里看，惊讶地说："真有地软呀，还捡了这么多？"点点放下提篮，满脸是汗，她说："贾政叔，车咋了？是不是坏了？"贾政叔说："轮胎爆了，我正在换备胎！"贾政叔一边说话，一边拉开车门，从车里领出两只有靠背的小椅子，放在地上说："恁俩先坐会儿，等我换好了轮胎坐车回家！"奔波了大半天，点点和小宝已经累得够呛，一步路都不想走了，能坐贾政叔的车回家姐弟俩自然是喜出望外。贾政叔笑一下，说："等着，马上就好！"

点点把提篮放下，坐在小椅子上用袖子给小宝擦了汗，又给自己擦。小宝舔着干燥的嘴唇说："老渴，我老渴！"点点抬头望着铁头爷家的院门，说："老渴，你去铁头爷家讨水喝！"小宝迟疑一下，便起身上了面前那座小桥。桥下的水流得很急，呜呜哇哇，像有一群人在幽深的黑暗里呼喊叫骂。不知为什么，小宝觉得心下惊颤颤的有些发紧，他几乎是跑步进入铁头爷家的院子里的。

院子里很静，墙根下的刺玫花开得一层一层的。一只鸡卧在花架下，骨碌着眼睛，警惕地望着小宝，好像在说："你是谁呀？我怎么不认识你呀？"

小宝看到铁头爷弓腰塌背地趴在院子里的石桌上，他已经睡着，一动不动，活像一截没有生命的朽木头。

小宝走进灶房时铁头奶正在往灶膛里填柴，冷不丁地看到一个小人儿从外面进来，吓了她一哆嗦，手里的柴差点儿掉地上，心慌兮兮地说："哎——哟，哎——哟哟，是……是小宝呀，吓老奶奶一大跳！"小宝也不说话，抓起放在灶台上的一个水舀子，在水桶里舀了水就喝。铁头奶忙说："别喝别喝，喝生水肚子疼，锅里水一会儿就滚了！"小宝很快喝完水，喝完水的小宝抬起袖子抹一下嘴，放下水舀子，转身走了出去。铁头奶还没把灶膛里的火烧旺，她一边填柴，一边喊："小宝你别走，喊喊恁姐，我给恁俩做捞面条吃！"

小宝走到院子里，铁头爷依然睡得深沉。石桌上放着一兜子大麻花。看到大麻花，小宝不由自主地站住了，那金黄油亮的大麻花磁铁般吸住了他的眼球。一缕活泼愉快的香气流入小宝潮湿的鼻腔，他紧紧地咽了口唾液，感觉有无数饥饿的虫子咬食着他空洞的胃肠。"拿一根，"他在心里说，"没事的，拿一根就跑，铁头爷睡得那么死，肯定不会发现！"小宝这样想着迅速伸出右手，把一根大麻花抓住，拽一下，大麻花却没出来。小宝这才发现大麻花是捆绑在一起的，布兜的一个角压在铁头爷的胳膊下面。小宝用力再拽，麻花却断了，就在拽断麻花的同时，正在沉睡的铁头爷突然抬起头来。抬起头来的铁头爷面目狰狞，两眼乌黑，口水像一根明晃晃的绳子从嘴角倏然垂下。小宝被吓得魂飞魄散，叫喊着向院外跑去。

日后的很长时间里，点点总是困惑，她觉得那个凶险的中午实在诡异。中风后遗症的铁头爷瘫了半个身子，虚弱得一阵风都能吹飞，平时走路需要有人搀扶，那天他却自个儿跑起来了，从院子里一直跑到门外的小桥上。那时点点正坐在桥头的小椅子上看贾政叔换轮胎。小宝手里举着半截大麻花叫喊着从小桥上跑过来，点点慌忙站起，迎上去把他抱住，问道："咋了小宝，你咋了？"小宝转回头，指着身后恐惧地说："他……他……"点点一抬头，就看到铁头爷晃着两条长胳臂站在小桥上，像一棵被斩断了根的树，身子颤抖、晃荡，两只手拼命地舞动着竭力想要抓住点什么。可他能抓住什么呢？贾政叔站起身来，扔掉手里的扳手，惊叫着向铁头爷奔跑过去。恍惚中，点点看到铁头爷的身子在桥上晃了晃，一头向桥下栽去……

5

那天，点点和小宝是在铁头爷倒下小桥的时候逃走的，突如其来的灾难把他们吓傻了，吓迷糊了。他们没有顺着河边的沙土路往村里跑，而是原路返回又一次回到了半坡杨。一路上他们恐惧得两眼发黑，精神恍惚，耳朵里都是铁头奶惊天动地的哭喊声……

姐弟俩在半坡杨杂草丛生的坡洼地长时间坐着，呆呆地，像丢了魂，失了魄。整整半个时辰，他们就那么木着脸眼神空茫地一动不动坐着。天空愈发得阴暗低沉，山坡上起了雾，毛茸茸的像一张网，缓缓地往山下落，落到水面上的时候，雨就点点滴滴下了起来。

小宝仰起头，两眼直直地望着身边的点点，喃喃地说："姐，下……下雨了！"点点像是被什么虫子咬了一下，站起来，心还在慌慌地跳，完全是从噩梦中醒来的感觉，她转着头四下望望，然后指着前面不远处的窝棚说："小宝，快起来，到下面的窝棚里去！"

点点拉着小宝往窝棚里跑，小宝突然说："地软，咱的地软！"点点站住。回头在地上寻找，可地上除了荒芜的杂草什么都没有。姐弟俩这才意识到地软忘在山下了。

窝棚里腐朽潮湿，地上散乱着一些树叶和枯草，还有两块紧挨着放在地上当凳子用的石头。小宝一进来就在一块石头上坐下，点点在另一块石头上坐下，好像这两块石头是专为他们姐弟俩准备的。雨在他们进入窝棚的同时下大，一时间大雨如注，天地迷蒙，满世界都是密不透风的下雨声。姐弟俩被疯狂的雨声包围着，他们又冷又饿，缩着膀子一个劲地打哆嗦。直到这时，小宝才想起手里的大麻花。大麻花多半在奔跑途中被树枝挂拉掉了，只剩下握在手里的一小截。小宝自知理亏，想把大麻花偷偷扔掉，却又不舍，纠结了一会儿，便伸开手，把那一小截大麻花送到点点面前，讨好般地说："姐，大麻花，你吃吧！"看到小宝手里的大麻花点点顿时火起，一巴掌将大麻花打在地上，怨恨地说："吃，吃，就知道吃！"小宝从没见姐姐如此凶过，他紧张得战栗一下，一撇嘴哭了。小宝一哭，点点的心立刻就软了，疼了，她急忙把那一小截大麻花从地上捡起来，放到小宝手里，赔着小心说："小宝你吃吧，姐不该怪你，都是姐的错！"小宝停止了哭泣，一转身把大麻花扔到窝棚外面的雨地里。扔到雨地里的大麻花像一只垂死的虫子被麻乱的雨鞭抽打，消融，不大的工夫就什么都没有了。大麻花没有了，小宝一点都没有惋惜，相反他心里有一种类似恶毒被消的快感。大麻花给他惹了祸，害了自己，也害了姐姐，小宝恨死了大麻花。

小宝正在仇恨大麻花，一只小鸟进了窝棚。小宝有些惊讶，也有些激动，他扯一下姐姐的衣襟轻声说："小鸟，姐，你看，一只小鸟！"那是一只没长出尾巴、嘴叉黄嫩的幼鸟，它湿淋淋地站在地上，耷拉着身子，虚弱、恐惧、浑身发抖。小宝走上去，一下子就把小鸟捉在手里。小鸟无力地挣扎，哀哀地鸣叫。小宝天真地歪着头，对姐姐说："姐，你看，小鸟是不是在喊妈妈呀？"点点却说："小宝你轻点，轻点捉，它这么小，会被捏死的！"小宝就有些不知所措，看着手里的小鸟，他有些犯难地说："那……那咋办？"点点想了想，把自己衣服最下边的两个纽扣解开，拉起衣襟，两只手交叉着托在衣襟下面，形成一个凹陷的小窝，然后对小宝说："把它放这儿！"小宝依照点点的吩咐，小心翼翼地将小鸟放到姐姐的衣襟上。最初的时候小鸟似乎很紧张，稚嫩的小翅膀一抖一抖，想要飞走，吓得姐弟俩不敢说话，不敢呼吸，连眼皮都不敢眨一下。小鸟似是感受到了温暖，感受到了姐弟俩的亲近和友善，渐渐地安静下来了，收了收翅膀，缩缩身子，竟然闭上了眼睛，睡觉了。看着小鸟安静舒适的样子，姐弟俩都很高兴，他们的心思完全在小鸟身上，把所有的恐惧、饥饿和寒冷都忘掉了。

"姐，你看，小鸟睡着了！"

"小鸟累了，它太小，应该还没出窝！"

"没出窝怎么会跑出来呢？"

"它是被雨吓着了，从窝里跌下来回不去了！"

"那它妈妈呢？妈妈是不是不要它了？"

"妈妈怎么会不要它呢？妈妈正在到处找它哩！"

……

姐弟俩你一句我一句，有问有答，一只蠓虫突然钻进小宝的鼻孔里。小宝顿觉奇痒难忍，便顺理成章地打了个喷嚏，喷嚏像打枪似的急促响亮，把正在睡觉的小鸟吓着了，身子一抖，从点点的衣襟上飞了出去。小鸟是飞不远的，它落在窝棚的地上惊恐不安地叫着。小宝扑了一下，却没扑到。小鸟连飞了两次，飞到窝棚外面去了。小宝没有停下，跟着小鸟追了出去。点点愣了片刻，喊着"小宝小宝"，也追了出去。外面的雨下得正急，姐弟俩一出窝棚就淋成了落汤鸡。小宝却紧追小鸟不放，在雨花飞溅的泥地上，他扑了一下，又一下。小鸟虽是溜着地飞，还被雨打得跌跌撞撞，可小宝总是慢那么一拍。点点奋力把小宝从地上拉起来。小宝的脸上衣服上都是草屑和泥巴，被雨水冲刷着稀稀拉拉往下落。点点抓住小宝的胳膊，大声说："回去，快回去！"小宝挣了一下，看着雨地里的小鸟着急地说："它……它会死的！"这时，不知从哪里又来了一只鸟，在他们面前扑着身子飞。点点说："你看，鸟妈妈来了，鸟妈妈找它来了！"点点拉着小宝往后退，尽量不打扰到它们。果然，那只鸟飞了几个来回，落在地上，一跳一跳到了小鸟身边，抖着翅膀吱吱叫，像是疼爱的亲近，又像是嘱咐教导着什么，然后小鸟就跟着它走了，进入一簇树棵子里了。点点回过身，发现他们已经到了水库的边上，一只脚已经站在水里了。点点觉得很奇怪，水库里的水怎么一点都不凉呀？不但不凉，还有些淡淡的暖意。

雨渐渐地小了，雾气也在慢慢地收敛飘散。点点抬起头，看到远处的水面上有一群野鸭子正在游泳，她想："野鸭子多好呀！它们无忧无虑，自由自在，一定很惬意很快活。"点点这样想着又向前走了两步，水一下子就到了她腿弯的地方。点点在那里站住，转回身望着浑身淌水、冷得发抖的小宝，她说："小宝，过来，快过来，水里暖和！"小宝望着有些发浑的水面，迟疑一下，还是走了过去。点点指着远处的野鸭子对小宝说："走吧小宝，咱到野鸭子游泳的地方去。"小宝有些困惑地看看点点，又看看野鸭子，他说："不，那里水老深，会淹死人！"点点说："不会，连野鸭子都淹不住，怎么会淹死人？"小宝知道野鸭子有羽毛有翅膀，在水里怎么游都淹不死，可人没有羽毛和翅膀，怎么会淹不死呢？他坚定地摇摇头，说："不，我不！"点点说服不了小宝，想要硬拉他往水里走。小宝却抱住点点的腿，坠着屁股说："不，我要回家，我要回家！"点点的眉里眼里都是她这个年龄不该有的黑雾一样的愁苦，她哑着喉咙说："铁头爷死了，咱回不去了！"小宝却哭着说："我不管，我要回家，我要娘给我寄电灯鞋！"点点知道脚下是慢下坡，只要再向前走两步就可以滑下去，滑到深不见底的水里去，那样她什么都不用害怕了，一切都过去了。点点两手抓紧小宝的胳臂，深吸一口气，正要用力，突然听到身后传来一声呼喊："点点，你要干啥？"点点迟疑着愣了一下，那声音再次响起："你要把小宝往哪里领？还不赶快回来？"这是娘的声音，那么熟悉，又那么严厉。点点猛然回头，看见烟灰色的黄昏正在降临，坡洼地里到处都是细细碎碎的鸟叫声，却连个人影都没有。点点觉得怪怪的，她明明听到娘的喊声了，可娘在哪里呀？点点有些惊愕，也有些惶惑，她不能把弟弟带到水里去，她是答应过娘要照顾好弟弟的。这样想着，点点转回了身，和小宝一起出了水面，一步步向窝棚走去。

天很快就黑下来了。点点决定带小宝回家，虽然她害怕回家，可天黑了，不回家又能去哪里呀？奶奶还在家里等着他们，她不知道衰老多病的奶奶已经急成什么样子了。

　　半坡杨雨后的夜晚阴森寒冷，水面上不时传来鸟儿拍打翅膀的声音。站在窝棚外湿淋淋的黑暗里，点点又一次听到了叫声，但她肯定这声音不是她熟悉的娘的声音。小宝拉紧点点的手，怯怯地说："姐，你听，有……有人叫你！"循着叫声望过去，姐弟俩很快就看到槲树林里有两束手电筒的光亮。很明显，有人上山找他们来了。来人一边把手电筒照来照去，一边呼唤着点点的名字。随着他们的临近，叫声越发地清晰响亮。点点和小宝听得很明白，呼叫他们的是一男一女，女的是桂花姨，男的是贾政叔。点点拼足了力气望着灯光喊："在这儿，我们在这儿！"——两束灯光同时射过来："别动，站在那儿别动，我们马上过去！"——点点应答着，猛一仰头，就看到了天上的星星。

　　天终于放晴了。天上的星星潮湿、晶莹、密密麻麻，像是很多很多只眼睛关切地注视着他们。不知为什么，那一刻点点泪流满面……

　　多年以后，点点在省城一所名牌大学的图书馆里，无意间读到这样一句话：在国外的许多餐馆里，一盘炒好的地软上桌了，报的菜名叫"天使的眼泪"。她脑子里忽然一闪，不由得再次想起和弟弟在半坡杨捡地软的情景……其实那天铁头爷没有栽下桥去，更没有死，点点看到的只是一幅模糊不清的画面。

※ 作者简介

　　陈玉山，河南省鲁山县人。河南省作家协会会员。曾在《莽原》《安徽文学》《青年作家》《河南文学》《三月》等报刊发表中短篇小说、散文几十万字。

温暖的黄布包

王晓静

1

张洋波一步步地往夜幕里走去，这绵绵不绝的雨把世界变成了一片汪洋。他耷头缩肩、一步三摇，像个求死的人，万念俱灰地走进这深海里。

小巷深处有个银行自助营业厅，那点灯光在无边无际的黑暗里微茫如鬼火。他走过的一刹那忽然定住了，里面有个人。

深冬的午夜，除了像自己这般失魂落魄的夜游者，还会有谁在里面？

他漠然瞥了一眼。一个大娘正抱着一个硕大的行李包，酣然甜睡，白发像雪后的枯草，乱蓬蓬披了一脑袋。张洋波叹了口气想，这世上从来都不缺落魄的人。

转过街角，远远地看见两个染着黄发的男人，在一家店铺的房檐下抽烟，哗哗的雨声都压不住他们放肆的笑声。张洋波的心里莫名浮起一丝不安，想起前几天阳城电视台的一则新闻：一个女孩下夜班时，在离这儿不远的一条街上遭抢了，还被扎了一刀。

他转过身，疾步走向自助营业厅。

大娘被叫醒后，好像还在沉睡，含糊不清地说："对不起，我碍事了是吧？我天亮就走。"

浓浓的乡音扑面而来，张洋波被这熟悉的乡音浸泡，涌起一丝暖意，也用老家方言答道："在这儿睡不安全，找个旅社吧。"

大娘揉揉眼，端详了下张洋波，惊喜地说："老乡？甭担心，俺想省点钱，闭眼眯会儿就对付一晚上了。明天上午的火车。"她的每条皱纹都溢着笑，声音里却有种坚硬的执拗。

张洋波扭头想走，却迈不开步子。他又看了眼大娘说："跟我合租的人回老家了，他的床空着，如果你信任我的话就住那儿。"话音刚落，悔意就爬上心头。刚失业，穷困潦倒，还管那么多闲事干吗？

大娘看着他微笑着说："俺信你！"

他们一前一后地走着，像大海上两艘孤独的小船，慢慢消失在雨幕里。

第二天早上，张洋波迷迷糊糊觉得屋里有人走动，一阵窸窸窣窣如风过林梢。他猛然睁开眼，天边还是鱼肚白，晨光熹微里，大娘正在整理行李。张洋波眯着眼，悄无声息地打量着那堆东西。忽然，一沓红艳艳的钞票从一方黄头巾里露出头，窥视着这个寒酸的屋子。大娘抽出它们，蘸着唾沫一张张数了一遍，仔细地用头巾包好，又掖进了行李包里。张洋波的心没来由地狂跳起来，不受控制地大鼓小鼓齐鸣。这一沓钞票，少说也有几千元。

又闭目躺了会儿，张洋波打了个哈欠，佯装刚睡醒。刚睁眼，大娘的脸就贴在面前，神情忧戚。张洋波吓了一跳，只见大娘把一个皱巴巴的本子举到他眼前，急切的话冒着热气直扑过来："你能瞅清这个电话吗？我儿子欠他钱，得找他还钱。"

本子上趴着工工整整的三个字：韩先生，但尾随的手机号却只可见五六个数字，其余都被水洇得模糊不清。

张洋波为难道："看不清啊，您儿子自己怎么不去还钱？"

"人没了，怎么还？"大娘慢慢地蹲在了地上，捂住脸，呜呜的抽泣声从枯皱的手指间漏了出来。她一边哭一边絮絮叨叨地说着话。那些话淌到了张洋波脚下，湿漉漉地涨上来。

"我大儿子去年结婚没多久就得了病，哪还有钱给他看病呢？娶媳妇已经把家里钱花光了。他抓着我的手说要出院，死活也不治了，他是在为他弟弟考虑后路啊！我那小儿子是个傻子，还没结婚呢。没办法，只好把他接回了家，挨了大半年就咽气了。我大儿子走之前一直盯着一个小本本看，上面记的都是他借的钱，一直盯到闭眼。我知道他不想带着这一身债走，他从小就是个重情重义的人。所以我就决定替他还钱，现在已经还得差不多了，没想到最后这个没还上。"大娘的诉说被哭泣切割得支离破碎，张洋波勉强把它们拼凑在一起，听懂了个大概。

还死债？张洋波不禁想到那沓钞票，喉头有些发紧。他又咽了口唾沫，迟疑地说："这年头遍地都是老赖，还钱不比要债容易得多？您有没有问问他的朋友们认识不认识这个韩先生？或者猜猜数字打打试试？"

大娘叹了口气:"我儿子一直在外打工,根本不知道他的朋友都是谁,也猜过电话号试着去打,人家一听还钱就挂了。有的还把我骂一顿,唉!"

张洋波叹口气,现在的人心思都重,肠子拐着几道弯,恨不得把自己罩在金钟罩里,免受各种诈骗侵扰。别说大娘的乡音浓重得旁人根本听不出来,即使听出来还债的意思肯定也不相信。

他默默地走到门口买了两袋包子,试图用温暖的食物来平复她的悲伤。

大娘的脸埋在包子里,白发颤抖着:"你真像我儿子,心好。每年麦收时,我儿子收完自家的,还会帮着乡亲们收麦子。平时不管自己缸里有几斗米,看见要饭的总会施舍点吃食。乡亲们都喜欢他,出殡那天乌压压来了很多人。"

张洋波忽然意识到,大娘一说起儿子就好像拧开了水龙头,刹不住了。

他用咳嗽截断了大娘蚕丝般绵长的话,说:"您儿子在哪儿打过工?不如去那问问他的工友,看有没有韩先生的线索。"大娘眼睛亮了下又黯淡下去,"是啊:不过家里有急事,我得先回去。"

大娘走了,屋里重新陷入一片静寂,刚才的哭泣诉说都像水珠一样蒸发得无影无踪。张洋波定定地看着那个空荡荡的床铺发呆,空气里灰尘在起舞。他越看越恍惚,昨晚的一切如同梦境,他甚至怀疑这儿是否真的睡过一个苍老枯槁、执着寻找债主的老人。

2

张洋波已经在床上躺了好几天了,像块正散发着腐朽气息的糟木头。肚子间或咕噜噜响几声,提醒着他该进食了。他仍然一动不动,反刍似的回味着半个月前的那一巴掌。

那次部门主管的刁难击破了张洋波的底线,他一巴掌扇过去,主管的粉脸立马红胀起来。她像是看到了此生从没见过的奇景,呆立着如只瘦脚鹭鸶。这一巴掌洗刷了张洋波所有的窝囊和屈辱,也将他扇进了失业大军里。

这些天,他一直奔波于人才市场,可一无所获。他很清楚,自己学历不高,学校不好,专业又冷门,谁要呢?口袋里已没多少钱了,能不能挨过这个寒冬还说不准呢!如果这时候谁借给自己几千块钱,那真是雪中送炭啊。张洋波呆呆地想着,又翻了下身,绝望地把空瘪的肚皮贴住床榻,缩成一张苍白削薄的纸片。

手机忽然响了起来，他慌忙翻身坐起。屏幕一亮，失望如潮水涌来，不是招聘单位的电话，竟然是大娘的。

"孩子，我来看看你，上次你管我吃、管我住，我给你带了瓶小磨香油。"大娘的声音里透着亲昵。一听到那声"孩子"，张洋波的心立马像被浸泡在了温水里，暖意直沁入骨髓，他的手指不自觉地颤抖起来。

车站，大娘抱了一大瓶香油，慈爱地笑着。她忽然促狭一笑，说："来时，火车上都是人，我怕别人趁我睡着了把油偷走，就拿了根绳子把油瓶捆在身上，这下睡得也安心了。"张洋波也笑了，转过身忽然觉得鼻子有点酸。

他喊大娘"姆"，这是家乡对家族里女性长辈的统称。大娘笑了，脸上的皱纹又层层绽开。

"姆，你晚上还住这儿吧！我那个室友退房了，房东还没找到合适的人，现在临近年关，很多人准备回老家了。"

"行，给你添麻烦了。我想今天去我儿子工作过的那个工厂看看，看能不能找到韩先生，得把钱还了。"大娘看着行李包，眼里有种石头的坚固。屋里静了几分钟，忽然，张洋波说："我陪你去。"

大娘一脸惊讶："孩子，你不上班吗？"

"我，我辞职了。"他把失业说成了辞职，脸上不禁一烫，又很快恢复了泰然自若。

大娘卸下包，揉了揉肩，又重新整理了一遍行李。张洋波躺在床上佯装看手机，眼珠却总是不由自主地溜向行李包，包的拉链敞开着，像个惊讶得张开的大嘴，正含着一个金黄色装满钞票的布包。

张洋波的嘴唇干巴巴地黏在一起，他狠狠地咽了口唾沫。

大娘的儿子曾经在阳城的宏达电子厂上班。张洋波盯着手机地图上那个红点，这地方就像个被城市扔出去的石块，随意抛掷在市郊，踞守着一方荒凉。它的四周都是同样的小工厂，养活着那些浩浩荡荡的打工大军们，也被他们所养活。

他们一路风尘仆仆，转了几趟公交车终于找到了这个电子厂。

远远地，大娘一见厂门就呜呜地哭起来："就是这儿，顶柱在这门口拍过照。"她扑上前去，细细摩挲着大门旁的柱子，仿佛那里还残留着儿子掌心的温度。张洋波去找门卫，递上早就准备好的烟，请求能放他们进去找人。

门卫冷冷道："你们当这是公园啊？快走快走！"大娘不死心，巴巴地看着门卫说："大兄弟，跟您打听个人，姓韩，不知道叫啥……"还没说完，窗户就被"啪"

地关上了，门卫隔着玻璃大声说："几万人的大厂，你们连名字都不知道，这不是大海捞针吗？"他们死磨硬缠了半天没用，只好悻悻地走开。

厂子外面都是一些小饭馆，不知谁家飘来了一阵炒菜香味。已到吃午饭的时候了，他们找了一家小店。刚坐下，大娘就问店主："一会儿工人们下班都要来吃饭吧？"

店主一边择菜一边说："工人中午不来，厂里管饭，吃完饭就要马上开工，时间紧。他们只在晚上加完班才出来吃夜宵。"大娘沉默了半晌，讨好地笑着，用蹩脚的普通话问："老板，你认识王顶柱吗？"

店主头也不抬："不可能认识，这么多工人流水一样来来去去，哪还能记住他们的长相，更不可能知道他们的名字了。"

大娘的笑脸立刻凝滞了，一副失望而凄楚的表情。她痴痴地说："那是我大儿子，他长得可排场（漂亮）了，瘦高个，浓眉毛，一双大眼可有神了。"

店主根本没听懂她嘟哝的啥，一边择菜一边自顾自地说："我的店开了这么多年，每天都能看见这些工人们。一片片齐刷刷地走过来，那身上年轻人的气息啊，挡都挡不住……"大娘像是听呆了，木木地坐着，一动也不动，脸上带着微笑，像是沉浸在美好的回忆里。外面的阳光正烈，无遮无拦。

大娘决意要坐到晚上，她撕着手上的茧子皮，低着头道："等他们下工的时候，我想打听打听顶柱的工友，得找到韩先生呢。"

店主在一旁听见，毫不留情地斩断了她的念想，"这么大的工厂别说遇到你儿子工友的可能性太小，即使遇见，也没人会记得他。工人每天早上7点多站到工位上，那身子就不是自己的了，嘴也不是自己的了，交头接耳就得扣工资。下了工都累得要死，懒得说话。别看一个厂的，有的半年了还互相不知道姓名。"

大娘仍然木木地执拗地坐在那儿。张洋波忽然有种直觉，也许在大娘心里，找韩先生不是最重要的，别人嘴里的顶柱是什么样子才是最重要的，她难道想用这种独特的方式"复活"他吗？张洋波在夜风里抱紧肩头，不敢去看大娘，只觉得心底一阵悲凉酸楚。

一直坐到华灯初上，工人们都下了工，陆陆续续走出厂子。大娘目光灼灼看着那些工人，举着张洋波为她做的牌子，上面写着"你认识王顶柱吗"。她像个木桩立在路旁，工人们像河流一样绕着木桩流过，无人驻足。

在阳城的这几天，大娘一直执拗地守在电子厂外，打听那个虚无缥缈的韩先生，可一无所获。张洋波见不得她为了省钱每天只啃馒头，总是想方设法地给她买饭菜，他摸着自己越来越瘪的钱包，心中也惶恐焦虑，但转念又想，再坏又能坏到哪里去呢，省了大娘的饭钱也省不了多少，反正这个寒冬注定挨不过了。冰窟般的出租屋里，相处了几天下来，两人竟都有了亲人般相依相偎的感觉。

这天，大娘要回乡了，张洋波送她到火车站。她一路近乎贪婪地看着公交车外的车水马龙，喃喃道："这么大的城市，这么多的人，顶柱在这儿该有多孤单啊，我真后悔，早就该让他回家去，这儿能捞金，也能吃人啊……"前座的女孩惊讶地扭过头看了看她，张洋波低声说："姆，别想了。"

买票的时候，大娘扶着头蹲下来说："唉，这头咋恁晕啊。"后面排队的人群不能继续往前移动，开始骚动起来。

车站工作人员过来说："不舒服就去那边医务室看看。"

大娘慌忙摆着手说："不用，不用，我得赶紧回去。"

工作人员又指指张洋波说："您儿子？让他陪您坐火车吧，这么大岁数了，路上好歹要有人照应啊！"

大娘眼里闪过一点亮光，殷切地看着张洋波说："要不跟我回老家吧？反正你辞职了，干脆回家过年，也看看你父母？"

张洋波的身子忽然变得僵直，他不敢迎上大娘期盼的眼睛，只是低头不停地清嗓子，咳，咳，咳。后面的队伍又开始骚动起来，有人喊："前面的快走！"张洋波又重重地咳了一声，忽然抬起头说："好，我先送您回去，再回老家。"大娘高兴地捶了一下他的背，满脸溢着笑意："好啊，先来我家住几天！"

绿皮火车哐当当响着，载着一车人的喧闹和梦呓向远方驶去。大娘笑眯眯地看着张洋波说："睡会儿吧，路还长着呢。"张洋波的眼神像羽毛般轻飘飘地拂过大娘的包说："您睡吧，我帮您看着行李。临近年关，小偷多了。"

"我不瞌睡，你睡吧。"

"我也不瞌睡。"

大娘耷拉下肩膀，下颌抵着硕大的行李包，整个身体忽然像抽走了精气神瘫软在座位上。她看着窗外，幽幽地说："你可真像我儿子，他以前也是从早忙到晚都不打瞌睡。我老伴身体不好，所以，从年轻时我就干所有的活。生了大儿子后没多久就生了小儿子，谁知道小儿子是个傻子。大儿子脑瓜子可聪明了，但他高中没毕业就不上了，他说我太累，要照顾地里的庄稼，还要照顾他爸爸、他弟弟。他心疼我，硬是不上学了,跟着乡亲到这儿打工。第一年年底,孩子凄惶惶地回来说遇到骗子了,把他一年挣的血汗钱都骗光了。他急得直扇自己脸,说没想到世上还有这么坏的人。把我心疼得啊,抱着他哭了半天。从那以后,他的性格就有些变了,以前爱说爱笑的,变得少言寡语了。后来我听他同学说,他背着我偷偷去找过他高中时的班主任,问还能不能再去读书。这孩子后悔了啊,他还是想上大学啊,可惜晚了。唉,我儿子命苦啊,投生到了这个家。"

大娘说着说着,声音就变了,不停地擦拭着眼角。张洋波递给她一张纸,在脑子里拼凑出顶柱的样子:一张愁苦而消瘦的脸,嘴角向下抿着,满面菜色,像城市里那些擦肩而过的年轻农民工。

张洋波想象着这个和自己同龄的男孩——他就像自己那些湮没在记忆里的同学、伙伴……他们身上都刻着寒门的标签,像蝼蚁一样努力而卑微地生存着。可他们竭尽全力也摆脱不了所处的阶层,贫寒的原生家庭不停地为他们制造麻烦,拖拽着他们在人生路上蹒跚而行。

车窗上仿佛出现顶柱晦暗的脸,他无声地张合着嘴,好像在说:不甘心。是啊,人生才刚开始,还没努力就被宣布终止,怎么能甘心?

顶柱的面貌渐渐隐没不见,一片黑暗中,张洋波自己的面容忽然浮现,也是嘴角微微下抿,眉头堆聚着对这命运的不满。两张面容悄然重叠,融合得天衣无缝,如同一人。张洋波悚然一惊,原来火车进隧道了。

3

当窗外开始出现大片大片的麦田时,张洋波知道,故乡到了。人们都说"近乡情更怯",而他何止是怯,还有一种隐隐的嫌恶。

大娘家的房子和他家的一样,是河南农村随处可见的平房,他恍惚有种错觉,像是回到了自己家。邻居们袖着手伸着脖子瞅他,问道:"杨大娘,这是你亲戚?"大娘乐呵呵地大声道:"是!"

院子里一个少年正趴在猪圈旁玩耍,猪圈里满地泥泞,却空空荡荡,一个老人正躺在檐下的草席上晒太阳。大娘不好意思地解释道:"屋里比外面更冷。"又扭头对老人骂道:"来客人了,还不赶紧爬起来。"少年跑过来围着张洋波打量一圈,嘴里不停发出嘀嘀声。

这个家真是家徒四壁，屋里充斥着陈旧腐败的气息。当张洋波看到晚饭端上来时，心里一热，大娘竟然专门为他杀了一只鸡，看着横陈在盆里那油光红润的鸡腿，他却没有一点食欲。他知道，一只土鸡对于一个贫困的农家有多大的价值。傻子少年盯着鸡肉口水直流，屡次被大娘的眼神吓了回去，不满地在凳子上左扭右晃。大娘给张洋波夹了个鸡腿说："孩子，多吃点，前几天你带我东奔西走，今天我终于能招待招待你了。快吃吧，看你瘦的。"张洋波只觉得被那慈爱的目光笼罩着，像是躺在柔软温暖的水波里，那颗一直浸淫在尘世里，被磨得粗粝冷硬的心，也一点点融化。

忽然间，他心里一动，也许自己就是为了这点温暖，才千里迢迢跟着大娘回乡吧。不，或许还因为别的，只是他不敢再往深处想，那里蹲踞着一头丑陋的怪兽，他不愿和它相见。

吃完饭，张洋波环顾四周问："这屋里咋没有顶柱的照片呢？"大娘沉默了，一旁的大爷接话道："都烧了，看见也是伤心。"大娘看了张洋波一眼，欲言又止，转身去把行李包打开，又取出那个卷着毛边的本子。

张洋波的眼神若有若无地轻轻拂过，包里的那抹金黄一闪而过，烫着了他的眼睛。

大娘拿着本子指给大爷看："唉，只剩下这个韩先生了，可还是找不到。"张洋波还没仔细看过本子上记的东西，他瞥了眼，只见写着：王某某，1000 元。张某某，2000 元……韩先生，5000 元。所有人名旁边都打了个对勾，对勾一路蜿蜒向下，停在"韩先生"的上方，大娘见他留意，便指着解释道："画对钩的都是还过账的，除了最后这个，你看看，这名字上还特意画了个圆圈，这一定是顶柱最想还债的人，可惜偏偏这个联系不上。"

张洋波心里忽然一惊，他的嘴唇不可抑制地颤抖着："姆，这些钱都是您还的？"大娘叹了口气，在灯罩圈起来的那束光柱下，她的面容猝然苍老了几分，"是啊，得替顶柱还了，他从小就不爱欠别人东西。"

张洋波"啪"地合上本子，浑身血液刷地涌到头上，一张苍白的脸憋得通红，声音也抬高了："可他欠您的啊，他没给您养老送终，已经欠您太多了，您不该替他还这么多账！您不考虑考虑自己吗？人都没了，钱也不给自己留点！子女本来就是父母最大的债，父母不该再为子女还债啊！"话一出口，张洋波也愣在了那儿，好像刚才说话的不是自己，他被自己的激愤惊住了。

大娘的眼睛在昏暗的灯光下很亮，她好像在回忆着什么美好的事情，温和而耐心地解释道:"我把猪都卖了,牛也卖了,家里能卖的都卖了。我做不到不管啊,这债不还,心里就总欠着。我不懂什么大道理,只知道欠债还钱天经地义,何况人家在咱们有难时愿借钱就是仁义,咱不能丢了良心,没羞没臊地活着……"张洋波一时说不出话来,他的目光抚过大娘花白的头发、瘦削的脸颊,眼睛慢慢模糊了。他沉默着,死死地攥着手,半响才发现手指被掐出深痕。寒夜的凉气渐渐围拢过来,凝聚在这个小屋里盘桓不去。

晚上睡觉前,张洋波刚想钻进被窝,大娘一脸神秘地走进来,手里举着一样东西让他看,是张不大的照片,照片上一男一女并肩站着,青年瘦高,有双和大娘一样的眼睛,睫毛很长,眼神像骆驼一样温顺。

大娘像个偷了糖果的孩子得意地笑着说:"看,这就是顶柱。以前我趁老头子不注意,偷了张照片藏在枕套里了。你看顶柱长得多排场,这是他的结婚照,后来他没了,儿媳就走了。唉,要不是这病,明年我就能抱上孙子了。"大娘兴奋的神色慢慢黯淡下来,眼里又涌上了泪花,张洋波赶紧把话题岔开,不知不觉间两人就聊了半小时。

大娘刚离开,大爷的声音就在东屋响了起来:"顶柱走了那么久了,你只要逮住个人就唠叨顶柱的事,说起来就没完……"大娘不知嘟哝着什么,慢慢地,屋里归于一片安静。

看着霉点横生的屋顶,张洋波不禁想起了父母,平时他强迫自己不去想,父母遥远而尖锐,一想起,他们就会像箭一样将他刺得生疼。可今晚这村屋里熟悉的霉味执拗地牵引着他,回到了往昔的岁月。

也是这样破旧的小屋,母亲和男人的嬉笑声传来。他蹲在院里恶狠狠地用木棍撮着蚂蚁,满地蚂蚁的尸体横陈。弟弟在一旁怯生生地问:"哥,妈在里面干吗?"他没好气地说:"滚一边玩去!"太阳毒辣辣的,灼得他的脖子生疼,他忽然腾地站起来,扔下木棍就往村头跑。父亲正守着瓜摊,跷着二郎腿,手里拿着一瓶酒慢慢报着,脚尖的旧拖鞋一晃一晃,欲坠未坠。张洋波硬着头皮大声道:"爸,我妈跟男人进屋了,你咋不管管?"父亲猛然睁眼,拖鞋坠落,砸碎一地树影。父亲盯了他半分钟,忽然一个耳光如流星砸来。他强忍住要涌出的眼泪,扭头便跑,疾步奔回小院里,抓起一块石头就砸向西厢房的窗户。母亲尖利的惊叫声和男人的怒骂声划破了午后的寂静,他在弟弟惊愕的目光中拔腿便跑。蝉鸣像滔滔的洪水涌过来淹没了他……

长大后，张洋波慢慢才明白这就是母亲讨生活的方法。而父亲不仅默许，甚至还主动为他们制造机会，因为父亲最在乎的不是名声，而是有钱买酒喝。张洋波长大后再审视自己的家乡，那是个贫瘠而落后的地方，村民们大多好吃懒做，一天天瞅着日影凑合着过日子。

张洋波漫长的童年时光，一直笼罩着屈辱的阴霾。村里的男人们会时不时揪住他，嬉皮笑脸地逼着他喊爸爸，班里的同学们他谁都不敢得罪，小心翼翼地维持着关系。他打过无数次架，被打得头破血流，眼睛肿得睁不开。多年后，张洋波做噩梦，还会梦见那些村民们俯视着他，那戏谑猥琐的眼神从头上浇下来，像是要把他浇筑在原地。有时他也会想，如今的不如意，一事无成，也许都因为他骨子里就不配过上好生活。

后来，母亲跟人跑了，父亲再未娶亲，因常年酗酒，得过一次脑梗，行动不利索了。张洋波考上大学后每次回家都要家里家外帮忙干活计。他越来越厌烦父亲，不想看到他那苍老衰败的躯体慢腾腾地挪动，不想听到他口齿不清地喊自己小名，同学们谈论起自己父母时他总是沉默。但他又为这种厌烦而愧疚，他听过父亲婉拒媒婆的话，知道他是为了不让自己和弟弟受气才不再娶妻，也知道父亲辛苦劳作是为了供他读完大学。但他本能地想逃避，想逃离那个家和那份沉甸甸的责任。

他并不知道，生命中母亲角色的缺失让他被母性所吸引，一生都在摸索搜寻那份渴望的温暖和疼爱。

张洋波叹了口气，脑子里又浮现出顶柱的脸，他忽然觉得满心都是妒忌，烧得他难受。他妒忌大娘三句话不离顶柱，大爷不愿让她提起，她就跟邻居说，跟村民说，跟班车司机说，跟张洋波说。

什么是真正的死亡？应是这世界上关于这个人的所有痕迹都没有了。可顶柱没有死，他以另一种方式活着。有人在怀念他的泥泞中一路跋涉，却甘之如饴。

张洋波攥着被子淌下泪来，那个短命的男孩拥有了自己一直在追求的东西啊！顶柱死了，却一直活着；而自己活着，却早已死去！

4

第二天晚上，落雪了，细细密密的雪片从天空深处纵情恣意地飘落下来，清旷的田野间鞭炮声越来越稠，已近年关。

张洋波打定主意，今年不回老家了，回到阳城。只是囊中羞涩，房租又该交了，必须想办法赶紧弄来几千块钱。他正踌躇间，大娘推门进来说："唉，再过半个月顶柱的周年就到了，这最后一笔钱还没还上，我心里真不得劲。"张洋波的心忽然又开始大鼓小鼓齐鸣，震耳欲聋的心跳声中，他清晰地听见自己的声音从喉咙挤出："姆，我帮您去找韩先生还钱吧？"大娘愣住了，看着他，寒风咚咚地撞击着窗户，张洋波却觉得汗都要冒出来了。他忽然尴尬地笑笑，看着窗外说："我最讨厌下雪了，每次一下雪，阳城那边就特别冷，房东不让用电暖扇，说怕会造成火灾，我总是半夜被冻醒。嘿嘿，就像小时候一样，脚趾头木木的，像是别人的，刀割都没感觉。"

大娘的声音变了："孩子……"

忽然，她变戏法似的从贴身衣服里掏出个东西，还是那摞厚厚的钱，被那方金黄色头巾严严实实地包裹着。

"孩子，那就麻烦你了。"

张洋波的心里像有一万台机器疯狂地叫嚣轰鸣，他在心里狂喊：您难道不怕钱给了我，我却不转交吗？您怎么那么傻？

大娘枯树般的手直直地伸到张洋波眼前，那明艳的金黄映亮了周围的一小圈夜色，也点亮了张洋波的双眸。他的手在口袋里捏紧再松开，松开再捏紧，最终像接过一块烫手山芋一样手忙脚乱地收下了。大娘沉默地看了他一会儿，帮他摘下衣领上的掉发，看着他睡下才起身回屋。

第三天，张洋波正吃着饭，手机忽然响起来，他看了眼，眉头不觉皱了起来，犹豫了片刻，拿着电话走出屋外。等再进屋时，张洋波轻轻地说："姆，明天我就要走了。"他清晰地看到一缕失落的神色迅速爬上大娘的眼角眉梢，但她很快又弯起满是褶皱的眼睛笑眯眯地说："孩子，你娘想你了？喊你回家呢？"张洋波低着头，不忍再看她强装笑颜的样子，含糊"唔"了一声，他忽然擦了下眼睛，紧紧握住大娘枯瘦的手说："以后您想顶柱了就给我打电话，我陪您聊天。"夜色里，他们都看不清对方的神情，却都能感觉到，有种暖意在两人之间悄然弥漫流动。

这天夜里，张洋波失眠了。他回想着晚上的那个电话，父亲说："你妈被查出来得了宫颈癌，你快回来看看她吧。"他愣住了，母亲的音容笑貌浮现在脑海里，但他本能地想拒绝，想说今年工作忙不回去了。但话在喉头翻滚了半天，还是没有吐出，他沉默着，慢慢地摁断了电话。挂掉前，他恍惚听见父亲长长地叹了口气。

现在，张洋波躺在大娘特意为他准备的新棉花被里，棉花的清香拥抱着他，身体温暖了，大脑也异常滚烫。月光像水波一样盈满了一屋子，他翻了个身，床头桌子上那团金黄色赫然跳进了眼中，张洋波猛地坐了起来，呆呆地盯着那个包着钱的黄布包。

第四天，张洋波醒来时已经是日上三竿了，院子里的鸡咕咕唧唧地叫着，窗台上的鸟也应和着叫个不停，一听就是个好天气，雪已停了。他穿好衣服坐在床边，看着那洗得发白的门帘发愣，门帘上绣着一只单脚站立的仙鹤和一小丛松树，针脚粗陋。

忽然，门帘掀动，仙鹤飞去。大娘走进来笑着说："孩子，看你睡得香就没叫醒你。"张洋波忙道："没事，不急，反正火车是下午走的。"大娘也坐在了床边，定定地看着他，眼里有泪光在闪动，她颤着声说："孩子，你要多吃些饭，太瘦了，太瘦了……"他不忍看她那凄惶的表情，只好盯着拖鞋上的一个洞，鼻子又开始酸了，眼眶越来越热，他能感觉到那慈爱的目光像只温暖的大手慢慢地抚过他的头和肩。那么熨帖的温暖，是可以藏在心底抵御这寒冬的。

又一次踏上了火车，满车拥挤的人群都拎着往故乡带的物品，他们的统一目的地都是家。可只有张洋波，像一尾逆流而上的鱼，准备孤独地奔赴那个冰冷的出租屋，他不想见到母亲。

张洋波趴在车窗边，呆呆地看着外面一闪而过的风景，他明白，再往前就看不到这故乡的风景了。列车挟裹着前愁旧恨一路奔驰，把往事远远地抛在了后面。

张洋波的头开始疼起来，昨晚几乎一夜没睡。村屋里，老鼠在墙角啃啮着桌子腿，他感觉良心也像在被啃啮，隐隐作痛。半夜时分，他把那摞钱又放回了大娘屋里，它们虽然能解决他暂时因失业造成的困窘，安然度过严冬，但他过不了良心的这个坎。

车窗外风景急速后退，那些成排的树木直直地擎着干枯的枝杈刺向天空，大片麦田在薄雪下安眠。他不禁想起幼时在那田间地头的嬉闹玩耍，那时天真无邪，不懂得成人世界里的腌臜污浊，只觉得天地宽阔，万物可爱。

火车隔一段时间就会报站名，驻马店、周口、开封，离新乡越来越近了，他的心莫名地狂跳起来。这个地方生养了他，也留给他无尽的痛苦。他知道没法选择出身，这一生都要和这个家捆绑在一起。

对面座位上的女人吃起了泡面，呼噜呼噜的，张洋波的肚子也叫了起来，便打开行李包准备掏出方便面。忽然，一角黄色像一只金镖，瞬间将他钉在了那儿。掏出来，竟还是那摞钱，被那方黄头巾密密地裹着。他的手指不可自抑地颤抖起来，抖得布包也快要掉在了地上。脑子里忽然响起大娘临行前说的话："你就像是我儿子，大城市打拼不容易，熬不下去就回家，家里有亲人。还有，有空了就回来看看我。"原来大娘早就知道了，可她不放心他，还是把布包放进了他的行李袋……张洋波紧紧地抱着那个黄布包，它好像突然变成一个小小的太阳，向四周不停地放射着暖意。这寒冷的冬日，他再也不冷了，只觉得浑身浸泡在温暖的泉水里。

这时，火车上的广播响了起来："旅客朋友们请注意，下一站，新乡。"

※ 作者简介

王晓静，1985年生。在《青年文学》《莽原》《北方作家》《岁月》《美文》《躬耕》《椰城》《海燕》《小小说选刊》《微型小说选刊》等杂志发表作品90多万字，公开出版发行《愿我们终被时光雕刻》《浮生宴》。小说集《浮生宴》被选入"河南省青年作家文丛"，文章入选《中国微型小说排行榜》等各类丛书。

洼子湾的人和事

熊立功　秦训金

1

入冬了，天气冷飕飕的，洼子湾的向富贵还穿件单衣，出出进进的，缩头缩脑。

村里人笑他："向富贵，你身体棒啊，一年到头，穿得精精干干的。"

他尴尬一笑："是哩，做事情利索一些。"

其实，向富贵想添置一件寒衣，可是，没钱买，也不好意思跟人讨。他想，自己光棍一条，混得连件寒衣都置不起，惹人笑话。

好多人晓得，向富贵光跟村里人帮工的钱，添置件寒衣是绰绰有余的，可他总不收钱。他想过，一回又一回地想过，乡里又乡亲的，互相帮帮忙，是应该的，收人家的钱，就太俗了。

腊月间的一天，爱到村主任家玩的向富贵，看到村主任从乡里拖了一拖拉机寒衣回来了。向富贵很兴奋，帮着卸下寒衣。

村主任问向富贵要不要？要就挑一件。向富贵看到旁边有很多人巴望着，就摇摇头。

回过头，在没人的地方，向富贵照自己脸，甩了一巴掌，骂道，笨货。晚上，缩成一团的向富贵，一夜没睡着。

第二天一早，向富贵来到村主任房前自己的田里，修让水冲垮的田埂。那是夏季发洪水冲垮的，放了大半年，天天给人家帮忙做事，自己家的没工夫做，开春之后，又有大水的，再不修不行了。再说，寒衣的事还要找一找村主任哩。

向富贵干到太阳出来一大截时，看到村主任出门了，他就来精神了，就像看到太阳一样，身上就温暖起来。

"主任早啊。"向富贵看到村主任穿着鼓鼓的厚厚的羽绒服，心想，主任一定好暖和。

"向富贵，是你啊，你比我还起得早些哩。"看着穿单衣的向富贵，还干出汗来，村主任说，"你好勤快，不错，就这样做。"

"是哦，过年之后，就不怕水再冲了。"向富贵望着村主任笑笑，正想问一问寒衣的事，村主任却径直往前走了。向富贵打了一个寒战，背心又凉起来。

夜里，向富贵在鬼样叫的寒风中，猴着腰，胁下夹瓶酒，快快地来到村主任家。正赶上村主任家吃晚饭，村主任硬把向富贵拉上桌。

向富贵赶紧把自己带的酒打开，在村主任面前，很卖力地跟客人喝起来，一直喝得舌头都大了，话也捋不直了，头晕乎乎的。虽然这样，向富贵脑子里还是清醒的，他看到一些面生的客人，也不好意思提寒衣的事。向富贵出门时，村主任问他，明天有工夫没，有的话，就跟他家帮一天忙。

向富贵说："有，我来，一定来。"

第二天一早，向富贵就赶到了村主任家。这一天，他很卖力地干了一整天。晚上吃饭后，向富贵问村主任："讨要寒衣的人很多吧？"

村主任说："是啊，灾年嘛，俏得很哦。昨日还分得不够哩。"

"哦。"向富贵一听，想讨寒衣的话就没再往下说。

"下一回，有像样的，我跟你留一件。"村主任说，"你也不要光想着好看，冬季天寒地冻的，要多穿点……"

向富贵直点头，说："那是的，那是的。"

向富贵出门时，村主任给他二十元钱，说："这是今天的工钱。"向富贵硬是不要。村主任火了："上几回叫你做事，你都没要。这一回，你再不要，我就不跟你往来！"

向富贵看村主任动气了，就收下了。

晚上睡到床上，向富贵一宿没睡着，村主任叫我做事是信任我，看得起我。我怎么能要他的钱呢，再说，下回，寒衣的事还要靠他呢……第二天，向富贵就把钱塞给了村主任的老婆。

开年后，向富贵准备外出打工，村里却好多人上他门，请他帮工做事情。向富贵就说，他要出去打工，挣几个现钱用。

村里那一些请他帮工的人就说："你哪里做工不都一样哪？该收多少钱，一样付给你，不少你分文不就行了。"

向富贵就想，是啊，自己没个手艺，只是做些苦力活，在家里挣钱，是一样啊。

向富贵就留下了，就给村里盖楼房的人家帮忙做小工。

一天到晚，向富贵力气没少下，主人也满意。吃夜饭时，请工的主人把向富贵当师傅一样地看待，把他请到席上，好酒好菜招待，三杯下肚，向富贵就晕了，醉了。

面对开出工钱的主人，晕糊糊的向富贵就推开递钱的手，很大度也很人情地说："我们乡里乡亲的，帮个工，要么子钱哟。你要是看得起我，就莫把我当外人看。"

拗不过向富贵的主人家，就塞给向富贵几包烟，再加一条毛巾，也算是还一个人情。就这样，向富贵天天在人家帮工，帮了东家，忙西家。天天回家时，他也总是喝得醉醺醺的，一天天过去，向富贵落得个苦中有乐。

夏季，雨水来得急。一天，一场暴雨过后，向富贵祖上留下来的两间土坯房让水冲垮了一间。向富贵就打算把垮塌的房子重新盖起来，可手头又没钱，就找村主任。

村主任说："你手头没钱，不要紧，先打一个欠条，村里先跟你帮忙解决砖瓦木料。做房的师傅和帮工，你就自己找去吧。"

向富贵就择了个天气晴朗的日子，请了村里很多人，帮忙做屋，只花了两天工夫，新房就做起来了。向富贵房子盖好的那天，帮工的人吃完晚饭后，一部分人走了，一部分人没有走。没有走的人问向富贵有没有钱？

向富贵傻眼了。

这些请来帮忙做屋的人，好多是原来给他们帮过工的，还都没收过工钱。

向富贵想，也是，现在没义务工了，过去你向富贵不收人家的钱，是你的事情。现在，别人送你半个工，也是人情啊。

向富贵就跟来帮工的人说："对不起啊，现在手头紧，年底付给你们，好不好？"大家都说，不要紧，年底就年底吧。这样，向富贵就给每个人开了张欠条。

夜里，向富贵睡在新屋里，一夜没合眼。从第二天起，向富贵再给人家帮工时，力气照样下得猛，酒却不滴不沾。做完一天工，对主人家开出的工钱，他就按照当地的收费标准收下来。

慢慢地，村里人都说向富贵变了，请他帮忙做工的人，也没原来多了。

向富贵手头的钱却慢慢多起来，到了年底，他还清了欠账，过了一个丰盛的年，也穿上了一件和村主任一样的鼓鼓的厚厚的羽绒服。

2

向富贵把靠卖力气赚的钱，重新翻修了他那祖上留下来要倒的几间土砖屋子。

村主任家也盖了新房，那气派当然比向富贵的房子阔气。村主任建了新房后家具准备全部换新。可瞅着一堆半成新的家什发愁，丢了可惜！心想何不做个顺水人情，叫向富贵搬了去，还可以节约运费。

吃罢晚饭，村主任去找向富贵，刚走进向富贵的屋子，只见向富贵躺在沙发上，手上拿着把塑料梳子，边看电视机上播放的《桃花朵朵开》，边梳着他那几根稀稀疏疏的黄毛。

向富贵津津有味地看电视，没顾得关门，电视机的声音透过门户，使寂静的周围有些闹哄哄的。村主任进到他的屋子他都没发觉。

村主任嘿嘿地笑，一巴掌拍在向富贵沙发靠背上，把向富贵吓了一大跳。见村主任光顾他的屋子，向富贵一骨碌爬了起来，顺手将桌上没开包的一包"黄鹤楼"大方地扔给村主任说："主任，你真是把我当人了哩，你还是第一次到我屋来嘞！"边说边去倒茶。

村主任见向富贵几天来就鸟枪换炮，屋子里装修一新，家具应有尽有，也就不再提旧家具的事了。村主任想，既然来了也得做个关心的样儿，不能失村主任的风范，就说："你小子有能耐呀！几年过来练得不错呢……"村主任笑呵着，随手拆开向富贵甩给他的那包"黄鹤楼"，递上一根给向富贵，自己也打着火机点着一支，呲呲地猛吸一口，然后像牛鼻子出气，吐出一柱烟雾来，继续说道："做了新房有什么困难吗？"

向富贵本来就有事要求村主任，家里已提前买了两瓶好酒准备拜访村主任。见村主任今天破天荒地光顾他家，还这样关心他，一下感觉到幸运之神降临得过分慷慨。看来，前些年帮村主任家义务做事还是划得来的。向富贵显得有些激动："主任，我正琢磨着这几天要找找你呢，我托人在县城专卖店买了两瓶你爱喝的茅台酒，打明日我再专程上你家孝敬你。你那新房做起来了，院墙没做，那院墙挖脚的事就包在我身上，保证一分钱不要，吃喝也不要你管。"向富贵瞥了一眼村主任，见村主任听着他说的话似乎蛮高兴，就继续说道，"村主任，你可否把那村里的几口野废塘包给我喂鳝鱼，再把我这屋子做抵押，帮我贷些款，你看么样？"

村主任本来想处理自家一堆废货，没想到向富贵倒提出这个要求来。他心里思忖着,那几口废塘荒着也是荒着,不如承包出去,村里收点承包费,两好合一好!至于贷款吗,估计没问题,只要有抵押,银行现在政策好得很,用不着本人操心。事办成了还愁这小子不念我好?

向富贵承包的几口水塘养的鳝鱼肥溜溜的,两年下来赚了个盆满钵满。

向富贵靠喂鳝鱼发了财,成了远近闻名的致富能手。一帮记者长枪短炮地在向富贵塘边转。向富贵笑嘻嘻地说:"你们莫老盯着我的鳝鱼拍,把我也拍一下,让我好在电视上露个脸,最好让《桃花朵朵开》的那些女人们能看到我!"向富贵说着,呸的一下往手掌上吐了一口唾沫,抹在他那几根稀稀的毛上。

记者连忙长枪短炮地对准向富贵,一个毛茸茸的东西伸向他面前,记者问:"请你谈谈你怎么想到要喂鳝鱼搞发家致富的呢?"

向富贵说:"喂鳝鱼可赚钱,赚了钱我就可上电视到《桃花朵朵开》找老婆。"

向富贵话音一落,引得湾里看热闹的人哄然大笑。挤在人群中看热闹的张菊花却怎么也笑不起来,她阳光的脸,霎时阴沉下来,先前那白里透红像桃花似的脸蛋,一下子变成了猪肝色。向富贵边说边鼓着的两个眼睛珠子直溜溜地四处打探,突见张菊花那模样,向富贵脸一下子红到脖颈,说话也磕磕巴巴起来……

3

丢人现眼!张菊花气冲冲挤出人群,嘴里咕咕噜噜的。

入夜,天地一片漆黑。寂静的村子偶尔传出几声狗吠声。张菊花躺在床上翻来覆去睡不着。和向富贵一起长大的她,不论是当村支书的丈夫死前还是死后,都对向富贵心存感激。近年来,她家的庄稼活,几乎被向富贵免费包揽了。尽管他模样长得不好看,可心地善良,务实肯干。多年来,她就一直对他有好感。向富贵贫穷的时候,她为他难过;向富贵富裕起来了,她为他高兴。可白天那一幕,让她难受。你个没良心的要找什么桃花?你几根黄毛搞得光溜的,喂个鳝鱼一身腥味,哼!还把自己当大老板呢!

张菊花正恼着时,忽听床前窗沿有动静,心就蹦蹦跳!

窗户外窸窸窣窣地响了半天,但不见下个动作。张菊花心里一下慌了神,脚下颤抖得不听使唤。她蹑手蹑脚挪到窗前,侧耳细听,是猫的嬉闹声。张菊花才算松了口气……

电视台把向富贵喂鳝鱼致富的节目播了出去，一些鳝鱼贩子纷至沓来，搅得洼子湾热热闹闹的。向富贵精明得很，鳝鱼一下子每斤涨价十元钱，每日哗啦哗啦地进着钞票。

村主任一看向富贵成了洼子湾的风云人物，天天还把自己几根稀稀毛梳得像狗子舔了一般，心里就不舒服，自言自语道："你个狗东西，一个光棍汉，发了财眼睛还长到额角上去了，老子办死你，涨价！"

村主任抓住张菊花的把柄是在一次扶贫调查贫困户时发现猫腻的。村主任借着夜色登记扶贫户对象的机会，正欲到张菊花家关心。但见张菊花家大门紧闭，村主任叩了半天门却不见动静，但见张菊花屋子的灯突然熄了。村主任想，莫非老天照应，天赐良机。村主任干咳了一声，咧着满口黄门牙的嘴轻轻地唤："张菊花，是我呢！"叫了半天仍没回应。村主任又喊："菊花开门呀！"嚷了半天，仍不见动静。村主任犯了嘀咕，便绕到张菊花窗沿下贴着窗户听，只听见张菊花屋内传出男女声。村主任听见这声音，心里一下子怦怦地跳得厉害，全身酥麻起来。

村主任听了半天，屋子渐渐恢复了平静。村主任听见这些声音两条腿像是飘浮的，他慢慢挪动身体欲退回到张菊花家门口。刚到转角处，屋里灯亮了，一阵说笑声过后，听见吱溜一声，张菊花的门开了，接着一条黑影从张菊花屋子里闪了出去，迅疾消失在夜色中。哐当！张菊花家的门又关上了，屋子里又是一片寂静。村主任借着夜色，判断那人正是向富贵……

第二天，张菊花脸上挂着桃花般的红霞，挎着竹篮到菜园择菜。晨雾中，张菊花那丰腴的身子煞是迷人，村主任在菜园的坡地上看着发呆。

"菊花，起得好早嘞！"村主任打着招呼。

张菊花听声音就晓得是村主任，村主任那阴阳怪气的声音早就让人听得作呕。张菊花仍弯着个腰说："有么事，村主任？"

村主任笑嘻嘻地说："昨夜好快活吧……"

"快活个屁，老鼠咬断电线，办了半夜……"张菊花没好气地回话。

"哦，是这样啊，劳烦你跟鳝鱼老板带个信哈，就说鳝鱼塘的承包费要涨价！"村主任说。

"要说你自己说去，关我么事……"张菊花起身挎着篮子捡起一块土块撵着菜地的一群鸡，"叫你个嘴馋的！"边追着上去撵边将土块扔了过去……

4

　　向富贵夜晚到张菊花家的事，经村主任有意无意透露了出去。不过现在村里人对这类事已是见怪不怪，何况光棍、寡妇都是两个大独人，真的搞到一起也不算什么稀奇事。好心的村民想撮合这两个孤男寡女凑成一对，好混个头席坐坐，赚几张红票票呢！

　　村主任没吃到天鹅肉，当然心里很不是滋味！他想用风言风语敲打敲打张菊花就范，却不奏效。他心想，老子当村主任还真的不如一个光棍汉了！村主任越想越气，便带着村委会一班人，直接找到正在鳝鱼塘忙活的向富贵。

　　村主任斜披着个衣服，嘴里叼着根烟卷，对着塘里忙活的向富贵喊："向富贵，你过来一下！"向富贵看着村委会一帮人齐刷刷地站在他的塘边。村主任旁边站着村妇女主任。向富贵看着她就来气。妇女主任嘴唇上抹着红彤彤的巴黎口红，腋下挂着个皮包，着短袖衬衣，皮包带子把那光膀子上的一茬白肉勒得凹了下去。妇女主任一手拿着张盖着红印的纸，一手拿着支笔，两只眼睛滴溜溜地转着，一会儿望着村主任，一会儿又望着向富贵。

　　向富贵从塘里上来，脑袋像电打似的甩着额前的一绺盖住眼睛的黄毛，又把手上没揩干的水往那几根稀稀毛上抹。嘴巴左右嚅动着，像嚼着口香糖。向富贵来到村主任面前，不屑地瞟着村里的一帮人问："有么事？"

　　向富贵之所以对村干部这态度，应该是由村主任引起的。村主任喝了他的茅台，鳝鱼也没少吃，光县城那洗脚城，村主任就隔三岔五地要向富贵带着他去，连小费都是向富贵出的。再说你个妇女主任，连买支口红都要到我这里来报销，还是进口货。其他几个村干部就更不用说，过个路都要抠几条鳝鱼去。最怄气的是，你个满口歪斜着黄牙的村主任变着法子坏他的好事不说，还动不动就去撩他爱的女人。向富贵早听张菊花说了要涨价的事，心里已对村主任意见大得很！

　　村主任见眼前的向富贵似乎翅膀越来越硬，就气不打一处来，眼睛朝着妇女主任斜睨了一下，便咧着那口黄牙嘴打了个大大的哈欠，然后又猛吸一口烟，吞云吐雾起来。妇女主任立马递给向富贵那张盖有村委会公章的通知。向富贵接过后看都不看一眼就把通知两手一揉丢在水塘里，转身就走，口里骂骂咧咧地："想抹我的油是吧，没门。我光棍一条，怕你们不成！"

　　村主任一见向富贵这态度，傻了眼，气得把烟屁股一丢，你个狗东西，等着瞧！说完，扬扬手，几个村干部便跟在村主任屁股后面气鼓鼓地走了。

向富贵与村干部的这一回合，张菊花看得清清楚楚。张菊花当时正在离向富贵的鱼塘较近的一片自家红薯地里除草。看见向富贵气冲冲的模样。心里怦怦直跳，生怕向富贵跟村干部干了起来。

张菊花的担心是有道理的。那天，村主任跟张菊花说要涨向富贵的价后，张菊花装作没听见去撵鸡。晚上趁月色，也不管有人无人看见，就溜到向富贵家里，把村主任说的话跟向富贵讲了。向富贵一听张菊花说这事气得跳了起来，骂骂咧咧地就要去找村主任问个究竟。向富贵这几年喂鳝鱼赚了几个钱，脾气渐长。张菊花见向富贵正在气头上怕出事，就劝向富贵忍一忍。向富贵听张菊花一劝就坐了下来，气呼呼地说："我跟村里签的合同是十年，没到期他们就要涨价是想敲我两个。这主意是村主任出的。如果真要涨我的价，我就把村主任所做的那些丑事在他的老女人面前捅出来！"

张菊花听了向富贵一说，睁着一双吃惊的大眼望着向富贵问，你捏得有村主任的什么把柄吗？

向富贵不说，吧叽吧叽地嚼着口香糖，身子靠在床靠背上，手指头不断地梳理着头发……

5

向富贵自打与村主任正面交锋后，虽说抖了个狠，但心里总感觉像要出事似的，眼皮时常不断地跳。特别一想到村主任吼出那句"等着瞧"，向富贵就预感到将要遇到平生未曾有过的麻烦。因为他太了解村主任了。向富贵想，干脆采取以攻为守，先发制人的策略敲打敲打村主任。向富贵在一次与村主任"狭路相逢"时，就拦住村主任说："村主任，那涨价的事你最好不要提了哈！"

村主任说："你么意思？"

向富贵说："你自己掂量掂量呗！"

村主任说："你威胁我？胆子不细嘞！我办死你，信不信？"

向富贵冷笑一声说："你信不信？我到你家老女人那里把你那花花事捅出来！"

村主任哈哈大笑，一口歪斜的黄牙齿露了出来，让人不寒而栗。村主任凶巴巴地鼓着两颗眼珠子瞪着向富贵说："你有证据吗？你诬陷老子，我叫你个狗东西坐班房！"

向富贵一听村主任说的话，一下子脑袋蒙了，茫然不知所措。向富贵想，这家伙刁钻得很呃！说的话还的确有扯头嘞！向富贵想到这里无奈地摇了摇头，心里咬牙切齿地骂道，我骂你村主任的祖宗呃……

向富贵请了个看鱼塘的伙计，这看鱼塘伙计最近晚上都不敢睡觉。自从村主任撂下那句"等着瞧"，向富贵就叮嘱看鱼的伙计放精明些。看鱼塘的伙计当然不敢懈怠，晚上干脆不睡觉就围着个鱼塘转，等天色发亮再去睡觉。

翌日，一夜没睡觉的看塘伙计感觉睡意蒙眬，便进草屋睡觉，刚一合眼，就听见草屋后的一孤坟前隐隐约约传来女人悲凄凄的哭声，声音哀婉凄惨。看鱼塘的伙计吓了一跳，一大早怎么有人哭呢？觉得奇怪，一想才知是清明节。女人数数落落地哭，你个没良心的死鬼啊！一个人去享福啊！为么事撇下我不管啊？我好难喽！我再不打算一个人过了呵……女人每哭一句，声音颤抖着拖得老长。看鱼塘的小伙听出来了，原来是张菊花为她死去的男人上坟。

看鱼塘的伙计一早遇上这等事，一整天惶恐不安。晚上再不敢出草屋，总觉得漆黑的夜里到处是龇牙咧嘴的鬼，只好待在草屋中，把灯开着，竖着两只耳朵大气不敢出地听着外面的异响。已过大半夜了，一切归于平静，看鱼塘的伙计才算松了一口气。一天的惊恐闹得两个眼皮直打架，便打算和衣睡一会。刚上床，忽听外面鱼塘传来哗哗啦啦的流水声，看鱼塘的伙计一惊，此时完全忘了怕鬼，蓦地弹了起来，一手拿着手电筒，一手攥着把铁锹迅疾冲出了草屋。看塘伙计循着水响的方向用手电一照，刹那间发现一个拿着锄头的人正在掘鱼塘的口子。看塘伙计大喝一声，搞么事！掘塘人撒腿就跑，即刻消失在黑咕隆咚的夜色里。

看鱼塘的伙计明白，原来是有人故意掘口放掉鱼塘的水。这一突然发生的变故使看鱼塘的伙计再也不敢放松了，任凭草屋后那孤坟前的鬼火幽灵般地闪烁……

6

一波未平，一波又起。再次的惊魂让看鱼塘的伙计决定不再干照看鱼塘这个工作了，心里盘算着等向富贵来了再辞工。

吃罢早饭，6月的太阳晒得鱼塘的水泛着白光。向富贵还没到鱼塘，老远就瞧见看鱼塘的伙计从草屋出来，惊恐地对向富贵说："向富贵，这鱼塘我再不敢看了！"

向富贵说："为么事？"

看鱼塘的伙计说："打上次放水那件事后，昨晚上又来了十几个混混，其中几个手臂上文着青龙蛇，蛇脑壳支得老高吐着信。我用手电一照，吓得差点晕了过去！"

"他们是干什么的？"向富贵问。

看鱼伙计说："他们涌进棚子里，一个个手上拿着家伙，其中一个戴着个大哈金链子，光着脑袋，左脸一颗黄豆大的黑痣上长着像老鼠尾巴的一绺毛，那家伙凶得很！他叫我跟你说，他们已买了这块地准备建砖厂，叫你十天内处理掉鳝鱼滚蛋，否则就要放你的血！"

向富贵听看鱼塘的伙计一说，知道事情越来越麻烦了。向富贵点上一支烟蹲在地上闷声不响地吸着！突然猛地站起身来，扔掉半截子烟屁股骂道："你个狗日的村主任，来黑的是吧！"

向富贵答应了看鱼塘伙计提出的不再照看鱼塘的事，叫他暂时回家去……

向富贵的鱼塘接连发生的事，张菊花已知道了，是看鱼塘的伙计跟她说的。张菊花听说后急得是三更半夜睡不着觉，就直接找到向富贵问："为何鱼塘发生这么多事不跟我吭一声？"向富贵望着张菊花桃花般的脸，又见张菊花知冷知热的话语，心生感动，就说："我是怕把你牵扯进来，吓着你！"

向富贵不知怎么现在已对张菊花有了特别的怜爱之心，说话也亲热了许多，说："我原打算攒足了钱，叫村主任做个媒，把你娶过来做老婆，然后跟我生个胖小子。我太喜欢你桃花样的脸儿呢！又怕你看不中我，就一直不敢吱声。那一年，我跟记者说到《桃花朵朵开》找老婆，哪知你气得那样？我才真正晓得你在乎我……现如今那狗东西村主任玩阴的耍黑的变着法子害我嘞！"

张菊花听着向富贵掏心窝子的话，鼻子一酸，眼泪哗地流了出来。张菊花边抹着泪边说："遇事不要冲动，别跟那帮人硬拼，以后有么事，直接跟我说……"

那帮混混向向富贵下达的期限只剩最后三天了。眼看几天来，一些光头脑袋的人密集地在鳝鱼塘边溜达，向富贵才真的焦虑起来。他去找张菊花商量打算一起去找村主任，借着求村主任为他俩做媒的机会叫村主任放他一马。

向富贵一天几次上门找张菊花，门上总是一把锁。向富贵一头雾水，怎么了？到哪里去了呢？为何不作个声呢？向富贵想，莫非张菊花脚踏两只船，那天说的爱慕话是一时兴起？

向富贵干脆直接去找村主任，便在鳝鱼塘里捞了一篓肥嘟嘟的鳝鱼，去了几次村主任家也未见到村主任。村主任的老女人说，村主任忙得很，几天没落屋呢！向富贵便撂下鳝鱼匆匆离去。

天气闷热得要命，鱼塘周围一丝风也没有，稠乎乎的空气好像凝固了一般，简直让人窒息。

热得焦心的向富贵坐在鱼塘边发着呆。突然间，一阵轰隆隆的汽车声从远处传来，向富贵抬头望去，只见一溜车子迅疾地向鱼塘驶来，车后扬起一片滚滚黄尘，几台推土机的声音更是震耳欲聋，车队前面一辆豪华轿车打头阵。向富贵看见这一切，心里"咯噔"一下，他顺手操起鱼叉，自言自语道："老子今天这条命不要了。唉！张菊花啊，你到底搞么事去了呢？还叫遇事跟你说！屁！回来收我的尸吧！"

车队一路驶来，嘎地停在向富贵面前。车上耀武扬威地下来那个戴着金链子的一绺毛，身后跟着几十个手持钢管砍刀的小混混。

向富贵手持鱼叉，立在塘边大声吼道："谁动我的鱼塘，我就杀了谁。"混混们见向富贵是个不怕死的硬茬，一个个面面相觑。

一绺毛眼露凶光望着向富贵恶狠狠地说道："我限你三分钟让开，否则叫你见阎王！"

向富贵怒目圆睁，一动不动。

一！二！一绺毛数道。

滴呜……滴呜……此时，远处警车鸣叫着刺耳的警笛，风驰电掣般地向鱼塘驶来！首先跳下警车的是张菊花。

刚才还凶神恶煞的一绺毛和带的一帮人，一下子慌乱起来……

向富贵忽地把鱼叉狠狠地插在地上，高喊着"菊花，菊花"，并忘情地朝张菊花奔去……

※ 作者简介

熊立功，湖北红安人，湖北省作家协会会员。作品在《中国故事》《百花园》《四川文学》《小说月刊》《人民日报》等百余家报纸杂志发表；多篇作品被《小小说选刊》《微型小说选刊》《民间故事选刊》等期刊选载；出版发行小说集《生存》。

秦训金，湖北红安人，文学爱好者。

牛把儿王三

石随欣

鲁阳乡村里的手艺人，有些称"匠"，如木匠、泥水匠、剃头匠；有些却称"把儿"，是"把式"的省称，如瓜把儿、牛把儿。牛把儿的职业是侍弄牛，做些犁地、耙地、出牛粪的粗活，农闲时也不得消停，顶多就是赶大车的时候稍显风光些，以至于在乡村人们眼里，大约是稍有些不屑的。

王三不识字，耩地、扬场之类的细活都做不来，还好，一身精肉，有的是力气，单手可以轻松提起犁、耙，就在生产队里做了牛把儿。

王三是个好牛把儿，牛铺里总是拾掇得干干净净，牛通身上下没有一根脱落的牛毛，这些自不必说，他待牛的好甚至有些出格。他手里的皮鞭多只是摆设，就是高高扬起，似乎从没落在牛身上过。要是逢上拉粪，回来时往往取些土拉回来，两头载，王三自然是跟着牛车步行。赶上队里分粮分柴火，王三的牛车就在一边等，帮着送回去再搬到屋里。空车回场里再帮着运粮运柴，他也从不坐上去省些脚力，照样步行。王三孩子多，加上爹娘，单穿鞋一项，就够王三老婆受的了。王三耙地、犁地、赶车，费鞋得很，就光脚。这大概也是人们有些瞧他不起的原因，说他心眼实诚。王三听到了，更怕人家说他老婆懒，做鞋子不跟趟，就在人前穿鞋子，背地里常把鞋子掖在腰里，只是仍不肯坐车。要是孩子们想开洋荤坐车，王三却是多半会乐意。大车上坐几个孩子，有的兴奋却又胆怯，有的甚至在车上跳、闹，王三跟着维持秩序，便也成了一景。只是，王三只让坐他的大车，从不让孩子们扒着装犁装耙的拖车颠簸嬉闹。有一次甚至对一个七八岁的孩子拉下脸来骂，大人听到了也不恼，因为知道那拖车的底梁是乱坟里扒出来的木头板做的，阴气重。

春上，生产队里种黄姜。拢了畦，埋下的黄姜就在温暖的土壤里发芽。姜芽拱出地面，最娇嫩，要防晒，让田畦润漉漉的。鲁阳多山，山里多栎树，用栎梢子平铺在姜田里保墒，等过些时日再把栎梢子立起来，扎成一排一排的，遮阴。这栎梢子，要到山里去买。

姜种已经下地，发芽只要三五天，得赶紧去买栎梢子。姜种下地前，队长已经在十里坡订了栎梢子，还下了定钱，说好这两天去拉。

二十里路，队长带了七八个人，套了三辆牛车，自然少不了王三。去时，三五个人要坐大车，王三不好驳面子，拉着人却黑着脸。大伙儿多是平辈，嘻嘻哈哈闹着，骂王三，说短了他的黑豆钱。黑豆，是喂牛的，这话是把王三比成了牛。王三对这话却不恼，只管和其余两三个人步行。本来要穿鞋，只是前一天下过雨，路上泥水坑多，王三怕弄湿了布底，便又不管不顾别人嘲笑，只管赤脚。

到了十里坡，队长找到先前接了定钱的会计，会计却说发水冲坏了小桥，山上的栎树梢子弄不回来。大伙指着堆成小山的栎梢子说，这不是栎梢子？糊弄人也不睁眼。会计却说是卖过的。大伙说，我们出过定钱，也算是买过的。那会计却说，钱可以退，买栎梢子也行，只是要等五七天。大伙哪里肯依，且不说黄姜不能等，就眼下这八九个人，跑了这么远，都饭时了，还饿着肚子，就嚷嚷。王三不吭声，搁了鞭子，在一边的小溪里洗他脚上的泥。

当地人听见嚷嚷都出来看热闹。有人偷偷告诉买栎梢子的队长，说这些梢子本来是要卖给你们的，只是前天，也有人来要买，买不着，就拿宝丰大曲灌醉了几个队里当家的。大曲就是在村里代销店买的。货，大约也是这两天来拉。

队长有些恼，可不好发火。公社里开会见过面，他们不生。可又受不了这窝囊气，就当着大伙面，对会计说，你要这样耍赖，这些二杆子怕是要打人的吧！

王三刚穿上鞋子凑过来。山路都是麻古石，下过雨也没泥，就是硌脚，正为脚上破了皮、肚里少了米生气，闻听队长说打人，就扬起鞭子往前冲，其余人也都恼，跟着上。会计害怕，扭头就跑，不知道王三的鞭子就没打过牛，更别说打人。

跑远了，不见有人追，会计大着胆子应腔，要卖这些梢子给他们，只是不敢近前。大伙拿出来杆秤，王三也去帮着捆成捆，搬过来，只等会计来称重了好装车，会计却死活不往这边来。

队长说，咱自己称。于是有人立马找来木杠，穿在秤系里抬上梢子。王三说，自己不识字，记不了账，又走累了，自告奋勇看秤称重，一边响亮地报数。

装着栎梢子的大车出了山，平原土路上泥巴多，王三又脱了布鞋，掖在腰里。这次他没黑着脸，因为大伙儿都和他一样不能再坐车，况且刚才称栎梢子，搬的、抬的、装的人都比他出力气，队长记账，虽说也省力，可自己毕竟不认字不是。

卸货的时候，队长问："三哥，你啥时候学会的看秤？"王三说："我会个啥，字都不识。"队长一愣："那你咋称的？胡弄，冒拃会中！"众人说："冒拃好，三哥哪里会让咱吃亏？"

王三说："不冒拃，数儿，心里有。"众人好事，复取了秤，让王三称了报数。一秤，两秤……报下来，八九不离十，上下最多错二斤。

队长骇异，众人也跟着骇异，不相信似的看他。

"看啥看？这些年怎谁家不是我送的柴火、送的粮食？多少数儿，我能不知？"王三绷着脸，指着进山时骂他的那个，冒出个幽默说："生产队里分给你的两口袋黑豆，不也是我给恁家装车送回去的？"却终憋不住笑，得意得很。众人都笑，包括那个分了两口袋玉米，并未分到黑豆的人。

（本文收录鲁山县优秀文艺成果丛书《一方山水》）

※ 作者简介

石随欣，河南省作家协会会员，鲁山县政协常委，县文史委主任，鲁山县诗词楹联协会主席，平顶山市拔尖人才，鲁山县劳动模范，出版发行散文集《一方山水》。

猎人·灰灰·狼

贺敬涛

猎人掮着枪，在崎岖的山路上走着。猩红的太阳在枪头上闪了一下，渐渐变黄变暗，然后沉入逶迤的山峦之后。硬檀木的枪托，被搓磨得幽红贼亮，猎人的步子很轻很急，紫铜色的腱子肉一鼓一鼓地，猎狗灰灰急急地在前面跑，两只尖小的耳朵机警地竖立着。

山的轮廓模糊起来，在一个三岔口，灰灰放慢了脚步，回头望着主人。猎人拍了拍它的脑袋，向一片长满竹子的山坳走去。

猎人感到肚子有些饿，将枪换了肩，右手下意识地摸向背后的那个皮袋子。那里面有两只中午剩下的火烤野鸡腿，掏出来，一只叼在嘴上，另一只扔向灰灰，灰灰倏地一跃，牢牢接住。这个时刻，猎人是不会坐下来去细嚼慢咽的，一个好猎人更懂得该怎样去追杀猎物。

灰灰的母亲——黑黑，是猎人原来养的一条很高大很漂亮的母犬，浑身黑毛密实乌亮，像披了黑色的缎。

三月的大山不安分起来，驯良的黑黑变得焦躁起来，东西吃得少了，每到夜晚，猎人总觉着栅栏外有几条黑影游动。

天麻麻亮的时候，猎人发觉一向不惧强暴的黑黑像得了一场大病，疲惫地趴着。猎人感到很奇怪。（在一个山坳里，猎人见到了一条凶猛高大的猎狗直挺挺地死在那里，脖子上有一串深深的牙齿印。猎人蹲下身子仔细地审视着，眼前闪出一个可怖的动物——狼！这是一只特别凶狠的狼。）

七月黑黑分娩，就产一只——灰灰，除了四只蹄子见黑色外，几乎全是灰色，腿长腰细，眼小且眯，耳小且尖，活脱脱一只狼。

灰灰满月后，黑黑失踪了，从此厨房里的东西经常被盗。猎人曾盯了几次，却无收获。

那个夜晚，猎人下了决心，执了枪，伏在暗处死等。

三更时候，一条黑影敏捷地跳过栅栏，小灰灰连滚带爬地迎过去，黑影低声温存地恫吓着跳开，向厨房溜去。灰灰不情愿地哼唧着跟在其后，吧嗒一声，厨房门开了。"黑黑！"猎人脱口而出，黑影停了一下，急忙退回，猛地跳出院里的栅栏。外面，两团绿莹莹的光晃了几下，消失了。

从此，黑黑一去不复返。

灰灰长大了。它瘦削而矫健，敏捷而凶狠。猎人曾试过它的勇气，令它去消灭一只疯狗，只见它眼光死死盯着对手，毛发根根抖起，四条腿卧地不吠不叫，待对手一阵狂吠之后，只一跃，猛地咬住对方脖子。待猎人缓过神来，那只狗已直挺挺地倒在血泊中了，而灰灰却悠悠然踱到一棵树下翘起一条腿来，对着树干撒了一泡尿，像什么也没有发生似的走开了。猎人感到可以带着它去干点什么了。

"唔——唔——"猎人走着觉着手被灰灰含着牵了两下，停下脚步听到了咝咝的响声，猎人的手机警地向皮带处摸去。一条竹叶青蛇正向他这边不怀好意地移过来，已经很近了，能清楚地看到那丑陋的三角脑袋和鲜红的触动着的蛇信子。

嗖，一把锋利的腰刀向蛇横飞过去。蛇痛苦地扭成一团，渐渐地，停止了蠕动。

猎人拍了拍灰灰的脑袋。灰灰偏偏头看看猎人，看不出一丝满意，提示的是永远的警惕。

森林、树木越来越模糊，夜色浓重起来。走惯了的山道开始神秘开始陌生开始磕磕绊绊，猎人找到了孤灵的感觉——

那个夜晚他碰着了……那实在是个孤灵。

一整天，猎人负责守护那块全村人的风水宝地——山芋地。也许是太饿太乏了，刚刚打了个盹，忽然听见窸窸窣窣的响动，他轻手轻脚地摸过去，扑过去摁住了贼，手却像触了棉絮，是个女人。

"跟我走！"

"不……去哪儿？"

"大队部。"

"大哥，我实在饿极了，就……求求您，千万别……"

"那——走！"

月亮露了出来，惨白惨白的亮。女人在前边走，每走一步他都看得清清楚楚：那掀动的黑瀑布，那扭动的腰肢，那晃动的臀部……

女人逃跑了。

他疯了般地扑上去。他老鹰抓小鸡般地抓住了她，她的颤抖、她的哀求，他通通看不见听不到，只感到一股火焰在毕毕剥剥地燃烧……

曙色来临的时候，女人从昏迷中醒过来，发觉自己躺在一个小土屋里。

猎人走过来，枪口上飘着青烟："不要想跑，你是我的人了。你走不出这座大山，在这里给我安心生儿子！"女人没作声，在被窝里摸了摸被剥得赤裸裸的身子。

女人昏睡了两天。第三天，女人早早地起来了，来到溪边汲水，洗了洗脸，还对着水中的影子理了理乱乱的头发。

第二年秋天，女人生了，是个儿子。猎人抱了肉嘟嘟的小生命"扑"地跪向疲惫的女人："我有后了！"女人木木地望着大山，像在回忆着一个久远的梦。

在这半年前的一天，猎人出猎回来，一下子惊呆了：女人直挺挺地躺在小院里，手里握着把菜刀，脖子上的血已凝固成了黑褐色，儿子只剩下两只鞋，地上有条灰色的尾巴——这是狼的尾巴，可怜的女人搏斗了一阵子才被咬死的。猎人的牙齿在"咯嘣嘣"响。猎人仰起脸，紧攥的拳头杵向天空。

在一个悬崖下，一头野猪和一只狼在凶残厮杀，那场面颇为壮观，令猎人目不转睛，热血汹涌。力量原本悬殊，却没料到结果狼占了上风。狼猛地一跃，死死咬住其要害处，野猪惨叫着倒在地上。就在僵持的那一刻，悬崖上的猎人看得十分清楚，那是只没有尾巴的狼。猎人眼睛亮了，嘴角挂着一丝冷笑。

枯树枝燃着了，火苗跳荡着发出声响，夜就不再那么深沉恐怖。猎人掏出酒葫芦大口地喝着。灰灰偎在他的腿旁盯着他。

酒下肚，周身热烘烘的，猎人仿佛又感到了女人的温度……女人从进山那天起就没笑过，没事总在小本子上画，后来没有纸了，就找来白桦树皮，一张张压平展，裁齐，用线装订好，用炭块在上面写。写什么呢？猎人从胸前摸出那个小本子盯了许久，女人爱本子爱得要命，他也就像爱女人一样爱小本子。他生怕丢了小本子，又把小本子小心地放进怀中，擦起了猎枪。

猎人对自己的枪法是深信不疑的，可他不想浪费那些火药铁砂，昨晚他已在几个地方下了套子。兔有兔路，蛇有蛇踪。几十年的狩猎经验造就了猎人，他只要在某个地方蹲下去一嗅，就可判断出是什么动物在什么时刻过去的。他来到下套子的地方，两只又肥又大的兔子还在挣扎。

猎人又找了些干树枝，拢起来，火又旺了。他将兔肚朝上，一刀插进去，一搅，手一掏，内脏全部挖出，"扑"地扔向林子，回手在皮带中捏了一些盐巴丢进兔肚，又折了几枝细小柔软的藤条捋去叶子，将兔肚缝了，"嗵"地将兔丢进火里。少顷，山谷里飘起一股诱人的肉香。

树木越来越密，杂草越来越深，已经早没了山路，枯枝野藤时时横亘在眼前，猎人拔出腰刀披荆斩棘。

中午，天竟下起雨来，一碰树干，树叶上的雨滴跌落下来，落在头上、脸上，滚进脖子里，猎人却感觉不到丝毫的凉意。他知道离那悬崖不远了，离那只没有尾巴的狼越来越近了。此刻，他只想格斗。

灰灰开始不安起来，耳朵机警地抖动着。他知道，他等待的这一刻即将来临。

来到了悬崖旁。前面是个小山包，爬到半山腰的时候，他发现了狼屎。他将扛在肩上的猎枪放下来端在手里，向前搜寻着。猎人想起闯入狼领地的野猪的那场厮杀，嘴角闪过一丝冷冷的狞笑。

看见了，终于看见了。向阳的山坡上，一块巨石的旁边有一个洞，一只狼趴在离洞口不远的地方。突然，狼站了起来，悠悠地转了一圈，又趴下了。这是只没有尾巴的狼！好女人哪，你要不砍掉它的尾巴我上哪儿找去？猎人激动了。

猎人将准星死死瞄准了狼！如果打不中怎么办？必须再靠近一些，必须有十分把握才能开枪。

更近了，已清楚地看到了狼微微眯着的眼睛。只有几米远了，他端起了枪，手竟有些抖，顺着准星，他看到了女人和儿子的殷红的血，他似乎看到了狼在痛苦抽搐中死去！

嘭，没响，撞针只撞了一下，引火被刚才的雨水弄湿了。狼似乎听到了这一轻微的响声，忽地站了起来，向四周搜寻着。这时，一条灰色的影子跃了过去。

一场凶猛的厮杀开始了。

它们狂呼怒吼，悲怆雄壮，其声威在山谷中久久回荡。年轻的灰灰与狼拼死搏斗，与狼一起翻滚着、撕咬着……渐渐地，灰灰失利，呻吟着倒了下去。猎人又扣了第二下、第三下，可枪依然未响。和灰灰厮斗受伤了的狼此刻恼怒万分地盯住他，见他扔了枪，便忽地扑过来。猎人来不及多想，嗖地拔出腰刀，举刀奋力砍去……

可是，他的手被另一只狼死死咬住，刀"当啷"一声掉在地上。狼咆哮着，猎人怒吼着……

前后夹击，猎人没有料到会有两只狼……

渐渐地，咆哮声停了，沉重的呼吸声代替了怒吼声。猎人感到浑身火辣辣的痛。猎人浑身是血。猎人被狼死死地咬住了喉管，猎人无法抵挡另一只狼的狂撕乱咬，猎人开始眩晕，开始四肢无力，开始看到飘飘的云……

猎人的头向一旁歪下的一刹那，忽然，他发现咬掉刀的那只狼，黑黑的，毛很长，全身脏兮兮的，那正是他精心饲养过的黑黑。

"黑黑！"他喊，费了很大的力气，声音却出奇地低。他发现黑黑一怔，它那眼光一闪，闪得很久远……

猎人醒过来的时候，天已有些暗了。夕阳透过枝叶射下来，像洒下一层斑驳的血。猎人听到了声响，他看见没尾巴的狼正在用同一种姿势死死地咬住黑黑的脖子。黑黑正在用最后的一丝气力挣扎着，因为肚子大，显得很无力。猎人忍住疼痛坐了起来，颤抖地抽出了绑在脚上的被血染红的匕首……

数十年后，一个猎奇者来这里探险，发现了一个脖子上有伤疤的奇怪的老人。

老人皱纹满面，须发花白，跪着面对两座坟：一座坟大些，是合葬坟；一座坟小些，是孤坟。

无名的野花开满了坟头。猎奇者读懂了老人一直珍藏着的桦树皮做的小本子，那是从北京"反革命家庭"里跑出来"插队"女知青的日记。

※ 作者简介

贺敬涛，中国散文学会会员、中国报告文学学会会员、河南省作家协会会员。作品500余篇散见《人民日报》《读者》《奔流》等报刊，数十篇作品入选《小小说选刊》《微型小说选刊》等期刊，短篇小说《代课老师苏瘸子》被改编成高清数字电影《太阳开花》；出版有作品集《美丽如花》。

高高山上一树槐

赵大民

"高高山上一树槐,手攀槐枝望郎来。娘问女儿望什么,我望槐花几时开……"大花倚着门前的大槐树哼着,就抿嘴笑了。她想起自己唱这歌时,才18岁。

她今年已70岁了。她想,自己真的老了,但就是老了,才要争争哩!再不争,一切就都晚了,就再也不会有了。人就这一辈子,没有下辈子。

她抬头看,洋槐花开得稠,也白得很。她就想,他该来了。她不由得叫出了声:"宝太哥,俺等着你哩。"

大花是家里的老大,下面还有个小花,她们都是爹带大的。娘得病走的那年,大花8岁,小花才2岁。爹就守着她们,再没有娶女人。待大花小学毕业,就回家当了农民,除了做家务,还要带妹妹,她就成了小妈妈的角色。

乡下没有儿子的人家,都要招一个上门女婿。大花家也不例外,她14岁那年,爹就给她订了婚。那男人叫黑头,人长得黑,不高,却壮实,且比大花还大了6岁。因为家里穷,订下婚就住到大花家了,好给大花家挣工分,单等着大花长到20岁就可以领证结婚了。

大花同村的同学宝太比大花大两岁,大花家住村南头,宝太家住村北头,距离也不近。大花上学时,处处都是宝太护着的。她上不成学了,宝太还当着她的面哭了一通,说:"你学习多好,俺叔咋就不让你上学了?"大花也哭了,但不一会儿就擦干了泪说:"宝太哥,俺不上学了,你来教俺啊!俺还要读书学习哩!"

那一天,宝太从公社的高中回来,就听说大花订了婚。他把书包一丢,就对爹娘说:"爹、娘,我给大花还带的书哩,我给她送去。"两口子抬头看时,宝太已经冲出去了。他一口气跑到了大花家门口。他靠在门前的大槐树上,气还没有喘匀,就张嘴喊:"大花——大花——你出来,出来……"

大花正在灶火做饭,听见有人叫,出院门一看,就咯咯地笑了,迎过来:"宝太哥，俺当是谁哩，你回来了？俺算着你就该回来了，又给俺带啥好书了？"

宝太长得白，此时，他的脸却黑红："大花，听说你寻下人了？他叫黑头。"

大花就笑得弯了腰："瞅瞅你那脸，吓人哩。啥寻下人了？黑头就是在俺家干活哩。"

"大花，你真是傻了。黑头是倒插门女婿，他将来要娶你当媳妇的。"

"俺不给他当媳妇，他当俺哥。"

两人正说话时，黑头放工回来了。他背着锄头立在两人的身旁，眼睛睖着宝太，却问大花："大花，他是谁？"

大花说："俺宝太哥。宝太哥，这就是俺黑头哥。"

黑头的眼睛又朝宝太睖过去，宝太不躲不藏就接住了，黑头瞅见了那眼睛里的光，不由得低了头。他知道自己一个还没有结婚的倒插门女婿，在这个庄子上，大人小孩都不敢得罪。他转而嬉笑着说："小兄弟，到屋里坐会儿。"

"不坐。俺跟大花说几句话。"

黑头定在那里一会儿，就回院里去了。但他没有进屋，却躲在院门后偷听他俩说啥话。

"大花，你是真不知道，还是假不知道？将来你是要跟黑头成亲，过一家哩。"

大花突然间就收住了脸，就想起小时候她和宝太过家家的事，她是娘，他是爹，还有一个小娃娃。

"大花，我等你。"宝太把书放进大花的手里，就红着脸跑掉了。大花看着他的背影，眼睛热热的，连脸蛋儿也烧了起来。她双手捂住脸，想让它不烧，却不中。

夜里，喝了汤，爹就叫住了大花。大花说："爹，有啥事儿？俺还没刷锅哩。"爹说："你没瞅见黑头替你刷去了。大花，爹对你说，你是有家儿的人了，甭跟宝太来往了。你们大了，不是小时候，人家会笑话。"

"爹，笑话啥？说说话咋了？"

"你学会跟爹犟嘴了。你娘死得早，爹把你拉扯大，容易不容易？记住，以后再不跟着宝太学啥书了，叫外人说闲话，丢爹的脸。"

大花不敢听爹说娘的死，一说她就想娘，也心疼爹，要不是爹，她和妹子就活不成哩。但她心里也说："爹，俺咋给您丢脸了？"想到这儿，她就感到委屈，也想到了是谁告了她的状。她冲进灶火，第一次大声给黑头说："是你在俺爹面前告我状了？我给俺宝太哥说说话咋了？"

黑头不看她的眼睛，说："我没有。"

"到底有没有？"

"没有。"

"做了，还不敢承认？"

"你将来是我的女人、老婆，他等你弄啥？"

"你偷听我们说话，不地道，丢人。"大花撂下话，就气鼓鼓地走了。

慢慢地，大花上工的时候，就有嫂子们开她的玩笑："大花，你的大男人哩？""大花长哩一天一个样，长成形儿了，该想男人了，做梦想过了吧？"大花脸涨得通红，摆着手，跺着脚说："啥男人？啥男人？他不就是俺哥？"

"你哥？大花还真是不开窍，他来你家弄啥哩？就等着娶你当老婆哩。"

"就是。你将来是要跟黑头睡一个被窝哩。大花，你愿意不愿意？"

大花就捂住了耳根儿，"你们净瞎说。我不听，不听。我不愿意，不愿意。"

黑头一上工，大家就问："黑头，大花长成花骨朵了，该摘了，摘住没有？""黑头，我看你夜里都没睡好觉，把尿水都想出来了吧？""你黑头八辈子烧高香了，你比大花大恁些，老牛啃嫩草哩。"

黑头挠着头，不说话，只顾嘿嘿笑，就想着自己来一年了，眼看着大花又长高了，脸更白更红润了，还有那原先平踏的胸脯也高了，把衣服都顶出了两个点。他咽了几口唾沫，喉咙眼儿里咯咯地响。他做梦都是和大花睡在一个被窝里，把大花搂在他的怀里。他心里说，大花是他的女人，他得防着村里的男人，特别是那个小白脸宝太。他已给爹告了状，给大花敲了警钟。

大花17岁那年，19岁的宝太高中毕业回了乡。他放下书包，穿个白背心就往外走，爹叫住他："你又找大花去？你都没记性？爹给你说多少遍了，人家大花是有家儿的人了。你都不知道，村里人都说你俩的闲话了，黑头也防着你。宝太，做人得讲良心，咱可不能坏人家的好事。"

"说俺俩闲话？黑头，我才不怕他呢！"

娘说："娃，听您爹的话，别跟大花拉扯了。别人都说你俩谈恋爱了、好了。"

宝太就笑开了，"娘，俺俩恋爱就恋爱，怕啥？大花多好！"他说着笑着就出去了，他要对大花说，他回来当农民了，可以天天见到她了。他还要对她说，他喜欢她，爱她，将来就跟她结婚。

"大花——大花——"他大着嗓门叫。

"宝太哥，你回来了。你恁大声弄啥？叫外人听见了。"

"听见怕啥？我叫俺妹子哩。又烧的豆角面条，真香，我真想喝两碗。"

"那今儿黑就在俺家喝汤吧。"

"喝一顿不济事，我要喝一辈子。大花，中不中？"

大花的脸在晚霞里更红了。她低了头，捏着辫梢，她长大了，早已经明白宝太等她的意思了，也早知道黑头为啥要来她家了。

有一次，黑头回去看他的爹娘了，喝罢汤，大花就对爹说："爹，俺想给您说个事。"

爹吸了两口旱烟，就说："爹知道你想说啥。大花，你娘死了，爹是对不起你，没供你上学。黑头来咱家几年了，出力流汗，人家图啥？还不是图你个人？人能占全？黑头长得是黑，可对你、对爹、对小花都不赖。外头的话，爹也知道了。闺女不是那种人，爹不信。可咱到啥时候不能做昧良心的事。"

"爹，黑头哥对咱家的好，我都记着哩。可我只把他当哥。"

"那会中？不能叫外人捣你爹的脊梁骨。你一个小妮儿家，更得要脸。"

大花跑出去了，她在洋槐树下坐了好久。大花掉了泪。已是冬天了，槐树的叶子落光了，黑黑的枝干伸得到处都是，有的直冲上天，有的耷拉下来，一伸手就能够住。她就想起春天的时候，槐花开了，宝太给她送书来，她捋了槐花让他吃。他吃得狼吞虎咽。她就又给他捋，疙针就扎了她的手，出了血。他抓过她的手，就把嘴含在那儿，她羞得心要蹦出来。他还说他要等她。想到这儿，大花的泪就再也止不住。

"大花，我高中毕业了，我回来当农民了。以后，我就能天天见到你了。"宝太大声说。

"你小点声。宝太哥，你不该回来，你该去上大学。你回来种地，亏了。"

"不亏，不亏，民以食为天，谁都得吃饭哩。还有你在我身边，我更不亏，更得劲。"

"宝太哥……"大花看着他，他看到了她眼里的忧郁。

"大花，你长大了，你什么都知道了。反正，我等着你。"

那天夜里，大花第一次做了一个梦见男人的梦，那个男人不是别人，就是宝太哥。他一过来就把她拉到怀里了。大花乖乖地伏在他的胸前，笑了说："宝太哥，你不知丑。"宝太就逗她："你知丑，还拱在怀里不动？小妮儿家，脸皮儿薄。你的不薄，厚。"

"你厚，你厚。你欺负人，欺负人。"她边说边捶他。

"大花，我爱你，从小就爱你，爱你一辈子。"宝太说着，就把嘴贴过来，她的嘴也不躲闪，竟迎上去了。她感到了那直撞心底的热烈，她就喘不过气来。

大花一惊，就醒了。她的嘴唇红红的，润润的，湿湿的，她的大眼闪着，还觉着有一张唇落在那里。她的脑子过电影一样，她就双手捂住了火炭儿样的脸，拱在被窝里，一动不动。

18岁的那年春天，村里的洋槐花结得稠。人们下工的时候，都会捋一篮子回家，焯着吃，拌面蒸着吃；条件好的，炸槐花丸子吃。大花家门前的大槐树，枝叶更茂，花儿更繁，一嘟噜一嘟噜的槐花要压折枝，蜜蜂嗡嗡的声音，老远就能听见。槐花香甜的气息四下漫开，熏得人都醉了。

大花就站在树下捋槐花，她捋得不快，时不时就停了手。她望着村北，唇边就哼起来："高高山上一树槐，手攀槐枝望郎来……"大花知道她的宝太哥也想着她，从他回乡后，天天都给她写一封信；她也天天给他回信，信藏在枕头里，都藏不下了。他们相爱了，两人的心连在一块儿了。

"大花，你看啥哩？"黑头问她时，背着镢头已站在她的身边了。黑头笑嘻嘻地，眼睛盯着她。

"你下工了？俺啥也没看。"

"嘿嘿，大花，你……你越长越好看了。"

爹还没有回来，黑头说着就向大花靠过来："俺帮你捋。大花，你蒸的槐花好吃得很。"

大花往一边靠了，说："黑头哥，俺想给你说个事，俺想好多天了。"

"没事儿，不用说，不用说，俺知道你想说啥。"

"黑头哥，这话是不说不中了，早晚得说。俺原来小，不懂事，你多担待。"

"可不是，妹子，咱俩谁跟谁啊！"

"黑头哥，俺对不住你。俺只把你当哥，咱俩的事儿，不中。俺早该给你说了，俺不能耽误你。你在俺家几年，俺给你钱。俺知道给多少钱，也还是对不住你。俺……"

"你甭说了。"黑头一下子就打断了大花的话。他立在那儿，瞪着眼，瞅着大花，咬着牙，一字一句地说："我知道你不愿意我，你嫌弃我，嫌我黑，嫌我大，嫌我没文化。我知道你跟宝太好了，你当我不知道？外面都吵翻天了。他脸白，有文化，不照样回来奔坷垃种地？他想霸占我老婆，我非告他不中。给我钱？给我多少钱？多少钱也不要，就要你，就要人。"

"黑头哥，我是体谅你哩。你咋不讲理？谁是你老婆？"

"你就是我老婆，全村上下，方圆远近，谁不知道？我不讲理？我老婆叫人亲了，我还不讲理？大花，甭想着我老实，欺负人。我也不是前几年的黑头了，大不了，一命换一命。"

"你……你……我真错看你了，你是这样的人……"

"我就是二百半，二百五，都是被你们逼的。"

大花爹就是这时候回来的，就听见了，抓过大花手里的篮子就摔在地上。白莹莹的槐花铺了一地，像槐花毯子，好看得很。

"吵的啥？不嫌丢人。爹都知道了。既然揭开盖了，爹就给你们说，天翻不了。大花，你死都是黑头的人。黑头，啥事儿有爹哩，爹亏待你了？娘那个腿，你还给人家拼命哩，你真有那本事就中了。自己的女人，不会哄着些？爹这就找宝太去。"

大花哭着就跑进院子，一头扎进自己的小屋去。

黑头把篮子捡起来，把那些槐花又拾了起来。爹一骂，他心里有底了，老丈人给自己撑腰哩，我要使性子乱来，真就瞎了。反正咋说，我都要大花，她是我的女人。

大花爹到宝太家时，一家人正在喝汤。宝太爹赶紧招呼他："哥来了，喝汤没有？"随即又对宝太娘说："孩儿他娘，咱哥肯定没喝，给咱哥舀汤去。"

宝太是早笑着站起来了："爹，我给俺伯舀去。"

"不喝。木梁，枣花，咱都是应老哩，得管教好自己的孩子不是？做事不能昧良心不是？"

宝太爹叫木梁，娘叫枣花。两人一听，都问："咋了？哥。"

"你俩真不知道？"大花爹边说边翻眼瞅着宝太说，"叫我咋说哩？都是我管教不严，该打我自己脸。人家都说宝太和俺大花好了。今黑儿俺大花给黑头挑明了，两人吵架哩，你们说丢人不丢人？"

"哥，您甭生气，坐，坐。"

"就是，哥。"

两口子赔着笑脸，心里想："该来的还是来了，宝太把祸闯大了。"

"坐啥？咱都不赖，可这回我可丑话说前头，这事儿不中。我不能做坏良心的事，大花活是黑头的人，死是黑头的鬼。"

"哥放心，不坏良心。"

"不坏良心。"

"伯，啥是良心？我爱大花，大花爱我，我们心连着心。大花根本不爱黑头，是把黑头当亲哥。您非叫大花嫁黑头，这才是不讲理，没良心。"

"你……"

"宝太，咋给您伯说话哩？"

"宝太，给您伯好好说话。"

"爹、娘，反正我就娶大花。"

"娘那脚，丢死人了。你不要脸，不要良心，爹还要哩。"木梁骂着。"哥，您放心，这事儿包在我身上，他把天翻不过来。"

"爹，你们都不讲良心，都是坑大花哩。"

"良心，良心，你还有良心？人家大花是有家儿的人了。"

"可大花不爱他。"

"叫你爱，爱，丢我八辈子的人……"木梁抓住宝太的脖领子，劈头盖脸地打起来。

"他爹，他爹……"枣花拉男人时，也挨了几拳。

大花爹见这架势就走了，目的达到了，心里也有了底。宝太的爹娘也不支持儿子做昧良心的事。

大花和宝太两天没上工，村里就有好事者议论着他俩肯定出事了，是不是偷着跑了，真不要脸。但也有人说，黑头和大花就不般配，宝太和大花自由恋爱也不丢人。有人见了黑头就问："你家大花哩？也不见宝太啊？"黑头笑着说："我知道你们瞎猜。俺大花在家哩，宝太也在家。他想抢俺女人，门儿都没有。俺老丈人寻上门了，他挨打了，不亏。"

"黑头，就那你也看紧些。"

"没事儿。俺老丈人说了，大花死活都是俺的人。"

男女两人要往一块儿黏，老天爷也没法。七天后的夜里，月黑头，后半夜，爹娘都睡熟了。宝太就翻过院墙出去了，他一口气跑到大花家。他知道大花住在上屋西梢间，绕到后窗，他只敲了一下，大花就醒了。他只叫了一声，大花就跑到窗下了。

"宝太哥……"

"大花……"

"宝太哥，你等着，我出去。"

"中。"

大花轻手轻脚地往外走，爹和黑头的房里都起着鼾声。他们轮流看着大花，见大花天天没有动静，老老实实的，就都放心了。看人不是好事，瞌睡都能熬成病。

"宝太哥，咱们走吧！"两人一见面，大花就拱在宝太的怀中说。

"大花，我就是来给你说哩！你收拾收拾，咱明儿黑走，咱到天边去。"

"不！宝太哥，今儿黑就走。"

"中。"

宝太陪着大花回去拿衣服的时候，刚走到大槐树下，大花爹正边说边从院里往外走："黑头，赶紧起来，大花出去了。"

黑头蹿到院里嚷嚷着："爹，咋了？大花跑了。"

"你声不低，叫外人听见？啥跑了？出去了。"

院门已经响了，大花低声叫着："宝太哥，走不了了。你赶紧跑。"

"不中，晚了。"宝太说着时，抓住槐树垂下的枝就爬上树，拱到那浓密的槐花和槐叶中。不少花就簌簌地落下来，雪花一样。

爹和黑头看到了站在槐树下的大花，爹咳嗽了一声，手电筒的光闪了闪："大花，半夜三更出来弄啥？"

"就是，不睡，出来弄啥？"黑头盯着她说。

他们都到了槐树下，爹说："咋落恁些槐花？"

"就是。咋落恁些？又没起风？"

"刚才风大。"大花说时，风果然来了。爹的手电筒往树上照着，黑头也仰着脸说："爹，往树上照啥？树上有啥？"爹说："你眼明，济事，没看见啥？""爹，看见有花。真不中，我上树瞅瞅。"

大花捂着肚子，叫了一声。爹说："咋了？"大花就恼了："俺出来解个手，都跑出来弄啥？这样，还不如死了。"

黑头说："爹，您回去，俺在这儿瞅着。"大花爹一脚就踢过去了："混账东西，你滚回去。"说着骂着就跟着黑头进院子了。

停了一会儿，大花返回院子，还大着声说："爹，院门上住了。我回屋睡了。"

第二天夜里，宝太没能来接大花。那天夜里，宝太翻墙回家时，木梁就站在墙根处。爹说："宝太，爹的话都说尽了。大花是有家儿的人，你要了大花，黑头就得打一辈子光棍儿，就把他坑了。爹不懂啥爱情，就知不能坏人家的好事，叫外人捣脊梁骨。你要娶大花，除非爹死了。"娘也站在那儿，她心疼儿子，又害怕男人，还是说："宝太，听你爹的。大花是好闺女，可……"

宝太头一低，一腔不递，就回屋了。枣花抹着泪："他爹，你看这到底咋办？也难为俩孩子了。要不……"

"你糊涂。他俩不能成一家，你想叫人笑话死？"

木梁把宝太看住了，他从早到晚就不让儿子离他的眼。

大花一夜就听着窗户响，可没有。她出去了三次，她知道爹和黑头就站在院里，但她还是出去了，她甚至想冲到村北去。她最后一次出来时，天已快亮了，她瞅见洋槐花没有风也雪花一样飘了下来。她的眼就模糊了。

宝太被队里派到外地修水库去了。他每天夜里回到宿舍，就是给大花写日记，还写了许多信，趁着下雨天跑到邮电所给大花寄，但他却没有收到大花的回信。他就盼着过年回家，当面问问大花，还要对她说："大花，我喜欢你，你等着我。"

大花闲下来的时候，就靠着大槐树，不由得哼："高高山上一树槐，手攀槐枝望郎来。娘问女儿望什么，我望槐花几时开……"她抬头看看，洋槐树的叶子都落光了，她就又流了泪。

"宝太哥……"她喃喃地叫着，泪就更多了。她不知道，宝太写给她的信，都被爹接住，瞒着她撕掉了。

过年的时候，宝太回来了。他没有回家，径直去了大花家，他要见见大花，要和大花爹和黑头谈谈。

宝太去的时候，大花已烧中汤，她出了院门，就看见宝太已到了槐树下。她跑过去："宝太哥……"

"大花……"

两人的手扯在了一起。"大花，我给你寄了可多信，你都看了吧？俺伯和黑头没难为你吧？"

"信？俺一封也没有见。肯定俺爹他们昧了。宝太哥，你还是带我走吧！"

"不！大花。我要和俺伯和黑头谈谈，我要光明正大，明媒正娶你。"

"哥，不中，真不中。咱现在就走吧！"

两人正说着，大花爹和黑头回来了。宝太笑着说："伯，黑头哥，你们放工了？"

黑头斜了他一眼："你又找大花？"

大花爹把锄头往地上一撂，说："宝太，看咱是又亲又邻，我都不说你了。你要再缠磨大花，可甭怪我不看脸气，可不中了。"

大花说："爹，宝太哥写给我的信哩？"

"信？都烧了。你俩都死心吧！"

"伯、黑头哥，我今天来就是和你们好好谈谈。伯，大花是您的亲闺女，她不喜欢黑头，他们在一起，日子不会如意哩。您忍心闺女一辈子心苦？黑头哥，大花爱的是我，不是你，她就是跟你结婚，她一辈子也是心苦，你也心苦。你若真心心疼她，就得为她想想。"

大花爹的脸黑得鏊子底一样："宝太，我啥话都跟你爹说了，你别说了。大花啥时候都是黑头的人。"

"爹，我就跟宝太哥。"大花说。

"不嫌丢人。黑头，别人要抢你的女人，你都是猪？"

黑头见老丈人给自己撑腰，胆就壮了，蹿上来就朝宝太的心口怼了一拳："你流氓，滚蛋。怼不死你。"宝太一伸手，就把黑头的胳膊抓住了："你不讲理，你打人。我爱大花，我没有耍流氓。黑头哥，把大花给我。"

"给你？谁给我睡觉生孩子？你滚蛋。"

两人就打起来。五大三粗的黑头就占了上风。

"你们别打了，别打了。爹，爹……"

大花爹嘿嘿笑着说："牛抵头一样。"

大花冲过去，就护住了宝太，"黑头，你再打一下试试？"

黑头甩着手："小白脸子没劲。"

"宝太哥，你先回去吧！回去吧……"大花看着他嘴角的血，边给他擦边哭。

宝太回到家，木梁说："你是鬼迷心窍了。打你不亏。"

"他爹，你还说？看孩子脸都肿了。"枣花说。

"不亏。自作哩。"木梁说着却出了院子，往大花家去了。

"哥，不看僧面看佛面，宝太再不对，你们也不该打他啊！"木梁盯着大花爹说。大花爹吸着烟，也盯着木梁说："兄弟，天地良心，我可没有弹他一指头。"

黑头吼了一声说:"俺俩打架了。叔,他给我抢媳妇,要是你,啥样?"

木梁嘿嘿笑着说:"黑头,叔对你也不赖。宝太,我少下气了?你俩打架也情有可原。但俗话说,一个巴掌拍不响啊!"

"啥响不响哩?反正,他再来找大花,还打架,有死有活哩。"

大花爹是听出木梁的意思了:"兄弟,我没生出好闺女,可你以后管好你的孩子,要是再来找事,可真不中了。我就去告他。"

"那我请着。"木梁嘴上虽这样说,心里却怯,人家若告了,宝太可要吃大亏。木梁和大花是不能再有丝拽了。他被大花爹晾在那儿,只好悻悻地出来了。从此,把宝太就看死了,单等着开春把他还送走,也开始张罗给宝太说媳妇。

大花不见宝太,心里着急,脸上却静,上地,家务活,一样也不落下。要过年了,把里里外外也收拾得利落,甚至还给爹和黑头做了一身过年穿的新衣新鞋,还笑着招呼着他们:"爹,黑头哥,你们都试试中不中?"

"不用试,中,中。"黑头咧着嘴说。

大花爹趁势说:"过了年,大花20了,就把你俩的事办了。"

大花脸红着没吭气儿,黑头拍着手说:"爹,中,中。早该办了,我都快急……"他突然看到了老丈人的脸,就住了嘴。

正月初二,黑头回老家看他的爹娘,顺便说说自己要结婚的事,自己虽然倒插门了,但婚事还要爹娘做个主。大花爹也觉着大花听话了,二花上学也中,就喝了酒,晕晕乎乎地睡了。

二花是二更天发现身边睡着的姐姐不见的,左等右等都不见回来。她抿着嘴就笑了,她早听说了姐姐和宝太哥好,肯定找宝太哥去了。找去吧,找去吧,他俩才是天生的一对。她边想边把头缩进了被窝里,爹要来问,就说睡实了,不知道。

三更天,大花爹起来解手,看见上着的院门下了闩,就打了个激灵,连尿也尿不出了。他扯着嗓子喊:"二花——二花——睡得猪样,你姐搁屋没有?"

"爹,我不知道……爹,没有。我……我……睡着了。"

"快爬起来,找您姐去。"

大过年的,木梁还睡在门楼底下,盖了两床被还显冷,就把被子围到了鼻子上,眼直溜溜地瞅着宝太房间的门。他天天看着儿子,是不能再叫他出去了。

枣花说:"他爹,宝太最近多听话,不是没出去,他是想开了。走,睡屋去吧!"

木梁扯住了枣花的手,"孩儿他娘,再冷,也不敢大意,不能叫他再找事儿了。

你今儿黑也睡这儿吧！"

枣花叹了气："要说大花和宝太真般配，就是她有家儿了。"说着，还是心疼男人，就拱进了被窝。

木梁每夜看着，熬得实在受不住，刚眨梦一眼，他就惊醒了，推着怀里的枣花说："你听见没有？你看见没有？"

"听见啥？看见啥？你是发癔症哩。啥也没有。"

木梁趴在那里，大瞪着眼瞅着儿子房间的门："我刚才听见有人翻过墙了，看见有人进宝太屋了。会不会是大花？"

"你说胡话哩？你瞅瞅孩子屋里黑摸眼儿，啥动静也没有。再说了，小妮儿家脸皮儿薄，会来找咱宝太？"

"反正我约摸着不对劲，有人。"

屋里，大花就拱进宝太的怀里了，咬着他的耳根儿说："宝太哥，黑头下手狠，你疼不疼了？"

"大花，早不疼了。俺爹把我看死了，要不是早找你去了。"

"俺也是。宝太哥，咱走吧！"

"中。我出去看看。"

宝太刚一出门，木梁就说："半夜了，出来弄啥？宝太，你刚才跟谁说话哩？"

宝太打了个激灵，又定住了神，也不接他爹的话，头一拧就又进屋了。木梁骂了一声说："鳖子，还给我置气哩。我可是为你好。"

枣花说："也真难为孩子了。"

"不中，还走不成。俺爹还没睡着。"

"那咋办？俺怕俺爹一会儿醒了。"

两人说着就又抱到了一起。

过了一会儿，大花爹就拍着院门叫了。木梁和枣花起来，一开门，大花爹就撞进来。木梁说："你深更半夜，这是弄啥哩？"

"弄啥？找人。大花哩？"

"大花是你闺女，不在你家，我知道在哪儿？"木梁说。

"哥，大花真没来。你瞅瞅你兄弟夜夜看住，俺宝太可没出去。"枣花说。

大花爹瞅着宝太的房间说："真没在里面？"

木梁就恼了："前头，你们打了宝太，现在又来找事儿。你是糟践你闺女不说，还要败坏俺孩儿的名声？走，找干部评评理去。"他上前扯住大花爹的袄袖不丢。他出门时，就踢了一脚枣花，说："都是你给我生的好孩子。叫他起来，滚蛋走。咱家盛不下他了。"

他们吵闹着就找干部去了。

枣花出门瞅瞅，听不见他们的声了，就跑着回来，拍着宝太的门说："俩冤爷，没门儿，你们赶紧起来，一起走吧！"

门开了，大花的脸大红袍样，"婶……"

"大花呀！啥也甭说了。你们走吧！叫你爹堵住你们，一告，就都瞎了。"她边说边跑到上屋，把手绢里的钱塞到宝太手里："甭应记爹娘，赶紧走吧！"

他们给枣花跪下了。然后，手拉着手走到黑夜里去了。

木梁回来的时候，就没了一点气力，枣花搀住了他。他一屁股蹾在床上："人走了？"

"走了。"

"咱的心白操了。走了，也比人家逮住批斗强。反正，大花爹已经把咱告了，就听天由命吧！"

宝太和大花私奔了。这消息第二天就在村里炸了锅，生产队开会商量，然后报到大队去，这就成了一个最不光彩的事件，不仅是大花爹的耻辱，而且是全村人的耻辱。大队给生产队干部发话，批斗木梁、枣花，让他们端正思想，交代把人藏哪儿了，并发动群众，把人找回来。

宝太想到高中的同学杨华到陕西插队了，就对大花说："咱出省去，走得远远的，那里有我的老同学。"

"中。你到哪儿，俺跟到哪儿。"大花扯着他的手。

他们不敢走大路，只要翻过几座山，就可以到邻县了，就能坐汽车走。但山路难走，走了一天，还没有出山。夜里，他们歇在一处山洞里。他们找来干草铺了厚厚的草铺，俩人脸贴脸睡在一块儿的时候，心儿都要蹦出来了。大花在他的耳边哼着："高高山上一树槐，手攀槐枝望郎来……"

宝太突然咬着大花的耳根儿说："大花……大花……花……"

"宝太哥……哥……哥哎……"她把自己的袄扣解开了。

"花啊……"

"哥啊……"

大花像一个母亲搂着哭泣的宝太，喃喃地说："哥，俺是你的人了。以后就是死了，也不亏了，也值了。"

老队长铁锤，外号叫"猴子"，人精能，且方圆左近的山路没有他不熟的。第三天，当宝太和大花走出大山，踏上邻县的路时，铁锤带着人已经等在那儿了。他哈哈大笑着："大侄子、大侄女，叔就想着你们会翻山走嘛！叔可对不住了。"

宝太说："叔，您放我们走吧！"

大花说："叔……"大花就哭了。

"你们把咱庄人的脸都丢尽了。还有脸叫我叔，还有脸哭？绑回去。"铁锤手一抡，几个小伙子就上来了。

大家都过着年，现在就增加了一件特别的事，那就是每天开一个批宝太和大花的会，要他们做深刻的检讨。会场上的白墙上还画了两人的漫画，叫人看了觉得两人的思想坏，不知丢丑卖赖。

宝太交代说："我和大花是自由恋爱，国家法律也保护哩。她不爱黑头，爱我，我也爱她，有啥错？"

大花说："死也要跟宝太哥。"

因为俩人顽固，这会就开了一天又一天。铁锤就恼了说："我不信治不了你们。"然后就找来木梁、枣花、大花爹和黑头，下了命令说："黑头和大花一结婚，宝太就死心了。明儿就结婚。我做主。"

黑头嘴咧着说："就是大花和宝太睡了，我也愿意。"大花爹踢了他一脚，他就住了嘴。

"宝太哩？明儿就走。我也做主。"铁锤说。

"叫他去哪儿？"木梁颤着声说。

"就是，兄弟，您行行好……"枣花说。

"不是叫他去坐监。宝太高中生，有文化，正好队里有个下煤窑的指标，就叫他去当工人，多好的事儿啊！两人分开了，啥事儿也没有了不是？"铁锤说。

第二天，宝太在"护送"下，不得不上了路，他不知道这一去还能不能回来。他心里叫着"大花"，就哭了。

黑头和大花的婚也结了，闹洞房的人硬是把两人塞到了一个屋里。门一关，人们就蹲到窗户底下了。黑头就往大花的跟前凑，大花把一把剪刀搁到脖子上了："黑头，你敢胡来，我就死给你看。"

"大花……大花……你是我的女人……咋是……咋是胡来……我不管你和宝太咋着，反正，你是俺的哩。"

他边说边还往前走，大花的脖间就流出了一溜血。

"大花……大花，你松手，松手，我听你……听你……"他吓得"扑通"一下给大花跪下了。听房的人也都吓跑了。

一个月后，大花竟干呕不止，连饭也吃不下。她知道自己"有了"。她心里说："宝太哥，俺有你的孩子了。人家都说下煤窑不安全，你可得照护好自己啊！俺等你。"

夏天的时候，大花的肚子已经隆得高，有人见了黑头，就笑着说："黑头，你真是人黑，力量大，枪药足，大花美吧？你都该应爹了。"

"就是，黑头跟牤牛一样，弄得大花跪地求饶哩。"

黑头黑着脸："我就是枪药足，给俺嫂子用用？"他心想，自己真是窝囊废，叫外人耻笑，俺到现在连大花的手都没摸过。他想着时，看见一只蚂蚱正背着另一只，就一脚上去踩住了："娘那脚，我还不如一只蚂蚱。今黑儿回去非和她弄那事儿不中。有了也不中，又不是我的孩子，我都急死了。"

大花身子沉，半夜里，迷迷糊糊就觉着有人爬上她的身，睁眼一看，黑头赤条条的，正解着她的衣。她就惊醒了。

"黑头，不敢，你不算话。"大花扭着身叫着。

"啥不敢？啥不算话？我等不到你生了孩子了。说不定，到时候你又找宝太去了，又跑了。"他咬牙切齿地说着。

"你不是人，不是人……"

"我不是人，你是人？你是我的女人，不要脸，跟别的男人跑，还有了杂种孩子。"黑头喘着粗气骂着，就把大花压住了。他觉着自己是在筑地，有使不完的劲。

从此，大花不敢骂黑头了，那样换来的是他拼命地在她身上折腾。为了肚里的孩子，她学会了说软话，哄着黑头，能糊弄过去就糊弄过去了。

"大花，你叫我得劲透了。你说哩真哩？孩子生了，天天叫我睡，叫我更得劲，给我生一堆娃？"

"我和他一刀两断了，好好给你过日子。"

黑头听了，就抱着大花乱啃一气："大花，你只要跟我好，我也心疼你。这孩子，我也要。"

等黑头搂着她睡着了，她轻轻地拱出来，就哭了，不出一声，只不停地流泪。

"宝太哥，咱有孩子了，要不是孩子，俺就为你死去……"

井下塌方的时候，宝太正弓腰拉着煤。6个月来，他把对大花的思念都揉在出力流汗中，那样他的心里就好受些。不然，他就要疯掉了。他觉得自己作为一个男人，连最爱的女人都保护不了，还配做男人吗？他想到大花已经和黑头结婚了，可她不愿意，是被逼的。可大花咋办哩？我该死，真该死……

他觉得眼前一黑，就什么都不知道了。醒来时，爹娘都在他的跟前，娘就抱住了他："我的娃儿呀……"爹也紧紧攥住了他的手。

他昏迷了五天，双腿骨折，手术成功了，但需要长时间休养。他真怕自己残废了，就很灰心。他是工伤，矿上自然安排得妥当，等他身体恢复了，还可以到矿上上班，并可以调整工作。

木梁说："等好了，咱不干了，回家当农民去。"枣花说："就是，咱不当这矿工了。"

宝太听了，摇了摇头。他心里想，只要还能挖煤就中了，就恐怕再也站不起来，煤挖不成了，还要连累爹娘。他说："爹、娘，我对不住你们。"

"傻孩子，说的啥话？"枣花说。

"好好歇着，甭想那恁些。没事儿。"木梁说。

"爹、娘，甭给大花说，甭叫她知道。"宝太说着，就紧紧看着爹娘。

"中，中。"爹娘一起说。

这天下工，黑头走得急，就把大花爹甩在了后头。他几乎是小跑着，喘着气，嘴里还拉着肉弦子，进院门时，就绊了一下，差点儿摔个嘴啃土，但他的肉弦子还没有断。

大花身子不舒服，已经几天没上地了，但还是支撑着给爹和黑头做饭。汤烧中了，她从灶火间出来，摸了摸肚子，又捶捶腰。这时，黑头就靠过来了，嘿嘿笑着说："大花，给你说个不太好的事，你可甭太难受。"

大花又摸着自己的肚子，没有递他的腔。黑头说："你不想听？不想听算了，我就不说了。"

大花听了，不知为什么心里就疼了一下，揪得紧紧的，可堵，可闷。她抬起头，手还没有离肚子："咋了？啥事儿？"

"窑塌了，宝太被埋了。听说不中了，他爹娘今儿都去了。"

"你咒人！"

"我哄你弄啥哩！你不信，爹回来，你问问爹。"

大花爹正好从外面回家来，大花跑过去，就抓住了爹的手："爹，宝太真出事了？"

"你听谁说哩？没有。"

"爹，真没有？你咋说瞎话哩？"黑头说。

"谁叫你给她说哩？"大花爹吼着。

大花"啊"的一声，就出溜到了地上，晕了过去。

"大花——大花——"爹喊着。

"大花——大花——"黑头也叫着。

"大花要有个三长两短，我剥你的皮。"大花爹一脚就朝黑头蹬了过去。黑头也害怕了，他本想给大花说说，叫她断了想宝太的心，谁知竟捅了大娄子。大花要是出了事，可就瞎了。

大花醒过来，天天心心念念的，就是要去看看宝太。但爹不吐口，黑头也是甩着脸。她就求着爹说："爹，我去看看他就回来，听您的话，再不做让您丢脸的事。"她也对黑头说："俺已经成你的人了，你还不放心啥？俺去瞅瞅，就回来好好给你过日子。"

眼看着大花的精神一天天恍惚，大花爹和黑头最终答应了。他们决定都陪着她去，去看看，还陪着她回来，那样就不会节外生枝了。

"宝太哥，你等着俺，一定等着俺。你不会有事儿哩，不会有事儿哩……"大花心里念着，但害怕极了，生怕去晚了，宝太有啥闪失。

木梁和枣花见大花他们来了，就迎住了。木梁递了纸烟给大花爹和黑头，说着感谢人家的话。大花爹说："再不叫来，大花就疯了。"黑头黑紫着脸，不说话，眼却瞪得跟牛蛋一样。

他们在外面说话的时候，枣花领着大花已经往病房里走了，她边走边说："他不叫给你说哩，就怕你知道。可他的心劲儿有点散，你这一来，他就会好些。"枣花就抹起了泪。

大花说："婶，宝太哥不会有事儿哩。"

"宝太哥，宝太哥……"大花轻轻地叫着。宝太就一下子转过了头："大花，大花，谁给你说了？你咋来了？"

"宝太哥，你该捎信给俺哩。"

枣花悄悄退出来了。

"大花……"

"宝太哥……"

"大花，我恐怕不中了，再也站不起来，走不成了。"

"宝太哥，你瞎想的啥？你会好好哩，啥都好好哩。"

"大花，我……"

大花用手堵住了他的嘴："不许你瞎说、瞎想，俺说你好好哩就好好哩。你不好好哩，俺和孩子咋办哩？"

"孩子？"宝太看住了大花，"你有了？"

"咱哩孩子。宝太哥，真是咱哩孩子。"

"大花……"

"宝太哥，你不信俺？"

"信。一辈子都信。"

两人的手拉在一起，久久不愿分开。

10月底，大花生下了一个儿子，白白胖胖的，去送米面的人，都夸着孩子长得好看。但不久私下里就传开了，说孩子活脱脱是宝太小时候的模样，不说别的，光那颜色都不随黑头。黑头到底是吃的剩馍，戴了绿帽子。大花也真浪，宝太也真赖，两人也不知弄多少回了，孩子都有了。干活时，就有人问黑头："黑头，应爹了，美吧？也真是哩，你这真枪真药的，真厉害啊！你真抓住了，大花头胎就给你生个带把儿的。你倒插门真不亏，扎住根儿了。"

"就是，黑头，枪药装足，叫大花给你生个五男二女。"

"也得生几个跟黑头一样带色哩……"

黑头黑着脸，瞪着眼，瞅着他们，他心里明镜似的，知道人家笑话他，但他不敢咋着人家，他是外来的。他恨恨地想，你们等着，我会叫大花给我生一堆孩子，再与宝太八里不沾弦。

大花还在月子里，黑头就要找大花的事。大花不依。他上来把大花怀里正吃奶的娃就要抱过去，孩子一哭，大花就软了心。

黑头如一头疯牛，边疯边说："我替别人养着娃，亏死了。你要给我生我自己的娃，自己的娃，娃，娃……"

大花的泪就出来了。

宝太是在大花满月的时候和娘一块儿回来的，木梁早回来了。他们还没有进家，就有庄上的人给他们说大花生了。几个妇女把枣花拉到一边，叽叽咕咕地说着："可随你家宝太。""就是。可排场一个男孩。"枣花说："你们可不敢瞎说。""瞎说？不信，你去瞅瞅。"

等他们走了，宝太就问娘："她们说哩啥？"枣花说："也没说啥。大花生了，生了个小子。"

宝太"哦"了一声，就再也没有说话。他知道自己能站起来，恢复得好，就因为他的心里有大花，有他们的这个孩子。

来年的春天，洋槐花含着苞时，宝太的身体完全恢复了，他要离开家乡到煤矿上班了。他对爹娘说，他想看看大花去。木梁喜着的脸就丧着了："宝太，不是爹不让你去，大花现在和黑头是一家儿了，你去啥意思？"枣花说："他爹，孩子要走了，看看也中。大天白日儿，怕啥？宝太，你赶紧去吧。"

宝太一走，木梁就说："你还惯？你真不知道外面咋说了？"

"我就是知道，才让孩子去哩。不然，他心里憋着事，憋出病会中？"

"你都不嫌丢人？那孩子跟宝太真像，我出去脸都只想装裤裆哩！"

大花抱着娃坐在洋槐树下，孩子都5个月了，宝太伸手要抱，他一撇嘴，就要哭了。但刚藏进大花的怀里，就又探出头来，忽闪忽闪着大眼瞅宝太，又冲着宝太笑了。

"宝太哥，他长得随你。"

"大眼随你，白净儿，也随你。"宝太说着，把自己攒下的工资拿出来递给大花，大花挡着不要。宝太硬塞进了她的手里："大花，我就要上班走了。可我的心永远惦记着你和孩子，这钱你一定收下。以后，每月我都给你寄钱，还是要收下。"

"宝太哥，你出去照护好自己。不然，俺都不知咋活哩？遇上好小妮儿，早寻下一个。"

两人说着话时，黑头回来了。他不接宝太递过的纸烟，自己却用碎烟叶卷了一支大拇指头粗的烟，笑着说："你那中用，没劲儿。你要上班走了？真好，你因祸得福，不用修地球了。王宝太，这娃随我的姓，我是他爹。叫秦宝，大花起哩。大花又有了，肯定还是小子。"

宝太的脸色不好看，黑头却哈哈笑起来，还逗着大花怀里的娃说："秦宝，好好吃奶，再捣蛋，你都不得吃了。爹就吃了。"他说着，嘴就要啃住大花白嫩饱满的奶子。

宝太的身子抖了几下，不得不起身走了。

"黑头，你……"大花说。

"我咋？我说的都是实话。我不是宝的爹？你为啥给孩子起个'宝'，不还是想着宝太吗？你当是我不知道？想也白想，你现在是我的女人了。"

宝太回到矿上，没有再下矿，因为他是高中生，又写得一笔好字，就被安排到矿办公室工作，竟一连在报上发了三篇有关矿上好人好事的报道，受到了领导的赏识。不久就有人给他介绍对象，但他都没有答应，总说还早着哩。其实，他的心里还是放不下大花，放不下孩子。夜深人静时，他一个大男人常常泪水打湿了枕头。他每月都会给爹娘寄钱，也会按时给大花寄。他只愿大花的日子过得不那么苦，好一点。

第二年春天洋槐花开时，他回家，见到了大花。大花的怀里又抱了一个娃，是个女娃。他把一些糖果递给秦宝，秦宝就接住了，他要拉过秦宝，秦宝迅速躲开了。

大花哄着娃吃奶，她不抬头，轻轻地说："宝太哥，你看我的日子就这样了。你别应记我和孩子，你赶紧给俺找个嫂子。不然，俺的心放不下。"

"大花……你和孩子……我……"

"宝太哥，俺没有怨过你，这不怨你。你答应俺，赶紧找个人啊！……"大花说时，泪忍不住掉了下来。

5年后，宝太做了办公室的主任，工作也更加顺风顺水，但他的婚事一直没有着落，领导竟也替他着急了，而他的爹娘为他的婚事竟跑到了矿上向领导告他的状。领导就下了命令，今年一定得把婚结了。

宝太留爹娘在矿上住下了，还要带他们到城市里玩玩。木梁板着脸说："你把你娘俺俩快气死了，还有心玩哩？宝太，现在没外人了，你说人家大花都又生俩妮了，你还等哩啥？啊？我们也找大花了，人家都劝你无数遍了，你也不听。她说，你再不结婚，她也来矿上哩。你要真心对她好，就赶紧结婚，叫人家也省省心，安心过人家的日子。"

枣花说："就是。你爹俺俩的心都操碎了。大花也整天应记你，你这不是害她？"

宝太叹了一口气，说："爹、娘，你们不知道大花心里有多苦，家里家外忙，带着四个孩子。黑头不知疼她，是把她当成生孩子的工具了，不生儿子不罢休。我一辈子对不住她。你们知不知道，秦宝是我和大花的孩子，是你们的亲孙子，可……"

木梁和枣花是知道的,但这话从宝太的嘴里说出来,还是把他们惊住了。他们都不知咋劝孩子了,一起围过来拍着抱着头的儿子。

宝太结婚了,妻子是一个矿工的女儿,叫静,长得白净文静,贤惠大方,在矿上的服务部工作。她早就爱慕矿上这个爱读书、爱写文章的人了,常常找他借书看。领导一牵线,事就成了。

夜里,喝喜酒的人都走了,静羞红着脸就把那床铺好了。宝太看着床和坐在床沿的人,突然说:"静,有件事我要先给你说清楚,不然,心会不安哩。"

"看你严肃哩,你是领导,又开始说工作了?俺早把耳根儿洗干净了。"静大眼瞅着他,调皮地说。

宝太就说了他和大花的事。他又掉了泪。

静静静地听着,没有插一句话。等他说完了,她就把他拉到自己的身边了,她像一个母亲,把他抱在了怀,给他轻轻地擦着泪,柔柔地说:"哥,俺看见你流泪,俺就心疼了,也放心了。你是个大好人,最重情义的人。以后,俺和你一起帮大花姐。"

"静,俺一辈子感恩你。"

"傻瓜,俺是你的女人啊!"

村里包产到户的那一年,大花已是6个孩子的娘了。大花爹已经过世了,黑头成了一家之主。他看着5个活蹦乱跳的闺女,心里就不顺,动不动就骂:"养活一窝赔钱货,净是白给人家养活。"瞅见趴在那里学习的宝,也是骂:"没长眼,光学习有啥用?不会帮老子干些活?都给我爬回来干活挣钱。老子不干,都饿死鳖娃们。"

大花从灶火出来:"你整天找事儿,孩子们咋你了?"

"咋我了?整天吃我的,喝我的,白养活他们。"

"那可是你亲闺女。"

"你还有脸说?就会给人家生小子。"

"黑头,你……你……"

喝罢汤,大花把孩子们安顿好,把猪娃喂了,把鸡窝门堵了……一切收拾好了,都半夜了。刚躺到被窝里,黑头就偎过来:"今黑儿再装一炮试试,我就不信我会没儿子。"

大花把衣服抓紧了,"求求你,甭折腾我了,我都给你生了5个娃了,我真受不住了。"

"受不住也得受住，我要小子，我要小子，你给我生小子，生小子……"黑头叫着，就把大花的衣服都撕掉了。

黑头50岁那年得病走了，而那一年大花才44岁，到底没有给他生下儿子。

黑头说："我心不甘，还是成了绝户头。白给宝太养了儿。"

"他爹，宝还不是姓你的秦？也不是我没给你生。你好好养你的病，好好过我们的日子。"

"不说这了。不管咋说，宝太也没少帮咱。有时候，我也想当初真该叫你俩过。"

黑头说着，就咳嗽起来，大花赶紧过来给他捶着背。

宝太听说了，就带着静和一双儿女回来了。大花的眼睛哭肿了，毕竟在一起20多年了，再不好，还是儿女的爹。

静紧紧拉着大花的手说："姐，以后有俺和宝太哩，有啥事儿只管说。"

宝太想陪她多说说话，但他没有说，只是默默地站在那里，让大花知道，有他在哩。

宝太他们就要回矿上了，大花特地把儿子叫过来，让儿子叫舅和妗子。宝叫了，还很亲热。大花说："你上学，你舅和妗子没少帮忙，得记住他们对你的亲。"

宝太就看见宝，眼睛就不愿意挪开。宝是师范学校毕业，就回到村里当了老师，他愿意回农村，更多地还是想孝敬娘，也能带妹妹们。他孝顺，知道娘的苦。

宝25岁那年，娶了村里的同学张梅，但他们没有和娘分家，就帮娘照看着几个妹妹。妹妹们都大了，大妹和二妹相继出了门，三个小妹还上着学，日子虽然清贫，一家人还是高高兴兴的。娘总算快熬到头了。

静65岁的春天，得病去世了。宝太征求了俩儿女的意见，还是把妻子的骨灰送回了老家，埋在已经过世的爹娘身边。在坟地里，紧挨着留了一块地方，他对儿女说："将来，我就挨着你娘，还有你爷爷奶奶在一起了。"

儿女们都成了家立了业，忙得整天不着家；孙娃们都上了学，住了校。没了老伴，没了说话做伴的人，宝太的生活突然就沉寂下来了。他整天不出门，除了看书，还是看书。

儿子儿媳一回来就给他说老年人如何快乐生活，还给他买了不少这方面的书。他突然就说："书都要吃了我。"女儿回来，净是买的营养保健品，他皱着眉说："再吃再喝，还能返老还童了？框花钱。"

儿女们摸不准他的脉了，说他该享福了，却不会享。

每年的清明，宝太都要回老家给爹娘和妻子上坟，回来就像换了一个人，说个不停。转眼间，妻子过世已经5年了，在城里生活的他，决定回老家了。

那个周末，他开了一个家庭会。他刚把自己的决定说完，儿子就不干了："爹，那会中？您都72了，回老家那地方不中。"儿媳说："爹，就是，老家医疗卫生条件都不中，您岁数大了，可不是小青年了。"女儿说："爹，我跟俺哥嫂的意见一样，您不能回去。"

孙子孙女却跟爸妈和姑姑的意见不同，孙子说："老家青山绿水的，对爷爷身心有好处。现在的人们都追求自然的生活。"孙女笑了说："爷爷回家种地，有天然的瓜果蔬菜，我有口福了。"

儿女们到底没能劝住老爹，还得回老家帮他收拾庭院。老了，只好顺着他的心了。

第二年的春天，宝太没等儿女们来看他，就背着一袋子洋槐花回来了。他的兴致很高，把女儿女婿也叫回来，开家庭会议。女儿嬉皮笑脸地说："不说啥，爹回老家一年，没晒黑，还更白更帅更有精神了。你们发现没有？爹的眼睛里放着光，放着电哩。爹，是不是有艳遇了？老实交代。"

儿子说："你就会给爹赖皮。胡说哩不是？"

宝太抿嘴笑了一下，瞅了大家一圈，竟有点儿不好意思了。很快，又稳稳地说："我给你们说一声，我和你大花姑准备把事儿办了，我就不回城了，就在老家养老了。你大花姑，她一辈子不容易，老了，我们在一起，是个伴……"

他说了许多，全然不顾儿女们瞪大的眼睛，也不想让他们插话进去，也就是给他们说一声。这事儿他们同意不同意，他都决定了。

他说完了，屋子里好久没有人应声。儿子到底先开了腔："爹，您这是突然袭击啊？俺娘才去世几年，您就要找人了。找人不说，还要回老家找个农村老婆。大花姑是吃苦受罪了，可爱情不是同情啊！您这么大岁数了，万一有个病灾的，我们不在身边咋办？"

"就是，哥说得对。爹，您这是先斩后奏，您自己做主哩！还给我们说弄啥？爹，您这样做，咋对得起俺娘？"

宝太就拍了桌子："我这是深思熟虑。你们说，我咋对不起您娘了？咋亏待您娘了？我和您大花姑结婚，您娘在那边也高兴。"

女婿见爹恼了，忙打着圆场说："爹，您别生气。这事儿慢慢商量商量。他们也是为您好，想叫您待在他们身边孝顺您。您去农村，真是啥都不方便。"

"这事儿不用商量，一商量就没头了。你们要真孝顺我，就顺着我，让您爹顺顺心心多活几年。"他话说得刚，但还是看着儿女们，眼睛里满是期待。

没有人递他的腔。他笑了一下，站起来，就一个人往汽车站去了。

那个傍晚，起风了，洋槐花的香气随着风溢，香甜得很。大花面前的筐子满是槐花，她还在捋着，她知道他爱吃，要多捋些，焯了，晒干了，保存下来，就可以一年都有槐花吃。她不时停下手，看看手机，心里说："他说今天回来哩，要回来了，肯定就先跑来了。"她不由得又哼唱起来："高高山上一树槐，手攀槐枝望郎来……"她的脸，少女一样羞红了。

"大花——大花——"

他回来了，回来了。她丢下筐，就跑过去了。

她给他烧的玉米糁汤，蒸的洋槐花，烙的油馍，两人对面坐着，吃着饭，说着话，都时不时瞅着对方抿嘴笑。

大花的老宅子就大花一个人了，闺女们都出门了，儿子宝的新房早买到了新村里，两层的楼房宽敞明亮，叫她搬去住，可她就是不去，说一个人住惯了，不想给儿子添乱。她觉得自己熬寡几十年也算熬出了头，啥都不想了。但现在，她就想无论如何都要和他的宝太哥在一起，把余下的日子过好。

喝罢汤，大花还没有站起来，宝太就把碗碟拿到手了："以后家务活，我都包了，我是应哥哥哩。"

"不中，不中，俺是应妹子的。"她边说边要抢，她一下子抓住了宝太的手，紧紧地。两人的眼睛就对在了一起。

"宝太哥……"她顺势就靠在了他的怀里。他放下碗碟，就把她抱住了。

"宝太哥，娃们都愿意咱俩的事不？"

"愿意不愿意，我都不与你再分开了。你给娃们说了没有？"

"还没有。这一回，他们不愿意也不中。"

"赶紧说，说好了，我就把你娶回家。"

"中。俺明儿就说。俺是等你的信儿，怕你一去又回不来了……"

"大花，我回来了不是？我就跟你在一起，再也不走了。"

其实，宝太一回来，村里有关他和大花的传言就传开了，说得有鼻子有眼的，说亲眼看见宝太头一天回来，就和大花睡一块儿了。

人们说着说着就出了格，且证明都是自己亲眼见的，是千真万确的。

张梅对秦宝说："你当个小学校长，整天忙得跟国家总理似的，你也不说说你娘去？做那事儿，叫咱脸往哪儿搁哩？"

秦宝瞪了眼说："俺娘咋了？甭听外人瞎喳喳。"

张梅笑了说："看起来你耳根儿里也有嘛！人家都说宝太叔回来不走了，要跟咱娘结婚。你再不管管，就出事儿了。你说咱娘都70岁了，这都做的啥事儿？是咱不孝顺，是咋了？这些天村里村外都吵开了，我都不敢出门，丢死人了不是？"

"你少说点，中不中？"秦宝把手中的书摔在桌子上。他是听见村里人的议论了，正为这事躁着哩。他咋说娘哩？娘守寡二三十年不容易，可娘要真跟宝太结婚该咋弄哩？

"秦宝，你四五十了，也长脾气了啊！你摔打谁哩？我跟着你，给你生儿育女不说，还照看你那几个妹子，养你娘！"

张梅的声音一高，秦宝就软了，张梅嫁进他家，是吃了不少苦。他赔着笑说："我不是心烦嘛，我哪儿会摔打你？"

"反正，咱娘再走家儿，我可不愿意。"

"我也不愿意。梅，生啥气哩？笑笑。"秦宝走过来搂住妻子。

"不要脸。"张梅说着，却也抱住了男人。"你不知道，外人说得多难听，叫我说，把咱娘赶紧搬过来，不叫她一个人住那山上了。"

"中。啥都听你哩。明儿，咱就给咱娘说去。"他边说边把女人抱起来了。

"老没材料。"女人捶着他。

还没等他们去找娘，大花就来家了。还没等他们开口，大花就说："宝、梅，娘给你们商量个事。"

秦宝说："娘，我和梅就回去给您说哩，您岁数大了，一个人住老院不中，过几天，就把您搬过来。我们也好好尽尽孝。"

张梅偎过来："娘，您要听您孩子哩。您吃苦受罪一辈子，也该享享福了。您住那儿，外人都说我们不孝顺。"

"梅呀！你和宝都可孝顺。娘身体没事儿，住老院得劲。"她停了停，平了平心，说，"娘是想给你们商量商量，娘和你宝太叔的事儿，他不嫌弃娘，娘也心疼他。你妗子也老五六年了，他一个人也孤。我们在一块儿，也是个伴儿，也互相有个照应，你们的负担也轻些。"大花说得快，几乎是一口气说完的，低着头，没敢看儿子儿媳。

屋里没有一点儿声音，好久都没有。大花抬头就看见了他们黑着的脸，她心里打了颤，说话就不太连贯："宝……梅……你们……你们……觉着咋样？"

"娘，要说老年人再婚，法律都保护，儿女无权干涉，可您没想想您多大岁数了？您跟着我们享享福，中不中？可苦的日子都熬过来了，您还折腾啥？您要跟他，叫我们的脸都往哪儿放？"秦宝直视着娘，拍打着手说。

"娘，要说我是儿媳，不能说啥，可您要走家，是我们亏待您了，不孝顺您了，还是咋了？"

"不是……不是……"

"不是，还走啥家儿哩？娘，您给俺妹子们都说说吧！她们都同意了，俺和您孩子再也不放一个屁。"

大花不知道是咋从孩子家出来的，她径直去了宝太家，一进屋就趴在宝太的怀里哭了："宝太哥，他们不愿意……"

宝太给她擦着泪："大花，不哭。他们不同意，这一次咱也要在一起，我还要明媒正娶你。"

"嗯。宝太哥，那俺等着你。"

"中。"

秦宝一个电话就把五个妹子都叫回来了，她们异口同声地说："哥，有啥事儿？"张梅笑着说："咱娘还没有给你们说？娘也知道不好意思啊！你们不知道吧？咱娘要嫁人了。"

"啥？嫁人？嫁谁？"她们还是同着声。

"嫁给宝太叔。"

"不中，不中。"她们一起叫着。

秦宝说："我看咱娘这次是铁了心了。你们都看咋办？"

"咋办？不办。丢死人哩。"

"那中，大家意见一致了。咱现在就快刀斩乱麻，把咱娘搬过来，她和宝太叔都不好见面了。"

"哼！他要敢往咱家找咱娘，我可不依他。咱娘要是把人家勾引来，也别怪我翻脸不认人。你们都说这丑不丑，都70多岁的人了，还找啥人，结啥婚？不像是小孩儿家，不知男人女人啥样？"张梅说。

"看你说哩啥？啥勾引不勾引？"秦宝说。

"我没错说咱娘。你们谁不知道，谁不清楚，咱娘和宝太年轻时啥样？咱娘天天坐在那大槐树下等谁哩？要不是被人抓回来，就没有你们姊妹几个。"

"宝太，就不是个好人。真不是好人。"几个姊妹说。

"都烫啥剩饭哩？都给咱娘搬家去。"秦宝大声说。

秦宝带着妹子们回到老院，任凭娘再不愿意，硬是把娘搬下了山。紧接着，把老院子的东西都卖了，而那一棵高大的洋槐树也伐倒了，运到山外卖掉了。

大花和宝太被隔开了，但他们还是用手机联系着，发短信，或偷偷打个电话。大花说："宝太哥，我真没有想着他们这样绝情。他们把大槐树都伐了……"宝太说："大花，真不中，我们告了他们去。"大花却连连说："不中，不中，不告，不告，咱告了，孩子们不丢脸了？宝太哥，俺等着你，你等着俺，不到万不得已，咱不告，不告。"

大花搬下了山，儿子儿媳照顾得周到，啥活都不让她干。儿子上班去，儿媳哪儿也不去，就陪着她。村里人见了都说："您老享福哩，孩子们真孝顺。"她也笑着说："是哩，是哩。"

收罢秋，宝太又回了一趟城，把自己收的花生红薯给儿女们带了不少去，儿子看着他黑了瘦了，就心疼了："爹，您回来吧！真不中，把大花姑带回来吧！"儿媳也说："就是。爹，我们不该拦着您。爹有个伴，比啥都强。"

宝太的泪就掉了下来："您大花姑的儿女不同意，她吃苦受罪一辈子啊！她……"

儿女们安慰着他，他擦干了泪说："就是再作难，我们也要在一起。"

大花知道宝太回去了，但她也知道他还会回来的。吃罢饭，她还是闲不住，总是抢着给儿媳做家务。张梅笑着说："娘，您就不知道歇歇？有个好婆子娘，真得劲。娘，这宝太叔回去都六七天了，还回来啥？您年轻时相信他的话，老了还听他的话，他就是心眼儿不正，骗娘哩。"

大花刷着碗说："梅呀！别人咋说，娘管不住，可娘得要良心，当初我们都是有情有义哩。后来，他也没少帮我们，就是您爹活着他也承认。宝上学，人家也没少掏钱。他心地好，是好人。"

张梅就嘻嘻地笑了："娘，听人家说宝是您俩的孩子，到底真哩假哩？"

"说那弄啥，不说那了。"大花说。

"娘，反正别跟他来往了，他靠不住。老了，还想啥，有吃有喝都中了。您好了，我们也省心，得劲。人活一张脸，树活一张皮。您说是不是？"

宝太回来的那一天，并没有给大花打电话和发信息，他买了一些礼品就到秦宝家去了。他要当面给孩子们说说，他和他们的娘心连着心，再也不会分开了，希望孩子们理解他们，支持他们。

他敲开秦宝家的门时，大花迎了出来："宝太哥！是你？"

"大花，是我。孩子们哩？我来看看你，看看孩子们。"

"宝太哥，快进来，快进来，孩子们出去玩了。"

这一段时间，秦宝和张梅已放心了娘，也认定宝太一走半月不回来，是死了心了。他们就去街上逛逛商场，买点好吃的好穿的。

"大花，家里的孩子们都同意咱俩的事儿了。到时候，他们也要来参加咱的婚礼哩。我今儿来就是要给宝他们好好说说，他们也会同意的。"

"宝太哥……"

"大花，你放心，我来说。"

他们正说着，秦宝和张梅回来了。他们就看见了宝太笑着的脸，他们的脸一下子就黑了下来。

"你们还要脸不要了，大天白日就在俺家日弄事哩不是？"张梅把背包摔在了地板上。

"闺女……"

"谁是你闺女？"宝太刚一出口，就被张梅打断了。

"梅，没有，没有。你叔来……"

"啥叔？啥叔？娘，你不嫌丢人，我们还要脸哩。秦宝，你管不管了？打电话叫你妹子们都回来……"

秦宝吼了一声："娘，您叫我咋说您哩？都怨这骚老头子了。"他一伸手就抓住了宝太，把拳头举了起来。

"宝，不敢打，不能打。他是你亲爹。"大花扑过来，就把儿子的胳膊抓住了。

"娘啊娘——"秦宝往外一推，两个老人就都摔倒地上了。

"好啊！秦宝，你可听见了，怪不得外面人都说，他还真是你亲爹啊！你们是一家人了啊！秦宝，有他们，没我。有我，没他们。你看着办吧！"

"你别说了，中不中？中不中？"秦宝红着眼说。

宝太先爬了起来，他把大花搀住了，轻轻地理了理她额前的发。大花说："你俩别吵了，娘给你们丢人了，娘走。"

他们往村里走的时候，日头正下着山，霞已起来了，满了天。宝太说："大花，我要把你娶到家里去。"大花抬头瞅着他，说："不！宝太哥。俺要娶你，你要倒插门到俺家去。"

"中。"

他们回到了大花的老院子，大花说："宝太哥，瞅瞅，他们真把老槐树都伐了。"

"大花，没事儿。过年春上它就又发芽了。要不几年，槐花就又开了。"

"嗯。宝太哥，到时候，不，现在俺就给你唱歌。'高高山上一树槐，手攀槐枝望郎来……'宝太哥，俺终于盼来了。"

"大花……"

"宝太哥……"

※ 作者简介

赵大民，农民，河南省鲁山县张良镇人。作品发表在《读者·乡土人文》《光明日报》《新华每日电讯》《河南日报》《奔流》《北方作家》《青少年文学》等报纸杂志上，散文《故乡月，边疆月》获中宣部等举办的"我们的中国梦，讲述中国故事"全球华人文艺作品征集文字类三等奖等。

四奶奶

杨 娥

四奶奶的墓地掩映在花丛中，每天都有清馨淡雅的玫瑰开在她的坟头。与四奶奶毗邻的是一座八角的仿古亭子，凉亭内一桌、一椅、一把二胡、一个老人、一壶清茶，无论是玫瑰飘香的阳春还是白雪飞舞的寒冬，总有一首恋曲从玫瑰谷缓缓飘出……

四奶奶岁数不大，只是四爷的辈分高。16岁的姑娘坐在当院的搋布石上，被两个上了年纪的妇人，用两根山丝线交叉着挽在手上，拇指和食指一张一合，绞下发际周围的乳毛，开了脸绾了发髻就成了四奶奶。

人说，四爷命硬克死了三房太太，每一房都给他撇下一个姑娘，就是少了续香火的人。大姑娘菊心正值芳华，出落成了标致的美人，被父亲送到山外去读书。

有一天，菊心正在集镇上无聊地闲逛，见街道上里三层外三层围了许多人纷纷议论，就拨开人群看了个究竟。原来是一个清秀的女子，羞怯地站在人群里。哀怨、无助、卑微、勾着头，低到了尘埃。她把一条又黑又粗的辫子挽到胸前，在手指上缠缠绕绕，局促无措，任是周围评头论足，只是默默地噙着泪水，把嘴唇抿得紧紧地，看着自己的辫梢，默不作声。姑娘身边站着一个40多岁的男子，貌相精明，颇具城府，他说是姑娘家里遭了难，带到山里来讨个活命。

菊心灵机一动，暗自思忖：如今三娘过世，爹爹堂上无主，枕边孤独，偌大个院子连丫鬟长工算上也不过七八口人，两个妹妹一个出阁一个求学，父亲身边一个请安的人也没有。人丁不旺就少了气势。自己胸怀大志，欲与心上人双宿双飞，无奈家事羁绊，总难脱身。现在天上掉下个林妹妹，模样俊俏人也机灵，买回家去成全了父亲，安顿了姑娘，拔出了自己，岂不是三全其美！

于是她毫不犹豫地掏出两块银圆，摘下女子头上的草标，拉着姑娘出了人群，来到饭店美美地吃了一顿，又去汤池洗了个温泉澡。打量一下姑娘的个头，高矮胖瘦与自己不相上下，就从包袱里拿出一套豆青色碎花褶裙给姑娘换上。啊呀，活脱脱一个美人坯子！那半新不旧的长裙穿在自己身上，并不怎么出色，裹在姑娘的身上咋就那样清雅和妩媚？窈窕的身材凹凸有致，青涩中又有那么几分成熟，眉宇间淡淡的忧伤更增加了姑娘的冷艳婉美。

菊心惊讶世上竟有如此清丽的姑娘，比自己还要漂亮。女孩看女孩，惋惜中又增加了几分怜爱，话就多了起来。知道了姑娘名叫林梅影，禹州人，年方十六。问她家中变故，何以如此，梅影只是落泪，不再说话。菊心也是叹了一口气拉着梅影的手上了马车，一声长"驾"，向着八百里伏牛山的褶皱里奔驰。

这和一马平川的禹州截然不同，远山如黛，近水含烟，林深鹿鸣，涧流淙淙。马车在崎岖的官道上颠簸，浮云在山腰间缠绕，从哪里来，到哪里去，一如这缥缈的云，无从预知，但一切对于林梅影来说，无悲无喜。暮霭向马车压来，所有的景物都灰蒙蒙的，天际边有袅袅炊烟，马车在一座村庄前"吁"的一声停下。

村庄不大，有十几户人家，中间是一座三进的四合宅院，青砖黛瓦，格外别致。菊心拉着梅影走进朱漆大门，穿过敞篷来到正厅，恭恭敬敬向这个小自己一岁的姑娘叫了声："小妈，我们到家了。"梅影惊讶得半天没回过神，环顾四周，并没有任何的女子应答。菊心微微一笑，扶她坐下："我给你说件正事。"菊心如此这般一阵耳语，梅影的嘴巴半天也没有合上。

这时，一个40来岁的汉子走进门来。他个头不高，面相斯文，只是一双眼睛鹞鹰般犀利。只见他手提一杆旱烟袋，青铜烟锅，翡翠烟嘴，烟布袋上丝线络缨，挽了个很好看的盘龙结挂在篁竹烟杆上。身穿藏青色的长袍马褂半新不旧，腰间扎了一条栗棕色绸丝带，挽着很好看的丁香结。

看到菊心，他劈头盖脸地嗔呵："你这妮子不好好读书，不年不节又跑回来干啥？"

菊心扳着父亲的脖子撒娇："爹，我回来给你办正事呢！"

这人就是菊心的父亲尚克昌，有着方圆几百亩的田产、蚕坡、林木，是凤凰沟的百里乡绅。菊心附着他的耳朵一阵喊喳，尚克昌才注意到屋子里还有个人儿。梅影头也不敢抬，眼观鼻，鼻观心，屏息凝神，只觉得有一道凌厉的目光扫射着自己。

这一夜梅影和菊心睡一个被窝。尽管梅影知道父亲把她交给那个挑捎（旧时专业买卖人口的人）的后，命运就发生了翻天覆地的变化，但她终究没有料到会如此周折、坎坷、无奈，连挣扎的欲望都不再给她。

梅影的泪在漆黑的夜晚流在异乡陌生的枕上。

梅影也曾有过快乐时光。10岁之前，梅影有着幸福美好的童年，母亲的眉眼里全是她无忧无虑的欢愉。此后，母亲因痨病去世，家道中落，父亲虽然续了一房夫人，日子却过得清苦。梅影是从小定的娃娃亲，夫家在禹州城南开了一家中药铺，前台把脉看病，后仓库贩卖中药材，家底也算殷实。

13岁时，梅影嫁到夫家做童养媳。丈夫寒雪峰比梅影大3岁，跟着父亲习中医兼做药材生意。两个青春朦胧的少男少女，眉目间多了一些情愫。梅影总是怯怯地不敢迎接寒雪峰温柔的目光，只是那一声温婉的"峰哥哥"让寒雪峰的骨头缝里都散发着保护的欲望。一束契合时令的野花，一味醒脑提神的药香，有时不吭不哈接过手中的活计，都会给梅影带来意想不到的惊喜。

可是禹州城里不太平了。去南阳进药的寒雪峰半个多月了还没有回来。

一个月，两个月——梅影在南城门上望断了清风流云，始终没有"峰哥哥"的消息。

有人说：他被抓了壮丁。

又有人说：他跟着南阳的一支队伍走了。

梅影成了寒家大院孤苦零落的人。

一个药材商看上了梅影，纳妾是女人悲惨命运的开始。这笔交易超过了梅影在寒家所付出的价值。虽然寒老爷子万般不舍，但儿子三年来杳无音信，一年大一年的梅影终归要有一个靠身的地方。考虑再三，药材商或许是一个合适的下家。

寒老爷子身边的丫头染秋告诉了梅影。一个月黑风高的深夜，梅影泥一身水一身跑回了娘家。懦弱的父亲害怕与寒家官司纠纷索赔彩礼，就匆匆把梅影交与挑捎人，让她远远地逃命。

在这远隔千里的异土他乡，峰哥哥即使能够归家，此生再难有相见的机会。

梅影翻了个身，泪水再次汹涌。

三天后，梅影和菊心的父亲尚克昌成亲了。那一夜梅影做了一个手术，完成了从少女向女人的过渡，这个手术摘取了一个少女的芳香和一切的美好，剔除了她作为一个完美人格的自尊、高贵以及她的名字。从此，梅影像风一样消散，剩下的只是一个"四奶奶"的呼号。

三年里，四奶奶孕育了两个儿子。后来四奶奶所在县区建立了人民政权，随着时代变迁，四奶奶家的主房被区公所征用，敞篷以里的东西跨院分给了穷苦乡亲，油漆锃亮的箱子柜子赠给了左邻右舍。政府把东西厢房及必要的生活用品留给了她，要求她做一个自食其力的人。

梅影由管家主子变成了地主婆。街坊群众都知道她是被买回来的穷苦人，对旧社会也是苦大仇深，便没有难为她，和广大劳动人民一样成了新社会的主人。四奶奶感恩邻里乡亲的宽厚仁义，便越发地慈善和顺。只是四爷顺应不了时代的变化，气量狭小，解下腰间的绸带结束了自己并不完美的生命。

菊心总感觉有愧于四奶奶，少年时代的幼稚懵懂给四奶奶带来的伤害，在她成为女人之后，总有隐隐的歉疚，但她却已无法改变既成的事实，政治斗争的严峻更不敢让她回归这个风雨飘摇的家。她从南下部队转到地方，又因丈夫隐瞒历史，曾经参加还乡团叛变革命杀害农会干部，被押送老家徐州接受人民的审判，使她的政治前途黯然失色。在长达半年的审查甄别之后，菊心带着两个年幼的孩子回到了原籍，这使她与四奶奶有了同病相怜的珍惜，而父亲的过世又让她对这个与自己年岁相仿的小妈有着说不出的怨愤和敌意。

难道爹爹走向生命终点时的绝望，作为妻子的小妈能没有一丝的察觉？

在矛盾的煎熬中，菊心仍然抹不掉对家的向往。

年轻轻的四奶奶守了寡，带着两个未成年的孩子苦熬苦盼。这人世间的事情真真是个谜，尤其是女人与女人的关系就像是变魔术一般，全靠第六感觉去揣摩。菊心和梅影是完全不搭边的两个人，但茫茫人海中的一次偶然相遇，便有了剪不断理还乱的恩怨情结。两个未亡人在同一个屋檐下各怀心事。

菊心看四奶奶的眼光再也不是少年时的天真与稚爽，那种审视像透视镜一样直达四奶奶的五脏六腑。菊心自己也说不清四奶奶哪一处端的总与自己别扭，是四奶奶微蹙的眉头，还是不笑也含情的眼睛？或者是四奶奶不施粉黛也一样妩媚的容颜？就连四奶奶无奈的哀叹也仿佛是刺在她心头的锋芒，总是勾起无边的幽怨。

寒雪峰跨进区公所的大门，被一个熟悉的背影惊呆了。他揉了揉眼睛闭上再睁开，那背影还是像。摇了摇头，寒雪峰苦笑一下：天下没有这么巧的事。

天下就是有这么巧的事！寒雪峰与林梅影目光相碰的一刹那，他们同时惊呆了。梅影手中的面盆扣在了地上。

梅影在孤灯下哭了一夜，她恨命运为什么这样捉弄她。

寒雪峰是派驻在凤凰沟的工作队队长，以前和菊心曾在一个区委工作。此次相逢，同在一个大院出入，不免有些尴尬。

只是寒雪峰看四奶奶的眼神格外地意味悠长,这让凤凰沟翻身的妇女很不自在。有些东西自己得不到,别人也不要得到,只要它好端端地放在那,就是一种平衡,一种完美。仿佛是四奶奶无意中摘走了她们心目中的珍宝,让人心里疙疙瘩瘩不舒服,也更让菊心懊悔苦恼疑虑重重。而这一切,温顺怯懦的四奶奶有苦只能自己咽。

四奶奶的两个浑小子回来了,每人手里捉了两把糖,欢天喜地地像过年。四奶奶一把夺过来,把两个孩子关进了屋子:以后不准要这个人的东西!

然后,四奶奶用被子蒙着头暗自哭泣。

嫉妒是一把邪火,烧毁了一个人的良知和正常思维。

桂兰婶是不屑于去四奶奶家串门的,可这几天却是三番五次地光顾,不是借扎花的彩丝线,就是求四奶奶剪鞋样裁新衣。四奶奶心灵手也巧,村子上的女人大都和她亲近,而桂兰婶的殷勤却非同寻常,每次闲话的心思并不是在针线上。

芒种一过,四奶奶家的指甲花撒欢儿一样扑棱得热热闹闹。两个蛮小子并不稀罕这些花花草草,除了四奶奶在玉葱般的手指上包染指甲外,任由村庄上的女人们随意采撷。黄昏的炊烟在村子上空升腾,桂兰婶带了几个姑娘媳妇来了四奶奶家,她们叽叽喳喳地摘着指甲花,絮叨着五颜六色的八卦。什么傻子"旦旦一"的巧媳妇,依照新婚姻法离婚了,王二瘸子用三斗玉米换来的媳妇敢和婆子干仗了……

四奶奶从不掺和妇女们的闲话,沐浴在夕阳的余晖里,端庄得像一尊雕像。

桂兰婶和菊心是一个村庄长大的,说不上是什么闺蜜,但对菊心的崇拜和追随是与生俱来的。菊心的一颦一笑桂兰婶都极力模仿,孤傲的菊心也很希望有这样一个盲目的追随者。在她空虚的生活中,桂兰婶是一味不咸不淡的佐料。

"哎呀,四奶奶——你家毛主席像上的眼睛谁抠了啊?"

在院子里摘花的桂兰婶突然进了四奶奶的堂屋,尖利的喊声像一道闪电撕裂了山乡的宁静。

四奶奶像听到了一声惊雷,一个激灵跑到屋里:"没有啊!不知道呀!"

几个摘花的女子也跑到了屋子里,定睛注目:四奶奶家正堂上悬挂的毛主席画像,庄严神圣,伟岸俊朗,正慈眉善目地注视着这群惶恐的女人。

桂兰婶指着侧面墙壁上粘贴的《毛主席去安源》油画:"是这一张画像,你们看看!"

在这幅画面上,天空乌云密布,毛主席夹着一把油布伞,气色凝重,步履坚定,只是主席那刚毅自信的眼睛被细细微微地抠抹过,不仔细看真难发现,但这却使伟人那坚毅淡定满怀信心的气势大大减少，损坏了伟大领袖的光辉形象。

很快，工作队的干部来了，民兵也来了，寒队长用很复杂的眼光看着四奶奶，但那里没有任何答案。民兵把四奶奶绑了，送到了区公所。桂兰婶神秘地告诉大伙，四奶奶仇恨新社会，是新社会害死了她的地主丈夫。

这是一个没有星星的夜晚，风吟虫鸣中挟裹着鸟儿凄厉的叫声。寒队长掐灭了一茶缸的烟头，也没有舒展开紧锁的浓眉；他转换了无数个假设，也不能成立四奶奶污蔑伟大领袖的罪名！正是这样一个伟人让她感受到了新社会的温暖和做人的尊严！但这样的事实她又百辩不能洗脱。

这一夜，寒雪峰不敢去审问四奶奶，分别后的重逢并没有给他带来过多的惊喜。特殊的环境，复杂的身份，他的心中五味杂陈，他在痛苦中斗争着。他害怕此刻的相认，那双清澈的眼睛会坍塌他本就不牢固的城防。

四奶奶戴了一顶高高的纸帽子，上面歪歪扭扭地书写着"打倒地主婆"的标语，就像几年前被拐卖的场景一样，不过那时插的是一杆草标。她孤独地站立在场院上，乌泱泱的人群里喊着她听不清的口号。孤独、无助、卑微，此刻她突然想起来了老家。这是多年来从没有闪现过的念想，父亲驮着她走在禹州古城，一串串的花灯闪烁着婆娑的光影，她拍打着父亲的额头欢快地笑着闹着。随着拥挤的人流，灯灭了，人散了，在漆黑的夜里她孤独地挣扎……

好像有一双手，一双温暖的手为四奶奶拭去腮边的泪水，除了父亲，这是唯一一双带有温度的手。四奶奶不愿睁开眼睛，唯恐这短暂的温暖像梦魇一样消失。

"梅影，我知道你是冤屈的。"

四奶奶的泪水像决了堤的大坝，这个早已不属于自己的名字，突然令她百感交集，十年来的委屈、苦难、孤独、茫然，一个人挣扎的悲戚和被侮辱的怨愤在一瞬间崩溃……

峰哥哥救我……

这一夜他们说了很多话，寒雪峰在全国解放时回过一次老家，只是谁也不知道梅影的去向。

四奶奶做回了女人，那种有着灵魂悸动的幸福，让她体会到女人原来是在风拂雨润中完善的。四奶奶的梦幻里铺满了鲜花，她的生命在鲜花上颠覆，仿佛有人在呼叫她的名字，她拼命地抓着每一个音节，那是她命运中最美妙的旋律……

桂兰婶被工作队带走时，没有了往日的跋扈和张扬。四奶奶看向她的目光有那么一丝丝的疑惑和不解，菊心凝望远处的峰峦，仿佛和山水有过约定。

深秋的阳光不紧不慢地洒向大地，山水树木在时光中守望。

四奶奶的目光仿佛寒夜里的星子，时而会闪起水雾般的光芒。在没有人的田野里，她会不自觉地哼一些听不懂的家乡小调。

今年的冬天来得特别早，刚入了冬四奶奶就穿上了棉衣，她似乎特别怕冷，宽大的带襟棉袄裹着她颇有风韵的腰身，在屋子里猫了一冬。打罢春四奶奶就钻进了落凤岭的蚕坡上的草庵里。

四奶奶的蚕坡坐落在凤凰沟与虎盘山的分水岭上，栎树墩子密实粗壮，柞叶儿青翠嫩绿，四奶奶在一棵楝子树下搭了一座圆形的草庵，成了临时的家。听着蚕儿"沙沙"地啃食叶子的声音，四奶奶有莫名的激动，身体内每一缕共同的呼吸，都泛滥着女性特有的温情，每一次的破茧成蝶，都是生命蜕变之后的又一次升华。

寒雪峰找到四奶奶时，她正在痛苦地呻吟，持续的阵痛使她坐卧不安。月亮从凤凰翅上升起，皎洁的月光洒在草庵内投下斑斑驳驳的影子，四野像白昼一样明亮。一朵美丽的女人花在月色中悄然开放，犹如一朵血色的玫瑰在生命的通道把温柔和爱，魔幻成女人蓝色的梦，再把另一个女人带到这个世界，演绎一场场女人的传奇。寒雪峰用四奶奶早就准备好的襁褓包裹了婴儿，不禁唏嘘：可怜的人儿啊。

四奶奶接过女儿忘情地亲吻着，把一枚银锁和着清泪放在女儿的襁褓内，交给了寒雪峰："好好待她，但愿能活出个人样……"

"我们一起走吧。"

"那两个孩子怎么办？你的政治前途不要了？"

这是一场生死离别。四奶奶清楚地知道，这一转身便是山高水长，一别两宽。

高大的楝子树下，是四奶奶孤零零的身影。

当寒雪峰折进山坳时，四奶奶才痛不欲生地蹲在楝子树下号啕大哭。

寒雪峰给区上说家里发了电报有急事，大清早就坐了班车回老家。后来又托人办了调离手续。

每年在固定的时间，四奶奶会收到一封没有落款的汇单。

这些普通的没有落款的信件，给了桂兰婶无限的想象。

有一天，桂兰婶很热情地从邮递员手中拿过一张汇款单，上上下下地端详，央求邮递员给她念念。

邮递员笑着调侃："又不是你的，上心个啥？哪天也让谁给你邮一个。"

桂兰婶一下子把信件塞到邮递员怀里："这里面大有文章。谁家寄个信还没有地址，是不敢见人！"

桂兰婶躺在床上翻烙铁一样睡不着：难怪当年天衣无缝的事情就怎么来了个瞬间翻转？四奶奶和寒雪峰早有一腿！

桂兰婶用大铁盆子敲醒了山村的早晨。

"大街上走的贞洁女，门后面藏着养汉精。"

有人接了腔："桂兰婶，你说谁呢？"

"说谁谁知道！破鞋一个！"

三三五五地聚了一些人。

桂兰婶更起劲了："都来看都来听，凤凰沟出了个狐狸精。"

"不出语儿的蚊子咬死人，养汉精不敢出来了！"

"现在没人护着你了吧，不敢出来了？"

"那一张张汇款单是从云彩眼里掉下来的？"

"那一封封书信咋就没有个发信人地址？"

"丢凤凰沟女人的脸！"

"咣——"桂兰婶狠劲敲了一下大铁盆子。

"那识文断字的人玩的都是心眼，把俺凤凰沟的人都当眼子舛！"

这一声颇具煽动性的蛊惑，招引了更多人的好奇。

人群开始窃窃私语。

四奶奶带着两个孩子出来了。

谁也没有见过四奶奶愤怒的样子，有着宁为玉碎的刚烈。

两个孩子攥紧了拳头。

菊心也从屋子里出来了，怒喝一声："滚回去，再多吆喝一句，撕烂你的嘴！"

桂兰婶敲盆子的手悬在了半空。

草木归于平静，但堵不住烟火缭绕的猜想。

日子在麻绳上拧着结。

只有梦里春风赶路，红撑着绿，白跟着黄，多少颜色从枕边摸着黑，一路缤纷和四奶奶一起沉醉在回家的路上。

花开花谢，四奶奶在岁月中等候。她把思念种在时光里，银色的发髻上缠绕着丝丝扣扣的愁绪。一年两年，燕子去了又回，太阳落了又升，四奶奶望断飞逝的云朵，没有一缕风能告诉她，她的亲人在哪一个城市，在哪一个角落。

四奶奶的大儿子因为读过书有文化，做了乡村教师。二儿子辗转上了大学成了省城某高校的教授。四奶奶始终不肯离开这个藏着许多故事的老屋，仿佛在守着什么。

四奶奶坐在村口的青石上，没有人知道她在等什么。大青石被时光磨去了棱角，每一丝纹理都沁润着四奶奶的体温，但捂热了的石头上渐渐冷却了四奶奶温暖的心，她盯着远方的目光再也没了精气神。

菊心的白发也在微风中颤抖，她隐隐地感觉到四奶奶在等待什么，寒雪峰的突然离去似乎与四奶奶有着不可分割的秘密。四奶奶说过，寒雪峰还会回来的，但波谲云诡的时光总是把生活变成过往。这两个命运迥异的女人为着一段茫然的爱情守护着各自的秘密，在夕阳下，在寒风中，在苦涩的心境上编织着同样美丽的梦。

四奶奶的坟头上长满了青草。在一个烟雨迷蒙的清明，有一对父女在四奶奶的墓地长跪不起，那个清瘦的老人掩面长泣，半个多世纪的相思，终将是一场雨落梨花的悲凉……

几十年的风雨沧桑，菊心还是一下子认出了寒雪峰。这个满头银丝的老人，最终还是不能忘却这片葬着他爱情的土地。只是那个看上去风华正茂的女子莫非……那眉眼确实是当年的四奶奶。菊心和她有着莫名的相知。

寒雪峰说他是从省农业农村厅退休的，但终生纠结，负了梅影，愧了女儿，悔了自己。如今他要了却一段萦怀于心的往事，那些生前身后的名利气节，何以慰藉一颗孤独终老的心？

寒雪峰的女儿寒念慈也已到了退休的年龄，为了完成父亲的心愿，流转了凤凰沟的闲置土地，成立了玫瑰种植合作社，创建了玫瑰种植基地，凤凰沟改名为玫瑰谷，成了山乡旅游风景区。

四月的玫瑰谷到处弥漫着淡淡的清香，含苞的、怒放的、半开半放的都燃烧着生命的激情，从骨子里透出的芬芳渲染了春天的美好。

四奶奶也许睡得很安详。

只是那首悠扬的乐曲却在激昂中戛然而止……

※ 作者简介

杨娥，中学语文高级教师，平顶山市作家协会会员，河南省散文学会会员。文章多发表于《郑州日报》《平顶山日报》《平顶山晚报》《三月》《平顶山作家》等报纸杂志。

靠山

马 凌

桐树沟的换届选举到了关键时候，刘大山走进了朝旺的家。正是傍晚，整个村子都笼罩在一片红彤彤的天光里。刘大山背着手站在朝旺的院子里，地上铺着他硕大的影子。

朝旺正专注地端了一个大瓷碗，一碗玉米糊被他吃出山珍海味般的香甜来。

刘大山看他吃完了，递过烟去。

"吸根？"

"吸根就吸根！"

院子里就烟雾缭绕了。

刘大山干干地咳了一声，像是被烟呛着了。

朝旺也干干地咳了一声，也像是被烟呛着了。

刘大山看朝旺，朝旺别过脸，看一只在院子里走来走去的母鸡。

气氛有些尴尬。

刘大山觉得他在朝旺面前是应该有些底气的。自从他的弟弟刘小山在省城里当了大官，他觉得自己也算是桐树沟的人物了。不时会有镇里的领导到家里来，来了就热情地握住他的手，说一些很亲切的话。开始他还有些受宠若惊，渐渐地，口气就大起来，在村里人面前，他也叫着他们的名字，很熟络的样子。

很多时候，刘大山喜欢坐在院子里，敞开院门，八仙桌上摆着好烟好茶。

"来呀，吸根孬烟。"

"来呀，喝口孬酒。"

他跟走过门前的邻居们打着招呼，感受着满街巷里人们艳羡的目光。

今年换届选举开始的时候，儿子庆伟对他说："我想当桐树沟的村主任哩。"

"想当咱就当！"

"朝旺也想当。"

"你当他就当不成。"

刘大山就提着好烟好酒各家去走动。

"叔,放心吧。"

"放心吧,叔。"

人们热情地把他迎进屋,又热情地把他送出院子。他挺直腰杆在桐树沟走动,脚步锵锵的。风从村口吹过,刘大山心里就格外舒坦,觉得整个桐树沟都是他刘大山的舞台,他就喊一段豫剧。戏是好戏,就是被他唱走了调。

选举那天,朝旺的票数最高。庆伟被甩在了后面。

刘大山心里就有些闷闷不乐了。他觉得他的脸不在脸上了,贴在了村里人的屁股上。

朝旺是刘寡妇的儿子,读了大学不在城里好好地待着,带着一家老小回来种地,还说要借着精准扶贫的好政策,带领桐树沟的乡亲们脱贫致富。

刘大山心里一阵冷笑,桐树沟几十亩粗骨精瘦的片刀地,种麦子结个蝇头小穗,种玉米捞不回种子钱,怎么摆弄都是个穷,凭你朝旺能翻出花儿来!

真的被朝旺种出花儿来了。他学的是林果专业,他动员大家在桐树沟的坡坡岭岭上栽梨树。他懂土地懂树木懂乡亲们的苦,入冬栽上了苗,春天来了,满山的梨花开得像雪一样白。到了秋天,桐树沟的富硒梨就获得了丰收。

这个朝旺,呆里呆气的一个人,平时不被人看到眼里的,关键时候,是个硬茬儿。

刘大山就找人给朝旺捎话儿,让他退出选举,朝旺硬生生地把人顶了回来。更生气地是,说的话压死人。

他说:"你刘大山有靠山,他朝旺也有靠山。"

他朝旺有靠山?掐指算算,祖宗三代都是磨倌儿,也说有靠山,不是睁着眼睛说梦话嘛,真是笑死人了。

刘大山就亲自来了,他要亲手捏捏这个柿子的软硬。

烟也抽了,茶也喝了。刘大山话里藏着话,把要表达的意思说了。夜色凉凉地漫进院子,朝旺的话不咸不淡,态度不软不硬像打太极。刘大山着急了,一着急说出的话就乱了章法。他说:"朝旺,你这犟脾气不收收,要吃亏的呀!这桐树沟村子不大,担子不轻,别把小身子骨压坏了。你庆伟老弟就不同了,他身后站着我,我身后站着……是不是？"

朝旺的儿子从外面回来，刘大山摸了一把小家伙的脑袋："好好上学，长大了也当大官，也住到省城去。"

刘大山站起身往外走，他的脸上有了浅浅的笑意，笑意漾在他的脸上，让他看上去自信满满的样子。

刘大山真的去了一趟省城。这回他是醉着回来的，走到村口，看见村部的告示栏里贴着朝旺的照片。村里的喇叭里，正在讲解着果树的栽培技术，人们簇拥着朝旺向果园走去。他们要去给果树疏果，免得那些劣果影响梨树的产量。

刘大山被酒气托着，从他们跟前走过。他想走得威武一些，身体却像是散了架一样，脚步踉踉跄跄地，一点也没有往日的气势了。

※ 作者简介

马凌，河南省鲁山县人。平顶山市作家协会会员，有作品刊发在市县级刊物。

"卧底"局长

张润华

这天，四位卫生局的执法人员"闯进"老吴的面馆进行检查。老吴心里一下子就着慌了起来，他听说卫生局的人总喜欢鸡蛋里挑骨头，被他们检查过的地方肯定能被挑出些毛病来，更何况他这破旧老店？伙计小王将他拉到一边，指着那个带头的中年男子说："老板，我认得他。这段时间，他经常来我们这里吃牛肉拉面，原来是个'卧底'。"经他这么一说，老吴也认出来了，这人每次吃面连汤底都喝个底朝天，令人印象深刻。听那些执法人员叫他"张局长"，老吴暗骂自己有眼不识泰山。

一会儿，检查结果出来了。老吴面馆的厨房环境、消毒设备以及制作工序都存在不少问题，张局长命人开了一张停业整顿的通知书。老吴顿时急了，连忙向他求情。张局长认真地说："有人投诉你们，我特意在你们这里吃了半个多月，确实发现一些问题。这些问题关系到食品安全，疏忽不得啊！"老吴不甘心地嘟囔："我这小本生意不能停业啊，而且传出去以后还有人会来吃吗？"张局长笑了，很有把握地说："不会的，我保证整改之后，你的生意会更好！"

"鬼才信你！"待他们走后，老吴狠狠地啐了一口。可是处罚已成定局，又想到生意一直不温不火，老吴最后决定豁出去了。他拿出多年的积蓄，按照那整改书上的意见，对厨房环境、消毒设备等环节进行改造升级，又对厨师、伙计等人进行培训学习，改善面食制作细节等。两个月后，老吴重新开业，面馆已经焕然一新。可是，开业半天，都没有一个客人，看来名声真搞坏了。

正当老吴发愁的时候，门外风风火火地走进一个人，却是那张局长。仇人见面，老吴有点生气："你还来干什么？"张局长笑呵呵地说："你怎么这样对待老顾客？我来吃面。"于是，张局长成了面馆重开的第一个客人。之后的日子，张局长每天都来吃面，吃完上班，风雨不改。老吴依旧觉得他是"卧底"，为防止再出乱子，老吴各方面都做到尽善尽美，不让他抓到把柄。

这天，一名男子进门问老吴："张局长是不是来这里吃面？"老吴见那男子神色奇异，肯定和那张局长有什么勾当，便暗暗留心，一旦有证据就去检举他。张局长来了后，老吴才知道那人原来也是做饮食的，因为卫生出了问题，来找张局长求情。张局长严词拒绝，并要他向老吴这面馆学习如何改进。老吴颇感意外。

又过了几天，一位阿姨带着孩子，进来就问："这是张局长吃的面馆吗？"老吴不客气地说："这人很抠门，求他门都没有。"那阿姨白了老吴一眼，说："谁说我找他？我们来吃面。"说完，要了两碗面痛快大吃。老吴愕然。渐渐地，面馆不断有慕名而来的新食客，老吴的生意开始火了起来，连张局长有时也要等很久才有位置。这些变化令老吴始料不及，逼得他多请了两个伙计才应付过来。这期间，也有很多同行来老吴这里参观学习。老吴这店名声大噪，俨然成了示范店。

看着生意一天比一天好，老吴心里充满疑问。还是机警的小王识破天机，他笑说："我问过很多食客，其实原因很简单。张局长天天来咱们这里吃面，大伙都看在眼里。嘿嘿，这年头，食品安全是老百姓最关心的问题，他们见局长都放心在这里吃面，那还担心什么？而且张局长还推荐其他同行来向这里学习，这一来我们又成了明星面馆，更让人放心了！"老吴恍然大悟，终于明白当日张局长为什么保证自己整顿后的生意会更好了！

张局长每天来吃面，又给自己推荐，无形中就是给自己打广告。作为一家食店，还有比卫生局长更好的广告代言人吗？

明天，一定要谢谢他。老吴心里打定了主意。

※ 作者简介

张润华，广东东莞人。广东省作家协会会员，东莞市作家协会理事。作品主要涉及武侠、童话、小小说三大块，先后在《武侠故事》《武侠小说》《武侠世界（香港）》《中华传奇》《谜小说》《故事世界》《古今故事报》《民间故事选刊》《中国纪检监察报》《中国妇女报》《中国审计报》《躬耕》等国内100多家刊物上发表作品300多篇，出版了《江湖》（北京联合出版社）、《稻草巨人》（吉林美术出版社）两部作品。

小青年扳倒大团总

石玉磊

1911年武昌起义一声炮响，给全国人民带来了新的希望。消息传到豫西一个名叫栋树沟的小山村，村民奔走相告，燃放鞭炮，张灯结彩，喜气洋洋。

正当大家沉浸在胜利的喜悦之中时，灾难却正在向他们步步逼近。

从村子北山凰岭方向悄悄走来一队人马，个个身材魁梧，一身黑色玄衣，手持长矛钢刀，刀锋在黑夜中发着寒光。"龙爷来了！"不知谁大喊一声，如一声炸雷。村民先是迟疑了一下，继而像老鼠见猫似的四散奔逃，哭声喊声响彻夜空。

村中药铺王先生慌忙关门闭户。刚把妻子和6岁的儿子藏好，土匪就破门而入。二话不说翻箱倒柜，只要是值钱的东西一概搬走。最后还要摘金字招牌，王先生抱住死活不放。因为那是祖传御赐金匾，那可是王家的命根呀！土匪哪管这个，一刀捅下去，血流如注，可怜的王先生当场毙命。

土匪走后，王夫人哭得死去活来，一旁6岁的儿子没有哭。他凝望东方初升的太阳，双眼充满了坚毅和仇恨。他就是后来领导了三次武装起义，赶走八位民国县长，威震鲁山的民主进步人士王复初。

村里是待不住了，王夫人决定带儿子回县城娘家居住。娘家房子不宽裕，没地方住，母子俩只好四处流浪。

一天，母子俩来到北城墙外拾破烂，拾着拾着，小复初不走了。他听到不远处鲁阳书院传来了琅琅书声。

母亲看在眼里，领着儿子走进书院，"扑通"一声就给教书的老先生跪下了。

老先生姓杨，是本城有名的大儒，德高望重。他看了看眼前的这个孩子，长得眉清目秀，眉宇间有一种不寻常的浩气，很是喜欢。当即答应免费入学。

为了上学方便，母子俩就近住在高高的琴台之上。琴台是唐朝时期鲁阳百姓为感谢清官元德秀而建，如今已经废弃。高三十多丈的台子，上面建了一座亭子名曰玄歌亭。虽然四周通风，但毕竟可以遮雨。母子俩很满意。

复初很早就听说过元德秀"元神仙"的故事，对他非常敬仰。每天早上，天蒙蒙亮，小复初就会起来。看脚下满眼沧桑的县城，面向太阳升起的地方默默沉思！

时间到了1928年，南京国民政府成立，中国终于结束了军阀混战土匪横行的无政府状态，有了统一的中央政府。同年冯玉祥部师长许长林进驻鲁山，成立了国民党鲁山党部和鲁山县政府。

这时复初已经从一个懵懂少年成长为一个热血青年。他带头参加了县政府组织的自治训练班。

一个偶然的发现让复初异常震惊。现在独揽鲁山大权的吴天厅竟是当年的土匪龙爷。当年的土匪真的能放下屠刀立地成佛吗？如果要除掉他，他是鲁山的团总，兵权在握，谈何容易？

正当复初立在琴台上犯愁的时候，一支飞镖嗖地扎在厅子立柱上。复初往台下看，一个穿风衣戴礼帽的黑影在夜幕中一闪而过。复初拔下飞镖，镖上扎张字条。借灯去看，上书："罗列罪状，发动群众，利用党部，上告许师，吴霸必除。"

第二天，复初组织训练班的贴心学员，走亲访友，最后搜集了吴天厅的十大罪状，书写成传单张贴在大街小巷。

第三天，复初暗中组织愤怒的群众上书县党部县政府许师长处。

第四天，早已对吴天厅揽权怀恨在心的党部杨主任和李县长亲自到许师长处拜访。

第五天，许师长下令把吴收监。人们敲锣打鼓庆祝胜利，全城沸腾。

可又十天过去了，却没下文。而且一夜之间，许部官兵也撤得不知去向。这可怎么办呢？

这时又一支飞镖给复初指点了迷津。

这年年关，一支万人的请愿队伍浩浩荡荡地开往邻县叶县，围住了许师长的军营。大年除夕，吴霸龙爷被执行枪决。复初朝家乡磕了六个响头。

一名头戴礼帽身穿风衣的陌生男子走到复初身边，此人正是两次给复初指点迷津之人，时任鲁山国民党党部委员，后来的鲁山共产党创始人吴镜堂。

※ 作者简介

石玉磊，鲁山一中教师。河南省民间文艺家协会会员、河南省散文学会会员、河南省作家协会报告文学委员会会员、平顶山市作家协会会员，《婚姻家庭》《知音》《家庭》杂志签约撰稿人。累计在报刊发表报告文学、小说、散文300余篇。

山村小戏

王重扬

一到正月初八,陈家河村便开始唱起社戏,炮火连天,欢歌笑语,每个人脸上都洋溢着各式各样的笑意。

陈江河笼着袖口,站在戏台下的墙角落里,嘴里叼着半根烟,轻蔑地看着台上的秦腔演员。

"陈刚,别看你在台上呼啦呼啦的能文能武,有板有眼,今天我让你下不了台!"陈江河口里嘀咕着,眼光中露出了恨意。

"江河哥,东西准备好了!"黑暗中,两个人推开人群,将拥挤的人堆硬是割开了一道长缝。

一旁的几个老太太被这两人推得几乎摔倒,被旁边的年轻人扶住,口里骂道:"哪里来的短寿,看把老娘差点儿推倒咧!"

两人也不理睬她们的咒骂,依旧手脚强硬地往里面闯,很快走到了陈江河跟前。

"都准备好了?"陈江河口里说着,目光却盯着台上的"包青天"陈刚。看着他一副大义凛然的样子,陈江河就气冲肺腑,拳头捏得咯咯直响。

"准备好了,这是一百颗鸡蛋,等会发的他找不到北!"身边的小伙子长得敦实强壮,皮肤本来就黑,晚上站在台下,一开口说话,只看到一对牙齿上下开合,有点儿吓人。

"好,等下我们一人一袋,打他个措手不及。陈刚啊陈刚,叫你小子挡我的路!"陈江河一挥手,两个年轻人便将三袋鸡蛋分开,给了陈江河一袋,他们各自提着一袋走到了戏台下的其他位置。

陈江河和陈刚是邻居，又是从小玩到大、学到大的发小，本来是一对好哥们，但就因为女人结下了仇。

陈江河初中毕业就跟着村里的人外出务工，留下媳妇石小翠和爹娘守在家里。几年下来，机灵胆大的陈江河会来事，敢冲敢拼，接了几个大工程，成了远近响当当的老板，但去年回乡的时候从几位酒友的口中听到了几句揪心话。

村里人都在传，陈江河老婆和邻居陈刚走得很近，为此陈江河爹妈和石小翠经常闹仗。

陈江河有点不信。他和陈刚的关系很铁，虽然近年他一直在外面，而陈刚也跟着县里的小剧团不饱不饥地唱大戏，但他们一直是亲如兄弟的好朋友。

他向父母追问这事，父母刚开始还遮遮掩掩的，但经不住陈江河的再三追问，老头子气愤地说道："你那婆娘口口声声说喜欢听秦腔，老是往陈刚家里钻。陈刚又是个光棍汉，他们在一起能有啥好事？"

陈刚以前娶了一房媳妇，但陈刚是个戏迷，总是在远近的乡村唱戏，跟一群男男女女的戏子们打得火热，对家里就不怎么上心。结果媳妇慢慢心冷了，便跟着外乡人走了，没了音信。

陈江河听父母亲口这么说，便算是吃了秤砣铁了心。他借着酒劲，将石小翠毒打了一顿。石小翠不停地说没有干见不得人的事，但陈江河听得更气愤，拳脚就更重。

有了这么些糟心事，陈江河看到陈刚还能有什么好心眼？说实话，陈江河甚至起了杀心，但这种事，说到底是一家的丑事，再怎么闹还是丢的自家祖宗的脸。

不过，他也不可能置之不理，既然你喜欢在台上风光，我就叫你在台上丢死人。

陈刚扮演的包青天正在台上挥袍打袖，唱得酣畅淋漓，不料台下飞出一个物件，直冲他的面门而来。他心里一惊，瞬间忘了唱词，脑子里嗡嗡一片慌乱，口里更不知如何支应，便觉额头生疼，一颗生鸡蛋啪地拍碎在额前。

乐器班子的几位老艺人都是摇头晃脑、闭目忘情地演奏着戏曲，根本没有注意到"包青天"的状况，激越的二胡和清脆的台鼓依旧相互纠缠，激烈。

很快，从舞台下好几处都飞来了不速之物，陈刚只觉痛感从身体四处传来，接着的是黏糊糊、凉兮兮的液体流动的可怕触觉。

他魁梧的身子竟趔趄地朝后退去，一脚踩住后氅，轰然摔倒在地。

一时间，全场都惊呼一片，满场几百人都喧哗起来，人群骚动不止。

剧团团长正在后台盘算着这几日的收入和开销，忽然见主角"包青天"连滚带爬跑进后台，吃惊不小。看着他浑身满脸的鸡蛋渣，他知道出大事了。

"陈刚，你怎么了？"团长急忙问道。

陈刚此刻狼狈万分，有些气急败坏地说道："台下有人捣乱，用鸡蛋砸我！"

团长忙跑到舞台外，只见几个配角神情怪异地站在舞台两侧，台上一地鸡蛋渣。他大喊道："是谁干的？今天给爷唱戏，谁他妈吃了豹子胆了，敢来捣乱？"

按照村里的传统，社戏虽然是全民参与的，但主要是沾了爷的光。农村人都迷信，一村家神是统领所有人祸福命运的主宰，一沾到给爷孝敬，人们一个个都争先恐后，比交养老保险和合作医疗都积极。

在社戏上捣乱场子，这在陈家河的历史上只出现过两次。第一次是红卫兵带头清的场，人们虽然都很愤怒，却不敢顶嘴。如今时过境迁，社会稳定，还有人胆敢往台上演员身上砸鸡蛋，砸人事小，冒犯了神灵可了不得。

剧团团长一声喝问下，几位会长和年龄最大的老骨头便气呼呼地上了台。

"哪个不长眼的后生干的，赶紧站出来，爷的戏上也能闹事，你有几条命？赶紧，把捣乱会场的人给我逮住，这次要重重处理，给爷好好赔礼道歉哩。"一位老者用拐杖捣着台布，胡须气得发抖，说完话已经是不住地咳嗽。

会场中很快就有了不少听令者行动起来，四处查问犯罪分子的线索，可当时台下漆黑一片，大家又都在聚精会神地仰着脖子看戏的最高潮部分，谁会注意到这几个人？他们保准已经趁乱跑掉了，去哪里找寻？

陈江河干了这一票，心里犹如吃了冰镇西瓜一样爽快，沉闷憋屈了几天，这回算是发泄得酣畅淋漓。看着陈刚从刚正不阿的包青天被几十颗鸡蛋杀得狼狈万分，他开着车都笑得发颤。

"江河哥，那孙子就是个脓包！别看他戏里咋咋呼呼的很牛，几颗鸡蛋就让他现了原形！"

"没错，这回我打得准，一颗打在了他右眼上，一颗打在了他嘴里，让他这辈子看到鸡蛋都打怵！"黝黑青年跟着说道。

"好，今天我们就去城里好好耍一晚上，都算哥的。"陈江河犹如第一次谈成了几百万工程那样的痛快敞亮，不由有了些豪气。

当天夜里，几位会长在老头子们的带领下在家神庙守了一夜，请远近知名的阴阳风水们念经陪侍，向爷讨情还愿，一个个如坐针毡，犹如面对着关乎全村人性命的生死抉择一般。

陈江河第二天中午才慢悠悠回了家。经过一晚上刺激而疯狂的几次行动，他身体异常疲惫。

媳妇石小翠脸上的淤青一块连着一块，看起来很瘆人，跟城里的姑娘们比起来有天壤之别。

"贱货，看着你就闹心！"陈江河朝着石小翠啐了一口痰。石小翠咬着牙，没有还嘴，表情冷冷的，眼睛里却异常坚毅。

"怎么？看到陈刚被人臭了，你心疼了？我他妈在外面辛辛苦苦拼命赚钱给你们花，你给我戴绿帽子。"

"我没干对不起你的事，你爱信不信！"石小翠看着陈江河，没从陈江河冷漠的脸上看到任何相信自己的迹象。

"没干见不得人的事，你成天往人家屋里钻什么？"

"我哪里成天钻了？就去了几次。跟他学秦腔哩，你知道我喜欢学秦腔！"石小翠泪花闪闪，想把自己的心掏出来给男人看，却恨做不到。

"别说没用的了。这回我是栽大跟头了，女人兄弟全完了。你滚回娘家去吧，要么跟那个王八羔子去！"陈江河气淹过了心头，头也不回进了屋，把房门狠狠地关住。

石小翠站在院里，淤青的脸上热泪两行。

"闲话杀人嘞，闲话杀人哩！我的清白被这些白眼狼毁了！"

第二天，石小翠给两个老人做了饭，洗完锅便扯着陈江河往外走。

陈江河骂道："你拉我干什么？寻死去吗？"

石小翠道："既然你不信我的话，我也不给你抹黑了，咱们今天就去离婚了，再无瓜葛！"

河边的石磨上，几个老婆子正围在一起边拉针线边闲话。

"你说是谁干的？"

"人说伤人的角色远不了，这是有仇报仇，有怨报怨哩！"

"他们自小一条裤子穿大的，这回被个女人臊死脸了！哈哈！"

陈江河听到他们肆无忌惮地说笑，虽然都没有指名道姓，但他又不是傻子，怎么能听不出来？一时间更加气血冲头，一把扯住石小翠的胳膊，大喊道："好，我今天就休了你，看你以后想浪就浪，跟我陈江河没有屁的关系。"

从乡上回家，陈江河一路上感觉凉透心的冷，冬天刚过，路上雪水消融后泥泞不堪，两人浑身泥点，像是两个打过滚的泥猪。

爹娘一问知道他们离了婚，心里也是一惊。这小山村里离了婚的没几个，男的离了婚就要打一辈子光棍，那可了不得。

"江河，你以后可咋办？"老娘还是忍不住问了一句。

陈江河心里难受得紧，嘴里却要硬邦邦的："我有啥害怕的，活人还能被尿憋死？只要有钱，我在外面找个比她好一百倍的！"

可他自己心里也清楚，外面的女人，哪有比石小翠好一百倍的！

石小翠默默地收拾着自己的行李，收拾停当拉了行李箱出了屋，淡淡说了句："我走了！"

陈江河瞬间心里要决堤一样，差点儿没忍住说"别走"！但想起绿帽子的事，心一狠骂道："滚远点！"

一连几天，陈江河是茶水不想，心里空落落的。外面的戏台上仍旧是欢天喜地，鞭炮轰鸣。陈江河一家人悲愤羞愧，都不敢出去见人。

正月十六社戏一结束，剧团就撤离了陈家河。陈江河躺在床上，看着一堆烟屁股发呆。

门嘎吱一声开了。

陈江河懒懒抬头一看，竟然是陈刚。

"你狗日的来干啥？"

"江河，我知道那天拿鸡蛋打我的是你！"陈刚说道。

"你还有脸说，打死你个狗屁都不为过！"陈江河猛地站起来，攥紧了拳头。

"我和你老婆没有任何过分的事，别人不了解我的为人，你陈江河还不知道？我知道你是听多了闲言碎语，可现在的世道，人情朽着哩。不管你怎么想，我对天发誓：绝不欺朋友妻！我走了！"

"我往后是不敢唱戏了，村里也没法待了。可是江河，我敢对着老天发誓，我戏里坐得端，戏外也行得正，我没干对不起你的事！"

说完，他一个旅行包挎在肩上，大步走了出去。

陈江河想追出去狠狠揍他一顿，却身子一晃栽倒在炕上。

半墙上挂着他和石小翠结婚时的照片，两人是自由恋爱的，当时相当恩爱甜蜜，如今没料到会弄成这样。

陈江河眼泪哗哗流了出来。

毕竟，他还是很爱她。

※ 作者简介

王重扬，甘肃省礼县人。现就职于甘肃省天水市。《天水文学》公众号主编，有小说《拜师》《山村小戏》《讨债》，散文《近乡情更怯》《纸上人生》，电影剧本《侣历》《逗进西藏》等作品若干。

婚姻显微镜

赵红霞

梁冕40岁时，娶了珊芸。珊芸肤色很白，夏日里，紫荷色韩版连衣裙的泡泡袖里，常常露出莲藕般的胳膊。梁冕恨不得将珊芸莲藕般的胳膊切成片，化成水，装进口袋，天天带在身边。

梁冕是生物专家，常常使用显微镜来观察婚姻。

珊芸晚上出去理发，一去就是5小时。梁冕坐不住，将车子开出去，又觉得有些招摇，只好停在离理发店不远的地方，欠身下车，装作若无其事的样子，在理发店门口踱步，眼睛却像被拉过丝的，直勾勾看着屋内。理发店的玻璃门是显微镜，他看见珊芸的头被一个年轻的男理发师揽在怀里，左右拨弄，珊芸脸上竟有喜色，不免暗自生气。珊芸理完头发，也不流连，舒展玉臂，只将坤包提了，一阵香风迎面直扑过来，梁冕方才暗暗舒了口气。他从黑暗处走出，珊芸蓦地一惊，玉臂便被他迅疾揽了。

"我有事情从这儿路过，顺便来接你。"梁冕故作温和地说。

"哦。"珊芸也不点破，只淡淡地应了一声。

回家的车上，惯常沉默。梁冕的神情很奇特，他既喜欢珊芸美些，又恨不得她能丑些。拿了显微镜的他，总能看到婚姻中暗藏的疑似污点，就像老电影胶片破损后在屏幕上看到的一片片雪花。

珊芸是公务员，有时还要参加会议。

会议在宾馆召开，珊芸袅袅婷婷地去了。梁冕有些心烦意乱，就在宾馆会议室隔壁开了房间，翻看杂志。那边会议室的门半开着，里面传来男男女女嘈杂的声音，一浪一浪的。他竖起耳朵，听见珊芸的声音，也一浪一浪的，心内更加烦乱。他把隔墙当成显微镜，眯缝着眼睛看。可是，人太多了，他只看到两个人，一个男人，一个女人，这身影越来越大，越来越重，将他压迫得无地自容。

梁冕猛地冲出去，站在会议室门口，像一个荷枪实弹的警察，搜查着他的犯罪嫌疑人。可会议室里安静极了，个个表情肃穆，正襟危坐，一位领导死气沉沉地念着报告。珊芸看见了他，会议室的所有人都看见了他。珊芸脸上红也不是，白也不是，像粉红的雪糕，刹那间被冷冻过的。莲藕般的胳膊不自然地扭在一起，像要把它扭断了似的。接下来的会议，珊芸没能听进去，她的脑中不时浮现出曾经读过的故事：有一个富翁，到庐山游玩，就把山顶的白云装进罐子里，欢欢喜喜抱回家，打算闲暇时独自欣赏。谁知当他隔段时日来看罐中云的时候，却发现云已死去，只剩下冷冰冰的几滴水，泛着苍绿的光。

终于有一天，梁冕说："珊芸，你不要上班了，在家做全职太太吧，我养你。"

珊芸哭了。梁冕最见不得她的泪，拿嘴唇在她额上吻。他的嘴唇很薄，加上怪异的表情，吻也是冰凉的，就像一个金手铐，打在额上"当当"地响。

"不行，我想出去。"珊芸显得很固执。她喜欢事业，更喜欢自由。

梁冕脸上现出阴霾，霎时，电闪雷鸣。珊芸的胳膊乱乱地飞舞，像是被打翻了的牛奶，溅得满地都是，沾上满身的泥。

外面，大雨滂沱。珊芸掩面跑出去，再也没回来。她是一朵山上的云，宁愿凄苦，毕竟自由。

梁冕一个人在家里，寂静得有些恐慌。他用显微镜看到的那些雪片，渐渐连成无边的黑暗，嘎的一声，一切都停止了。

大概，胶片被扯得太紧，断了。

※ 作者简介

赵红霞，河南省作家协会会员，现供职于鲁山县教育体育局。

故乡的云

徐军民

高远志每当在老板椅上坐累时，总喜欢起身走到窗前，举起双臂，用力地向身后迈几下，振作一下精神，消除一下疲倦。望着窗口飘过的云朵，不由自主地就哼起了一首费翔的歌《故乡的云》。"天边飘过故乡的云，它不停地向我召唤。当身边的微风轻轻吹起，有个声音在向我召唤，归来吧，归来哟，浪迹天涯的游子。归来吧，归来哟，别再四处漂泊……"每次小声哼起这首歌，他内心都很痛苦。出来打拼多年的他，总是会想起故乡一个叫云的女孩。他离开故乡已经20多年了，现在每当在窗口看云时，总有一个声音在召唤他回到故乡。当年立志干不出一番事业，绝不回去，也绝不去看望云，现在随着年龄的增长和自己蒸蒸日上的事业，是时候了，也该回去看看了。不知云过得怎么样，一切应该还好吧！

他出生时，父亲把所有希望都寄托在他的身上，希望他将来能成就一番事业，还专门请先生给他起了远志这么好听的一个名字。顾名思义，就是志向高远实现抱负。父母亲都是陇东山旮旯里的农民，平时对他百般疼爱，从不让他干重活，一心让他把书念好，以后吃上公家饭。不一定要光宗耀祖，但一定要跳出农门，活得更好。高远志也是不负众望，更是一块念书的好材料。从小学到高中一直是名列前茅。这让远志的父亲在村中抬起了头，从此干农活更加有力了，发誓一定要把远志供到大学毕业。那时考大学一个县城一年也就考个三五名，那已是破天荒了。谁知人算不如天算，也许是造化弄人。那年远志在上高二时，父亲突发脑溢血因病而亡，走时没有留下只言片语，走得突然，让他始料未及。远志此后化悲痛为力量，学习更加刻苦了。谁知高考结束发榜时，他竟名落孙山，与录取分数线仅仅差了5分。这一年他们县上一共才考上了两名大学生。他快要疯了，以前还幻想着拿上大学录取通知书，一定到坟前了却父亲的心愿，谁知事与愿违。人倒霉了喝凉水都塞牙。这年母亲也因一种怪病与世长辞。一连串的打击使他无法适应。接连几天，他一直躺在床上，水米未进。一切的梦想与希望都破灭了。他该何去何从？要不出去打工，但一想到高考仅仅差了五分，他心有不甘，这时村支书出于好心找上门来聘请他当村上文书，却被他断然拒绝。天无绝人之路，船到桥头自然直。

这时，舅舅的出现让他有了一丝亮光，舅舅和他并没有在一个县，他在煤城县，舅舅在崇州县，两地相距60多公里。舅舅人特别好，危难之时显身手，愿意继续供他上高三复读，更愿意供他读完大学毕业。远志思绪难平，他和舅舅关系一般化，每年正月里只是走马观花地去拜个年，这时舅舅的帮助，如雪中送炭。他跟随舅舅去了崇州县。在崇州一中开始复读，如果来年能金榜题名，他一定不忘舅舅的大恩大德。开学的第一天，他被安排到了教室的最后一排，和同学云是邻桌。由于他是复读生，本来就很优秀，所以每门功课都学得特别好。云是一个很阳光的女孩，偶有不会的问题向他请教，他也毫不吝惜，把知道的全部讲给她听。时间一长，他才发现云长得很美，由于刚来心情一直不畅，未曾留意到云的美丽。和云相处让他一直都很快乐，一扫积压在他心头的不快。他分析了高考失分的原因，主要失分在英语上，那些一连串的英文字母就像蝌蚪文一样总是在他脑海里游来游去，让他永远也抓不住。云是全年级英语尖子生，给他补习英语，可以说他们是取长补短，双方都乐意交流。

人在外乡难免孤寂，是云给了他温暖。云，长发飘逸、明眸皓齿、身材窈窕、秀外慧中。他感觉他爱上了云。那个年龄段出现早恋也是再平常不过的事。云哪一天如果不来，他就会焦躁不安，上课总是走神，担心云会不会家里出了啥事，直到云来上课，他才心安。其实云在内心深处也特别喜欢这个帅气的男孩。每当看到他一脸的愁容，自己也高兴不起来。为了能让远志开心起来，她就给远志搞一些恶作剧。一天，上课起立坐下时，远志发出了一声尖叫，原来座位上不知谁给放了一枚图钉，惹得同学们哈哈大笑。每到周末卫生大扫除时，远志分配的教室玻璃老是擦不干净，远志就会央求云来帮忙，云也会敲一下他的竹杠，无非也就是要几袋瓜子和几个泡泡糖而已。由于他和她住在县城的附近村，下了晚自习都可以回家去。离家远的同学住在宿舍。那时还不是封闭式的管理，每当下了晚自习，离家近的同学三三两两骑着自行车回家。男女同学都不能并排骑车走路，主要是怕被同学发现，会谣言四起。每当下了晚自习，路上就会出现回家的高峰期。男生总会无拘无束地唱歌，一路上鬼哭狼嚎地叫，大家都习以为常。乱唱歌的同学都是些马路歌星，有单唱的，也有合唱的，总之大家开心就好。云和一个女同学在前边骑车走，远志就跟在后边，好像是在暗中保护着云。远志也像其他同学一样乱唱一气。"往事如风，痴情只是难懂。在后面相送，送不走身影蒙蒙，烛光投影，映不住你的颜容。仍只见你独自照片中……"前面的女生及再前面的女生就会猜测好像在给谁表白。又一天，晚自习下了，远志跟在云后面唱道："走在你身后，矛盾在心头。狂热的心逐渐冷漠，什么时候才能得到你的温柔？而你已主宰了我的梦。从未失去，也不曾让我拥有，我爱你，爱你却难开口，只好偷偷地走在你身后……"前面及前面的同学又是一阵哄笑，大家都习惯了，并没有觉得有什么不妥。第二天，云就问远志，昨晚你唱的那首《情义无价》是为谁献歌的。远志说："是乱唱的，总有一个人会听明白的。""那个人是谁？""你自己去想吧。""我想不出来。""总有一天你会想出来的。"他们有一搭没一搭地拉着话。实际上彼此心里都明白，却没有勇气说出来，尤其是一层窗户纸没有捅破的时候，最熬煎人了。时间总是过得飞快，转眼间就到了毕业季。同学们忙着合影留念，互递留言册写留言。这些都是私下进行的，要是被老师逮住，那就恭喜你中大奖了。大部分学生对考大学抱的希望都不是很大，有些是为了混时间，有些是为了尽义务，还有一些是为了混个毕业证好出去打工。

云的留言册是最后一个传到远志手里的，远志在留言栏中什么都没写，就是把高凌风唱的《冬天里的一把火》的歌词原模原样地复制到了留言册中："……我虽然欢喜，却没对你说，我也知道你，是真心喜欢我。你就像那冬天里的一把火。"这样的表白独树一帜，看不懂都难。终于有一天，他们有了独处的机会，那是凌晨一点，教室里复习的学生都走光了，就剩下远志一个人还在点着蜡烛学习。云来到了教室，和远志聊了起来，聊着聊着，远志就向云表达了对她的爱慕之情。云羞涩地说："这是我意料之中的，不管你将来能否考上大学，我都会做你的新娘。"云说完头低得不能再低了。远志太高兴了，抓着云的手说："我发誓以后会让你成为全世界最美的新娘，让你永远做一个幸福的女人。"临近高考，他们搬到学校住宿了。

盼望已久的7月终于来临了。7月7日，全国统一高考开始了，蝉的鸣叫在为考生们助威呐喊。远志自认为考得还不错，云考得并不是很理想。远志满怀信心等着大学录取通知书的到来，等到快开学了，还没有一点儿动静。他就跑到教育局查了一下分数，结果让他大跌眼镜，竟然差了1分未被录取。这个信息犹如晴天霹雳，又如八级大地震，让他无比懊悔。这1分不应该丢呀，要是自己再细心一点，要是自己再多检查几遍试卷，完全是另一个结果。云的分数就差得更多了。一年的辛劳又付之东流了。老天爷呀，你为何如此不公，你为何将我打入了十八层地狱？为什么？为什么？他大声吼道，他的无助让人不忍直视。云是第二天来到远志舅舅家的，对远志安慰道："考不上的人多了去，不要伤了身子，我们当农民并不丢人……"远志的舅舅也来劝远志，想开点。可远志就是想不开。这关键的1分就等于是在要他的命，他太不甘心了，如果说差得太多，还有情可原，就这1分，直接将他拒之大学门外，真是老天爷和他开了一个莫大的玩笑。

　　远志的舅舅鼓励他再复读一年，一定能考上。他实在是没脸进校门了，最后在舅舅和云的劝说下，又走上了复读之路。云毕业后在家待着，干一些简单的农活。重活女娃娃也干不动，再说云的家庭并不是很穷的那一种，父亲好歹也是一个赤脚医生，不至于让她饿肚子。云待字闺中，等着远志将来娶她为妻。这期间他们班有个别同学已经结婚了。云时常去县城看望远志，每次都会给远志买些好吃的。远志和云的关系也开始半透明化了，远志在复读期间一直没敢分心，拼命地学习，他必须考上大学。只有这样，才能给亲人争一口气，给爱人一份幸福。又到了一年高考时，远志最后一个走出了考场，将试卷估计能检查十遍，但不会做的再怎么检查也不会做，与检查无关，总不能空在那里，凭运气填上了选项。然而，担心的事还是发生了。这次竟与录取分数线差了13分，他实在无言面对江东父老，这就是命，还是认了吧。舅舅和云一直在鼓励他再复读一年，总会考上的。远志已经心灰意冷，形同行尸走肉，别人怎么劝也无济于事。他下定决心，绝不再复读，出去打工也有可能成为一个大老板。电视上、报纸上不是经常报道一些出身农民的民工出去创业最终也成为大老板的故事吗？他对务庄稼实在是没有兴趣，总不能一直过着寄人篱下的生活吧！再说当一辈子农民能有啥出息，如果再当农民，岂不是亏了父亲给他取的远志这个名字了。

　　他实在不想在舅舅家待了，也没有脸再待下去了。不要说别人的热嘲冷讽，就是自己都不能原谅自己。他经过多方打听，听说银川的工好打，在劳务市场找活儿容易，工资还是一天一发，只要积攒到一定的资本，就可以自己创业。在临走之时，和云见了一面，他很执拗，实在是让人无法撼动，他给云承诺，再等他三年。三年之后，自己成不了老总，少说也可以成为一个小老板。这样回来娶她才有底气，脸上才有光彩。云说："当个农民有啥不好，非要出去胡折腾！如果在外面混得不好，就赶紧回来，不要嫌丢人。"她会一直等下去。临走之际，他带了一些洗漱用品和几件换洗衣服，舅舅背着舅母给他塞了160元钱，他乘上了去银川的火车。到了银川下车后，到处是人，到处是高楼大厦。他从未出过远门，对于外面的世界就像盲人摸象一般，啥也不懂。这感觉稀奇，那也看不够，住到旅馆买了几张报纸开始看招工启事，看能否找上一份体面的工作。看好后就去了人才市场，谁知在人才市场填完应聘表都要留个联系电话或者传呼号，没有现场拍板决定的，都说回去给老板看了资料，由老板拍板决定用谁，他们才能给应聘人打电话通知。因为没有联系电话，人才市场找活儿也就成了空谈。经过几天应聘，住店吃饭的钱马上就没有了。经过别人指点，他来到了南门劳务市场，终于找到了一天一结工资的建筑活。干完累得够呛，一天下来才挣了20元钱。劳务市场并不是每天都有活干，如果遇到暴雨天气，无人雇用只能吃老本。劳务市场每天都是人山人海的，找活干的老板又少。来一个老板，大家一哄而上，把老板围在中间，老板也非常精明，往往挑选那些膀大腰圆、身体强壮的人。像他这样的文弱书生，往往就会被淘汰。远志是饥一顿饱一顿维持着生计，不要说创业了，连基本的生活都难以维持。这时他才想起，还是上学好，在家好。当个农民和自己心爱的人，在一起干啥都行，为啥出来受这份洋罪？他只是心中随便抱怨了几句，就是死在外地，他也不会灰头土脸地回去，一切都会好起来的，面包牛奶都会有的。

　　旅店的王老板看着刚出社会的他，甚是同情。再说他在王老板的旅店里也住了一月多了，彼此都成了熟人，王老板通过他的老乡，把远志介绍到了建材市场一家铝制品销售公司。这家公司包吃包住，月工资400元，已经相当不错了。这样就解决了远志的衣食之忧。人都有贪婪之心，远志也不例外。工作着，工作着，远志就不满了：这样下去，什么时候才能创业成为大老板？他出来只有三年的时间，靠一辈子打工也成不了有钱人。三年后如何面对故乡的爱人？三年时间里，他一边工作，一边晚上报名学习电脑和企业管理，基本上没有存下多少钱。至于创业干啥项目，他自己也没有想好——也不是没有想好，想好的生意，本钱大，利润薄，光资金这一项就是拦路虎，贷款更不现实。远志并没有实现他的远大理想，云一直在等他回来。云的家里人天天逼着她相亲。她实在是难以招架。农村天地宽广，超过远志的人一大把，她盼望远志赶快回来娶她，远志在外面不要说有车有房了，就连最基本的彩礼都没有挣到。

　　远志脾气很倔，自尊心极强，一系列的困难无法面对。如果自己成不了有钱人，如何给心爱的人衣食住行？没有物质的幸福，只是小说上才有。没有人傻到饿着肚子去空谈爱情，不是他不爱云，而是社会逼得他实在没有办法。不能让云再继续等下去，等的时间越长伤害就越深。他凭什么娶云？又有什么能力娶云？现实逼得他不得不放弃云。他经过深思熟虑，给云写了一封信，大致内容是：忘了我吧，权当我遭意外了。这个世界从此再没有一个叫远志的人了，遇到合适的就嫁吧。让你等我，不过是一句玩笑而已……

云接到远志的信大哭一场。远志是爱她的，不会不要她的，一定是什么环节出了问题。现实总归是现实，从此，远志杳无音信。云给远志写了好多信，都是石沉大海。她原本以为远志的誓言会直到永远，如今看来也是不堪一击。两年后的一天，银川召开宁洽会，远志从中嗅到了商机，因为公司最近订了一批铝合金三步梯、四步梯、五步梯。如果拿到宁洽会上去卖，肯定会卖个好价钱。公司也给他留出了利润空间，公司只要纯利润，剩下的摊位费都要由自己来承担。如果自己十天期间一件也卖不出去，摊位费800元就必须由自己来承担，更别说吃喝拉撒了。这一回，他孤注一掷，将要冒很大的风险，还好，公司的产品质量好，销售业绩也不错。十天之内，他销售出去了50架梯子，除过上交部分，自己落了1500元钱，足顶他三个月的工资，他高兴坏了。

不久，他便辞职了。自己租了住房，直接从厂家进了一批梯子，每天背上三五个去图书馆、家属区去卖。运气好的话，每天可以销售一到两架梯子，比上班强多了，虽说辛苦，但挣得也多。这下更加增加了他走向成功的信心。两年后，他终于掘到了第一桶金，为他以后创业打下了坚实的基础。随着阅历的增长和销售经验的积累，他做出了一个大胆的决定，去广东厂家直接进货，在广东直接销售。这样可以省出一笔运费，利润空间就更大了。他到了广州，租了一个门面，雇了几名推销人员，开启了自己当家做主的新局面。一天，他订完货后，在建材市场发现了一种铝合金梯型料。他瞬间萌生了自己加工铝制梯子的想法，申请商标利润空间会更大，自己就会赚得更多。于是，他买了几根梯形料，回去研究了几天，终于悟出了如何下料，如何制作。他为自己的发现而欣喜若狂，紧接着又研制出了铝合金升降梯和人字梯，3m、6m、8m规格不等。他由一个中间商一下就变成了原厂家，从此，开始给全国的商家发货。

云自从和远志断了联系，五年后嫁给了崇州城的一名煤矿工人。她的丈夫是一名采煤队的副队长，年薪8万不是梦。她现在在平凉市买了楼房，买了小轿车，开了一间精品服装店。一天经营着一个小店，闲了就去接一下上高中的孩子，生活倒也不错。况且她的丈夫十分爱她，一直把她当宝贝一样供着。虽然生活优越了，但是她对初恋始终难以忘怀：不知在何方的远志是否一切都好？

窗前的远志对云的思念也是与日俱增。他终于成功了，可以去见故乡的云了，但一切都已太迟了。他下定决心，还是回去看看吧。临近腊月，他乘上了飞往西安的飞机，经过转坐班车，最后租了一辆奥迪轿车，终于来到了崇州县城。经过向老班长打听，很快就搞到了云的电话号码。当远志给云打去电话时，云简直惊呆了，她朝思暮想的人终于出现了。在电话里，他俩聊了个没完没了。

腊月里的雪说下就下，就像远志的突然出现，让人始料不及。远志捧上了一把包装精美的玫瑰——这是他要给云的见面礼。他到了云所说的平凉城区世纪花园A区，给云拨通了电话，要求见一面叙叙旧。云内心十分复杂，她也想去见见昔日的恋人，但她害怕控制不住自己的感情，会投入恋人的怀抱，这样就会破坏掉两个家庭，使她无法面对丈夫和孩子。经过一阵激烈的思想斗争，他觉得还是不见的好。只要他过得好，就是她最大的幸福。

"叮"的一声，远志收到了来自云的一串短信。"你不是一直喜欢文学吗？诗人仓央嘉措说过，最好不相见，如此便可不相恋。最好不相知，如此便可不相思……最好不相遇，如此便可不相聚。但曾相见便相知，相见何如不见时。安得与君相决绝，免教生死作相思。"此时，握着手机的远志杵在那里，就像根电线杆一样一动不动，喃喃道："也许彼此不见是最好的选择。"

天上的雪轻轻地滑落到了地面，有些雪碰到地面瞬间融化了，有些雪还没来得及融化，就被另一片雪盖上了。世间的事就像落地的雪花，有些能说得清楚，有些也说不清楚。雪越下越大，行人越来越少。地上那捧格外火红的玫瑰，终于被雪涂上了白色……

※ 作者简介

徐军民，甘肃省作家协会会员，爱好文学创作。作品散见于《中国爱情诗刊》《中华微型诗》《小小说》《江山文学》《乡土文学》《中国乡村》《辽宁文学》等刊物。有作品荣获过第五届"相约北京"全国文学艺术大赛一等奖。

飞花剪

龙 武

民国年间，上栗最有名的裁缝便是北街的"飞花剪"吴裁缝。说起吴裁缝这"飞花剪"的名头，还有一段故事。

上栗南街的手艺人，都是以职业相称，大多知其姓而不知其名。吴裁缝也不例外，自其来上栗北街讨生活，大家便以"吴裁缝"相称。据传，这吴裁缝本是上栗庙冲人，庙冲在上栗一个偏远的山旮旯里。吴裁缝父亲也是个裁缝，他做事手脚快，人称"飞剪吴"，但做出来的东西一般，所以靠手艺只能勉强维持家用。吴裁缝从小就跟着父亲学裁缝，他天资聪颖，心灵手巧，所以小小年纪，名声就已经出了庙冲这个小地方。

吴裁缝人小志大，他并不想和父亲一样，仅仅满足于在庙冲这个小地方安家立业，终老一生。他早就听说上栗南北街是个藏龙卧虎之地，心里盼着有朝一日能在那地方扬名立万，所以跟着父亲走东闯西，平时都是跟在父亲后面默默无闻地做着杂事，暗地里却不动声色地琢磨出了一套自己的裁剪方法。

以前，裁缝这个职业季节性很强，平常人家只有到了冬天才会想着做几件新衣服过年。所以冬天一来，吴裁缝便跟着父亲到处帮人家量体裁衣，业务忙的时候，他们还要走出庙冲，甚至晚上加班加点。

机会总是留给有准备的人。却说吴裁缝18岁那年，父亲带他到黄家冲一户黄姓人家做工，父子俩忙活了一天，终于将要做的活做完。冬日时短，眼看着天将摸黑，吴裁缝帮着父亲将工具收拾好，接了工钱正要回家。刚迈步出门，不承想和一个人撞了个满怀，抬眼一看，父子俩都认得来人是黄大户家的管家黄点子。

黄点子不等吴裁缝父子俩发话，便急促地说："快快随我来！"话刚说完，也顾不得和主人家打招呼，拉着吴裁缝两人的挑子径直往黄大户家奔。黄大户家离这儿不远，这父子俩正疑惑间，三人已经到了黄大户的宅院。

民国年间，黄大户在上栗可是鼎鼎有名。他早年做官，后因世道乱，便又弃官经商，利用官场上的旧有关系将上栗的鞭炮贩往南洋各地，赚得盆满钵满。

吴裁缝抬眼看了看黄家气派的大院宅子，然后看到宅子里面人来人往，穿梭忙碌，大家都是一副喜笑颜开的样子，猜想这黄大户家一定是突然有了什么大喜事。

黄点子带着吴裁缝父子俩七拐八拐，最后在一间厢房前停住。厢房门紧闭，厢房门木质厚重，上面雕着各色精美花纹，看样式不像上栗本地货。吴裁缝想，这东西可能是从南洋运回来的。黄点子恭敬地候在厢房外面："老爷，他们来了。"

不一会儿，从里面走出一位老者，吴裁缝偷眼瞄去，但见老者须眉皆白，面色红润，眉宇间透着一股威严，让吴裁缝感觉浑身有些不自在，这不是黄大户又会是谁！

"是'飞剪'吴裁缝吧？"黄大户和蔼地笑问，父子俩点头称是。

"嗯，带他们下去安排吧。"黄大户转身对黄点子说，"不要亏待了他们父子俩。"

"是！"黄点子毕恭毕敬地回了黄大户，便领着吴裁缝父子俩又是七拐八拐地来到另一间厢房。只见厢房里面摆满了各种精美布料，看得吴裁缝眼花缭乱。

望着有些惶惑的父子俩，黄点子这时才道明原委："我家老爷今日喜得贵子，但因早产了些时候，没来得及准备衣物。知道二位师傅手艺高超，所以今天特地请二位来。想请二位今晚连夜赶制出一批衣物，老爷定会重谢。"说完，从贴身口袋里掏出一张纸递给"飞剪吴"。

吴裁缝见父亲接过那张纸，偷眼瞄去，却见纸上写满了衣物尺寸，选料颜色，样式标准。"飞剪吴"看着那张纸，双眉紧蹙，面露难色，支支吾吾地对黄点子说："这……这……难办啊！"

黄点子点点头，道："我知道这事难办，不然也不会冒昧将二位请到黄家。我也不瞒你们说，黄家的衣物历来都是由一位本家亲自做，但这位本家几天前病倒了。老爷是个重情义的人，虽然知道四姨太快生了，但还是想等那位本家病好了后，再请他为孩子做些衣物。谁知四姨太今天下午就为老爷生了个大胖小子。孩子是顺利生下来了，可孩子的衣物到现在还没着落，总不能光着腚子吧。老爷是个极好面子的人，所以这事你们得帮帮我黄某人。这要是出了差错，我黄某人可担当不起，这事算我求你们了！"

黄点子说完，眼睛里满是哀怜的神色。"飞剪吴"低声叹了口气，说："不是我不想帮你，而是怕自己帮不了你，这单子上的衣物，怕是我们父子俩不吃不喝两天也做不完啊。手艺人不能不讲诚信，我要是随口答应你，明天交不了东西，那不是让你为难,又砸了我自己的饭碗!"

黄点子一听,急了:"你可是上栗有名的飞剪。要是这事你都做不来,那谁还能做得来?你——"黄点子一急,倒是说不出话来了。

此时的吴裁缝,心里却是有了主意,他从父亲手里接过单子,转身对黄点子说:"这事我替父亲接下来——明天什么时候要货?"

"飞剪吴"和黄点子一听,都惊讶地望着吴裁缝,"飞剪吴"声音颤抖:"孩子,你开什么玩笑,小小年纪,说话可要注意轻重,黄家的业务不是谁想接就可以接得了的。"

黄点子一听吴裁缝的话,脸上也忽阴忽晴,心想:这孩子年纪轻轻,口气倒是不小,是真有本事,还是在这瞎忽悠?

吴裁缝笑了笑,安慰父亲道:"请父亲放心,这事我自有分寸。"然后又转头问黄点子:"明天什么时候要货?"

"哦,哦,最迟明天中午要做完,我才好交差。"黄点子回过神来。看到这孩子信心满满的样子,虽仍心存疑虑,但事已至此,他也没有其他更好的办法,只能死马当成活马医了。想到这儿,黄点子便点了点头,对吴裁缝说:"果然英雄出少年!今天这事你要办成了,我黄某人感激不尽。"

吴裁缝心里当然清楚黄点子这句话的分量,他看了看房间里堆着的布料,转过头又问:"这些面料,我可以随便用吗?"

"当然,当然,这些布料你尽可以用——但一定要按时按质按量完成单子。"黄点子回答道。他知道"飞剪吴"做事虽然快,但仅仅是快而已,东西却谈不上精致,也不知道他这小子是否和父亲一样,所以委婉提醒他。

吴裁缝岂有不明白之理,他也不搭话,只将肩上挑子放下,拿出里面的裁剪工具,依次摆放在裁剪台上,然后对着单子,拿起剪刀对着布料便"刷刷刷"地剪了起来。这吴裁缝剪布料,却不似他父亲那般将布料铺在台桌上用尺子量好再裁,只见他先将一块块布料放在台子上,对着单子飞快地用记号笔画好尺寸,然后再将布料抛向空中,布料在空中舒展开来后往下掉,他便拿剪刀顺着布料的记号"咔嚓咔嚓"下剪。不管面料如何飘飞,他都能沿着记号裁剪得分毫不差。这情形有点像今天的服装设计师为模特现场裁剪衣物,但吴裁缝却比那些设计师做得更优雅、精到。此时,只见满房子的布料在吴裁缝的剪刀下,如同漫天飞舞的鲜花,看得旁边的两个人眼睛都直了。

"飞剪吴"此时才如梦初醒，他又惊又喜地望着自己的儿子：这就是平日里跟在自己身后年轻人吗？他不敢相信自己的眼睛，心底却又不得不叹服，儿子的技艺已经达到了自己无法企及的高度。他一边望着儿子，一边帮他将那些裁剪好的布料摆好、摞齐，此时，他仿佛是儿子的小跟班了。黄点子也是见过大世面的人，这当儿见吴裁缝手里的剪刀如同活物一般，在布料之间来回穿梭，那一块块布料不停地扬起，在空中飘飞，瞬间便被剪成各式模样，心中也不由得发出一声赞叹：好手艺！

此时，厢房外来来往往的人也不由停下了脚步，惊奇地看着吴裁缝如同舞蹈般优雅的裁剪动作。

第二天中午时分，黄点子再去厢房验货时，满屋子的布料已经变成了一件件漂亮的衣物，整整齐齐地码在厢房的裁剪台上。黄点子拿着单子一件一件地清点，却是一件不少，再细看做工，又精细漂亮，连那线头都极少，心里头不由得点头称赞。

这事很快传到黄大户的耳朵里了。黄大户为小儿子做满月酒的时候，特地要黄点子将"飞剪吴"父子俩请了过来。黄大户身穿当时吴裁缝做的新衣服，笑眯眯地将吴裁缝从众人中拉了出来，说："小子，你父亲人称'飞剪'，我看你胜你父亲一筹。你不但做事快，而且做出来的东西好，我送你一个雅号，就在你父亲的雅号中间加一字，叫'飞花剪'吧，怎么样？"

吴裁缝得此雅号，自是满心欢喜，连连点头称好。

黄大户继续当着众人的面说："我在上栗北街有间商铺，好多人想要租我都不给。今天就当着大伙的面告诉你，如果你想去北街混，我就将铺子让给你去做，租金由你来定——你要是不去那里施展你的才华，那就太可惜了。"说完哈哈大笑。

自此，吴裁缝在他18岁那年，混到了上栗北街，凭着黄大户赐他的"飞花剪"名号，专为上栗的大户人家做衣物。而那"飞花剪"的由头，在当时上栗南北街也被传为一段佳话。

※ **作者简介**

龙武，江西省萍乡市上栗县人，现供职于上栗县人力资源和社会保障局。爱好文学写作，有多篇小说、散文作品发表于省市报纸杂志。

赵书记巧系红线

乔书明

提起兰振龙这名字，村里人都知道，他是地地道道的"懒龙"一条。好歹他也没啥负担，出门一把锁，进门一盏灯，自己吃饱，全家人都不饥。

扶贫第一书记赵艳晓进村后，他更哀叹时运不好。上小学时，这赵艳晓是班上的学习委员，天天催着他交作业。兰振龙知道，敷衍潦草早已成了他改不掉的习惯，费劲再大也是白搭。俗话讲，种瓜得瓜，种豆得豆。二十多年后，赵艳晓大学毕业到县妇联工作，如今又当了驻村扶贫书记，天天给老同学做思想工作。兰振龙总是不耐烦地回答："这些年我见的帮扶干部多了，谁像你这死脑筋儿！干脆把低保救济款交给我，您就把扶贫过场走完了。看在老同学这面子上，我绝不再出题难为您。"

赵艳晓耐心地解释说："如今国家这精准扶贫政策，可是扶贫不扶懒啊。"

听到懒字，这浑身早就散了架的"懒龙"，当即像好走老路的房檐水一样，张嘴就把顺口溜抛出来："这懒人有好处，国家有补助；只要坚持天天懒，政府就得永远管。"说罢因为急于夺路溜走，不小心绊住脚下的石头摔了个"倒栽葱"。

群众见"懒龙"摔在地上，就七嘴八舌地围上来，替脱贫领路人呐喊助威。这个说："人家赵书记，晚上填表、写汇报，白天除了跟群众同吃同劳动，还得把根扎进基层内，摸底了解情况。这人心都是肉长哩，就看赵书记这工作态度，咱也得鼓足劲儿脱贫致富。"

那个讲："您这懒劲要不改了，到下辈子还是光棍一条。倘若乡亲们都像你一样，混得断根绝苗，您往哪儿领补助款哩！"

……

赵艳晓见乡亲们敲住了兰振龙的尴尬伤心处，就往下解释说："按照精准扶贫这新政策，你不能再领低保救济了。可最近省农科院教授，专门在咱山乡举办吃住免费的'香菇种植培训班'，村委特意给你争取个培训名额。"

谁料兰振龙竟像驴踢了一样说:"这香菇种植培训班,八抬轿也休想把我接去!那一年若不是倒腾这玩意儿,俺还不会落个'丧门神''扫帚星'哩!"

原来年轻时兰振龙跟王大凤谈恋爱,为了把关系搞得更亲热,两人就在一块儿种香菇,不料后来大棚里香菇染上了绿霉菌,全都霉烂死光了。兰振龙落个血本无归暂且不讲,还被大凤娘骂为百事不成的"丧门神""扫帚星"。大凤娘蹿到兰振龙那儿闹个天崩地裂后,就将女儿拉走关进家内……没多久她就自作主张地将大凤许配给在小煤窑里打工捞现钞的杨进财。眼睁睁看着大凤这心肝宝贝,成了杨家洞房里的新娘子,人财两空的兰振龙从此万念俱灰,觉得生活里连半点希望也没有了,只好破罐子破摔,很快就沦落成现在这模样。

兰振龙听说种香菇,气得火冒三丈,扭头就想溜走,赵书记见了慌忙将他悄悄拽到旁边,和风细雨地启发开导:"这事也不能全怪大凤忘义薄情,都怨她娘当年勒马坠镫,急着拿彩礼钱送大凤她爹往医院看病。再说,打从这婚事一风吹后,都这么多年了,你也没再去关心过大凤家的新动向啊。"

经老同学这么一点,处处懒字当头的兰振龙,慌忙关切地问道:"老同学!您到底知道不知道,大凤家近来啥情况?"

赵艳晓打从扶贫驻村以来,首先想到家庭是社会的基本组成细胞,家族的兴旺发达,婚姻的幸福美满,是困难户扬鞭策马的根本动力和源泉。为了再度焕发兰振龙的内在积极性,赵书记特意顺藤摸瓜,往大凤家去了一趟。如今见兰振龙猛然从心灰意冷的泥潭里,恍然醒悟过来,深深地叹了一口气,她继续往下介绍。

也怪大凤这姑娘命苦,她跟进财结婚刚过两年,丈夫就在小煤窑矿难里撒手正西走了,婆母更是雪上加霜,又因腿摔伤瘫在床上……如今娇儿在小学念着书,不再找个帮手改嫁吧,家里这重担,大凤独个实在挑不起来;再找个对象走吧,大凤心地善良,除了膝下这娇儿,改嫁时还得带着瘫在床上的婆母娘。尽管这小媳妇儿容貌俏丽,线条诱人,因为负担重、累赘大,到如今婚事连一铺也没说成。大凤万般无奈,又想起了身体健壮、心底实在的兰振龙,因此她拜托赵书记先试探询问一下老朋友,看他逍遥自在地过了这么多年后,如今还有没有胆量和勇气,把这么重的担子挑起来。因为兰振龙看见老同学就躲,赵书记费了九牛二虎之力,今天终于找到了这条懒龙。

赵书记根据这些时摸底了解的情况,语重心长地说:"老同学啊老同学,你遇事欠缺考虑,从不想办法朝美好处努力,光会往失败的地方设想,就因为这一念之差,单身汉这帽子呀，你已经戴了这么多年，到现在咋仍然不从中吸取教训呢？"

兰振龙愕然一惊，当即嗫嗫嚅嚅问道："老同学！我实在弄不清楚，您说这一念之差，到底具体指的啥？"

赵书记微微笑了笑说："当年大凤娘，火冒三丈地将闺女领回家后，大凤曾经托她表妹偷偷给您捎来一封信。您仔细回忆回忆，到底有没有这事？"

由于年代久远，兰振龙认真回忆了好大一会儿，才恍恍惚惚地说："有。"

赵书记继续往下追问："那信上到底写的啥内容？"

兰振龙漫不经心地说："大凤她娘气得嘴脸乌青，看见就骂我：'倒霉骚气的扫帚星。俺闺女跟着你过日子，将来肯定得饿掉大牙！'如今她见我赔得血本无归，为躲避大凤娘的指责和登门讨账的，已经吓得多天不敢进家，大凤肯定是按她娘的指示，给我来个翻脸无情、吹灯拔蜡。因此那封信我就没详细看，抓住就将它撕碎摔在地上。"

赵书记深深地叹了口气，替老同学当年痛失最后的周旋机遇表示悔恨和惋惜。这真是境界决定眼界，布局决定结局啊！赵艳晓驻村走访后才知道，大凤当年在信里告诉兰振龙，这失败是成功之母，种香菇也不可能从头到尾都顺顺当当。待母亲怒火消退过后，她准备悄悄找亲朋好友，重新筹款大干一场，等香菇种植成功过后，婚姻上准定峰回路转。谁料兰振龙连内容也没看，就将信撕碎摔在地上，弄得形势无法挽回，大凤娘逼婚催得马不停蹄，兰振龙种植香菇失败后，一败涂地、垂头丧气，连句回话也没有，致使这场因香菇种植失败，横空飞来的恋爱突变，最终竟酿成了两个贫困户的人生悲剧。

听罢老同学这插叙，兰振龙深表感激。若不是赵书记主动去走访联系，这辈子他肯定会辜负大凤当年的良苦用心。听罢赵艳晓从远方捎来的口信，兰振龙立时点点头说："俗话讲，有剩男没剩女，连瞎子瘸子都有人娶；要不是改嫁时累赘太大，这好事还轮不到我头上哩。如今，只要大凤不嫌俺原先名声赖，我情愿当头驴立功赎罪，处处咬紧牙关、伸长脖子，只要累不死，就敢把这重担驮起来。"

赵艳晓坦然一笑："这么说，你不嫌大凤家庭负担重、累赘大？"

兰振龙见老同学从心灵深处关怀自己，就把肺腑真言全都亮到光天化日之下："俗话讲，这力是奴才，逼得轻喽它不出来。单身汉整年泡在凉锅冷灶里，夜夜像鱼翻膘一样、寂寞烦躁得睡不牢稳，只要一合上眼，连做梦都盼着娶妻。您别信光棍汉给外人讲，独个过日子，一个人吃饱一家子都不饥，比当官还痛快，那都是自己哄自己哩。既然赵书记想领着我走上坡路，俺就不怕汗水湿衣裳，虽说眼前吃点苦，往后这日子，可是越过越亮堂啊。"

兰振龙一点头答应，乡亲们都为赵书记心里捏把汗，大伙儿私下撇撇嘴说："兰振龙整年油瓶倒喽懒得扶，往日天天哼着，高高山上一根棍儿，支得一会儿算一会儿；今日有酒今日醉，明日没酒喝凉水儿。如今让他猛然领着四口人过日子，恐怕把他压得鼻塌嘴歪，这担子他也挑不起来。"

赵书记坦然一笑，胸有成竹地告诉大伙儿："俗话讲，有山靠山，没山独担。人家大凤心地善良，孝敬婆母，早就胸怀大志致富脱贫，就是家里缺个帮手；兰振龙因为家里没有挂心钩，成了扶不上墙的烂泥。如今让他俩结合起来，这一加一不仅大于二，很可能超过八，不信大家就走着瞧！"……

由于肩膀上的压力重，加上兰振龙胸怀对大凤的内疚和负罪感，这回他对香菇种植培训的劲头格外大，简直是一点就会，过目不忘，办啥事格外认真。培训刚刚结束，赵书记就帮他办了扶贫贷款，让他在香菇种植上大显神通。兰振龙热泪盈眶地说："这既不用财产抵押，又不用找人担保，这么优惠的扶贫贷款，除了共产党谁给俺哩！"终生钻研香菇种植的高教授，听说兰振龙这家庭悲喜剧后，还单独给他建个对口服务电话，只要遇到技术难关，就专门到他家里实地辅导。不到两年，兰振龙这五口之家不仅脱了贫，还被县"文明委"评选为模范家庭。赵书记也由于因地制宜、因势利导，通过牵线搭鹊桥，让兰振龙彻底改变了原先的命运，还受到了县妇联的奖励表彰。

※ 作者简介

乔书明，河南省鲁山县文化局创研室主任，平顶山市专业技术拔尖人才，鲁山县德艺双馨文艺家。先后在《剧本》《曲艺》《作家文摘》《新民晚报》《羊城晚报》《小说林》《星火》等国内外报纸杂志上发表小说、散文、大戏、小戏、小品、曲艺数百万字，并多次获奖。

岁月深处

尧山

王剑冰

1

人们历来视牛为祥瑞之物，用它负重，用它伴农，用它镇邪。中原大地横卧伏牛一山，可谓卧得雄浑浩阔，蔚为壮观。尧山位于八百里伏牛脊顶，更是拔山盖世，气薄云天。

夏代，刘累在山上祭尧时，阳光也像今天这样绚烂，绚烂的阳光顺着烟霞冉冉上升，也带动整座山升腾。山上的叶片，红花般次第打开。大雁正在飞过，百兽欢鸣。欢鸣的还有千瀑万珠，汇成滍水翻涌。一时间日月同辉，天地澄明。是的，那就是尧山隆重的命名。

登尧山，如读一部大书，你能读出远海的浑黄，读出浑黄中的裂变与碰撞，读出伏牛的最后一次回响。你看到一个族群站起身来，那个叫尧的人，立于天界，神情凝重。他派羿去射日，派鲧去治水，他让一切变得有条有理。

气象宏大的尧山，是尧最好的象征。

进入尧山，就进入心灵的圣域。尧不知以后，所以退到以后之外；尧山不知喧嚣，所以站在喧嚣之外。尧不存在傲慢与偏见，尧山亦然，都是大彻大悟，超绝于尘，昂然于天。

2

在尧山的语境中，总是会悟到修为与造化。从高处看，或就是一座奇妙的盆景。

尧心内的山水风云，丘壑松涛，全集中于此。盆景里有树，树会变成风，想怎么吹就怎么吹。山石变成浪，扑腾无限远。有些树长在山尖上，拔石而起。石供养着树，树升华着石。一棵树，竟扭成了"寿"字的不老松。

悬崖绝壁是尧山的特产，好容易攀上这道崖，对面还有一道崖悬在那里。

转过来，又一声惊叹，气宇轩昂的柱石如将军列阵。这样一群将军，哪一个出来单挑，都能在伏牛山中称雄。站立最高的，莫不是尧与他的侍从？

十万朵云在天空飞过，一些撞在山上，撞成碎棉乱絮。霞从石缝拉丝出来，将棉絮缠绕。前面又是什么云？一股脑栽下断壁，变作百丈仙瀑。那么多的瀑，即使诗仙李白来，都不知该对哪一处感叹。

溪水聚成大山的深情。黑龙潭、白龙潭、百尺潭，潭潭清明，白云在其间浣纱，青峰在其间塑型。

山势分出无数层，像一弯弯眉影，每一弯的明暗都不同。秋沿着峭壁逶迤铺展，岩壁一下子全红了。每一片叶子都激情灵动。其间还有柿子、山楂，晃着酸甜的红灯笼。

山口处，风笛劲吹，箫管悠扬。断崖上一座桥，一个人不敢独行。

飞云栈道，落叶如羽。有人把喊叫扔进山谷，又被山谷抛回来。笑声投进去，却被山溪带跑了。

偶尔有雨落下，滴滴笔墨，把叶子的细节描得更清。山道上，女子打开的伞，也像一枚叶片。一枚枚摇动的叶片，摇动了尧山的风情。

尧山的底色是多层次的。大片的高山杜鹃，五月底前开红花，五月之后开紫花。尧山人说，还有洋槐，你四月里来，漫山遍野的白。

翻过那座山，看到苍莽的楚长城，长城同山一起，成为一方水土的屏障。长城下一条蜿蜒小路，可达洛阳。小路周围是茂盛的柞林，一代代的蚕在青葱岁月吐出鲁绸的繁华经典，谁说古老的丝绸之路，不是由此铺展？还有鲁山花瓷，以这山脚的水土烧制，成为倾心迷恋的经典。

小路翻过远处的隘口看不到了。一场雪，等在隘口之外。墨子必是那个时候走来，对应着一片银白，对应出一片泛光的思想。

哪里响起钟声，佛泉寺还是文殊寺？钟声响了数千年，数千年的银杏还在往上长，金黄的音声里，金黄的叶片漫天飘扬。

多少年前，人们在这飘扬中发现了激涌的泉林，一百多公里的温泉带，升高了尧山的幸福指数。

3

登上玉皇顶，千山涌怀，万壑赴野。金角碧檐的尧祠，烘托于一片云海中。

不知道尧是否也说着乡音，但墨子一定乡音浓重。他沉郁而好听的声音八方回荡，回荡着尧山全部的深阔与奥秘。一座山，已经不是单纯的地理概念，它成为精神的某种指向，从这个指向上，能看到人类的整体世界。

雨停了，云团在四处狂奔，阳光从云间喷射出来，秋山瞬间喷上一层彩釉。阳光射入河水，射出五色的叶片与群鸟的翅膀。

尧山的庄严与亲切并存，豪放与柔情并蓄。它属于中原，也属于世界。

偷了城里的时间，到这山上游走，如从尘世到仙域，游走出阵阵惊艳与觉醒，释放下种种沉迷与负重。

※ 作者简介

王剑冰，中国散文学会副会长，享受国务院政府特殊津贴。在《人民文学》《当代》《收获》《十月》《中国作家》《花城》《钟山》《作家》《北京文学》《上海文学》《天涯》等发表作品数百万字，出版个人著作41部。

这一道揽锅菜

乔 叶

算起来其实到鲁山没几回，有点儿纳闷的是总觉得来了很多次。想了想缘由，大概是因为跟叶剑秀联系比较多的缘故。因跟他联系得多，听他说起鲁山也多，在意念中就觉得鲁山很熟了。

叶剑秀是鲁山县作家协会主席，乍一看就是最平朴的中原汉子，说起话来是浓浓的乡音，但认识久了，就会发现他有剑气，也内秀。为人处世简洁明快，同时又细心周全，和他打交道，心里总是格外踏实和温暖。鲁山最有名的吃食就是揽锅菜。郑州很多店面打着鲁山揽锅菜的招牌，可不论多正宗，到底也不如鲁山本土正宗。因此第一次到鲁山时，我跟叶剑秀表达了这个诉求，他答应着却没带我们去外面吃，而是买来送到了酒店里。后来聊起，他说做揽锅菜的大都是小店，他觉得带我们吃小店非待客之道。

这个冬日，与几位师友又来鲁山。下了高铁，在去酒店的路上，向阳老师就向叶剑秀预订了翌日早上的羊杂汤，说早餐就想喝羊杂汤。那就喝呗。用叶剑秀的话说，这不值什么。约了清晨七点大堂集合，众人皆按时至，却单缺了向阳老师。我便到总台打房间电话，她接起电话，却是睡意蒙眬道："七点了？"我说："七点十分啦，都等你呢。"她连忙答应着说很快下来。果然十分钟之内就下来了。对于她这端庄女子来说，可以想象是如何手忙脚乱。她不好意思地说，睡得太香了。嗯，同意。我也睡得很香，若不是为了羊杂汤的香，就一定要贪恋这酣眠的香了。我们两个河南女子，回到故乡，就是这样惬意吧。

羊杂汤满满一大碗，果然鲜美。馒头免费，每人吃了一大个。简短的会议后便先到落梁洼镇鹁鸽吴村。一条大浪河穿村而过，河畔有鹁鸽崖，因崖壁洞穴内有很多鹁鸽而得名。房子多是民国时期建筑，青石墙，青瓦顶，因古色古香的韵味完整保留，这个村子已经入选了中国传统古村。冬日暖阳下，站在高处，近处层层叠叠的屋顶，远处碧蓝清澈的河流，仿佛是一帧巨幅风景照，耳边似乎隐隐响起"一条大河波浪宽，风吹稻花香两岸"的歌声来。

在辛集乡徐玉诺故居，我们流连了许久。大门右墙上方镌刻着南丁先生的手迹，"徐玉诺故居"几个大字遒劲有力。南丁先生是向阳老师的父亲，是几代河南作家都很敬爱的前辈。小院坐西朝东，堂屋坐西朝东，这个朝向可以在第一时间沐浴到朝阳。我喜欢。想来徐玉诺先生应该也是喜欢这最新鲜的阳光的吧。屋子是黄泥墙，小木窗。室内依着西南角落居然还放着一架完整的织布机。也不知道徐玉诺先生的母亲有没有用过这织布机？有没有用织出的布为他做过衣裳？园子里还种着菜，有香菜、笨菠菜、蒜苗等，一片片碧色茵茵。徐玉诺先生在世时，这地里也是种着这些菜吧！

早在1921年初，徐玉诺以小说《良心》进入五四文学革命史，后来的诗集《将来之花园》被闻一多认为或可与《繁星》比肩。但这些对他而言都不足挂齿。不受名利羁绊，宛若闲云野鹤。南丁先生称誉他为自然之子，还特撰写长文《自然之子徐玉诺》，如此描述1950年他初识的徐玉诺："鹤发童颜的徐玉诺，白须飘飘的徐玉诺，腰板直溜的徐玉诺，脚步矫健的徐玉诺，于那年的春天从他的家乡鲁山县来省城开封参加各界人民代表大会，在会上作了如何种红薯的大会发言……"写徐玉诺一年四季枕着一块砖睡觉，而他的薪资大都捐赠给了生活有困难的民间艺人。1958年春天，徐玉诺病逝，归葬故里，就在徐家营的凤凰山下。家乡的小学现在叫玉诺小学。想来徐玉诺先生泉下有知，也是会欢喜的吧。

走出徐玉诺故居回首时发现，大门对联的横批是"怀瑾握瑜"。瑾瑜皆美玉，徐玉诺先生固然是怀瑾握瑜，鲁山有了他不也是怀瑾握瑜？

接下来的行程里，我们到鲁山花瓷艺术馆品鉴了一番花瓷，又到县农特产品展销中心一站式了解了一下鲁山的其他特产：仙女织的丝绸，张良镇的蔬菜，赵村镇的温泉，辛集的葡萄，瓦屋的香菇，仓头乡的花生、红薯和艾草，背孜乡的林果，汇源街道的大棚食用菌，下汤镇的温泉——凡含汤名之地必定有温泉。还有什么呢？纯红薯粉条、蒲公英茶、香梨……"鲁山真是啥都有。"听着我们的感叹，鲁山的朋友们以朴实的笑容应答。

看着看着，就想起叶剑秀的散文集《怀念爱》里的篇章来。在《怀念爱》里他如数家珍地详述着鲁山。我给他写过一段简评，其中写道："他最柔软的情绪充分地流溢在了他的散文里。散文集所写内容，基本上两大主题：向内的故乡和向外的远方。故乡纪事又分小故乡和大故乡。小故乡是生养他的村庄，有古桥水井，有各色美食，有淳朴人情。大故乡就是鲁山了，鲁山的人文掌故、历史渊源、特色花瓷等。读他的散文如阅画卷，精思巧构的大小画幅容纳着丰富的心灵景致，可思、可叹、可赏。"整个儿鲁山，这七山一水二分田的鲁山，又何尝不是一篇大散文呢？

  看着看着，又想起第一次到鲁山时吃的那一道揽锅菜来。揽锅菜本是杂烩菜，菜的内容包括且不限于软硬适中的油焖豆腐、以剔骨猪肉为馅料的油炸丸子和油炸酥肉，这些需要"过油"的菜亦取"越过越有"之意。另有本地上乘的红薯粉条、蕨菜和各种时令青菜，调料则是优质的豆瓣酱、老抽、花椒、胡椒等，再加配白芷、肉桂、陈皮等中草药文火慢熬，熬到时辰终成佳肴。——整个儿鲁山，这七山一水二分田的鲁山，是否也恰如一道风味绝佳的揽锅菜呢？作为墨子、仓颉和徐玉诺的故里，同时还是牛郎织女文化之乡、屈原文化传承基地、温泉之乡、长寿之乡、名窑之乡……鲁山这一口文化巨锅，揽尽了这些菜，熬出来的滋味，又怎一个浓郁了得？

※ 作者简介

  乔叶，北京老舍文学院专业作家，北京作家协会副主席。出版小说《最慢的是活着》《认罪书》《藏珠记》，散文集《深夜醒来》《走神》等作品多部。曾获鲁迅文学奖、庄重文文学奖、华语文学传媒大奖、北京文学奖、人民文学奖、小说选刊年度大奖等多个文学奖项。

我去地坛，只为能与他相遇

杨海蒂

永远忘不了中学时期，我在课堂上偷偷阅读史铁生作品《奶奶的星星》的情形，当读到"奶奶已经死了好多年。她带大的孙子忘不了她。尽管我现在想起她讲的故事，知道那是神话，但到夏天的晚上，我却时常还像孩子那样，仰着脸，揣摸哪一颗星星是奶奶的……我慢慢去想奶奶讲的那个神话，我慢慢相信，每一个活过的人，都能给后人的路途上添些光亮，也许是一颗巨星，也许是一把火炬，也许只是一支含泪的烛光"这一段时，我泪水开始哗哗地流，只好把头埋得更深，不断用衣袖拭去泪水。同桌惶恐不安，老师莫名其妙……我也是奶奶带大的，我的奶奶也这般善良，也这般疼爱我，也被"地主"帽子压得抬不起头来。"奶奶已经死了好多年。她带大的孙女忘不了她。"我抽抽噎噎，念念叨叨，疯疯魔魔。幸好，一向偏爱我的老师，照旧宽容了我。

我哭，还因为少女的敏感多情——命运为什么要这样残忍地捉弄他？！一个"喜欢体育（足球、篮球、田径、爬山）、喜欢到荒野里去看看野兽"的男孩子，"活到最狂妄的年龄上忽地残疾了双腿"，从此再也不能活蹦乱跳了，"无论怎么说，这一招是够损的。我不信有谁能不惊慌，不哭泣"。他脆弱：他不敢去羡慕在花丛树行间漫步的健康人，在小路上打羽毛球的年轻人；他忧伤：脚踩在软软的草地上是什么感觉？想走到哪儿就走到哪儿是什么感觉？踢着路边的石子走是什么感觉？他失望：他曾久久地看着一个身穿病服的老人在草地上踱着方步晒太阳，心想自己只要能这样就行了，就够了！

况且，21岁的他，渴望爱情而爱情正光临。"一个满心准备迎接爱情的人，好没影儿地先迎来了残疾"，那时候，爱情于他比任何药物和语言都有效，然而……

"结尾是什么？"

"等待。"

"之后呢？"

"没有之后。"

"或者说，等待的结果呢？"

"等待就是结果。"

他这样写道。他爱得虚幻，我痛得真实。他曾对中学B老师怀有善良心愿："我甚至暗自希望，学校里最漂亮的那个女老师能嫁给他。"我当时就全是这样一份心思，暗自希望讲台上这个学校里最漂亮的女老师能嫁给史铁生。

残疾、失恋，让史铁生猛然被命运击昏了头，一心以为自己是世上最不幸的人，他孤愤、悲怆、怨恨，甚至长达10年无法理解命运的安排。"活着，还是死去？"这个哈姆雷特式问题，日日夜夜纠缠着他，年轻的他，心灵的痛苦更胜于肉体的痛苦。

"人不惧苦，苦的是找不到生之喜乐。"好在，这个终日在死亡边缘挣扎的少年，最终没有被痛苦淹没，反而被苦难造就着。通过写作，他找到了生活的出路，找到了精神的征途，找到了生命的尊严，也找到了生之喜乐。

"写作，刚开始就是谋生。"史铁生直言。随着作品的不断发表和连连获奖，他靠意志和思想站了起来，站成一位文学的强者。

"在谋生之外，当然还得有点追求，有点价值感。慢慢地去做些事，于是慢慢地有了活的兴致和价值感。"他如是说，"一个生命的诞生，便是一次对意义的要求。"

人要赋予世界以价值，赋予生命以意义。人要求生存的意义，也就是要求生命的质量。曾经，史铁生写下小说《命若琴弦》，表达盲人对荒诞人生和自身宿命的抗争，以获取生存的价值与意义。在《许三多的循环论证》中，他一如既往对生命意义提出质疑，同时作出解答：没有谁是不想好好活的，却不是人人都能活得好。为什么？就因为不是谁都能为自己确立一种意义，并永"不放弃"地走向它。

是的。人来到人世时紧握拳头，去世时手却是张开的；人生到最后，位子、票子、房子、车子四大皆空，所有功名利禄，一切荣华富贵，都烟消云散。既然死亡不可避免，爱人终究离去，我们为什么还会全心全意去爱？为什么还要不断创造美好的事物？我想，也许就在于生命的恩赐是珍贵的，爱情是无价的，人类创造的美好是永恒的。所以，尽管"眺望越是美好，越是看见自己的丑弱，越是无边，越看到限制"（史铁生语），我们依然应该尽量去追求理想而不是物质，因为，只有理想才能赋予生命以意义，也只有理想才具恒久的价值。

可是，时间会像沼泽一样，逐渐淹没我们的理想，让我们日益庸庸碌碌；时间也会像沙漏一样，不断过滤我们的记忆，让我们漠然于逝去的似水流年。而独具慧眼的史铁生，却从一件件往事中，撷取出一个个片段，写可感之事、可念之情、可传之人：寺庙、教堂、幼儿园、老家，佛乐、诵经、钟声，僧人、八子、B老师、庄子、姗姗、二姥姥……像一幅幅精雕细琢的工笔画，徐徐展现在读者眼前，令人神往，引人入胜。这些往事有的温暖有的苦涩，在他笔下怀旧而不感伤，少年的轻狂、青春的绮丽，年轻的梦想、命运的跌宕，历史的沉浮、人间的温情，良知与情义，反思与忏悔，由他一贯纯净优美、纯朴平实、沉静睿智、沉稳有力的语言娓娓道来，有时一尘不染，有时直逼尘世的核心，冲淡悠远，意蕴深长。他曾说，21岁那年"我没死，全靠着友谊""那时离死神还远着呢，因为你有那么多好朋友"，那些好朋友，除了经常带书去医院看望他的插队知青，也有八子、庄子、小恒他们这些童年伙伴吧？

心灵的超凡脱俗，使他把目光抬高，俯瞰自己的尘世命运，"这个孩子生而怯懦，禀性愚顽，想必正是他要来这人间的缘由"，残疾是"今生的惩罚与前生的恶迹"；而一个善于反思的人，在面对自己的灵魂时，会黯然神伤："现在想起来，我那天的行为是否有点狡猾？甚至丑恶？那算不算是拉拢，像k（矮小枯瘦的可怕孩子）一样？""几天后奶奶走了。母亲来学校告诉我：奶奶没受什么委屈，平平安安地走了。我松了一口气。但即便在那一刻，我也知道，这一口气是为什么松的。良心，其实什么都明白。不过，明白，未必就能阻止人性的罪恶。多年来，我一直躲避着那罪恶的一刻。但其实，那是永远都躲避不开的。""我也曾这样祈求过神明，在地坛的老墙下，双手合十，满心敬畏（其实是满心功利）……"

读他的作品，你的心灵会异常宁静、开阔、博大、悲悯。

史铁生最负盛名的散文是《我与地坛》。《我与地坛》语言清澈而精雅、清灵而深刻、清癯而丰华，人物丰富生动。文章甫一发表，立刻引起全国读者的注意，被多家选刊转载，并入选高中语文课本，被公认为新中国以来最优秀的散文之一；文中最为动人心弦的人物形象是作者的母亲——一个苦难而伟大的女性。关于母亲，史铁生还写下了深受读者喜爱的《秋天的怀念》《合欢树》《第一次盼望》等，尤其是《秋天的怀念》，短小的篇幅，精致的文笔，纯粹的意境，写尽了母亲艰难的命运、坚韧的意志和真挚深沉的母爱，以及母子生离死别的苦痛，感人至深，余韵袅袅。但流传最广的，还是《我与地坛》。一些中学教师和同学说，老师讲解《我与地坛》时，经常是女生哭男生也哭，学生哭老师也哭，以至于师生们执手相看泪眼于课堂上。很多年里，很多的人，都是因为读了《我与地坛》而向往地坛，去地坛找寻史铁生的足迹。

我住得离地坛近了，去的次数多了。我知道，史铁生后来住得离地坛远了。他大部分时间在受病痛折磨，与病魔搏斗，有时候，为了把精力攒下来读读书写点东西，他半天不敢动弹。所以，他来地坛少了。但他的心魂还守候在京都这座历经五百年沧桑的古园里。

我去地坛，只为能与他相遇。我记得史铁生说过的话：一进（地坛）园门心便安稳，有一条界线似的，只要一迈过它便有清纯之气扑来，悠远、浑厚。而我一进地坛，就觉得他的气息扑面而来。

二十多年过去了，《我与地坛》没有随着岁月的推移而褪色，直到现在仍有人说，到北京可以不去长城，不去十三陵，但一定要去看一看地坛。这就是《我与地坛》的影响力，这就是文学的生命力。

史铁生的散文为什么这么吸引人？

世界越发展，人类便越渺小；物质越发达，人心就越孱弱；当今社会过于喧嚣浮躁，人的各种欲望空前膨胀，导致不少人心灵贫乏、精神荒芜、信仰没落。在这个物欲横流的时期，在这个急需道德力量的时代，社会需要精神食粮，读者需要文学营养，需要关注灵魂、呼唤良知、震撼心灵、柔化温暖人心的作品，这是当代散文必须的精神归宿，这是时代赋予作家的文学使命。

史铁生写的不是油滑遁世的逸情散文，不是速生速灭的快餐散文，不是自矜自吟的假"士大夫"散文，不是撒娇发嗲的小女人散文，挫折、创痛、悲愤、绝望，固然在其作品中留下了痕迹，但他的作品始终祥和、安静、宽厚，兼具文学力量和人道力量。他用睿智的眼光看世界，内心则保持纯真无邪，正因为他返璞归真的赤子之心，他的作品体现出广博而深远的真、善、美、慧。

一个有着丰饶内心和深刻灵魂的智者，不会沾沾自喜于世俗的得失，史铁生看出了荣誉的羸弱，警惕着声名的腐蚀：

"写作为生是一件被逼无奈的事……居然挣到了一些钱，还有了一点名声。这个愚顽的铁生，从未纯洁到不喜欢这两样东西，况且钱可以供养'沉重的肉身'，名则用以支持住孱弱的虚荣。待他孱弱的心渐渐强壮了些的时候，确实看见了名的荒唐一面……"

"美化或出于他人的善意，或出于我的伪装，还可能出于某种文体的积习——中国人喜爱赞歌……我其实未必合适当作家，只不过命运把我弄到这一条（近似的）路上来了……左右苍茫时，总也得有条路走，这路又不能再用腿去趟，便用笔去找。而这样的找，利于世间一颗最为躁动的心走向宁静……我仅仅算一个写作者吧，与任何'学'都不沾边儿。学，是挺讲究的东西，尤其需要公认。数学、哲学、美学，还有文学，都不是打打闹闹的事。"

我想起了瞿秋白，瞿秋白在《多余的话》中展示的高贵自省、伟大谦卑。

双肾坏死、尿毒症，每隔一天就得去医院透析一次，任谁也难以承受，不过，在21岁时挺过了最受煎熬的时光，之后，哪怕面对死亡的威胁，对史铁生来说都不可怕了。曾经，医院的王主任劝慰整天痛不欲生的他：还是看看书吧，你不是爱看书吗？人活一天就不要白活。将来你工作了，忙得一点时间都没有，你会后悔这段时光就让它这么白白地过去了。后来，医生这样评价他："史铁生是一个意志坚强的人，也是一个智慧与心质优异的人。"几十年风霜雪雨过后，他已经可以坦然面对人世间的一切苦难、灾难、劫难。"我的职业是生病，业余写一点东西，"他笑称，"做透析就像是去上班，有时候也会烦，但我想医生护士天天都要上班，我一周只上三天比他们好多了。"他过50寿诞时，对作家朋友陈村说：坐山雕也是50岁，就要健康不说长寿了吧。这幽默令人辛酸，但"幽默包含着对人生的理解"，这是他的话。

心灵的成长需要时间，更需要命运的提醒。

《病隙碎笔》就是在透析期间的轮椅上、手术台边写出来的，足足写了四年之久。"生病也是生活体验之一种，甚或算得一项别开生面的游历……生病的经验是一步步懂得满足。发烧了，才知道不发烧的日子多么清爽。咳嗽了，才体会不咳嗽的嗓子多么安详。刚坐上轮椅时，我老想，不能直立行走岂非把人的特点搞丢了？便觉天昏地暗。等到又生出褥疮，一连数日只能歪七扭八地躺着，才看见端坐的日子其实多么晴朗。后来又患'尿毒症'，经常昏昏然不能思想，就更加怀恋起往日时光。终于醒悟：其实每时每刻我们都是幸运的，因为任何灾难的前面都可能再加一个'更'字。"这些感悟，将哲思与个人生命体验交融，使我们看到作者的谦逊感恩、平和坚韧，使我们懂得：幸与不幸，在乎人的感受；少欲少求，保持一颗虔诚的心，一颗感恩的心，一颗祥和的心，人才能获得内心的平静和真正的幸福。

《阿伽门农》中有一句名言："智慧从苦难的经历中得来。"当然，不是所有的苦难都能产生出智慧和德行，举目四望，苦难、清贫、病痛，也造就了精神的颓废、道德的沉沦。但是，必须有大痛苦才有大深刻，有大深刻才会有大悲悯，有大悲悯才能有大智慧。智慧的人，懂得通过苦难走向欢乐。对史铁生来说，快乐当然不是幸运的结果，而是一种德行——英勇的德行。在德行的牵引下，他用喜悦平衡困苦，从而获得了心灵的安妥生命的自足。"当有人劝我去佛堂烧炷高香，求佛不断送来好运，或许能还给我各项健康时，我总犹豫。便去烧香，也不该有那样的要求，不该以为命运欠了你什么。唯当去求一份智慧，以醒贪迷。"

他的表白，不是伪崇高，没有人格造假，体现的是更高层次上的道德感。

让人欣慰的是，众目仰望的不是权力人物而是思维人物，毕竟，文化与思想的影响力要远远大于权力。史铁生以他的人格精神高度，深深打动着人们的灵魂，无数读者从他的作品中得到慰藉和鼓励，因而对他敬佩、敬重、敬爱、敬仰。有人说他的文字是全人类的精神财富，犹如一盏盏明灯照亮了人们的心灵，让人深刻地审视生命，让人找回自我、本性、灵魂，让人的灵魂得到升华；有人说，"您的作品帮助我想明白了生命的很多问题，帮助我度过了人生最迷茫难熬的时光"，网友"崇拜你的同龄人"甚至说"您的作品救过我的命"；有人称他为中国的霍金、中国的奥斯特洛夫斯基，称他是当代最值得尊敬的作家，称他是自己的精神引领者；更有人呼吁，课本和媒体应该多推介史铁生作品以告诉孩子们什么是真、善、美和坚强。读者说："我们是幸运的，因为能读到他的文字！"读者说："如果站在您面前的话，我真的很想给您鞠一躬。"作家莫言也由衷感叹："我对史铁生满怀敬仰之情，因为他不但是一个杰出的作家，更是一个伟大的人。"

文学没有衰落，更不会死亡，文学的作用，正如沃伦所言："作家不仅受社会的影响，他也要影响社会。艺术不仅重现生活，而且也造就生活。人们可以按照作品中虚构的男女主人公的模式去塑造自己的生活。他们仿效作品中的人物去爱、犯罪和自杀。"

爱情与死亡是文学艺术的永恒主题，也是史铁生永远的人生命题。当年，充满哲学色彩和文学神韵、给读者以无比新奇阅读体验的《务虚笔记》问世，其中的生命思考和心灵独白，是那样激荡着我，让刚刚开始涉足文学写作的我，不满足于只是惊喜阅读，还废寝忘食地大段大段抄写，那些笔记至今保存完好。

我至今对适逢《务虚笔记》问世时，某省举办的作家读书班上，当地文坛"三剑客"之二"剑"的争论记忆犹新。一个说，史铁生之所以善于思考，是因为他被命运限定在了轮椅上，除了苦思冥想便无事可做，否则他不会如此智慧，不会成为这么优秀的作家，他的残疾，对他来说未必不是幸运。

另一个反唇相讥：你也可以坐在那儿去想啊！你由于行动灵便，就自甘于俗务纠缠，更自堕于欲望滚滚，自己不去沉思，怪谁呢？再说，你去苦思冥想，就一定能产生思想吗？！

而对史铁生来说，哲思不是沙龙里的讨论，它是生与死的搏斗。

他坦言，《务虚笔记》亦可称为《心魂自传》，而且，"一个作家无论写什么，都是在写他自己"。或许有人认为他太过玄虚，有人则说他证明了神性。其实，这是他的必然。黑格尔认为，艺术发展到最后一个阶段，绝对精神就不再满足于用艺术来表现，而走入宗教与哲学的领域。

哲学家把人的生活分作三个层次：物质生活、精神生活、灵魂生活。钟情于灵魂生活的人，不肯做本能的奴隶，不满足于虚幻的声名，必须追究灵魂的来源，追问宇宙的根本，才能满足他的人生欲。"人可以走向天堂，不可以走到天堂。"史铁生说。对一个深刻的灵魂而言，痛苦、磨难甚至是死亡威胁，也不会损毁它对美的向往和追求。史铁生提出真知灼见：在奥运口号"更快、更高、更强"之后，应该再加上"更美"。我们看到，他正一步步走过人生的三个阶段——审美阶段、道德阶段、宗教阶段。

《务虚笔记》问世十年之际，《我的丁一之旅》由人民文学出版社出版，史铁生在书中对爱情、人生、信仰和灵魂石破天惊地追问，令当下一些或写实或虚构，或拘谨或夸张，或精致或粗鄙的情爱小说相形见绌黯然失色。它的出色，评论家何东一言以蔽之："此书堪与《百年孤独》等国外优秀的名著相比，一本真正的爱情小说。"当时供职于《长篇小说选刊》的我，倾倒于小说情节布局之恢宏之阔大，想象力之瑰丽之天马行空，笔下之汪洋恣肆之从容不迫，语言之千锤百炼炉火纯青，根本不记得自己要做编校，顾自深深沉浸于幸福阅读的心灵之旅。直到暮色苍茫，终于，我从书里探出头来，对亦师亦友的同事素蓉姐说，我从来不追星，但一直景仰史铁生。那一刻，我眼前浮现出的却是《奶奶的星星》里"赶快下地，穿鞋，逃跑"，还有《老海棠树》里"奶奶把盛好的饭菜举过头顶，我两腿攀紧树丫，一个海底捞月把碗筷接上来"那个聪明、可爱、淘气、顽皮的小男孩。

史铁生获过很多奖，但读者记住他，人们敬仰他，跟形形色色的奖项无关。萨特宣称:"我的作品使我永恒,因为它就是我。"这句话可以套用到史铁生身上:他的作品使他永恒,因为它就是他。生命虽短暂,但精神永存,且薪火相传。

※ 作者简介

杨海蒂,《人民文学》编审,中国作家协会会员。著有文学和影视作品多部,有作品被应用于高考和中考试题。部分作品被译介国外。曾获丰子恺散文奖、丝路散文奖、孙犁文学奖等。

大地的眼睛

叶剑秀

1

老井是大地上的眼睛。老奶奶说这话时村里正在淘井，她坐在院里的捶布石上，一边择菜一边自语：眼睛擦洗亮了，村子就和上天通顺了。

奶奶的话我听不懂，以致后来的几十年我也没弄明白。那时候还是懵懂少年，往往当作老人的絮叨或胡言乱语，蹦跳着去看淘井了。

淘井，也叫洗井，每年夏季伏天，村里都要重复一次。老井越淘越旺，旺人，旺财。淘井开始后，挑选出来的壮实汉子，在众人的注目下，脸上带着几分荣耀和自豪，光着膀子晃动着壮硕的躯体，饮下几口烈酒，扯过井绳缠绕腰间，被人摇动辘轳送下井底。一年积存的淤泥和瓦砾等杂障，被一筐筐淘洗出来，井水便更加清澈和甘冽。

淘井是件庄严隆重的大事，老井的身旁围满了村人，场面很是壮观。老井在村子的中央，深五丈余，圆筒井壁为大号青砖垒砌，井口由青条石拼成方形。一竖井架，一架辘轳，数圈棕绳，坚挺着日子的姿态，延承着光阴的稠密和精细，见证着岁月的粗粝和温润。

上善若水。村人恪守着方与圆的行世信条，在时光的阴郁和明媚中蹉跎。内圆外方与内方外圆是辩证的统一，缔结成为醒世格言，做人和做起事来就井然有序。

淘井，按照奶奶的说法，就是给村子清洗眼睛。

读完高中，奶奶已经离世了。在那个夏日暑假，阅读一篇自然科学的文字，突有触动，思绪从书本抽离出来，忽然感到奶奶生前的话深含哲理，似乎可以重新认知和探究老井和苍天的神秘关系。

2

贫苦的年代，老井是村人的神灵之地。老井有取之不竭的汁液，四季滋养着村民，维系着村子的命运，承载着村子的精神慰藉。

农家后生稚嫩的肩膀还没长圆，刚拢出点力气，勉强能为家里做点事，大都是从学挑水开始的。尽管人生的起步还有点趔趄，但毕竟有了担当与作为的最初历练。

清早的晨光还没透开，三三两两的人影从柴门篱户里晃悠出来，肩挑两只水桶，在雾霭里悠悠穿行，身着异样的衣装，扭动着不同的姿势，汇聚在老井身旁。彼此的问候简约而粗俗，免不了插科打诨，却自觉遵守着先来后到的规矩。随着辘轳嘎吱嘎吱地快速转动，一桶一桶的井水摇上来，吱扭吱扭地闪走了，辘轳又一次地摇动起来。

树上的枝叶挂着薄雾，鸟儿在无忧无虑地欢唱。也有礼让推辞的时候，必是哪家有了婚丧嫁娶的急事，或是家有残疾病人，大伙儿没有半点怨言，热切地上前照应和帮衬一把，先把他们安妥了，众人心里才踏实。

阳光铺满村子的时候，家家户户的水缸里，盛满了日子的储备，大伙儿还要赶着早工的农活呢。

错过早晨或饭前的峰期，老井就安闲下来。

村里的老婆婆和年轻村妇，大都会选择这样的时刻，到老井旁去涮菜洗衣、淘洗粮食。淘洗出来的蔬菜和谷米，放在木筐或苇席上晾晒，引来了鸭或鸡的兴致，伸脖曲颈地围圈打转，十分滑稽的贼模贼样，逮住时机就扑上去猛啄。手里的竹棍挥舞起来，追逐、横扫，打落一地羽毛。鸡们鸭们扑棱丈余，收紧抖开的翅膀，回首窥视，欲望驱使他们再次重演相同的情节。

不远处俯卧的老牛，上颚和下颚不停地错动，反复咀嚼着日光的清素和漫长，嘴角挂着白沫，牛铃叮当……

冬暖夏凉的井水在村妇粗糙的指尖轮滑，一遍又一遍地揉搓着日子的苦涩和心事。嘴没闲着，家长里短，儿女情长，光棍寡妇，世态落寞，喟叹日子的清苦，哀怨光阴的沉重，苦并乐着，话语间泛着杂陈滋味，神情却蕴含着意趣和某种神秘。忽闻张家媳妇哼一曲撩人民谣，略带几分酸腻的情调，便把气氛活跃起来，李家媳妇急忙接过：那晚哥到了我门口，惊动了俺家的大黄狗……

天近晌午，或夕阳落寞，老井周围的热闹渐渐消散。村妇们起身回家，开始捯饬家人的粗茶淡饭，或者去侍弄关乎温饱的炊烟，把欢乐和感叹留在了老井的苔藓和辘轳的摇把上。

老井似一位仁慈的母亲，日复一日地闪动着清澈的眼睛，体察着村子四季的冷暖，操劳着各家各户的炎凉酷暑，呵护着子女一样的生灵。如若哪家一两日没到老井汲水，老井就会夜间托梦过问，生怕谁家出了意外。

老井在疲惫和憔悴的时候，就和天上的星星对话，究竟说了什么，我们无法知晓。老井从不对村子和村人诉苦、怠工，无论遇到什么委屈，依然以坚强的毅力默默支撑着时光的流转。实在疲倦不堪的时候，她才会发出干裂嘶哑的声响。

老井传来的声音揪住了老族长的心，他把长烟杆横在腰里，噔噔出了家门，走近老井，板着铜褐的老脸吆喝：老井生出毛病了，都聋了瞎了？

于是，村人挣着抢着去给老井治病，先去察看井壁浓厚的绿苔是否遮挡了老井的呼吸，再去查验辘轳后边的座石是否稳固，井绳的一环一节是否脱絮断裂，最后给辘轳的关节处抹油，一层一层细致地抹，辘轳润滑了，日子也就润展了。

3

老井的水甘冽醇正，夹杂着丝丝的甜，可做饭烧茶，也可生饮，不必担忧生疾，祖辈早已做了定论。家里若来了客人，主人慷慨地舀出半瓢井水招待，热情在，心意有，乡下来不了多有身份的尊贵客人，谁也不作计较。

冬日的井水带有蒸腾的暖意，刚出井的水冒着稀疏的雾气，直接可用来漱口洗脸，也可用来淘洗红薯、谷米，冒着热气的井水端给牛羊猪等家畜，咕嘟咕嘟饮下，坏不了肠胃的，日复一日的习惯，便是牢靠的经验。来自地表深处的井水，极富营养，挑进各家各户，在不同的人体和肠道循环，留取养分，排泄污垢，村人就有了天生丽质的俊朗，往雅里说，一方水土养育一方人。

最有诗意的是夏日的晚上，一切都在暧昧的意境里。不愿去河里洗澡的男男女女，借着朦胧的月光，围在老井周围冲凉。女人端出大盆小盆，甚至还有竹椅木凳，男人们则一个水桶就足够了。地界是约定俗成的，月光如轻纱帷幔，虽咫尺却天涯，各洗各的，互不侵扰，浸润在浪漫的怡情里，享受着一份影绰的美感。任你使劲明瞅暗窥，心猿意马，也不敢做出轻贱举动，一旦踩踏风俗和道德的红线，就不好做人了。

老井是村子的神，村人虔诚地敬奉，齐比天地。不知要追溯到何年，村里的泥工瓦匠，在老井的北端方位，仿照神庙的样子，筑起一座一人多高的供奉堂，上部凹下一处方正牌位，置配紫砂香炉，供奉堂两旁留有张贴对联的位置，村里识文断字的人，每年都会义务更新。往年写上"百年滋润庄园沃土　古井孕育淳朴乡亲"，新年换成"万代宝地祥祉常驻护生年　百年古井玉水永流佑人杰"；后来又改为"千年雅意，常因明月牵水底　古井风情，只为汲声入风中"。一年一幅新联，从不重复。逢年过节，村里人到神庙拜佛祈愿，从不忘到老井的供奉堂敬上三炷香，奉上祈福的诉愿。

苦难的光阴云稠风密，熬不尽的辛酸无奈和争吵不断的缠绕，勒断了生存的意志和路径，孱弱绝望的女人选择了投井自尽。但奇异的现象就出现了，这些寻短见的薄命女人，必然是奔于野外水井，绝不会选择村里的老井。一个行将告别人世的生命，不忘老井的养育之恩，不忍去亵渎老井的清洁与尊贵。

村子和村人敬仰着老井，老井护佑着村子的生灵。数百年的血脉相连，走过百载年华，走成了年轮的记忆，走成了沉重的缅怀，走成了挥之不去的雕像。

老井不仅是村子的眼睛，养育身心的源泉，更是村子的精神坐标和行世经往的轴心。但凡村里的人，在淳朴的民风里，自觉接受着与井相关的熏陶和浸染，在这种潜移默化的教诲中，洗涤心灵，完善和强化人生的性格与品行。

（原载于 2021 年《躬耕》第 11 期）

至今追慕仰遗音

袁占才

很荣幸，我之居地豫西鲁山，县城中心，有一条琴台街。从街口东行200米，北侧即古琴台。先有台，后有街。后多久，不得而知，总之，交相辉映，纪念的是一个人，一件事儿。每每朝霞清露，夕照晚晴，我穿过熙攘人群，撇开叫卖声声，拐入琴台院，登临土台，惯看台周古藤盘绕，蓬草疯长。漫眺四围楼群耸立，远山朦胧，想这百尺高台，虽经千年风雨，剥蚀大半，然那清纯的琴音，洞穿历史，仍萦在耳畔。

该台为唐开元年间，民众捐资自发修筑，为贤令元德秀抚琴善政之用。其所享盛名，不亚于武汉伯牙琴台、苏州西施琴台、四川相如琴台。有网友还把它排在我国古代"四大琴台"之首。

元德秀（695—754），字紫芝，河南洛阳人，北魏皇族后裔。天宝初，受署鲁山令，虽只3年，却清廉有名。廉到何等程度？时任宰相房琯每见之，便叹曰："见紫芝眉宇，使人名利之心尽失。"由之，"紫芝眉宇"延为成语，喻人德行高洁。与之同时代的诗人苏源明，常语人曰："吾不幸生于衰俗，所不耻者，识元紫芝也。"而晚于德秀约300年的苏轼，则在其诗《寄吴德仁兼简陈季常》中感慨道："恨我不识元鲁山。"元鲁山，乃当时官场对德秀的称谓。一个惭愧认识他，一个怨恨自己不认识他，更加反衬出德秀之风范。苏轼还在《次韵王郎见庆生日并寄茶》诗中颂道："《折杨》新曲万人趋，独和先生《于蔿于》。"那么多的乐曲，苏轼独独与《于蔿于》产生共鸣，概二人经历、追求相似也。

《于蔿于》，乃德秀所作反映鲁山地瘠民贫之曲也。

千余年来，赞颂廉吏元德秀的诗词有百余首之多。皮日休叹曰："三年鲁山吏，清慎各自持。清似匣中镜，直如弦上丝。所恨不相识，援毫空涕垂。"白居易比喻："伯夷古贤人，鲁山亦其徒。"其族弟元结赞道："英英先生，志行卓异。口吐珠玑，襟怀奎壁。"王安石诫勉:"劝君莫问长安路,且读鲁山《于蔿于》。"

元德秀是当代焦裕禄、孔繁森式的人物。他上任时,只携了一把琴,几本书;归去时,仍是一把琴,几本书。《鲁山县志》记他离鲁所作《归隐》诗:"缓步巾车出鲁山,陆浑(唐时县名,在今河南嵩县北)佳处恣安闲。家无仆妾饥忘爨(烧火做饭),自有诗书兴不阑。"《嵩县志》载其:"值岁饥,日不举炊,惟弹琴自适。"唐散文家李华(曾作《吊古战场文》)在其所撰《元鲁山墓碣铭》中,述其终于陆浑时:"(草)堂内有篇简巾褐枕履琴杖筚瓢而已。"唐肃宗时,中书舍人卢载作《元德秀诔》曰:"谁为府君,犬必啖肉。谁为府僚,马必食粟。谁死元公,馁死空腹。"看到这样的记述,我每每忍不住泪垂。他的俸禄哪里去了?都接济了贫苦百姓。

也难怪,德秀去世,其墓碣由李华撰文,颜真卿书丹,李阳冰篆额。李阳冰,唐文字学家、书法家,有"笔虎"之称。其人其文其字其篆,堪为绝代。《辞源》中"四绝碑"解,专指这块碑铭。

《新唐书》列其卓行:"有盗系狱,会虎为暴,盗请格虎自赎,许之。吏白'彼诡计,且亡去,无乃为累乎?'德秀曰'许之也,不可负约。即有累,吾当坐,不及余人。'明日,盗尸虎还。举县嗟叹。"释盗伏虎,这胆略,谁人敢于担当?惟德秀也。盗自请打虎,也是感佩德秀的德望。

《新唐书》与《资治通鉴》同记了德秀一件事:玄宗驾幸东都洛阳,在五凤楼,命三百里内县令、刺史,率所部音乐,集于楼下汇演,各较胜负。河内太守辇优伎数百,被锦绣,或作犀象,瑰谲光丽。而德秀,惟遣乐工数人,联袂歌自创之《于蔿于》。玄宗一听这至真至纯之音,甚异之。是时,玄宗尚未与玉环发生感情纠葛,他广纳贤能,正处在大唐鼎盛时期。听过词曲,玄宗瞬间就明白了德秀的一片赤诚之心:这是在劝谏我要励精图治啊。不由发出由衷的赞叹:"贤人之言哉!"玄宗把鲁山与怀州的节目一比,更是感慨万千,扭头,问身边的宰相:"河内百姓岂涂炭乎?"当场罢免了河内太守,减免了鲁山的赋税徭役。

出奇制胜。草台班子的本色出演,竟胜了声势浩大的歌舞团。

甘冒杀头危险,用清雅脱俗的演唱诤谏皇帝,皆只因为德秀心中装着百姓,所作为了百姓。

《于蔿于》的原词已寻觅不见。前年,墨子古街在编排《琴台善政》歌舞时,复原歌词曰:

于蔿苍黄兮草木摇落，秋风萧索兮四野生寒。连遭荒旱兮赤地千里，战乱频仍兮遍地狼烟。十室七虚兮村寨凋敝，每睹此情兮涕泪涟涟。抚民劝农兮夙兴夜寐，琴乐治世兮流水朱弦。余知鲁山兮惟民以念，匪敢懈怠兮不负皇天。近兰远艾兮河清海晏，河图洛书兮国泰民安。

为表感激之情，洛阳献演归来，鲁山民众捐资，在北城墙根下，筑起一座百尺高台，供德秀闲暇弹琴。无意插柳，这座琴台，成其广施德政的好地方。收获季节，德秀抱琴登台，琴韵袅袅，百姓闻之，就纷纷把备好的公粮交到了县上，是谓"闻琴纳粮"。德化及人，四野晏安。

德秀做官弹琴，并非附庸风雅。他琴技高超，百姓愿听。相传他常常微服下乡，每每携琴，就地一摆，百姓立马围拢上来。轻拢慢捻，他弹上一曲，然后停下来，与百姓交流，嘘寒问暖，了解疾苦。老百姓并不知晓弹者是县令啊。这一弹一听，官民感情，融为一体。剩下的，就是不畏权贵，秉公执法，解民之忧了。

一把七弦琴，成了他劝谏皇帝的金钥匙，成了他治鲁的灵丹妙器。

也难怪，王公六卿称他元鲁山、元大夫，布衣平民喊他元公、元县令，文人雅士呼其七品琴师、音乐县令。无论哪个阶层，哪种称呼，饱含的都是感怀之心、赞誉之情。千年推移，现在山城百姓把对他的崇拜，又升华了一层，每每提及他，都称其为元神仙，把他享配入仙。

小小县令，入正史的，不多也。而元德秀，按卓行，他被列入《新唐书》《资治通鉴》里。按文采，他又被列入《旧唐书》"文苑"中，与王昌龄、孟浩然、王维、李白、杜甫、李商隐等诗星并列，且着墨424字。写李白的也不过319字。可惜的是，"文苑"中记他所作诗词曲文，诸如《于蔿于》《寨士赋》《破阵乐辞》《季子听乐论》等，都未能保留下来。

鲁山琴台独具个性，成为名胜古迹，历代几修几扩。明清志书所载的"重修琴台记"就有6篇之多。至光绪年间，琴台规模达到鼎盛，占地40亩，修亭榭桥阁，筑大殿，建仙爷庙，垒月牙池，植桑园，设琴台书院。置紫芝牌坊，上书"紫芝遗爱"4个大字，居鲁山古八景之首。其后兵燹匪患，被毁殆尽，几成废墟。2008年，县里计划移地重建，几经论证，未能进行。2018年，应民众呼声，有关部门在土台上修建石阶，台顶建亭，以供登临。

一台独高，余音悠长。从来筑台筑怨，为公筑台，筑德也。匪台其高，惟德云旷；匪台其远，惟德云深。人心是台。是故，登临斯台，凭吊元鲁山者，比比皆是。金朝诗人元好问一登，禁不住"眷焉涕盈襟"，发出"千山为公台，万籁为公琴"的感慨。明代诗人陈孜，道尽登临者的心情："贤侯德政爱民深，百尺高台静抚琴。一曲清风弦上调，满腔和气轸中吟。流水高山非独乐，至今追慕仰遗音。"

音乐原本是娱乐的。用音乐劝谏教化的，历史上，功推元公一人。伯牙、西施、相如之琴，为一人而弹，想来，正史记载他们的事迹不多。人们传颂他们的，也仅仅是知音和爱情，虽为美谈，然毕竟是小我的境界。我孤陋寡闻，不知这三位留下的琴台，是谁人、何时为之建造，规制多大，数千年来有没有重修？相比之下，德秀之琴，为天下苍生而弹，他弹出的，是廉政善政之音，充溢的是满满的正能量，所享之誉，该更高更亮。

七弦音清。追慕琴台遗音遗韵，感受紫芝高行。如今的琴台，虽已揽不到"诸峰来朝，势若星拱，绿野绣错，映带左右"的气势，但畅襟怀，舒啸歌，仍免不了思绪穿越，尘襟荡涤。

曲高韵雅。鲁山古琴台，已成为世人心中的精神高地。

※ 作者简介

袁占才，中国民间文艺家协会会员，中国近现代史史料学学会会员。鲁山县文联原主席，平顶山市民间文艺家协会副主席，鲁山县炎黄文化研究会执行会长。主编鲁山历史文化图书十多部，出版散文集《鲁山风韵》《美文精品》《尴尬人生》《守望》。

行走在人生的秋末冬初

曲令敏

立冬日，一场大风，扫荡了暧昧不明的阴霾，城区的树木因为枝断叶落而空明疏朗。天晴风住，深深浅浅的林子枝润叶暖，竟比春叶初发时更明媚，更显生命翕动之美。

我不由想到人生的秋末冬初，彩衣华发，行走在光阴的浅山层岭之间，因自带光泽而从容。当然，这得是活得通透，由激荡到平静，既恋群又能独处的人。

我深深敬慕这样的智者。

有一个朋友，一直是我仰望的偶像，工作、事业、家庭、儿女，每一项几乎都得满分，被公认为4A级成功人士。忽一日传来消息，他在那个大风呼啸的深夜，久久地站在大桥上，想要跳下去，最终被好心人劝阻。这个消息让我大吃一惊。

朋友遇到的事儿，要说也算不得大事儿。乖巧孝顺的女儿因为工作一时陷入困境，跟他大吵一架。老伴儿去世这些年，被女儿呵护惯了，这一变脸儿，父慈女孝的幸福表象，一下子碎落在情绪的风暴里。

女儿在气头上，话比刀子冷，朋友只好收拾东西离开那个温馨的家。一个人搬回老房子，冷锅冷灶，越发让他身冷心寒。漫漫长夜，回味这场痛彻肺腑的亲情风暴，想着往后余生的孤老与凄清，只觉得生无可恋，于是有了桥上那令人揪心的一幕。

得到消息，朋友们纷纷去看望，有送书的，有送碟片的，也有送鲜花、水果的。而最终让他想开的，却是一位青年文友的一席话。这位小友提到了两个人：一个是南非前总统曼德拉，曾在仅一平方米的监狱里被关押27年，受尽凌辱。可他在就任总统那天，特意请来曾经在狱中折磨他的3个狱卒，真诚地向他们鞠躬致意。曼德拉与他们和解，也是与自己和解，与世界和解，放下仇怨，便拥有了全世界。

另一个是尼古拉·特斯拉，他一生投身科研，握有700多项科学专利，如果拿出一项收费，就会成为让世人望尘莫及的世界首富。他却始终无偿地让所有人使用他的专利，到最后，一贫如洗地病逝在纽约的一个小旅馆里，身边只有几片面包……可从精神层面上看，这位诺贝尔奖获得者，这位精通六种语言的科学巨人，最终成为人类天空中最明亮的一颗星……

这两个人物，朋友并不陌生，可再次从小友口中娓娓道出，却深深地震撼了他的心灵，让他看到了自己的"小"。静下心来寻思，这场家庭风暴并不起自外物，很大程度上是起自他老之将至的心灵脆弱，起自他近年来不曾省察的患得患失和斤斤计较，渐渐丧失了对身边人的体谅与耐心。

"爱是恒久忍耐，又有恩慈；爱是不嫉妒，爱是不自夸，不张狂，不作害羞的事，不求自己的益处，不轻易发怒，不计算人的恶，不喜欢不义，只喜欢真理；凡事包容，凡事相信，凡事盼望，凡事忍耐，爱是永不止息。"

这段话，朋友曾经在多种讲座中引用，说这是一个人能轻松快乐地活过一生的秘诀，没想到自己却忘得一干二净！

作为一介凡人，我深知这境界远不是谁想抵达就能抵达的。但若说世上真有自渡的方舟，还真是这个大大的"爱"字。经验证明，人所有的困苦，都来自心的小、胸的窄、视域的不开阔。若是拥有饱满而足够的爱，人就能历遍磨难而不改纯真与良善，因而获得大自在。这是宗教的，也是哲学的。

不过话说回来，凡常的日子还要凡常过。一个日渐衰老的人，想要砍断菟丝子一样缠在年轻人身上的依恋和依赖，不是一件不痛不痒轻而易举的事。首先要有独立生活的能力。那些与日常生活息息相关的新知识、新技能，必须学习。西方有位85岁的老太太，感知心梗来袭，有条不紊地安置好瘫痪在床的老伴儿，然后自己开车去医院，成功自救。85岁，耄耋之年，如果她不会开车，后果可想而知。

还有很多看似容易却需要恒常耐心的东西，比如烹饪，比如攻略缜密的旅游，比如明智而不劳累地和保姆一起带孙子……哪怕闲坐发呆，望着天花板平躺，也要放下大半生劳碌惯了的种种积习，方能心安理得而不自责。

人，有活儿在手的时候，所有的烦忧都会被消解。

想想我们这些老家伙，有国家发放的养老金，有住了大半辈子的老窝儿，有说笑聊天儿的朋友圈儿，还有什么不知足的呢？若有兴趣，绘画、书法、琴棋、剪纸，学一样两样，兴致来时，手挥目送，不失为一项让人沉醉而忘年的技艺，特别是离开工作岗位闲下来的女士，学学烹饪，给自己做可口的一日三餐；闲暇，为孙子辈儿绣件披风，织个小衣小帽儿，简单而纯朴的爱意，温暖了自己也温暖了儿孙。

三世同堂，即便相互包容忍让，也难免有各自的委屈。何必自己给自己找不自在？亲情也如手中沙，抓得越紧，流失越快。情感独立，有界限，远来亲，是人与人之间最好的相处之道，明白了，就不再纠结了……

不出所料，朋友的女儿、女婿，还有儿子、儿媳，都跑去接他回家。他到底去了没有？去了谁家？我不知道，也不想打听。唯愿他能安定下来，干自己想干的事儿。

向晚时分，走在落叶纷飞的人行道上，打量马路对面清朗如画的林木，我忽然认同了《红楼梦》中的一句诗："春荣秋谢花折磨。"人活到一定岁数，一日三餐都吃俗了，悲凉是有的，忧郁也是有的，小性子、小脾气更不用说，慢慢地接纳自己，与自己和解吧。

世上能有几个丰子恺和黄永玉呢？

"四季倏往来，寒暑变为贼。偷人面上花，夺人头上黑。"这是每个人都要面对的自然规律。朋友啊，但愿我和你，还有更多的人都能迎风而立，走进白云枫叶双飞扬的美好境地。

※ 作者简介

曲令敏，河南唐河人，毕业于河南大学中文系。中国作家协会会员，河南省散文学会副会长。出版有作品集《有情如画时》《消失的田园》《山思水想》《地板上的母亲》《河之书》《河之源》《一晌清欢》等。

故乡的花瓷

赵敏

你从幽深的岁月里飘然而至，一身雨露，几世沧桑。带着陈年的凄苦向故乡的亲人诉说，断代的噩梦在你的诉说里愈显沉重而苦难。渐行渐远的天籁呓语让故乡亲人的热泪长流。于是，清晰地显现出两个世纪的云烟。两百年啊，你消失了整整两百年，两个世纪，在茫茫的人间天际，再没有你风姿绰约的绚烂光华，你丢失的倩影里满是尘埃飘落。

国破山河碎，风雨暗故园。花瓷，一个美丽而流誉九州万方的名字，就这样在历史连年的灾祸不断，民不聊生中消失了。当时鲁山县地处中原山区，山道狭窄，运输不畅，鲁山县在唐朝时期临近东都洛阳，得天独厚的人文环境也被忽略，一代名瓷，就在这样的环境里被人遗忘了。

20世纪90年代初，我大学毕业来到平顶山，来到鲁山，才见到花瓷，才知道遗落尘世两个世纪的花瓷已在20世纪70年代初就已回归。可因为回归的路太漫长了，50余载也没有找到祖先留下烧瓷的秘本，因而漫漫长路椎心泣血，别说一种烧瓷，一种研制的秘本。200年都过去了，多少无辜的生命在那样的旧中国也死在白骨累累的荒冢土丘。

其实，花瓷在唐代就已问世，祖先烧制的花瓷远比汝瓷、钧瓷还要久远，久远到唐代初年，那时的唐花瓷代表了中国北方当时瓷艺术的最高水平，因为中原的鲁山是沿革而来，虽地势偏远，久藏深闺，可因花瓷的问世，鲁山这个小县城，依旧在旧中国历史上名扬八方。

遗忘的岁月是漫长而痛苦的，一件宝物，突然在人们的视野里不见了，就像母亲失去儿女般那样的心痛。鲁山清凉寺段店一带百姓不忍再看见一件件宝物被埋没、丢失，于是，后续的瓷话里，是老百姓在自家门前用宝藏的长石、石英（或玛瑙）、方解石土、紫砂、铁矿等制作陶瓷的原料，以及用于陶瓷烧制的木材、煤炭等，以鲁山为中心制作起粗糙的民用瓷器，虽粗糙，产品品种也达20余种，著名的花瓷再现人世。在鲁山一带，流传着亘古的民谣："清凉寺到段店，一天进万贯。"在鲁山的段店一带，方圆三百公里处，都是重要的产瓷区。这里制作的花瓷不仅被当时社会所重视，而且流传后世，被选入宫廷，成为当时的御用瓷，备受唐玄宗、宋徽宗等皇帝的钟爱，成为一代名瓷。

20世纪70年代初，国家三次派人来到中原鲁山县段店，寻找唐代鲁山烧造花瓷的文献及遗落在民间的花瓷陶片。文献有记载：唐代《羯鼓录》中"青州石末"指青州石末砚，"鲁山花瓷"是指羯鼓。

实际上，唐人南卓著《羯鼓录》记载的羯鼓是五胡（鲜、卑、匈奴、羯、氐）乱华中羯族之鼓传入中原，以后才有羯鼓。唐玄宗喜欢羯鼓并能演奏，奏演一曲达到"远风徐来，庭叶随下"的美妙境地，玄宗还创作过几十首《羯鼓曲》。

在鲁山，在段店，我看到了那个在200年历史之后的唐代祭祀礼乐中的羯鼓。这个鼓，已经不是我们祖先制的那个鼓了，是今天鲁山段店花瓷文化研究会年轻的会长袁留福制作的。200年前祖先的烧瓷工艺一定是精良的，那么今天袁留福制的鼓呢？经过专家们一致的研究鉴定，袁留福先生的花瓷羯鼓（腰鼓）在釉色纯净，质地精良，结实的程度上，已远远地超出了旧时段店羯鼓的品质。再现的鼓，精良品质的质地里是新一代花瓷人用生命与汗水制作出来的。袁留福投资建设的文化产业（花瓷）项目，里面就有《羯鼓录》中的这件花瓷腰鼓。多年的潜心挖掘研究，探索千余次的试验，终于复活了鲁山段店花瓷的制作工艺；他生产的高仿腰鼓、梅瓶、执壶等工艺品，被多个名馆名家，驻华使节，外国友人收藏。实用器型，餐具、茶具、旅游纪念品受到无数中外使用者青睐。

今日，鲁山段店的花瓷，工艺艺术品，一应俱全，并走向了全世界各个角落。他制作的羯鼓（花瓷腰鼓），在故宫博物院研究员、中国古陶瓷学会名誉会长耿宝昌鉴定鉴赏之后，被法国巴黎中法文化艺术联合会、河南省文化馆、景德镇中外名瓷馆永久收藏。

花瓷腰鼓长58.9厘米，鼓面直径22.2厘米，黑釉蓝斑细腰呈长圆筒形，两头粗，中间细，鼓身梗起棱形线玄纹七道，通体黑釉为底，釉面上饰以散落乳白、蓝色斑块，排列分布于全器。器物粗犷，凝重，豪放，斑块自然缥缈。这件珍品是鲁山花瓷研究会会长袁留福在花瓷复活之时烧制的一件高仿。唐代的那件在北京故宫博物院珍藏着。初见，就喜爱得发狂，一器三色的腰鼓，特别是那深釉色渍的蓝，幽幽地发着暗光，就像从古老的世纪里走出来的一位贵妇，是的，200年怎能算古老，她正当年，秀色美好呢！雍容华贵的服饰，沉静万方的雅典，透着生命的气息，那感觉，就是手指在上面轻轻点合，腰鼓就会响起清脆的声音，而那声音一定是有三日绕梁的余音。

袁留福复活了花瓷艺术生命，而腰鼓今天散发的依旧是祖先传承的醇厚味道。依旧把腰鼓的青春和年龄，定在了历史长河千年青衣的旦角位置！

是的，生活与生命里任何绚烂的异彩，无论我们的祖先，还是今天站在历史的潮流前头为这个民族博彩的人们，都在用血红的代价与咸味的汗水挥舞着长臂，用铿锵的大锤点缀无彩的缤纷。我们能不为袁留福感动吗？那近千次的花瓷窑试验，近千次生命与灵魂之外的翻修！

鲁山段店在我国陶瓷发展史上占有重要的地位。鲁山"花瓷"之所以成为国家花瓷的首位，是基于其成功运用窑变技术，庄重大气的造型艺术和优良的"瓷"质。窑变技术是窑工在长期的实践与劳动思考中聪明才智的积累，而优良的"瓷"质，靠的是鲁山漫山遍野用之不尽的原料。窑变使花瓷奇妙无比地出现大片的绝美彩斑，有的任意点抹，有的纵情泼洒，完全不以人工的操作来掌握釉色的形成。那些窑变的色彩让人根本想不到达不到的天机超逸，表现出大唐文化的灿烂辉煌，盛世明月的雄浑壮观。鲁山花瓷，又名"黑唐钧"，鲁山志记载："唐代钧瓷，黑唐钧"，因唐代鲁山所产的黑地，乳白，蓝斑一器三色的花釉瓷器而得名"。唐人南卓的《羯鼓录》中有记载，唐玄宗与宰相宋璟谈论鼓事时说："不是青州石末，就是鲁山花瓷"。自此，"花瓷"或者"花釉瓷"作为一种专指黑地，也有黄、黄褐、茶叶末色地。乳白蓝斑的瓷器在古籍中沿用至今。在古陶瓷界一提到花瓷，就让人想到唐玄宗命名的"鲁山花瓷"。

历史上的鲁山花瓷，曾在中国陶瓷史上留下了浓墨重彩的一笔，是我国目前发现最早的高温窑变釉瓷器。其以色彩绚丽，变化奇妙闻名于世。纵观历史，从唐至今，以地名"钦封"为瓷种的鲁山花瓷，在我国仅此一例。可见，"鲁山花瓷"在我国陶瓷发展史上的历史地位及重大影响，唐时代的花瓷，皇御用供品，宫廷观赏品种，加上民间粗瓷品种仅仅20多个。20世纪70年代初，花瓷艺术烧制复活青春生命，工艺艺术品种，收藏品种之多，甚至民间大量的最基层用具品种，已有几百种。在鲁山，我们在袁留福展馆里已经看到琳琅满目的花瓷品种上架，袁留福介绍说：我们目前仍致力于开发更新更好的各色品种，保持瓷色的精美，质地的精良，外观的喜庆，从适合中国人民传统的文化，对理想生活的要求上下功夫，适合外国友人追求东方汉民族文化上下功夫，以满足市场各方面的需求和收藏。

从唐至今，已经有1400多年的历史了，当年的唐时代花瓷烧制工艺一定是成功的，没有瑕疵的，祖先的聪明今人有目共睹。中间断代几个世纪，再完美的技术，花瓷窑都已消失得无影无踪了。几块残片给后人留下了多大的难题啊！

袁留福进行了千次的失败之后才复活了花瓷技艺工序。这条探索的路无疑还很漫长而艰辛，曲折而困苦。前人走过了，后人一定会跟上去的。

故乡的花瓷牵绊着自己儿女的足迹，悄悄溜走的岁月里穿透了生命的回归。唐时代的风韵与鲁山花瓷的生命，同时糅进十个时代的凄风苦雨才走到了今天，鲁山花瓷的灵魂里有着鲁山人血脉的伴随，无论时光年轮多久多远，也割不断这血脉的情缘！

是的，一个国家的历史和文化活着，这个民族就一定活着。祖先的聪明才智让后人汗颜的同时，也令后人奋起了直追的脚步。我想，我们一定无愧于祖先，五千年悠悠古文明就在我们直追的梦里！

※ 作者简介

赵敏，毕业于西北大学中文系，中国作家协会会员，河南省散文学会副会长。有小说、散文、报告文学、文学评论300多万字发表、出版。有散文集《原野》，中短篇小说集《梦为远别》，散文、随笔集《尘缘》，报告文学集《风景独话》等15部出版。

鲁山之冬

李人庆

鲁山是一座历史悠久、文化底蕴深厚的千年古县，地处长江以北，黄河以南，中原之中，西依八百里伏牛山主峰之一的巍峨尧山，东瞰一望无际的黄淮平原，沙河水飘带一样亲吻着她的肌肤，钟灵毓秀，人杰地灵，春生冬藏，四季分明。因此，这里的冬天也就一向遵循自然界约定俗成的法则，在一年四季中最后一个登场。

这里的冬天是温顺的，很难说清是从什么时候开始就不知不觉步入了冬天。许是一场淅淅沥沥的秋雨，也可能是一夜狂风劲吹，天说变就变了。正常情况下，即便是躁动不安，急着登台亮相，它也会等到秋天展示完迷人的色彩，待到银杏金黄的叶片蝴蝶般翩然飘落，给那些满山的野菊足够争奇斗艳的时间。然后，选在一个不经意的夜，或者是凌晨，或者是午后，轻轻叩响紧闭的窗棂。之后的日子，渐浓的寒意会不停地从北方滚滚而来，直到把那些落叶乔木之类仅存的一点绿意层层褪尽。

这时，新播种的庄稼地抖落劳累的喘息，全身心地投入沉甸甸的酣睡当中，孕育刚刚出土的麦苗。绕城而过的大沙河练带一般，收敛了往日的浮躁和喧哗，不再张扬，少女般矜持，在天空下安静舒适地晒着阳光，只等春风来把它唤醒。倒是那些冬青、女贞、松柏之类的，还有路边那些四季常青的绿篱，在这个季节越发抖擞出特有的精气神，傲然抗衡着越来越重的寒气。

雪是这个小城冬日不可或缺的。它桀骜不驯，随心所欲，来得可早可晚，可大可小。可以是时令刚过立冬，也可以是小雪、小寒，抑或是大雪、大寒，甚至会是在来年的三月冷不丁给你来场"桃花雪"。或许前一天的下午，阳光还暖暖地照着，到了夜里，随着一阵风来，突然就变了脸，不待你反应过来，就会飘飘洒洒、款款而来，漂白了原野，晕染了大街小巷，让女人的红唇和男人的鼻尖碰触到冷的快意。

这个时候的小城，真的很美。公园里，街道旁，路边，草地，绿色的枝叶上覆盖着蓬蓬白雪，白雪之下，不时会有一两片叶片或草尖凸露出来，绿得晶莹，绿得耀眼，熠熠闪着亮光。此时此刻，站在阳台上，放眼窗外，大地空蒙，雪花曼舞，一种抑制不住的冲动会让你不由自主地投身她的怀抱，任雪花多情地栖落在发上和眉梢，任一颗放飞的心在天地一色的空间自由徜徉。那漫天飞舞的雪花，是小城冬日的精灵，美丽着人间，净化着空气，也净化着心灵，乃至整个世界。透过那晶莹剔透的雪花，我们能听到静谧世界万物的心语，能感受到大地深处春天那抑制不住的律动。

鲁山的冬天是寒冷的。但纵然是零下十摄氏度、十几摄氏度的低温，一大早，文化广场、街头游园、尧山大道、滨河公园，甚至是空旷的河边，都会有影影绰绰的身影，或独自一人，或相约成伴，慢走的，跑步的，打太极的，跳广场舞的，或唱着粗犷的豫剧，或哼着悠闲的小曲，像一个个跳动的音符，把小城的冬渲染得热气腾腾。

这里的冬天虽冷，但小城的美食会每时每刻温暖着这个季节。胡辣汤、羊杂可、黄焖肉……热气腾腾的大锅前，一大早就围满了吃早点的人们。一阵风吹过，热浪扑面而来，带着锅中老汤的浓香，配上红油辣椒、小葱、芫荽，一碗下去，寒意顿消，浑身舒坦。到了晚上，街灯尽放，霓虹闪烁，栅子门、琴台街、钢厂口……那些挤挤扎扎的临街小铺里，炝锅面、烩面、浆面条、揽锅菜、酱焖鸡、羊肉汤、熟食肉等特色小吃风格各异，种类繁多，让人眼花缭乱，百吃不厌，不仅吸引着当地市民，也引来了四面八方的食客。

县城往西不远，一条绵延百里的温泉带使这里成为享誉一方的温泉之乡，更赋予了小城冬天独有的韵味。从上汤、中汤，再到下汤，温泉浴池多不胜数，有露天的，有室内的，每天来游泳、洗澡的人络绎不绝，往往天还不亮，浴池里就挤满了早起的人们，雾气腾腾，水流哗哗，人声鼎沸。夜深了，还有人在那儿惬意地泡着，有一搭没一搭地聊着。一大早，如果在大街上看到一个个手提洗漱篮、头发湿漉漉地冒着热气、面色娇嫩红艳、肤若凝脂的女子，千万不要惊奇，因为洗澡在这里就像是家常饭一样经常和方便。如果不信，再听他们打招呼，不是我们平常的"吃了吗""弄啥去"，却是"洗了了""洗去哩"。

小城的冬天就是这么温馨而充满活力，像是一幅优美恬静的画，也像是一首隽永的抒情诗。住在这里的人都说鲁山是块风水宝地，不仅因为熟悉而认同，更因为得天独厚的地理优势、深厚的文化滋养、淳朴的民风民俗，她们在这里相遇并组合一起，氤氲成一种独有的情愫。在小城的冬天里徜徉，不知不觉就会深爱上她，心也会被裁成了无数条丝带，随雪花飘飞，与天地交融，凝结成一朵六瓣的雪花……

※ 作者简介

　　李人庆，河南省作家协会会员。有作品见于《人民日报》《诗刊》《散文百家》《红豆》等报刊，曾获河南省报纸副刊奖、《散文百家》千字文奖等，出版有散文集《温暖心灵的阳光》。

琴台千载韵悠悠

雷小军

无论什么，一旦与琴声联系起来，就有了高雅的味道。琴台，便是高雅的依托所在了。琴声优雅、委婉动听，以声传情、以情感人，谁不喜欢美妙的琴声呢？

武汉汉阳月湖东畔伯牙台的高山流水，歌的是"伯牙摔琴谢子期"的知音故事；成都浣花溪畔司马相如琴台，弹的是司马相如与卓文君的真情至爱；河南鲁山的古琴台，铭刻的却是一位县令"以琴善政"动人历史。

这位七品琴师叫元德秀。我一直固执地认为他该是这样一个人：衣袖宽宽，须髯飘飘，清瘦却有风骨，朴实不失儒雅，十指触琴，音韵若神，清高旷逸，直指人心。他本无官瘾，虽是北魏皇族后裔，但在少年时父兄即相继去世，家境日渐贫困，来鲁山做县令据说是要为侄儿娶亲求得俸禄的无奈之举。每次考试，他都是拉板车载母同往，贤孝闻名四方。《新唐书》有载："德秀不及亲在而娶，不肯婚，人以为不可绝嗣，答曰：'兄有子，先人得祀，吾何娶为？'初，兄子襁褓丧亲，无资得乳媪，德秀自乳之，数日湩流，能食乃止。既长，将为娶，家苦贫，乃求为鲁山令。"

鲁山何其有幸，于唐开元二十三年（735）迎来这么一位德慧双修的好县令。当年的鲁山土地贫瘠、灾害频繁、虎患盛行、盗匪丛生，原任县令弃官而去。元德秀也算受任于危难之际，上任后常深入田间地头，察民情、访疾苦、修水利、兴农桑、治匪盗。不久，一位被捕入狱的大盗要求杀虎赎罪，元德秀经过慎重考虑答应了他，左右皆言是其阴谋，若盗贼逃走，将恐受牵连。元德秀慨然回答，已经答应，绝不会负约，若他逃走我愿承担一切责任，与旁人无关。第二天，大盗果然背老虎尸体而返。众人叹服。

同年唐对回纥用兵胜利，唐玄宗驾游东都洛阳，在五凤楼下搭设舞台，命令三百里以内州县官吏带艺人献歌舞以示庆贺，并根据所演节目优劣排出名次，进行奖惩。如此空前的高规格的活动，让许多刺史、县令轰轰烈烈地开始一场人力、物力、财力的竞争。为取悦皇帝，想尽办法献媚，他们精选优伎身着锦绣，极尽歌功颂德之词，奢侈豪华之能，甚至因而搜刮民脂，强行摊派。河内太守竟然组织了几百名歌舞伶伎参加的大规模团队，扮成色彩瑰丽的犀牛大象形状，乘着大车浩浩荡荡去参加演出。唯独鲁山的"七品琴师"元德秀，仅带了乐工数十人，舞衣朴素大方，在五凤楼前联袂表演自编《于蔿于》歌，重点反映鲁山地僻土瘠、灾荒连年、民不聊生的社会现实。玄宗听罢"异之"，盛赞其为"贤人之言"，并立即对身边的宰相说："河内人其涂炭乎？"遂罢免了河内太守职务，同时减免了鲁山百姓的赋税和徭役。

消息传来，举县欢腾。鲁山百姓们为报答元县令为民请命的恩德，自发出资出力在县域北郊筑起土台，为元德秀歌舞致贺。元德秀公务闲暇或农闲时节便登台弹琴，将清越琴音化作高山流水轻轻注入百姓心田。由于他平易近人，和蔼可亲，百姓们都愿和他诉说心里话。每逢他弹琴时，过往百姓常常闻琴声而趋之，驻足聆听，聚集数百人。他借机对围观听琴的人嘘寒问暖，了解民情，接济穷苦，许多百姓的困难和问题就在优美动听的琴声里得到了解决。每年秋天，百姓听到他的琴声就自觉将准备好的粮税送到县衙。他以琴传情，以琴理政，使当时的鲁山政通人和，百姓安居乐业，一派和谐景象，宋朝司马光在《资治通鉴》中称之为"琴台善政"，成为千古美谈。

渺渺青云路，早应淡了浮名。唐代著名文学家房琯每见德秀叹曰："见紫芝眉宇，使人名利之心都尽。""尽日一菜食，穷年一布衣。清似匣中镜，直如弦上丝。"唐代著名诗人皮日休如是评价他。元德秀在鲁任职三年，"只饮鲁山泉，只采鲁山薇"，"所得俸禄，悉散孤贫"，以民为本，以德为根，期满离别鲁山时，百姓倾城相送，挥泪作别。他归乡的柴车上，仅落一匹鲁山绸子。自此归隐陆浑，居于草庐，家中唯锅碗瓢盆琴杖书砚而已，立塾执教十五载，去世时竟无安葬之物，靠几位友人捐资将其殡葬。这些令人唏嘘的事实，对于元德秀本身而言，已是早看淡了吧？

千余年来，几乎历朝历代都对琴台进行修复和扩建，但岁月沧桑，几经兴废。如今的鲁山，有个行政区域叫琴台办事处，有个街道叫琴台街，街的北侧，毗邻鲁山二高，有一座高十五六米的土垄，占地约二百平方米，便是古琴台了。琴台久废，琴韵仍在。现在的琴台街很热闹，是那种看得到红尘，脚踩在大地上最踏实的热闹，街道旁的女贞树下，架子车、鱼皮布袋、手工编的藤篮，里面装着圆圆的鸡蛋和丑丑的红薯，成捆的山药，甚至初春的艾蒿子，一切都写满了泥土的味道，后面，果然站着脸上刻满风霜的农民，他们谦恭地微笑着，谦恭地弯着腰，谦恭地招呼着路人——谦恭，是他们的符号。貌似他们知道自己不属于这个城市，只是匆匆的过客。但，是不是他们即使做过客，也要选在元神仙的琴台脚下，我只知道，从他们中间走过，看得见土地的实在，听得到琴台的故事，当然，还有对元德秀的怀念。

一座古琴台，万颗百姓心。再次登上琴台，坐在山顶的小树间，用与先辈差不多的黑眼珠打量历经风雨满面沧桑的古琴台，静听着与千百年前没有丝毫差异的风声鸟声、风吹过树叶的沙沙声，一时间有些恍惚，好像元德秀的琴声依然，让人闻之静心，思之感叹。

年华离去，后会无期。琴声已逐前朝歌，德泽还从故老传。弹琴人已逝去千年，可那清越琴声余韵袅袅，依旧悠然飘荡于百姓心田，世世代代，千古流传。

※ 作者简介

雷小军，女，河南鲁山人。河南省作家协会会员，河南省散文学会会员，《百花园》签约作家。作品发表于《意林》《读者》《百花园》《佛山文艺》《河南日报》《郑州晚报》等报纸杂志，发表散文、诗歌、小小说等百余篇。

田间最忙是麦收

张仁义

1

"夜来南风起,小麦覆陇黄。"转眼又到了麦收季。

麦收不比刨红薯,刨了,下窖,完事。也不比秋收,玉米秆一砍,穗从苞里一掰,晒干上棚,剥玉米那是一冬的活。芒种前后麦上场,男女老少昼夜忙。麦粒藏在穗儿里,针样的芒护着,打才脱粒。

割麦只是麦收的前奏,打麦才是重头戏,分很多工序,耢场、摊场、碾场、起场、扬场、看场,场是主战场。直到颗粒归仓,才算麦罢。整个过程就是"汗滴禾下土""粒粒皆辛苦"的生动诠释。

这是过去式。现在不同,联合收割机往地里一开,主家一指地界,就一边凉快着了。"轰隆隆"一阵,麦是麦,糠是糠,连秸秆也粉得稀碎,前几年就地"化肥"了,这两年秸秆再生利用,直接打捆。过去持续十天半月的麦收,现在一两天结束。效率高是高,但总觉得跟解数学题一样,直接给出了答案,中间好像少了过程步骤。我不禁怀想起了过去打麦时的热闹景象。

2

老家在鲁山县西北山,山大沟深,自己家哪块地打粮食,农人们心里清楚。"白露早,寒露迟,秋分种麦正当时。"各家尽着好地清一色都种成了小麦,那是一家人的口粮。从秋分到芒种,麦子在地里横跨了秋冬春夏,从绿油油到黄澄澄,田野因了麦子而萌动着生机,充满着希望。

小满前后，街上就起了集。割麦镰、木锨、木杈、铁杈、木耙、木撮斗、簸箕、草帽等是主打，全都是打麦要用到的物件。"工欲善其事，必先利其器。"父亲把需要的物件添置后，三天两头麦地转转，挑衅一样，随时准备开打。

3

火伞高张，麦熟一晌。趁早上、前半晌或月亮头割麦凉快些。天刚蒙蒙亮，父亲就把我们兄弟仨吼起来，虽说只是十几岁的孩子，但"添个蛤蟆四两力"。一人把三四垄，"唰唰唰"，你追我赶。弯腰久了，谁不腰疼，真不是假装，但大人们却一脸严肃："小孩家，哪来的腰？"后来才知道，是因为早先各方面条件落后，小孩子很容易因病因饿夭折。"腰"与"夭"发音一样，无知也罢，忌讳中充满着爱怜。麦收时节，女娃也不得闲着，要割就割，不割的话，就捡拾掉落的麦穗或留在家里安排伙食。

割麦就得上人多，打狼似的，才出活。偌大的地块，若一个人割，割一会儿，抬头望，麦垄还是好长，四下一看还是一大块，容易泄气。这时候，定了亲没过门的，男孩子撂下自家麦田，往女方家跑得勤，不管以后成不成，地里埋头苦干，先不把自己当外人再说。女孩儿若也下地割，准丈人一定也在，俏皮话不敢胡说，但女孩儿给对象递条毛巾、递根黄瓜很正常，两人趁势抛个媚眼，后续肯定有戏，活越干越有劲。若你去割麦，女孩儿连地都不下，这门亲事成不成就难说了。

4

割下的麦子，肩背、挑儿担、架子车拉，最终是要运到场里。背麦最刺挠脖子，一出汗，针扎似的。场提前耢过了，干净净，平展展。把麦子先垛起来，问下牲口才能打场。趁日头毒，麦子摊一场，用杈上下翻，晒干晒透才好脱粒。牛铃铛一响，就知道是信伯赶着他的牛来了。我们赶紧割一篮子青草铡了给牛端去。母亲也做好了捞面条，等人和牛都打发住就上工。

牛很卖力，信伯一手牵着，鞭子只做样子。碌碡后连着石板做的"耢扇儿"，绕着场一圈一圈地碾，把原本蓬蓬松松、桀骜不驯的麦秆碾得老老实实。胆大的孩子很乐意蹲"耢扇儿"，让牛拉着一圈圈转，像坐车。场上不时响起石碌和碌框的摩擦声，不悦耳但有节律，"吱咛吱咛"地飘着。忠厚的牛也有讨厌人的地方，想歇也不明示，居然一撅尾巴拉起了粪便。挨骂在所难免，但总归是利用清理的空儿，喘了口牛气。牛是倔脾气，心里肯定觉着这一泡屎尿拉得是时候。

把场摊满算一个场，种麦多的得打三四个场。碾好后紧接着起场，父亲用杈把麦秸先搋一边，碾过的麦秸随后还要碾二遍、三遍。脱粒的麦子混着麦糠，拢成堆，静等风起。麦糠是麦壳、麦芒、碎麦秸的合称，后续绝不会浪费，那是农家喂猪的上等饲料。趁这个当儿，可以凉荫里凉快凉快。"黄许昌"炕一支，老冰棍来一块，啤酒开一瓶，或者井水舀半瓢一咕咚，神清气爽。

5

扬场是技术活，得看天气、辨风向，风大风小都不行，风大卷走麦粒，小了，麦、糠无法分离。变天临雨前是最佳时机，父亲抄起木锨，旋即在空中划出一道美丽的弧线，麦粒垂直落下，麦糠随风飘落，母亲拿着长扫帚将麦粒上留存的杂物掠去，一唱一和，配合默契。

麦粒晒两天，就干透了。其间我们铺几张席睡场上看场，看月亮、数星星，听蛙声，捉迷藏，掀石磙，疯玩。晒干的麦子要装袋背回家，孩子们的活就是撑袋口。遇到半袋子，小男子汉定会上前一试，一上肩，牙咬着就扛回去了。

6

麦子全部打完后，几个壮劳力，手持木杈，头戴草帽，分工明确，有人负责打垛，有人负责撂麦秸，不多时场上便立起了或圆或方的麦秸垛。麦秸垛的立起，宣告了麦收的结束。

那时候没禁烧，也没听说哪里着火，主要是麦秸用处太多。孩子们的任务是下学后扌卒个篮子去场上拽麦秸，做饭时引火用，烙饼馍要文火，烧麦秸最适合。除此之外，麦秸是牛马一冬的粮草，没喂牲口的，用谁家的牛打场、犁地，麦秸就归了去，算是对牲口辛苦的犒劳。麦收期间，出汗勤，衣服就没干过，人晒黑不说，连鼻涕都是黑的。

烦死打麦机了，电一通上，一晚上甭想瞌睡，电机不烧不收兵。打麦这场硬仗真热、真累、真苦！但看着麻袋满包，粮仓丰盈，其间经历的所有辛苦都化成了大人脸上踏实的笑。这时候村子上袅袅升起的炊烟中，时常飘散着馒头特有的香，这是麦收带来的最大的幸福。

跟过去一样，我家还是那一亩三分地，机器照样下不到地里，还得镰割肩扛，这样的活父母干了一辈子。不同的是不用再出那牛力了，运到路上就行，后面省了不少事。

此刻的田间，麦浪滚滚闪着金光，收获的味道在风中飘荡，我寻思着这时候该回去干一场了。

※ 作者简介

张仁义，郑州市作家协会会员，鲁山县诗词楹联协会秘书长。有文学作品发表于《中国国防报》《河南日报》《郑州日报》《平顶山日报》等报刊及新媒体。

再现《记一根弦的音乐》

徐 森

《记一根弦的音乐》是我的祖父徐玉诺先生82年前,也就是1936年3月16日原载《人间世》武汉版第一期发表的文章。他在淮阳教书时,偶然的机会,在街市上遇到一位卖艺的人,用一根弦的胡琴在演奏各种传统小调曲目。他看到后感到非常新奇,就驻足细细聆听。他觉得这个民间艺人有一定的音乐知识,手中的一根弦竟能拉出如此美妙悦耳动听的节奏和旋律,真是奇艺绝技。他对这把胡琴的外观做了描述,对琴如何发音和怎样奏出人物的对白及鸟类圆滑婉转的音调,深入细致地做了解读与描述。这艺术虽罕见于大雅之堂,却是咱人世间绝妙稀少的艺术。我的祖父曾在文章中对这门艺术的存在给予了高度评价:"这艺术的高强,以我看是在细密真挚、有情趣这点上。一根弦这人不知道还有明眼之人见过没有,我以为他就是现代中国顶稀奇的民间音乐家。"

2018年是我的祖父徐玉诺先生一百二十四周年诞辰。为了弘扬传承先生的爱国为民高尚品德与思想,农历正月十三在宝丰县马街书会,由先生的家乡徐营村,平顶山市徐玉诺文化研究会,平顶山市玉诺文化传播有限公司共同主办搭建公益舞台,诚挚邀请各地文艺团体个人到舞台演出献艺。

书会很大,有几万人。书会组委会就在现场办公。说到大会盛况,各地登记艺人单位团体就有二百多,没有登记的那就难以胜数。书会上有说书的,有唱大调曲子的,有唱鼓儿词的,有说相声的,有表演三弦的,有说山东快书的等五门六路,各方大师尽显技艺。唯有一四人组拉一根弦的艺人在演奏,持豫东口音引起我的注意并停下细听。他拉了很长的过门,然后拉的是一曲《百鸟朝凤》。一根弦拉出百鸟的对唱,长音短语,很是好听,如公鸡的高歌,母鸡下蛋的喜悦,百灵鸟声的优美,黄莺鸟声的婉转……那真是活灵活现的鸟语对歌。如此艺术在一根弦上拉出来绝妙的音乐的确不易,真是要有一定的艺术造诣和演奏技巧才可完成。

接着是一曲《抬花轿》，一根弦就是一班响器了，那大笛吹着，小笛奏着，两把笙在和着，嘀嘀、嘀嘀嘀，哒哒、哒哒哒，还有三眼铳不停地放着，轿子在不停地闪着，上坡下坡转弯各种意向不断地变化着，迎亲的队伍在向前走着，一场欢快高亢兴奋场景立体般地呈现在街市观众的面前。

一曲《三大纪律八项注意》这时拉响，这个我听得非常清晰，每个音符都在耳边响过，也感到新鲜。接着是《大海航行靠舵手》，这是我上学时经常唱的歌曲，非常熟悉。随后又拉了几段曲子，虽听得不是太懂，但也非常优美好听。

演奏几段曲子之后，他们在休息。我就凑到他们跟前和他们攀谈起来，问他们是从什么地方来，他们说是安徽亳州人。说起一根弦的艺术，我们这里没有看见过，这是第一次。这种独特的艺术在整个马街书会上也就他们一家。我读过祖父《记一根弦的音乐》一文，所以对此艺术的出现很是在意。第二天一早我就找到他们并和他们取得联系，邀请他们到舞台上演出献艺，他们的演出给观众留下了深刻的印象。大家议论纷纷，想不到这人世间还有这门如此绝顶的艺术之人。

他们用的乐器，也就六十厘米高，弦杆、胡筒、弓子都是用竹子做成的，而琴弦也只有一根，外观上看很不成样子，如此乐器能奏出奇异般的曲子，很是了不起，真是乐声妙语天下奇事。他拉弦用的弓子马尾鬃很松很松的，声音的长短高低变化与手法有着直接的关系。他每次拉到最后收音时，都会把后音扯得很长，就像祖父文章中描写到的一样，"正像大草书的'妙'字那一撇一样，渐远渐淡，一直到没有一点墨星而止"。我想祖父的评价可能就是我们中华民族传统文化深远的存在。这种难得一见的传统民间文化艺术，它的醇正、淳朴、醇厚充分凸显出我们中华民族的民魂民风的伟大。

※ 作者简介

徐森，鲁山县徐营村人，从事徐玉诺先生文史资料整理与写作，出版《徐玉诺先生的故事》。

鲁山，美的抒情

孙庆丰

1

新时代，新鲁山，新时代的鲁山，是一道风景。

鳞次栉比的高楼是风景，宽阔洁净的马路是风景，整齐漂亮的社区是风景，绿树红花是风景，一项项民心工程是风景，那些城乡建设者挥汗如雨的感人场面也是风景。

鲁山处处都是风景，因为处处都是美，看得见的城乡美，处处折射着人心美。没有人心美，哪来的城乡美？因此，每一个鲁山人的心中，都有一道风景，一道因城乡之美而让生活更加美好的风景，一道生命中最美的风景。

寒来暑往，几易艰辛，中国共产党成立100年来，尤其是改革开放40多年来，倘若没有那些建设者无私的付出，鲁山，何以能有今天华丽的转身。

风景，如果去深层次解读，其中所暗含的，其实是一种使命。一代代辛勤而执着的建设者，正是凭着不忘初心、牢记使命的韧劲，才换来了今天的鲁山，这新时代的美丽嬗变。

每一块砖，每一块瓦，每一滴沥青，每一粒石子，每一棵绿树，每一朵红花，其实，都是那些可爱的建设者们，用一腔腔博爱的心血，在大地上洒下的爱的轨迹。君不见，他们的眼中常含泪水，是因为深沉地爱着脚下的这片土地。

生于斯，长于斯，一代代鲁山人，为了家园舍生忘死，为了家园不遗余力。这是大爱的传递，也是大爱的接力，正是因为大爱的传递和接力，鲁山，发展的脚步才自信从容，创新的薪火才生生不息。

放眼今天繁荣富庶的新鲁山，有多少风景已成为记忆，有多少风景正诗意纷呈，无论过去还是现在，人性之美，永远是鲁山最美的风景。

2

新时代，新鲁山，新时代的鲁山，是一部史诗。

每一次城乡改造，都是一项项民心工程；每一项民心工程，都有一个个感人至深的故事；每一个故事，都是一首华丽的诗歌；一首首诗歌装订成册，就是一部辉煌的史诗。

每一位城乡建设者，都是这史诗中的一个句子、一个词语，或者是一个标点符号，少了谁，这部史诗都不完整。

因此，鲁山人的生活中从来都不缺少诗意，因为每个人都有一份诗意的情怀，唯有心怀诗意，才能收获这诗意生活的绮丽。

或许，这就是我们常说的种瓜得瓜，种豆得豆，这就是我们常说的天道酬勤，春华秋实。

有人说，鲁山人简直就是诗意生活的宠儿，却不知，为了开创诗意的生活，在过往隐忍的岁月里，鲁山人曾默默吞咽了多少苦难，付出了多少心血和汗水。生活从来不会厚此薄彼，只是，我们除了缺少一双发现诗意的眼睛，还缺少一颗开创诗意生活的进取之心。

如今，春风化雨，苦尽甘来。每一个亮丽的白昼，美丽的鲁山大地，遍地洒满了阳光的碎金；每一个温馨的夜晚，遍地铺满了月光的纯银。呵，你一定羡慕鲁山人的生活该多么富有，羡慕他们的生活是何其诗意。

当低碳的清风吹来，鲁山，就连一缕缕清新的空气也是如此诗意，也像一滴滴甘甜的蜜汁，吸一口，就能瞬间沁人心脾，渗入百姓们幸福的骨子。

幸福的民生，本身就是一部感动中国的史诗。

3

新时代，新鲁山，新时代的鲁山，是一幅水墨画。

天蓝水净，地绿山青，生态安康，钟灵毓秀，一幅水墨画应具备的元素，新时代的鲁山全都具备，简直就是水晕墨染，浑然天成。

浑然天成，其实是对自然界美好的比喻，鲁山这幅水墨画，绝不是浑然天成，而是艰辛人成。每个人，都有一颗热爱生态的心；每个人的心中，都有一份朴素而自觉的环保意识；每个人都是倡导低碳生活与发展低碳经济的践行者；每个人的手中，都有一支隐形的如椽画笔，一天天描绘着美好的生活。

这些可爱的鲁山人，他们不是画家，却能随时在生活中捕捉到创作的灵感。关爱一棵树是创作，呵护一朵花是创作，自觉低碳出行搭载公共交通工具其实也是创作。

古人有云："不积跬步无以至千里，不积小流无以成江海。"一天天，一年年，几十年的日积月累，厚积薄发的鲁山，如今已然实现了绿色发展的率先崛起。透过经济社会繁华的光晕，勤劳而睿智的鲁山人早早地就意识到，一座城市，以牺牲生态环境为代价而换来的短暂的经济繁华，绝不利于民生幸福生活的可持续发展，只有绿色发展才是真正的发展，只有绿色崛起才是真正的崛起。

在鲁山，当我仰望一棵绿树，或是凝视一株小草，当那些盎然的绿意在我的眼前恣意地流淌，我甚至怀疑那些葱郁而滴翠的绿，都是从鲁山人的心里流出来的，因为每一个鲁山人博爱的心房里，都装着一座绿色的家园。

生态鲁山，水墨鲁山，从此让我有理由坚信，只要心中装满了绿，家园就会绿起来，正如此刻，在鲁山这幅水墨画里，我热爱生态的心正像一滴灵动的墨汁，将绿色家园无限晕染。

4

新时代，新鲁山，新时代的鲁山，是一个梦。

中国梦，鲁山梦，鲁山梦本身就是中国梦的一部分，血脉相连，不可分割。鲁山，一个让无数人放飞梦想的舞台；鲁山，每天的梦想都有崭新的内容。

抑或，中国共产党成立100年来，尤其是改革开放40多年来，一代代城乡建设者正是怀揣着开创美好生活的梦想，勇于筑梦，勤于追梦，才率先筑起了追赶中国梦的高台，迈开了自信从容的脚步。

勤劳奋发的鲁山人，在追梦的过程中也早已养成了这样一个习惯，走一走，回头看一看，把走过的路用心再爱一遍。回望这一路脚窝深深，每一个脚窝里都蓄满了无私的心血与汗水，也闪耀着立足当前、放眼未来的聪明与睿智。

多少个艰辛的黑夜，城市的建设者们且梦且行，且歌且吟。即使暂时身处苦难的低谷，也依然高昂着仰望幸福高地的头颅。它们相信走过这段黑夜，前方，必定是阳光明媚的坦途。

如今，当我们怀着一颗感恩之心，以幸福的目光打量我们这座美丽的城市，双腮禁不住就有浪花奔涌。都说吃水不忘挖井人，唯有常忆旧时的苦，才能品味到新生活的甜，感受到城市让生活更美好的真谛。

民心工程为家园点题，宜居宜业宜游的城市环境为幸福生活点题，幸福就是美好，更加美好的美好就是以中国共产党成立100周年为契机，早日实现中华民族伟大复兴的中国梦。

在路上，创新进取的鲁山人民永远在路上。在路上，让我们知道使命重于生命，责任重于泰山。

此刻，展望民族复兴的新长征之路，我看到率先建设美丽中国的鲁山，正成为追赶中国梦的阵营中最自豪的排头兵！

※ 作者简介

孙庆丰，鲁迅文学院河北青年作家高研班学员，河北省作家协会会员。作品散见于《诗刊》《小说选刊》《青年文学》《时代文学》《啄木鸟》《飞天》等刊物。曾获鲁藜诗歌奖、梁斌小说奖、延安文学奖等奖项。

亲情驿站

怀念二姆

赵大民

农历牛年（2021）正月二十七，我的魏家二姆老了。虽然老人已87岁，但她岁数再大，儿女们也不愿她离去，我也是一样。

我是她看着长大的娃，她对我了解得如她的儿女；二姆也如俺娘一样，长在我的心里。

二姆嫁到我们石坊尖时，还是十八九岁的小妮儿，她的个子高，不比一米七八的二伯低，长得白，眼睛大，发黑得比染了墨还黑，辫子长得能打住屁股蛋儿去。

二伯比二姆大了好几岁，娶了二姆，整日里眉眼都是笑的。上生产队做活，两人一块儿，自己的活做完了，就跑到二姆的身旁去帮忙。下工回来，水打来二姆洗着时，他就到灶火做饭去了。二姆说："你歇歇吧！俺来做。"二伯说："俺不使哩慌，你歇歇，喝口茶。"不知啥时候，二伯已经把热水冷那儿了。

夜里，二姆要做一些针线活，二伯偎着她，笑了说："花儿，叫俺跟你学学，你教教俺。你当俺的老师，俺当你的学生，中不中？"

二姆就抿着嘴笑了，说："俺一个字都不识，是睁眼瞎，能当老师？"

"能当，能当。识字老师是识字老师，针线老师是针线老师，你们女人家都是巧手哩。"

"俺可不教你，你学针线活，人家会笑话你哩。"

"笑话啥？笑话啥？不笑话，不笑话。"二伯嬉皮笑脸地，就把二姆的手连同手里的鞋底抓住了，"花儿，教教俺。"

二姆的脸红得落了日头样："你呀！真是顽缠。"

以后的日子里，二伯的针线活比二姆做得都要出色许多，纳鞋底，做鞋，缝补缝制衣服……哪一样都中。二伯对二姆说："咱有老大闺女了，你应娘哩才吃苦哩，我一个男人干着急，没头使。以后这家务活，我全包了。"

二姆的眼里就汪了泪："枝儿他爹，还以后？打俺过门，你啥做得少？您心里就没有自己。俺心里……"

二伯过来偎着二姆，逗着闺女，笑着说："枝儿她娘，您是俺哩一口人，俺不心疼您，心疼谁？"

村里的男人，还真有笑话二伯的，见了二伯的面，就说："你一个大男人家整天做针线活，要女人弄啥？看你娇她哩，都娇上天了。你得不整天把她拴你裤腰带上哩，走哪儿带哪儿。"

二伯嘿嘿地笑了："俺还真想那样。人家长大了，到咱家里给咱生儿育女图啥？人家啥也不图。叫我说，女人家比咱男人中，咱男人家咋娇咋疼人家都不过分。"

我没有见过二伯的面，二伯去世的时候，他的大闺女才12岁，最小的老三闺女才1岁。那时我才七八个月大。待我七八岁的时候，甚至更早一点，就听俺爹俺娘和村里的人说二姆二伯的事儿，末了，都叹了气说："二哥老哩太早了，可苦了二嫂了。"

二伯老的那年44岁，二姆36岁。村里的人都不知道一个36岁的女人，一个被男人娇得过分娇柔的女人，咋带着四个幼小的孩子生活，都担心着她，生怕她想不开了，这个家就完了。

二姆抱着小闺女上地了，哄睡着了，就放在地头，叫老二妮看着。醒了哭了，闺女就是饿了，她跑过来，来不及擦汗，就扯了怀。

人们说："二嫂，您就多歇会儿，多哄会儿闺女。没事儿，还给你记10分。"

"那会中？不中。没事儿。"二姆说着，就站起来了。人们看见了她脸上的笑，心里就放心些。

夜里，陪她学做针线的是她的大闺女："娘，听说俺爹是跟您学的哩？"二姆说："你爹用跟我学？娘没来前，你爹啥都会了。你爹的手比娘巧上天了，你爹的心也好哩没法说……"

二姆说着，喉咙就哑了，她咳了好几下，笑着说："娘的喉咙眼儿痒，真是！娘把你爹做鞋的本事教给你啊！"

二姆拿鞋样的时候，就把泪水擦掉了，她不能让闺女看见她哭了。

二姆家的门前有三棵杏树，杏是麦黄杏，到麦口间就熟了。麦黄杏，金黄的色中，还有赤红的色，不光看着好看，吃着更好吃。刚摘下来的，脆甜，放上几天，就变成了浓甜面甜，大人小孩都喜欢。

杏熟的时候，就有人上门来买，或者自己卸了，拿到集市上卖钱。

二姆家的杏，是我们这些小孩子们最稀罕鼓捣的事。杏还是青蛋子，或者刚泛黄，我们就眼不够使了，手脚不够用了。但二姆把杏看得严，中午不出工的时候，她就坐在杏树下纳鞋底，缝衣衫。她一上地，就派她的小闺女守在那儿。不仅如此，每棵树上都绑了一圈圪针，想爬上去不是容易的事。

但我们总是有办法的。我们热情地邀请那个小妮儿做藏老木的游戏，她骨碌着大眼睛说："俺不做。俺娘叫俺看杏哩。"

"你不做，算了，我们做。杏又不中吃哩，谁摘哩？"

"就是，又不中吃哩，谁摘哩？"

我们都大声说着，就在她的面前做开了。谁藏得最好，让别人找不着，就是英雄。我们的欢笑声完全把她迷住了。我们就又去问她玩不玩？她的脸早兴奋成红苹果了，小嘴儿一张说："玩。可玩。"

我们就让她玩得最好，就让她成为英雄。这样，我们就可以把杏树上的圪针扯掉了，爬上杏树去，一番乱扑腾，杏枝会折不少，杏子更会掉下许多。

一回两回，三回四回……二姆终于寻上门来。因此，村上就有不少人说二姆东西主贵，小气，孩子们不就是淘气个杏？值当哩？

二姆对娘说："他婶儿，俺真不是怕孩子们吃……"

娘拉着二姆说："二嫂，您不用再解释了，俺知道您的心。"

二姆红着眼圈儿走了。我说："二姆就是小气，我们能吃几个？"

娘平时说话是温柔的，这时却大着声说："你二姆家的杏子熟了，你们少吃了？哪一年不都送点儿？眼看杏不熟哩，你们都去糟蹋，那可是你二姆一家过日子的钱哩！你二伯老了，她一个人多作难。你们再去祸害，我和您爹说说，屁股打烂。"

我们都惊在那儿，看着娘气红的脸。

等杏熟的时候，二姆又送来了一些，她笑眯眯地："还生二姆的气啊？吃吧，好吃。过年还有哩。"

我们吃着那香甜的杏，都不好意思起来。

二姆带着孩子过得艰难，就有好心的人要给她再说个人。二姆起初没有答应人家，但那人三天两头地跑："二嫂，你还多年轻啊！真打算守一辈子啊！俺知道您放不下二哥，可再放不下也不中。您再找个好人，有人帮您了，您不作难了。俺二哥在那边心里也就得劲了。您说是不是？"

二姆说："俺再想想。"

二姆终于同意给自己再找个人，两人见了面，都愿意。但说到底人家还是要二姆一个人，或者带着最小的闺女嫁过去。二姆说："我不作难了，我的娃儿咋办？"后来，又说了几个，还是要二姆过去。二姆说："真愿意俺了，就过来，俺和娃儿们都不会亏待他。"但没一个人愿意上门来。最终，二姆还是没有把自己嫁出去。她说："俺不能走，啥时候都不能走。"

二姆的大闺女出嫁了，二闺女也出门了，连小闺女也看住了"好儿"。二姆的黑发白了许多，雪窝儿一样，黑的更黑，白的更白。小闺女说："娘，俺……"

二姆说："还不放心娘？娘把你大姐二姐不都送出门了？闺女大了，就得出门。"

"娘，俺舍不得您，俺不想走。"

二姆就笑着捣着闺女的头说："不走也得走，娘要撵你哩。闺女大了不可留，留来留去结冤仇。娘可不想给你们结冤仇。"

林哥在二姆四个儿女中排行老二，是二姆唯一的儿子。二姆最大的念想就是供儿子好好读书，将来撑起这个家。8岁的林哥该上学了，二姆把他送进了学校，可二姆一走，老师转眼看不见，他就没了影儿，跑回了家。二姆打了他，还是不中，就央求本家的兄弟来说他，硬把他一次次背到学校去，但还是一次次跑回来。

"冤爷！"二姆手里的棍子再次落下去，二姆第一次在孩子的面前哭了。

林哥不爱上学，却爱做农活，不惜力，不怕吃苦，还勤俭。待实行大包干时，他已是高大威猛的庄稼汉了，就承包了村里的十亩苹果园，并挣了一些钱，日子就不苦了。人们对二姆说："二嫂，现在中了，闺女们都出门了，你孩子也挣住钱了，真中了。"

二姆说："中啥？跟俺林一般大的都应爹了。"

"二嫂是急着娶儿媳妇，急着应奶奶啊？"

"谁不想？都想。麻烦你们给俺娃儿瞅个吧！俺心里都记着大家的好。"

"中。应该哩。林是个种地的好娃儿，中。"

林哥花了不少钱，终于娶了一个媳妇回来。小嫂子长得不赖，人又活泼，而林哥话少，就爱闷着头到地里做活。二姆说："你不会给人家好好说说话？"

那时候，村里演电影的次数多，小嫂子要跟林哥去看电影，他却不去。人家就一扭屁股走了，走着走着就有闲话出来，两人就闹得不和睦，甚至动了手。二姆把棍子捣在林哥的身上："你听闲话弄啥？她爱看电影，你不会跟她一起去？人家爱说爱笑，你就不会学学人家？……"

一年后，小嫂子走了，再也没有回来，说是连娘家人也不知去了哪里。有人就给二姆出主意，威逼她娘家把人送回来，不送回来，就赔钱。二姆说："逼人家弄啥？怨我没有生出好孩子。他一点也不像他爹。"二姆说着时，就又哭了。

林哥这一次失败的婚姻，给二姆打击不小，但过了一段时间，她就又跑去央媒人："麻烦您给俺孩子再瞅个啊！俺不亏待您。"

但林哥到底没有成下家。二姆的头发全白了。

60多岁的二姆，决定给林哥抱养一个闺女。林哥说："娘，您不用操心我。您老了，就好好歇歇吧！"

二姆的大眼更大了，瞪着他说："娘不管你，谁管你？可娘能管你一辈子？你到老了，咋办？冤爷。"

二姆把她二闺女的二女儿抱了回来，她又重新做了一次"娘"。

有苗不愁长。待孙女入学时，二姆背着她去学校："乖，好好学，可别像你爸爸一样。背去一回，跑回来一回，都把奶奶快气死了。"

"奶奶，我爱读书，我爱学习。"

"中中中。你回来，奶奶还给你煮鸡蛋吃。"

"奶奶，那你再不吃，俺也不吃了。"

"中中中，奶奶吃。"二姆边说边大声笑了。

后来，孙女到镇上读了初中，又到城里读了幼师。20岁时，又到北京的幼师学校里学习。孙女的每一次出门，二姆都从她贴身的布袋里，把手绢包取出来，拿出她积攒的钱。孙女说："奶奶，俺爸已给我了。您留着花吧！"二姆说："奶奶老了，又不买衣裳化妆品，又不出门，不花钱。你爸给的是你爸的，这是奶奶的钱，这是奶奶的心意……"

孙女说："奶奶，打小，我就觉得您的手绢包就是'百宝箱'，俺啥时候要钱，里面都有。奶奶，俺现在大了，还叫奶奶操心……"

"傻妮子，奶奶不操心谁操心？"

二姆80岁时，孙女也要出门了。她拱在奶奶的怀里，落了泪。

"奶奶，俺真的不想出门。奶奶，俺真的舍不得您……"

"奶奶能不知道？男大当婚，女大当嫁，你姑姑她们不是都叫奶奶送走了？你爷爷娶奶奶时，奶奶才19。你都26了，再不走，人家都说奶奶糊涂了。奶奶还等着抱重孙哩……"

"奶奶……"

"看你羞哩……"奶奶把孙女抱得紧紧的。

二姆生病的那天，还在三女儿家住着。她的女婿保哥给我打电话说，让我带着林哥赶紧去。

我们到时，二姆被女儿抱在怀里，她的一双大眼已经骨碌不起来了，一只几乎失明，另一只也浑浊不清了，但它们依然努力睁得大大的，它们在找人。

"娘，您看啥？"女儿女婿都叫着。

但二姆已经回答不了他们，她说话不利索了。

那一双睁得大的眼睛，终于找到了它们要找的人。

"呜呜呜呜呜……"二姆的嘴里呜啦着，就把一双手伸出来，抓住了林哥的手。大家要送她去医院时，她还紧紧抓住，不松开。

从医院回来，二姆的病好了许多，人搀着还可以悠悠，甚至猛不防还会说出一些话来。我去看她时，她呜呜啦啦说着比画着，突然说："你娘……"二姆还应记着俺娘，她知道俺娘也和她一样得了脑梗和脑萎缩的病。

"二姆，俺娘可好。过两天，我带俺娘来看您。"

"中。"二姆笑着说。

我再去看她时，她的孙女已经带着孩子从工作地回来了，她来来回回给我指着坐便、靠椅、新拐杖、手套……又指着孙女，"她……"

"二姆，都是孙女给您买的？"

"嗯嗯嗯……"

"二姆，俺姐姐哥哥们孝顺，孙女也孝顺，您真有福。"

"姥姥，姥姥……"重孙子喊着，搂住了她的脖子。

"嘿嘿嘿……"二姆摸着重孙的手笑得眯住了眼睛。

林哥的苹果园早不包了，他身体好，有力气，靠在村里打工挣钱，有的地就撂荒了。那一天，二姆突然就对女儿们说了许多话："给林说说，叫他种好地，甭荒了地。地都荒了，他吃啥？妮子回来吃啥？你们回来了吃啥？人都不种地会中？"

以后的几天里，这样的话她说了许多遍，女儿和孙女们就逗她："给您买种子，您去种吧？"

"中。你们把玉米种给我买回来，把豆角种也买回来……"

我们都想二姆是要好起来了。我们都为她高兴得很。

过了年，二姆睡的时间比起来的时间要长些。孙女就给她又买了气垫床给她睡，二姆睡在上面，身子暖乎乎的，脸也润展了许多。但我和娘去看她时，娘喊她："二嫂，您起来吧？"二姆没有应俺娘的话，就是安静地躺在那里。我的心不由得沉下去了。

正月二十七晚七点三十分，我接了妮子的电话，她的奶奶去世了。

我跑着去看二姆，我喊着她，她却再也不会答应我了。我的泪水一下子满了眼，我却没有哭出声，只是心上刀剜着疼。

二姆和二伯合葬于老泉眼那一处向阳的坡地里了。但没有出日头，春雨下着，山野里花都开了，红的，粉的，白的，紫的……好看得迷人，动人。

对了，我的二姆叫田少花。她是一个普通的农家妇女，但也是一朵最美的花。她的儿孙们怀念着她，我也永远不会忘记她。

最是读书滋味长

杜光松

"布衣暖，菜根香，诗书滋味长。"父亲大字不识一个，连自己的名字都不会写，不知从哪儿听来的这句话，却让他对读书格外看重。

父亲出生于20世纪20年代，当时兵荒马乱，家里贫困，常常没有饭吃。爷爷大冬天外出逃荒要饭，饿死半路上。奶奶顶住各种压力，没有改嫁，硬是把父亲拉扯长大。父亲虽然聪明能干，为人实诚，但读不起书，为此吃了不少苦头。

在那"挣工分"吃饭的岁月里，父亲硬是供养哥哥上到高中毕业，回到村里当了一名记分员。每天晚上，在昏暗的煤油灯下，哥哥打着算盘，合计每个人的工分时；父亲坐在一旁抽着旱烟，看着、听着，一脸的惬意，仿佛他在算账似的。

我从小学到初中、高中，生活再艰难，父亲、母亲从不说一个难字，想方设法借钱供我读书。那年高考名落孙山，我内心非常悲伤。父亲、母亲并未泄气，一句埋怨也没有，鼓励我再来一次。临开学时，父亲拉着一架子车小麦，沿着坑洼不平的泥泞小路，累得满头大汗，步行几十里去县城的面粉厂，换成一张"条子"，让我拿着去学校交伙食费。

大学毕业后，我告别了像父亲那样"锄禾日当午，汗滴禾下土"的农耕日子，来到城里工作、生活，娶妻生子。为了教育儿子好好读书，我和妻子也是费尽了心血，特别是高中三年，为了让儿子吃好，妻子经常去送饭。每天上完班，妻子赶紧回家做饭，然后骑着自行车再送去，还要经过一段上坡路，其间的辛苦可想而知。我也更加理解了当年我的父亲、母亲供我读书是多么不易。如今，我的儿子很争气，本科毕业后，又发奋努力考上研究生，学习非常用功。

我哥哥的两个儿子，早已大学毕业，都在大城市工作。如果父母天堂有知，一定会为后辈子孙感到欣慰的。

"孤村到晓犹灯火，知有人家夜读书。"回望曾经养育我的那个村庄，村西头那所小学，中华人民共和国成立前曾是关帝庙，几十年间迎来又送走了一茬又一茬学生娃。这些稚气的孩子们从这里走出，带着家族的期望，外出求学上进，大多已成为社会的有用之才。

"日月不肯迟，四时相催迫。"读书可以促进人的进步，丰富一个人的思想，让人变得充实和丰厚。读书可以推动人前行，厚重一个人的生命，让人变得优雅而高尚。读书改变命运，奋斗是其桥梁；目标不会自动抵达，奔跑才有远方。

※ 作者简介

杜光松，河南省作家协会会员，编著出版《法苑人生》《魅力平顶山》《平顶山文化览胜》等书籍，创作《闺女局长》《清风郏县》《相知相许信天下》宣传片脚本多部。

妻子的手术

胡同一

"锅里有，碗里才有"，这是老辈儿人常说的话。几十年摸爬滚打，从农村到城市，从民办教师到国家干部，我的家庭在党的阳光沐浴下日子一天比一天红火。在吃个白面馍馍就像过年的年代，现在的幸福生活是想破脑袋也想象不到的。这除了感恩党的领导，感恩这个时代外，还要感谢妻子对这个家的无私付出。

回忆起妻子动过的五次手术，种种过往就像过电影一样，一幅幅画面清晰地浮现在眼前。虽然过去了这么多年，但时光从来没有让那些记忆褪色。每每想起妻子受的苦遭的罪，心中就像针扎一样，一阵阵地疼。人们都说男儿有泪不轻弹，写这篇小文时，我数次流泪，数次失眠，百感交集。

我和妻子同村，她从小体质就弱。20世纪80年代初妻子因计划生育做了绝育手术，手术后第二年，因手术后遗症被迫做了第二次手术，身体更加虚弱。那时，我已从民办教师转职去县城工作，妻子仍留在村里任教，一家老小都还在农村。由于当时不通班车，家离县城三十多里路，每星期回家也就一两次，碰上单位忙，一个月都回不了一次，家里大事小事一点忙也帮不上。妻子既要教书，又要照顾老人孩子，责任田的农活也要她一人承担，很是辛苦。但她很要强，无论干什么都不甘落于人后，所任教的班级成绩一直位于阶段前列，地里的农活更没落下一点。秋麦两季，焦麦炸豆，她忙罢屋里忙屋外，别人六点起床她四点就起来了，别人收工了她还在地里顶着日头忙活。晌午匆匆忙忙赶回家做饭，安顿好老小，慌里慌张扒拉两口又往地里赶，汗珠子摔八瓣，没有一点怨言。那时我每月的工资是二十七块五，妻子是民办教师，每月也就二十三块五。家里上有老，下有小，老父亲常年有病，两个姑娘上小学，一家全靠妻子省吃俭用、精打细算才勉强度日。外人常夸她贤惠、能干，把家里打理得井井有条，却不知道她已经做过两次手术，身体元气一直没有恢复，她是为了我、为了这个家在咬牙硬扛着。

在那两次手术后没多久，妻子就经常肚子疼。我当时听了也没往心里去，觉得人吃五谷杂粮，哪能没个头疼脑热的，农家人没那么娇气。所以疼了就到村卫生所包点止疼药，从没去医院检查过。1995年秋收后的一个周六，天下着雨，我骑车刚赶回家，就听她说肚子疼得厉害，吃了几片安乃近也不见效。她疼得浑身直冒冷汗，肚子胀得像个小鼓。我一看情势不对，慌忙喊来几个邻居，绑了一个小硬板床，放上一条被子当担架就准备往医院抬。可是城里那么远，下着雨，路又不好，这样啥时候能到啊！慌乱中想到一个经常出去卖菜的邻居家有一辆破旧的三轮车，赶忙跑去央求用一用。一听情况，邻居二话没说就把车开到了我家门口，大家一起把疼得缩成一团的妻子抬上了车。去城里的路有十几里，而且都是土路，坑坑洼洼，路面湿滑，三轮车马力小，走走停停，动不了就用铁锨把路上的泥铲铲再走，就这样艰难地上了公路。到了县医院天已经黑了，妻子也疼得快失去了知觉。值班医生一看也急了，顾不得让抬去病房，随即找了个小破席铺在地上，让人躺上去赶忙把导尿管插上，排出一痰盂尿液后，妻子轻松多了。医生擦着额头汗说，真是好险，再晚来五分钟，膀胱一破人就没命了！天啊，这么严重，当时我心脏猛地揪了一下，差点倒在地上。医生开了药，吃后疼痛缓解了不少，感觉没啥事了，邻居们就摸黑回去了，我和妻子就在我的办公室借宿了一晚。

第二天妻子还是感觉肚子疼，小便还是排不出来。我们急忙又去医院，做了B超检查，结果是子宫里长了个大肌瘤，而且长在后壁，还压迫住了膀胱，必须做手术。手术在医院做的话，费用得两千多块，即便在私人诊所做，也要一千块左右。当时我就懵了，家里根本没有一点积蓄，别说两千块，一千块对我来说都是天文数字，砸锅卖铁也凑不齐啊。我为难地和妻子商量，她一听说要花那么大一笔钱，便说不做了算了。我说那怎么行，手术必须要做。商量来商量去，最后妻子说那咱去诊所做吧，在医院做要借两千块，咱三四年也还不起人家，去私人诊所便宜一点。万般无奈，惴惴不安的我也只好同意了。

朋友借，亲戚凑，又从单位提前把工资预支出来，总算凑了1050元，当天下午把钱送到诊所，晚上开始手术。手术时只有我和岳母在场。医生在给妻子用过麻醉药后，在妻子肚脐下面开了一个又大又长的口子，后因瘤子太大，取不出来，于是又横着开了一个口。刚割开口子，突然停电了，屋里一团漆黑，当时我急得满头大汗，搓手跺脚。这时，医生让助手找来了一个手电筒让岳母照着继续做手术，并让我到附近找个矿灯用用。我只知道矿灯是下煤窑的工人干活时用的，但不知道附近谁家有，跟跟跄跄出了诊所大门，此时焦虑、害怕、无助的我却不知道要往哪里去。猛地想起附近住着妻子的一个同学，抱着试试看的心态奔了过去。他听我一说，急忙跑出去找，过了好大一阵，还真借来了一个矿灯。提着那个矿灯，我的手都是抖的，仿佛是觉得抓住了挽救妻子生命的最后希望！我把矿灯牢牢抱在怀里，跌跌撞撞跑回手术室，手术在昏暗的手电筒灯光下已经做了将近一小时。妻子撕心裂肺的叫喊声，现在想起来仿佛就在耳边一样，那种感觉没有经历过的人永远体会不到。手术进行了三个多小时，万幸一切还算顺利，当医生把一个千余克血糊糊的瘤子从妻子体内取出时，我惊呆了！泪水夺眶而出……为了鉴定瘤子是良性还是恶性，第二天我到医生指定的诊所做了技术鉴定，等待的过程是那么漫长，那么煎熬。结果出来是良性的，我长出了一口气，又一次泪流满面，瘫倒在椅子上。妻子动了那么大的手术，在诊所住了不到一周就回去了，没怎么休养更没吃什么营养补品又开始了她繁重的日常。

2000年前后，妻子胳肘窝里又长了个瘤子，动了第四次手术。但手术没做干净，隔了两年又有了瘤子，无奈做了第五次手术。妻子前前后后这五次手术，每一次都是惊险、无助又无奈，时隔多年想起，仍旧后怕，心有余悸。后来的日子里我总是安慰她说："大难过后，必有后福！"嘴上虽这么说，但作为她的丈夫，心中却满怀亏欠与自责，一路走来，妻子为这个家付出了太多太多……

偶尔和妻子坐下来回忆起过往，感慨之余还有心酸，但正是那段艰难岁月，使得我们更加珍视热爱生活。现在，我和妻子都退休了，每个月都有退休金，虽不宽裕，但也够花。她每天有空就去跳跳广场舞，我闲暇之余读读书、写写字，孩子们有时间了，一大家子出去旅旅游，开开心心热热闹闹的，生活倒也怡然自得。两个姑娘都有妻子身上的一股韧劲，也很争气，考上了公务员，在各自岗位上都做出了一点成绩，看在眼里我很是自豪。怀揣一颗感恩的心昂扬走在新时代，想想过去，比比现在，今天的生活真是太幸福啦，这都是托了党的福啊！用妻子的话就是："想想过去，现在的生活都是在天上过哩，多亏了党和国家的好政策，是我们赶上了好时代。"

※ 作者简介

胡同一，鲁山县委宣传部退休干部，历任宣传科长、办公室主任、主任科员，《新鲁山》《鲁山报》副总编、县文联党组书记等职。

怀念我的母亲

曹中贵

春雨漫天飘洒，不紧不慢地涂抹着空旷的田野。山坡上随意绽放的野花在风中瑟瑟发抖，零落成泥，混合着被踩踏得泛着翠绿色津液的青草，散发出一种特有的甜味儿。明天，该是母亲去世一周年忌日了，我和妻早早回来，夜宿在这个山区小客栈。住店的人很少，因雨的缘故都缩在屋子里不出来，夜色显得越发凝重。

朦胧中，似乎从窗外的树杈上传来一声猫的叫声。初极缓，疑从天际划过，似婴儿在香甜的睡梦里打一个哈欠，又像历尽沧桑的老人因劳累过度忍不住发出一声长叹，也许这一声叹息能缓解一天的疲惫不堪？护院的鹅伸直了脖子嘎嘎叫两声，看家的狗竖起耳朵机警地吠几下。我仿佛从梦中惊醒，支棱起耳朵细细辨听，确认是猫叫方入睡。

夜已三更，雨声渐响，敲打着院子里的铁皮瓦棚，滴答有声。猫号叫忽起，长一声短一声的甚为聒噪，直到嘶哑，像遭遇不幸变故的人大放悲声。紧接着鹅呼狗咬，此起彼伏。几分钟后，复归平寂。

难道今夜是个不平静的夜晚？抑或是母亲的亡魂知我们从外地回来，在清冷的地宫门前苦苦守望她的子女，就像当年她倚在村口的大槐树下目送离家的孩子？就像她在病痛中仍不忘唠叨子女的名字一样？或许她的目光已经穿过夜空，把慈爱融入如丝的细雨，洒落在树的枝梢？我折身坐起，拉开窗帘，想寻找母亲的影子，却只看到黑漆漆的夜空；我努力地睁大眼睛仰望天穹，想寻找属于母亲的那颗星星，可是这无边的夜幕啊，遮住了所有的星星。我轻轻地叹口气，在这夜深人静之时，偏僻的小店本就笼罩了一丝恐惧，哪怕是一点点轻微的动静，都会让人心头一颤；又恐惊扰臆想中在野外游荡的灵魂，终是不敢妄动，佯装入睡。

辗转之际忽然想起，下午离家时妻问："娘的拐杖你不捎回去？"我说："留着吧，那是唯一还能让我看到的娘用过的东西。每次回来看到它不作声倚在门后，就觉得娘还是天天在看着我,让我总是想起每一次用拐杖托着娘的屁股背着娘上楼下楼的情景,想起娘在生命的最后几个月里蜷缩在病床上的情景,想起娘嗫着嘴含糊不清地呼唤子女的情景。忘不掉啊!留着吧,等我将来走不动时,我要用。"

什么都烧了,化作泥土融入大地的怀抱,包括人,唯有思念烧不断。你抚我小,我养你老,看你走过万水千山终成沧桑,看你搅动生活的染缸黑发变白首,看你为了儿女不肯歇息的双脚最后寸步难行。世上让人难过的事莫过于此:子女创造了幸福,爹娘却不能与之共享。我们说的愿天下老人得安康,只是一种美好的祈愿罢了。倘若谁真有幸成为一个别人口中孝顺的孩子,又怎能抵得上爹娘生养之艰辛的万分之一?何况在那个缺吃少穿的年代,多少时候,子女的报答不过是电话里短短的问候,思念只是寂寞夜空里一颗不起眼的小星星。我们会有很多理由把家的距离拉长、再拉长,而爹娘那颗怦怦跳动的心脏呀,最终被我们拽得失去弹性。

暗中时滴思亲泪,只恐思儿泪更多!

娘如果在世,当九十高龄了。听娘说过,当一个人只有满满的饥饿时,什么草根野菜都觉得是上天的恩赐。那时的她和家人一路讨荒要饭走过来,在这个同样贫穷的小山村安了家,日子苦啊。一直到土地分包到户之后,我家分到一块儿小菜园,父亲为了改善土质增产增收,一镢头一镢头从菜园子里刨石头,变形了的手指头不到冬天就裂着血口子,脚上的老茧剪子刮都刮不掉。那个年代很多家庭是多子多女,因为贫穷让人们深信多子多福,可是除了生活更加拮据之外,依旧没有改变什么。一直到后来国家提倡搞活市场,做小买卖的再不用东躲西藏,可以自由地在集市上交换或贩卖自己用不完的东西。小脚的母亲为了改善家庭生活,让我们有一顿饱饭吃,每天挤时间扎个小竹篮,走村串乡从方圆几十里的村子里收鸡蛋,隔几天积攒多了,都装在一个用荆条编的大篮子里,撒一层麦糠摆一层鸡蛋,怕磕碰烂啊!从山区到县城百十里路,为了节省几毛钱的车费,早上天不亮就开始走,翻山越岭赶往县城卖鸡蛋。那时候谁有钱买个水杯呀?渴了,忍着。遇见清澈的河水了,赶紧双手捧着咕咚咕咚喝几口,治饥又治渴。也有向人家讨要的,舍了笑脸道不完的感激。好不容易到了县城,快晌午了,顾不上饥肠辘辘,急忙忙找人多的地方把篮子上的洋布小心翼翼地掀开,露出那一个个擦得干净摆得齐整的鸡蛋,仰着脸心里默念着:城里的好人啊赶紧买吧,家里的孩子要上学、要吃饭、要穿衣呀!及至日落西山,看看还剩几个没卖完呢,就想着再等会儿吧,兴许就有人买了呢?左看右看不见人,哪怕听到一声狗叫,也高兴地认为是有人来买鸡蛋的呢!可是一脸的希望最终成失望。走吧，再不走就该赶夜路了。等到家，我们早已入梦乡了。第二天醒来，又看到娘在灶台前忙碌的身影。跑了一天，舍不得花几毛钱买一碗稀饭喝啊！到家了，掀开锅瞅瞅有啥吃的随便吃点，没有的话也舍不得给自己打个鸡蛋喝了。后来娘腰腿疼，就是那时候落下的病根吧。

农家的孩子虽然瘪着肚子，但因为整日里和风赛跑，练就了一副好身板，一个个长成了参天大树。紧接着，哥几个陆续成家了，可总是迎来嫂子分了家，分一次家多一次吵闹。其实有什么可分呢？温饱问题都没解决，能分到什么呢？最终，哪怕是一个水缸，一个箩筐，都分出去了，年龄较小的只能挤在一间狭小的屋子。农村有一首歌谣："花喜鹊，尾巴长，娶了媳妇忘了娘。"当时小小的我不知道什么是媳妇儿，更不知道为什么会娶媳妇，也不知道从前领着我玩耍的兄长为什么一娶媳妇就会和爹娘闹分家。直到后来看多了一次次分家时的吵闹，才渐渐理解了歌谣的意思。唉，人呢，物质的贫穷只会让你显得怯懦，骨子里的贫穷会让你永远站不起来！

院子里的吵闹声引来了路人的围观，父母总不让我说什么，只是一个劲儿地在门口拦着我吆喝："你一个小孩子，知道啥啊？你哥他们成家了，就要分门另过，他们过好自己的日子比啥都强！家里有能用上的东西，只管拿去用就行了。小孩子家家的，你要走的路还长着哩！"

我怎么能理解哥和嫂子的想法呢？又怎能理解爹娘的良苦用心呢？站在大门外边的小路上，看着房顶随风摇晃的瓦松，听着残缺的院子里传来高一声低一声的吵闹，路边寻食的小狗狗也停止了咆哮，不知所措地来回扭动着瘦骨嶙峋的身躯。父母往日的艰辛一次次在脑海里回放，憋屈的泪水模糊了我的双眼。虽然那时候我还只是一个小学生，却咬着牙给自己立誓：等我将来长大了，不管到什么时候，坚决不和爹娘分家！

流水在春夏秋冬的更替中不紧不慢地流着，日子在月圆月缺的变化中悄无声息地走着。父母的头发啊，在秋草摇曳之际不知不觉地白着；那曾经劳作不辍的挺拔身躯，在四季轮回中日益孱弱。一晃之间，我也到了该张罗对象的年龄了。其实我等长大了才知道，那时候农村的传统观念是多子多福，男子成家后分门另过很正常，可我走不出幼时的阴影。所以有人忙着给我介绍对象时我只说了一句话："不和爹娘分家。"今天的妻子那时莫名其妙地看了我一眼，也没有问为什么，只回了一句话："没人说让你分家。"就是这短短的一句话，一下子拉近了两个陌生人的距离，我们开始用心地经营自己的家庭。

现在想来，妻子当年是那样说了，生活中也是那样做了。语言是多么奇妙的东西啊！素不相识的两个人，能因为简短的一句话相濡以沫一辈子。也许这就是美好的姻缘吧！幸福是这么的简单啊！

20 世纪 90 年代后期，爹病了，是食道癌。我和妻子靠着一些微薄的收入四处求药给爹治病，一到放暑假就赶紧让爹住县医院进行系统治疗。输血是常有的事，当时输一袋血 200 多元。我每个月的工资只有 90 多元，钱不够了，向单位的同事转借一点以救急。我和妻子从来没想过什么，只觉得我们必须尽自己最大的努力来救助父亲。有一次，我和妻子在街上买了一点煮熟了的猪头肉，带着刚满三周岁的孩子来到县医院看望父亲。小孩子捏着一块儿熟肉挣开我们的怀抱，一挪一挪地走到父亲的病床前高兴地喊："爷爷、爷爷，吃肉肉！"父亲呢，也急忙高兴地伸手接，孩子却说："我喂你，我喂你。"一不小心掉在床单上，我说扔了吧，父亲拦着我的手不让扔。他说："这又不脏，扔了多可惜。"儿子用小手捏起来，父亲张着嘴巴开心地等着他的小孙子喂。孩子呢，仰脸看着他爷爷，嘴巴也一开一合地，好像也嚼着肉肉。人世间最朴素的亲情也许就是这样？一老一小，互相开心地笑着、看着，嘴巴呷动着，屋子里溢满肉香，更荡漾着血脉传承的欣慰。爷孙俩你一句我一句不连贯的对话，听得我眼圈红红的。

事隔多年后我听说，父亲住院的时候，娘曾经拄着一根棍子忍着腿痛走一路歇一路，艰难地向几个做生意的哥家讨要爹的医疗费，爹在医院输血呢。哥嫂有各自的打算。有的哥或姐看见了，赶紧搀着娘坐屋里歇会儿，弄点吃的，再从抽屉或者柜子里或多或少拿些钱，谁也没计较过；也有那亲哥啊，大老远看见娘拄着棍儿挪过去了，就知道是干啥哩，赶紧装作没看见屁股一挪进屋去了。等娘实在走不动了，靠在他店铺门前的树干上歇一下，喘口气还没说爹住院花钱的事呢，哥嫂一边忙着给食客做饭一边张嘴就说没钱，烧的煤是赊的，用的面和油是赊的，家里一分钱都没有。

听说这件事以后，我只是望着远方苍茫的群山努力地告诉自己：人大了，心却小了。一个人对金钱的欲望淹没了亲情，还有什么可说的呢？什么是"孝"？也许，做子女的，只要努力把自己的家庭过好，让父母尽量少操心，从某种意义上讲也算是一种"孝"吧。我在心里默默地祈祷：愿每个家庭都能传出幸福的声音。颇为拮据的我不断给自己打气：坚强些，不要在物质上与人计较。只是难忘，风里雨里娘往回走时一瘸一拐的脚步，难忘她穿着黑布大襟衣衫因灌满了风而倍显凌乱的身影。

快到家门口了，火神爷庙早已被风雨侵蚀得摇摇欲坠的围墙，支撑着让我的老娘歇息片刻，高老师家门前的那棵大槐树发出哗啦啦的响声。大槐树呀，你满是裂纹的树干，可是要向世人展示栉风沐雨的沧桑？你随风摇摆的身姿，可是阅尽人间困苦的叹息？也许，只有你这虬枝盘旋的大槐树记住了娘大半生的艰辛？有时候娘在那里掉了一脸泪，最终还是抹去皱纹里的辛酸，捋捋额前霜白的头发，两手吃力地抓着拐杖向前边的家走去。

爹挺了几年，走了。临终时他挣扎着拉着我的手，拼尽全力喊出三个谁也听不懂的字，本想艰难地抬起另一只手，但最终没能抬起胳膊。仅有的三个字啊，耗尽了父亲生命里最后一点点气力。劳苦一生的老父亲啊，愿天堂里没有痛苦，您安心地去吧！我会一直照顾拄着拐杖的娘的。

往事如烟一样飘散，想来是没什么可埋怨的。生活就像爬大山，咬紧牙关了，再高的山也能踩在脚下。20世纪70年代的农村，日子好不到哪里去。当父母苍老得如同枝头高悬的黄叶时，子女尽心侍奉本来都是很自然也很应该的事。然而偏有那做子女的，一味顾着自己的小家庭而对父母的生活状况置若罔闻。

父亲去世十多年以后，母亲因为长年劳累，各种疾病如同冲出瓶子的魔鬼，把娘折磨得不能言、不能食、不能动。从县医院到市医院，直到最后被医生劝回家。一个人在市医院里推着病床给老娘做检查，室友们总会问起："咋你一个人呢？"排便不畅时在肛周揉搓，或戴上指套用手抠，没有觉得难为情，只是重复了爹娘几十年前为我们做过的事。人啊，一定要学会感恩，吃饭要知牛马善，着丝应记养蚕人。娘蜷缩在宽大的病床上，显得那样瘦小。消瘦的脸庞因病痛略显变形，说不出一句话。给她喂饭时，总想着让娘吃点啥呀，哪怕是碗边儿的一粒米也舍不得刮掉，那不仅仅是花钱买的，更想着等娘睁开眼了是不是会再吃一点呢？哪怕是吃一粒米喝一口粥也行啊！住在市里的家姐百忙中拎了饭菜去照看一会儿。哥几个也各有各的事儿，有的是年纪大了，自己身体也不好，照顾老母亲够费力的；有的是生意上的事情多，腾不开时间；有的是在外务工，回来一趟真是作难。唉，都领着一大家子人口过日子，不容易呀！也许这就是咱老祖宗说的"家家有本难念的经"吧！所以也就不让他们折腾着来医院了。后来好心的医生建议不住院了吧，说脑部多处梗塞，实在是没法治了，回家让老人安安生生过几天静日子吧。从医院把娘拉回来后，我和妻子一起尽量调着饭食喂了两个月，居然好了些。偶尔清醒时，眼珠子骨碌骨碌转着看，嘴唇在嚅动，喉咙眼里发出艰难的呼唤。我听得懂啊，那是在一声声絮叨我哥我姐的名字，是在对我说：回家吧。

荡泽河的水啊，无论烈日怎样曝晒，你只努力地俯下身子浸润着流经的每一寸土地；操劳一生的人啊，无论子女怎样嫌弃，只要大脑还清醒，她始终只惦记着她的骨肉！庚子鼠年，娘病得只剩下皮包骨头了，喝一滴水也呛半天，胯骨上的褥疮这边刚好那边又烂。我和妻子轮流着照看母亲，下班到家的头一件事就是看看母亲是否把屎尿拉在床上。初冬的水已带着丝丝凉意，我把裤腿卷得老高老高杵在河里洗刷着母亲的床单，换都换不及啊。那年儿子正在家中苦战备研，倒是也替我负担了不少。我俩在水中搓着脚，在石板上搓着母亲的薄棉袄，倒也没有觉得有什么抱怨，反而分享着紧张和苦难生活中的一丝丝甜蜜。农历二月二过后不久，这个一生最爱我的人永远地离开了我们。

从那以后，我成了一个没妈的孩子。

平凡的人啊，如果有可能，就让我们努力好好地生活，远离疾病和痛苦，让家庭能够因家人的健康而充满欢乐。善良的人啊，倘若命运给了你太多坎坷，即使自己家徒四壁，也要给孱弱的父母一席避雨之地，因为他们已经老朽得不辨阴晴了。

去年此时桃花雨，山路弯弯哭几重。今春又逢清明时，雨湿桃花花失容。地宫门前三叩首，天公无语听悲声。为人能尽几分孝，胜过草长万事空！

等天明，坟前一炷香，只了却一点小小的心愿，所有的故事，都被一榫扣合的棺木尘封。手足多一些和谐，亲情会像花开一样幸福。

远处几声鸡啼，看家的狗汪汪地叫起来，护院的鹅也嘎嘎地扯开嗓子，将我的思绪从漫无边际的回忆中拽了回来。目光划过苍茫的夜空，再也听不到母亲的呼唤了。蓬山已是万里远，更比蓬山远万里！

窗外，雨声嘀嗒依旧。

※ **作者简介**

曹中贵，河南鲁山县人，中学教师，热爱农村生活，用笔记录多味人生。写有新闻报道及散文见诸报端及多家媒体。

回忆我的父亲

闫 申

我的父亲和我们永别了十多年。这十多年来，我们姊妹无时无刻不在思念他，他的音容笑貌和平凡的事迹，他那坚强的意志和不怕吃苦受累的品质，以及他那光明磊落的人生和助人为乐的精神。

我的父亲叫闫召，住在鲁山县团城乡枣庄村，出生于20世纪30年代。当他刚刚14岁时，我爷爷死于非命离开了人世，家庭的千斤重担就无情地落在这个14岁少年嫩弱的肩膀之上。中华人民共和国成立后，我父亲和全国人民一样，投身于轰轰烈烈的社会主义建设之中。从初级社、高级社，走到了人民公社，在如火如荼的"大跃进"中，曾被上级领导派遣外出到玉皇庙村三道沟生产队搞生产建设，结束后回到本村，一直担任生产队队长，因此到"文革"开始，也被批斗游行。"文革"过后，生产队的群众仍然拥戴他当生产队长，一直到了20世纪80年代土地包干、分田到户这才让了担子。

父亲虽然并不高大魁梧，但是非常有力气，又肯吃苦耐劳。20世纪70年代，我们家已经是七八口人的家庭了，那个年代是大集体，家家户户靠的是挣工分分粮食，由于我家人口多劳力少，只有父亲一个人干活拿工分，所以年年分的粮食就少。为了多挣工分，多分点粮食，父亲总是起早贪黑，不辞劳苦，常常累得腰痛腿困身乏。每到秋天，父亲更加繁忙与劳累。父亲每天都是拼着命在干活，每天凌晨起床，先给我妈把缫丝锅台的火生着，把茧烫好，然后提起箩筐上山砸一挑疙瘩。母亲为生产队缫丝，也是为了能多挣一点工分，一天缫一千茧，队上给12分。那时各家各户都喂山蚕，全生产队一年能收获一万多斤的山茧。生产队为了增加收入，把山茧缫成丝卖给外贸部能多得一些钱，还有奖励粮食。山茧下坡，先放在各家户里叫停停身子，再则那时生产队很忙，正在夏收，夏打夏种，结秋作物；秧稻栽上，玉米下土，生产队就开始组织生产队里的缫丝能手开始抽丝。全队有时十来个人，有时七八个人，基本上是妇女、姑娘们，也有个别男子。烧抽丝锅必须用大柴火，因此，我妈的缫丝锅台就由我和父亲来供给。我父亲早上砸一担疙瘩，上午再到生产队干活，中午又赶忙去割一担牛草（我父亲还供着生产队两头犁地的耕牛），有时候牛不够吃，下午收工之后再去割两竹篮草。就这样砸疙瘩，每天记10分，上工两晌8分，供牛草12分，因此我父亲每天能拿30分，顶三个人上工干活，是挺合算的。毕竟供牛草时间不长，只有20天左右，牛一犁完地就不用再割草了。

到了8月份，山上的橡籽就陆续地成熟了，父亲和母亲抓得更紧了，抢时间上山拾橡籽。生产队里的农活又不能耽搁，因此父母天不亮就起床上山，到了山上天才亮，就开始拾橡籽。等吃早饭时，父母二人就能捡七八十斤。有时我大妹子也上山帮助拾，她才十几岁。这时候父亲就回家并把橡籽背着，留母亲继续拾。到了第二天父亲把橡籽担到公社外贸部去卖。家离外贸部八里地，比较近，有时为了多卖两元钱，常常担到熊背公社草店外贸部去卖。二十里路啊，一个早上打个来回，一次总担百拾斤卖六七元钱，出了多大的力啊。我有时劝父亲不要太赶忙了，父亲总是说："不要紧的，赶季节，过了这个村，就没这个店了。"因为橡籽一熟，全庄上的人都会上山的，外村的人也上山拾，抢货源呢。

到了春天，父亲是最累的，要比其他男子们忙得多。母亲喜欢养桑蚕，并且有相当好的养殖技术。我家每年都要养两张蚕帘子的桑蚕，母亲一个人忙不过来，幸好还有我的两个大妹子做帮手，大妹子十四五，二妹子十二三。打桑叶的重担子就全靠父亲一个人了。头三暝蚕小，吃不了多少桑叶，一般都是在村庄附近采摘一些就够蚕宝宝吃了。可是到了大暝起来，已经发展到了六七席，以后成席成席地增多，特别是到了做茧的前五六天，竟然发展到十七八席，甚至二十席出头。全家总动员，昼夜不停地喂桑叶，清理蚕屎。

清理蚕屎比较麻烦，需要把蚕一个一个捡起来放在搭好的空席上，再把原席上的蚕屎桑叶梗清扫倒掉，一二十席清理完得两三个人花两个多小时。喂桑叶虽然简单，蚕长大了不必要再喂桑叶子，连枝带叶的都可以，只是在水中把桑枝洗干净，晾去水分即可，但是量很大，每天就得二三百斤。这就苦了父亲一人，每天天不亮就上山打桑叶，走十几里路到很高的山上，一天两大挑，每担一百二三十斤，砍一担桑叶要跑很多地方，而且山桑大多长在石崖上，或峭壁上，得爬树上一枝一枝砍，很是危险。父亲每次上山虽说安全地回来，但也少不了被树枝山石碰烂手，被荆棘划破脸。往往回来时已经是饥肠辘辘，还要担着一百多斤重的桑叶，再加上山路蜿蜒崎岖，必须要万分谨慎小心，一不留神，就会摔倒，甚至受伤。一直到蚕做完了茧，父亲才能够休息一下。

父亲对我们兄妹都很疼爱，为了儿女尽好地成长，不管自己受多大的累，吃多大的苦，都默默忍受着，宁愿自己忍饥挨饿，也想方设法让子女生活得好一点。每隔一段时间总要弄点钱割些肉，改善一下生活，补充我们的营养。每当有好吃的，父母总让我们几个子女多吃点，自己不舍得吃。父亲虽然文化很低，又很忙，不能教我们识字学习，可从来不打我们，对我们疼爱有加。我现在回想起来，实际上父亲的教育方法是不恰当的，少了严格要求，多了溺爱放纵，因此才使我的四弟养成了不良的习惯，终被贻误，抱恨终生。

父亲不但疼爱自己的子女，而且也十分疼爱外孙、外孙女，总是希望女儿们带着孩子多回来住几天。每当女儿带着孩子们回来了，他就会割几斤肉，让我母亲做半锅菜大家吃，他还给小家伙们夹肉夹菜，唯恐孩子们吃得少。有时就叫我母亲包饺子。吃罢饭，几个孩子在一起玩，有的哭，有的闹，我父亲也不去拉，也不哄，只顾自己坐在一边吧嗒吧嗒地抽烟，一边抽烟一边看，一边抿着嘴笑呢！

有一年夏天，父亲从鲁山县城回来，路过了一个桃园，看到又大又红的桃子，就掏出二十多元钱买了三十斤桃子。当时天气很热，又不临大道，没有车可乘，他就背着桃子，步行十几里路到家，累得直喘气，浑身是汗。那天他还生着病，为了让家人，为了让子女得到口福，他一点也不顾惜自己的身体。父亲从来不善于用语言来表达自己的心情，却每每都是用实际行动体现了拳拳的父爱。如果说父爱如山，我的父亲就是巍峨昆仑；如果说父爱如海，我的父亲就是浩瀚的太平洋。

※ 作者简介

闫申，1955 年 9 月出生，鲁山县团城乡人。在山区从教 38 年，现已退休。

光阴的故事

马 凌

这是5月的上午，耀眼的太阳在窗外，有鸟鸣，有微风。楼下蔡琴的《相思河畔》撞进来，顿时倍感亲切，放下手头的家务，立刻搜到，声音放到最大，单曲循环，直至被一点点地淹没。

在我十一二岁的时候，我家的窗台上就飞出过这首歌，窗台是用石灰刷过白的，上面放着哥从几百里外的学校借回来的录音机，窗台上还晒着南瓜子、丝瓜瓤、弟弟的破球鞋，豁着刃的旧镰刀。有什么关系呢？磁带愉快地转动，歌手唱得那么投入，声音大大的，阳光明灿灿的，它们把整个院子都包围了。深冬节气，没有什么农活要做，过年的各种事项早被我们的父亲和母亲合计得妥妥当当了。他们收了平日的严肃，脸上洋溢着要过节的喜悦，屋前的鸡舍上晾晒着过年用的家什，迎门墙下的花池整理过了，水缸里的水满盈盈的。老枣树僵硬的枝条也那么可爱。几只歇冬的老母鸡在院子里走来走去，一脚一脚那么悠闲。虽然听不明白歌词，但是那悠悠扬扬的旋律，只觉得那么美好。这是在我脑海里珍藏的一段情景，现在想起，仍然那么柔软，不禁心生怀念！一切都像还在时光里翩翩起舞的样子。

岁月如潮汐，来去总留痕。小时候大哥在外当兵，家门上挂着"光荣军属"的牌匾，那是家人的骄傲。他探亲回来送我的方格子围巾，我带了多年。他脾气那么好，一笑，满口洁白的牙齿。如今退了休，到了公交车上有人让座的年龄。上初中的时候，二哥送我去县城考试，坐在他的自行车后面，串街走巷，铃儿"叮叮当当"地，他骑得又稳又快，我心里满满的底气，果然就上了榜。那时候他二十多岁，刚结了婚，年轻英俊，穿着警服，是帅哥一枚。三哥上班之后给我买的花裙子，是全村第一条裙子，花纹和样式至今还记得清楚。假期里教我写作文，吹笛子，清贫单调的生活也被他花样翻新。他勤奋好学，小时候写作文《一位刻苦学习的人》，他是主人公。现在家庭和美，公务繁忙之余，还能拍拍花草发发圈，也是个有爱有情调的人啊。四弟比我小两岁，是个小霸道，无论穿的玩的，都要和我争，曾经讨厌他到一见面就想打架。如今和我最近，杀一只鸡也想着让我这个老姐回去尝一尝。五弟出生的时候，我该入小学了。母亲说，你不在家看着，弟弟就会被人抱走了。我小小的心里满是纠结，为此，我晚了两年才上学。父母忙得无暇照顾他。我就带着他去上学，一同坐在教室里，这边刚写好的作业，转眼就被他画得一塌糊涂。父母去世的时候，他还在上学，如今儿女双全，家庭事业都好，我们都放下了牵挂。

我们都被生活推来送去，不得不在这个或者那个城市停留。这样的往事一件一件都不曾忘记。

父母在的时候，墙上有一个相框，照片很少，要码开来放才能装满。全家福里，小弟还被抱在怀里，我豁着两颗门牙，哥哥手里拿着一台收音机，每个人都规规矩矩，笑得一脸庄重，仿佛照相是一件严肃的大事。有一张父亲和母亲的合影，黑白的，二寸的小照片，剪成好看的花边，年轻的父亲和母亲在照片里笑着，是母亲在中汤看病时照的。据母亲说，那场病差点要了她的命。20世纪60年代，父亲一个月几块钱的工资养着几个孩子，那样的生活情境我想象不出来会是怎样的艰难，但母亲总是指着她这张照片说，这张好，这张笑得好。

生活越来越好，每天都是好日子，仿佛没有什么得到与失去能让人刻骨铭心。我们在节假日里，忍受着拥堵的烦恼，从一个城市跋涉到另一个城市，从一个景点追寻到另一个景点，留下一堆的照片，这样匆匆忙忙地找寻与挽留，我不喜欢。

我喜欢某个傍晚，和嫂相聚在宾馆里，一起聊聊趣闻，笑到捧腹。我喜欢那一日午后，哥放下公务，我们临窗坐了，烧开一壶水，喝喝茶，说说院子里长势很好的花草。茶一杯杯地续着，鼻尖开始有汗了，从里到外，都暖暖和和的。我喜欢和弟弟走在夜色中，他说，姐，好好地保重身体。我说，你要多吃饭，不要太瘦了。我喜欢四弟拿来的香喷喷的核桃，他说，别不舍得吃，吃完了还有。我知道，其实他也没有那么多。

幸福有千百种，想来想去，还是想要这一种。

小时候盼长大，觉得时间真慢啊。现在回头，却常常感叹光阴似箭，会很遗憾，曾经有那么一大段的美好的时光空空地溜走，无迹可寻。

清晨走在清亮亮的马路上，两旁花团锦簇，天气很好，想着他们也能看到这般的景致，也有这样的好心情，便是安心。

成长的经历千人千面，无关年龄，我们不断反省，然后学着慢慢长大。一颗善感的心要经受怎样的揉搓，才能够在冷风凄雨里枯萎老去，然后在春暖花开时欣然醒来呢？尺璧寸阴，且行且珍惜。人世间的邂逅，不论以什么样的方式，都是一场缘分的开始。

人生聚散无常，就像是一片云一阵雨般一去无踪，便很怨恨老天无情，不能有回头路可走。后来才开始明白，现世的相聚，无论经历怎样的聚散离合、怎样的爱着和牵挂着，都是上天的馈赠。感恩父母让我们聚在一起，从此多远的距离也不要走散。

亲情明亮

程应峰

1

父亲读过几年私塾，在村里算得上是文化人，干过几年大队干部，热心快肠，结识了一些吃公家饭的人。因为这个缘故，家里也会偶尔有一些稀客。客人一来，我们兄弟几个便可得到一些农村难得一见的糖果之类的稀罕物品。他们的来访，让我们兄弟拥有了最真切的快乐时光；他们的离开，让我们有了新的期待。

20世纪70年代初，村里接纳了一批从武汉下放的知青。那时，在我们看来，武汉是非常遥远的地方。当时，这些知青说着与我们发音不同的语言，皮肤白净，举止优雅大方。他们谈到的很多事，村里人都不明白。我常常想，城里人就是与我们不一样啊。从那时起，我也梦想着自己有一天也能成为城里人。

我的童年时代，家境还算是不错的。因为家境不错，家庭建设在村子里便显得有些鹤立鸡群。电灯取代煤油灯的初期，全村只装了两只电表，而我家就占一只；别人家都用灯泡，而我家装上了日光灯，亮堂堂的。当时，"割资本主义尾巴"之风刮得正猛，父亲对此毫无估量，如此一来，我们全家一个趔趄，一夜之间被盘点一空，一个大家庭立马陷入了窘迫凄怆的生活境地。

时光催人老。随着岁月的推移，爷爷奶奶丧失了劳动能力，兄弟姊妹的增多，使本就拮据的家境如雪上加霜。为了帮父母一把，我和兄长在刚刚更事的年龄，就学会了为家庭生活分忧。不管春夏秋冬，我们都穿着一条补丁摞补丁的单裤上山干活。茅秆收购的季节，为了一天能挣上两元钱，总是早出晚归，大多时候顾不上吃中饭。

有一次，搭乘别人的船到红石水库对面山上砍茅秆，结果直到天全黑了，也不见有船返回。母亲非常着急，父亲便发动村里人提着马灯打着火把满山遍野寻呼。我们呢，选择了攀着水库边沿被水洗秃的岩壁绕了很远的路回家。途中，我多次滑落水中，都被兄长和同伴拖住，当时真是险象环生。

到家后，父亲让我们俩跪在地上，怒斥了我们一顿，说送我们读书有什么用，越读越傻，越读越糟，天黑了都不知道回家，难道多一根柴火就发财了？又不是不知道山间多野兽，难道为几根柴火连命都不顾了？说着抓起我们的书包就要往炭火盆里扔，幸好奶奶在一边拦下了。而后，他不准我们吃饭，不让我们睡觉，说要让我们好好反省。村里多少人说情，甚至奶奶也跟着下跪，但父亲不为所动。在他看来，我们应该珍爱的是生命，好好读书为家争气，才是正道，不应该冒着风险去挣那两元钱。如果没有这种认识，就再也没有送我们读书的必要了。

那时，我们并不懂什么大道理，但我们知道父亲是为我们好。他对我们说的话我们也听明白了：他是心痛我们，怕我们以小失大，累坏了身子，或是晚上在野外出现什么不测。要知道，在当时的条件下，他含辛茹苦送我们上学是多么不易，多么艰难啊！能够上学读书，简直就是一份奢侈了。

这以后，我们有空还是上山，竭尽所能为家庭生活分忧，但心里总是装着父亲的话，日头偏西了就赶紧下山回家，绝不去贪恋那几根柴火。

从此以后，兄长和我就暗下决心要好好读书了。父亲经常带着我们挑着蔬菜和柴火到镇上卖掉，然后让我们选购自己喜爱的书籍放在箩筐里挑回家。很多乡邻对此无法理解，笑话父亲说，只有用箩筐挑谷的，没有用箩筐挑书的。当时，父亲只是笑笑，未加理会。也许，这正是他的过人之处。

2

我的家乡有一条河，叫红石河，那是我童年嬉戏游玩的去处，也是亲情堆积的地方。

有一年春天，雨一个劲地下，河水一个劲地往上涨，木墩被冲折，桥面被冲垮，漫溢的河水涂抹着田园，毁坏着庄稼，我们上学的路途也被河水切断。那些日子，为了我们按时上学，父亲每天将我和哥哥带到上游并不湍急的水浅的地方，高挽起裤腿，把我和兄长一一背到河的对面。

春寒料峭，我看见从寒冷的河水中走上来的父亲，双脚冻得通红，可他没事一般，总是笑着对我们挥一挥他的大手，说："去吧！上学去吧！"便返身蹚过了河水，站在河对岸目送我们走进校门。放学了，远远地看见父亲撑着油纸伞站在风雨中，心中便涌动着一股热流，等我们一走近河岸，父亲便毫不犹豫脱掉鞋袜，卷起裤腿，蹚进了刺骨的河水中。后来听母亲说，父亲的脚是从来没长过冻疮的，那些日子，他的脚却被冻坏了。

上小学高年级时，河面上依然是那架吱嘎作响的木桥，我们每晚都得在学校上两节晚自习课。偏偏那时，我染上了一个怪毛病——后来才知道那叫夜盲症。一到天黑，我只要走出屋外，便什么也看不见。因此，即使总有兄长相依相伴，父亲还是为我们担心，每天晚上，总要等在桥头接我们回家。牵着父亲粗糙而温暖的手，虽然在黑暗中，只能听见脚下木桥嘎吱嘎吱地作响，但心里感觉踏实。

上学读书，最爱闻到纸页间新鲜的油墨香。这新鲜的油墨香，一开始源于课本，接下来是一本薄薄的春书，也就是农事用的年历。那时，一本春书虽然只要一毛钱，但有一毛钱盈余的人家并不多。就算生活再拮据，父亲每年都会在春节期间，于万难之中挤出一毛钱，到供销合作社买上一本春书。一开始，我并不明白这本书有什么用，只知道经常有乡邻来向父亲问一些事，父亲便将那本薄薄的、只有巴掌大的春书拿出来翻一翻，而后给来人讲上一通。问事的人总在听了之后，说着感谢的话，高兴地离去。

后来，我好奇地翻开父亲的那本书，发现书中有十二生肖，二十四节气，详尽的日历等等，每一天都写着宜什么不宜什么，很多弄不清的农事可以从书上找到答案。原来，那本书跟农村生活是息息相关的，怪不得会有那么多人上门问父亲。

有一天晚上，一家人围坐在一起，在亲情的氛围中闲聊，不知怎的就说到了二十四节气。父亲对我和兄长说，二十四节气很重要，你们得记下来。说完，他便离开座位，找出那本春书，放在了兄长的手上。

这年秋后，我上小学五年级，兄长已在外面读中学了。因为惦记着兄长，有一天，我将父亲的春书拿出来看他的归期，事后，将书往口袋里一放，就出门找玩伴去了。

怎么也没想到，几天后，爷爷永远离开了我们。沉浸在悲伤中的父亲，全力处理着爷爷的后事，为确定爷爷遗体下葬的日子，他开始找他珍爱的那本书。然而，怎么也找不到。我这才想起，那天我将书拿出去，就没有拿回来，是我将书弄丢了。看着父亲急切的样子，我在一旁流着泪，支吾着将丢书的事告诉了父亲。父亲听明白后，摸了摸我的头，说了声，没事。旋即出了门。

爷爷的后事办完后的一天，父亲从怀里摸出一本书，和我丢失的那本一模一样。他怎样找回来的我不知道，但他将书递给我的时候，只轻轻地说了声："能背出二十四节气吗？"我点点头，完整地将二十四节气背给父亲听了一遍。

3

有一回，我兴致勃勃地在所有发黄的照片中，想找出一张兄长幼时的照片，但找来找去就是不见踪影，便问母亲："我有照片，哥哥怎么没有？"母亲说："那时家里并不宽裕啊，吃盐都没钱，哪里有钱照相呢？"我顿生疑惑："那为什么有我的照片呢？"母亲脸色有些异样，说："孩子，那是怕你长不大啊！"

于是从母亲那里，知道了这样一个故事：我出生不久，便得了一种水肿病，病得一塌糊涂，几天几夜没睁开眼睛。父亲为了挽救我幼小的生命，东筹西借，砸锅卖铁让我住进了医院。母亲说："你父亲是多么刚强的人，可那些日子却常见他默默流泪。他一直守护着你，到你病情有所好转才安心哦！"父亲本是不迷信的，因为爱心使然，在我出院前夕，父亲还是特地请来了算命先生。算命先生掐着手指，天上地下说了一通，最后说，我命中注定多灾多病。

父亲信了，终日惴惴不安，心事重重。有一天，他特地叫上母亲，抱着我，步行至离家四十多里的县城，找到照相馆，为我留下了这帧幼儿时期唯一的黑白照片。

父亲是好客而传统的人，年年过"年"，都会将贴门神一事放在心上。因为在他看来，送来的门神才灵验。所以，只要送门神的人一来，他就会热情地迎上前，递烟倒茶寒暄什么的，热乎得不得了。

在我12岁那年，腊月二十九，送门神的人过去好几拨了，可这一回不知为什么，父亲直到天色擦黑，才出门接送门神的人。事情就是这么巧，还真有一位让他等上了。那一刻，父亲的欣喜没得说，他十二分虔诚地将来人让进屋子，倒了杯热茶，让他暖了身子之后，聊了一阵，才开始做要做的事。门神贴妥当，送神的人收拾好要走的时候，父亲站在屋檐下看了看天色，说了声："又黑又冷啊！不如在我家将就一宿？"那人听了，打了个寒战，当然地留了下来。

因为没有多余的床，更没有多余的被褥，父亲便将他安排到我和兄长睡的床上。送门神的人睡了之后，兄长也上床睡了，我却迟迟没有上床。直到一屋子的灯熄了，我一个人还犟在那里。

父亲没听见我睡觉的动静，躺下不一会便披衣起来了。他将我拉往另一间屋子，悄声对我说："孩子啊，人家出门在外不容易，外面黑灯瞎火的，还能走吗？"顿了顿，父亲又说："这样吧，你不愿和生人睡，就到我床上睡吧。"我破涕为笑，睡到了父亲的床上。

第二天早上，热热闹闹的鞭炮声将我惊醒。起床后才知道，送门神的人已经走了。父亲站在门外场地上，吸着鼻子，一听就知道是感冒了，但脸上挂着笑，看上去很开心。出于好奇，我脸都没洗，就走出了门外。一看才知道除了大门之上贴了门神外，所有的旁门也都贴上了好看的门神画。不用说，这是昨晚那个送门神的人有心留下的。

后来母亲对我说：你一生下来就多病多痛，命运不济，那一年你12岁，是你的本命年，你爸才在天黑的时候，将送门神的人迎进门来的。因为这样才有理由留他住上一晚，这份用心原本就是出于一腔父爱啊！

4

我第一次吃油条，是在即将上大学的时候。1980年高考后的一天，我随父亲搭车到县城医院体检。我记得很清楚，体检量身高时，我站上去稍稍踮了一下脚跟，身高才1.49米。医生见我在那么多体检的学生中，身材最为矮小，就对父亲说，孩子矮小又单薄，营养不良啊！当时父亲听了医生说的话，背过脸去难过得流下了眼泪。那天体检完毕，父亲破天荒带我到一家小吃店，要了一碗肉丝面，几个馒头。他将肉丝面推到我面前，自己干巴巴啃起了馒头。

那时，我眼睛一眨不眨望着小吃店前架在火炉上的大油锅，锅里滚烫的油水中，漂着一根根金黄色的油条。那一刻，满是油腻的梦一般的金黄，成了我心中的一份渴望。我舔了舔嘴唇，却始终没有出声。因为那时我已明白，家里的生活困窘到了什么程度。可我是那样心有不甘，眼睛就那么一动不动地盯着金黄的充满诱惑力的油条。

也许是父亲读出了我的渴望，他起身走到了油锅前，在身上摸摸索索找出了一些零钱，买了两根油条，递到了我的手中。我吃完汤面，留下了油条，不是我不想吃或吃不下，只是想留在手中慢慢品尝。那时，在我心目中，油条是那么难得的美味糕点。我随父亲走在路上，将油条拿在手上，边走边吃。那一天，我和父亲跋涉五十多里路，一直到天色漆黑，才从县城走回家中。

我在大学就读期间，父亲每月除了给我寄来基本的生活费，还要给我写来一封信，信是写在廉价香烟的纸盒上的。记得上高中时，无须写信，父亲便把烟盒纸一张一张聚集起来，给我当草稿纸用。父亲在信中问及的，永远是我的身体、学习状况，以及与他人相处得如何。至于家中的境况，他是很少提及的。就是说到了，也总是一句话：很好，不用担心。

读过几年私塾的父亲，惯用毛笔，他的每一封来信都是用毛笔誊清的，字是繁体字，写得极认真，无论字迹，无论标点，绝没有半点含糊。读父亲的来信，既可以感受到脉脉亲情，又是一份难得的享受。

我参加工作后，家里通了电话，因为在电话中聊天更直接，父亲有事只给我打电话。很长一段时间，再也没有给我动笔写过信了。当然，还有其他客观的原因，那就是，父亲年事已高，视力不如从前，执笔困难，写字很吃力。

就这样，自我大学毕业参加工作之日起，父亲和我之间，除了偶尔的电话交流外，再没有在信笺上落过一个字。或许因为我已是成人，或是因为我常常可以回家，同他和母亲见面。然而，在我因婚姻困扰不安的日子里，在语言的交流显得生涩、无济于事的时候，久违的父亲来信又飞上了案头。他在信中娓娓道来，让我读懂了人生的另一份责任。他让我明白，爱，是两个人彼此间的支撑；而婚姻，却联系着许多人有序无序的生活。透过颤动的字迹，我看见父亲是如何穷尽自己的人生经历，经过一次又一次苦思冥想后，百般艰难地把字一个一个写上信笺的。

5

多病多愁、多风多雨的人生秋天，我长期受着胃病的煎熬，有心的妻子从别处打听到了一个土方，说是以南瓜根、老母鸡、猪肚煨汤，对胃有一定的保健和治疗作用。打这天起，南瓜根就融入了我的生活，我开始清清楚楚认识被土壤掩埋着的南瓜根了。

当我将需要南瓜根的消息告诉住在乡下的老父亲时，他第二天便将南瓜根还有一只老母鸡一起送了过来。临回去时他还反复叮嘱我："如果南瓜根用完了，就打电话，我再给你挖一些来。"还说："乡下的土鸡有营养，只要对你的病有好处，就是要一百只、一千只，我也会想办法给你弄来。孩子，身体第一啊！"就在这些日子，我每天吃着南瓜根、老母鸡、猪肚煨的汤，想着老父亲那血浓于水的亲情，心中就涌动着千丝万缕说不清、道不出的感激和感动。

这样一些日子，父亲为我在冬日的乡野忙碌着，在来去的旅途上颠簸着。虽然我的病痛没多大起色，但父亲的深情却刻入了我的生命中。

又是一个本命年，生日那天，父亲打来电话，嗓音苍老而低沉。听着父亲关切的话语，我鼻子酸酸的。父亲老了，可他的成就感没有退，他的智慧还在。他对我的关爱一点也没有消减，他的关爱就像冬天的阳光时时刻刻温暖着我，照耀着我。

在我的感觉中，父亲一辈子特别舒心的日子，就是我们兄弟几个升学或工作顺利的时候。他打过石，铺过路，开过荒，刷过墙，甚至卖过菜……可家中的日子一直过得很清淡。虽然如此，在我的学生时代，父亲给我的每一个电话或每一封信中，从来看不到听不到一声叹息，甚至在我们参加工作后，只要父亲打来电话，他就会叮咛：要照顾好自己，不要太节俭，要注意身体……电话里听到的总是父亲爽朗的笑声，他的笑声常常让我心情轻松，了无忧虑。

身在异乡，每当思绪漂泊在冰冷的空气里，我总会忆起父亲那朴实无言的关爱。生活一成不变地重复着，紧张的工作节奏，巨大的生存压力，以及人生路上的挫折，使我身心疲惫。有个时期，我甚至没有勇气给父亲打电话了。父亲便打来电话问我："为何不跟家里联系？让我和你妈妈整天牵肠挂肚的，你安心吗？难道你把我们都忘了？"我只好用一切平安的口气告诉他，我很好，只是太忙，所以打电话的事也就忽略了。放下电话，我心里就不是滋味。那一刻，我感觉自己消极而被动地生活在这个看似熟悉的城市里，穿梭在钢筋丛林的水泥中，是一件多么可憎的事情。

父亲的坚韧不屈和积极向上时时刻刻警醒着我，父亲的关爱在我的生命中无处不在。每次携妻带子回家，如果超过了预定的时间，父亲就一定会打电话过来询问。我知道，此时此刻，父亲是满怀牵挂的。而我每次生日来临，只要我不在他身边，他都会想方设法打电话给我，送来他朴实的问候。我时常想，几乎世上所有的父亲都知道儿子的生日，但是又有多少儿子能记住父亲的生日呢？

6

父亲老了，身体状况很不乐观，每况愈下。尽管为生计奔波在外的子女有心让他和母亲随他们同住，但他不愿离开老家。他说他离不开自己的根，他必须守在那儿。

最令人纠结的是，母亲也是古稀之年的老人了，加上股骨骨折，腿脚有了明显的不便，路程稍远几步，就得借助拐杖。尽管如此，她还得照看病痛中的老父亲。就这样，两个不乐意离家的老人，互为依伴着待在一起。他们度日维艰的光景，在他人眼里，也就可想而知了。

再怎么艰难，日子还是得过。不是到了迫不得已，父亲是不愿意给自己的儿女带来一丝一毫不安的。每次电话，他总是说，我很好，只是没有能力管你们的事了，你们也都是知天命之年的人了，要自己照顾好自己啊！

身为人子，我们何尝不知道，父亲母亲如今是处于一种怎样的状态。但是，我们除了想起来打打电话，或是抽时间回老家看看，或是极尽所能为他们的病痛创造治疗条件外，却是无法排解他们的寂寞、孤独，无法阻止他们在时光中老去，无法消除时间嫁接在他们身上的痛楚。尘世之事，来的来了，去的去着，总是叫人纠结迷茫、徒唤奈何。

兄弟几个有机会团聚的时候，谈论最多的一个话题，就是希望父亲能多活些日子，等到我们退休了，还有机会回到乡下老家陪伴在他老人家身边。这样一来，我们也就有充足的时间照顾两位老人了。2015年春节期间，照旧在老家相聚。一天早上，兄长说，他昨晚做了一个梦，祈祷神灵保佑父亲多活些年。神灵说，我可以满足你，但有一个条件，就是要减你的寿。兄长说，那有什么不可以的，反正我的寿命够长的。兄长说这些的时候，语气坦然平静。

父亲终于还是熬不过病痛。春节过后不久的一个双休日，父亲给四弟打电话，说身体极为不适，要去医院看看。那天下着大雨，四弟驱车叫上我，回到了乡下老家。我们抵达的时候，母亲守着父亲等在家门口，把去县医院所需的日常用品和证件都准备好了。

父亲看上去气色极不好，没有一丁点力气，垂着头坐在那儿。扶他上车的时候，他移一步，喘一口，停一下，很是吃力，那分明是一种疲惫不堪的感觉。

父亲这一年在医院进进出出，折腾了好几个来回，终归是没有真正地利索过。

窗外的雨，淅淅沥沥地下着，那声息，若有若无；远处的山，在黛色中静默，在迷蒙中遥远。父亲还是熬不过病，到另外一个世界去了，安息在他的山水田园中，再也无法醒来。

"生如春花灿烂，逝如秋叶静美。"父亲走了，走得宁静、沉默、安详。冬雨稀声，流云无语，撒却世间尘埃的父亲，风风雨雨一辈子的父亲，收敛了生命中最后的光亮，再也不需要为世事劳神费力了。他带走了自己孱弱的肉体，也在我们心中刻下了久远的记忆和念想。

　　清明时节，缘于生命的怀念，外在的形式总是落入俗套的，但揣在心底的情愫却是真切实在的。连兄长50岁时生养，我那不满5岁的小侄子也不例外。在父亲的新坟前，他竟然知道将一个饮料罐灌上水，扯几根青草插在了里面，摆在了父亲的坟头，还天真稚气却认认真真地说，让爷爷闻一闻青草香哦，爷爷一定闻得到的。

　　这几株青草，这一抹清明青，没有吵嚷，没有喧闹，就这么天真烂漫地将浓郁的亲情诉说了一回。这种纯净、不着痕迹却深入骨髓的诉说，倏忽之间，就让亲情的氛围在每一个人的心头有了弥漫、滋长、辗转、扩散的意味。

※ 作者简介

　　程应峰，湖北省咸宁市人，中国作家协会会员，《读者》等刊签约作家。

乡韵悠长

大路通天

李人庆

春风像一把柔韧的梳子，轻轻梳理着静谧的小村。

春雨像一支多彩的画笔，放开手就是姹紫嫣红，一片绿荫。

一场春雨过后，蔚蓝的天空绽放着一朵两朵硕大的白云，晶莹，剔透，像《诗经》里窈窕少女甩落的水袖，仿佛触手可及。一群山雀欢快地在车窗外飞过，叽叽喳喳地表达着亲近，像是要钻进这诗样的画卷。

行走在蜿蜒曲折的石林路，满眼翠屏绿嶂，繁花点点。沥青混凝土路面平坦整洁，天蓝色的护栏整齐划一，白色的分道线、边缘线随山势高低起伏，观景台、错车台、公路驿站点缀其间，车子就像是油画中的一叶扁舟，时而爬上碧波荡漾的山巅行走在峭壁之上，时而冲进山坳幽谷隐没在绿色的丛林。

车至平沟，时值正午。"陈家民宿"房前屋后两个停车场停满了大大小小的车辆，房间里、院子里坐满了一桌桌的客人。

"自从有了这条路，我们的日子是芝麻开花——节节高！三年前，我拆了老房建起这座四层小楼开办高山民宿，现在足不出户，每年都有几十万的收入！"村民陈新库说这话的时候，一脸的兴奋，一脸的喜悦："十几个房间，一到周末、节假日，不提前预订，一房难求！"

"陈家民宿"坐落在石林路左侧的山坳里，三面环山，环境优雅。此时，映山红开得正盛，站在楼上房间里，推开窗，仿佛一伸手就能抓着那摇曳的花枝。

"要是没有这条路，我们想都想不出能有今天的幸福生活！"村支书朱广民感慨万千："走，我带你们好好去看看，这可是最美云中公路，是网红打卡地！"

1

平沟，鲁山县西部高寒山区的一个建制村，平均海拔1000米以上。这里峰峦叠嶂，水碧潭清，有如火如荼的杜鹃林，有千姿百态的瀑布群，有白莲教遗址挂鼓楼，有历史久远的文殊古寺，还有虬枝盘错的千年古银杏树群，文化底蕴深厚，生态环境优美。然而，层峦交错的美丽背后，最悲凉的两个字莫过于"贫穷"了。

早些年，村里通往外界的，只有一条九曲十八弯的羊肠小道。山，真的是很高。路，也的确是太陡，往往一边是陡峭的山崖，一边是深不见底的沟谷，曲折回环，峡壑争奇。那条小路就显得更加窄了，像线一样悬着。由于山高路险，有的老人一辈子都没下过山，有村民养头猪想杀了卖钱过年，只能碎成小块背下山去，卖完之后再买过年的粮食一步步背回来。一来一回一整天，每走一步，都是那么沉重，那么艰难。

那时，全村400多口人，唯一的学校是一排五间的土瓦房，一到五年级共用，兼具宿舍、教室、办公。由于年久失修，黝黑的墙壁上，开着一道道狰狞的裂缝，屋顶两个露天的窟窿，像是一双无奈的眼睛。教室里，几块土坯、几块宽窄不一的木板垒成的课桌，艰难地支撑起一代人的希望。山墙外，一排石头支起、被烟火熏得漆黑的小灶台静静地吞噬时光，那是因为学生们离家远，学校又立不起伙，于是，就连7岁的孩童也学会了用三块石头支个锅，从屋后的山上捡来柴草，在烟熏火燎中清水煮土豆、玉米糁子熬稀饭……

漫山杜鹃自开自落，香无人识；涓涓溪水，形单影只，徒自空流；路似羊肠，千沟万壑，寸步难行；吃粮靠统销、花钱靠救济，致富无门，望天兴叹。

平沟，除了贫穷，还是贫穷。

2

1993年9月，这座沉寂的大山迎来了一群人，没有人能想到，这群人的到来会对这个穷得叮当响的深山沟乃至整个县的旅游开发产生什么样的影响。

这是7名来自县交通局的工程技术人员。他们的到来，给这片美丽却贫瘠的土地赋予了新的生命。

为改善当地群众生产生活条件，开发丰富的旅游资源，县里做出了修建石林路的决定。石林路南起 207 国道前庄路口，北接 311 国道大庄，从平沟穿村而过，分别与石人山风景区和秘洞景区相连，是一条旅游路，也是一条致富路。

然而，要在这海拔千米以上的崇山峻岭间修建公路，谈何容易！石林路全长 25.48 公里，路基最高海拔 1080 米，落差大，弯道多，山险涧深，且 70% 的路段要经过花岗岩构成的悬崖峭壁。这些地段人迹罕至，光滑陡峭的岩壁连鸟飞上去都站不稳，难度可想而知。

"立下愚公移山志，敢教日月换新天。"县交通局、地道所的工程技术人员没有被困难吓倒，他们背着绳索，带着干粮和简陋的测量工具上山了。陡峭的石壁上，他们系绳索，攀野藤，画标点；茂密的森林里，他们穿荆棘，清路障，做标记；渴了，饮山泉，饿了，啃干馍；没有先进的测量工具，唯一"高大上"的就是一台水准仪，由于山太陡，需要不停转点儿，有时跑了老远好不容易架一次仪器也只能测量一个点的高度。一天下来，脚上起泡了，脸上、胳膊上被荆棘划破的口子火辣辣地疼，一个个累成了一摊泥，地上一坐都站不起身……就这样，县交通局地道所的工程技术人员披荆斩棘，餐风露宿，历时两个多月，终于在大雪封山之前完成了测绘工作。

时隔多年，已是县交通局副局长的张艳丽仍忘不了那段难忘的岁月："现在想想就像是在做梦，那个时候，每天穿行在崇山峻岭，我们形容自己是似猴上树、如猿跃涧。测绘结束下山时，一个个衣衫褴褛，都说我们是要饭的！"

3

1994 年农历二月初二，"龙抬头"的日子。这一天，"轰隆隆"的炮声打破了沉寂的大山，鲜艳的红旗在各个路段迎风招展，全乡 12 个建制村以支部书记为突击队长的施工队伍和毗邻乡镇尧山、赵村、团城的施工队一起，拉开了石林路建设的帷幕。

没有挖掘机，就用炸药炸、用钢钎撬；上不去三轮车、拖拉机，就用手推车推、用人工抬……12 个村支书冲锋在前，坚持与民工同吃同住同劳动，在根本无路可走的情况下，带领参战民工腰系麻绳，相互搀扶，硬是把施工的炸药、钢钎、铁锤一样样背上山，用油桶、水壶背去吃喝的用水。白天，打眼，放炮，清理路基；夜晚，几个人挤在暖不热的被窝里，听山风呼啸，看时阴时雨。

初春的夜，滴水成冰。海拔千米之上的寺上村，昏暗的油灯下，县地道所的工程技术人员围着柴火修订图纸、标画进度。

陡峭的山崖上，一间亮着灯的塑料棚里，几位民工裹着棉衣蜷缩在被窝里，鼾声四起。彭庄村支部书记刘忠昌却没有一点睡意，凌乱的头发和胡子让他看上去更加疲惫不堪。从开工到现在，这位68岁的老人每天吃住在工地，已经一个多月没有下山了。由于他们村分包的路段是最险的路段之一，施工进度滞后。此刻，他正在筹划着明天的施工方案。街西村施工工地搭建的大棚里，支部书记陈广福正在和村组干部安排第二天的施工任务。看着老人熬红的双眼，和他一起来的两个儿子都劝他早点休息，他说："工程到了关键时期，我睡不着啊……"

"再苦再难，路，我们一定能修好！"铁骨铮铮，彰显担当；豪迈誓言，凝结初心斗志。经过千余名参战人员200多个日夜的艰苦奋战，能征善战的鲁山交通人和勤劳的山区人民在各级党组织的坚强带领下，用鲜血和汗水，在大山深处铸就了一座不朽的丰碑，也铸就了"不畏艰险、团结拼搏、战无不胜"的石林路精神。

4

石林路沿途景点众多，客流量大，但由于平沟是河南省三大暴雨中心之一，山势陡峭，路基窄险，加之当初设计标准低、条件有限，除路面硬化外，没有安装防护栏、防撞墩等防护工程，就连挡墙也多是片石干砌的。随着岁月流逝，山体风化、路面老化，山体滑坡、塌方等地质灾害随时都会发生，石林路升级改造势在必行。

2020年，鲁山县交通运输局紧抓"四好农村路"建设契机，在县委、县政府的统一部署下，把石林路的升级改建工作作为重中之重，提出了鲁山交通人新形势下"鲁山质量，鲁山速度"的新思想、新使命，力争把石林路打造成"车在景上走，人在画中游"的"最美山区公路"。

为确保工程质量和进度，从图纸研讨到施工安排，从材料源头到现场管控，指挥部统筹安排，详细分工，一切有条不紊。此次改建将由原来的水泥路面升级为沥青混凝土路面，全线修建排水沟，配套安装防护工程，并在每个景点附近修建错车台、停车位、景观台，为来往游人提供安全保障和最大便利。

石林路升级改建，重点在弯道加宽。由于第一次修建时受各种条件制约，弯道半径过小、不通视等问题普遍存在。为解决这一难题，局长贾建宏带领指挥部张艳丽、徐新辉等参战同志，徒步对每个弯道进行实地考察，一处一处制定合理的改建方案。25.48公里，他们究竟走了多少遍，没有人数过，只知道他们每个人都成了石林路的"活地图"，哪里有弯道，哪里的坡度有多大，一个个张口就来。

山杏黄了，桑葚熟了。春去了，夏来了，无论是施工人员、工程技术人员，还是交通局的班子成员，太阳把他们晒成了同一个肤色，工程也到了铺油的关键节点。

铺油是整个工程的重要环节。从沥青混凝土的搅拌、运输、摊铺到碾压，节节相连，环环相扣，一旦开始，那就是从早到晚不再间断，出不得一点纰漏。早晚尚好，中午将近40摄氏度的高温，而沥青混凝土的温度更是高达一百余摄氏度，热气扑到脸上，像被灼伤一样，干热风混合着沥青的气味，能让人有一种窒息的感觉。怎么办？怎么干？"领导带头干，员工积极干！"从原材料出厂到现场，班子成员、技术人员全程参与，全程监督。没有一个人叫苦，没有一个人抱怨。"干了就干好，干了就干成！"虽然听着是平淡的一句话，但足以让你的内心掀起波澜。经过半年多的紧张施工，石林路终于以"最美乡村公路""最美云中公路"的崭新面貌呈现在人们眼前，成为名副其实的"网红打卡地"。

升级改造后的石林路就像一根金丝银线，把文殊寺、珍珠潭、六羊山、尧山漂流等景区串成串、连成片，使这些景区遥相呼应、熠熠生辉。同时，带动沿线百余家农家乐及民宿发展，为鲁山的旅游开发、经济发展和当地群众的脱贫攻坚、乡村振兴插上了腾飞的翅膀。

5

漫步平沟村，沿石林路两旁，一条条的水泥路伸向这条沟，通往那道岔，仿佛是平沟这片叶子上的叶脉纹理，把一家一户连在了一起。一座座崭新的农舍，一栋栋造型别致的楼群，依山势点缀在沟沟湾湾，错落有致。山上山下，板栗、核桃、辛夷、柿子、山茱萸等经济林和用材林层次分明，郁郁葱葱，葳郁一片，或红、或紫、或雪白的野花点缀其间。置身于此，仿佛身在画中，或是在一个童话的世界，一种诗意的浸染融化着你，陶醉着你，也丰富着你的想象……

村民朱广团是开办"农家乐"富起来的第一代平沟人。说起这些年的变化，这位憨厚的山里人一下子就打开了"话匣子"：党和政府把公路修到了家门口，又引导、扶持我们开办农家乐，利用丰富的资源优势发展生态旅游和食用菌种植，一家家现在都富起来了!"你看,这是我家的新房,两层的楼房,外带东西厢房,各种家电齐全,连小轿车都买回来了,这在过去连想都不敢想啊!"

随行的村支书朱广民兴奋得如数家珍:"借助石林路升级改造和扶贫开发、乡村振兴的东风,我们一方面加大环境保护力度,加强生态建设,另一方面依托得天独厚的旅游资源,组织有能力的人家开办经营农家乐、高山民宿。现在,石林路沿线的文殊寺、珍珠潭、城望顶、杜鹃岭都成了热门景区。仅旅游一项,户年均收入都在 10 万元以上,有的达到了三四十万元。脱贫攻坚取得全面胜利,乡村振兴更坚定了我们加快发展的决心和信心!"

"最美的一条路贯穿了鲁山最美的风景,每到周末都想把心情在这里放飞。看看风景,买买山货,吃吃农家饭成了我们最开心的事情……"路边的观景台上,来自平顶山市区的刘女士正一边拍抖音,一边介绍着鲁山的风土民情。

石林路,你走过一次就能魂牵梦萦的地方。

石林路,一个把故事演绎成了传说的地方。

家乡味道

林旷德

1

漂泊在外的人，都有自己故乡的味道。要写出属于自己的独特的家乡味道，身为尚未走出家乡的学子，自然没有游子那般经典的怀旧，更不能体会到久别家乡的失落、执念，当然也成长不出思念，成长不出乡情。但在我的眼中，同样有我独特的家乡味道。

我的家乡在豫西山区鲁山县，这里山多，素有七山一水二分田之说，自然环境如此的家乡能有什么味道呢？其实每个地方都有它不同的味道。

2

自从读书以后，我就和父母一起住在县城里，离开了远在山里的老家，老家的味道就是山沟里的味道，有野酸枣的味道、沙梨的味道、野葡萄的味道、野猕猴桃的味道……还有奶奶洗衣时手里皂角的味道和奶奶专门为我准备的山野菜的味道，是我盼着寒暑假能仔细回味的味道。

儿时跟着爷爷奶奶在田地里尽情玩耍。春天，鹅黄色的迎春花一串串绽放着；初夏，一簇簇杜鹃花热情地勾引着人们的视线和脚步；秋天，满坡开遍的野菊花，用她们傲霜的小小枝头吸引着采药者与她们亲近；冬天，漫山遍野的山坡覆盖着枯萎的小草、野花，或者覆盖着厚厚的洁白的大雪。站在爷爷家大门外的高坡上，只要稍微有点耐心，就能看到灰色的兔子在雪地里寻找难以果腹的食物。

进城读书以后，老家的味道越来越淡了。随着学习越来越紧张，回家的次数一年比一年少，在老家待的时间一次比一次短，以前迫切希望离开，现在想要快点回去。

每次回去，奶奶都会把珍藏起来的野酸枣、山核桃、野葡萄干……拿出来，让我尽情地享受。看着我开心地吃着奶奶精心准备了一秋的丰富野果，奶奶真高兴，有几次不自觉地笑出声来。

更多的时候，我是住在温暖舒心的县城里。我一直坚持，要把爷爷奶奶接来一起住，不是因为房间小，就是因为楼层高，无法实现我的夙愿。如今我家也住上了电梯房，可爷爷奶奶却无论如何不愿离开老家的一亩三分地。爸爸不让爷爷种地，爷爷说："说啥也不能叫地荒着，心疼人呢！"奶奶说："要是没有俺那个小菜园子，你们能吃上纯绿色的无公害蔬菜！"

如今，爷爷总是笑得合不拢嘴，脸上的皱纹越发比老家山坡上的野菊花还要灿烂。因为，精准扶贫政策已经充分落地，老家除了村村通，水泥路修到家门口，老房子政府帮忙换成了小洋楼，家家用上了自来水，冲水马桶，村里有广场、健身器材，有娱乐室……爷爷说："跟城里一个样，干净，卫生……"其实，都是一个意思，只是爷爷不善于表达罢了。山村人居环境的巨大变化，难怪爷爷奶奶就是不愿意离开老家。

不仅如此，爷爷还说："但凡家里有人手的乡亲们都开起了农家院，那生意，火着呢！"是啊，鲁山原本就是个旅游大县，山区水系发达，以尧山为中心的风景区不胜枚举，用各自独特的风味吸引着四面八方的游客。整个景区在国家精准扶贫政策的大力推动下，日新月异。

如今，学习越来越紧张，回老家的次数越来越少，爷爷奶奶的蔬菜、粮食、野果就像一个味觉定位系统，锁定着几十公里之外的老家，默默地成为我心灵深处的慰藉。当我回到老家的时候，我才发现我想念的不仅仅是我的童年，还有老家的味道。

3

我居住的县城虽然不大，但在我的心中，她却像一位端庄美丽的少女，越来越亭亭玉立。

县城的老街道非常古老，这里曾经是古丝绸之路的重要通衢。早在一百多年前，华丽的鲁山丝绸就获得过国际大奖，如今那里几乎成了步行街，与昔日车水马龙的辉煌形成了鲜明的对比。然而，我所居住的鲁山城却逐渐长大了！不断向四周发达，早已扩展为古县城的好多倍。新城区马路宽阔、平坦、笔直，只是不见了远古的马车、牛车，代之以各色快速奔跑的汽车。在我的亲眼见证中，鲁山县城长大了、富裕了，也越来越摩登了。

越来越现代化的县城同样有着与众不同的味道。

县城老城大街西关的胡辣汤、羊肉汤、牛肉汤等小吃远近闻名，吸引着风尘仆仆从外地赶回来的鲁山人，也吸引着前来旅游的游客们。他们早早地坐在临街露天的小凳子上，馋涎欲滴地等着老板端来热腾腾的美味。从他们异常满足的表情中，我看到了他们对故乡的期待和向往。难怪他们一边品尝着家乡的美味，一边说："在他乡天再热心都是凉的，在家乡再冷心也是热的。"这些天南地北的鲁山人，他们的行程就像一个以家乡为圆心在画圆，无论他们跑得有多远，心始终围着家乡转。鲁山电视台有一档栏目《天南地北鲁山人》，看了他们的吃相，才感觉这个栏目真是办对了。

难怪有人说，出门在外，最难忘的就是家乡的味道，每个人心底家乡的味道都是童年最深处的记忆！月是故乡明，菜是家乡美，家乡菜的味道，寄托着人生沧桑的感慨，这种味蕾上的乡愁终生难忘，而且随着时光的流逝更让人刻骨铭心，是任何山珍海味都无法比拟的。

4

说起家乡味道，自然离不开地方名吃，鲁山当然不能例外，叫作鲁山揽锅菜，是河南省地方名吃之一。鲁山揽锅菜集中国八大菜系之精华与鲁山风味于一体，是享誉省内外的美味快餐，美名传到四面八方，小饭店早已开遍全国各地。

揽锅菜的味道，熟悉而顽固。

一碗热腾腾、香喷喷的揽锅菜，时刻香馋着游子的心。那些走出鲁山的游子，每次回家，最想吃的就是揽锅菜。对他们来说，回家就是吃揽锅菜，吃揽锅菜就是回家。吃了揽锅菜，心里才踏实，这趟家才没白回。

其实，鲁山揽锅菜就是小时候过年才能吃到的"烩菜"，有点像"东北乱炖"，是与情感和记忆联系在一起的。揽锅菜这样做，是因为以前太穷，人们太珍惜过年才有的那块猪肉，于是就将它的作用发挥到极致，做成一顿解馋的过年大餐。因为穷才做出来的揽锅菜成为一种文化。其妙就在一个"揽"字。各种食材、工艺、技术、味道，以一"揽"之，包罗万象，岂不妙哉！一份揽锅菜，简朴而丰饶，家常而独特，自然充溢着特有的家乡味道。

"走，吃揽锅菜去。"这句话早已成为鲁山街头巷尾的口头禅。

鲁山揽锅菜，时尚新颖，具体生动。吃过的人禁不住回味无穷，没吃过的人更是垂涎三尺。不仅在县城，在遍布鲁山的各个风景区和无处不在的各个农家院里，您都能品尝到风味相似而各有千秋的鲁山揽锅菜。一碗热腾腾的鲁山揽锅菜，代表着鲁山古老与现代烹调技术的完美结合，已成为一种文化、一种符号、一种寄托、一种乡情，更是一种味道。

5

世界再美，家和家乡的味道，依旧是人们最难舍的牵挂。

到不了的地方都叫做远方，回不去的世界都叫做家乡。我离不开我的家乡，更离不开家乡的味道，但我同样向往的，却是比远更远的地方。

※ 作者简介

林旷德，鲁山县人民医院老年病科主任，主任医师，专业技术拔尖人才。中华医学会会员，河南省作家协会会员，河南电视台特邀编剧，县作家协会副主席，鲁山县政协委员，鲁山县突出贡献文艺家。业余从事文学创作，发表作品200余万字，部分被《中篇小说选刊》选载。出版有长篇小说《妈妈领着我们闯关东》。

鲁山在日新月异的风情里美丽

胡庆军

鲁山，镶嵌在中原的版图之上。那些风情，如诗一样书写在光阴之河的两岸，该如何绘你的秀美，那些标识交错成独有的情愫，走过或者居住，这片土地让不同的风姿呈现最广阔的想象。

伴着祖国的日新月异，在党的领导下，鲁山发展的脚步叠加在某些印记之外，这里的阳光很暖很柔，静下心，就可以触摸到她的心跳，就可以聆听到她的故事。那些远去的背影，早已经搁浅在了变迁的美丽之间，淘洗了岁月的沧桑。挥挥手，那些历史刻进生命，让幸福定格成这里的每张笑脸。

沿着日子或许可以看见鲁山发展变化的足迹，那些回旋在历史深处的侧影，沉淀成时代的风景，把某些的快乐聚拢或分散。谁在感受历史，谁在触摸真实。搜索记忆，所有的柔情升腾在这片土地之上，就让历史上最为完美的那些句点延伸在斑驳的日子里，就让鲁山人的日子沿着岁月飘荡。

昔日一穷二白的鲁山，如今发生了翻天覆地的变化，一座发展之城掩映在错落有致、清新自然的风情中，那些村庄的名字依次舒展、那些故事点缀在城乡之间，自然交融成创新和温暖，琅琅的读书声在四季都那样抒情。

鲁山，让多少人来了就再不愿意离开，这片土地已成为创新发展的新高地，开放、包容、创新、发展，一波一波变革的强大引擎绘就鲁山美好的明天。当然，也可以在一粒粮食、一丝风景里品味历史的味道，然后把鲁山人的生活的诗篇向四方传递、扩展。

鲁山，中原大地上的这座古老的县城，沿着历史定格在一片生机盎然的沃土上，乡村脱贫致富和美丽乡村建设使这里天蓝、地绿、路洁、水清……如今，目光企及的地方，那些童年的歌谣依旧在田野深处交响，希望的果实在阳光下在四季的变迁中静静地酿造成醇美的酒。近年来，鲁山将乡村脱贫致富和美丽乡村建设工作作为推进城乡一体化发展的重要抓手，绿色、宜居、舒适、生态的和谐生活如同徐徐展开的油画，那些美丽的乡村建设得如一首田园诗，如一幅多彩的风情画，如一串绝美的歌谣。

时光驶来的幸福航船上有热血有汗水，承载了鲁山人的梦想，幸福重叠着幸福，光阴的叙述里有故事有传说。踏上鲁山这片土地，在鲁山厚重的人文风情里行走，在体会这里的一草一木的同时，能看见鲁山人的生活，感受鲁山人在脱贫致富的路上的付出和幸福。

多少春秋，让一座一座丰碑耸立在鲁山人心上，让一部续写的史诗写进民富国强。鲁山围绕实现中华民族伟大复兴的中国梦，自强不息、砥砺前行，一路走来，从容不迫，在"破"与"立"之间精彩嬗变，取得了一系列突破性的成果。

一种精神是一个地方发展、前行的灵魂，这些年，鲁山人把自己的家乡建设成了一座集实力、绿色、创新、开放、幸福于一体的活力之城。此刻，这座城正站在历史的舞台上，在阳光下倾注了闪亮的创意，在季节的边缘，那一枚枚的色彩点缀于绿肥红瘦的季节，打造成最绚丽的梦想。

装订书卷里的熏陶和回味，成为心与心之间交织的愿望。鲁山，我们目光里的大鲁山，凹凸的风，沿历史的脊背跌落深谷，在你的面前，我的血鲜活了的灵魂，在风情中变成了一抹圣洁的花绽放。

记忆里都寻不到破旧的影子，那些变美，变新的城乡，演绎鲁山的自强。那一年，那一月，那一天，那一刻震撼在恢宏历史里，鲁山人把冲锋的号角一次次吹起，让素有"七山一水二分田"之称的这片土地演绎物华天宝，人杰地灵，交通便利，山川秀美，风光旖旎。是的，如今的鲁山已经成为中原经济区中重要的综合交通枢纽城市、中外知名旅游城市、最佳投资创业城市、人与自然和谐发展的山水园林宜居城市。

在鲁山大地行走，心情如同放牧，蓝天与草原相接处，不时会游移着一线乳白。走累了，可以与大地同卧，和蓝天对视。于是心就是纯净的了，想象便是高远的了。鲁山的俊美、清新就这样拥挤着、热闹着、毫无心机在阳光下灿烂着，然后占据你的心。鲁山给人甜美的视觉享受，这种感觉是真实的，真实于一种持久而凝聚的力量。蓝天下，阳光灿烂照耀着一切，思绪如花，所有的静谧让心沉溺于优美，许久不肯离去。而那些神奇的传说和故事为人们了解鲁山提供了一个更大的视角。

鲁山的味道，是遥远而干净的味道。回望鲁山走过的路，很多鲁山人记忆在心，鲁山人用汗水和勤劳建设起来了一座美丽的城市，鲁山的建设正由单一的号角变成了宏大的交响乐。回望历史，鲁山跟其他地方一样，在细微的变化中紧跟历史在不断前行。每一个经典的地方，都应该有属于这个时代的表达方式，就像鲁山那些在历史中风化了的记忆。

一个地区的文明程度，决定着这个地区的高度。多年来，鲁山人以"钉钉子"的精神，全面落实各项工作，有力推动了人文、生活、社会及生态环境的提升改善，社区创建活动扎实有效。

是的，这就是鲁山，变化不仅在每个人的心中，更存在我们每个人的眼里，那是看得到的变化。体味鲁山人的豪爽、善良，感受鲁山面貌的日新月异，你或许会瞬间感到仿佛徜徉在时空隧道里。每一处历史和现在的痕迹都在展示着一段辉煌；每一个壮阔的历史事件都在叙说着惊天动地的故事；每一个传奇式的历史人物都好像在触手可及的地方。渐渐地，一个深沉、厚重、壮烈、雄浑的鲁山出现在我的眼前。

在鲁山行走，你随时在文字和目光里找寻，找寻蜷缩了很久的快乐，找寻生命里寄存的风景，打捞那些被遗忘了的感动。然后将它们过滤，沉淀，在流年里绚丽成花。细细地想来，鲁山正用自己的速度前进，鲁山人正用自己的汗水让这片土地从辉煌走向辉煌。

在鲁山行走，我们都是这片土地上一道风景。如今的鲁山，故事很多，时空很大！

※ 作者简介

胡庆军，笔名北友，1969年12月出生，河北黄骅人。中国散文学会、中国诗歌学会会员、天津作家协会等会员。曾出任多家刊物、网站编委、副总编、总编。

家乡端午的香布袋

张海鹏

端午节是我国的传统节日之一,在我的家乡——素有"八百里伏牛山东大门"之称的鲁山县,就有许多传统风俗习惯!比如,门前插艾草、吃槲坠、戴五彩线、炸油条、煮大蒜、煮鸡蛋、饮雄黄酒等。浓厚的节日氛围让人向往,想到这里,心中便已生出了许多欢喜。

每当端午节来临之前,除了准备艾草、包槲坠、煮大蒜、煮鸡蛋之外,长辈还会用各色的花布缝制成各式各样的香包,我们这里称之为香布袋,内以各种香草或带有香味的中草药作为填充,送予小辈,寓祛灾祈福。

我国佩戴香包历史悠久,最早可追溯到周代之前。据《礼记·内则》记载:"子弟父母,左右佩用……衿缨,以适父母舅姑。"这里所说的"衿缨"即香包。这段文字记载说明周代年轻人在父母与舅姑处时,随身佩戴香荷包(香囊),这是对长辈尊敬的礼仪,并非如今的装饰作用。

说起来香包的制作,在我的记忆中十里八村数外婆的手艺最细最精。我们这些小辈,每每端午将至,总会期待外婆给我们制作香布袋。老人家制作的香布袋一般都采用彩色碎布块包上棉花,掺和着香草之类带有香味的中草药,再用彩线扎绣而成。它们下边还会垂上各色线穗,再穿上银珠光片等饰物,不甚美,却令人心生欢喜。稍微大一点的孩子、成年人佩戴的香布袋样式大多数是鸡心、鸡胗子、辣椒、荷包等,寓意驱"五毒",起到防病作用。稍微小一点的小孩儿们佩戴的香布袋一般是用五谷杂粮配"香草"做成的"料布袋"和搬脚娃娃。"料布袋"一般也为鸡心形状,下面可能会穿上银珠光片之类饰品。搬脚娃娃一般为长方形,然后绣上手、脚、头,画上眼、鼻子、嘴,娃娃一只手握着小扇子,另一只手搬着小脚拿着桃,好不快乐!当然手巧的长辈可能会做得形状各异,大小有别,寓意着期盼小孩子们健康成长。还有一种具有我们本地特色的小香布袋叫"茉荷莉"。这种茉荷莉香布袋大小和扣子差不多，也是人人佩戴。茱荷莉特指山楂，戴在身上寓意着消食健胃、活血化瘀。

总的来说，家乡的香布袋制作式样，大有比巧的意思。年龄稍大的孩子和成年人多将香布袋系在腰带上，小孩则挂在脖子上或缝在胸前。同时，与香布袋配套的是五彩线，五彩线又称"端午锁"，是指五种颜色的线扭成股的五色彩线。我家乡有这样一句俗语："五月初一人娃带，六月初六草叶带，有病了，草叶害。"说的是五月初一一早便要戴上五彩线，等到六月初六把五彩线去掉或者挂在草上或者扔到下水道，寓意把身上的灾、病等丢掉冲走。

随着经济社会的快速发展，每到端午节前，街上总会出现很多售卖香包的小贩，这些香包样式、味道更是多种多样。传统香布袋制作也因此逐渐变少，但是因香包，尤其是香布袋一般都是手工缝制，一针一线蕴含了很多的深情挚意，我们当地人还总是把它当作礼物送人，表达一份真切的心意。如今传统的香布袋已经成了家乡端午节特有的民间工艺品，它就像飘在其下的银珠光片一样，是我们鲁山县端午节的一颗明星，也将永远地闪闪发光。

※ 作者简介

张海鹏，鲁山县张官营镇人。鲁山县民间文艺家协会会员。喜爱民间文化，偶有诗文发表。目前有剪纸作品被河南博物院收藏，曾获河南省文旅厅等六部门联办的河南省大学生科技文化节美术类一等奖，河南省民间文艺家协会抗疫作品优秀奖。

古风新韵鹁鸽吴

杨西仑

在鲁山县城北部，自西北向东南蜿蜒奔流着一条名叫大浪河的河流。大浪河畔石崖众多，其中，最壮观的石崖当属鹁鸽崖。

明代嘉靖《鲁山县志》载，鹁鸽崖在县北大浪河之畔，"崖常有鹁鸽巢雏，故以名"。鹁鸽崖挺立在大浪河南岸，陡峭的石崖长100多米，高20多米。远远望去，鹁鸽崖崖面陡峭壁立，怪石嶙峋，宛若经过大师点染皴擦的巨幅中国画。

石崖东侧的峭壁有两条石缝通往半壁的鹁鸽洞。鹁鸽洞是传说中仙人放鸽所住的天然洞穴，今留有仙人所居时的石桌、石凳等物。最早的时候，在鹁鸽洞溯洞而上可至崖顶，但越向上，石洞越曲折，越阴暗、寒冽。

今崖顶出口已为泥土所封，游人至此，每为半途而废留下遗憾。从崖下沿着掩映在荆棘丛中的羊肠小道，可以到达崖顶。在崖顶，有古柏把粗壮的根系盘绕于石缝间，守卫着崖顶的巉岩怪石。

在鹁鸽崖崖顶，可以俯瞰大浪河对岸的中国传统村落鹁鸽吴。

鹁鸽吴村因鹁鸽崖和吴姓村民世代居此而得名。2014年，鹁鸽吴村被列入第二批"河南省传统村落名录"。2016年，鹁鸽吴村被列入第四批"中国传统村落名录"，成为国家和河南省重点保护的传统村落。

鹁鸽吴村是一座依山临河的古村落。村落依地形地势分布着古老的民居，现在保存有明代、清代和民国时期的古建筑100多处。这些古老民居的院落、房屋多用石头所砌，房屋上覆小青瓦，随着地势错落有致，弥漫着古香古色，散发着古风古韵。

东西方向的村道时高时低，弯弯曲曲，穿行于古村落之间，曾经散落着晨昏之时牛羊的叮当铃声和荷锄农人纷乱的脚步声。村中多有南北方向的小道，自上而下，通向村南的大浪河边。河边经常奏响着辘轳、水桶和扁担的交响曲，还有洗衣女人的棒槌声、河水向东奔流的哗哗声……

从河边踏着石阶小道，到村子中心的三官庙。三官庙在村中心的一块高地上，一排屋宇坐北向南，背依山坡，前临村道。三官庙主体建筑三间，门额上有石刻"天地水府庙"，供奉的是天官、地官、水官三官大帝。三官庙始建于明代嘉靖四十一年（1562），迄今已历500多年。近年来，三官庙又恢复了老君庙、龙王庙和奶奶殿等祭拜活动场所。当地信众多在农历正月十五、七月十五和十月十五来到三官庙烧香奉祀，祈福消灾。

在鹁鸽吴村和鹁鸽崖上，还生长着一些古树。从三官庙西侧小门沿着石阶下行，不远即来到村中那棵古皂角树前。这棵皂角树紧临村道，却长在高出村道的地方，一道石墙将它与村道隔开。它主干仅有一米高，其上多腐朽的空洞，透露出岁月的沧桑；粗壮的枝干伸向苍穹，枝繁叶茂，郁郁葱葱，展示了蓬勃的生机。

据鹁鸽吴老教师吴大江回忆，他小时候经常在这棵皂角树下玩耍，村人还来采摘树上的皂角到河边洗衣服。在鹁鸽崖上，有古柏、赤肚榆、黄连木等古木盘绕生长在崖上巨石间，守护着鹁鸽崖，遥望着古老的村落。

作为国家级传统村落，鹁鸽吴获得了国家财政拨付用于修复和保护的资金。他们聘请建筑设计公司作整体规划，并经专家组考察通过，对古村落进行修复、保护，让传统村落重新焕发古香古色的原始风貌。

鹁鸽吴是革命烈士吴镜堂的出生地和长眠之地。吴镜堂，又名雪寒，1896年出生于鹁鸽吴村，是后来中共鲁山地下党组织的创建者和领导人。1926年，吴镜堂在武汉加入中国共产党。1928年，他受党的派遣回到鲁山开展地下活动，秘密发展党员，建立了鲁山第一个党小组、中共鲁山特别支部。

由于中共鲁山地下党的活动引起国民党当局的注意，吴镜堂在准备离开鲁山时不幸被逮捕。1929年12月31日，吴镜堂在鲁山县城箭道街英勇就义，年仅33岁。

鹁鸽吴村村北修建有吴镜堂烈士陵园，供后人凭吊。现在，这里已成为爱国主义教育基地。每年的清明节，机关干部、人民群众和中小学师生纷纷前来祭扫烈士墓，缅怀革命先烈，接受思想教育。

千年古树发新枝。近年来，在古村落东部、靠近鲁山县产业集聚区的道路边，一个新村正在逐渐发展。现在的鹁鸽吴村，一边是古香古色的传统村落，一边是朝气蓬勃的现代新农村。古风新韵已成为这个中国传统村落的炫目标签。

近年来，鹁鸽吴村先后筹集资金对全村环境进行美化，在街道两侧墙壁上绘制漫画，打造了"孝道文化一条街"，建起了多功能的文化广场，购置各种音乐器材，丰富了群众的文化生活。建成小游园、水冲式公厕，铺设了地下排污排水管道，环境卫生大为改观。鹁鸽吴村多次被评为"鲁山县美丽村庄红旗村"。

鹁鸽吴，一个古风古韵的中国传统村落，历经风霜雪雨，依然静静地隐藏在现代社会的红尘之中，保留着传统农耕文明的一块净土。鹁鸽吴，又是一座现代化的社会主义新农村。它带着古香古色，从历史烟云中走来，从不故步自封，一直昂扬向上，在社会主义新农村建设中走向更高、更远……

※ **作者简介**

杨西仑，1964年5月出生，河南鲁山人，教师。作品发表在《咬文嚼字》《河南思客》等刊物上。鲁山县政协第七、十届委员，获鲁山县政协"文史工作三十年突出贡献奖"。

美丽"三汤"我的家

张其龙

传说在远古时期，突然出现十日争辉，致使大地上气温陡升，酷热难耐，禾苗枯焦，民不聊生！上帝忧民，心急如焚。遂派后羿用"苍穹之劫"，射落了天上衍生的九个太阳，天下恢复了宁静。但被后羿射伤坠落的九只金鸟，仍在地上乱扑腾，祸害一方百姓。于是上帝又派二郎神，担山镇压。最后的三个太阳，二郎神一直追到鲁阳境内，尧山脚下，才把它们全压在了山底。大功告成，二郎神人困马乏，到尧山镇老街西头时，二郎神释担歇息。这就是千古不朽的传说——"二郎担山撵太阳"。为彰显二郎神的功绩，后人在二郎神的歇脚之处，建起了庙宇，取名二郎庙，并勒石纪念。尧山镇的原名，就是二郎庙乡。二郎庙的庙宇，在"文革"中被毁。

这个流传千古的神话，寄托着人们美好的愿望——神仙援手，变害为宝！被二郎神镇压在尧山脚下的三个太阳，后来变成了三处温泉。因这三处温泉都在澄水岸边，鲁嵩古道上，分别间隔二三十里，故得名上汤、中汤和下汤。

这"三汤"，又是三个小古镇的名字。三个小镇，均处沙河水岸。中汤、下汤建镇在水阳，上汤则立于水阴。"三汤"小镇，像三颗璀璨的明珠，被今天的311国道这根金线串了起来。

下汤旧时乃鲁嵩通衢第一埠。几百年来，繁荣的工商业，积淀深厚，成就了她"中州名镇"的称号。从清朝中叶，到民国时期，下汤兴盛的造纸业，一直享誉中原。

丰厚的文化底蕴，是中汤小镇的特色。中汤，是战国时期伟大的思想家墨子的外婆家，也是墨子少年求学的地方。在街东头，现树有墨子雕像，鲁山县文史委石随欣老师，在雕像碑文中，曾溯墨圣遗踪："墨子幼时，尝备束脩，就学于中汤，及长，于此发明坑染之术……"中汤又是古代民间坑染之术的发源地。而中汤东五里朱家坟村，还是五四时期中原文坛巨擘徐玉诺先生的寓居地。让中汤小镇闻名全省的，还有20世纪末，为服务三线军工生产，河南省人民政府在此组建的，医疗技术和设备均居全省卫生战线一流的"105红旗医院"。

和中、下汤相比，上汤的过去，不及其他"两汤"繁华。20世纪末，天瑞集团全面开发上汤，世界第一的中原大佛落成以来，上汤打就了国家5A级景区。今天，上汤的名气已领衔三汤。

史话"三汤"，自然当首推温泉。三汤温泉，因出水量大，水温高，水质优良，而名噪四方。千百年来，三汤温泉一直造福着家乡，并惠臻远域！

东汉的伟大天文学家张衡曾在其《温泉赋》中道："天气谣错，有疾病兮，温泉泊焉，以流秽兮。"又有古诗云："人间瑶池绿荫环，恬然雅静沐浴园。八方游客慕名至，四周嘉宾仰望旋。和衣浸泡病根祛，裸身洗涤伤愈痊。无灾无病常亲沐，身体康健赛神仙！"这些古诗赋，同样是三汤温泉的写照！

温泉浴是一种自然疗法，因温泉水中富含有益于身体健康的多种矿物质，它可以改变人体皮肤的酸碱度，舒筋活血，对皮肤病、关节炎、神经衰弱、心脑血管病等疾病，都有显著疗效。

泡温泉是一种莫大的身心享受过程。冬寒时节，当你沉浸在温泉中，春息已悄然地融进了那一汪汪热腾腾的泉水里。当温泉水轻柔地按摩着你的全身，涤去你身体的垃圾，消除你一天的疲劳，愉悦着你的身心，你会物我两忘，飘然欲仙！几年前，我曾听同浴的一位中年汉子叹道："舒服呀，舒服！"泡温泉的愉悦也算是见之一斑了。因此几十年来，慕名到"三汤"泡温泉者，络绎不绝，很多人是从几百里外专程赶来"三汤"沐浴，每年都有不少游客在"三汤"小住浴疗。

三汤温泉，最早建起澡堂的是上汤。上汤温泉的水源，最为充足。一个一亩左右的天然热水塘，有三个泉眼，终日汩汩不停地，向外冒着六十多摄氏度的热水，每分钟有几方的流量。

抗战时期，国民党汤恩伯的第十三兵团的一个师，退驻鲁山西部山区。当地群众称之"姚团"，曾在上汤驻扎近两年。十三军在河南老百姓中，口碑极差，都知道河南的四灾：水、旱、蝗、汤。不过，当年"姚团"在上汤，也算办了一件好事儿，那就是建了一个大澡堂。澡堂建男女两池，全用青石条砌成，水泥勾缝，注水快速，排水顺畅。一次可供几十人洗浴。据说澡堂落成时，汤恩伯曾亲临剪彩、沐浴，并大加赞赏。当时的上汤澡堂，每周定时向当地的群众免费开放。这也算是十三军聊补经常扰民之过于万一吧！这个澡堂一直使用到21世纪初，天瑞集团在原址上，建造洗浴中心时才关闭。

中汤的澡堂，原来极为简易。20世纪60年代末，红旗医院建成时，中汤澡堂同时竣工（澡堂由红旗医院建造，后交给地方管理）。当时的中汤澡堂，由专人管理，除红旗医院职工、中汤村及周边两个村的群众免费外，其他人洗浴，每次两毛钱。当时的中汤澡堂，在鲁山县洗浴行业，条件当属一流，曾吸引了不少外地的浴客。

20世纪五六十年代，下汤也建起了澡堂。设施虽不及上汤和中汤，但也可满足当地群众的洗浴。

20世纪80年代前，"三汤"群众的生活十分贫困。吃粮靠通销，花钱靠贷款，虽然有着丰富优越的自然资源，但仍旧是"抱着金碗要饭吃"。

改革开放后，雨露春风四十载，"三汤"人二次翻了身。"三汤"的经济，首先是在丝绸加工、销售中起步，再是从农、林、牧种植养殖、食用菌栽培中发展，后是在旅游服务中繁荣。

20世纪末，鲁山县委政府提出并实施"旅游强县"的攻略，"三汤"被规划为"温泉疗养线"，重点开发，并很快成为全县旅游产业的支柱。下汤引资建成了"皇姑浴""玉京"两个五星级宾馆，建起了水上游乐园，并开发了万亩桃园；中汤由省广电局接管，开发了餐饮、温泉疗养等服务项目；而上汤则由天瑞集团全面开发。中原大佛5A景区内，又建成了河南省最大的温泉洗浴游乐中心，每天游客盈门，打造了旅游行业的神话！

随着旅游业的蓬勃发展，"三汤"几百家农家乐应运而生，全天候、全方位为游客提供着一流的服务，每年上亿元的收入，拉动了家乡及鲁山全县的经济发展。

如今的"三汤"，交通便利。311国道几经改造，已成为豫西的一条快速通道，每天有几十班客车过往。现在若从上汤乘车去鲁山县城，五六十公里的路程，一个时辰就可打个来回。乡村公路，四通八达，村村通、组组通、户户通，一张密密的路网，覆盖了"三汤"。漂亮的柏油路、水泥道，让人们彻底告别了昔日的"水泥路""扬灰路"，迈上了名副其实的，新时代的康庄大道。

人常说，衣着看生活，房舍显贫富。现在的"三汤"人，过上了锦衣玉食的生活。"三汤"的大小市场繁荣，物价合理。镇上到处高楼林立，栉比鳞次；乡村里，茅草屋、砖瓦房全都定格在历史镜头中了！取而代之的，是一座座舒适美观的小洋楼。大小村庄里，都建起了文化广场，配套了完善的健身游乐设施。每当夜幕降临，华灯初上，每个文化广场上，都是人头攒动，欢声笑语伴着悠扬的广场舞曲，点缀着万井人烟的灿烂灯火，一派歌舞升平！现在的"三汤"人，80%的家庭，都有私家小汽车。昔日梦想的生活，今天成了现实！

文化教育，医疗卫生，养老保险，环境保护，环卫清洁，"三汤"人样样优越并争先创优！

今天你若走进"三汤"，似步入仙境。沙河岸杨柳夹堤，道路旁绿树红花。国道上汽车川流不息，大街上整洁热闹，人来人往，谦恭礼让。你看到的是笑脸，听到的是欢声。你遇难处，有人援手；你有喜悦，有人分享。这是一方净土，也是一方热土！

朋友，到下汤来，水光潋滟中你可昭平泛舟，尽情绽放你的激情；万亩桃园里，春可赏桃之夭夭，灼灼其华，畅游仙境；夏可尝西王母长生仙果，延年益寿，大饱口福。尽兴之余，下汤的"三炖"就着大锅盔，会让你食欲大振！

山色空蒙里，拜中原大佛，赏枕头山风光，可拓展你另一种精神境界！您若要请客或犒劳自己，上汤的百色农家菜、烙油馍，也热腾腾的，在恭候您的光临！若要探墨圣及文匠遗踪，中汤是绝好去处。站在墨子像前，你会思接千载，视通万里。读着徐玉诺的诗，听着《朱家坟夜话》，你必要经历一次灵魂的洗礼！您若打尖，中汤的羊肉汤、熟食肉那可是一绝哦！

朋友，若游"三汤"，温泉浴，定是您的首选。来吧，下汤的"皇姑浴"，上汤的"温泉游乐园"，定会让您销魂山乡！若想体验家常生活，"三汤"几十家小型澡堂，大池、单间应有尽有，整洁卫生，包您满意！

无论您在"三汤"中的哪个地方洗浴，泡在温泉里的那种千般舒服，万般惬意，都会留住你的身，拽住你的心，想走都难！若戏套苏东坡的两句诗，那就是：日沐一次温泉浴，不辞长做"三汤"人吧！

来吧！朋友，美丽"三汤"我的家，大门日日为君开！"三汤"欢迎您！

※ 作者简介

张其龙，中学高级语文教师，鲁山县作家协会理事。文学爱好者，喜欢用文字记录生活。有作品曾在《河南教育》及其他微信平台上发表。

又闻家乡蛙鸣

南 红

上周六傍晚,我与妹妹一家同车归省。回家虽是短暂,但再历美好时光,醉美于天籁之音,尤其是又闻家乡蛙鸣声。

暮春的山村,树叶全已返青,花儿渐次开放。空中弥漫着香甜。早已回归的候鸟在老巢边盘旋,那是对故乡的亲昵。乡村的傍晚,田野的油菜花香四处散漫,明亮的村村通公路承载着偶尔穿过的三轮车伸向四面八方,清新的空气,整齐的丘陵梯田,是辛勤并自娱的农民的结晶。

徒有其名的上班族,并不轻松,周六扶贫归来,回到并不久违而总来去匆匆的家乡。太阳已落山,父母在门前的菜园里浇水。贫瘠的土地是父母依附生存的场所,蒜苗、菠菜、芫荽、葱在艰难地生长着,是他们生活的佐料。母亲看见我们到家,拽了蒜苗、青菜回家做饭,我拿起菜择叶,帮厨,妹妹带上她两个小女儿出去挖蒲公英。我说,天黑了,看不清了就不要再出去了,妹妹坚持去。妹夫在房西墙栽爬山虎,一为风景,二为夏日避热。我们每次回来与父母相处时间虽短,可是总利用些许时光干些家务,至于唠嗑也是在吃饭中进行。做好饭,妹妹已到家,竹篮里几棵蒲公英青翠欲滴。她说是从水库边挖的。9岁的外甥女高兴地跑到我跟前说:"姨,水库里蛙叫多美,你去听了肯定又是一篇好文章。""有蛙叫?"我吃惊。妹妹说:"就是,好多年没听到这么多的青蛙叫了,水库里好多青蛙。"我急忙到路上,离水库有一段距离,已听到蛙鸣,听那声音,高低粗细,昂扬温柔,中间加两声野鸡叫,绝对是一首完美的交响乐,天籁之音此时独享。拿起手机刚要录下,妈妈喊吃饭。

吃饭时,我又提起蛙鸣,父亲说,由于天旱,水库水浅了,里边长了水草,今年出了好多青蛙,每晚夜深人静时,住在这里听得很清楚。9岁的外甥女大声背道:"门外无人问落花,绿阴冉冉遍天涯。林莺啼到无声处,青草池塘独听蛙。"妹妹和我便惊诧,这首诗,与此地和今晚的蛙鸣如此吻合。我们又让她背一遍,并问从哪里学来的。她说是从课文后的练习中学到的。我想有如此意境的好诗竟没入正文，便查询，是曹豳的《春暮》。我醉于这乡村夜间的蛙鸣，更折服古代诗人的文采，山夜农户，蛙鸣花草，浓缩于几句诗，意境美绝，浑然天成，涤荡心灵。

不觉回忆起儿时的乡野。那时，我的地处丘陵地带的家乡是个鱼米之乡。从老婆寨出发的清水汩汩流淌，绵延十几里，汇入1958年兴修的位于我家旁边的友谊水库。水库下边几里，两边干渠为全村的庄稼输送着清凉的水。这条沟水源丰沛，水塘密布，稻谷飘香，夏日，蛙声阵阵。真是"稻花香里说丰年，听取蛙声一片"！而我家后坡是整齐的槐林，每行槐树下是成行的雨淋坑（是树下贮存水的长方形的水坑）。每到下雨，不知从哪里来的蛤蟆，叫声此起彼伏，最难忘的是"嗯""啊"二声，我震撼于那么小的东西竟能发出如此洪亮的声响。后来，由于政策的原因，全民行动伐树造田，一下子树林全变成了光秃秃的丘陵田地，种上了花生。而水库里的水也再没有从前的清蓝与涟漪，更没有了溢洪道排水的壮观，水库下边纵贯全村的两条干渠，一条干涸损坏，一条被修得又浅又窄，几近干涸。当年的稻香不复存在，而小时游泳的池塘和河道已干涸，再也不见门前沟壑轰鸣的山洪。

那时的夏夜，去溢洪道捉鱼的情景历历在目。六七月份，刚刚暴发完洪水，溢洪道青草泯在地上，水变青了，我们几个孩子拿着手电筒去逮鱼，其实是照鱼。凉风习习，稻谷飘香，水库下面稻田蛙声阵阵。我们弯着腰，有的拿手电照，有的捉，有的拿盆。鲫鱼青背，手电筒一照，鱼便定住了（我们说是眼花了）。用手一摁，鱼便被俘虏了。一晚上能捉好些，便是丰盛的夜餐。

晚上十点，妹妹喊着出发回城，思绪的闸门停住。我和妹妹上车后，又下了车。拿起手机开始录这久违的蛙鸣。小外甥女又吟诵曹豳的《春暮》。我明白，这是水库变得杂草丛生的杰作，是好事吗？今非昔比。科学普及，治山治水，还原生态，才能更好享受大自然的恩赐。

※ 作者简介

南红，鲁山县科学技术协会副主席，鲁山县作家协会会员，鲁山县诗词楹联协会会员。

酸爽最是马齿苋

贾海峰

没想到今天的瓜园之行,居然有了意外的惊喜。

碧绿的瓜蔓间隙里,一簇簇野生的马齿苋兀自绿汪汪着,生动水灵。这些个马齿苋,叶翠、梗青、茎红,椭圆形的叶子像马的牙齿,肥厚多汁。大棵的马齿苋,顶端叶簇中心已经绽出小花,黄灿灿的,火柴头般大小,小巧可爱。拿起铲子,贴着地面小心一铲,随着"啪"的根茎断裂声,又鲜又嫩的马齿苋一会儿收拾一大把。

妻是贤惠女人,手脚麻利。她将马齿苋的老根、老叶摘成段,用清水加盐泡十分钟,洗干净。马齿苋在滚水里焯过,捞出来沥干水分,仍然叶青茎红,经络明晰;妻拿起刀切成寸长的一段段,此时,一种滑黏黏的亮晶晶的丝线露出来,仿佛密林里透出一丝一丝太阳光线;切成以后,撒盐,拌匀,渍会儿,浇上几勺生抽和香油,加点葱蒜佐料,香气立马弥漫全屋,钻进鼻孔,蹿上舌尖。装上白瓷盘,如一堆碎玉,入口一嚼,脆滑酸爽。

"慢点吃。"看着我和女儿大快朵颐,妻嗔道,"真是一对亲父女。喜欢吃吗?"野菜凉拌滋味长,父女俩忙不迭"嗯嗯"回应。

难怪汪曾祺说:"我们祖母每于夏天摘肥嫩的马齿苋晾干,过年时做馅包包子。她是吃长斋的,这种包子只有她一个人吃。我有时从她的盘子里拿一个,蘸了香油吃,挺香。"

"是不是好久没有享受这个夏日美食了?晚上,给你们做马齿苋煎饼。"妻一脸满足。

妻将焯过、控水后的马齿苋切碎,晾在案板上;瓷盆里取适量面粉,打入两枚鸡蛋用水稀释,加了葱花、十三香和适量细盐,搅成糊状;撒入切好的马齿苋,认真搅拌均匀。平底锅里素油烧开了,妻一勺一勺舀进摊开,小火煎5分钟。出锅的煎饼,两面金黄,柔若玉脂,红润鲜嫩,秀色无边,清香扑鼻。轻轻地咬一口,细细品嚼，外焦里嫩，松软爽口，甜甜酸酸的味道悠长绵软。好美味呀。吃腻了膏腴肥甘再尝尝马齿苋，咀嚼一下那朴素的乡野，内心立马溢满淡定与满足。

"知道吗？马齿苋极耐干旱，生命力极其旺盛。这里面还有一个神话故事呢。"听说有故事，孩子停下忙不迭的筷头。

远古时代，天上有十个太阳，晒得草枯苗焦，民不聊生。有一个部落首领叫后羿，擅长箭法，一口气射下九个，第十个太阳吓得躲到马齿苋下面去了。马齿苋做了太阳的保护神，太阳非常感动，为报救命之恩，曾许下诺言："百草脱根皆死，尔离水土犹生。"其他草木脱了根皆死，而马齿苋，即便离了水土照样生存。所以田间地头到处是它的影子。

"前两天咱家花盆里还长出一棵呢。"妻指着阳台。

"其实，马齿苋不但能吃，还能入药呢。"嗅着煎饼的香甜，我又来了兴致。

唐代大诗人杜甫在诗歌《园官送菜》中就提到了马齿苋："苦苣刺如针，马齿叶亦繁。青青嘉蔬色，埋没在中园。"吟诵这诗，嘴里犹如噙着一个青青的春天。

明朝李时珍老人家曾把马齿苋写进《本草纲目·菜部》，告诉人们，马齿苋能以全草入药，性寒，味酸，功能清热，解毒，消肿，主治痢疾、疮疡等症。唐代医学家陈藏在《本草拾遗》中写道："人久食之（马齿苋），消炎止血，解热排毒；防痢疾，治胃疡。"

"难怪外婆说它是长寿草。马齿苋好厉害。"我和妻相视而笑。

明朝散曲家王磐有一本专门为野菜留影的书，叫《野菜谱》。关于马齿苋，他说入夏采，沸汤热煮，曝干，冬食。楚地风俗，在元旦这天要吃马齿苋，南方等地至今仍有春节吃马齿苋包子的习俗。夏蔬冬食，很有乡野生活香远悠长的味道。

"妈妈，我也要吃马齿苋包子。"

看来，这个夏日要和马齿苋打上交道了。

※ 作者简介

贾海峰，鲁山县朗诵协会副主席，鲁山县诗词楹联协会理事，鲁山县作家协会会员。

村东头那棵皂角树

黄 鑫

老家西肖楼,距东寨墙不远处,老史家大门外,有一棵大皂角树。史爷爷说,这棵树是他爷爷种下的,已有百年以上的树龄了。树干足有水桶粗,虬枝横斜,裸露的根隆起盘踞在地面上,活像一团大蟒蛇。

皂角树虽说上了年纪,但依旧青春焕发。每到春天,便萌发出一树油绿的新叶,绽放一树繁星一样闪烁美丽的小白花。盛夏来临,皂角树茂盛的枝叶,就像一把撑开的巨型绿色大伞,浓荫匝地。翠绿的皂角也慢慢长大,像无数把绿色的尖刀,密密麻麻挂满枝条,在风中荡悠。

记得儿时村中的小伙伴们,最爱到皂角树下玩耍打闹。皂角树像一位慈祥的老奶奶,从不因为我们打扰了她的安宁而发火生气,反而为我们遮阳挡雨,百般呵护。每逢炎夏,酷暑难耐,晚饭后,大人们有的拎张芦席片,有的掂把小靠椅或是个小马扎,在赤肚娃娃们簇拥和兴奋的尖叫声中,争先恐后朝老皂角树下拥去……破凉席上一躺,在老祖母大蒲扇的挥动下,一边透过叶隙看星星对我眨眼睛,一边听邻家姥姥讲述古老的传说(老家谓之"说瞎话儿")。真是惬意无比啊!

秋凉了,皂角也开始变老变硬了,在风里大幅度摇摆,互相撞击,发出清脆悦耳的响声。这个时候,我和小伙伴们,还有几个年岁相仿的小姑娘,会不约而同地来到皂角树下,一边玩耍,一边捡拾寒风摇落的皂角,有一只皂角落下来,大伙都会慌着抢,抢到的皂角拿回去洗衣服,或是给姐姐、母亲洗头发。那时肥皂、香皂稀缺,即便有,乡下人家一般也买不起。

史家是皂角树的主人,皂角自然也归史家所有。史家爷爷奶奶见邻家孩子捡皂角却从不生气,还总是满面笑容。记得一次我说饥啦,史奶奶还领我到她家,从锅底洞里掏出一块热腾腾的烧红薯给我吃。那时候的乡下邻里间仍不失温良敦厚。

史爷家有个闺女,小名叫英,比我大四五岁的样子,个子比我要高出一头,论辈分该叫她姑姑。但在我的印象里，她可不是个善茬儿，每次出门来都黑丧着脸，凶巴巴地赶我们走，还把我们已经捡到手的皂角强行夺走。

小时候，母亲做得一手好针线活，我穿的衣服都是母亲一针一线缝制的。一年秋天，我母亲用外婆织的白布，从集市上包来黑膏子染过，亲手剪裁，给我做了一件小大衣，腰右边还系上一根腰带，我穿上出去玩，小朋友们都眼气得不得了，夸我大衣好看、洋气。但大衣的腰带却给我带来了麻烦。几次刚与小伙伴们聚到树下，要拾落在地上的皂角时，史英总是突然出现，小伙伴们望风而逃，我因为大衣腰带如同把手的缘故，很容易就被她逮住了。

俗话说："不是一样人，不进一家门。"但这史家就怪，分明是一家门，却走出了两样人！

等树上的皂角都干了，主家就用一根长长的竹竿绑个钩儿，把皂角钩下来。但树高总有钩不着的皂角留梢头。小伙伴们都不来了。但一遇刮风天，我总会一个人坐在皂角树下，眼巴巴地仰着脑袋，期待着皂角树的怜悯与恩赐。

我就近在五里堡小学读完一年级，母亲领着我住到城东关我外婆家，开始在天爷庙城关乡小学读二年级。

以后星期天或假期，母亲总会领着我回西肖楼住到我大伯家。我大伯的子女多，三个姐姐、一个哥哥、三个妹妹，他们都待我很好。大哥领我到庙坡、大浪河河滩玩耍，姐姐、妹妹们领我到田里挖野菜、摘红薯叶，生活虽穷但很快乐。我还常会到村东头看看那棵老皂角树，像看望我心中的一位饱经沧桑的慈祥老人。

我一生历尽坎坷，十几年后成了家。我重回老家西肖楼时，发现故园面貌依旧，老一代的人，如我惦念的史爷爷、史奶奶，都还在，这让我颇感欣慰，而令我痛心的是老皂角树在1958年被伐掉。

老家村东头那棵百年皂角树来了，那棵树堪称故园地标，至今在我怀乡的梦境里，依然枝叶婆娑、亭亭如盖的老皂角树啊！

※ 作者简介

黄鑫，男，河南鲁山人。文学爱好者，鲁山县作家协会会员，《河南思客》签约作家，曾有散文诗歌发表在各级报刊，诗歌散文集由海峡文艺出版社出版。

心灵物语

温馨的小屋

郭祥召

小屋坐落在居住的小区，仅 10 平方米。

小屋的主人乃一女士，四十出头，面容清秀，说话温软，生怕惊扰别人。其女儿 4 岁，清清瘦瘦的，眼睛圆润，小脸灵动，像天使，在小屋里跑个不停，一说话，咿咿呀呀的，惹人爱怜。

小屋做的是美发生意。夜幕落下，华灯初上，小屋的灯就亮了起来，一首首悠扬的轻音乐，从轻掩的门缝中飘出。遇见小屋当属偶然。一个冬夜，与爱人在外访友回家，偌大的小区，静静的，停了车，漫步在甬道上。远处，柔柔的路灯，点亮了夜色。

其时，女主人和小女孩守在小屋中。小女孩趴在沙发上，望着妈妈，一脸羡慕。女主人安坐在将军椅上读书。这一刻，世界也安静了，夜，也退避了。这暖人的一幕，打动了我和爱人。我们推门进屋。女主人放下书本，起身招呼。小女孩从沙发上跳下来，抱住妈妈的腿，一双水灵灵的大眼睛，扑闪扑闪打量着我们。

在爱人做头发的间隙，我逗小女孩玩。"小朋友，几岁了？""4 岁了。""上学了吗？""幼儿园上中班。"小女孩一脸骄傲。时间长了，小女孩从起初的害羞，也变调皮起来了。"妈妈，你在干什么呀？"一连问了五六次。"妈妈在为阿姨做头发呀。"女主人不厌其烦答了五六次。

一问一答间，我一遍又一遍打量着小屋。

小屋东墙竖了一排架子，架子上，摆满了护发品。最下层，码放了一排《读者文摘》《青年文摘》等书籍。西墙和南墙挂了满满一墙烘发机、夹板、洗发池等。北边则为屋门，放了一张一米见方的实木茶桌，茶桌上，放了葛根茶、普洱茶和南瓜子以及一套钧瓷茶具，满满的中国风。

古人云"茶亦醉人何必酒，书能香我不须花"，讲的是饮茶与读书的情调。小屋当是如此。

"叔叔，你闻闻，我抹的'小多多'，头发可香了。""哦，就是香。"

小女孩的话儿，把我的思绪拉得长长的。人的心灵，应该比大地、海洋和天空都更为博大。一直以来，梦想着把心掰成四瓣，不为别的，只为搭建四间温馨的小屋。

一间为茶室。闲暇时，约三五友人，围桌而坐，一啜一饮，甘露润心，一酬一和，同心相印，把时间喝瘦。茶能洗胃，更能洗心。一盏茶罢，再度步入红尘，也无风雨也无晴，步履也轻了，行囊也轻了。

一间为书房。一个人读书与不读书是不一样的。倘若心仪高风，做有温度、懂情趣、会思考之人，则读书为不二之选。读书，犹如人之饮食，不见其长，日日在长，长其骨，长其气，长其神，累年经月，终成天渊之别。坐拥书城，则为人生快事。

一间为花舍。蜗居小城，高楼林立，车流如水，太过喧嚣。若寻安谧之地，莫如莳花弄草。一片水灵之叶，一朵粉嫩之蕊，将日子涂上了春天的色彩。墨兰、对红等花草，像约定了似的，次第开放在阳台，靓丽了生活，也透彻了人生。一花千古诗，万古四月天。

一间为故乡。为求学、求业，远离家乡也三十年了，但家乡犹如一支清远的木笛，时时在吹，吹浓了天边的月，也吹醉了游子的心。因为父母下世得早，儿时的家也"荒芜"了。家是装满爱的地方。缺失了父母的家还能称之为故乡吗？

岁月若歌，芬芳过往，荟萃当下。一个人，深藏内心的某些东西，只要苦苦追寻，不经意间，涌在眼前，就像地河，一旦寻见突口，就汩汩奔淌。

在我心中，有书可读，有茶可饮，有花可闻，有人可敬，小屋四间，日子简单，岁月平淡，夫复何求。

"妈妈，回家。"小女孩揉了揉了眼，一脸的倦意。挥手与小屋作别，夜色中，风是那么的甜，空气是那么的香，路灯是那么的亮。小屋的温馨，弥漫在今夜，静静流淌。温馨的小屋，滋长在远方，也在心上。

※ 作者简介

郭祥昭，男，有作品见于《平顶山日报》《平顶山晚报》等报刊，曾获《平顶山日报》"魅力鹰城"征文大赛、《平顶山晚报》"九九重阳、感恩父母"征文三等奖。

印记·年

胡 晓

追溯到过去的光景，在乡下，在我孩童的意识里，当晶莹洁白的雪花落下时，就预示着年快到了。年对于小孩子来说，意味着有好吃的、好玩的，有新衣服穿，有压岁钱发……于是，天天掰着手指头盼着，盼着年快些到来。

在下了一场又一场的雪后，日子进入了腊月，年就真的近了。各家各户的灶房里，锅碗瓢盆的节奏也变得欢快起来，大人们戳锅攮灶地忙碌着，小孩子们满大街地疯跑着，不到饭点是绝不会回家的。搁平时，父母早就呵斥了，可沾着了腊月的边儿就不同了，大人轻易是不发脾气的。老辈儿人的说法是腊月里生气，来年一年都不顺。

等到腊月初八，年算是有盼头了。这天的早晨，要熬一种有八样粮食做成的粥，叫腊八粥，几乎各家都要做上一大锅，并且留些余量，为的是此后的每天，做饭时要舀上一勺腊八粥放进锅里一起煮着吃，一直续吃到腊月二十三，乡亲们管这叫"接气儿饭"，意味着年年有余。

过了腊八，再等半个月，就是二十三儿"小年"了，也是民间说的"祭灶日"。祭灶的风俗，由来甚久，特别是在我国南北各地极为普遍，各地因习俗不一，祭灶的方式也不尽相同，但作为祭品的灶糖却是都有的。老辈人说，祭灶日是不许小孩子们乱讲话的，乱讲话，要受惩罚的。而在小孩子们眼里，最盼着的应该就是那吃了能把牙黏掉、甜甜的灶糖了。为了吃上一口美味，这一天，小孩子们个个温顺得很。

二十四，扫房子。一年中，也只有这天才算是正儿八经地打扫一次屋子。记忆中，我家扫房子用的工具有用废旧报纸糊的帽子、用长木棍子做成的笤帚。因为父亲在外工作，清扫的活儿一直是母亲做，再后来变成了我做，妹妹打下手。高处扫不到的地方，就用一个又一个的凳子摞起来，站在最上面的那个凳子上，凳子歪歪扭扭，我战战兢兢，但清扫起来却不含糊，房梁上、墙角处，凡能顾及的地方，或扫、或擦、或刷，都会被打扫一遍。虽然累，却是乐此不疲。为了衬托新年的气氛，我和妹妹还会找一些旧的挂历纸，用糨糊贴在四围的墙上，不仅美观，更主要的是掩盖住了黑黢黢的土墙。还用自己平时积攒的糖果纸做些小花之类，挂在我们所谓的闺房里。看着满屋花花绿绿的，觉得才有了年的味道，开心得不得了。

二十四过后，我家便开始热闹起来。因为父亲写得一手好字，每每过年的时候，村子里的人都会提前打听着父亲什么时候放假回来。往往是父亲前脚刚进村，还没进家门，后脚就已经有人拿着对子纸跟着了。那个时候，整个村子的人都找父亲写对子。从早上到晚上，从二十四到年三十，来来往往，一拨儿又一拨儿，有时候忙得连饭都吃不上一口，但父亲从没有厌烦过。父亲写的对子内容新颖，又贴近实际，各家各户的基本上不同，却都写到了他们各自的心里，大家很是赞叹和满意。每次父亲写对子时，我和妹妹就成了小帮手，裁纸、研墨、拉对子、放对子，做得有模有样。父亲义务为村里人写对子，一写就是十几年，直到后来全家人都进了城，才歇笔。多年后，回乡碰到老乡亲，提及现在印刷的春联，大家对当年父亲写的对子还是念念不忘。父亲退休后，一到春节，左邻右舍、亲戚朋友就动议父亲还得写起来。父亲没有推辞，热情一如当年，单元楼门上的春联父亲也年年写，常写常新。父亲说，不为别的，只为传承。

二十五、二十六直到年三十之前的这几天，割肉、煮肉、过油、买年货……大人们就没有停下脚步。煮肉和过油基本上是一气呵成的，至今忘不了过油时我和妹妹站在油锅边儿等待的情景，那热气腾腾的大骨头、滚圆滚圆的肉丸子、焦黄酥软的豆腐干……诱得我和妹妹直流口水，母亲一边笑着说我们小馋猫，一边往我们嘴里送。我和妹妹便伸长了脖子，争个不停，吃个不够。

年三十是熬年的，所有的活儿也忙完了，一家人围坐在炉子旁，剥着花生、嗑着瓜子，能闲聊一晚上不睡觉，也不会觉得乏。这一夜，爷爷几乎是不睡的，他把炉子里的火烧得旺旺的，为全家守夜。

大年初一，小孩子最高兴，因为可以穿新衣服了，还有压岁钱。那时候，不管日子多苦，母亲都会挤出开支，扯上几尺布，为我和妹妹做一件新衣服，还在上面绣上"北京、上海"等字样和一些小花。衣服虽简单朴素，却耐用长久，缝缝补补能穿好多年。压岁钱基本都是5元，只有特别亲或和父母关系特别好的人才会发10元。10元已经是最丰厚的压岁钱了，往往是人家发了压岁钱人还没走，这边已经急不可耐把压岁钱从口袋里掏出来，小手不停地揉捻着，感受着 10 元大钞的魅力，喜不自禁。

大年初二，走亲访友，热热闹闹，新的一年又开始了。

一年又一年，年，来了去，去了来。没有了物质的匮乏、没有了美食的诱惑，现在天天都像在过年，也再也没有了掰着指头盼年的念想。只是随着岁月的沉积，却倍加怀念小时候的年，它成了生命中最美好的记忆，每每想起，心里总会无比温暖。

※ 作者简介

胡晓，河南省作家协会会员，鲁山县作家协会副主席，鲁山县委宣传部副部长、《鲁山简报》总编辑。

依依墟里烟

李 季

　　傍晚时分，家家的屋顶都飘起了炊烟，这些炊烟游走在布满鸟语的竹林内，飘浮在缀满花朵的树木间，伴着鸟语花香，缓缓聚拢到村子上空，不断变换着形状，悠悠飘荡着。

　　烟活得轻盈自在，虽有来路，却从不考虑去向。

　　烟来路分明，劈材、树根、树枝、树叶、稻草、麦秸、草根、玉米秆、红薯藤，不同的火源烧出的烟也不同，有黑色的，有蓝色的，有灰色的，有白色的，而有的浓密，有的疏淡。烧火人的心情好，火头旺，烟就飘得稀薄舒畅；心情不好，灶火时断时续，烟跟着凝重黏滞，含着抑郁的心事。人要实心，火要虚心。灶洞填得太实，把火挤得无处容身，堵塞了烟筒，烟就从灶洞外溢出来，厨房里飘得都是，呛人不说，饭也做不好。会烧火的，不仅能摆弄好火势，招呼好烟的去向，还能省下不少柴草；侍弄不好火势，浪费柴草不说，烟还会闹脾气，趁机过来熏你。有经验的妇人做饭，火势跟着锅里菜肴的需要，该大火则烟也旺，该文火则烟也柔。毛糙的孩子生火，一股脑往里填柴草，不等柴草燃尽不知往灶洞里续，烟跟着调皮起来，大股大股间隔着往外冒。

　　家家的厨房都有烟筒，厨房位于正房的东南方，坐东朝西，烟筒大都稳稳地站在厨房顶上的东南角上，那是每天太阳最早照到的地方。烟飘出了烟筒，离开这个家，开始随风游走。四季的风不同，烟的去向就不同。阴晴相异，烟的形态也相异。好天气里，烟直来直去，飘得很高。阴天空气凝重，烟被沉沉地压下来，压在草垛上，压在鸡圈上，压在池塘的水面上，再一点一点往上扩散。雨天，烟就在雨丝间飘荡，伴着雨丝淅淅沥沥。雪天，烟就在雪花间回旋，伴着雪花缠缠绵绵。

　　烟很团结，它们喜欢互相追逐。两家人吵过架，生过气，多年不说话，但两家的烟不会记仇，没有隔阂，每天依然聚拢到一起。像是两家的孩子，不管大人怎么吵,孩子们依然玩在一处,还经常拽一把干草,拾几块碗片,坐在村口的大树下"生火做饭",玩着过家家的游戏。不是做饭时分的烟,多半是这些孩子们燃起来的。生生不息的火种,生生不息的烟,一代一代地摇晃着,飘动着。

炊烟袅袅,日月悠长。母亲一声声叫着孩子的乳名催着回家吃饭的呼唤,伴着淡淡轻烟,飘荡在鸟语花香的村子里,千百年来,未曾散去。

※ 作者简介

李季,生于1973年,河南省作家协会会员。作品散见于《人民日报》《河南日报》《散文诗》《散文百家》《雨花》等报刊。

夏夜萤光美

姜利威

萤光闪烁,夏夜梦幻。

总是这样固执地认为,萤光闪烁的夏夜,就是最美丽的,那田园味儿的蛙鸣声一响,就能一颗心瞬间安定下来。而这萤光一闪烁,瞬间就会让你眼前的真实的世界变得梦幻起来,一切都不像是真的,而却又是实实在在真真切切地存在。

当太阳褪去自己的烦躁,夜幕开始降临。此时,这乡下巨大的夜色,就成了这萤火虫表演的巨大舞台。它们是坠落在人间的星辰,它们是点亮在人心深处的灯光。试问,在乡下长大的人心中,谁的童年记忆里没有这一点点的萤光闪烁呢?

它们星星点点,宛如一朵朵绽放的夏花,点亮一个季节的眼睛,也为一个个人打开内心深处的清凉。

树林里,草丛中,空场上,数不清的流萤在飞舞,给这原本死寂的夜色,带来了一种灵动,仿佛它们梦幻般的出现,就让这田园乡村的意境,变得更加真实起来。萤光之下,是青草的香味儿和泥土的气息。这场景,看到让人痴迷;这场景,看到让人感动。这是逝去的岁月,又是活生生的现实。

儿时的记忆中,会有着许许多多的捉萤火虫的场景,更多的时候,就是一种简简单单、快快乐乐的追逐嬉戏。我们是捉不到它们的,就算是捉到了,你也绝不用为它们的安全而担心,因为我们就是和它们玩玩儿,绝不会伤害它们的性命。更多的时候,我们是把它们捧在手心里。

村头的那片树林,是萤火虫的天地,也是我们整个夏日里最大的游乐场,萤火虫飞舞,我们的脚步也跟随着飞舞。其实,能不能捉得到,并不重要,重要的是这个追逐玩耍的过程。事先准备好一个玻璃瓶子,把幸运捉到的萤火虫放进里面,之后,看着它们在这个玻璃瓶子里闪烁发光,那种感觉真的美妙极了。那时不管是谁捉到了这萤火虫,他手里闪烁的萤光,都会让他成为大家眼中的焦点,被围住,被追逐，被众星捧月般地簇拥。

我喜欢这种美妙的意境，以至于多少年过去之后，每每想起当时的情景来，我还是会忍不住地感动。是啊，夏夜看萤光闪烁，美丽了目光，凉爽了心灵，更重要的是，这样一截静美的时光，就这样刻进了我们的记忆，让我们在之后的漫长岁月里，可以慢慢回味，慢慢感动。

萤光闪烁，蛙鸣声声，这就是最美的夏夜。此后的很多日子里，不管我的脚步走得多远，不管我经历的事情多多，这夏夜的萤光之美，永远都会在我的记忆中闪闪烁烁，靓丽和美丽着我的一截人生记忆。

※ 作者简介

姜利威，在《诗潮》《中国诗人》《散文诗》《新华文学》《大地文学》《河南日报》等发表各类作品 800 余篇，获全国性征文奖 60 余次。

最美人间四月天

王凤英

  人间四月，草长莺飞，花红柳绿，春和景明。风儿演绎着绝美的春光，旖旎到指尖，将一树樱花，满目海棠，涂抹成一幅明媚艳丽的人间四月天。

  仿佛倏忽间，噼里啪啦，全世界的花儿都开了，空气里开始飘荡着花的芬芳。这时候，随意漫步在大街小巷，就会不经意间与那些姹紫嫣红的花儿撞个满怀。雪白的梨花，素洁淡雅，玉骨冰肌。那薄如蝉翼的花瓣，一丛丛，一簇簇地挂满了枝头，就像一颗颗洁白的珍珠，在阳光下熠熠生辉，散发着迷人的气息。粉红的桃花，花团锦簇，花枝招展，娇艳无比。那粉色的桃花就像天边的一抹云霞，又似婀娜多姿的仙女穿着粉红的纱裙在树枝上翩翩起舞，让人看着心旷神怡，眼花缭乱。一树海棠，娉婷摇曳；一树杏花，招蜂引蝶；一树樱花，落英缤纷。

  我亦迈步野外。这人间四月天，总有惹心的花儿，在天地间灿然开放。放眼天际，迎春花、紫荆花、油菜花、山茶花、杜鹃花……只见一朵朵五颜六色的花儿开遍田间山野，红的似火，粉的似霞，黄的似金，白的似雪……它们沐浴着阳光，在广阔的田野上争奇斗妍，把整个天际都装扮得漂漂亮亮的。

  果然是最美人间的四月天啊，开窗，便闻到了一股悠悠的花香。抬头看，原来窗外的一棵梧桐树开花了，深深浅浅的紫，呈喇叭状，又如一只只倒挂的风铃挂在高高的枝头上。梧桐花其实并不起眼，它没有桃花的娇媚、樱花的灿烂，也没有梨花的洁白无瑕。梧桐树只是生长在田间地头，就像长在村子里的老槐树一样素常，但谁会想到，这么不起眼的梧桐花竟然也能美出天际来。不记得那次出行的目的地是哪里，只记得那次的中途，我们就那样不期然地邂逅了一条十里长廊的梧桐花径。当所有的梧桐花汇聚在路的两旁，那些淡紫色的花儿便兀自成欢、灿然如霞，旖旎成一幅繁花似锦的图画。我们驱车从花径穿越而过，恍惚间就像行驶在花的海洋。是真的没想到，恰是最质朴无华的梧桐花，却点燃了人间一个最绚丽的春天。

走过红尘万千，阅过四月天，最美的还是"花中之王"牡丹。洛阳牡丹，闻名遐迩，威震四方。每年四月，芍药、牡丹将会在这一时刻相继盛开，所以不管路途多么遥远，我们都会驱车前去洛阳观赏牡丹。洛阳牡丹，雍容华贵，富丽堂皇，且色彩斑斓。它的色泽亦有姚黄、魏紫、赵粉、洛阳红、红宝石、黑洒金……它不仅艳压群芳，而且花香馥郁，无论你走在寺庙庭院，还是街头巷尾，一阵阵花香便会扑鼻而来，沁人心脾。而这花香，不同于普通的花香，它有着一种惊心动魄的香气，也难怪人们赋予它国色天香的美誉。穿梭于牡丹丛中，沾一身花间露水，借一城的牡丹花香，任谁都会醉在这人间四月天。

人间四月天，必然会想起一个人来，她就是民国才女林徽因。她有着不同寻常的才情，她是中国古代建筑领域的开拓者，她是诗人，是作家。她的美丽是"清水出芙蓉，天然去雕饰"的自然本色之美。她的爱情浪漫而被人传颂，难得的是她还有一腔爱国的情怀。穿越岁月的阻隔，携一首《你是人间的四月天》从清新婉约的风韵中走来，她说："你是一树一树的花开，是燕在梁间呢喃，你是爱，是暖，是希望，你是人间四月天……"写的本是别人，但她笔墨轻拈，却把自己变成了人间最美的"四月天"。在这最美的人间四月天，在这处处花开的时光里，脚步悠然于春深四月，花未央，人未老，如此，甚好。

※ 作者简介

王凤英，笔名花瓣雨，河北邯郸人。有作品在《人民日报》《光明日报》《中国青年报》《中国教育报》《短篇小说》《当代小说》等报刊发表。出版作品集《你是我温暖的依靠》《行动力，别让你的梦想一直是个空想》。

故乡夏夜记忆

胡正彬

站在故乡的夏夜里，放眼四望，很难看到一盏灯火。

故乡的夜色，是纯净的，只要有镰刀大的一弯新月，就足够照明了，况且还有满天星斗，况且还有多如星辰的萤火虫，完全没必要点灯。

故乡的人是勤快的，天黑之前，家务基本上处理完了：碗洗过了，锅刷过了，猪喂过了，鸡鸭鹅都收回笼子了，牛羊也入圈了，牛栏，也用艾草熏过蚊子了，凉席抹干净了，蚊帐放下了，大人孩子都洗过澡了，可以安心乘凉去了。

即使有点事，也不用点灯，点灯容易招虫子。屋外的水塘、田埂，屋里的家居摆设，都熟稔于心，闭着眼睛都知道位置，有点灯的工夫，事也办完了。当然了，即使点了灯，在外面也看不见，故乡所有的村庄，都藏在树林里了。

故乡的夏夜里，很少有夜行人。夏夜出行，是一件很不方便的事。出门时，要穿上长衣长裤，最好穿上靴子。夜晚，蛇要出来觅食，小心踩着它们，青蛙们只在黄昏的时候唱一阵歌，名曰黄昏小唱，天一黑，它们都趴在田埂上睡觉了。青蛙懂得养生，早睡早起的习惯，一直坚持得很好。听见脚步声，它们会扑通扑通地跳进水里，人走很远了，才敢爬上岸，和青蛙友好相处，是故乡人的美德。

天一黑，乡村的夜就安静了下来。好管闲事的狗子们，都蹲在自家门口值班了，如果有一声狗叫，全村的狗都要跟着叫一阵，这是声援。狗很懂事，没有生人进村，狗不会轻易打搅大家的。狗不是靠眼睛分辨生人熟人的，靠的是鼻子。狗的鼻子，比人类灵敏一万倍。

我们村子的人，喜欢坐在水潭埂上乘凉，地上摊一块凉席，一个家庭围坐在一起，母亲或者奶奶，是每个小圈子的中心，圈子跟圈子紧挨着，以便说话。每一次乘凉夜话，都是从"新闻联播"开始的：谁家儿子说媳妇了，谁家的孩子在部队立功了，谁赶集拾到了5块钱。大事小事，只要是新发生的，都可以播报，言论自由，谁都可以发布，谁都可以插话。新闻讲完，就是讲故事了。前唐后汉，南蛮北侉，不管对错，只管说。那时候村里读书人少，都是听别人说的，传说故事又不是高考试卷，又不影响明天的日子，姑且听之，姑且信之，不抬杠。

有时候，母亲也会教我们辨认天上的星星：像勺子一样的，是北斗七星，银河两岸，分别是牛郎和织女，牛郎挑个担子，一边一个孩子，每个孩子是一颗小星星。母亲就认识这几颗星星，母亲只会教我们认识这几颗星星，一遍又一遍，到现在，我也只认识这几颗星星。

老家的水塘，长满了莲藕和菱角。三伏时节，也是莲花开得最盛的时候，红的像火，白的像玉。到了晚上，就看不清颜色了，白的、红的、绿的，都成了黑色，朦胧中一幅标准的水墨画。微风吹来，莲叶摇动，细细的，像翻书的声音，荷香，倒是比白天更浓郁了。鱼戏莲叶间，是看不见的，但能听得见，小鱼跳到荷叶上，在荷叶上跳动，是另一种的声音。

最先睡着的，是两岁以下的孩子们，睡在妈妈的怀抱里。如果天太热，妈妈会把睡熟的孩子送回去，自己再出来。大一些的孩子，要是瞌睡了，妈妈就会要求他们自己回去。于是，就有人脚步松软地走了，也有因为听了鬼故事不敢回去的，就躺在母亲的脚下睡一会。

远处放电影的声音，或者说大鼓书的鼓声，能传得更远，特别是清脆的鼓点，极其有穿透力，好几里路都能听得见。

等到远处说书的鼓声熄灭，水塘埂上，基本只剩下男人们了。没有了女人和小孩，男人们也没了说话的热情，于是就抽烟，你递我一支，我递你一支。水塘埂上，只有几点烟火，一明一暗的，点缀着故乡夏夜蔚蓝色的梦。

※ 作者简介

胡正彬，男，河南光山人。河南省作家协会会员。

葡萄架下是故乡

宋 莺

记得小时候，奶奶在院子里种了棵葡萄。遒劲苍颜的老藤盘根错节地缠绕着岁月的沧桑，如奶奶那布满皱纹的脸，笑成一朵不老的花儿，盛开在我的童年，给我几多欢趣，几多芬芳。

每年夏秋之际，葡萄架上就垂下串串如紫色风铃的葡萄，摇响童年的欢歌笑语……那时的夏夜，我们最爱在葡萄架下纳凉，望着那一串串紫水晶似的葡萄，垂涎欲滴。奶奶最懂我们的心思，总会踩在板凳上，伸长手摘几串给我们解馋。若问"风窗冰碗谁消暑"？那是"琥珀圆实骊珠滑，入口甘香冰玉寒"啊，那酸酸甜甜的味道不仅消暑解渴，还喂养了我们幸福的童年。绿莹莹的葡萄叶儿如奶奶的手掌悠闲自得地摇着蒲扇，丝丝凉风拂面而来，心却是暖暖的。偶有萤火虫如流星闪过，和天上的星星相互递着眼神，调皮地对眨着眼，一唱一和地闪耀着莹莹的光亮，照亮了整个童年。"银烛秋光冷画屏，轻罗小扇扑流萤。天阶夜色凉如水，坐看牵牛织女星。"那时，爸爸在外地工作，一年才能回来一次，和妈妈成了真正的牛郎织女，难怪奶奶最爱给我们讲牛郎织女的故事。

总以为美好时光会永远停驻，可葡萄年年新绿年年红，奶奶却在一年年老去，渐行渐远。直到我再也牵不到她的手，再也吃不到她亲手给我摘下的葡萄，只能泪流满面地唱起这首歌："那年我回到老家，天空仍有雨在下，葡萄架下空空的啊，没有奶奶讲童话，恍惚中我又见到她，微笑着对我说话，温暖的手啊轻轻的啊，抚过我流满泪的脸颊……"

后来我从小长大的那个老院子拆迁了，那葡萄藤太大了，移不走。我和妈妈只留下葡萄的种子，那是生命的血脉和祖辈情结的延续。妈妈在老家的阳台上种下，我在异乡的园子里种下，也种下了一棵乡愁，年年抽枝散叶，结下一串串紫红的思念，永不老去。那些关于葡萄的往事也缠绕在岁月的枝桠，绿绿地萦绕不散，真是

"情牵紫络漫争新,剔透晶莹不老身。地旱瘠薄因不择,藤长蔓远古延今""寄生老干攀老枝,全凭老藤来扶持;若无枯树身上血,尔等怎能有琼汁"。从葡萄鲜红的血脉中,我看见自己生命的源头,看见在自己不能撕裂的皮肤中,所包裹的祖辈深恩和所有情愫,仿佛回到了童年,回到了故乡,重回到老屋,重见到奶奶,还见到时隔一年才归乡的爸爸给我带回了欢跳在童年的皮球和为我遮挡风雨的小花伞。我将葡萄酿成醇酒,醉倒在昔日时光里,一醉不醒!

又是一年葡萄爬满窗,而今年七夕夜,没有了奶奶,也没有了爸爸,父母成了阴阳相隔的牛郎织女,我的美好童年再也回不去了!"土育灵根珠百串,人思旧物酒千觞。秋情短暂休伤感,明岁依然紫玉芳",情寄葡萄思乡浓,我将灵魂安放在葡萄架下,此心安处是吾乡!

※ 作者简介

宋莺,笔名梦郁云,生于四川泸州,西南政法大学硕士。四川泸州作家协会会员,上海顾村诗社成员,上海顾村诗韵朗诵社成员。在《诗词月刊》《杂文月刊》《思维与智慧》《时代邮刊》《文学月刊》等报刊发表散文及诗歌近千篇。

秋日清欢（三章）

魏益君

听 秋

"夏尽不闻蝉，虫声夜谱弦。秋心随露寄，思叶落尘缘。"秋天的夜晚，最美妙的莫过于那片浅唱低吟、此起彼伏的秋虫的鸣唱了。

清亮的月光下，在草丛里，在叶片上，在藤蔓上，在瓦砾堆里，那些知名和不知名的秋虫儿，就那么不紧不慢、无忧无虑地唱着，特别是一场秋雨过后，秋虫的鸣唱更加嘹亮。秋虫唧唧，伴着雨后泥土的味道，庄稼的清香，给人的是一种韵律的美妙和诗意的美好。

老家的村子依山傍水，村头站着两棵高大的柿子树。傍晚时分，村里的乡亲们喜欢到树下聊天拉呱儿。秋虫的叫声和着人们的欢声笑语，流淌在柔美的夜色里。我们小孩子闲不住，就追赶着蟋蟀、蝈蝈的声音玩耍。柿子树的旁边就是蓊蓊郁郁的玉米地，那里的虫鸣最密。"丁零，丁零……"那是金钟儿的叫声，这叫声像清脆的金铃儿，在静谧的夜空回响。"唧唧，唧唧……"这是蝈蝈在草丛里弹奏着。清脆明亮，悦耳动听。"唧唧吱，唧唧吱……"这一声长一声短，一会儿强一会儿弱的弹奏，是蟋蟀的清唱，这声音总让人想起母亲哼唱的催眠曲。每回当我们循声走近那些叫声，不是偃旗息鼓，就是展翅高飞，弄得我们一会儿开开心心，又一会儿充满失落。

在村头玩够了，开始回家。奶奶和母亲依然在院子里喝茶聊天，看我回来，奶奶招呼我过去，递给我一碗浓茶。我在外面真的玩渴了，接过来一口气喝完，而后抹下嘴问奶奶："这么晚了，你们咋还不睡？"

奶奶说："这么好的夜晚，听听秋声，多舒坦啊！"

奶奶说的听秋，就是听秋虫的鸣叫。那时候我们家的院子很大，院子里有点种的南瓜，还有一架丝瓜。秋天到了，南瓜满藤，丝瓜满架，到了夜晚，更是纺织娘栖息的好地儿，隐藏在南瓜叶里，趴在丝瓜藤上，勤劳地"纺纱织布"。

奶奶和母亲一边喝茶聊天，一边谈论着今秋的收成，一边听着纺织娘的吟唱，无比惬意，也无比陶醉。

我想，既然奶奶那么喜欢纺织娘，我何不逮几只送给奶奶呢，她一准高兴。

第二天，我用苇秆编了一个小笼子，到了晚上就和弟弟带着手电去逮纺织娘。循着声音，当我蹑手蹑脚地靠近，手电的强光一照，纺织娘就立时飞走了。后来我学乖了，用衣服裹住手电，让光线变弱，再靠近时，纺织娘果然不再飞走。我张开双手，慢慢靠近，迅速捧住，小心地放到笼子里。

向来只是聆听纺织娘的美妙声音，今天近距离地欣赏，原来纺织娘是如此通体翠绿，玲珑乖巧。

本以为奶奶看到纺织娘会很高兴，谁知奶奶却一脸愠怒，催促我赶紧放了。说她喜欢纺织娘，就是喜欢听它无忧无虑地歌唱，养在笼子里，还能听出秋天的味道吗？

我立时理解了奶奶，奶奶喜欢秋虫的吟唱，喜欢的是自然的美妙和对秋收的喜悦。我将小笼子打开，纺织娘慢慢地爬出，蹦跶几下，就飞走了。不远处，纺织娘的声音就欢快地传过来。奶奶笑了，笑得很舒心。

夜色如醉，秋虫鸣叫，那是乡间最美的交响曲。一声虫鸣，催熟了饱满的季节，一阕清欢，唱浓了岁月流长。

种　秋

每到立秋时节，是父亲最欢欣的日子，他拾掇农具，又要开开心心地忙碌他醉心的农事了。

在村子里，父亲可以说是种菜的行家。他拾掇的菜园，菜畦横竖成线，蔬菜错落有致，美观大方，一片翠绿。

我们家的菜园在水库边一块肥沃的平展地里，那里光照充足，浇水条件便利。每年立秋前夕，父亲就开始忙碌了，他先是深翻菜地，而后平整打畦，盘算着该种哪些冬储蔬菜。

我喜欢跟父亲去种菜，喜欢看父亲在朝阳里弯腰劳作的身影，喜欢看夕阳西下，霞光映在秋水里的韵味。父亲种菜时不紧不慢，特别是种萝卜的样子煞是好看，撒种时像姑娘绣花，覆土时又像战士出击，铁锨一抖，菜畦里就是一层均匀的沙土。

小时候随父亲种菜,只是顽皮,父亲在那认真地种菜,我和弟弟在一旁开心地打闹。那年秋天父亲刚撒种完一畦萝卜,我和弟弟打闹时不慎踩了进去,立时留下了一串深深浅浅的小脚窝。我以为父亲会打我们一顿,但父亲只是看看菜地,抱怨地说了一句:"好好的菜畦,糟践喽!"

我们犯了错,站在一旁声音低低地问父亲:"那怎么办啊?"

父亲笑笑说:"留着吧,看看能长出什么样子。"

后来几天,我天天去菜地看被我们踩过的菜畦,我看到,满畦冒出星星点点的新绿时,脚窝里也开始有了点点绿色,我喜出望外。然而,直到满畦的绿色出落成萝卜的样子,脚窝里依然是一根瘦瘦的嫩芽。

后来父亲对我戏谑地说:"知道了吧,劳动的成果是不能糟蹋的哦。"

我记下了父亲的话,后来再到立秋时节,我会跟父亲一块去菜地劳动,从给父亲递农具打下手,到后来卖力地翻地浇水,度过了每一个愉快的节气。

小憩时,父亲会开心地给我讲种菜的农事:"头伏萝卜二伏芥,三伏里头种白菜。这是农谚老话,而我们这的气候,只有在立秋时节才最适宜种菜。在三伏天中不仅能种白菜,更适宜种植萝卜和芥菜。这些蔬菜在立秋后才长得最好,因为这些蔬菜在生长期间有一个共同的缺点,那就是害怕高温。当这些蔬菜遇到高温天气时,就很容易出现根腐病、软腐病等病害,不仅会影响到蔬菜的正常生长,严重时还会造成整株死亡,所以这些蔬菜在种植时不能太早,以免在生长旺盛期因气温太高而导致病害发生。"

我惊讶,父亲一个地道的庄稼汉子,竟然能说出这样的理论。

每回种完菜,父亲就会在院子里的石榴树下小酌。进入秋天的石榴果开始泛出红晕,映着父亲黝黑得陶醉的脸庞。一个冬天的食用蔬菜有了,那是庄稼人心中的底气。喝到兴致时,父亲会情不自禁地哼起小曲。这小曲让人陶醉,柔美着农家的日子。

立秋,一个充满诗意的农历节气,被父亲过得忙忙碌碌,有滋有味。

赏 秋

当初秋的风吹过田野,走进乡间,便迎来了乡村最美好的时节。

老家的村子坐落在山里,被群山环抱,门前有石榴摇曳,村头有山泉流淌,一派祥和明净。立秋过后,山里的气温变得凉爽起来,庄稼定型结实,山果成熟飘香,一派丰收在望。

最先知秋的是石榴。门口的两棵石榴树，被红彤彤的石榴果压低了高度，出落成喜人的姿势。奶奶在秋阳里眯着眼睛，计数着一枚枚鲜红的果儿，盘算着中秋下摘分给谁家。晚风送爽，秋凉如水，奶奶放下了暑天轻摇的芭蕉扇，坐在石榴树下的石凳上喝茶，享受着初秋最美的惬意。秋风吹来，满树的石榴摇头晃脑，摇醉了奶奶的眼神，摇浓了农家的日子。

村头溪水边的那棵老柿子树下，永远少不了小憩纳凉的人们。初秋的柿子树挂满了青涩的果儿，昭示着秋天勃勃的生机。一个夏季的雨水，使得流淌的溪水暴涨，流溪哗哗，如琴音流泻，悦人耳目。清凉的初秋夜晚，柿子树下的人气更旺，人们三三两两聚拢在树下，不仅仅是来纳凉看景，主要的是听村里的老说书人耿大爷讲古。耿大爷是老年间走村串巷的说书艺人，博通古今，他还把小村的来历和变革讲得头头是道，听得小辈人唏嘘不已。初秋的月亮变得高远洁净，照着溪水流光，照着高大的柿子树，和树下那一堆笑语欢歌。

秋蝉坐在挺拔疏朗的梧桐树上，高扬着初秋最后的歌声。午后的村子在秋蝉的韵律里宁静着，人们枕着蝉声，沐着秋凉午憩入睡，享受着季节的惬意。一枕秋凉，一声蝉歌，把季节送进成熟。

父亲依然下地，不再是锄禾忙碌，揽一把由青变黄的谷穗，捻一枚成熟发黄的大豆，看一眼金黄饱实玉米，脸膛陶醉成红高粱的颜色，眼睛笑眯成一枚成熟的豆荚，舒心享受着初秋最初的成就。

果园里初秋更加生动，满树的苹果、核桃、栗子、桃子，在秋阳下耀眼，在秋风里飘香。摘一颗金黄的桃子，咀嚼着秋天的味道，品尝着熟透的季节。

山里的风有了颜色，秋风过处，远山近景，树叶由绿变红，呈现出秋的韵律。秋日的天空变高变蓝，目及之处，山峰拔高，山水清亮，给人秋的怡情。

乡村的早秋静美，小村在大山的怀抱里静谧，农家在秋阳的普照下富庶，农人在秋光里陶醉……

※ 作者简介

魏益君，山东省临沂市人。系山东省作家协会会员，中国散文学会会员。作品散见于《人民日报》《散文选刊》《辽河》《中国铁路文艺》《中国作家》等报刊。有作品入选各种年度选本。

寻幽探胜

元结遗址遗存探访纪行

林旷德

> 寻访大唐廉吏元结足迹　探访元结遗址遗存
> 挖掘元结文化深层内涵　弘扬中华传统文化
> ——题记

前言

黑格尔说："一个民族有一群仰望星空的人，他们才有希望。"历史在岁月的长河里浮沉，多少王朝兴衰更迭。每一个新兴王朝的最初，都有无数怀揣梦想的人，如同星星之火，从寂寂无名燃烧成滔天烈焰，带着燎原之势扫清陈旧腐朽的世界，重塑一个崭新的人间。

在那火种中，只会有一两个天赋使命之人，作为领袖开创盛世太平，于世有功有德者，被后人尊为宗祖，名垂千古。而更多的是数不尽的无名之师，那些处江湖之远而忧其君、居庙堂之高而忧其民的能人志士，那些为成一将枯万骨的牺牲，那些为王朝筑基开路的猛将。

元结作为初唐文学家，诗文兼擅，均成自家面目。诗歌成就尤著。语言素朴，风格古淡，少有雕琢之痕。但他的政治敏锐性超乎常人，他在任山南东道节度参谋之初就认识到掌握军队的重要性，招募了一支精锐军队，并且在这支军队组建不久就敢于向史思明的叛军主动发起进攻，并获得胜利。乾元三年（760），山南东道襄州军将领张维瑾、曹玠发动兵变，逼刺史史翙同反，不从被杀。史翙死后，继任襄州节度使来瑱与裴茂发生矛盾，元结凭借着他所掌握的军队对于整个山南东道地区政治军事形势的稳定起到重大作用，因此受肃宗、代宗父子重视。

元结（719—772），字次山，号漫叟、聱叟、浪士、漫郎，唐代学者。原籍河南（今河南洛阳），后迁鲁山（今河南鲁山县），天宝六载(747)与杜甫同科，因奸臣李林甫作祟，应举者皆落第，结归隐商余山。天宝十二载（753）进士及第。逢安史之乱，率族人避难猗玗洞（今湖北大冶境内），因号猗玗子。肃宗乾元二年（759），知制诰苏源明称与肃宗。时史思明攻河阳，结上时议三篇。帝悦，任山南东道节度使史翙幕参谋，招募义兵，抗击史思明叛军，保全十五城。擢右金吾兵曹参军，摄监察御史。以讨贼功，迁监察御史。又进水部员外郎，佐荆南节度使吕諲拒贼。代宗时，任道州刺史，免徭役，收流亡。调容州，加封容州都督充本管经略守捉使，身谕蛮豪，绥定诸州，六旬收八州，政绩颇丰，民乐其教，立碑颂德。辞还京师，卒于驿站，归葬故里鲁山。

原有著作多部，均佚。现存的集子常见者有明郭勋刻本《唐元次山文集》、明陈继儒鉴定本《唐元次山文集》、淮南黄氏刊本《元次山集》。今人孙望校点有《元次山集》。诗文开新乐府运动之先声，具有强烈的批判现实性，触及天宝中期日益尖锐的社会矛盾。其《春陵行》《贼退示官吏》，揭示了人民的饥寒交迫和皇家的征敛无度，变本加厉，受杜甫推崇。《闵荒诗》《系乐府十二首》等亦是或规讽时政，或揭露时弊。元结的散文，不同流俗，特别是其杂文体散文，都出于愤世嫉俗、忧道悯人，具有揭露人间伪诈，鞭挞黑暗现实的功能。其文章大抵短小精悍，笔锋犀利，绘形图像，逼真生动，发人深省。其书、论、序、表、状之类，均刻意求古，意气超拔，与当时文风不同。《大唐中兴颂》文体采用三句一韵之手法，类秦石刻的体制，风格雄伟刚峻。后人对元结评价甚高，唐代裴敬把他与陈子昂、苏源明、萧颖士、韩愈并提，视其为韩柳古文运动之先驱。

2021年阳春三月，由鲁山县委宣传部、县政协首倡，县文联助力，探访元结遗迹，挖掘历史文化，在县委宣传部刘万福部长、县政协原主席张振营、文联主席郭伟宁带领下，俟"鲁山县政协文化艺术界委员之家揭牌仪式"结束，一行十余人驱车长途奔袭，拉开了文化探元活动的帷幕。

第一站——湖南永州市祁阳县浯溪镇

浯溪碑林名扬天下，没有元结，便没有浯溪碑林。

浯溪原本寂寂无名，因为元结的命名，才有了浯溪；因为元结的文章，才有了浯溪碑林。

代宗广德元年（763）、永泰二年（765）元结两任道州刺史。"道州旧四万余户，经贼已来，不满四千""君，下车行古人之政，二年间归者万余家。贼亦怀畏，不敢来犯"。道州百姓上万民表，请求元结继续留任，并为之立生祠。

大历二年（767）元结自潭州都督府返道州，舟经祁阳阻水，泊舟登岸暂寓，遂将一条"北汇于湘"的无名小溪命名"浯溪"，意在"旌吾独有"，撰《浯溪铭》，浯溪从此得名。又命名怪石"吾台"，撰《吾台铭》；溪口异石上筑亭，命名"吾亭"，撰《吾亭铭》。返任后，将三铭交篆书名家季康、瞿令问、唐相袁滋分别用玉箸篆、悬针篆、钟鼎篆书写，并刻于浯溪崖壁上。从此有"三吾"之名。三块碑艺术价值甚高。《吾亭铭》碑为国家文物局一级石刻，谓之国宝。

大历六年（771）元结检出10年前率兵镇守九江抗击史思明叛军时写下的名篇《大唐中兴颂》旧稿补充定稿，派专人赴临川，请其好友颜真卿大笔书写，并于夏六月石刻于摩崖上。《大唐中兴颂》正气浩然。此碑刻文奇、字奇、石奇，誉为浯溪"摩崖三绝"。历代文人学士游览此地，题诗作赋，铭刻石上，碑林蔚然。除《大唐中兴颂》，更有宋书家米芾《浯溪诗》、黄庭坚长诗《书摩崖碑后》，清何绍基、吴大徵之浯溪新三铭。

自此，浯溪碑林一鸣惊人，引来后学诸子登临题咏，刻石勒铭，千载不绝，逐渐形成了举世闻名的浯溪碑林。

一条无名小溪和一篇《大唐中兴颂》，何以引来历代文人墨客趋之若鹜？与其说是凭借文奇、字奇、石奇浯溪"三绝"，不如说缘于元结本身的人格魅力。元结悯时忧国，忠君爱民，保全都邑，抚绥流亡，功名当时，模范后世。正是元结器识宏阔，格调高迈，其忠直方正的人格，深深影响了后学诸子。他用一生，践行了"修身齐家治国平天下"的人生境界。200年后，张载著名的横渠四句"为天地立心，为生民立命，为往圣继绝学，为万世开太平"，诠释了元结的一生，也为今天研究元结文化注入了无穷的动力和源泉。

行走在浯溪碑林，岁月的斑驳痕迹扑面而来，每一方岩石无不展示出古圣先贤之氤氲底蕴。满眼沐风栉雨的沧桑，朦胧而又真实，昭示着昨日的辉煌与今日的灿烂。历经千载，无数天灾战祸难以湮灭文化的光芒。流淌不绝的溪水，穿过宋元明清的长河，好似一步跨过了今天与昨天的时空。

登上一级级石阶,触摸一块块文化,仰望一处处阳光,环视一个个天工巧夺,思古幽情油然而生,昔日的辉煌昌盛,千年的风雨沧桑。不知不觉中,历史近在咫尺,现实渐渐远去。

第二站——永州市零陵区柳子庙

次日一早,马不停蹄,零陵柳子庙早已期待着我们的脚步。

永州市零陵区,潇水穿城而过。潇水两岸现代高楼不多,尚未失去原始自然的味道。

潇水左岸最后一条支流愚溪的北面就是著名的柳子街,愚溪河道不宽,两岸林木丛生,在老房子的衬托下,充满浓郁的生活气息。

柳子庙门前的古街因柳子庙而得名,古街长550米,乃古代通往广西的驿道。古街用青石板铺设而成,从唐朝走到现在,踩着一块块整齐的青石小径,1000多年的历史烟云仿佛就在眼前。沿街多明清古建筑,富有湘南建筑风格,没有现代化的装点,一切都显得那么的古朴、典雅,与愚溪一路相伴而随。

柳子庙位居柳子古街进口不远。始建于宋仁宗至和三年(1056),又于清光绪三年(1877)重修。主体建筑为砖木结构,面向愚溪背负苍山。庙门楼深阔雄伟,镌有"柳子庙"三字石刻,两边有联,院落三进三开,首先一座双檐八柱戏台。后行至二进中殿,再后为三进,是正殿,殿中有柳宗元塑像供人祭祀。柳子庙历代碑碣甚多,其中《荔子碑》《捕蛇歌》《寻愚溪谒柳子庙》等堪称文物珍品。《荔子碑》位于正殿后墙,即"三绝碑",碑文为韩愈所撰,由苏轼书写,内容却是颂扬柳宗元的事迹,此碑首句为"荔子丹兮蕉黄",故又名《荔子碑》。

潇水在零陵区汇合愚溪后北流不远,就在萍岛汇入湘江,潇湘水交汇处为湖南八景的潇湘夜雨。愚溪本名为冉溪,传说因冉氏家族依溪而住得名。柳宗元自嘲因愚获罪,将冉溪更名为愚溪。柳宗元当年被贬永州后居于愚溪畔逾十年,期间创作了著名的《永州八记》等山水游记以及《江雪》《渔翁》等诗歌,也是在此期间奠定了其作为"唐宋散文八大家"的基石。

永州虽有胜景恐亦在闺中人不识,"唐宋八大家"之一的柳宗元无与伦比的华文诗赋让永州名扬天下。

也许上天错讹,也许天道转世。元结病故一年之后,柳宗元顺势而生,且颇具相似之处，二人为文皆强于说理，笔锋犀利，讽刺辛辣，富于战斗，又同样擅长游记，写景状物，多所寄托。

源于元结的命名、诗文、碑刻通过浯溪充盈了华夏文化宝库，柳宗元将冉溪更名为愚溪，同样有着异曲同工之妙。他10年间通过"永州八记"、《江雪》、《捕蛇者说》等大量诗文，通过零陵令潇湘文化无比充裕丰满。同时，二人又一脉相承，心系民众，广受百姓爱戴。唯一不同的是，元结擢升治下，柳宗元谪居永州。有道是：

才与福难兼贾傅以来文字潮儋同万里，
地因人始重河东而外江山永柳各千秋。

第三站——永州市零陵区朝阳岩

说起朝阳洞，国内有名的即有莱芜朝阳洞、雁荡山朝阳洞、青城山朝阳洞、利川朝阳洞、凤凰山朝阳洞、承德朝阳洞、贵阳朝阳洞、甘肃陇南朝阳洞……

吸引我们一行的唯有永州市零陵区朝阳洞。

朝阳洞在朝阳岩上，位于湖南省永州市古城西南二华里，潇水西岸之临江峭壁。唐永泰二年（766）道州刺史元结诣都计兵，途经永州，维舟岩下，喜其山水秀丽，崖石奇绝，因其岩口东向，取名朝阳岩，并撰《朝阳岩铭》及《朝阳岩》诗，飨于石壁。

柳宗元贬居永州后，常到此游览，著有《游朝阳岩遂登西亭二十韵》，朝阳风光，声名鹊起。

岩石壁有明代人补刻柳宗元《渔翁》诗："渔翁夜傍西岩宿，晓汲清湘燃楚竹。烟销日出不见人，欸乃一声山水绿。回看天际下中流，岩上无心云相逐。"字迹清晰可辨。

永州零陵朝阳洞因元结命名，又因元结而名，更因柳宗元而盛名。柳宗元乃慕元结之名而来。

《朝阳岩铭》和《永州八记》余音未消，九嶷山的庄严、凝重、肃穆，再次吸引着探访团队车轮滚滚、争分夺秒。

第四站——永州市宁远县九嶷山

九嶷山，又名苍梧山。位于永州市宁远县城南，纵横2000余里，峰峦叠嶂，深邃幽奇，千米以上高峰有90多处，风光独特，溶洞奇异。《史记·五帝本纪》："舜南巡崩于苍梧之野，葬于江南九嶷。"九嶷山舜源峰脚下、与娥皇峰对峙有舜帝庙。汉代即于舜源峰上建庙祀奉；现存舜庙始建于明代洪武四年(1371)，清代重修，正殿已圮，庙后亭内竖立"帝舜有虞氏之陵"石碑一通。秦始皇和汉武帝都曾于九嶷山望祀虞舜。秦汉以来，历代帝王或遥祭舜帝，或遣官代祭，留下了大量圣迹仙踪和文物古迹，现留存古祭祀碑和古碑刻42块。千百年来，屈原、司马迁、蔡邕、李白、李商隐、何绍基等历代名人骚客登临九嶷山，为讴歌九嶷山留下大量诗文。一代伟人毛泽东曾满怀豪情地写下了"九嶷山上白云飞，帝子乘风下翠微"的壮丽诗篇。

永泰二年(765)元结第二次任道州刺史，为其封内名山作《九疑山图记》。"九疑山方二千余里，四州各近一隅，世称九峰相似，望而疑之，谓之九疑。"亦云："舜登九峰，疑禹而悲，从臣有作九疑之歌，因谓之九疑。"文中言及九嶷山名由来，九峰高大，九水流向，九嶷山奇异之景，有声有色，文笔简练，条理清楚。虽为图记，却似山水游记，富于文学性，画面感极强，读之仿佛身临其境。结尾设问自答，欲把九嶷列于五岳，视衡、华为山居、园囿，足见其胸襟阔大、不拘于成规旧说，敢于改创。

大历二年(767)，元结自长沙乘舟返回道州途中即兴作欸乃曲五首（并序），其一为"偶存名迹在人间，顺俗与时未安闲。来谒大官兼问政，扁舟却入九疑山"。全诗自然天成，字里行间洋溢着藐视一切困难、迎难而上的积极进取精神。其二为"湘江二月春水平，满月和风宜夜行。唱桡欲过平阳戍，守吏相呼问姓名。"全诗渲染出一幅美丽怡人的湘江春夜图，散发着浓郁的时代生活气息，历来广为传诵。

第五站——广西容县经略台真武阁

道州两任届满，元结谢过万民跪拜挽留前往容州。时容州匪患猖獗，安史之乱以后，民众多啸聚山林，元结"单车将命，赴于贼庭，亲自抚慰"——六十天收复八州。

40多岁的元结，半生戎马倥偬，平了容州匪患，不忘长治久安，于是，诞生了经略台。元结授意筑起长约50米、宽约15米、高4米左右的指挥台。每日早早点兵训练，旌旗猎猎，鼓声威武，士兵们杀声阵阵。

闲下来便提笔著文，隐约表达一下对先帝因沉湎于杨贵妃温柔乡而酿乱的感慨。

得知此地正是贵妃娘娘故乡，先生愈发嗟叹不已。

曲终人散，满天星斗，蛙鸣阵阵。眺望北方，那里有他的故乡、他的父老，还有皇上。于是写下《让容州表》："臣闻孝于家者忠于国，以事君者无所隐，臣有至切，不敢不言。臣实一身，奉养老母，医药饮食，非臣不喜……在臣一身，为国展效，死当不避，敢惮艰凶。……臣欲奋不顾家，则母子之情，禽畜犹有。"772年，皇上看了《再让容州表》，终于答应元结辞官，元结急急忙忙赶回长安。通过元结留下的诗文，让我们可以读到这位天宝进士的文采，而后，透过这座经略台，可以洞见元结的情怀、韬略、责任和乡愁。

时光飞逝，600年后，朱元璋得了天下，治官严苛。1377年，容州火灾频仍，民怨纷纷，州官为了对上下有一个政治交代，于是在经略台上建起真武庙。万历初年，庙宇破败，州官决定扩大基建规模，建真武阁，于1573年完工。阁楼坐落在威武的经略台上，更显巍峨。通高13.2米，面宽13.8米，进深11.2米。阁楼奇特之处在于全阁不用一件铁器，3000条木构件，都以榫卯立柱悬空而立，下端距离楼板面2厘米左右，却承载着二、三层屋檐落脚点，和三楼楼面的重量。时人无人知晓玄机，皆以为仙人法术显灵。直到1962年，著名古建筑学家梁思成教授亲自到容县详细考察经略台后，发表研究论文，将经略台杰出的建筑艺术公之于世。于是无数专家、学者、游客纷纷慕名前来研究、参观元结修造岭南杰构——经略台，皆称之为建筑魔术。

真武阁与岳阳楼、黄鹤楼、滕王阁合称江南四大名楼，是唯一一座没有进行重建而完整保留至今的四大名楼一。其他三大名楼名人频登，诗文等身，颇有些不服。然而，楼始终是建筑，建筑回归建筑，是对人文空白的填补，价值更高！有些诗是不需要文字的……

也许是重文轻理的传统，那位伟大的木匠建成真武阁后，就消失在茫茫历史云烟中。史册浩瀚，可以记下帝王的生辰死期；丹青单薄，竟无法容纳一位结构力学专家的姓名。

可以肯定，他的后人也许就在我们中间，也许是前来的游客，也许是上下打量的建筑系学子，也许就是发现这座建筑价值的梁思成！历史往往就是一个圆圈，尽管其呈现的面貌五光十色，最终将走回精神的某个原点，而原点，就是千载被人敬仰的元结。

颜真卿与元结的不解之缘

颜真卿，字清臣，今西安人。唐玄宗开元二十二年（734）考中进士，历任平原太守、户部侍郎、吏部尚书、太子太师、金紫光禄大夫、湖州刺史，封鲁郡公。颜真卿为自唐玄宗至唐德宗四朝元老。在任"正色立朝，刚而有礼"，很受当朝廉吏及天下百姓拥戴，提之不以姓名称而尊呼为鲁公。因刚直不阿、不媚权贵，先后被杨国忠和卢杞两朝奸相所恶。德宗建中三年（782），南平郡王李希烈造反，占领豫州大半，攻陷大梁（今开封），继续西进陷汝州，洛阳告急。奸相卢杞为除异己，借机向德宗"建言遣真卿往谕"。德宗听信杞言，令颜前往豫西规劝李希烈归降。圣旨传出，朝野大震，既恨卢杞借刀杀人，用心歹毒，又惜鲁公一生耿直清廉，此去定是凶多吉少、生死未卜。真卿虽也自知，但仍遵从圣命，仅把在湖州任刺史时撰写的元结碑文初稿随身携带，单人匹马前往豫西规劝李希烈归降。李拒之，反劝鲁公与其同流，并欲封颜为"宰相"。真卿不为所动，并严词力斥。李希烈无奈，遂把颜囚禁于河南省宝丰县龙兴寺内，历时近一年。

龙兴寺距鲁山县泉上村十公里，真卿挚友元结故后即葬于此。真卿为表深念之情，遂将"唐御史中丞本管经略使元君表墓碑铭并序"精心书写，在云台观（距泉上村一公里）錾刻制碑，四面铭文，运至泉上村立于元结墓前。

《元结碑》是颜真卿生前留给后人的最后一件力作，其书法造诣炉火纯青，乃颜氏书体之最高境界、绝世珍品。明朝万历四十二年，此碑迁于鲁山县城黉学（今鲁山县高中院内），并修亭护之，取名颜碑亭，此碑碑文被倭人尽拓，带回日本展出，并作为习练书法之模本。

颜真卿为元结立碑后不久，被李希烈转押至淮西蔡州（今河南省驻马店市汝南县）。后李希烈册封颜真卿宰相伪旨，颜怒将"圣旨"撕成数片抛掷于地，声色俱厉，大骂李为反贼，"终始不屈"，叛首李希烈恼羞成怒，虽怜鲁公之才，但知终难为己所用，遂令部下将颜缢死，一代书法巨匠颜真卿就此与世长辞。

元结和颜真卿相同的是文武兼俱、中唐名臣、"见危不挠，临难遗身"。

《大唐中兴颂》碑是元结撰文，颜真卿书丹的摩崖石刻，内容涉及有关唐玄宗、唐肃宗的评价，词旨何以晦涩，元结是否利用春秋笔法贬斥唐肃宗？自宋代以来，一直是争论不休的话题，而颜真卿左行书写的特点，更增加了解决这一问题的难度。事实上，《大唐中兴颂》在内容上有颂无讽，材质石刻，似无贬斥意味，颜真卿左行书写，也许有贬斥唐肃宗之意。

元结请颜真卿书写了《大唐中兴颂》，成就了浯溪碑林，颜真卿晚年被囚禁之时又为元结书写了墓志铭，为后人留下了两件绝世珍品，也成就了两人德行高迈的人格魅力和千古佳话。

说起颜真卿，不得不言及《祭侄文稿》。

当时颜真卿已50多岁，通篇并不工整，到处都是涂抹的痕迹，甚至品相看似有碍观瞻，内容也不吉利，是描述一家人守城却终被叛军攻破，之后又被肢解灭门的过程，并且作者还是对着侄子的头骨写的。剖开作品背后的故事，仅仅从书写技艺评判，恐有管中窥豹，拘泥于窠臼。

安禄山从北京附近的范阳起兵，直逼洛阳、长安，整个华北纷纷倒戈，几乎没有像样的抵抗。直到一对兄弟镇守的两个小城举起了反抗的旗帜——镇守常山（今石家庄正定县）的颜杲卿与镇守平原（今德州市平原县）的颜真卿。

后颜杲卿父子兵败被俘，押至洛阳被安禄山肢解而死，一家30余口被杀。两年后，颜杲卿父子留下的一点点遗骸才被找到并安葬。安史之乱让颜家几乎灭门，同时，盛唐也成为文明永远的回忆，长安、洛阳及无数青山，都只能成为诗词歌赋里凭吊的意象。

历史有时候总是重复。26年后，李希烈叛乱，年逾古稀的颜真卿去敌营宣诏劝降。面对威逼利诱，颜真卿说："颜杲卿乃家兄是也！"最终被缢杀，谥号文忠。

侄子被叛军斩杀，兄弟同时被肢解遇害，两年后面对侄子的骨头和兄弟的一只脚，颜真卿强压愤怒、悲痛，提笔书写《祭侄文稿》，回忆侄子"宗庙瑚琏，阶庭兰玉，每慰人心"，情绪早已汹涌难抑，写至"贼臣不救"，更是老泪纵横，悲愤欲绝、颤抖不止。终于写到最后"呜呼哀哉"，气息几乎哭断，字形早已失去控制。况《祭侄文稿》仅为草稿。书"父陷子死，巢倾卵覆"、取义成仁之事。通篇用笔情如潮涌，气势磅礴，纵笔豪放，一气呵成。

《祭侄文稿》与东晋王羲之的《兰亭序》、北宋苏轼的行书《黄州寒食帖》并称为"天下三大行书"，亦被誉为"天下行书第二"。且此稿是在极度悲愤的情绪下书写，不顾笔墨之工拙，故字随书家情绪起伏，纯是精神和平时功力的自然流露，在整个书法史上是不多见的。一个活生生的人，一个老英雄，一代书法宗师，在那样一个空前盛世崩塌的时刻，把半生的泪留在了纸上。故《祭侄文稿》是极具史料价值和艺术价值的墨迹原作之一，也是我们能看到的最鲜活的大唐遗迹。

战争结束后,盛唐不再,葡萄美酒夜光杯,玉盘珍馐直万钱,一切从此灰飞烟灭。而爱国忠臣颜真卿的书法,却一直留存了下来,为后世临摹效仿,成为普遍接受的书家典范。因为在中国书学中,一直有一个根深蒂固的观念:"书,心画也。"人品的高下决定着书品的高下,正如唐代书法家柳公权所说:"用笔在心,心正则笔正。"

历史兴衰,跃然纸上。何谓最高艺术?

中国最伟大的艺术,就是用伟大的人格,在最慷慨澎湃的情绪下,把毕生绝伦的技巧融入血泪,在一气之间凝成的一纸墨迹。书法是最能表现一个人所有特质的心电图,是中国艺术最高贵绝伦之处。

如果没有李白、杜甫,没有颜真卿、怀素、张旭、李龟年,只有瓶瓶罐罐或是几件陪葬的冥器,终难体会盛唐真实的生活瞬间!

游百瀑峡

石 磊

那次百瀑峡之游，到现在已近两年了。本来没有记下来的打算，但近一段几次到尧山的感触，却使我不断地想起百瀑峡那纯净得近乎透明的野趣。

百瀑峡在鲁山县西部的赵村镇，从县城驱车大约一个小时。去的时候那里刚刚开发，仅有土路到山口。虽是烈日炎炎，但一进山口就如进了巨大的树阴下，空气是湿湿的，带着绿叶和水滴的甜味。

一路行来，或山、或石、或树、或水，处处透着禅意，天人合一为禅，一念不起为禅。平常"百般思索，千般计较"的人，在这里好像回归了童年，退化成婴儿，退化成在山顶洞磨制石器的先祖。真正的山野，它不是打扰你，不是触动你，而是完完全全地占有你。没有交流，而仅是被动地接受，这或是一念不起的真正境界吧。

百瀑峡因瀑布得名。山峡绵延20余里，有大小瀑布几十个，路边能看到的就有10余个。给我印象最深的是莲花盆。莲花盆位于一片环山之中，由三个瀑布组成。瀑布不大，却各自精致有趣。北面的瀑布倾泻着一带耀眼的白色，南边的姊妹瀑却是依着山崖上的奇石轻盈地摇摆，如缠绕在飞天身上的飘带。瀑布下的水并不深，可以说是无色的，能清楚地看到水中的小鱼和水底的砂石，所以身处三面环瀑之中就没有压抑的感觉，只有恬适的、摒弃思索的懒意。水声很大，却不单调。北面的落瀑声如果似布达拉宫清晨深厚粗犷的犀牛号角，那南面的就像在演奏小提琴和单簧管，是轻快的，跳跃的。无时无刻，特别能感受到的是那股清凉，如果山口的清凉是沁人的，那么在这里好像要穿透你而去了。

往前就是珍珠潭。百瀑峡瀑布之下的地势大多是平缓的，水落下来就流走了，只有这个瀑布弹奏出了一池清绿。周围的树木茂盛，把潭上的一曲细瀑衬得越发瘦弱，如闺房中腼腆的少女。飞瀑入潭，也如初出闺房般，没有呼啸而至，而是带点好奇，带点惶恐，飘逸地、轻快地滑入水中，然后在潭中愉快地旋舞，散落成片片雪亮的珍珠，香山居士所谓"大珠小珠落玉盘"差可形容，所以叫珍珠潭了。白得耀眼的瀑布，化为绿得化不开的瀑水，一刹那就完成了，散落的珍珠也没有留下印迹。可是坐在这瀑下，这潭边，瀑布已成了永恒的动，潭已成了永恒的静，好像从亘古就没有变化的对峙。

久久的，人，在这一刻，只剩下一声长长的叹息了。

※ 作者简介

石磊，鲁山县赵村镇人。现任县纪委副书记，监委副主任。作品30余篇发表于《中国纪检监察报》《平顶山日报》等。

踏访应河源

杨西仑

应河，是中原平顶山市的一条古老的河流。应河之源在梁洼镇。应河由此发源并蜿蜒南下，最终到达平顶山市新城区，汇入向东奔流的大沙河。

梁洼镇北部、距镇区大约 1.5 公里处，是一片丘陵浅山区。过去，这里林草丰茂，泉水潺潺，是野生动物和鸟类的理想栖息地，也是世代居住在当地的劳动人民赖以生存的土地。

暮春时节，我在灿烂的阳光里，在和煦的春风中来到这里，实地踏访、探寻应河之源。遥想 2000 多年前，这里有众多的泉水汇成溪流，在草丛中，在石缝间，在沟沟坎坎里曲折回旋，随着地势缓缓南下。历经两千多年的时空，应河之源现在属于平顶山市石龙区、宝丰县和鲁山县三县（区）之地。

我在这里看到了一块高 1.5 米、宽 0.6 米的白色大理石三界碑。界碑呈三棱形，北面、东面、西南面分别刻着"石龙""宝丰""鲁山"，是经国务院批准于 2019 年设立的。由于历史变迁，这里早已失去了往日的地形地貌，泉眼不复存在，泉水已经枯竭，唯有干涸的沟渠空留在应河之源的地头、路边，使人产生无边的遐想，落寞和惆怅之情油然而生。

随着沿途小溪流水的汇入，应源之水渐成一条小河，蜿蜒流经千年古镇梁洼。

梁洼在明代叫作桃花店。明代嘉靖《鲁山县志》上说："俗称晋太子潜龙尝避黄墩之难经此，谓桃花殊盛，故名。"也是从明代起，梁洼"因土宜陶"，开始生产陶瓷，"烧石冶瓮、罂、瓶、缶等器"，形成了著名的"桃花店陶瓷遗址"。明清以来，聚落向东扩展、迁移，逐渐在一个小型盆地中形成了一个新的村落。因为地处洼地，又加上居民姓氏中梁姓居多，遂名"梁家洼"。

梁家洼是清代鲁山北部大镇。梁洼北街窑神庙遗址现存清道光元年（1821）重修窑神庙碑记中说："鲁治北三十里许应源之侧有镇曰梁家洼。"梁洼周边煤炭、陶土、铝矾土等矿产资源丰富。梁洼北门外的老君庙、梁洼北门内的窑神庙就是从事煤炭开采和陶冶者为答"神麻"而建。

同治年间,梁洼人为防匪乱,曾用45天时间筑起了一座寨垣。梁洼寨近于正方形,寨墙周长四里半,设有五座寨门,北有"望嵩门",南有"瞻露门",东有"迎旭门",西有"临应门",位于寨西北的小西门叫"镇华门"。梁洼寨墙高三丈、宽一丈,寨门上方建有寨门楼,寨墙外挖有宽两丈的寨壕。

梁洼寨既保护了梁洼人,也为附近小村庄的人们提供了庇护。应源之水自梁洼寨北而来,与寨北门来水在寨西北角汇合,流经古寨小西门、大西门。大西门有一座宽阔、坚固的青石桥通往寨外,应源之水通过这里继续南下。正是应源之水经过这里,滋润着梁洼,所以,梁洼西门才叫"临应门",梁洼在清末民初才易名"应源镇"。

中华人民共和国成立后特别是改革开放后,梁洼镇利用得天独厚的自然资源,大力发展生产,出现了一派繁荣局面。在梁洼经济发展的鼎盛时期,这里有河南省梁洼矿务局,有鲁山县红旗煤矿、梁洼五七煤矿,有鲁山县耐火材料厂、鲁山县黏土矿等工矿企业。

白天,到处可见井架林立,车轮滚滚,生产繁忙;入夜,灯光闪烁,炉火熊熊,映红了天幕……这是梁洼历史上最繁荣的时期,也使梁洼一跃成为鲁山县的经济重镇和"中州名镇"。经过扩建改造的街道宽阔、整洁,一条长1.5公里的"建设大道"纵贯镇区西部,街道两旁是一家家门店,街上往来人群熙熙攘攘,商店生意红红火火。人们的生活发生了天翻地覆的变化,千年古镇焕发出勃勃生机。

应源之水自梁洼向东南奔流,进入宝丰县境,经过著名的曲艺之乡马街。马街书会有着数百年的历史,已被列入国家级非物质文化遗产名录。马街书会的会场就在应河东岸。每年正月十三,各地说书艺人云集马街,前来欣赏曲艺艺术的观众人头攒动、摩肩接踵。马街书会已形成当地一种独特的文化现象。

应河之水给沿途带来了丰稔,带来了繁华,最终在下游的一片沃野之上孕育出一个古老的国家——应国。应国故地滍阳位于应河下游,自古为繁华之地。古应国始封之君为周武王之子,一说为周武王之弟。战国时期,曾为秦相应侯范雎的封地。这里有西周至春秋时期的应国古墓,考古发掘墓葬300多座,出土文物上万件。

1957年,在应国故地诞生了一座中原新城——平顶山。鹰城平顶山是中原地区重要的能源和重工业基地,也是中国优秀旅游城市。应国墓地出土的珍贵文物中有一件玉鹰，为应国古代部落的图腾。这也是平顶山市将"鹰城"作为别名的来历。

随着平顶山市新城区在应国故地的建设，扩大了城市规模，提高了城市品位，展示了中原新城的形象，使古老应国的这片土地焕发了生机，呈现出蒸蒸日上的新气象。

应河蜿蜒奔流，自源头梁洼到应国故地全长 27 公里。踏访应河，走近应河，感觉应河就像一幅长长的画卷，从两千多年前的春秋时期铺展到今天。它从应源梁洼奔流到平顶山新城区，滋润着两岸的土地、村庄和人民，孕育出古老的应国文明。它像一条长长的绿色丝带，联结起古镇梁洼、书会马街和中原新城平顶山，引领我们走进一片和谐秀美的新天地！

上帝遗留的仙境——丽江古城

鲁厚之

丽江是上帝遗留在这个世界上唯一一块人间仙境。走进丽江古城，迎面是古老的水车，那水车轮子悠悠地转着，似乎在诉说着岁月的沧桑与变迁，只有她最有资格讲述古城的故事。丽江的古色古香的神奇之美很难用简单的语言来形容。丽江古城是我国历史文化名城中唯一不设防的古城，没有城墙，更没有城门，却保存得相当完整。古城地处滇西北高原的丽江坝子中部，海拔 2416 米。始建于宋末元初，盛于明清，至今已有 800 余年历史，属于世界文化遗产。

古老的瓦屋鳞次栉比，百业居民，生息城中。家家流水，户户垂柳，小桥卧波，花树掩映，步步移景，皆为图画，纳西风情，东巴文化，蕴育其中。既具"小桥流水人家"的东方山水园林城市之美丽，又含"清明上河图"般厚重历史的文化精髓。走在古城的石板径上，所有的街道上都开着店铺，各种小玩意、小首饰、工艺品和民族服装让人眼花缭乱。一位老妇人健步而行，我们追上，问及老人高寿，答曰"89 岁"。哇！看面相和行动只像六十来岁。一阵微风送来饭菜的香味，纯正诱人，撩起我们的食欲，一个朋友说：咱闻香而寻，一饱口福行吗？吃了他们的饭，咱也许比那老人还长寿呢！是啊，这天然的绿野，绿水、绿菜、绿风浸润着绿色的五脏六腑，能不长寿吗？古城之古在于洁净，在于纯原始的洁净。玉水河旁三三两两的人在放河灯。导游告诉我们，到了丽江，你就把你所有的烦恼都写在纸上，然后把纸叠好放在纸船上，点上一盏小蜡烛，放进河里，让河水带着纸船，也带着你所有的烦恼远远地飘向远方。丽江，会让你从此一身轻松！是的，丽江古城的每一扇窗、每一片瓦、每一面墙、每一块石头、每一处流水、每一寸光亮、每一个声音，都启发对人生的叩问。

丽江虽然是一座了不起的古城，并且盖上了世界文化遗产的大印。其实，丽江古城不过是一个古老的躯壳，她的肌体里早已渗透了现代文明的血液。试想，谁愿躺在古老的躯壳上装睡而拒绝现代文明的发展呢？丽江是被净化的灵魂，是被感动的安静，是和谐，是回归自然的一种心灵的向往。

※ 作者简介

鲁厚之，鲁山县下汤镇人。中学语文高级教师，河南省特级教师。退休后耕耘文学，以滋养生命。出版发行散文集《大地圆缘》。

泥土的记忆——陕州澄泥砚

尹红岩

陕州地坑院在我心中是个很神秘的地方，一直想去看看。春节前，随"河南思客作家采风团"赴三门峡采风，遂了心愿。

陕州地坑院不仅建筑独具一格，还孕育了捶草印花、剪纸、皮影戏、澄泥砚等诸多非物质文化遗产。走进地坑院犹如走进了一座民俗大观园，让人大开眼界。而我最感兴趣的是澄泥砚。

砚，是古代文房四宝之一，也是古代文人的标配，更是方家墨客竞相收藏的心头之爱。书圣王羲之曾这样评价文房四宝："夫纸者阵也，笔者刀矛也，墨者鍪甲也，水砚者城池也。"现代人比喻说："笔是文人的手臂，墨是文人的流思，纸是文人的天地，砚是文人的心石。"城池也好，心石也罢，总归是说砚在文房四宝中举足轻重。现如今，砚虽已不是文人的标配，但稍有讲究的人，也会在家中添置一套文房四宝。

古陕州城，即今三门峡市区西部。史书记载，陕州古城始建于西汉景帝年间，距今已有2000多年历史。陕州澄泥砚的历史也很悠久。据《唐书·地理志》记载："虢州弘农郡贡瓦砚。"虢州即今三门峡地区。据《陕州志》记载："虢州澄泥砚，唐宋皆贡，泽若美玉，击若钟磬，坚而不燥，抚之如童肤，贮墨不耗，积墨不腐。"清乾隆皇帝盛赞其"抚如石，呵生津"，一直视为国宝。

古人把端砚、歙砚、洮砚和澄泥砚并称为"四大名砚"。澄泥砚是唯一的泥质砚，其他皆为石砚。汉代刘熙所著《释名》曰："砚者研也，可研墨使之濡也。"也就是说，砚是用来研墨的，研好之后墨汁可以盛放在里面，写的时候还可以在里面舔笔。因为研墨，就需有一块平坦的地方；因为盛墨汁，又需有一个凹陷的部分。因此，砚做出来都是凹凸有致的。

经过七拐八拐，我们终于走进了罗家院。墙上的牌匾简介告诉我们，罗家人在这里住了107年，2012年为响应政府开发景区的号召，搬出居住，专门作为制砚院，成为澄泥砚制作体验和销售的所在。和其他院落没有什么两样，只是院内多了座一人高、展示用的烧砚炉。我们看到，慕名来探访澄泥砚的游客络绎不绝。

在制砚院，我们有幸见到了澄泥砚永兴堂的第五代传人王驰。王驰又名王金池，是一位了不起的澄泥砚工匠。年逾花甲、衣着朴素的王驰，说话口音有种陕北味儿，一谈到澄泥砚，精神头儿特足。听说来的都是作家，老人非常热情地给我们展示他的得意之作。

王驰出身于澄泥砚世家，自幼随祖辈学习烧制澄泥砚，河南省非物质文化遗产项目代表性传承人。他从小就爱好广泛，喜欢绘画、书法、雕刻，后来又投身民俗、民艺的研究、开发和收藏，对中国传统文艺钟爱一生。

经过数十年的苦心钻研，他掌握了澄泥砚的配方、雕刻、烧制、窑变等绝技，所烧制的砚台色彩绚丽，有鳝鱼黄、蟹壳青、绿豆砂、檀香紫、朱砂红等各种品相。"观之如墨玉，击音如钟鸣，窑变奇异，质朴浪漫，坚实如铁。"他不但发展了澄泥砚的传统技艺，还成立了陕州古文化研究中心，创办了"永兴泰"堂号古砚专卖店，不遗余力地推动澄泥砚这一传统工艺走得更远、走得更好。

可以这样说，陕州地灵人杰，陕州人创造出了许多令人称道的奇迹，而澄泥砚就是其中之一。

我佩服陕州人的智慧。生于斯、长于斯的陕州人，祖祖辈辈与黄土地打交道，从黄土里面发现了文明的种子。他们把这颗种子小心翼翼地种下，细心呵护，静待花开。在一代又一代人的坚守下，这颗种子不负陕州人的苦心，长成了参天大树，长成了名闻天下的贡品。能够把酥散的泥土变成坚瓷铿亮、如婴儿皮肤般细腻的砚台，并在此基础上衍生出丰富多彩的砚文化，这里的人们有着超高的悟性和创造力。

作为农家孩子，我忘不了泥土的气息，忘不了泥土给予人们的恩赐。它创造了万物，滋养了万物，让这个世界呈现五彩缤纷的美丽。人类让泥土有了灵魂，有了光彩，有了新的使命和担当。泥土经受住了火的考验，在烈火焚身中升华，如凤凰涅槃般重生。当年孙猴子大闹天宫，被太上老君扣在八卦炉中用三昧真火煅烧，哪承想竟给这猴子烧出一双火眼金睛。火可以毁灭一切，亦可以创造惊人的奇迹。所以，我们理当对这来之不易的澄泥砚心生敬畏。

我佩服澄泥砚制作的细腻。选料细，过滤细，制作细，造型细，雕刻细，烧制细……每一步都浸透着功夫，饱含着心血。这就是陕州人的耐心和执着。

王驰告诉我们，传统澄泥砚的制作需经过拣选、捣碎、过筛、澄滤、配料、糅合、陈放等几十道工序。制作砚台时，脱模的砚坯要放置室内阴干；半干时用利器整修、刻画、压印铭记堂号；干透后，再在太阳下暴晒数日，趁热入窑烧制；出窑后以黄蜡热涂砚池，可拒水保墨。

因为经过澄滤后的细泥就是澄泥，所以烧制出的砚瓦就叫作"澄泥砚"。不过，沉在绢袋中的澄泥需经过一年以上的静置，让泥中的水分和土粒充分融合，时间愈长，泥性越稳定。随着时间消磨了暴性，才能制作出上乘的澄泥砚。澄泥砚的造型有很多样式，有蟾砚、蛙砚、莲花簸箕砚、伏虎砚、宝莲砚等，要么简约，要么粗犷，要么精致。

一抔土，一块泥，一个奇思妙想，在匠人们的拿捏揉搓下，成就出精美得令人惊叹的艺术品。作为泥土的雕塑艺术，澄泥砚并不守旧，也不排外，它成长中不断经历着创新和完善，上乘之作能集诗、书、画、篆、艺于一身，甚至融入更多的文化元素。一方看似简单的澄泥砚，其实就是一部综合的文化百科全书，是很具有收藏价值的珍品。夸大一点说，每一方澄泥砚都是人与自然的杰作，都是神性与人性的融合，都是天人合一的产物。

如今，王氏澄泥砚已被列入省级非物质文化遗产，这也正是历代传承人对澄泥砚怀了敬畏之心，才铸就出这种自我升华的古老技艺。

我佩服传统工艺的守望者和传承人。一方小砚台承载了几千年的墨香，让妙笔写出生花之文章，让泥土插上了文明的翅膀。现在逐渐兴起了非遗热，越来越多热衷于收藏的人们对传统文化产生了浓厚的兴趣。

一方水土养育一方人。在欣赏澄泥砚时，我忽然想起了家乡的特产——鲁山花瓷，被称为"钧之源，汝之母"，是钧瓷和汝瓷的鼻祖。二者可谓有着异曲同工之妙。成品同为唐宋贡品，都是泥土烧制，工艺也很接近，期间均出现过断层，但都有一帮热爱它的手艺人在传承着、研究着、不遗余力地开发并保护着。因为对鲁山花瓷发展的了解，我很能理解民间艺人的艰难和不易。

所幸的是，尽管不易，尽管艰难，终究是有人在做了，而且做得还很出色。更可喜的是，他们还带动了一条产业链，吸引更多的人加入对这项遗产的守护中，闯出了属于自己的一片天地。再好的文化遗产，一旦停留在文字里、书本中，成为空中楼阁，这个遗产早晚会跟不上时代的步伐而消失殆尽。只有走进生活中，接上地气，让更多的人去了解它，喜欢它，感悟它，才能把它发扬光大。

地坑院景区总经理张春红介绍说，如今，陕州涌现出越来越多像王驰一样传承这项工艺的人，有王国仓、王玲、王跃泽等一批澄泥砚的传承人，更有三门峡市美术家协会主席李俊林历经20余年潜心研究，结集出版了《陕州澄泥古砚》一书。

我很感谢这些能够静下心来守望传统工艺的大师们，他们的付出是常人所不能想象的。正是他们的付出，才会让我们灿烂瑰丽的中华文化绵延不绝，才能守住守好祖宗留下来的文化遗产，不至于后人迷失前行的方向。

※ 作者简介

尹红岩，1974年10月出生，河南鲁山人。中共党员，鲁山县政协委员，河南省作家协会会员，河南省摄影家协会会员，现任鲁山县作家协会副主席兼秘书长。曾从事新闻采编工作，喜欢写作和摄影。作品多次在《河南日报》《平顶山日报》等报刊发表。

素颜江南

康 平

青果巷

浩荡的黄河，挟裹着从炎黄二帝就开启的人类文明进程，所到之处，群雄逐鹿之地。

厚重的文化沉淀给了中原人赖以自豪的底气。

对于中原人来说，江南在古人的诗里，在风情摇曳的旗袍秀里，在竹骨油纸的花折伞下。每次经过，好像浮光掠影的画卷，并没有什么太深的印象。

不经意的一次驻足流连，刷新了之前对江南城市的固有印象。那是青果巷，一个被保留在常州市中心的古老街区。

天近黄昏的时候，走出入住的宾馆，漫步街头。还不到下班时候，道路上车流从容，行人更从容。常州，这座工业发达的智造之都，没有想象中的那么匆忙。

许多道路两旁都生长着高大的香樟与桂花，深绿的枝叶遮出一城的宁静。一些稍微偏僻的小路上，倾斜的枝条相交于半空中，路边的墙角覆盖着青苔，更添了幽深。徜徉其间，似乎所有的喧嚣与繁忙，都隐没于或浓或淡的绿荫里。

转过一个街角，一座石桥进入视线。桥的北侧，是一带深灰色翘脚飞檐的旧式民居。原来，这里就是青果巷。

青果巷，旧称"千果巷"。始建于明万历年前，历史痕迹可以追溯到宋朝。古巷内以明、清、民国时期的建筑为主，据说是常州文脉之地，书香盈巷，墨迹漂河。这里曾经走出过近百名科举才俊和一大批近现代名人，有着"江南名士第一巷"的美誉。

不是旅游旺季，况天色近晚，行人寥寥，匆匆而过。两侧的玄瓦白墙默默地伫立着，不嗔不喜。写意了黑白背景的，是随处可见的爬山虎。北方也有，是那种整面墙壁层层叠叠的绿色。但这里不同，它在地面上的根细细的，自下往上一点点舒展开，然后在灰瓦的墙头连成一片。远远看去，仿佛从高处垂下展开的一幅幅斑驳的水彩画。

那些浅青，深绿，褐色，绛红，像民国女子用旧了的首饰。

沿着青石板路走进去，时间开始纷纷后退。

清一色的木门，疏落地分布在路的左右，很多连门楼都没有，只是一扇没有任何装饰的窄窄的门，除了黑色，就是褐色。门环小小的，样式不同而已。只是，大部分的门都关闭着，一把铜锁挡住探寻的脚步。有的连名字也没有。也许，只是祖上传下来的民宅吧，并不想被谁打扰。

当然，还有许多的名人旧居是开放的。

迟疑地走进其中的一扇门，才发现，几乎每一扇看起来毫不起眼的门内，都掩映着一进又一进的深宅。曲径通幽处，每一处都深藏着厚重的历史。

这些宅院，在青果巷繁盛时期，多为名士私宅。物料名贵，构筑精细，历经百年风雨，依然可以于细微处窥见当初的繁华。

唐荆川纪念馆，又称八桂堂。曾经蟾宫折桂的明朝抗倭英雄、散文四大家之一的唐荆川建了这座大宅子之后，延续百年之间，先后有清朝名士庄楷、钱维城，近代革命家瞿秋白、张太雷，爱国实业家刘国钧等在这里生活过，每一个名字都沉甸甸地，在历史的册页上留下了浓墨重彩的一笔。

深深的宅院里桂花树随处可见，依旧青叶葳蕤，依傍着重楼回廊，述说那些曾经的风华岁月。

周有光故居也是当初的唐氏八宅之一。如果不是门口的立碑说明，谁会想到从这窄窄的大门走进去，其中楼舍连片，月洞门层层递进。不知几进之后，一处宽敞的庭院里，张允和与周有光夫妇的全身铜像，坦然地伫立于庭院的中央。

周有光，中国著名的语言文字学家，汉语拼音方案的主要创制者之一。张允和，民国著名的"张家四姊妹"中的二姐，晚年创作有《最后的闺秀》《昆曲日记》等书，人称"白发才女"。据说他们才貌相当，志趣相投，不仅都爱喝茶和咖啡，每喝必碰杯。几十年如一日地保持着相敬如宾，举案齐眉的恩爱。他们凝望着我，我凝望着岁月深处的那些记录与传说，忘记了时间与空间。

这时，越加暗色的天空，飘起了细细的雨。

江南的冬雨却比春雨更温柔，像北方沾衣欲湿的杏花雨。你不仅不用躲，反而更想融入这黄昏的雨中徘徊不去。褐色的屋脊在雨中明亮了一些，墙头上的藤蔓绿色深了些，脚下的石板路泛着湿润的微光。

灯光一盏接着一盏亮了起来，透着柔和的光线，竹骨的灯笼点缀着青果巷的夜色。

狭长的巷弄里，每一盏相似的灯下，都曾端坐着一个埋头苦读的学子，或者执笔沉思的大家。政治、文学、军事、教育、科学，几乎都有涉猎。

一条青果巷，半部常州史。

太湖之滨，大运河畔，数千年的文化积累，丰富的人文底蕴，给了这个现代都市最值得骄傲的一张名片。

历史的画卷也许会随着岁月的流逝逐渐褪色，青果巷的文脉之气却没有在时光里被暗淡。在这样价值不菲的城市中心地带，保留着如此多，如此完整的文化遗址旧居，常州，这座经济高速发展中的江南明珠，守住了它的精神之魂。

西津古渡

常州西去不足百里，就是镇江。

去镇江的路上就想起了那首和镇江有关的诗。

《题金陵渡》（唐·张祜）："金陵津渡小山楼，一宿行人自可愁。潮落夜江斜月里，两三星火是瓜州。"

诗中的金陵，却不是今天的南京城，指的是张祜生活的唐代中后期的镇江。那一夜，性格孤傲、因诗扬名的张祜夜宿金陵渡，羁旅难眠。面对长江夜景，以一首宁静清美的诗作流传后世。

隔着千年的时光遇见张祜时，西津渡古街依旧沉浸在若有若无的细雨中。

踏上五十三坡，走过英国领事馆旧址。拾级而上，辗转前行。复循阶而下，自东向西，穿过一座座覆满青藤的石券门。

脚下的石板路中央，车轮磨砺出的印辙仍清晰看见。车辙两旁的石缝里，星星点点的野草，生机盎然地绿着，就连石墙上，也随处可见各色藤蔓，或攀援，或垂挂，与古街的沧桑共生共存。

历史的湮灭并没有颓败了这个曾经舟楫往来的繁华渡口，时间的风霜雪雨只是给它镀上了一层更斑斓的厚重。

始创于六朝的西津渡古街，历经了唐宋元明清五个朝代的建设。作为长江南北联系的一处军事要塞，历史上发生在这里的重大战事有数百次之多。因而也吸引了无数文人墨客在此停留，渡江，吟咏往事风烟。

津渡文化、宗教文化和民居文化，都在这里保留了它们千百年来化石般的风貌。为长江救险创建的救生会，为民生祈福修造的昭关石塔，诉诸美好祈愿的观音洞。待渡亭、超岸寺，或为皇家，或为民众，如今，都褪去了曾经的身份，成为历史的遗迹。

在修旧如旧的维护保养中，顺着山势阶梯层层下落的古渡口，现代经济延展的各种消费形式，与古朴的街巷阁楼和谐地融为一体，隐约传递着当日的盛况。

潮湿的雨意，一时半会没有离开的意思。游人寥落，长街更加空旷。

一处斜坡的石墙下，略显暗淡的玻璃镜面上，反射着模糊的天光云影。俯身探望，却是此处道路的一段地基切面，以分层展示的形式，真实再现了千年时光在这里的积累沉淀。

一时恍惚。原来，这世间，真的会有永恒。

一眼看千年——这是它的名字。一对情侣模样的男女停了下来，商量拍照。汉字就是如此的神奇，不管当初它因何而生，却无意间击中了偶遇的人们心里那份隐秘的渴望。

时光千年里，还有不远处宽袍大袖的张祜眺望长江的身影。他的诗作被后人刻于石上，和他一起见证着古渡的前世今生。

身后，通往山上的栈道因为天雨路滑而封闭了。止步于此，只能仰望。

烟雨中，山顶的小亭在绿树掩映里只露出一带飞檐。遥想公瑾与孔明，曾在亭间从容商策，联合抗曹，历史的册页里才有了"火烧赤壁"这样以少胜多的著名战役。

可惜，由于年久日深，河滩淤涨，紧邻山脚的江岸逐渐北移，此时的西津古渡，已经看不到当年从脚下汤汤流过的长江水了。

长江滚滚东去，历史在此停驻。回望长长的古街，深灰色的屋檐下，明清建筑的双层小楼朱栏雕花，一扇扇木门开合之间，现代化的服务与人文历史互为依存，支撑起古老中国历史文明的延续。

周庄

去苏州的时候，原本打算路过周庄的。对于没有去过的人来说，周庄就像江南水乡的标准图版。它在陈逸飞的油画里，在王剑冰的散文里，在三毛的梦里。太熟悉的感觉，总会让人恍惚，生怕面对想象与真实之间的落差。选择夜宿周庄，或许，会不经意触碰到周庄的另一种颜色吧。

所有的声音都在夜色里渐渐沉淀，就连河道里的水波也停止了摇曳，静悄悄地睡去了。几乎没有什么游人，偶尔路过的脚步声，来自巷陌里的当地人。

入住的民宿是一家不大的院落，离双桥很近，在一处窄巷的深处。主人一家住在一楼，客房在二楼。推开雕花的木窗往外看，暗暗的灯光里，只看得到屋脊上的灰瓦，墨色的夜空。没有月亮，也没有星光，是个阴天。

与朋友携手而出，话语和脚步在夜色里飘忽着。偶尔说着什么，也有时什么也不用说，就这么走着。

此刻，白日里比流水更喧嚣的人潮散去了，古镇脱下了她的战袍，换上舒适合体的家居服，困倦的双眼半闭着，睡意蒙眬。

没有一盏路灯，远远近近的光源大部分来自屋檐下挂着的竹骨纸灯，以及脚底下不知道从哪个角落投过来的一束射灯。在灯笼的指引下，几乎每一条小巷都通往更幽深的去处。

沿着河道上的石板路漫无目的地走着，摸一摸门板上的铜锁，数一数旧窗棂上的木格子，俯身看一看那些陶罐和水槽里种着的花草。

未行多远，便看见了河道东侧，沈万三家的豪宅——沈厅。说是豪宅，只是想象罢了。灯光昏黄，大门紧闭，只有高悬的牌匾隐约透着传闻中良田千亩，广椽百间；檐高轩敞，雕梁画栋的气派。

生活于元末明初的沈万三，躬耕起家，水上贸易发家，成为当年的江南首富。正是由于沈万三的资助和影响，人们纷纷到周庄投资经商，周庄才由一个小村子发展成为一座大镇。周庄从来没有忘记他的功劳，万三家宴和万三蹄让每一个来过周庄的游客念念不忘。

南湖秋月园却大大方方地敞开着。还没有走近湖边，清凉的水汽已在夜色里弥漫开来。在这儿，没有月亮的夜似乎是个遗憾，灯光却似繁星，闪烁在粼粼的湖面上。水波之上，九曲栈道徘徊流连，幽暗的灯光延伸到更远的全福长桥，纤长的蓝色玉带上，桥孔似水上圆月被依次串起，一直通往千年古镇的现代世界。

想起"莼鲈之思"里见秋风起而思故乡的主人张翰，想起写下了《乌衣巷》《陋室铭》等诸多千古名篇的刘禹锡，他们都曾来过，或者也在此地临湖垂钓，周庄很用心地留住了他们。思鲈堂、季鹰斋、刘宾客舍、梦得榭，小桥流水是周庄的风韵，它们就是周庄的笔墨。

周庄的河道呈井字形，被数不清的石桥连接。随意走过一座桥，就是一条不重复的路。

不用看路标，也不用查找每一座桥的名字，周庄的夜给了我们更多的自由。看水，看桥，看桥洞上的藤蔓，看水中的倒影，看乌篷船睡着的时候静美的模样。

那一夜，我比周庄睡得更沉。第二天一早，商议离开。临走，还是想去三毛茶楼看看。

昨夜，漫游中不经意站在三毛茶楼的巷口时，一时愣住了。空无一人的巷子里，紧闭的木门，彻夜亮着的灯笼，只有"三毛茶楼"四个大字醒着，深情地望着我们。既来了周庄，怎么放得下梦里花落知多少的三毛。

时间还早，去茶楼的路上有间卖青团的铺子。竹屉里的青团有绿有白，摆成团花的样子，还冒着热气。售卖的阿姨一边忙碌，一边用带着方言的普通话招呼客人。还不到最忙时候，阿姨像邻居大妈一样嘘寒问暖地聊着天，软糯的青团温暖了肠胃，也温暖了这个清冷的早晨。走的时候又预购了店里的酥饼，约好回头来取。

巷弄尽头有人在生炉子，摇着一把蒲扇，柴火冒出的青烟给周庄的清晨涂上了一抹烟火的味道。旁边坐着的阿婆，头上围着蓝色方格围巾，手里端一碗粥，满脸的褶皱里都是岁月的平凡。这里是他们世代生活的家吧。

茶楼刚开门，我们是第一批客人。三毛的朋友张寄寒老人依旧默默地守着这个店，少言寡语。忙时卖茶，闲来写书。茶座背依河水，临窗的栏杆陈旧得像那些书信和照片。黑白的照片里，那时的三毛笑得很灿烂，荷西的眼里满是深情。

茶水冲了几遍就淡了，其实并没有真正品到它的味道。只是凭窗坐着，想起在撒哈拉沙漠里那个写尽了热情深情痴情悲情的奇女子，想起年少时光里和她一起在书里笑了哭，哭了又笑的那些夜晚，黯然伤神。三毛说得对，周庄有张寄寒老人在，真好。这样的周庄，才有了更多的人来这里寻找他们的梦。

茶楼在周庄的深处，一路走出去，还有长长的路。乌篷船正慢悠悠地从昨夜睡觉的地方一艘艘荡过来。黛瓦灰墙，小楼石桥的倒影在水波的荡漾里伸了伸腰，睁开了双眼。

站在双桥上回首，陈逸飞那幅使周庄名扬天下的油画《故乡的回忆》与此时的周庄合二为一。曾经深闺里的周庄，因为陈逸飞和他的画，走出了江南，走出了国门，蜚声世界。

沈万三繁荣了周庄，三毛记住了周庄，陈逸飞却以他的一腔深情护住了周庄。周庄在他走后，伤心了很久，就在他画过的双桥旁边建起了逸飞之家，给后来者，也给周庄自己，留下了一份珍贵的记忆。

没有等到最隆重的时刻登场，我们带着周庄的酥饼，带着周庄刚刚醒来时的人间烟火味，离开了橹声桨影里的周庄。

※ 作者简介

康平，女，河南省鲁山人。鲁山县作家协会、平顶山市作家协会、河南省散文协会等会员。先后有散文、诗歌等作品发表于杂志报纸及网络媒体。

文化看台

鲁山历史上的辉煌

潘民中

鲁山有 2400 平方公里，处于伏牛山东麓沙河上中游豫西山地向黄淮平原过渡的地带。伏牛山系的两条余脉伏牛余脉、巴山山脉自西北向东南延伸入黄淮平原西部边沿；发源于伏牛山脉东段主峰尧山东麓的沙河下注汝河入淮河。两山夹一川构成一个相对完整的簸箕形地理单元。背依豫西山地，面瞰黄淮平原；有山有水，山水相间。山明水秀，适宜人居。鲁山地处淮河—秦岭这条我国南北气候分界线上，亚热带湿润区与暖温带半湿润区在这里交接。四季分明，雨量适中，气候温和，物产丰富，适宜人居。鲁山还处在我国洛阳—开封以南、合肥—福州以西、成都—昆明以东、广州以北，这块地壳稳定区北部，未发生过五级以上破坏性地震，适宜人居。鲁山在北京—云贵、青岛—重庆（汉中）—成都南北、东西交通要道之上，交通便利，眼界开阔，适宜人居。自三皇五帝时代起先民就看中了这里，于此创造了辉煌，在中华历史上镌刻下明确印记。

一、从五帝时代尧部落的祖居地到夏朝刘累立尧祠于尧山

《史记》卷一载："黄帝居轩辕之丘，而娶于西陵之女，是为嫘祖。嫘祖为黄帝正妃，生二子，其后皆有天下：其一曰玄嚣，是为青阳。青阳降居江水（泜水）；其二曰昌意，降居若水（汝水）。昌意娶蜀山氏女，曰昌仆，生高阳，高阳有圣德焉。黄帝崩，葬桥山。其孙昌意之子高阳立，是为帝颛顼也。""帝喾高辛者，黄帝之曾孙也。高辛父曰蟜极，蟜极父曰玄嚣，玄嚣父曰黄帝。自玄嚣与蟜极皆不得在位，至高辛即帝位。高辛于颛顼为族子。""帝喾娶陈锋氏女，生放勋。娶娵訾氏女，生挚。

帝喾崩，而挚代立。帝挚立，不善，而弟放勋立，是为帝尧。"

《史记》卷二载："帝孔甲立，好方鬼神，事淫乱，夏后氏德衰，诸侯畔之。天降龙二，有雌雄，孔甲不能食，未得豢龙氏。陶唐既衰，其后有刘累，学扰龙于豢龙氏，以事孔甲。孔甲赐之姓曰御龙氏，受豕韦之后。龙一雌死，以食夏后。夏后使求，惧而迁去。"《集解》曰：贾逵曰："夏后既享，而又使求致龙。刘累不能得，而惧也。"《传》(《左传》)曰："迁于鲁县。"（见昭公二十九年杨伯峻注曰："鲁县在今河南鲁山县东北。"）

《水经注》载："滍水出鲁阳县之尧山。尧之末孙刘累，以龙食帝孔甲。孔甲又求之，不得。累惧而迁于鲁县，立尧祠于西山，谓之尧山。"

清顾祖禹《读史方舆纪要》曰："鲁山县尧山，在县西百四十里。夏孔甲时刘累迁鲁，立尧祠于山上，固名。"

东汉张衡《南都赋》曰："远世则刘后甘厥龙醢，视鲁县而来迁，奉先帝而追孝，立唐祠于尧山。"晋司马彪《后汉书郡国志》："鲁阳有尧山，封刘累立尧祠。"这些文字记载显示在刘累立尧祠于山上之前就已称"尧山"了。

二、周武王姬发封弟姬旦于鲁立鲁国到公子伯禽后迁于奄

殷墟甲骨文中已有了鲁地名，《殷墟书契续编》载："鲁受年。"注曰："鲁也地名。"而今山东曲阜在商代名"奄"，直到周成王"践奄"封伯禽为鲁公之后才称鲁。据史书记载，周武王灭商后进行过一次小规模的分封，其中封其弟姬旦于鲁山之鲁为鲁侯，但留姬旦于朝佐己理政，令旦子伯禽至鲁，嗣侯位。两年后武王死去，成王继位。成王年幼，姬旦摄政。商之余孽武庚利用管叔、蔡叔、霍叔对姬旦摄政的不满，勾结三监发动叛乱。奄一带商族祖居地的徐夷、淮夷也乘势而起，拥商反周。经过姬旦东征，成王践奄，最终平定了叛乱。为了镇抚东方以藩屏周，姬旦在完善推广武王生前实施过的分封制实行大分封时，令子伯禽带着"鲁"这个侯国名到奄立国，并由侯升格为公。从此奄成为鲁国之都，有了鲁名。由此可知，西鲁为原生"鲁"，东鲁为克隆"鲁"。

有趣的是，姬旦父子在把西鲁之"鲁"克隆到东鲁的时候，还把西鲁的一些重要历史遗迹也克隆了过去。西鲁有山名鲁山，因刘累祭尧于此而得名。西鲁有河名滍水。滍水中上游为黄帝部落的子部落玄嚣青阳氏繁衍生息之地。史籍有"玄嚣降居于泜水"的记载。《左传》杜预注谓："泜水，出鲁阳县东，经襄城、定陵，入

汝"。杜预所说"泜水"的方位、流向与滍水同,所以《春秋地名考》曰:"泜水即滍水也。"全祖望说"盖音同字异耳"。至清代滍水中游还有湖泊名"青阳湖"。汉末学者宋衷、皇甫谧都认为玄嚣即少皞。所以西鲁即刘累所奔鲁县为少皞之墟。玄嚣为尧部落的祖部落,刘累奔鲁有寻根问祖的目的在。少皞之墟即刘累故邑位当波水与滍水汇流处。为防洪水,先民沿波、滍汇流处河岸堆筑了弯曲的堤坝,称曲阜。"阜者,茂也。言平地隆跃,不属于山陵也。"伯禽自西鲁移国于奄为鲁公之后,东鲁也有了鲁山、少皞之墟和曲阜等地名。

三、汉朝：从汉高祖刘邦两经鲁阳到汉献帝时后将军袁术驻兵鲁阳

《史记》卷八:"赵别将司马卬方欲渡河入关,沛公乃北攻平阴,绝河津,南,战雒阳东,军不利,还至阳城,收军中马骑,与南阳守战犨东（今张官营一带）,破之。略南阳郡,南阳守走,保城守宛。沛公引兵过而西。张良谏曰:'沛公虽欲急入关,秦兵尚众,距险。今不下宛,宛从后击,强秦在前,此危道也。'于是沛公乃夜引兵从他道还,更旗帜,黎明,围宛城三匝。南阳守欲自刭。其舍人陈恢曰:'死未晚也。'乃逾城见沛公,曰:'臣闻足下约,先入咸阳者王之。今足下留守宛。宛,大郡之都也,连城数十,人民众,积蓄多,吏人自以为降必死,故皆坚守乘城。今足下尽日止攻,士死伤者必多,引兵去宛,宛必随足下后,足下前则失咸阳之约,后又有强宛之患。为足下计,莫若约降,封其守,因使止守,引其甲卒与之西。诸城未下者,闻声争开门而待,足下通行无所累。'沛公曰:'善。'乃以宛守为殷侯,封陈恢千户,引兵西,无不下者。""汉王之出荥阳入关,收兵欲复东。袁生说汉王曰:'汉与楚相距荥阳数岁,汉常困。愿君王出武关,项羽必引兵南走,王深壁,令荥阳成皋间且得休。使韩信等辑河北赵地,连燕齐,君王乃复走荥阳,未晚也。如此,则楚所备者多,力分,汉得休,复与之战,破楚必矣。'汉王从其计,出军宛叶间（再经鲁阳）,与黥布行收兵。"留下张良、萧何、韩信一组地名。望城冈冶铁遗址。

《后汉书》卷三十八:"张宗字诸君,南阳鲁阳人也。王莽时,为县阳泉乡佐。会莽败,义兵起,宗乃率阳泉民三四百人起兵略地,西至长安,更始以宗为偏将军。宗见更始政乱,因将家属客安邑。及大司徒邓禹西征,定河东,定诣禹自归。禹闻宗素多权谋,乃表为偏将军。禹军到栒邑,赤眉大众且至,禹以栒邑不足守,欲引

师进就坚城，而众人多畏贼追，惮为后拒。禹乃书诸将名于竹简，署其前后，乱著筒中，令各探之。宗独不肯探，曰：'死生有命，张宗岂辞难就逸乎！'禹叹息谓曰：'将军有亲弱在营，奈何不顾？'宗曰：'愚闻一卒毕力，百人不当；万夫致死，可以横行。宗今拥兵数千，以承大威，何遽其必败乎！'遂留为后拒。诸营既引兵，宗方勒厉军士，坚垒壁，以死当之。禹到前县，议曰：'以张将军之众，当百万之师，犹以小雪投沸汤，虽欲勠力，其势不全也。'乃遣步骑二千人反还迎宗。宗引兵始发，而赤眉卒至，宗与战，却之，乃得归营，于是诸将服其勇。及还到长安，宗夜将锐士入城袭赤眉，中矛贯胛，又转攻诸营保，为流矢所激，皆几至于死。及邓禹征还，光武以宗为京辅都尉，将突骑与征西大将军冯异共击关中诸营保，破之，还河南都尉。建武六年，都尉官省，拜太中大夫。八年，颍川桑中盗贼群起，宗将兵击定之。后青、冀盗贼屯聚山泽，宗以谒者督诸郡兵讨平之。十六年，琅邪、北海盗贼复起，宗督二郡兵讨之，乃设方略，明购赏，皆悉破散，于是沛、楚、东海、临淮群贼惧其威武，相捕斩者数千人，青、徐震栗。后迁琅邪相，其政好严猛，敢杀伐。永平二年，卒于官。"汉章帝建初元年（76）封明帝第九女臣为鲁阳公主。《后汉书》卷七十八："郑众字季产，南阳犨人也。为人谨敏有心几。永平中，初给事太子家。肃宗即位，拜小黄门，迁中常侍。和帝初，加位钩盾令。时窦太后秉政，后兄大将军宪等并窃威权，朝臣上下莫不附之，而众独一心王室，不事豪党，帝亲信焉。及宪兄弟图作不轨，众遂首谋诛之，以功迁大长秋。策勋班赏，每辞多受少。由是常与议事。中官用权，自众始焉。永初十四年，帝念众功美，封为鄛乡侯，食邑千五百户。永初元年，和熹皇后益封三百户。延熹元初元年卒，养子闳嗣。闳卒，子安嗣。后国绝。桓帝延熹二年，绍封众曾孙石雠为关内侯。"

《后汉书》卷七十五："董卓将欲废立，以术为后将军。术畏卓之祸，出奔南阳。会长沙太守孙坚杀南阳太守张咨，引兵从术。刘表上术为南阳太守，术又表坚领豫州刺史，使率荆、豫之卒，击破董卓于阳人。""术在南阳，户口尚数十百万，而不修法度，以抄掠为资，奢恣无度，百姓患之。"《三国志》卷四十六："比至南阳，众数万人。南阳太守张咨闻军至，晏然自若。坚以牛酒礼咨，咨明日亦答诣坚。酒酣，长沙主簿入白坚：'前移南阳，而道路不治，军资不具，请收主簿推问意故。'咨大惧欲去，兵陈四周不得出。有顷，主簿复入白坚：'南阳太守稽停义兵，使贼不时讨，请收出案军法从事。'便牵咨于军门斩之。郡中震栗，无求不获。前到鲁阳，与袁术相见。术表坚行破虏将军，领豫州刺史。遂治兵于鲁阳城。当进军讨卓，遣长史公仇称将兵从事还州督促军粮。施帐幔于城东门外，祖道送称，官属并会。卓遣步骑数万人逆坚，轻骑数十先到。坚方行酒谈笑，敕部曲整顿行陈，无得妄动。后骑渐益，坚徐罢坐，导引入城，乃谓左右曰：'向坚所以不即起者，恐兵相蹈籍，诸君不得入耳。'卓兵见坚士众甚整，不敢攻城，乃引还。坚移屯梁东，大为卓军所攻，坚与数十骑溃围而出。坚常著赤罽帻，乃脱帻令亲近将祖茂著之。卓骑争逐茂，故坚从间道得免。茂困迫，下马，以帻冠冢间烧柱，因伏草中。卓骑望见，围绕数重，定近觉是柱，乃去。坚复相收兵，合战于阳人，大破卓军，枭其都督华雄等。是时，或间坚于术，术怀疑，不运军粮。阳人去鲁阳百余里，坚夜驰见术，画地计校，曰：'所以出身不顾，上为国家讨贼，下慰将军家门之私仇。坚与卓非有骨肉之怨也，而将军受谮润之言，还相嫌疑！'术踧唶，即调发军粮。坚还屯。卓惮坚猛壮，乃遣将军李傕等来求和亲，令坚列疏子弟任刺史、郡守者，许表用之。坚曰：'卓逆天无道，荡覆王室，今不夷汝三族，县示四海，则吾死不瞑目，岂将与乃和亲邪？'复进军大谷，拒雒九十里。卓寻徙都西入关，焚烧雒邑。坚乃前入至雒，修诸陵，平塞卓所发掘。讫，引军还，住鲁阳。"

四、从北魏孝文帝置广州于鲁阳到魏宣武帝即位于鲁阳

太和十一年（487）魏孝文帝南幸于鲁，置鲁阳镇。太和十八年（494）置荆州于鲁阳，寻又改为广州。

《魏书》卷七下："太和二十三年癸酉，显达攻陷马圈戍。三月庚辰，车驾南伐。癸未，次梁城。甲申，以顺阳被围危急，诏振武将军慕容平城率骑五千赴之。丙戌，帝不豫，司徒、彭城王勰侍疾禁中，且摄百揆。丁酉，车驾至马圈。诏镇南大将军、广阳王嘉断均口，邀显达归路。戊戌，频战破之。其夜，显达及崔惠景、曹虎等宵遁。己亥，收其戎资亿计，班赐六军。诸将追奔及于汉水，斩获及赴水而死者十八九，斩宝卷左军将军张于达等。贼将蔡道福、成公期率数万人弃顺阳遁走。庚子，帝疾甚，车驾北次谷塘原。甲辰，诏赐皇后冯氏死。诏司徒勰征太子于鲁阳践祚。诏以侍中、护军将军、北海王详为司空公，镇南将军王肃为尚书令，镇南大将军、广阳王嘉为尚书左仆射，尚书宋弁为吏部尚书，与侍中、太尉公禧，尚书右仆射、任城王澄等六人辅政。顾命宰辅曰：'粤尔太尉、司空、尚书令、左右仆射、吏部尚书，惟我太祖丕丕之业，与四象齐茂；累圣重明，属鸿历于寡昧。兢兢业业，思纂乃圣之遗踪。迁都嵩极，定鼎河瀍，庶南荡瓯吴，复礼万国，以仰光七庙，俯济苍

生。困穷早灭，不永乃志。公卿其善毗继子，隆我魏室，不亦善欤？可不勉之！'夏四月丙午朔，帝崩于谷塘原之行宫，时年三十三。秘讳，至鲁阳发哀，还京师。"

《魏书》卷八："太和二十三年夏四月丁巳，即皇帝位于鲁阳，大赦天下。帝居谅暗，委政宰辅。"

五、唐朝：从元德秀任鲁山县令到元结归葬鲁山

《新唐书》卷一百九十四："元德秀，字紫芝，河南（今河南洛阳市）人。质厚少缘饰。少孤，事母孝，举进士，不忍去左右，自负母入京师。既擢第，母亡，庐墓侧，食不盐酪，藉无茵席。服除，以婆困调南和尉，有惠政。黜陟使以闻，擢补龙武军录事参军。德秀不及亲在而娶，不肯婚，人以为不可绝嗣，答曰：'兄有子，先人得祀，吾何娶为？'初，兄子襁褓丧亲，无资得乳媪，德秀自乳之，数日湩流，能食乃止。既长，将为娶，家苦贫，乃求为鲁山令。前此堕车足伤，不能趋拜，太守待以客礼。有盗系狱，会虎为暴，盗请格虎自赎，许之。吏白：'彼诡计，且亡去，无乃为累乎？'德秀曰：'许之矣，不可负约。即有累，吾当坐，不及馀人。'明日，盗尸虎还，举县嗟叹。玄宗在东都，酺五凤楼下，命三百里县令、刺史各以声乐集。是时颇言帝且第胜负，加赏黜。河内太守辇优伎数百，被锦绣，或作犀象，瑰谲光丽。德秀惟乐工数十人，联袂歌《于蔿于》。《于蔿于》者，德秀所为歌也。帝闻，异之，叹曰：'贤人之言哉！'谓宰相曰：'河内人其涂炭乎？'乃黜太守，德秀益知名。"

大唐盛世皇帝唐玄宗李隆基称赞元德秀所作的《于蔿于》为"贤人之言哉"！玄宗、肃宗两朝宰相房琯，每见德秀，叹息曰："见紫芝眉宇，使人名利之心都尽。"成语"紫芝眉宇"即来源于此，形容人德行高洁。秘书少监苏源明常语人曰："吾不幸生衰俗，所不耻者，识元紫芝也。"（以上见《新唐书》）前守秘书省校书郎裴敬在《翰林学士李公墓碑》中称："唐朝以诗称，若王江宁、宋考苏、韦苏州、王右丞、杜员外之类。以文称者，若陈拾遗、苏司业、元容州、萧苏曹、韩吏部之类。以德行称者，元鲁山、阳道州。以直称者，魏文贞、狄梁公。以忠烈称者，颜鲁公、段太尉。以武称者，李卫公、英公。"

李华在《元鲁山墓碣铭（并序）》中说："世有明哲，承而述之，幼挺全德，长为律度。神体和，气貌融，视色知教，不言而信。《大易》之易简，黄老之清净，惟公备焉。""涵泳道德，拔清尘而栖颢气，中古以降，公无比焉。""又其恶万金之

藏，鄙十卿之禄，富贵之辨，吾得其真。至哉元公！越轶古今，冲邃冥冥，纯朗朴浑，范于生灵。""上以简神明，中以铺光烈，下以耸示后人。""天地元醇，降为仁人。隐耀韬精，凝和葆神。道心元微，消息诎伸。载袭先猷，竭尽报亲。贞玉白华，不缁不磷。纵翰祥风，蜕迹泥尘。今则已矣，及吾无身。仰德如在，瞻贤靡因。"李华还专门作《三贤论》，把他和萧颖士、刘讯并称唐朝当世三贤。称赞他："德秀志当以道纪天下。""于孔子之门，皆达者欤！""使德秀据师保之位，瞻形容，乃见其仁。""皆可为人师也。"

元德秀族弟和学生、唐代文学家元结在《元鲁县墓表》中说："元大夫弱无所固，壮无所专，老无所存，死无所余，此非人情。人情所耽溺喜爱，似可恶者，大夫无之。如戒如惧，如憎如恶，此其无情，此非有心，士君子知焉不知也？""生六十馀年而卒，未尝识妇人而视锦绣，不颂之，何以诫荒淫侈靡之徒也哉？未尝求足而言利、苟辞而便色，不颂之，何以诫贪猥佞媚之徒也哉？未尝主十亩之地、十尺之舍、十岁之童，不颂之，何以诫占田千夫、室宇千桂、家童百指之徒也哉？未尝皂布帛而衣、具五味而食，不颂之，何以诫绮纨粱肉之徒也哉？于戏！吾以元大夫德行，遗来世清独君子、方直之士也欤！"元结还在《元德秀赞》诗中称："英英先生，志行卓异。口唾珠玑，衬怀奎壁。家而孝悌，国而忠赤。至今鲁山，琴台百尺。"

肃宗朝官中书舍人卢载在《元德秀诔》中赞德秀："谁为府君，犬必舀肉。谁为府僚，马必食粟。谁死元公，馁死空腹。"唐代著名的文学家皮日休有《七爱》诗、孟郊有《吊元鲁山》全诗十章，五言古体，110句，称颂他。而一代大书法家、刑部尚书、太子太师、鲁郡公颜真卿和散文家、雕刻家李阳冰则用无声的语言给予元德秀崇高的赞美。

唐代以后文人骚客给予他很高评价的人很多，如宋代大文豪欧阳修称赞他："其志凛凛与秋霜争严，真丈夫哉！"（《新唐书》）。司马光称"德秀性介洁质朴，士大夫皆服其高"（《资治通鉴》）。宋代大理学家、思想家、文学家真德秀因十分仰慕元德秀，而将自己的名叫做真德秀，字景元（取"高山仰止，景行行止"之意）。一代大文豪苏轼也发出"恨我不识元鲁山"的感慨。《孝论》《报恩仪文》《镡津文集》卷第三《广孝章第六》还将元德秀列为中国古代历史上大孝子之一，成为后代学习的榜样。许多佛家经典如《佛祖历代通载》将元德秀列为佛家尊崇和效法的对象，佛历将元德秀之死作为大事予以记载。江苏南京小苍山的随园有副对联称赞元德秀："廉吏可为，鲁山四面墙垣少；达人知足，陶令归来岁月多。"

李华在他的《元鲁山墓碣铭（并序）》中称赞元德秀善为文章，"所著文章，根元极则《道演》，寄情性则《于蔿于》，思善人则《礼咏》，多能而深则《广吴公子观乐》，旷达而妙则《现题》，穷于性命则《蹇士赋》，可谓与古同辙、自为名家者也。"《新唐书·卓行篇》载："《于蔿于》者，德秀所为歌也。帝闻，异之，叹曰：'贤人之言哉！'"《新唐书·卓行篇》还称赞元德秀"善文辞，作《蹇士赋》以自况"。《旧唐书·元德秀传》则称赞元德秀"琴觞之余，间以文咏，率情而书，语无雕刻。所著《季子听乐论》《蹇士赋》，为高人所称。门人相与谥为文行先生。士大夫高其行，不名，谓之元鲁山。"李华将他与萧颖士、刘迅合称"三贤"，特作《三贤论》，文中称元德秀"作《破阵乐辞》以订商周"。元德秀还著《神聪赞》一篇，内容是称赞其学生马宇（号马孺子）。马宇也因此而名闻当世，被郭子仪看重，跨入仕途。（见李翱著《秘书少监史馆修撰马君墓志》）。清初时大思想家、文学家顾炎武在《日知录》中将元德秀的《于蔿于》列为中国古代讽喻的代表作之一。根据《唐书》《唐摭言》《唐才子传》等记载，元德秀在归隐陆浑后，常与其好友和门人弟子赋诗唱和，创作的作品远不只这些。由此可见，称元德秀为一代文学家诚不为过。只可惜其著作大都失传，不能让我们一睹为快。留传至今的有《归隐》诗一首："缓步巾车出鲁山，陆浑佳处恣安闲，家无仆妾饥忘馔，自有琴书兴不阑。"（《全唐诗补遗》）

元德秀不仅是大唐盛世的地方官典范，而且对后世地方官的官德产生了深远的影响。打个比方说元德秀就是唐代的焦裕禄，鲁山就是唐代的兰考。

《新唐书》卷一百四十三："元结，后魏常山王遵十五代孙。父延祖，三岁而孤，仁基敕其母曰：'此儿且祀我。'因名而字之。逮长，不仕，年过四十，亲娅强劝之，再调舂陵丞，辄弃官去（《元结墓碑》曰：以鲁县商馀山多灵药，遂家焉），曰：'人生衣食，可适饥饱，不宜复有所须。'每灌畦掇薪，以为'有生之役，过此吾不思也'。安禄山反，召结戒曰：'而曹逢世多故，不得自安山林，勉树名节，无近羞辱'云。卒年七十六，门人私谥曰太先生。结少不羁，十七乃折节向学，事元德秀。天宝十二载举进士，礼部侍郎阳浚见其文，曰：'一第恩子耳，有司得子是赖！'果擢上第。复举制科。会天下乱，沉浮人间。国子司业苏源明见肃宗，问天下士，荐结可用。时史思明攻河阳，帝将幸河东，召结诣京师，问所欲言，乃上《时议》三篇。""作《自释》，曰：知河南，元氏望也。结，元子名也。次山，结字也。世业载国史，世系在家谍。少居商馀山，著《元子》十篇，故以元子为称。""罢还京师，卒，年五十，赠礼部侍郎。"《元结墓碑》："大历七年夏四月庚午，薨于永崇坊之旅馆，春秋五十，朝野震悼焉。二子以方、以明，能世其业，名虽著而官未立。以其年冬十一月壬寅，虔葬君于鲁山青岭泉陂原，礼也。"

六、解放战争时期豫陕鄂首府、豫西首府驻鲁山

1947年8月，陈赓兵团强渡黄河南下河南后，创建了以伏牛山为中心的豫陕鄂解放区。11月8日，成立了豫陕鄂区后方工作委员会。11月19日，在鲁山成立豫陕鄂行署。至1948年5月，先后辖8个行政督察专员公署和1个市人民民主政府。其中河南境内有6个行政督察专员公署（第一、第三、第五、第六、第七、第八）和洛阳市人民民主政府。不久，成立豫陕鄂军区。陈赓部队解放的地区，归豫陕鄂区管辖。地委一级，除城市外，一律按豫陕鄂序列用数字命名，共有9个地委。除1947年9月在陕西五原成立的豫陕鄂一地委，11月15日成立于商洛的豫陕鄂二地委，11月24日成立于郧阳的豫陕鄂四地委外，其他6个地委在河南。

1948年5月，中共中央、中原局决定将豫陕鄂解放区改设为陕南和豫西两个解放区。豫西解放区位于河南省西部，以伏牛山为中心，北倚黄河，东界平汉线，南扼桐柏山，西临陕南，方圆五百余里。全区1200万人。1948年6月1日，正式在鲁山县城成立中共豫西区党委、豫西区行政公署。豫西区党委领导成员：区党委书记张玺，第二书记刘杰，副书记裴孟飞、兼任社会部部长（相当于公安厅厅长），副书记戴季英兼任宣传部部长，赵文甫任组织部部长。李一清任豫西行署主任，高芸生任副主任，孙竹庭任秘书长。6月6日，在豫西行政主任公署驻地鲁山城关设鲁山市（市长董一欧，副市长兼秘书长刘裕民），作为豫西行署首府，隶属于豫西行署直接领导。6月7日，中原军区司令员刘伯承在会上宣布成立豫西军区。韩钧被任命为军区司令员（因病未到），李成芳任代司令员，文建武、孔从周任副司令员，张玺兼任豫西政治委员，刘杰、裴孟飞、雷荣天（兼任政治部主任）担任副政治委员。1949年2月21日豫西行署机关移往开封办公，鲁山市建制撤销。

豫西行署公布所辖地区新的行政区划：原豫陕鄂边区所辖的9个专署，其中一、二、四专署划归陕南区领导，其余6个专署统归豫西行署领导。同日，豫西区党委作出决定：在鲁山城关设鲁山市建制，任命宋泽为市委书记，董一欧为市长。鲁山市下辖城南、城北、关南、关北4个镇。市委、市政府隶属豫西区党委、豫西行署领导。豫陕鄂第七地委、专署、军分区改为豫西二地委、专署、军分区，驻地迁舞

阳县城，辖叶县、舞阳、鲁南、西平、南阳（东）、漯河等六县市及白河办事处。豫陕鄂五地委、专署、军分区改为豫西五地委、专署、军分区，机关设在郏县。下辖临汝、鲁山、宝丰、郏县、襄城、禹县、许西、沙北8个县。1949年2月，豫西区二、五地委、专署、军分区以及豫皖苏五区所辖的部分县合并，建立了许昌地委、专署、军分区、地委机关驻许昌市平定街北头原灞陵中学旧址，专署机关驻许昌南九曲街西头师范学校旧址，军分区机关驻许昌市东大街。许昌地区下辖临汝、鲁山、宝丰、郏县、襄县、禹县、叶县、舞阳、漯河、临颍、许昌、鄢陵、长葛13个县市。1949年3月1日，中共河南省委在开封成立，豫西区党委同时撤销。

七、二十世纪六七十年代"小三线"战备工程和军工企业在鲁山

鉴于抗日战争时期河南省国民政府驻鲁山的历史经验，在20世纪六七十年代中苏关系恶化，北方吃紧的局面下，国家决策实施"备战"和"深挖洞"，启动云贵川"大三线"和豫西鲁山"小三线"建设。

空军基地：8286工地（飞机场）、雷达站（鲁山坡）、空军第四指挥所（林彪洞），油库。

军工企业：江河厂、花园厂、兴州厂、新华厂、红卫厂、七〇三厂、七〇四厂。

配套设施：下寺火电厂、汽修厂、红旗医院。

"小三线"建设把现代工业文明带进了鲁山西部山区，提升了鲁山西部山区的社会文明程度，影响了山民的生活习俗和思想精神。

鲁山优越的自然条件和五千年丰厚人文积淀，是新时代发展全域旅游促进经济社会向更高层次发展的雄厚资源。鲁山人正凭借丰富的自然和人文旅游资源创造新的全方位辉煌。

※ 作者简介

潘民中，河南鲁山人。1982年毕业于河南大学历史系，历史学教授。中国魏晋南北朝史学会、中国唐史学会、中国长城学会会员，河南省历史学会理事、河南省墨子学会副会长，平顶山市炎黄文化研究会名誉会长、鲁山县炎黄文化研究会顾问。河南省政协第九届委员、第十届常委，平顶山市政协第六、第七届副主席。

"屈原之寺"与中原地区的端午祭祀屈原

彭恒礼 李涵闻

端午祭屈原的说法较早见于南北朝吴均《续齐谐记》:"屈原五月五日投汨罗水,楚人哀之,至此日,以竹筒子贮米投水以祭。"吴为南朝人,生活于长江流域,亲眼见到楚地居民祭祀屈原是大概率事件。问题在于,端午祭祀屈原的说法在我国北方黄河流域也颇为流行。这就令人感到惊奇,并由此产生一个问题:中原地区端午祭祀屈原的观念从何而来?

一、明代以前中原地区的屈原祭祀

古代官修史书中,关于民间为屈原建庙以祭的记载始见于中原地区。《后汉书·延笃传》载:

> 延笃,字叔坚,南阳犨县人。少从颍川唐溪典受左氏传……后遭党事禁锢,永康元年,卒于家,乡里图其形于屈原之庙。(《后汉书》卷六十四,列传第五十四)

延笃其人生年不详,从其卒于汉永康元年(167)推断,大致生活于汉安帝刘祜(107—125 年在位)至汉桓帝刘志(146—167 年在位)时期。据史书记载,延笃是南阳郡犨县人。犨县在哪里?《后汉书》注云:"犨,昌犹反。故城在汝州鲁山县东南。"这就告诉我们,延笃家乡在今河南鲁山(今属平顶山市)。

延笃自幼随唐溪典学习《春秋左氏传》。唐溪典,又作堂溪典,东汉后期一代大儒。史载他是颍川鄢陵人（今河南鄢陵县），历任侍中、五官中郎将等职。汉灵帝熹平四年（175）他与蔡邕等正定六经文字，立石太学门外，是当时著名经学家。唐溪典的墨宝——《请雨铭》，今人还能见到，存于登封嵩山脚下启母阙，是珍贵的汉代书法石刻。延笃拜唐溪典这样的大儒为师，自然仕途通达，他先"举孝廉为平阳侯相"，后得汉桓帝赏识"以博士征拜议郎"，"稍迁侍中，帝数问政事"，深得汉桓帝器重。本文无意研究延笃，而是提请读者注意《延笃传》中与屈原祭祀直接相关的一句记载——延笃死后"乡里图其形于屈原之庙"。什么叫"图其形于屈原之庙"？就是把延笃的"标准像"供奉于屈原之庙。什么叫"屈原之庙"？字面意思理解，就是民间祭祀屈原之神庙。由此可知，汉代南阳犨县有祭祀屈原的神庙。

汉代中原地区为什么会有祭祀屈原的传统？因为鲁山战国属于楚地，《续齐谐记》所说"楚人哀之"，自然包括鲁山百姓。说明自战国末到东汉末，中原地区一直有祭祀屈原的传统。延至隋唐，中原地区也有端午祭祀屈原的传统。《隋书·地理志》载：

> 屈原以五月望日赴汨罗，土人追到洞庭不见，湖大船小，莫得济者，乃歌曰："何由得渡湖！"因而鼓棹争归，竞会亭上，习以相传，为竞渡之戏。其迅楫齐驰，棹歌乱响，喧振水陆，观者如云，诸郡率然，而南郡、襄阳尤甚。

《隋书·地理志》记载的是隋唐时期民间端午祭祀屈原的情况，文中提到的"南郡"即湖北荆州，唐代更名为江陵郡（韩国端午祭申遗的城市就是韩国的江陵，不知是巧合还是韩国的江陵地名就源于中国）。襄阳，即湖北襄樊，2010年重更名为襄阳。两地均属楚文化核心区，所以端午祭祀屈原的风气很盛，问题是还有"诸郡率然"，诸郡，指的是南郡、襄阳以外之其他郡县，自然包括中原地区的南阳、颍川等郡，可知隋唐时期，中原也有端午祭祀屈原的传统。

宋孟元老《东京梦华录》"端午节物"条提到端午有吃粽子的习俗，没直接提民间是否祭屈原，不过北宋开封人金盈之撰《醉翁谈录》云：

> 又以面为饼，如北地枣蒴而小，谓之"子推"，穿以杨枝，插之户间，而不知何得此名也。或者以谓昔人以此祭介子推，如端午角黍祭屈原之义。

（《醉翁谈录》卷三）

金盈之所谈是北宋开封的清明和端午习俗，由此可知宋代开封人其实是知道端午节与祭祀屈原的联系的。以上为宋代以前及宋代中原地区端午祭祀屈原的记载，证明端午祭祀屈原的传统自战国末期至宋代始终延续不辍。

但是奇怪的现象出现了，明清以后河南地方文献中关于端午祭祀屈原的记载变得极其罕见，以明末清初记载开封的《如梦录》为例，该书记述明代开封端午风俗颇详，兹转引如下：

> 至五月初五日端阳节，地腊之辰，门悬艾虎，插彩艾、菖蒲，供雄黄酒，茱萸蒲酒，用朱砂、雄黄点小儿口鼻以避无毒，吃角黍与油馓、腊肉、鸡、鱼、开坛豆头、备瓮菜馨。送礼用角黍、油馓、南北果品、糟鱼、时鱼、麻姑瓶酒。追望女家纱罗，小户用红黄夏布、纱扇、汗巾，做各样戴器：皮金小符、五毒大符、小儿百锁绚、线绒缠背牌，五色彩线困手及膝，戴五毒花，饮雄黄酒。

> 官员公宴，玩赏荷花。
> 校场结彩棚，请二司；演武厅设筵，中三路高结彩牌，上书"穿杨夺锦"，下悬鸽笼，走马飞射，中者鸽子腾空，任人逞能，俱有赏号。
> 亦有携酒赴繁塔寺、禹王台、九仙堂各处游宴。花赏：芰菱、荷花、玉兰、榴花、茉莉、玉簪、水红、木香、铁脚海棠、翠蛾眉、百日红诸花名。

《如梦录》中关于明代开封端午节的记载不可谓不详细，但是其中找不到任何与祭祀屈原有关的记载。明代河南方志中，也只有极少地方提到端午祭祀屈原，如明嘉靖《固始县志》卷八：

> 作角黍，饮菖蒲酒以除阴。相传楚俗以屈原死是日作粽以沉汨罗，恐蛟龙所夺，故裹以叶。固始楚地，至今俗尚相沿。

固始虽属于河南，但靠近汉江和长江流域，受楚文化影响颇深，故民间有祭祀屈原的习俗。偌大河南省，关于端午祭祀屈原的材料仅见此一家。我们不禁要问，难道明代以后，河南其他地方百姓端午不再祭祀三闾大夫吗？2017年河南鲁山张官营镇前城村一方与屈原祭祀有关的碑刻的出土让这个问题有了答案。

二 "屈原之寺"碑刻的发现及价值

2017年10月8日一方名为《重修关帝庙七星庙金装各庙神像碑记》的残碑出土于鲁山县张官营镇前程村，从碑文落款"清同治拾年岁次辛未孟冬"可知，碑刊刻于1871年10月，碑文由"鲁邑儒童赵□□"手书，鲁邑即鲁山县，说明碑文书写者是本地儒生。碑系残碑，碎裂为十余块，所幸发现时大部分残块尚存，拼合后部分碑文清晰可辨。复原后碑身高180厘米，宽60厘米，厚25厘米。内容为清同治十年当地民众重修关帝庙七星庙。碑文中最有价值的一段话为："鲁邑东南犨城村，古楚遗址也，闫都屈原之寺久矣……"继《后汉书》首次记载屈原之庙一千五百年后，再次出现了相同的信息：犨城村、闫都、屈原之寺。

先说"犨城村"。《后汉书》记载延笃是犨县人，犨县这一地名，后世行政区划中已消失，从史籍记载中，我们只知其位于鲁山县东南，具体位置不详。从这块碑刻的记载来看，犨城村这一地名沿用至清同治年间，犨城村的得名显然与《后汉书》中所记犨县有关，犨城村所在地就是古犨县县治犨城所在地。据当地文史学者付金山介绍，前城村是犨城遗址的组成部分，民国前叫犨城村，民国时更名为前城村。古犨城遗址大致分布于今张官营镇的前城、后城、小窑、紫金城四村，前城村位于遗址北部，得名"前城"，后城村位于遗址南部，得名"后城"。即"前犨城""后犨城"是也。至此，汉朝史书中提到的犨县和犨城的准确位置找到！

再说"闫都"。纯系"延笃"的讹误，极有可能是当地儒生撰写碑文过程中不知"延笃"的正确写法，讹为"闫都"。同治年间的犨城已经退化为农业村落，要找一部《后汉书》核对，谈何容易！凭记忆书写，讹误在所难免。从碑文上下文表述的意思来看，"闫都"指的就是东汉时当地名人延笃。

最后说"屈原之寺"。寺之本义为官署，汉刘熙《释名》解释："寺，嗣也，官治事者相嗣续于其内也。"可见寺初指官府治事的所在。汉许慎《说文解字》亦云："寺：廷也，有法度者也。从寸，之声。"说明汉代寺的定义非常清晰，《后汉书·延笃传》中说"屈原之庙"而不说"屈原之寺"，道理就在这里，寺是官员办公场所，庙才是供奉神位的地点。

东汉时期,"寺"与"庙"开始发生联系。宋朱熹《御批资治通鉴纲目》卷四十一载:

> 白马寺按《统一志》在河南府城,东汉明帝时,摩腾、竺法兰始自西域,以白马驮经来,初止于鸿胪寺,遂取寺为名,创置白马寺,此僧寺之始也。

清翟灏撰《通俗编》转引《罗璧志余》亦云:

> 汉设鸿胪寺待四方宾客,永平中,佛法入中国,馆摩腾法兰于鸿胪寺,次年敕洛阳城西雍门外立白马寺,以鸿胪非久居之馆,故别建处之,其仍以寺名者,以僧为西方之客,若待以宾礼也。此中国有僧寺之始。

由此可知,寺在古代并非专指佛教场所,只是由于西来的天竺僧人久居鸿胪寺,后才以"寺"称之。出土碑文所说的"屈原之寺"显然指的不是佛寺,而是供奉屈原神位的场所,即屈原祠或屈原庙。由此可知,直到清代,河南民间还有祭祀屈原的场所。

最后,我们解释一下,民间祭祀屈原在河南明清地方志中为何少见。这是因为端午祭祀屈原是一种民间节俗,并非官方祀典。地方志为官修,对于官方祀典比较重视,如祭孔、祭关等,记载颇为详细,对于民间祭祀往往不加理会,于是出现地方志鲜见记载的现象。但是,封建士大夫的好恶抹不去中原百姓对屈原的集体记忆,每逢端午,人们以各种形式纪念这位伟大的爱国者,正所谓:金杯银杯不如百姓的口碑。历史由人民书写,"屈原之寺"的碑刻再次证明这一点。

※ 作者简介

彭恒礼,男,河南大学文化产业与旅游管理学院教授,非物质文化遗产研究中心主任,硕士生导师,兼任河南省民间文艺家协会主席。

李涵闻,男,澳门科技大学历史学博士,河南大学文化产业与旅游管理学院师资博士后。

图一　张官营镇村民修复镌有"屈原之寺"碑文的残碑

图二　镌刻有"屈原之寺"的碑文局部

墨子的籍贯、生卒和事迹考辨

黄震云

墨子是战国时期著名的思想家。近年来，墨子发现的阳光直射理论启发了量子通信，中国在酒泉卫星发射中心用长征二号丁运载火箭成功发射世界首颗量子科学实验卫星并定名为墨子号。下面，我们试着就墨子的籍贯、时代和事迹进行尽可能地分析梳理，还历史一些真相。

墨子在宋为大夫，被囚系子冉还是子罕设计？

关于墨子的籍贯，《史记·卷七十四·孟子荀卿列传》说："盖墨翟，宋之大夫，善守御，为节用，或曰并孔子时，或曰在其后。"[1] 只说明他在宋做过官，没有说他是哪里人。那么他在孔子时或者孔子后，而不是孔子前。这就是墨子最早生活年代的记录。司马迁以前没有墨子籍贯和生卒年的资料了。《史记·卷八十三·鲁仲连邹阳列传》说："昔者鲁听季孙之说而逐孔子，宋信子罕之计而囚墨翟。夫以孔、墨之辩，不能自免于谗谀，而二国以危。"[2]

乐喜，字子罕，春秋时期人，在宋平公（前575—前532）时任司城，位列六卿。其人在公元前575年已经为司城，至少30岁。在孔子（前551年—前479年）之前，比孔子大50岁左右，是不可能作为孔子同时或稍后的墨子的朋友的。孔子的学生子夏的学生子文，跟随墨子学习。卜商（前507—前400），字子夏，子夏的学生，应该在公元前450年左右已经成年。如此说来，墨子与子夏差不多是一代人或稍后，绝不可能跑到前面去的。

---

[1] 司马迁:《史记》，北京：中华书局，1959年，第2350页。
[2] 司马迁:《史记》，北京：中华书局，1959年，第2473页。

《汉书·艺文志》说:"《墨子》七十一篇。名翟,为宋大夫,在孔子后。右墨六家,八十六篇。墨家者流,盖出于清庙之守。茅屋采椽,是以贵俭;养三老五更,是以兼爱;选士大射,是以上贤;宗祀严父,是以右鬼;顺四时而行,是以非命;以孝视天下,是以上同;此其所长也。"①《汉书》直接抄自《史记》。但是,改动了几个字,将"孔子时"删掉,这符合事实。但是,《汉书·卷四十一·邹阳传》说:

昔鲁听季孙之说逐孔子,宋任子冉之计囚墨翟。②

将子罕记载为子冉,与《史记》不同,有人怀疑子罕就是子冉,没有证据。还有的据此想象,是为不妥。③邹阳《狱中上书自明》说:"昔鲁听季孙之说逐孔子,宋任子冉之计囚墨翟。夫以孔、墨之辩,不能自免于谗谀,而二国以危。"和《汉书》的记载一致,因此墨子在宋国被囚实是出于子冉的计策,与子罕无关。

墨子是鲁阳人,还是鲁人?

对于墨子的籍贯,到东汉末期高诱注《吕氏春秋》时强调是鲁人,这个鲁人按照当时的表达习惯,当然是鲁国人。东汉末高诱在《吕氏春秋·当染》条下注:"墨子见染素丝者而叹。"云:"墨子名翟,鲁人,作书七十一篇。"④《吕氏春秋·慎大览》条下注云:"墨子,名翟,鲁人也,著书七十篇,以墨道闻也。"⑤高诱注鲁人的根据主要是《吕氏春秋·爱类》所说:

公输般为高云梯,欲以攻宋。墨子闻之,自鲁往,裂裳裹足,日夜不休,十日十夜而至于郢。见荆王曰:"臣北方之鄙人也,闻大王将攻宋,信

---

① 班固:《汉书》,北京:中华书局,1962年,第1738页。
② 班固:《汉书》,北京:中华书局,1962年,第2346页。
③ 屈会涛、张昌林:《清华简〈系年〉与墨子囚宋新探》,《济宁学院学报》2017年第4期。
④ 吕不韦:《吕氏春秋》,北京:中华书局,2009年,第47页。
⑤ 吕不韦:《吕氏春秋》,北京:中华书局,2009年,第363页。

有之乎？"王曰："然。"①

墨子曾经在鲁国生活，所以自鲁往没有什么奇怪的。自称是北方鄙人也符合事实，鲁国地处北方。《墨子·贵义》也说："子墨子自鲁之齐，过故人。"②看望故人是在自鲁及齐途中，这样怀疑墨子是鲁国人还是有道理的。《墨子·贵义》说："子墨子南游于楚，献书惠王，惠王以老辞，使穆贺见子墨子。"③《墨子·鲁问》曰："公尚过许诺。遂为公尚过束车五十乘，以迎子墨子于鲁……亦于中国耳，何必于越哉！"④但是，我们知道墨子的出发地和墨子的籍贯是两回事，《墨子》中有起于齐、起于宋的记载，因此墨子作为鲁人的证据没有，只是推测。

清代毕沅在《墨子注》中认为："墨子鲁人，则为楚鲁阳，汉南阳县，在鲁山之阳。"这样，就有了一个新的说法。

《墨子》中的人名很多，经查对大多皆为虚拟，只有楚惠王公输般等少数人是真名。楚惠王在位初期，平定白公胜之乱。楚惠王在位中后期，发动一系列对外战争，先后灭亡陈国、蔡国、杞国等政权，周武王设置的江汉诸姬防线崩溃，楚国领土扩展到东海、淮海、泗水一带。楚惠王五十七年（前432），楚惠王去世，其子楚简王继位。《国语·楚语下》载："惠王以梁与鲁阳文子，文子辞。……与之鲁阳。"韦昭注："文子，平王之孙，司马子期子鲁阳公也。"《墨子·耕柱》曰："子墨子谓鲁阳文君曰：'大国之攻小国，譬犹童子之为马也。童子之为马，足用而劳。今大国之攻小国也，攻者农夫不得耕，妇人不得织，以守为事。攻人者亦农夫不得耕，妇人不得织，以攻为事。故大国之攻小国也，譬犹童子之为马也。'"《文选注》云："贾逵《国语注》曰：'鲁阳文子，楚平王之孙，司马子期之子鲁阳公。'……《地理志》云'南阳鲁阳有鲁山'。"⑤

根据《吕氏春秋》《墨子》《国语》的资料，墨子主要活动在宋国、鲁国、楚国（鲁山）三个地方。因此三个地方说是其家都讲得通。鲁国、宋国、楚国之中，只有

---

① 吕不韦：《吕氏春秋》，北京：中华书局，2009年，第593页。
② 《墨子校注》，北京：中华书局，1993年，第685页。
③ 《墨子校注》，北京：中华书局，1993年，第685页。
④ 《墨子校注》，北京：中华书局，1993年，第737页。
⑤ 《墨子校注》，北京：中华书局，1993年，第658—676页。

鲁国符合北方之鄙人的说法。因为周公修建洛阳，作为天下中心，那么陇海线基本是南北分界线，之后一直延续到民国。但是，墨子弟子众多，有很大的社会影响力，则鲁国的国君直到遇到危险的时候才召见他，关系不太近，不如鲁阳公。宋大夫有墨夷须、墨夷皋，与墨子也看不到有什么关系。《墨子·非攻》曰：

> 东方有莒之国者，其为国甚小，间于大国之间，不敬事于大，大国亦弗之从而爱利。是以东者越人夹削其壤地，西者齐人兼而有之。计莒之所以亡于齐越之间者，以是攻战也。虽南者陈蔡，其所以亡于吴越之间者，亦以攻战。虽北者且一不著何，其所以亡于燕代胡貊之间者，亦以攻战也。①

方位表达称齐为西、东者越莒、南陈蔡，明显于地理不符，其东西南北方向错乱，因此自言北方鄙人也就不太可靠。又称"子墨子南游使卫"②，也不对，卫在鲁国的西北。此方位，只有晋人才能够担当。君主之中，和县君鲁阳公最为熟悉，且关系很近，那么言墨子是鲁山人则没有什么不当。那么，墨子去鲁国那么久干什么呢？应该和鲁班有关。

公输般两次攻宋，公元前479年制止楚国架云梯攻打宋国

墨子的朋友姓名可考的很少，鲁班是其中之一。《墨子·鲁问》说：

> 公输子削竹木以为鹊，成而飞之，三日不下。公输子自以为至巧。子墨子谓公输子曰："子之为鹊也，不如翟之为车辖，须臾斲三寸之木，而任五十石之重。故所为巧，利于人谓之巧，不利于人谓之拙。"
>
> 公输子谓子墨子曰："吾未得见之时，我欲得宋。自我得见之后，予我宋而不义，我不为。"子墨子曰："翟之未得见之时也，子欲得宋，自翟得见子之后，予子宋而不义，子弗为，是我予子宋也。子务为义，翟又将予

---

① 《墨子校注》，北京：中华书局，1993年，第203页。
② 《墨子校注》，北京：中华书局，1993年，第687页。

子天下。"①

这是第一次公输子打算攻打宋国,造出了鹊这一飞行器,被墨子制止。墨子嘲笑他飞行器能在天上飞三天,不利于人,如果造车,须臾就可以载五十石,造飞机不如造车划算。不划算那就不利于人,是不义的行为。《韩非子·外储说左上》记载:"墨子为木鸢,三年而成,蜚一日而败。弟子曰:'先生之巧,至能使木鸢飞。'墨子曰:'吾不如为车輗者巧也,用咫尺之木,不费一朝之事,而引三十石之任,致远力多,久于岁数。今我为鸢,三年成,蜚一日而败。'惠子闻之曰:'墨子大巧,巧为輗,拙为鸢。'"② 两个说法大致差不多,可见墨子和公输般整天琢磨造武器。

墨子第二次制止公输般就是人所共知的事实了,由造飞鹊改为造云梯。鲁班是鲁国人,他制造的武器不在鲁国使用,都是到楚国试验,而他到哪儿,墨子就跟到哪儿,制止他。《墨子·公输》记载:

> 公输般为楚造云梯之械成,将以攻宋。子墨子闻之,起于齐行十日十夜,而至于郢,见公输般。……子墨子起,再拜曰:"请说之。吾从北方闻子为梯,将以攻宋,宋何罪之有?荆国有余于地,而不足于民,杀所不足而争所有余,不可谓智。宋无罪而攻之,不可谓仁。知而不争,不可谓忠。争而不得,不可谓强。义不杀少而杀众,不可谓知类。"公输般服。子墨子曰:"然乎不已乎?"公输般曰:"不可,吾既已言之王矣。"子墨子曰:"胡不见我于王?"公输般曰:"诺。"子墨子见王,曰:"今有人于此,舍其文轩,邻有敝舆而欲窃之,舍其锦绣,邻有短褐而欲窃之,舍其粱肉,邻有糠糟而欲窃之。此为何若人?"王曰:"必为窃疾矣。"子墨子曰:"……荆有云梦,犀兕麋鹿满之,江汉鱼鳖鼋鼍为天下富,宋所为无雉兔狐狸者也,此犹粱肉之与糠糟也。荆有长松文梓梗柟豫章,宋无长木,此犹锦绣之与短褐也。臣以王吏之攻宋也,为与此同类。"王曰:"善哉。虽然,公输般为我为云梯,必取宋。"

---

① 《墨子校注》,北京:中华书局,1993 年,第 739—740 页。
② 《韩子浅释》,北京:中华书局,1960 年,第 273 页。

于是见公输般攻宋。墨子解带为城，以牒为械，公输般乃设攻城之机，九变。而墨子九拒之。公输般之攻城械尽，而墨子之守有余。公输般屈曰："吾知所以距子矣，吾不言。"子墨子亦曰："吾知子之所以距我，吾不言。"楚王问其故，子墨子曰："公输般之意，不过欲杀臣，宋莫能守。然臣之弟子禽滑釐等三百人，已持臣守圉之器，在宋城上而待楚寇矣。虽杀臣，不能绝也。"楚乃止，不复攻宋焉。

那么，制止攻城是哪一年呢？公元前632年践土之盟，晋文公组织晋、鲁、齐、宋、蔡、郑结盟，维持了多年。楚灵王打败了陈蔡以后，鲁定公七年即公元506年，晋国才彻底失去诸侯。在此之前，不到万不得已，楚国是不敢轻易对宋国用兵的。《左传》鲁哀公十六年（前479）："楚大子建之遇谗也，自城父奔宋。又辟华氏之乱于郑，郑人甚善之。又适晋，与晋人谋袭郑，乃求复焉。郑人复之如初。晋人使谍于子木，请行而期焉。子木暴虐于其私邑。邑人诉之。郑人省之，得晋谍焉。遂杀子木。其子曰胜，在吴。子西欲召之，叶公曰：'吾闻胜也，诈而乱，无乃害乎？'"① 根据《左传》的记载，公元前479年，楚国的太子建遭到楚平王的猜忌，开始逃亡，逃到宋国去避难。所以，楚平王想攻打宋国就在这一年，但是终究担心实力不够，宋国又和晋国是盟国。这一年孔子卒。这时候的墨子应该是三四十岁为宜，以35岁左右，那应该生于公元前514年左右。

墨子于公元前514年生，卒于前432年

晋葛洪《神仙传》卷四说：

> 墨子者，名翟，宋人也。仕宋为大夫，外治经典，内修道术，着书十篇，号为墨子，世所学之者，与儒家分涂。务尚俭约，颇毁孔子，尤善战守之功……墨子年八十有二，乃叹曰："世事已可矣，荣位非可长保，将委流俗以从赤松游矣。"乃谢遣门人，入山精思至道。想像神仙。于是，夜常闻左右山间有诵书声者。墨子卧后。又有人来，以衣覆之，墨子乃伺之。忽有一人，乃起问之曰："君岂山岳之灵气乎？将度世之神仙乎？愿且少留。诲以道教。"神人曰："子有至德好道。故来相候，子欲何求？"墨子曰："愿

---

① 《左传》，北京：中华书局，1998年，第433页。

得长生，与天地同毕耳。"于是神人授以素书朱英丸方，道灵教戒五行变化，凡二十五卷，告墨子曰："子既有仙分，缘又聪明，得此便成，不必须师也。"墨子拜受。合作，遂得其效，乃撰集其要，以为五行记五卷，乃得地仙，隐居以避战国。至汉武帝时，遂遣使者杨辽，束帛加璧，以聘墨子，墨子不出。视其颜色，常如五六十岁人，周游五岳，不止一处也。[①]

以墨子生于公元前514年计算，他活了82岁，卒于432年。葛洪推测墨子是宋国人，是觉得墨子曾经做过宋国的大夫，没有认真考察。至于墨子成仙说不过小说家言，不足征信。

《墨子·非攻》："今天下好战之国，齐晋楚越，若使此四国者得意于天下，此皆十倍其国之众，而未能食其地也。是人不足而地有余也。今又以争地之故，而反相贼也，然则是亏不足而重有余也。"[②]"南有楚越之王，而北有齐晋之君，此皆砥砺其卒伍，以攻伐并兼为政于天下。"[③]

我们知道，齐桓公称霸只是一代，接着是晋文公，但是晋国比较持久。然后楚国逐步强大起来，等到吴越强大已经到战国后期了。春秋后期，巫臣帮助吴越造车，吴越方才强大起来，季札出使鲁国，周游世界，实际上还带有试探性质。所以吴越强大起来在战国时期初期。等到越王于公元前473年灭吴。南有楚越之王，这个时间正好和墨子的生平经历一致，因此墨子主要生活在春秋战国时期，尤以战国为主。

※ 作者简介

黄震云，文学博士，中国政法大学中文系教授。出版有《先秦诗经学史》、《汉代神话史》、《辽代文学史》、《法治文学研究》、《立法语言研究》、《历代名画与考古研究》（再版）等二十几部，发表论文500余篇。兼任中国屈原学会、中国辽金历史暨契丹女真史学会副会长、辽金文学学会副会长、中国行为法学会理事、中国法学会法治研究会理事等。

[①] 葛洪：《神仙传》，北京：中华书局，2017年，第78页。
[②]《墨子校注》，北京：中华书局，1993年，第310页。
[③]《墨子校注》，北京：中华书局，1993年，第265页。

熠熠闪光的中原农耕文化明珠

袁占才

《中国民间文学大系·故事·河南·平顶山分卷》这部皇皇巨著，经了一年多的打磨，我虽想过它面世的惊艳，待真正拿书在手，还是颇感惊讶：8开本，硬壳精装，近800页，洋洋百万字，砖头那么厚，沉甸甸，何等的分量！

这部由我市文联组织实施，我市民间文艺家协会牵头编纂的图书，紧赶慢赶，终于在2019年12月，疫情肆虐前夕，由中国文联出版社出版了。

它是全市多少民间文学工作者心血之凝聚啊！

担任该书主编的，是市民间文艺家协会主席姬书敏，执行主编是鲁山文联主席郭伟宁。我与鲁山政协文史委主任石随欣等忝列副主编。

有幸参与编纂，感慨万千。中国民间文艺家协会与河南省民间文艺家协会把《中国民间文学大系》故事卷中的首卷，交由我市来完成，这是对我们何等的信任。虽然，我市民间文学土壤丰厚，但首卷乃示范卷，今后，全国其他各地再出故事卷，那是要拿我们这一部作榜样参阅的。可见，任务是何等艰巨。

摸着石头过河。一年多来，我市变压力为动力，调兵遣将；酷暑严寒天，于各县区走街串巷，搜求采集；编纂人员心无功利，夙兴夜寐，遴选辑录，改来删去，终于啃下了这块硬骨头。

而更值得骄傲与自豪的是，在今年刚刚过去的第25个世界读书日，中国文联出版社进行好书推荐，平顶山的这部故事卷，赫然列于重点推荐的第一批书目，并排在首位。

作为"中国民间文学大系"出版工程首批问世成果之一，中国民间文艺家协会在推介这部书时，用的标题是：熠熠闪光的中原农耕文化明珠。

的确，这部书的出版，像一颗从泥土里刨出来的明珠，照亮了全国民间文学界。它的艺术欣赏与借鉴作用，审美与文学价值不可低估。

因为，它折射出的是，中原农耕文化的原色与光变。

中原农耕文化的核心区域，滍汝文化区是重要地域之一。这里，民间故事浩如烟海，种类繁多；农耕时期，口头的想象、创生、讲述、传承，比比皆是。这部故事卷，严格按照遴选标准，收录本土的近500篇故事，篇篇是我们这一地区的精品流传。它短小精悍，甘之如饴，充盈一方民众，滋润一脉山川。开出的花儿，是民间文学的原生态之美。

我们平顶山人，俗称民间故事为"瞎话儿"，讲故事为"说瞎话儿"，讲故事的能手，为"瞎话儿篓子"。这些"瞎话儿"不瞎，它虽多是穷苦人抑或不识字人，蹲在墙根下闲唠出来的，却是文学的一种至高境界。书中，无论是对神仙鬼怪的奇异幻想，还是对普通民众的百态演绎，哪一篇不是情节曲折、语浅意深？这些个故事，时间都冠之以从前，说不定从前到了远古；故事的发生地，就局限在我们这一疙瘩儿。遑论荒诞无稽，抑或真实存在，篇篇映射的，是一方民众的向往与追求，是特定时空里，平顶山人对理想、情感、知识、审美情趣的寄托。这些动人的艺术形象，插上飞翔的翅膀，连接天、地、人三界，或滋养美好心灵，或鞭挞顽劣世态，犹细流涓涓，沁入一方民众的心田，将质朴的人生哲理，潜移默化入空间生活，激励鼓舞我们，让我们苦难的人生，充满欢乐的情趣。

书中，把民间故事粗分为两大类，一为生活故事，一为幻想故事。大类之下，又分多个小类。不管怎么归类，突显的是地域特色。生活故事，突出有戏迷故事、机智人物故事；幻想故事，突出有皮狐子故事、王小儿的故事、异类婚姻故事。

平顶山何以戏迷故事多？皆缘于我们是戏剧曲艺之乡也。数千年来，平顶山的民众，遭受了太多的磨难与挫折。苦乐忧凄，人生七情，无处宣泄，就幻化作了戏剧曲艺。豫剧、曲剧、坠子、评书，都可谑之"秋秋稞"戏。田间地头，河道沟梁，锄地时，却把锄头的起落作了简板，放牧时，又把"啪啪"炸响的鞭梢作了过门，蓝天白云、绿树红花，则是妙不可言的布景舞台道场。夕阳西坠，疲惫地收工归家，路上唱一曲，消歇疲乏；月暗星稀，急匆匆返途时吼一段，驱寒壮胆；记不清唱词，反反复复，一唱三叹，哼几节曲谱，效果也一样出来。晴空朗日，随便到山野乡村走走，便可听到此起彼伏、未成曲调先有情的豫剧曲剧，便可感受到天空一样，辽阔而旷远的戏剧音乐所营造出来的氛围。遥想当年，豫西这一带，村村锣鼓响，乡乡办剧团，土台草棚，柴桌鳌灯，演尽人间酸甜事，唱出天地苦乐情。古刹庙会、年关节日、农闲时候，到处搭台唱戏；戏迷们这厢看过奔那厢，乐此不疲。一场戏下来，肚子饿得咕咕叫，却比吃了雁肉包子喝了兔肉汤还舒坦。

如此热爱戏曲，焉不会有戏迷故事？

讲述机智人物故事，是茶余饭后脍炙人口的话题。无数人的聪明智慧，总被附会到某一人身上。那情节虽然简单，结果却总出人意料。书中排首位的，是鲁山的宋三才子故事。这宋三才子，原是鲁峰山前三鸦街村人，弟兄几个都算乡贤，偏偏宋三才子是歪才，有那么多的歪点子，用以惩治那些乡绅与官吏。想明白了，宋三才子是个化身，是中原的阿凡提，是底层一员；他利用思辨之术，以毒攻毒，帮助弱势群体，对付压榨者。

从宋三才子身上折射出的，是平顶山人尚智崇慧、心胸豁达、性格开朗的特点。

幻想故事里，尤以皮狐子的故事最为出彩。皮狐子即狐狸，山区常见。它体小灵敏，智商极高，可与人和谐共处、相互依存。书中多篇所塑造出的皮狐子，类于《聊斋》中的狐妖精怪，一个个机巧调皮，心地善良，懂得感恩，令人喜爱。

在历史长河中，天灾人祸，兵燹匪患，数不胜数。但平顶山人遭受磨难再多，也有理想，有愿望，有希望。普遍的希望是丰衣足食，是娶一个貌比天仙的妻子，幸福地生活。这就有了《王小儿的故事》。王小儿靠打柴为生，却充满奇遇。这就有了异类婚姻故事。那些鬼狐精怪摇身一变，变作美丽善良、聪明机智的少女，爱上了人间贫穷善良的小伙。这就有了《神仙与人的故事》《精灵与人的故事》《宝物的故事》，故事中的主人公具有奇秉异能，不畏强暴，可以惩恶扬善……

通读全书这些故事，豫西文化风情贯穿其间，民众美好心灵律动其间，农耕情感体验蕴含其间。

该书的语言都是口头化的，原汁原味，土得掉渣，却分明朴实简练，淳朴豪放，读来生动传神，独特鲜活。那种原生之美，是书虫们想象不出来的；那种瑰丽神奇，是学究们幻化不出来的。

该书还有个特点：注重故事要素的汇集、流传背景的介绍。几乎每篇后面，附有讲述和采录者的名字与简历。附记部分，还有常用方言检索表、故事家小档案、未收录故事目录、讲故事的有关视频音频等。这些活态文献，弥足珍贵，给我们研究历史文化、伦理习俗等，提供了丰富而重要的资料。而名不见经传的"瞎话儿篓子"们，给冠之以故事家的称号，被载入史册，也算是人生一种特殊的收获。

民间文学，是民族的心灵形象，文化的身份证，审美的载体。农耕时代，它空气一样，无形地流动在民众口中，生生灭灭。要是没人再去述说，不知不觉间，又像风一样，消失得无影无踪了。

值得庆幸的是，平顶山因了这部书，口口相传的故事，被定影保留下来了。

(本文收录鲁山县优秀文艺成果丛书《老树着花》)

犨城故地供奉名人与犨城端午习俗探微

石随欣

犨城故地

古犨邑，治所犨城名，在今河南鲁山县东南张官营镇。核心区域，大致包括前城、后城、紫禁城村。犨邑统辖的地方，应该是以犨城为中心，辐射今叶县西、鲁山东，滍水南，到方城县境数乡。

犨城始建于周景王四年、楚郏敖四年（前541）。秦属南阳郡。西晋属南阳国。十六国后赵属南阳郡。南朝宋废。

"犨"这一地名之得来，有数种说法。犨城南有犨水，盖因犨城位于犨水河畔而得名。犨河位于遗址南，自西向东绕过。曾任鲁阳太守的郦道元在《水经注·滍水》里写道："滍水（沙河）又东，犨水注之。"《左传·昭公元年》："楚公子围使公子黑肱、伯州犁城犨、栎、郏。"《读史方舆纪要》："犨城，在县东南五十里，春秋时楚邑。昭公元年，楚公子围使伯州犁城犨。"周釐王四年（前678），楚攻占鲁阳，即今天的鲁山，犨城一带也一起并入楚国版图。楚王郏敖为了加强方城之外的统治，让大将伯州犁扩大犨邑面积，建成大城，以作为进军中原的前沿，抵御晋、郑攻击的堡垒。控扼南通江汉平原、北达洛阳盆地的要道。自此，犨城地位更加凸显。

战国末年秦灭楚，置南阳郡，设犨县属之。犨县控扼洛阳至南阳大道，是南阳郡的北部门户。

据《史记》记载，公元前207年，刘邦受楚怀王之命西进攻秦，"六月，与南阳守齮战于犨东"。犨东一战，刘邦手下的名将张良、曹参、樊哙都参加了，众志成城，挫败了秦军锐气，打通了经南阳，走武关，越秦岭，取咸阳的道路。刘邦犨东大胜后，秦南阳、丹水守将皆不战而降，史称"刘邦引兵而西，无不下者"，很快完成了灭秦大业。秦汉魏晋时代，犨城一直是县治，前后达500年之久。隋唐之后逐渐衰落，其地位被古滍阳所代替。

犨城遗址，范围以小营村西北部砖瓦窑北30米往西沿犨城故城墙遗迹，经二道岗，纵长1200米左右，转折向南经前城村西再向南；东西长土岗约1000米，土岗往东即犨城南城墙。沿土岗东走过紫金城南土岗尽头，又向北直走接小营村。整个城址略呈斜矩形。G329国道北500米、张官营镇前城村北150米处，尚存有古城台。古城台东西长700米、南北宽250米，高约2米，形似一道土岗，当地百姓俗称二道岗。最高处系遗址中心地带，高出地面2.7米。高岗南部因平整土地铲去三分之一，现有25000平方米保存良好，被划为重点保护区，其余为一般保护区。前城村西南隆起地带，为犨城古城墙，延伸到前城原寨墙遗址止。

从遗址断面看，耕土层以下为黄褐、灰褐、黑灰、烧土等不同土质。台地边沟部分，有古砖瓦残片和制陶窑红土露出。遗址包含有仰韶、龙山、商周、战国等不同时期的器物。根据遗址断层文化遗物分析，下层为仰韶晚期文化，中层为龙山早期文化，上层为商周时期文化。1979年在该遗址上采集到石器12件，品类有石斧、石锛、石锥、石环、弹丸等。石斧通身磨光，上窄下宽，刃部呈椭圆形。最大石斧长17厘米，宽7.5厘米，厚3厘米；最小石斧长8.1厘米，宽4.9厘米，厚2.1厘米；石锛长15.3厘米，宽3厘米，厚2.1厘米。陶片170块，还有鹿角、角骨、动物牙齿等。陶片中灰陶最多，棕色陶次之，红陶、彩陶较少，蛋壳陶极少。红陶片有黑彩钩叶纹、黑彩网格纹及素面磨光等；灰陶片中以绳纹、蓝纹较多；棕色陶片中有附加堆纹、横篮纹；鼎腿有柱形、鸭嘴形等。夹砂残陶鼎一件，口径12厘米，高8厘米；棕色平底，扁腿折沿在前城村还发现有石墓门、空心砖、陶罐、鹿角等。

当地群众讲，打井挖掘到地下2米处，还会发现有陶片等文化遗物。

1986年4月，犨城遗址被确定为县级重点文物保护单位。2004年，平顶山市人民政府将"犨城遗址"公布为第一批重点文物保护单位。

当地人们相传，该村原名即犨村，因旧时社会动乱，兵匪横行，犨与仇同音，村里惧怕寻仇，便把犨村依历史传说改为前城村。

犨城故地供奉名人探微

敬奉先贤是中华民族优良传统。作为这一传统的物化体现，各地都有不少为历史人物敬立的祠庙坊表。这在中原地区极为普遍。

以雩邑故地及所辐射的鲁山为例，从上古时期的帝尧，到明清时期的御史燕儒宦、副史王玺、兵政贺一孝、司理贺承芳等，不一而足。数千年绵延不绝。元代县尹刘毅于鲁山城内设立二贤祠，祠内敬奉唐代元氏二兄弟元德秀、元结。元德秀为一代贤令、文学家、音乐家，元结则为著名文学家、军事家。仅据数本古代《鲁山县志》记载，古代鲁山有名宦祠、乡贤祠，坊表十余处，均为供奉当地历史名人，彰显其节义政声等。

今张官营镇政府所在地邻近雩城，旧时建有寨垣，称张官营寨。寨内庙宇众多，有祖师庙、关帝庙、火神庙、南堂等 4 大古刹及山西会馆戏楼。清乾隆时期，敕令建造"七世同居"石碑坊，今牌坊被毁，遗址尚存。雩城西贾庄村，有扁鹊庙，供奉战国时期医学家扁鹊。

鲁山虽然祠庙众多，但细究起来，供奉人物无非有两种情况。

一种是神话或者圣人化了的人。除尧帝外，比较典型的是关羽和扁鹊。

至于为关羽设立的关帝庙，则更为习见。关羽在唐德宗贞元十八年（802）前已被崇拜，已有神化色彩，且建有关庙。元代，宫廷做佛事时伴有"抬舁监坛汉关羽神轿"。万历四十二年（1614）明神宗时，其神位晋级为"协天护国忠义帝"，加封为"三界伏魔大帝神威远镇天尊关圣帝君"，敕封令下，"关帝庙宇遍海宇，一村一社处处有之，虽塞垣边障，祠宇亦多"，甚至明天启年间（1621—1627），宫廷也供奉关羽，"宫中塑关帝像二尊，一大一小"。清乾隆三十四年（1769），关羽敕封为"灵佑忠义神武关圣大帝"。从此，关羽被抬到武圣的高度，所立的武庙与孔子的文庙比肩。

仅康熙一朝，鲁山境内关帝庙即不下十数处。彼时，雩县早已归并入鲁山。雩县故地张官营镇前城村关帝庙，其前身为屈原庙。东汉时，雩城百姓将雩县之乡贤延笃画像供奉于屈原庙。后屈原庙改称七星庙。旧时庙宇众多，但名"七星"者却不常见。现所知的陕西府谷县七星庙又称"昊天宫"，位于陕西省府谷县孤山镇孤山古城堡北门外。有学者推测，雩城七星庙有可能供奉的是历史名人，东汉以后，陆续有雩邑乡贤被供奉于屈原庙，从而使屈原庙内供奉乡贤人数到达七人，故易名七星庙。这种推测不无道理。雩邑故地钟灵毓秀，名人辈出。仅《后汉书》列传人物，就有郑众、延笃二人，加上屈原，已有三人。内有关帝塑像，因为关帝无以复加之地位，屈原庙最终改称"关帝庙"。直至几年前，因为屈原庙史料的挖掘和屈原之寺碑的发现，当地村民才将关帝庙复名为屈原庙。

鄾城西张官营镇贾庄村扁鹊庙供奉扁鹊、马楼乡商余山药王庙供奉孙思邈等，情况与之类似。扁鹊是一位神化、幻化或虚化的中国古代神医。山东微山出土有汉画像石，扁鹊被绘成人首雀身，一手诊脉，一手持针为人诊治疾病。《列子·汤问》记载，扁鹊将鲁公扈和赵齐婴两个性格迥异的人换心，"扁鹊饮二人毒酒，迷死三日，剖胸探心，易而置之，投以神药，即悟，如初，二人辞归"。《史记·扁鹊仓公列传》也把扁鹊和他的老师描述成神：扁鹊者，渤海郡郑人也，姓秦氏，名越人。少时为人舍长。舍客长桑君过，扁鹊独奇之，常谨遇之。长桑君亦知扁鹊非常人也。出入十余年，乃呼扁鹊私坐，间与语曰："我有禁方，年老，欲传与公，公毋泄。"扁鹊曰："敬诺。"乃出其怀中药予扁鹊："饮是以上池之水，三十日当知物矣。"乃悉取其禁方书尽与扁鹊。忽然不见，殆非人也。扁鹊以其言饮药三十日，视见垣一方人。以此视病，尽见五藏症结，特以诊脉为名耳。为医或在齐，或在赵。在赵者名扁鹊。

唐代睿宗或玄宗时，元结之父元延祖"爱商余多灵药"，于是寓居鲁山。商余山又名长寿山，位于鲁山县城东南马楼乡境内，以盛产灵药而闻名于世，古有"药不经商余不灵"的说法，民间传说，从商余山到滍阳街是古代药市，为"四十五里斜店街"。今商余山药王庙为改革开放后当地村民在原址上重建而成的。

另一种是鲁山历史上真实人物，元德秀、元结、燕儒宦、王玺、贺一孝、贺承芳等，或里籍在鲁山，或出仕鲁山。与这些人物有关的建筑，均为祠、表、坊等，绝无宗族性质的家庙。而鄾城与屈原有关的祭祀场所，虽然有屈原庙、屈原寺等说法，但正统准确的说法是"屈原庙"。《后汉书·延笃传》中记述："永康元年，延笃遭党事禁锢，卒于家。乡里图其形于屈原之庙。"这是我国正史典籍中有关屈原庙最早的记载。历代《鲁山县志》也有相关记载。鄾城屈原庙至迟在东汉时期早已存在，清同治年间虽已不存，然仍为人们所熟知。至于"屈原之寺碑"中"寺"的说法，平顶山著名历史文化学者杨晓宇认为：屈原寺应该是在鄾城屈原庙坍塌损毁之后，当地人民为了更好地纪念这位爱国贤达，在几里外靠近鄾城异地重建。所谓屈原寺，也就融合了佛教成分。

屈原庙所在地有两说。一说坐落在今张官营乡杨孙庄东北角的地方，现有汉代古柏，依旧郁郁葱葱，树干嶙峋，树枝遒劲，三个大人手拉手还抱不住。据村民讲，古柏即屈原庙殿前遗物，两千年来，村民世代相传，并制定村规民约，不能对柏树进行伤害。该树已经被作为县级文物由鲁山县政府保护起来。距屈原庙遗址不远数里，有村名叫屈庄、延庄，村里屈姓、延姓村民，都分别认屈原和延笃为祖。其情形及民风民俗，民间传说故事，均可做《后汉书·延笃传》记载之佐证。

一说坐落在前城村。即关帝庙。出土有"屈原之寺碑"，可为佐证。

此二说各有千秋。杨孙庄以古柏及乡风占优，一度人们深信不疑屈原庙在此，2017年，杨孙庄竖立了屈原雕像，正打造以屈原文化为主题的乡村文化旅游。而前城村"屈原之寺碑"的出土，这一铁证，似有扭转乾坤之势。虽有分歧，但前有《后汉书》记载，后有"屈原之寺碑"提供实物佐证，屈原庙就在犨城故地，是确凿的事实。由此，国内知名屈原研究专家学者提出"屈原故里鲁山说"，为千年古县鲁山再添亮丽文化名片。

河南"南阳郡""南阳"辨析

张新河

近段,网络关于"诸葛亮躬耕地",又引来湖北襄阳与河南南阳网民不少热议。笔者试此见解,以求教方家。

其一,河南南阳本为夏商时期姒姓南国。《国语·郑语》:"当成周者,南有荆、蛮、申、吕、应、邓、陈、蔡、随、唐;北有卫、燕、狄、鲜虞、潞、洛、泉、徐、蒲。"不唯如此,南方尚有一南国存在。据河南考古家马世之考证:"唐白河与丹江流域古国主要有鄂、南、申、吕、曾、比、谢、西蓼、唐、邓、郦、析、丹、於、都等。""南"或作"男",通称"有男"。《史记·夏本纪》载太史公曰:"禹为姒姓国,用国为姓,故有夏后氏、有扈氏、有男氏……"索隐云:"《系本》男作南。"南国的地域在河洛以南,即今河南省南召县,后又徙至南阳。《诗·大雅·崧高》云:"于邑于谢,南国是式。"又谓"任命申伯,式是南邦",所以,何光岳说"南阳之名当因南国居此而得名,并非因位于伏牛山之南而称为南阳"[①]。约于商代中期,南因内部争权而分裂为两国,《逸周书·史记解》云:"昔有南氏有二臣,贵宠。力钧势敌,竞进争权,下争朋党,君弗能禁,南氏以分。"《路史·夏后纪》说:"禹后有南氏,以二臣钧争权而分。"《水经注·江水》亦谓:"《周书》曰:'南,国名也。南氏有二臣,力钧势敌,竞进争权,君弗能制。南氏用分为二南国也。'"按韩婴叙《诗》云:"'其地在南郡、南阳之间。'二南分治后,一在今河南南阳,一在今湖北荆州。南阳之'南',约于西周初期为谢所灭;荆州之'南',春秋初年被楚兼并。"[②]

谢,周代任姓国。《世本·氏姓篇》云:"谢氏,任姓,黄帝之后。"谢国地域在今河南南阳新野、唐河一带,地处雉邑之南,被视为"南国"。谢国故城原在今河南南阳市境。西周晚期,谢邑改作申城,故《国语·郑语》韦昭注:"谢,宣王之

---

① 何光岳:《夏源流史》,南昌:江西教育出版社,1992年,第230页。
② 马世之:《中原古国历史与文化》,郑州:大象出版社,1998年,第406—407页。

舅申伯之国，在今南阳。"韦昭（204—273）是三国时期著名史学家、东吴四朝重臣，比蜀汉丞相诸葛亮(181—234)小23岁，两人同时代有16年。其注"在今南阳"，说明谢邑改作的申伯之国——申国，三国时已称"南阳"；《汉书》编著者班固（32—92)，为东汉史学家，先出世于诸葛亮149年。其《汉书·地理志》南阳郡宛县原注："故申伯国。"《左传·隐公元年》杜预注："申国今南阳宛县。"杜预（222—285），晚出世于诸葛亮41年，与诸葛孔明同时代有10年。又是魏晋时期著名政治家、军事家和学者。初仕曹魏，曾镇守今湖北襄阳。杜预注："申国今南阳宛县。"应与西蜀丞相诸葛亮所述之"南阳"一致。诸葛亮《前出师表》中"臣本布衣，躬耕于南阳"之"南阳"，当为原谢国、后为周宣王之舅申伯国、后称宛县的今河南南阳。是为其一。

其二，今河南省域以"南阳"称者，古代亦非一处。"修武"即其一例。臧励和《中国古今地名大辞典》（以下简称"臧《典》"）释"南阳"："在河南获嘉县北。《左传·僖公二十五年》晋于是始启南阳。《史记·秦本纪》秦昭襄王三十三年，魏入南阳以和。[集解]徐广曰：河内修武，古曰南阳。《通鉴地理通释》南阳有二，修武即魏之南阳也；南阳郡，今邓州也。""二南阳"并不混淆：一在修武，一在南阳郡之邓州。臧《典》释"南都"："今河南南阳县。为光武生长之地。在洛京之南，故曰南都。张衡有南都赋。"此释南阳郡邓州之"南阳"与"南都"，当指今河南南阳。而臧《典》释"南阳县"条更详尽，云："周初申国，春秋楚宛邑，汉置宛县。后魏分置上陌县，周省宛县入上陌，改曰上宛，隋始改南阳县，明为河南南阳府治，清因之，并设南阳镇，总兵驻此。今属河南汝阳道，县西南七里有卧龙岗，诸葛草庐在焉。其地有明碑辨武侯宅当在襄阴县西隆中者，字多为人所毁。"此"南阳县西南卧龙岗有诸葛草庐"与刘禹锡《陋室铭》"南阳诸葛庐"句正相呼应。

南阳郡，秦代初置。《史记·秦本纪》秦昭襄王三十三年，[集解]徐广曰："荆州之南阳郡，本属韩地。""三十五年，初置南阳郡。"□正义今邓州也。秦置南阳郡，在汉水之北。释名云："在中国之南而居阳地，故以为名焉。"张衡《南都赋》云："陪京之南，居汉之阳。"

臧《典》释"南阳郡"："秦置。为今河南旧南阳府。湖北旧襄阳府之地。以在南山之南。汉水之北也。汉因之。置宛。即今河南南阳县治。晋为南阳国。南朝宋仍曰南阳郡。隋郡废，寻复置。移治穰县，在今河南邓县东南，金废。"

臧《典》释"南阳府"："秦南阳郡。唐改置宛州。寻废。金末始于南阳县置申州与邓州。元升为南阳府。明清因之。属河南省。民国废。故治即今南阳县。"此释明确：河南旧南阳府，即秦置南阳郡，属今河南省辖。治所在今南阳县。

由此看，秦置荆州之南阳郡，本属韩地。秦灭韩，地属秦。清·光绪三十年《南阳县志·总序》："南阳于战国为韩地，秦灭韩，徙不轨之民于南阳。"《汉书·地理志第八上》载："南阳郡，秦置，莽曰前队。属荆州；宛，故申伯国，莽曰南阳。"新莽时期的"南阳"，亦即申伯国，故宛县，在今河南南阳市。

《左传·隐公元年》杜预注："申国今南阳宛县。"《后汉书·郡国志》南阳郡宛县原注："宛本申伯国。"《水经·淯水注》记载更详："[淯水]又南经宛城东，其故城申伯之都，楚文王灭以为县也。秦昭襄王使白起为将，伐楚取郢，即以此地为南阳郡，改县曰宛……大城西南隅即古宛城也。"马世之考证说："淯水即今之白河，南阳郡宛县即今南阳市。古宛城遗址位于南阳市老城区东北蔡庄村防爆电机研究所一带，有大小城两重，小城城垣周长 3 公里，正好位于大城内西南部。大城东北角，城垣呈曲尺形，保存较好，长约 1400 米，高出地基 5～7 米，基宽 20 米，基槽宽 5.3 米。夯土层厚 8～10 厘米，夯窝径约 4 厘米。城外有护城河遗址。大城即汉代南阳郡城，小城即古宛城，它是沿袭古谢邑而来，应为申国故都所在。"还说"《汉书·地理志》南阳郡宛县班固原注'故申伯国。'申国之都是在谢邑基础上修筑的，因而也称谢城。申国的地域以今南阳市为中心，北至伏牛山南麓，东以方城山丘岭地为限，南与西蓼、谢、邓诸国接壤，西与吕国为邻，处于南阳盆地北部的唐白河中游地带。"[1] 据古籍文献与考古发掘印证，秦、汉荆州之南阳郡及宛县之南阳治所，均在今河南南阳市。

※ 作者简介

张新河，历任鲁山县人民政府办公室主任、县长助理，河南省石人山风景名胜区管理处主任，平顶山市中国古代哲学研究会副会长，河南省墨子学会常务理事、副秘书长，中国民间文艺家协会会员等。长期致力于地方历史文化与古代哲学研究，曾于《求索》《洛阳月谈》《黄河文化》等刊发表论文 50 余篇；近年编纂、撰写《邓小平在鲁山》《师出豫西——伏牛山根据地斗争纪事》两部著作近 100 万字；著有《墨家鲁阳悬疑案——墨子里籍与事迹考实》《殷商元圣——伊尹里籍·隐居·事功考实》《倒回沟史话》。

---

[1] 马世之：《中原古国历史与文化》，郑州：大象出版社，1998 年，第 414 页。

大著直声"袁都宪"

杨朝辉

袁恺（？—1498），字舜臣，明朝河南鲁山人，少时聪慧敏悟，洒脱不羁，通晓儒家典籍。景泰五年（1454）登甲戌进士第。历任兵科给事中、礼科给事中、巡按直隶监察御史、都察院右副都御史。因刚毅正直、敦义施仁，世称"袁都堂""袁都宪"。

天顺初年，帮助明英宗复辟有功的阉臣曹吉祥，被提升为司礼监掌印太监，总督五军营、三千营和神机营京师三大营，总揽京城军政大权，权势滔天，恶迹斑斑，朝野官民对他均侧目而视，敢怒而不敢言。时任兵科给事中的袁恺却不畏权贵，独自向朝廷上疏历数曹吉祥"奸欺之罪"，各地方官吏都非常震惊。后曹吉祥终因图谋篡位被英宗凌迟处死，所有同党也都被判死罪。袁恺也因"大著直声"而声誉大增。

明朝中叶，日趋腐败的朝政，不断增加的赋税徭役，致使成千上万的农民在疯狂的叠加盘剥摧残下失去土地，不得已背井离乡，挈妇将雏从四面八方涌进了地僻人稀、官禁松弛的荆襄地区。而明政府对百万流民"驱回原籍""编甲互保"的高压政策使得暴乱接连发生。成化元年（1465）三月，宪宗命河南布政使王恕为都察院右副都御史，抚治南阳、荆、襄三府流民。由于地方官员没有认真推行处置荆襄流民的方案，使得官民矛盾一直没能得到妥善解决。随后，朝廷又命王恕和河南、湖广巡按御史、三司等官员一起"设法捕贼"，然而王恕等人却因处置不力，致使湖广荆襄等处的流贼聚众，从房县到南漳数百里之间，大肆烧杀抢掠，"深为民患"。是年十月二十八日，兵科给事中袁恺表奏镇守总兵官李震、巡抚御史王恕等人，"平时既无抚驭之方，有警又无剿抚之策，蒙蔽贼情，坐视民患，宜各究治，以为人臣误事者戒"。朝廷命令记载王恕、王俭的过失，减少王瀛等人的俸禄，并责令同心协力剿贼。在浩浩皇宫大殿里，敢说实话，敢说真话，敢于直率上奏的袁恺，每一个字都掷地有声，每一句话都凛然不羁。

面对当时战乱不断的北部边疆，袁恺曾上奏安定边防五条措施，因切实可行受到朝廷赞许。成化二年（1466）8月，朝廷以袁恺熟练通达边防事务任其为都察院右佥都御史巡抚辽东（今辽河以东地区）。袁恺赴任不足一月就上奏谍报，朝廷认为其"有谋略"。此外，看到辽东常年被女真侵犯，民不聊生，百姓无法承担赋税，袁恺就奏请免除辽东"岁贡人参"并得到朝廷同意。朝廷"特遣掖臣纪勒其功，且官其子，锦衣得世袭"。面对能够让后代封官袭爵的褒奖，袁恺却以"尽心边圉，臣子职分"为由，坚决推辞不接受。

木秀于林，风必摧之。为人忠直的袁恺还是遭到了阉宦的嫉恨、诽谤、诬陷，在成化六年（1470）九月被朝廷外放改任南京鸿胪寺正卿，但他毫无怨言，仍忠于职守。宪宗为嘉勉这位忠贞之臣，御赐金匾"忠贞元老"以示宠荣。六年后，袁恺相继升迁为光禄寺卿、南京都察院右副都御史总裁南京粮储等职，但他"亦无喜色"。其涵养镇定如此，真正做到了"不以物喜，不以己悲"。

吏部尚书王翱、兵部尚书尹直曾联名向朝廷推荐重用袁恺，但袁恺却决意激流勇退告老回乡。乡居期间，他修身垂范，敦义施仁，深受乡里拥戴。后鲁山县"适岁凶，民负官课"，看到发生荒灾的家乡民不聊生，百姓无法承担税赋，袁恺主动拿出俸金2500两白银替全县百姓缴纳。第二年秋粮丰收后，农户如数归偿时，袁恺却分文不收。乡里百姓感念其德，赞不绝口，皆呼"袁都宪""袁都堂"而不呼其名。

弘治十一年（1498），袁恺卒，朝廷敕谕，从祀乡贤，更立祠堂以祀之，后葬于鲁山县城南十五里袁家寨西北侧袁氏墓园。如今，园内苍翠幽邃，肃穆静谧，一生以"直声"卓立的袁恺让岁月不忘，后人常忆。

※ 作者简介

杨朝辉，现任鲁山县纪委宣传部部长。作品《平顶山：以上率下精准监督 护航疫情防控"大考"》等在河南省纪委监委网站要闻栏目刊发。

仓颉文化　薪火相传——致"世界汉字节"

郭宇朋

国家之魂，文以化之，文以铸之。汉字是现今世界上唯一历史久远、数千年来持续使用的自源性古典文字体系，汉字文明构成了中华文明最灿烂辉煌的篇章，是中华优秀传统文化的根脉。汉字起源"仓颉造字说"在战国时即已流行。《说文解字》《世本》《淮南子》皆记载仓颉是黄帝时期造字的左史官，见鸟兽的足迹受启发，分类别异，加以搜集、整理和使用，在汉字创造的过程中起了重要作用，被尊为"造字圣人"。

研读仓颉文化，始于对几副古楹联的鉴赏。宋代名相寇准曾为河南南乐仓颉陵庙题日月联"盘古斯文地，开天圣人家"，以"造字"和"开天"作比，昭彰仓颉丰功伟绩，词句气象无限，堪称极品。民国二十八年（1939），国民党将军朱庆澜拜祭陕西白水仓颉墓，后为之修建砖砌花墙，墓冢东门楹联"画卦再开文字祖，结绳新创鸟虫书"起笔于造字，"结绳""画卦""鸟虫""文字"相映相生，妙趣天成，如此巧联，千载难逢。"天下文章祖，古今翰墨师"出自河南虞城仓颉墓祠，该联落墨于文章、书画渊源，褒奖造字圣人历史地位，后世鲜有能与之比肩，撰此联者应为奇人。河南鲁山仓颉祠因古楹联"文字始创地，史官肇任处"扬名当世，此联以造字、史官起兴，评定仓颉功业。虽民间传说为黄帝所赐终不可察，然品读辞中万千意韵又岂是乡野村夫所能为之，该联悬于斯、刻于斯、传于斯或为官方受命，赋之者应为贤达之士。今逢河南鲁山仓头乡打造爱国主义教育基地——百名将军书法碑林、举办"世界汉字节"盛事，因撰此文以就正于方家。

一、汉字的产生在华夏文明进程中具有里程碑意义

黄河是中华民族的母亲河；黄河万里，流淌着华夏文明史；黄河下游是中华文明的摇篮，河南是中华文明摇篮里最中心的地方。汉字在黄河流域诞生，仓颉文化诞生于、流布于沿黄河文化带，河南、陕西、山东等省都有大量仓颉文化遗存，是华夏民族共同的文化记忆。

世界各个民族，都有自己的文字。距今5000年左右，两河流域苏美尔人创造了楔形文字，尼罗河流域古埃及人创造了象形文字，印度河、恒河流域孕育了哈拉巴文化，人们把文字刻在石头、陶器或象牙制作的印章上，所以被称作"印章文字"，因战乱、疫病等原因，这三种文字都消失在历史的烟尘中。中国古代汉字诞生于黄河流域，在黄帝时代经仓颉、沮颂等规范化整理，后演进为甲骨文、金文、小篆、楷书等流传至今。由此，我们可以庄严地向世人宣告：纵观世界古今，唯一存留于世，而且不断演进发展，而今又生机勃勃地在信息化的时代再次扬帆起航的古老的文字只有一种，那就是中国汉字。

仓颉造字在华夏文明进程中具有里程碑意义，他是三皇五帝时代经济、军事、文化空前繁荣的实证，也是中华民族作别远古文明，向有文字记述的高阶文明出发的起点。

二、仓颉造字是华夏文明进程中第一次文字规范化运动

汉字之所以不曾中断，是因为它自身的不断进步，它的每一次书写的变化都不是结束，而是下一次变化的开始。由此，我们来思考汉字的历史，汉字的产生及其每一个重要发展阶段几乎都发生在黄河流域，发生在中原大地上。贾湖遗址发现的8000年前契刻是中国目前发现最早的与文字有渊源关系的刻画符号；传说中黄帝时代的仓颉造字历史遗存均集中在黄河流域；第一套完善的汉文字系统甲骨文出土在河南安阳；帮助秦始皇"书同文"、制定规范书写"小篆"的李斯，是河南上蔡人；编写世界第一部字典、归纳汉字生成规律、统一字义解析的文字学家许慎，在家乡河南漯河完成了《说文解字》这部汉文字学巨著；至今我们还在使用的规范性字体

"宋体"字产生在河南开封，著名的活字印刷术也发源在这里。

考察汉文字起源，最早有资料记载仓颉此人的，当在春秋战国时期，《荀子》一书中指出："古之好书者众矣，而仓颉独传者，一也。"关于仓颉身世，许慎《说文解字》序中言："黄帝之史仓颉，见鸟兽蹄迒之迹，知分理之可相别异也，初造书契。"《淮南子》："史皇生而能书。"盖伏羲（周口淮阳）、女娲（周口西华）、炎帝（商丘柘城）、黄帝（郑州新郑）、少昊（山东曲阜）、颛顼（安阳内黄）所处三皇五帝时代，是中华民族历史初始阶段，亦是中华民族最早人才辈出、空前繁荣时期，神农耕而作陶、嫘祖（河南西平）"养天虫以吐经纶，始衣裳而福万民"、仓颉造字、伶伦造律……这段经济、军事、人文繁荣昌盛的时代之所以被后世流传下来，很大的可能性是黄帝委派史官仓颉主导了一场类似于后世秦始皇"书同文、车同轨"的"文字"规范化行动，结绳记事的时代被终结，各部族各式各样的刻画符号被以仓颉为代表的史官简化、整合、规范，形成较为统一的"官方"文字，即《荀子》书中所述"仓颉独传者，一也"。

仓颉造字作为华夏文明史上第一次文字规范化活动，其意义广泛深远，它终结了结绳记事和万国万邦的原始刻画符号，记述了中华民族上古文明，让三皇五帝的故事世代流传，成为华夏各民族共同记忆，深深铭记于骨髓深处，流淌于血脉之中。秦统一六国后实施"书同文"，是中国文字第二次规范化运动，奠定了华夏文明大一统格局。中华人民共和国成立后推行标准简化字，是汉字发展进程中又一次重大事件，在全国扫清了文盲，降低了外国学习中文的难度，为汉字在信息化时代飞速发展铺平了道路。

三、仓颉造字，薪火相传

史籍记载仓颉"始作书契，以代结绳"，黄帝赐他为仓姓，任命他为"左史官"，后人尊称其为"史皇""三教之祖，万圣之宗""天下文字祖，古今翰墨师"。仓颉历代受到人们很高的尊崇，在全国各地留下了不少历史遗迹。

鲁山县的仓颉文化近年来引起学术界的关注，因为鲁山县仓头乡现存有集陵墓、祠堂、造字台于一体的仓颉祠。在仓头村，民间传说"仓子头"的寓意：仓为君上一人之意，子是对仓颉的敬称，头寓意仓颉是仓姓的源头，是文字的源头，是天雨粟的源头。后来，民间把仓子头简称为仓头，仓头乡因之得名。明嘉靖三十一年

（1552）的县志中记载：仓头古称仓子头，古代尊称仓颉为仓子，以纪念仓颉之名。古代的仓颉祠存碑刻100多通，可见当时规模之大。

仓颉陵的造字台上，老建筑的大门两侧，刻着两副楹联，一副是阴刻在大门两侧的"文字始创地，史官肇任处"，此联自古流传至今，与民间传说相吻合。相传此楹联为黄帝钦赐，把仓颉造字的历史和他的官职定格在此。这副古楹联，佐证了仓颉就任黄帝左史官的历史和文字始创于此地的历史。2018年，仓头乡发现一古代断碑，内容为"仓颉造字台"。碑文字体系颜体，根据唐代大书法家颜真卿曾在鲁山活动并留有国宝元次山碑，以及《颜真卿多宝塔碑》多用"台"代替繁体字推断，"仓颉造字台"很可能是颜真卿的真迹。

为了弘扬汉字文化，坚定文化自信，发挥中华优秀传统文化凝聚人心、培根铸魂的积极作用，促进文旅深度融合，助力地方经济社会高质量发展，近年来，鲁山县以仓颉文化作为依托，积极举办以"世界汉字节"为主题的"国"字号仓颉民俗文化系列活动。中国民间文艺家协会、中国战略文化促进会，中国先秦史学会、中国关心下一代工作委员会健康体育发展中心、中国民主建国会中央委员会宣传部、文化部中国乡土艺术协会、中国国际书画艺术研究会、中国文字博物馆学术委员会、书写中国公益基金会等国家级机构先后作为主、承办单位参与中国（鲁山）世界汉字节。2018年5月，来自39个国家的书画名家作品参展汉字节，中国国际书画艺术研究会仓颉文化艺术研究院在鲁山成立；2019年5月2日，在第三届世界汉字节开幕式上，中国关心下一代工作委员会健康体育发展中心规范汉字书写办公室、书写中国公益基金会共同设立农历三月二十八为"汉字书写日"。

四、举办世界汉字节，传承汉字基因，共鉴华夏文明

我们称汉字节为世界汉字节，还因为汉字在历史上对朝鲜、韩国、日本等东亚国家及东南亚国家的文字文化产生过巨大而深远的影响。在当代，随着中国国力的增强，中国汉字对全球的影响正在日渐增强，越来越具有世界性。

汉字无与伦比的形体之美、韵律之美和语义之美令世界各国语言文字研究者为之着迷、神往。世界上只有汉字形成了书法艺术；《诗经》《离骚》开中国古代诗歌先河，汉赋、唐诗、宋词、元曲是文学作品，亦是意韵优美的音乐作品，日本和中国一样有张贴楹联的习俗，唯一不同的是，用中文读来朗朗上口，用日文阅读就会是

另一番气象了；汉字能够表达最为精准、细腻、复杂的语义，是任何外民族语言都无法企及的，在这一层面上我们有百倍的自信和自豪，红学大师周汝昌仅撰写《谈笑》一文时就从《红楼梦》中汲取了59个关于"笑"的词汇，华夏文史典籍浩如烟海，国学语汇之丰富、细腻是任何语种都望尘莫及的，小说《天龙八部》中有种功夫叫"八荒六合唯我独尊功"，英文无力描绘，也只好翻译作"I am NO.1"。进入信息时代，英文不得不用更冗长的单词，更多更复杂的词组解决语言发展问题，比如：电话机在英文中是"phone"，移动电话是"Mobile Phone"；世界粮食计划署在英文中表述为"United Nations World Food Programme"，简称"WFP"，但简称只能是权宜之计。据相关机构统计，英文日常和专业领域词汇总量目前已超百万条，臃肿到了不堪重负的境地。而作为精简的表意文字——汉字从未因知识大爆炸时代海量涌现的新词所困扰，常用汉字的自由组合即完美解决了电脑、手机、互联网等新事物的命名问题。

仰以察古，俯以观今。当下的中国已经告别了漫漫的农耕文明，气势如虹地进入现代化、全球化的时代，伴随着中华民族伟大复兴的进程，伴随着中国在世界影响力的提高，汉字还将在新的世纪，为中华文化的积累与传播，为中国经济社会的发展，为中华文化在世界话语权的提升，为国家文化安全的维护做出新的贡献。

总之，流布于全国各地的仓颉文化遗存、仓颉文化现象都有其各自独特的历史渊源，都有当地群众千百年来的坚守和传承。举办汉字节，弘扬汉字文化，从小处讲，是促进地域经济社会发展的一张亮丽文化名片，站在国家层面上，是兴文化、展形象，是传承汉字基因、赓续中华优秀传统文化的根与魂。仓颉文化是华夏民族的共同瑰宝，汉字智慧必将引领世界未来。让我们珍爱汉字，尊崇汉字，让汉字文化与我们中华文明的繁荣兴盛永远相伴相随。

※ 作者简介

郭宇朋，毕业于河南大学中文系。中国民间文艺家协会会员、河南省散文学会会员。现任职于鲁山县文学艺术界联合会，担任《鲁山文艺》编辑工作。

徐玉诺——河南递给世界的一张文化名片

史大观

徐玉诺——河南递给世界的一张文化名片！

徐玉诺——吾乡之君子者也！

在河南鲁山这块相对封闭的土地上，自墨子、元德秀、元结以降，清末民国，生长出了徐玉诺这株"特出的文化作物"。

徐玉诺（1894—1958）：处于文言文向白话文转轨——中国文学史转折节点上的徐玉诺先生，是中国新文化运动的开路先锋之一，是中国新体诗歌的奠基人之一，同鲁迅先生一样——是20世纪20年代在文坛兴起的中国乡土文学奠基人之一。

我们研究徐玉诺先生，是要把先生变成我们同时代的人，学习他怎样做人、怎样做事、怎样做学问，先生一生可浓缩成四个字"爱国为民"。终其一生，徐玉诺先生秉持"信、爱、和、平"的理念，在那个社会大变革中，徐玉诺先生具有独立之精神、自由之思想、完备之心灵，他是有诗学精神担当、为现代诗坛注入新鲜写作经验的独立的精神个体，以作品和人格的标高为诗学建设贡献思想的伟大诗人。

十余年来，我们研读徐玉诺先生的作品，研究其行为方式，提炼出四个字"爱国为民"。只有建立在为民、为老百姓、为天下受苦人、为天下众生谋幸福的"爱国"才是徐老所标榜的真爱国。这和全心全意为人民服务以及当下所提出的社会主义核心价值观一致。

以徐玉诺先生身上爱国为民精神和高洁无私的人格为标高，起草了"徐玉诺诗歌奖宗旨"：

"徐玉诺诗歌奖"是由纯民间学术立场的"徐玉诺学会"推举并承办的诗歌奖项。本奖宗旨是：信、爱、和、平，以学术的立场，选取有独立之精神自由之思想、有完备之心灵的诗人、诗歌评论家、诗歌翻译家，奖励有诗学精神担当、为当代诗坛注入新鲜写作经验的独立的精神个体，以作品和人格的标高为诗学建设贡献思想的个人和群体。

2021年1月，由荷兰的西思翎先生和美国南密西西比大学田海燕教授翻译的英文版《将来之花园》在欧洲出版发行，这是他们以这种方式，向100年前爱国为民的大诗人徐玉诺先生致敬！这在徐玉诺文化研究史上，具有里程碑式的意义！日本九州大学秋吉收教授，也正在翻译日文版的《将来之花园》。

对西思翎、田海燕、秋吉收等致力于有效推进中外文化交流的文化学者，我们深怀敬意，感恩先生们默默的辛苦付出！

"高山仰止，景行行止，虽不能至，然心向往之。"徐玉诺——这座精神高峰，以其完善的心灵和人格标高——引领群山，他的诗歌文本和行为方式，使人们深受启迪、灵性得以提升。

徐玉诺，以其灵魂的光芒，照耀后学诸子！

※ 作者简介

史大观，河南鲁山人。鲁山县第一高级中学教师，徐玉诺学会秘书长、徐玉诺档案馆、元次山档案馆馆长，平顶山市徐玉诺文化研究会会刊《徐玉诺研究》杂志编辑部主任。著有古体诗集《大观堂文稿》、新体诗集《时间即故乡》等，与海因老师合编《徐玉诺诗歌精选》。主编《徐玉诺研究丛书》，编印书籍《朱家坟夜话》、《徐玉诺〈将来之花园〉》《徐玉诺日记书信》、《徐玉诺诗文选读》（四册）、《全德全行清夺滍水——忠直方正元次山》、《史宏远书画集》等。

徐玉诺家室及身后事

徐帅领

我的曾祖父徐玉诺（1894—1958），名言信，字玉诺，乳名建知，笔名红蠖、红蠖女士等。中国"五四"爱国诗人、新文学作家。1894年农历十月初八生于河南省鲁山县徐营村，1958年农历二月二十一日在河南省文史馆病逝。

曾祖父长时期处于漂泊羁旅的生活状态，他的足迹北到吉林，南至厦门，所任教的学校上至大学，下到小学。中华人民共和国成立后，曾祖父全身心地投入新中国的建设当中，梦想着通过自己的努力和影响来改变普通百姓的生活。他相信社会主义的未来，完全融入社会生活之中，身体力行地做着他认为能切实改变人民生活的事情。曾祖父一生践行"信、爱、和、平"，他身上闪现着爱祖国、爱家乡的大爱精神。

曾祖母张澄臣是宝丰马街人，生有两个儿子，两个女儿。长子徐奎（西亚），也就是我的祖父；长女雪荷（省），6岁夭折；次女徐西兰；次子徐西林，三四岁夭折。

祖母赵凌云娘家在鲁山县城东关，祖父徐奎，生有两个儿子，三个女儿。长女出生后，用剪刀剪断脐带而感染破伤风，四十天后便夭折；次女徐留；长子徐鑫，也就是我的父亲；三女徐利清，4岁夭折；次子徐森。

父亲徐鑫只有我这一个儿子。叔叔徐森有一子徐帅旗，一女徐觉醒。

我们徐家的家庭命运和曾祖父紧密相连，它随着曾祖父的足迹发生着起伏变化。

父亲徐鑫原先是在鲁山上学，后转学到了武汉。在1956年4月份，父亲再由武汉转学到了开封。6月份，祖母赵凌云携我姑姑徐留及叔叔徐森，三人也移居开封。1956年7月份，曾祖父查出食道癌。1958年3月初，祖母赵凌云带着全家回到鲁山徐营，到家二十天后，开封传来曾祖父去世的消息。

曾祖父病逝后，河南省文联为他在开封举行了隆重的追悼大会，祖父徐奎整理好曾祖父徐玉诺的所有文件、衣物和灵柩回到鲁山徐营。第二天，他们将曾祖父匆匆地安葬于凤凰岭的老祖坟内。料理完曾祖父后事，祖父徐奎就回鲁山中学了。姑奶西兰得知祖父去世消息后，于安葬后第七天回到鲁山徐营。

1957年，祖父徐奎被划为"右派"，不再担任物理学科教学，改为图书管理员；1958年调离鲁山县立中学去辛集乡教养队参加劳动改造，之后又被调往鲁山县城南郊的"五七干校"。1959年，徐营村开始吃大锅饭的时候，村里征用我们家房屋作为三个生产队的集体食堂。

1960年，祖父徐奎参加完干校组织的集体劳动后，途经瀼河乡王庄村时去世。我曾在故居的破旧木箱子里找到一张纸片，上面记述着祖父徐奎去世的情形："徐奎同志是1960年3月上旬，由后店化肥厂前赴晒衣山采石英石，同去的十五人，三街代永安率领。十余天，回来时，到瀼河西南王庄北边的河里，死了。第三天上午厂方得知，命高振五、张老根二人从王庄用架子车拉回徐营。"

祖父去世后，家中只剩下曾祖母张澄臣、祖母赵凌云、姑姑徐留、父亲徐鑫和叔叔徐森。当时姑姑17岁，父亲14岁，叔叔才4岁。年仅14岁的父亲辍学在家，到生产队挣工分养家。

1964年，曾祖母病逝。1969年，祖母去世，家中只剩下我父亲姐弟三人。为了养家糊口，姑姑纺花织布纳鞋底子，父亲除了下地干活，还在徐营学过好多手艺，如下粉条、打铁、炕烟叶、拉弦子等。

1979年，祖父徐奎右派平反，36岁的姑姑才出闺。就在这一年，王予民先生和谢照明先生去徐营询问关于曾祖父事迹，在叶圣陶先生给苏金伞先生的书信中有记载"故友徐玉诺之事迹，有谢照民、王予民二位同志从事调查访问。二位为平顶山市教育界中人，曾到玉诺之家乡鲁山"。他们在徐营见到了父亲姐弟三人。叶老给叔叔徐森的信中说："现在有些同志打听他（玉诺）的事迹，就为他写过新诗。到鲁山来找你的同志是想搜集些他的遗作，知道些他的详情。可惜你们兄弟两个知道得并不多。"

1980年，徐本策爷爷（西崐，我祖父徐奎的叔伯弟弟）去徐西平（我祖父徐奎的叔伯弟弟）家问胡英奶奶（徐西平的爱人）："中国的那些知名作家里，谁与咱大伯关系最好？"胡英奶奶说："叶圣陶呗！"本策爷爷以叔叔徐森的名义给叶圣陶写一封信，信中向叶老详细介绍了曾祖父后人的家庭情况，顺带介绍了曾祖父的孙辈二人尚在农村没有成家也没有工作。一星期后，便收到了叶老的回信，叶老在信中讲述了和曾祖父徐玉诺的往事，并询问了兄弟二人在农村生产队的情况，叶老私下委托苏金伞先生协调我父亲他们姐弟三人的工作事宜。

1982年，26岁的叔叔徐森带着"招工指标"，几经周折，最后去了鲁山丝绸厂。1984年，由于落实了上级对右派分子的平反政策，36岁的父亲徐鑫在姑奶徐西兰的带领下，来到曾祖父创办的鲁山一高上班。姑姑徐留由于结婚未能得到政策照顾。

2003年，姑奶徐西兰为重建徐玉诺故居花费3.5万元，由父亲弟兄二人回徐营负责重建徐玉诺故居。从2008年3月姑奶回徐营到2013年11月15日离开徐营回武汉，在"徐玉诺故居"的时间里，年逾八旬高龄的姑奶为整理曾祖父的事迹做了一些力所能及的事情。

鲁山这片钟灵毓秀的土地吮吸着五四运动的甘露，培育出新文化运动的领军人物之一——鲁山县徐营村的徐玉诺先生。宋建新先生在《徐玉诺在中国现代文学中的位置》中说道："徐玉诺是一颗璀璨的文星，划破20世纪20年代河南文学寂寞的长空，与中国现代文学的先驱者们汇聚，为中国现代文学的发展留下了震撼文坛的恢宏的篇章。"作为徐玉诺的曾孙，我读过评论曾祖父的文章，这使我对曾祖父有了新的认识，在拜读曾祖父写的文章时，又被文章字里行间流露出的情感深深折服。曾祖父一生践行的"信、爱、和、平"给我提供追求事业、理想的动力，树立了我做人的榜样。

※ 作者简介

徐帅领，河南鲁山人。写有论文《徐玉诺先生家室及身后事》《牛把和尚索伽》等，"徐玉诺研究丛书"（全套8本）主编，徐玉诺故居管理委员会主任，现从事教育工作。

诗词流韵

廉政文化楹联

眉宇起清风，有循吏曾来，心洁无尘称骞士；
琴台思善政，问柴车何去，月明千古是知音。

作者：马瑞新

秉廉字高标独立，唯贪沙水清风、尧山朗月；
守初心大德昭彰，无愧胸前赤帜、头上青天。

作者：张志鹏

同歌于蒍于，居官守正，报国安民，举止不教心有愧；
安得子元子，履政戒贪，共忧同乐，行藏惟愿影无偏。

作者：吴继强

固守初心，敢朝滍水争清，尧山比正；
面临大考，谨记答题在我，评卷由民。

作者：宋贞汉

政简民淳，县令唯留匹绢；
风廉月洁，琴声又起层台。

作者：苏俊

正气满琴台，听百姓心声，元公合是包公范；
清风馨豫地，阅千秋史册，墨子齐同孔子名。

作者：陈永财

为人须学尧山竹；
从政当思沙水莲。

作者：余彦成

镜于人，政在恤民，墨子洞前堪鉴月；
仰其德，官当律己，紫芝台下且听琴。

作者：董海红

天下为公，秉向上精神，何惊压顶；
心中有竹，对无穷诱惑，总是摇头。

作者：林小然

尧山竹影何妨瘦；
沙水莲花不拒清。

作者：丁明玉

乘尧山旷世清风，何须廉石压舱，民心更比千斤重；
看中国百年长路，最喜甘棠化雨，德政常留三径香。

作者：张英茹

千山高复低，好风随处犹兼爱；
一水清还冷，明月当头正可人。

作者：范青山

青莲二两，能除仕路贪婪病；
竹骨一身，可做人生防火墙。

作者：吕子荣

照古观今，为官何惧琴台陋；
秉公守节，施政常思德秀廉。

作者：王跃虎

心中信仰坚，秉正犹思包拯砚；
肩上担当重，肃贪不怠鲁阳戈。

作者：刘德荣

公仆悬鱼，以赤胆仁心，染尧山碧野；
烝民崇德，凭养廉诚意，添禹甸清风。

作者：王同路

笔蘸沙河水，仕路濡笺，书成人字和官字；
世承墨子风，生民兼爱，蔚起廉声与政声。

作者：赵文华

沙水扬波，一怀高行传忧国；
琴台流韵，千载清名说爱民。

作者：杨风宇

反腐如防疫当前，戴口罩，勤洗手；
倡廉应修身长远，爱清莲，不染尘。

作者：杨海波

安民弘法，尚德兴廉，为圆治国齐家梦；
挥鲁阳戈，灭官仓鼠，誓作撑天柱地人。

作者：张金利

继往开来，守党纪一身正气，
与时俱进，做公仆两袖清风。

作者：梁玉峰

出水荷花，媚在本根不染；
悬丝清吏，贵于廉洁无私。

作者：张金成

德向尧山积厚，万丈可观，仁人浩气冲霄汉；
廉从滍水流清，千秋以鉴，屈子遗风蔚鲁阳。

作者：张立芳

正己见初心，莲出清波常对镜；
奉公凭正气，梅衔寒雪却藏春。

作者：楼立剑

廉有何难？绿蚁青蚨当过眼；
德须怎立？白荷金菊结知音。

作者：杜小波

仰千古清风，蔚自琴台，唐有紫芝，长凭身正成英范；
镌一枚廉字，融于心迹，今悬皓月，常为政通作奖章！

作者：李可盛

课子尽编书，把饮马投钱，改成童话；
关门常谢客，将悬鱼载石，引作家风。

作者：吴正根

乃墨子著说之乡，尚兼爱非攻，侠者高怀盈大地；
是元公为官所处，忆安民济世，琴台芳誉满神州。

作者：谢鹏主

俯首效三牛，高德有邻，七分进取三分守；
投身追一梦，至人无己，两样清廉一样贞。

作者：赵瑞刚

琴韵悠悠传善政；
水光澹澹载清名。

作者：胡同一

严寄音诗词作品

芦花

萧瑟霜风下苇滩，游凫三两起微澜。
芦前柔絮初相狎，暖去心头一袭寒。

冬柳

料峭寒天梳乱条，任凭碎叶作零飘。
人间未领春风意，已着新胚点点娇。

暗香

瘦影凌寒竹外寻，幽香隐隐化冰心。
古琴三弄梅花曲，为汝痴狂直到今。

早春

连日风晴鸟鹊宣，蜡梅翘首独娇妍。
雪花纵有飞来晚，不却春晖送柳烟。

瑞雪

携伴春消息，隔山飞渡迟。
尘清霾雾破，冰洁绿田滋。
恋入香梅骨，摇惊细柳丝。
嘉年添贺瑞，灯火万家时。

红船

南湖辟浪启航船，沉雾茫茫向海天。
勇立潮头惩腐恶，敢当气势作中坚。
长烟万里狂飙曲，伟业千秋世纪篇。
已化神舟修远道，风帆再举叩鸣舷。

荻花

疑是翩翩白鹭洲，雁鸣飞过几回头。
关雎河畔相思草，静女枕边萦梦舟。
难觅伊人千载恨，欲捞姿影百般愁。
清寒柔絮烟霞里，独秀湖光配晚秋。

冰花

神工素裹织玲珑，精洁仙姿绝冷冬。
玉树琼枝冰剔亮，雕花羽缎雪纤茸。
清凉世界瑶台景，缥缈云间白雾凇。
最忆童年烟暖处，凌窗银画独情钟。

采桑子·暖阳

天涵冬日晴空好，凄草明黄。寒树晖光。暖意随将萧瑟藏。

枯荣间有参差色，凋也无伤。青也柔祥。乌鹊眸前时掠翔。

苏幕遮·冬草

舍林间，闲露处。缱绻衰黄，漫尽斜阳暮。落叶无言桃李路。鹊啄残衣，许是香如故。

冷萧萧，丝楚楚。雪浸寒根，更把霜姿舞。料得东风迎客旅。淡出春光，又作春光序。

行香子·宝山山行

数里青峰。壑岭重重。沿蹊径、渐入迷踪。参差山色，错落春丛。望石如仙，云如练，涧如龙。

人家何许，深行溪谷。竹相随、坡上葱茏。疏疏村寨，篱畔临风。见羊儿跑，鸟儿戏，蕾儿红。

望海潮·黄河

雪融溪汇，源流潺湲，碧涵水草清涟。周折曲回，携清纳浊，飞龙驰过高原。奔涌夺雄关。显大河本色，一泻狂澜。怒卷黄沙，险工涛骇浪惊天。

千秋万里忧欢。数灾横遍野，迢递烽烟。黄水怨嗟，兴衰与共，生华夏命相连。今剑柄犹悬。为攻沙束水，几代辛艰。幸有中流砥柱，必创举新篇。

※ 作者简介

严寄音，男，湖南华容县人。中共党员。1982年元月毕业于河南大学历史系。平顶山市人大常委会原副主任。现为中华诗词学会会员，河南省诗词学会会员，平顶山市诗词楹联学会会长。曾出版个人诗集《岁月有声》。

王欣诗词作品

凭吊古琴台

慕贤登上紫芝台,似有琴声动地来。
低按清音清韵起,高歌善政善门开。
遗风在世肩承重,甘雨施人袖拂埃。
当效唐朝元县令,日弹一曲入民怀。

露山坡

巍峨挺拔见空灵,烟韵风歌带雨听。
八景清名称独秀,千年故事话双星。
今之视昔何其远,后者承前总不停,
织女牛郎何处在?万民心里一峰青。

咏焦山老黄楝

黛色参天何处寻,焦山村里翠森森。
花开燃就半空火,叶落铺成满地金。
八百春秋承代谢,十千朔望任晴阴。
难平面上沧桑皱,幸有胸中未老心。

咏早春风筝

莺飞草长未当先,纸鹞喧嚣万物前。
风逐彩云摇羽翼,人牵玉线送秋千。
翅高运接三阳泰,身稳丝连二指神。
休问龙头抬起否,此时只欲上青天。

秋思

平生爱与落黄亲,难作繁枝座上宾。
休问霜丝缘底事,自知镜影是何人。
口香肯惹朱门醉,腰瘦应醒白户贫。
自古秋心读愁字,我凭败叶养精神。

花园沟农家乐

称心饭菜可心茶,只把山家作自家。
座上春风关冷暖,杯间满月溢桑麻。
天恩沐活扶贫树,地气催开致富花。
几次机铃促归去,流连未觉夕阳斜。

贺徐玉诺先生雕像落成

秋歌铙鼓动良辰,褒颂朱坟夜话人。
盛世一朝成玉像,故乡万众仰银身。
篇中已识奇文妙,字外当扬大道真。
怀抱先驱醒世卷,鲁阳儿女再传薪。

望商余山

东南眺望商余色,隐约翠微含秀灵。
近水不因彭水绿,满山都为次山青。
巍峨已听宁唐鼓,浩荡正扬兴鲁舲。
常信元公豪气在,白云深处有曾经。

念奴娇·怀屈原

　　楚天湘水,容多少、青史英魂雄魄?丽句千言,终不似、长舌摇翻口角。日月临江,山川隔岸,未挽挺身跃。潇湘江水,一时难说清浊!

　　今日杯薦灵台,大夫曾见否?青天红陌。一卷离骚,延续了、多少新人新作。我辈先生,纫兰为佩矣,赴君盟约。天心人道,一轮东起西落!

沁园春·园丁之歌

　　一颗红心,百亩绿苗,三世情缘。任春风户外,桃情柳意;秋光岭上,菊惹枫牵。翠袖清风,云襟细雨,但洒青葱小树园。教天下,那可怜父母,心路宽宽。

　　世人莫问心酸。正播种、香幽杜若兰。每修枝剪叶,经年久久;当窗临镜,雪鬓斑斑。变虎成龙,呼风唤雨,尽出区区三尺间。羽丰了,把手儿一放,送上云天!

玉蝴蝶·谒徐公玉诺故里

　　来访诺公故里,中秋时节,系马徐营。小瓦泥墙,曾照五四文星。固然有、《故乡》旧貌,早不是、《踏梦》原声。洗怀清。飘香松桂,不为秋横。

　　秋晴。庭间檐下,遗风犹在,时护窗棂。一颗秋阳,此时应比恁时明。著书人、音容渐远;问道客、师礼难成。鉴诗盟。一程薪火,报慰先生。

凤凰台上忆吹箫·谒任应岐故居

　　推启柴扉,伫凝灰瓦,肃然如吊灵台。忆瑞周年少,走出村斋。多少风云变幻,家路远,再未回来。君知否?千山雪融,万里冰开。

　　哀哉!急风骤雨,烽火正燃时,斗落尘埃。幸为君圆得,家国情怀。应见村前流水,千万里、终入江淮。文章就、檐前露珠,滴入词牌。

※ 作者简介

王欣,男,69岁。中共党员。鲁山县人社局退休干部。中华诗词学会、河南诗词学会、平顶山市诗词学会等会员。鲁山县诗词楹联协会名誉主席。

翟红本诗词楹联作品

行香子·南水北调

迤逦青山，荡漾平湖，纳丹江、阆苑明珠。苍穹翔鸟，碧水游凫。喜风如曲，霞如赋，月如图。

谁挥铁臂，穿峰凌渡，引清流、直上京都。龙腾玉泻，梦醉田苏。润鄂天阔，豫天朗，冀天舒。

南乡子·莲满金湖

水色共天光，只与清风舞碧裳。赢得蛙声齐喝彩，时常，明月相知情未央。

丽影溢奇香，纵出污泥不染脏。霪雨难摧君子德，名扬，料定金湖是故乡。

秋日闲步

香生四野足丰盘，寻向城南草却残。
叶落遥观山更近，菊开顿觉日初寒。
云头雁字凭人读，水面风弦对客弹。
万类欲知谁似我，由霜验出是枫峦。

七律·湘湖

木舟满载古星云，万顷琉璃谁策勋？
湘浦鱼衔狂客柳，城山气壮越王军。
清游幸得春相许，小憩忽疑仙与闻。
钟震水天鸥掠过，西湖晴雨逊三分。

与妻偕游仙女湖

远处青山隔水烟，羽人旧地手相牵。
静听星语银河近，小坐花开碧岛妍。
十万波纹浮月下，三千风雨扫眉边。
泊心最爱伊含笑，莫道今生不少年。

春游盐城大洋湾

似淡才浓转瞬间，倩谁泼彩大洋湾？
水齐天色排飞鹭，樱是春风带笑颜。
一径烟亭遥却近，两肩鸟语闹悠闲。
诗图总惹多情客，心境浑成不欲还。

吕梁英雄传

吕梁花满映苍穹，岁岁葳蕤祭鬼雄。
大好山河蒙夜色，几多儿女卧刀丛。
阵前伏虎云层尽，敌后凝心党帜红。
一部中华抗倭史，晋绥驰荡浩然风。

春游白龟湖湿地公园

正是繁红深浅时，春风盈袖入瑶池。
柳烟欲湿三分雨，兰棹轻捞一网诗。
钟自香山凭点化，史从花岛任追思。
压芦飞鸟新城去，梦许谁家未可知。

七律·心路

北斗星明路不迷，红船破浪众心齐。
山存劲骨千秋峻，胸有长天万仞低。
端正学风焉忘本，勤廉做派每闻鸡。
铿锵迈进新时代，逐梦征程疾马蹄。

迎凤堂

信为此地有乾坤，片土犹留岁月痕。
岭上晴云淆竹影，堂前曲水涌朝暾。
花呈五彩缤纷梦，思接三贤磊落魂。
最是芙蓉香袅处，凤声引觅蜀人根。

沁园春·凉州新词

　　南望祁连，北起漠烟，西去咽喉。想将军饮马，大旗漫卷；舆图纵笔，宝地终收。杨柳琵琶，春风羌笛，几许豪吟几许忧。来寻迹，看黄河浩荡，襟外奔流。

　　今朝更展宏猷，借丝路诸行再上楼。喜云蒸霞蔚，正抟凤翼；工兴农旺，频点龙眸。逐梦为民，超唐压汉，惊了千年月一钩。欣然赋，醉蓝天都市，绿浪田畴。

晚泛常州运河

风梳柳线织青纱，买得扁舟十里蛙。
岸上天街将夜幕，云间星斗在人家。
听音细品延陵韵，沿巷幽闻夏日花。
正好捞来苏子月，飞觞更唱铁琵琶。

文明桂林

众手撷来花万千，漓江两岸恁娇妍。
文明心许中天月，创建诗吟大气篇。
莺燕纷飞杨柳下，路桥直达水云边。
相逢客问家何处？已约春风梦里迁。

翟红本楹联作品

往事铭心，卅万亡灵血泪声：贫穷挨打；

钟山诵诔，五千历史风云路：崛起奋飞。
（《南京大屠杀死难者国家公祭仪式》刊登于《人民日报》2013年12月13日第6版）

善政生春，万树梅花，如缤纷绮梦；
雄鸡唱晓，一轮旭日，似坦荡初心。
（刊登于《人民日报》2017年1月2日第8版）

云沸千山禅境里，
诗谙百味玉壶间。
（刻挂于遂兴县郊野公园茶亭）

一园萃大理风情，山水楼台，诗飞画溢；
百景融皇家气象，人文史迹，日耀星辉。
（刻挂于大理古国皇家园林垒翠园）

歇脚片时，坐约闲云同过巷；
惊心一刻，行看绝壁忽开天。
（刻挂于新宁县崀山天一巷景区望云亭）

灵秀并尊儒释道，
逍遥洽合天地人。
（刻挂于南城县麻姑山牌楼）

坐老一亭云，山花四季开诗会；
等闲三友酒，溪水九湾弹月弦。
（刻挂于金堂县转龙镇鲜花山谷亭子）

水月相知，时与千秋贤者语；
蝶蜂共舞，又迎一径故人来。
（刻挂于九江市南湖思贤园思贤亭）

江涌善流辉皓月，
心留净土植青莲。
（刻挂于清远市江心屿中凉亭）

龙卧青云，想当年啸咏横琴，先生襟抱容天下；
岗浮翠色，值此际登临谒圣，故迹风华嵌画中。
（刻挂于南阳市卧龙岗文化园宛郢古道山门）

名相怀天下庶民，业自开元立，德与韶州共；
嘉园萃岭南风物，月从海上生，客朝故里来。
（刻挂于韶关市张九龄纪念公园主入口牌坊）

听廊外鸟声，饶知四季农耕事；
浴座中花气，恍是千年丝路人。
（刻挂于兴平市马嵬驿民俗文化体验园廊架）

归来袖底藏仙气
回望云头起鹤音
（刻挂于休宁县齐云山风景名胜区回首亭）

人间名利，心上迷津，悟透即为佛法；
廊外风云，崖前明月，看开便结善缘。
（刻挂于大足县大足石刻景区大佛湾北崖顶部回廊）

一眼清泉涌，
千秋往事来。
（刻挂于涿鹿县中华三祖堂景区黄帝泉）

声传二百年，国泰民安，擂响太平鼓；
香醉三千里，月圆花好，妆新永定河。
（第二届"花好月圆看丰台"征联大赛一等奖）

纸体药心，集两大发明，拔地乘风，直上云空辉万载；
雷声花色，携一身喜庆，冲天带笑，时将精彩赠千家。
（中国·万载第二届国际花炮文化节诗词楹联大赛一等奖）

先祖从高槐出发，恋鹳语回声，听汾涛别曲，情牵故土千辛路；
后人自远道归来，观莲花照水，踏月色寻根，公认洪洞一个家。
（湖北省"精彩中国·前行力量"第三十八届春联大赛一等奖）

坦荡为人，把私利撇开，浮名捺住；
忠诚报国，将红心捧起，绮梦搓圆。
（闻喜县"学裴氏古家训，撰当代家风联"全国征联大赛一等奖）

翻开史册，最敬投钱饮马、载石悬鱼，莫贪痴一点名，半毫利；
关注民生，常思包砚焦桐、甘棠皓月，当效仿千竿竹，万亩莲。
（上栗县"探花故里·栗水清风"全国廉政诗词楹联大赛一等奖）

此地为梁苑囿汉江山，想宋水悠悠，仿佛见枚马挥毫、孝王开宴，忽闻鼓震欢军捷；
斯文有美楼台香草木，读莺声恰恰，依然邀月星对弈、柳线钓风，直到雪飞肥画檐。
（商丘市汉梁文化公园征联一等奖）

※ 作者简介

翟红本，网名"一卷飘零"，鲁山县库区乡人。河南省楹联界首届"十秀"，平顶山市诗词楹联学会常务理事，鲁山县诗词楹联协会副主席。

石随欣诗词作品

游龙潭峡

溯水入深峡，荫遮日色昏。
回峰藏野径，轻雾罩孤村。
流急白鹅戏，山空翠鸟喧。
斗茶三五叟，未解武陵源。

秋日偶成（古风）

　　癸巳孟秋初四，余回乡探母。入秋已三日，然暑热难耐。近午，母以八十一秩高龄，亲下厨房，操杖为吾制作手擀面，以饱儿腹。诗以记之。

秋头接夏尾，弩末热未消。
苦暑难畅酒，嗜书盼良宵。
近亲桑共梓，远避尘与嚣。
喜看母就厨，粗茶胜佳肴。

丙申初冬过酒泉

大漠新城起，雄关度煦风。
定西凭重器，张掖赖天弓。
但愿剑成未，更期墙作铜。
倏然邻甲子，壮志在长虹。

访阿婆寨白云洞不得入（入群格）

林密山空幽径深，柴扉阻路隔寒温。
方知吾辈皆过客，千载主人是白云。

登商余山有怀元使君

唐时百草遍商余，书共岐黄香野庐。
他日多吟除病句，原来曾在此山居。

春日偶成

新芽欲舞惹东风，更令春花意自雄。
二月甘霖如醪酒，一场酣醉满枝红。

春迟

九尽新芽上柳枝，晚归紫燕上梁迟。
莫嗔花懒东风慢，云散岂无回暖时？

龙潭峡听泉

青山合抱尽崔嵬,云似轻纱自剪裁。
夜色泉声藏不住,穿林袅袅入窗来。

秋日自勉

一叶飘零知岁暮,寒蛩声里又秋回。
男儿莫作蹉跎叹,待到春来听劲雷。

登尧山古风三首(新韵)

一
水共蓝天一色新,层阶度我上青云。
满坡绿树遮荒径,半塘清波洗心尘。
漫呼鹏雁借双翅,醉倚巉岩写诗文。
终至峰巅笑山小,此情足以对金樽。

二
攀石援木通天道,初夏犹怜春未深。
雾笼远山浓着墨,泉出幽谷闲抚琴。
松传涛声疑雨至,雪入眼底信冬临。
谁谓桃源堪比画?此间更起避秦心!

三
秀色尧山魂梦中,与君今日始相逢。
几回曲径溪作伴,独立山巅我为峰。
俯视飞云穿碧树,远观绝壁逸苍松。
欲祈神力向尧帝,再写辉煌唱大风。

李国建楹联作品

题鲁山县令元德秀

德也，身之瑰宝；
秀哉，王者知音。

题鲁山县令元结

黎元忧乐连胸次；
情结死生系水山。

题鲁山县

两克启辉煌，战场权谋，市场权机，鲁莽由来无虎旅；
群峰仰锦绣，风光在眼，荣光在抱，山川于此起龙游。

贺鲁山县诗联会刊首发

尧峰挂匾，琴台立传，功德古无欺，紫芝轩宇雄千载；
仓字增辉，墨迹添香，诗联今有志，红本锦题赢九州。

辛卯年平顶山市贺岁联

平添豪气五千年，向织女牛郎故地。玉诺心相许，元结情犹系，俯叩苏坟，仰对颜碑。知异才良将，曾牛吼马嘶者，英雄何去？问墨公特技、玄龄宏略、紫芝轩宇、绿园歧照、白郎义炬、红军壮剧，莫非俊彩垂青古，终留下，拔地人峰长崛立？

顶起狂飙十万丈，占虎潜龙动先机。坡奇出怪招，庄魔显魅威，街扬蹄韵，城舒鹰翼。喜河湛宝丰，龙怀龟望之，胜境堪期！看煤滚财源、钢漫金溪、酒漾香波、盐泻琼池、花涨锦涛、帘卷云漪，不是佛泉涌大潮，怎迎来，排天骏业竞腾飞！

※ 作者简介

李国建，1958年生，鲁山县赵村乡人。退休教师。河南省楹联学会会员，平顶山诗联学会理事，著有《学童琢韵》一书。

郑东方诗词作品

醉花阴

闲看杨花飘似雪,枝上残红别。无赖纵芳樽,杜宇为谁,如此悲啼血。

胸中武库七擒略,也被愁销绝。六代付东流,莫道阳关,羯鼓征尘歇。

临江仙·吊岳武穆王

何许东君怜落木,凭他来去天涯。莫辞漫道负年华,南山射虎客,渭水太公牙。

雕镂文章屠狗士,不堪回首元嘉。铜驼衰草卧龙沙,拜坛空烬恨,浊酒吊栖霞!

鹧鸪天

十载寒窗意未然,草庐茅舍著丹铅。吟诗作赋空余好,不胜一箭定雪山。

逝者矣,子曰川。黄鸡三唱鬓双斑。何时大柄能执手,从教春风度玉关。

江城子·读史

云舒云卷几沧桑。萼销香,绿凋黄。春怨秋悲,江水也凄凉。纵使平生遂未愿,倾碧血,唤朝阳。

何由空负字千行?苦思量,索愁肠。悱恻缠绵,征雁扰楚狂。来日乾坤重整顿,狼烟灭,扫胡羌。

蝶恋花

细雨凄迷当空舞。洗去铅华,难阻相思苦。春去春来春不住,萧萧落叶征尘路。

触处飘零痴兴赋。累了薛笺,又被鸿鳞误。月映银波纱满树,谢桥何许离人诉。

鹊桥仙·冬日抒怀

寒蝉西去,霜花疏影,残夜孤灯无语。菊栏萧瑟景凄然,总难见、长亭归侣。

故园如旧，相思犹在，却不解红豆苦。片帆何时到沽头？尽相望、盈盈泣诉。

卜算子·致梅村恭子

征鸿误归期，枝缘疑如雪。满院幽香难唤醒，不胜歌一阕。

唱给有情人，憔悴丁香结。掩尽销魂门千重，还有千秋月。

※ 作者简介

郑东方，笔名墨迟斋主人。祖籍河南省平顶山市新华区滍阳镇西滍村。先后在《平顶山晚报》《南阳诗词》《南吟北唱》等刊物上先后发表古体诗词100多首。

张亚军诗词作品

闲歇寄情

老茶复沏盏澜平，洗尽铅华忆钓耕。
紫燕寻风知故第，黄牛犁亩识今程。
闲观青桂庭前茂，静阅玉泉壶内惊。
松月流辉情可悯，南山梦里踏云行。

雪梅吟

李桃羡妒傲枝新，雪里流歌自报春。
虽白三分终是客，暗香浮动更怡人。

夏日闲吟

闲卧柳台东野清，半壶绿乳就蝉鸣。
只闻娘唤嗔儿语，岂顾湘弦林下笙。

秋茗

品茗檐阶下，西风催燕归。
抬头看桂影，初蕾泛清辉。

清明吟

轻烟小蘸樱花粉，杖步沉沉山径殷。
许是情生心上雨，三千离苦诉流云。

丁酉腊月廿九有寄

经年何惧鬓飘雪，恬澹坰林闲步收。
柳下无心问春讯，岸边有梦隐孤舟。
江湖邀月子瞻叹，庙社倾圮宋祖愁。
沽酒千壶一场醉，南山松韵自风流。

戊戌上元夜过溪独步郊野

今逢戊戌月初圆，桂影披身走陌阡。
拂面晚风萌庶草，沾衣竹露醒春眠。
枯荣弹指平生志，聚散伤心造化缘。
夜定过溪归舍去，惊凫不解客乡年。

七律 丁酉冬至

数九凝寒今日始，玄冥乱序混融时。

蜡梅享雪承冬起，鹭鸟戏江随浪移。
香饺良缘颂民愿，惠生善道篆诗碑。
阴阳更替天交泰，新气昂升看老枝。

元旦抒怀

柴舍恬熙又一元，浊醪轻洒祭经年。
纤云印染枝头月，丝柳纠缠波下弦。
不怨秋风涂岭后，但思春燕舞堂前。
无边心曲随他去，惯看江中独钓船。

仲秋乡思

菊瘦鸿声切，天高桂影闲。
阶前徐步躅，心底疾涛潺。
呼伴戏河柳，引藤妆舍颜。
依稀桑梓月，把泪故人还。

琴台怀古

琴台盈月幽怀抒，善政审音青史濡。
丝拨玄宗于蔫韵，曲平黎庶腹肠荼。
林中茅舍避喧浊，衾侧冰弦慰独孤。
湛水滔滔千古淌，袖沾涕泗圣贤呼。

暮走昭平湖

烟雨平湖鹭鸟低，黑山秋浅湿青衣。
莫非西岭传村火？暮入堤围钓影稀。

犨城怀古

五月投文吊屈平，郢都歌舞再无声。
合纵不复族权降，美政空谈国势倾。
渔父难开天问路，离骚悲发九章鸣。
独醒忠士汨罗去，犨邑共思荆楚风。

平西湖春韵

岸柳荷春丝影飞，沙汀染翠六阳回。
黄芦深处凫惊浪，碧宇尽头鸢戏孩。
无意几声渚鸥衬，有情十里牡丹栽。
葳蕤芳草临风笑，何日烟舟散发来？

※ 作者简介

张亚军，中学历史高级教师；中华诗词学会、河南省诗词学会等会员，平顶山诗词学会理事，鲁山县诗词楹联协会副主席。

李晓阳诗六首

建党百年感怀

风雨南湖壮志魂,燎原星火定乾坤。
百年伟业千年记,一阕诗词颂党恩。

独思

看那花开几日芳,人生一世莫荒唐。
青春年少勤耕早,不待秋风唱晚凉。

感

湖光潋滟荡金晖,看那水天日更肥。
燕子清风相对语,掬来一捧带春归。

高楼远眺

万里山川绿满城,传窗鸟语百蝉鸣。
移眸俯视沙河里,倒映浮云碧水平。

垂钓

浪花击起漫天飞,钓尽斜阳万丈晖。
鸟宿蝉鸣山染色,抛竿极目不思归。

午夜感怀

隐隐寒山月色笼,疏星几点挂苍穹。
挥毫展卷闻香墨,步足沿阶沐冷风。
身在黄河堤岸北,魂牵大佛秀峰东。
中秋本是团圆夜,梦绕乡关路可通。

※ 作者简介

李晓阳,笔名捕猎者,河南省鲁山县人。喜欢古诗词,曾有诗作发表于微信公众平台。

杨小林诗作品

辛丑之南华月

辛丑遇中秋,丹桂飘古城。
君赏南华月,冰轮破夜升。
越过高林梢,惊扰昏鸟梦。
倒影入滍水,鱼儿私语轻。
瀼滨三河口,遮去半天星。
灯火耀琴台,银光披露峰。
照亮鲁阳关,吟诗楚人听。

腊月初二雪

绒花落栎山,初始星点点。
鹅毛穿密林,枯木缝衣衫。
天姥织斗篷,土地一床棉。
遮挡古村寨,湮没青麦田。
欲封归乡路,瑞气盈宇寰。
腊月添童趣,用墨宜清淡。

元旦登高

新年登露峰,观上二九风。
冬月望南门,气象势恢弘。
丹江北去水,玉带绕宝丰。
烟波白龟湖,晨曦拔新城。
脚下古鲁阳,昔日楚人梦。
极目闻彭山,元子读书声。

冬月城南望图

冬月观浮云,阴霾罩山晕。
细风至冰冷,雀巢挂瘦林。
余晖向东来,夕阳入西门。
放眼南箭楼,登临问诸君。
楚歌知多少,故事遗瀼滨。
古道通赊店,光武定乾坤。

辛丑大寒节气

腊月四九天,阴霾漫无边。
五岳潜身姿,三江解倒悬。
城楼飘若影,村郭埋凌烟。
田野本平畴,踩虚惧潭渊。
行人闻脚力,牛铃有声传。
鹅毛隐发际,飞雪入大寒。

※ **作者简介**

杨小林,鲁山县赵村镇人。河南省作家协会会员,鲁山县作家协会名誉主席。出版有《今秋集》《琴台集》《青栎集》《滍川集》《尧山集》等诗集。著有《东坪文集》《历代诗人登鲁山琴台诗作年考》等。

赵苑舒诗作品

赞文化下乡（二首）

一

茅庐虽破寓深情，庭院栖凰引凤鸣。
有鸟飞来添喜瑞，逢春生意竞欣荣。
寒萦老树梅花秀，素裹红妆墨韵清。
笔下怡神还对酒，山村雪后起欢声。

二

笔情墨趣洒山乡，鸟语人声谱颂章。
古镇盎然添喜气，小村凝瑞聚华堂。
惠农富路开鸿业，炫彩家门启运昌。
社鼓催人前进步，江山多丽展辉煌。

写春联

腊八招来幸运年，春联写梦爱承肩。
粥香熬出甘甜味，秃笔弘扬锦绣篇。
瑞雪缠绵欣煮酒，梅花馥郁醉游仙。
百家喜气连情谊，诗侣书朋手共牵。

迎元旦贺新春

回首牛年一掷梭，报晓雄鸡唱凯歌。
小院梅花欣绽蕾，长街人气渐增多。
狼毫墨管同磨砺，画意诗情可奈何。
摄取阳光辉远岫，全球筑梦向嵯峨。

※ 作者简介

赵苑舒，河南诗词学会、平顶山诗联学会、平顶山诗词协会等会员。作品散见于多种书报刊及网络平台。曾两度荣膺全国优秀读书家庭，平生痴爱诗词，近三年创作格律诗词5000余首。

娄钦梅诗作品

咏花

寻梅
城外赵家香蕊飘,闻风只见蜡梅摇。
傲霜顶雪含苞放,朵朵高吹寒士箫。

赞梅
花事凋零独自醒,任她得意坐春风。
冬杯朵朵枝头绽,不惧严寒痛饮红。

挽梅
春日才来梅事远,挽语难留香雪篇。
来去尽皆时序客,约定明冬再赏观。

赞红梅
西风冽冽破冬来,惊叹红梅雪洗腮。
秀蕊幽香沁心肺,坐枝笑等百花开。

赏梅
袭我北风透骨髓,手挚君子嗅香醉。
百英不禁皆休眠,只有梅花秀妩媚。

槐花
千枝万串溢清香,写尽三春白玉章。
游客提兜多采撷,争将馋素减肥肠。

石榴花
百花闻夏渐收容,独见石榴燃火红。
待到仲秋抿嘴笑,万千玛瑙坠囊中。

桃花
三月春风煦煦来,桃花窈窕笑阳开。
漫游仙境不知返,如火繁英染满腮。

樱花
非玉非红色色佳,远观近看似云霞。
春风识得倾城貌,大道游园树树花。

海棠
池畔新晴看海棠,繁花似锦享春光。
主宾总是风流韵,红火千团映夕阳。

紫荆花开
楼外紫荆前日开,寻芳早诱蜜蜂来。
佳人树下抚枝笑,近蕊闻香比粉腮。

晚春观杜鹃
晚春风暖日融融,雨过天晴万物嵘。
深壑群山翻碧浪,杜鹃含笑站丛中。

游白龟湖月季公园

千顷卉海火燃红,仙子下凡惊入瞳。
巨蕊吐香熏满苑,如痴如梦醉花丛。

红枫

初春嫩叶自来红,一树撒开千万兵。
四季丹披从未老,相看惬意入诗中。

※ 作者简介

娄钦梅,鲁山县诗词协会会员。作品刊登市、县文学报刊。

王朝义诗词作品

中秋夜

中庭觉露寒，竹影舞婵娟。
又是清凉夜，酒醇句不全。

夜市

闲来夜市游，旺角拔头筹。
烧烤伴香蚁，月西还未休。

秋日私语

楼头独倚意茫然，杳邈方山秋色妍。
滍水轻歌平野旷，婆娑竹影不成眠。

贺妻生日有寄

风轻云淡菊含香，三尺多情岁月长。
鬓白不言寒露苦，初心无畏对秋霜。

竹韵

闲行滍水边，竹动影相连。
蝉噪喜新雨，客吟怀旧缘。
依依林下径，汩汩石中泉。
时有微风起，清凉三伏天。

依南山南韵并寄

秋深菊意余，雅士聚贤居。
酒烈情盈盏，茶清香满庐。
心驰神似火，雨疾韵如初。
遥望三和里，长寒得煦嘘。

国之颂

百年接力庆民丰，万里神州瑰景同。
遨步天宫传趣话，巡航南海立新功。
初心长在豪情振，使命难移伟业融。
秀水青山铺锦绣，龙翔凤翥党旗红。

致莘莘学子

书山角逐战犹酣，不到长城意不甘。
自古黉门多逸兴，从来才子少空谈。
时逢盛世当成鹤，志在青云愿作岚。
但得蟾宫折桂日，赤心一片好儿男。

南歌子·中秋夜

轻风摇金桂，深林笼薄雾。秋光流水绕门户。竹送清凉、杯盏满甘露。
双节三江喜，正声四海著。琴音回响伴诗舞。月上柳梢，沉醉忘归路。

临江仙·重阳抒怀

沙水浅唱东逝去，方山一片红枫。河阳原野展新容。菊香传古韵，日晚觉情浓。

早惜沧桑年少尽，鬓霜何惧秋风。长天又见远归鸿。清心是蚁酒，醉意筚门中。

※ 作者简介

王朝义，男，网名亦之、方山野老，1970年6月出生于河南鲁山。中共党员，大学本科学历，中学一级职称，省级先进教育工作者。系中华诗词学会会员、河南诗词学会会员，平顶山市诗词楹联学会理事，鲁山县诗词楹联协会副会长。2019年始陆续担任《中原诗韵》编委、《中天诗社》理事，《王氏诗词》副主编。

中国梦

赵大民

一艘"红船"，行了百年。
载百年沧桑，载百年辉煌，
载民族复兴，载中国梦圆。

南　湖

李红艳

七月南湖湖水平，碧波荡漾漾歌声。
当时风景成新忆，此处故人寻旧情。
几度夕阳烽火下，百年春色画图生。
与君同唱红船曲，回首青山万古荣。

百年征程

谢少华

南湖一棹破苍烟，逆浪飞帆恰百年。
苦雨当头非引避，寒霜扑面敢争先。
峥嵘岁月惊霄汉，浩荡春风续管弦。
奏响长征新鼓角，中兴路上再扬鞭。

水调歌头·井冈山之行

杨绪江

胜迹从今觅，壮志满关山。溪流竹树农舍，无复旧愁颜。八角楼头灯火，小井碑前浊泪，一例入毫端。屈指向来处，依约梦中看。

访旧地，赋盛景，感尘寰。丹心碧血书就，功业矗云间。先烈精神不死，他日征程未已，直待凯歌还。携手复兴路，吾辈更须攀。

逢党百年 喜看鲁山新气象

傅渝

百年磨剑一朝鸣，指引黎民幸福行。
秀毓贤良文庙气，灵钟婉转画眉情。
春风更带休闲味，人际先传信用声。[1]
愿助中华添羽翼，扶摇直上拓云程。

注：[1] 鲁山入选 2020 中国春季休闲百佳县市，2020 中国人际信用百佳县市。

张建国童谣作品

刨锯机

刨锯机,响隆隆,
它是一个铁包公。
不受贿,不吃请,
真与假,分得清。
铁骨铮铮树正气,
智除腐败斗松钉。
头上不戴乌纱帽,
敢为人间刨(报)不平。

小喜鹊

小喜鹊,穿花衣,
冒着寒风下田去。
她帮妈妈贮冬粮,
累得露出白肚皮。

送医下乡

白汽车,嘀嘀响,
一溜风,进俺庄。
车上下来几个人,
白衣白帽白药箱。
径直来到俺家里,
给妈治病忙又忙。
量了血压量体温,
望闻问切测胸腔。
偏瘫妈妈话语迟,
热泪滚滚湿眼眶。
医疗扶贫进山村,
党的光辉照四方。

蜜蜂

小蜜蜂,真听话,
关上门,宅在家。
不信谣,不传谣,
嗡嗡嗡嗡弹琵琶。
病毒气得干瞪眼,
咕咕噜噜滚回家。

家乡环湖路

环湖路，绕湖弯，
好似银盆镶金边。
柏油马路穿村过，
冰糖葫芦一线穿。
家乡建成旅游区，
神仙也想来玩玩。

小袋鼠

小袋鼠，上学去，
看见纸屑装兜里。
讲究卫生从我起，
家乡美丽我美丽。

小蜗牛

小蜗牛，山上行。
背包沉，走不动。
蜗牛咋不动动脑？
放下包袱就轻松。

小虾

水晶宫，办学校，
虾娃娃，提前到。
读书总是低着头，
伸着小腿高处跷。
坏毛病，改不掉，
如今落个弯弯腰。

锄菜园

小菜园，绿油油，
大葱辣椒啥都有……
奶奶像在改作业，
拿起锄头打勾勾。

※ 作者简介

张建国，河南省鲁山县村民。鲁山作家协会会员，鲁山诗词协会会员。喜欢童诗童谣及寓言文学写作，作品散见于《大灰狼画报》《农村孩子报》《寓言文学》《少年作家》《尧神》《巴渝儿歌报》等多家报刊及微信平台，曾获省市县级奖十多次。2000年获"世界华语童谣大赛"优秀奖，作品入选多种儿歌集。

李保国诗歌作品

梦醉鲁山

我想以露峰作笔、昭平湖水为墨
咏一首气壮山河的大美诗篇
我想以尧山为背景、天龙池为砚台
画一幅鲁山的碧水蓝天
我想借仓颉的神工、徐玉诺的诗风
谱一曲文化鲁山的悠扬韵律
我更想秉承墨子的理念、刘累的情怀
写一部慷慨激昂的智慧鲁山

鲁山　你是一本书
书写了一代又一代英贤
这里是抗金名将牛皋的故里
尧山仍留存着科圣墨子的故园
刘累养龙情系国君
仓颉造字盖世赫显
瞿城遍留屈原的足印
汉杰张良的故事广为流传
颜碑亭彰显着元次山的浩然正气
元德秀善政的琴音仿佛响在耳边
露峰山见证着牛郎织女的忠贞爱情
徐玉诺的妙笔撰写了新文化运动的不朽诗篇

鲁山　你是一部戏
演绎着四十年改革开放
七十年山乡巨变
靠山吃山、旅游带动
通村通组公路与老百姓的期待情意相连
星罗棋布的旅游景点撩开了神秘面纱
5A级尧山风景区享誉中原
农家宾馆透出了山里人的厚道
民俗村落飘荡着纯天然的香甜

鲁山　你是一部交响曲
弹奏出一曲特色产业的壮阔波澜
葡萄蓝莓鼓起了果农的腰包
开花的香菇绽放着菇农的笑脸
逼真的绢花四季开放
张良的黄姜蔬菜畅销万里河山
鲁山十万卖绵大军
也把真情洒满祖国山川

鲁山　你是一幅精美画卷
彩绘着鲁山的今朝与明天
精准扶贫、培植产业、改造危房、易地
　　搬迁
一个崛起的新鲁山从此叫响河南
鲁山笑了，河南笑了，中国笑了
不忘初心，牢记使命，勇往直前
锤子镰刀撞击出新时代的乐章
闪闪的五星终汇成星河灿烂
鲁山人将沐浴着党的光辉
在富民强国大道上
越走路越宽

向祖国报告

亢奋的心脏
澎湃着华夏五千年文明的脉搏
涌动的血液
奔腾着长江黄河的波涛
古老的神州
书写着人类历史上的伟大传奇
东方风来
激荡着新格局新理念的春潮
重温党史，喷涌万千感慨
站在一百年的交点
向祖国报告

我想邀你去农村做客
以农村的巨变向祖国报告
依托特色产业实现劳动力就地转化

惠及"三农"的政策
鼓起了农人的腰包
那里的土地正跳动着划时代的心律
崛起的新农村回荡着农民的欢笑
欢腾的田野上贫困村出列
贫困县摘帽
一个人类历史上最成功的脱贫故事
在新时期画上了圆满的句号
全面乡村振兴的序幕已经开启
不远的将来
欧美农庄今日之印象
就是中国农村明天的新地标
我想邀你去参观工厂企业
以自动化流水线向祖国报告
享有盛名的江浙
大小五金、传统制造业如雨后春笋
门类齐全
品系众多的小商品集群
名震全球成为中国人的一大骄傲
高科技成果转化的喜讯频频飞出
拉动着全球经济链
不断刷新中国制造
"一带一路"奔驰着亚欧班列
夺魁双赢的跨国工程
就是最真实的写照

我想邀你去看美丽的彩虹
以棋盘状的高铁网向祖国报告
那是西气东输通向天际的呼吸
那是青藏铁路在云中穿梭

那是杭州湾的巨龙在太平洋里戏水
那是三峡大坝在雾霭里缭绕
那是南水北调挥洒出的
一行浪漫诗句
那是港珠澳大桥在江面上
划出的最壮观跑道
我想邀你去畅游航天城
以相继腾空的长征运载火箭
向祖国报告
"两弹一星"挑战了世界上的不可能
从此身披五星的中国神器
跻入宇宙轨道
"神舟五号"遨游揽月
宇宙飞船把太空环绕
"天问一号"带着中国的问候奔向火星
"奋斗者"号潜入万里海底逐梦探奥
"九章"量子计算机横空出世
系列通信卫星同步把全球照耀
胸怀日月的航天人
不断策划新的旅程
透过"天眼"
浩瀚的天空不断闪烁着中国符号
我想邀你去观摩学校
以国旗辉映下的毕业典礼向祖国报告
在这校歌、校训和青春里
看到了少年强则国强最美的风貌
恢宏的图书馆孕育着民族的希望
荡漾的书香里
我们看到了智慧扬帆最诗意的春潮

我想邀你去逛逛北京
国威与经济实力铸就的冬奥舞台
将会展现中国美丽矫健的风姿
我想邀你去看浦东新区
登亚洲第一楼坐享东海日出的美妙
我想邀你去看港澳台
回归后的紫荆花、金莲花分外妖娆
一衣带水的宝岛永在祖国心中
手足同胞终将回到母亲的怀抱
朋友，如果你已走遍了当今中国
那就歇歇脚
让我们一起在网上冲浪
用华为 5G 的速度与世界竞技赛跑
这是一个历史的春天
这是 14 亿华夏儿女的骄傲
轻轻合上厚重的百年史册
中国共产党的光芒仍在扉页上闪耀
你听
新一轮伟大复兴的进行曲雄壮嘹亮
你看
新时代的东方巨轮正在扬帆启航
有骨气、有底气、有志气的时代先锋
在惊涛骇浪中挺立潮头
更加自信地高举铁拳
向伟大的祖国报告

百年颂歌

假如
把百年时光融入日月星辰

是一瞬而过还是永恒闪耀
假如
用世纪年轮转动山川大地
是惊鸿一瞥还是壮丽多娇
假如
把百年足迹化作江河奔腾
是潺潺流水还是风起浪高
假如
绘制中国百年画卷
阅览当今神州
是遒劲沧桑还是流水素描

你一路走来
整整一百年啊
如果交给历史老人溯源查考
百年风雨，百年巨变
是谁刷新了中华文明新的一页
民族振兴，复兴中华
又是谁为人类历史划出了新纪元的跑道

一百年前
繁华的珠江口岸，宁静的南海宝岛
一夜间横行着列强们的坚船利炮
漫长的海岸线犹如强盗的绞索
令中华扼喉窒息
一百年后，已崛起的大湾区再度腾飞
一张闪光的名片映出了中华儿女的自信
　　和荣耀
一百年前，我们的先辈在死亡线上挣扎
支离破碎是我的家园

水深火热中是我的同胞
一百年后，所有被贫困束缚的中国百姓
在新时代传递着脱贫致富的捷报

镰刀锤头凝铸的信仰啊
无时不在我心头喷涌
禁不住饱蘸青山绿水
描绘一幅大美中国
搜寻神州花海般的清词丽句
谱成中华百年梦圆的诗稿

我在一面面胜利的旗帜下追寻
我在一队队行进的旋律中思考
中国共产党为何能赢
中国特色的社会主义为什么好
我在嘉兴南湖寻找
从这里驶出的红船曾为漫漫长夜破晓
胸怀日月的先行者
矢志不渝地把真理和主义寻找
中国革命如同黑夜里的火把
从此在中国大地上熊熊燃烧

我在三湾改编的一页争论中思考
有了党指挥枪
便有了从胜利走向胜利的依靠
从此，那一抹最美的中国红
始终飘扬着中华民族的憧憬和希望
那一声声励人的冲锋号
至今还在万水千山萦绕

遵义会议彻夜不眠的生死抉择
成就了飞夺泸定桥的壮烈
再现了强渡大渡河的英勇
还有雪山草地那一幕幕悲壮
至今还在我心中燃烧

伴随我寻找思寻的是
宝塔山下那一排排窑洞
抗大枣园那一条条小道
更有自己动手丰衣足食的英明举措
奠定了为人民服务这一共产党人的行动
　　纲要

一路寻找
沿着社会主义建设的康庄大道
各条战线涌现出的无数英模
正是新一代劳动者的真实写照
一路思考
在改革开放的坐标系上圈点标高
从昔日荒凉的小渔村
到粤港澳的霓虹闪烁
我们终于站起来富起来强起来了
奋斗奋发奋进的中国
如大鹏展翅飞得更远更高

一路寻找捧出赤子之心燃烧
一路思考谋求人民幸福美好
这是一场跨越百年时空的考卷
赢得了全体人民的圈阅称道
永怀初心寻找，牢记使命思考

江山就是人民，人民就是江山
江山如此多娇
镰刀锤头铸就的辉煌
为百年风华挥洒出一连串的惊叹号

我们的新时代
以镰刀锤头的钢铁意志
高举人类命运共同体的大旗
一路领跑
疫情防控首战告捷
并分享成功经验
与世界休戚与共，独领风骚
我们的新时代
以镰刀锤头的拼搏精神
铺开"十四五"规划蓝图直指强国目标
自信应对未来百年之大变局
无惧前路之凶险
欲与天公试比高

我在寻找中思考
在思考中寻找
一百年来
我们记住了许多共产党员的名字
他们毕生忠诚与神圣的党徽共闪耀
一百年来，我们孕育出许多伟大精神
每一种精神
都是鲜红党旗的骄傲
一百年来我们创造许多奇迹
每一个奇迹
都无愧于民族先锋的光荣称号

无尽的寻找让我热血沸腾
无止的思考澎湃着我的大脑
亢奋的思绪汇成一首激昂的歌
向党致以百年礼赞
礼赞一个富强的中国
正朝着下一个百年迅跑

※ 作者简介

李保国，男，中共党员，原鲁山县农业局副局长，鲁山县第三批拔尖人才，曾荣获财政部、中国科协强县兴村富民带头人，河南省人民政府科技进步三等奖。业余文学爱好者，尤其喜欢现代诗歌。近年来，有部分作品被《平顶山晚报》、《平顶山日报》和《河南思客》刊登。其中诗歌《梦醉鲁山》、歌曲《美丽小山村》被"学习强国"河南平台登载。

杨东晓诗歌作品

春光

从井口爬出来的那棵草
长出新的嫩芽，这根细长的绳子，是把
　　井底黑暗潮湿的日子
往闪亮的春光里带
同时我看见这些春光在她的眼眸里
潮水一样汹涌
她一边洗去菜叶上的泥土
一边给我说着比桃花还红的话
我还看见不远处的一朵小花，因为
偷听的缘故，它的脸红得似火
但它不吭声
和井口的草一起
幸福地晃着身子

霜降

草停止了生长。倔强地迎着风
把体内的绿一点一点掏出来
田野里，几个佝偻着身子的老人在捡
　　花生

像几张弯曲的弓
身上散发着老棉布好闻的气味
他们有说有笑，像没有长大的孩子
抖动起来的土，有的落在他们脚上
有的重新落回地里
却没有落到他们心里
他们说着往日岁月
说着快乐和艰辛
忘了霜已经降下来，树叶都回到地上
忘了死神已悄悄站在他们的身后
准备带走其中的一位

浮光

秋风过后，天空蓝得让我
不安，让我一再外出
这时草褪色，虫子回到地下
从明亮处发出的鸟叫声像流水般
与我贴得很近，仿佛时间越来越薄，透
　　出光的美骨
这时蹲在山顶的那些鹰，像燃烧的一盏
　　盏灯。风吹也吹不灭
以至于它们飞走了很久
留下的光还在浮着，盘旋、交织
我是这光里的游动，是明净

照亮

照亮远山的太阳
同样也照亮低处的屋顶上

我看见阳光一次次穿过浓密的树叶，把
　　光线
照到树下低矮的草叶上
昆虫展开美丽的花纹，露水被照得晶莹
　　剔透
它没有急着落在泥土里
俏皮地在草叶上滚过来滚过去
甚至没有说声谢谢
可我分明感受到它们的内心都很明亮
在微微地颤动一下
颤动一下

过年了

贴对联，挂灯笼，整个院子
照得很亮，雪早已融化，几只鸟在空地上
蹦来跳去
屋里炉火正旺，蒸年糕的香味在弥漫
母亲双手合十在神面前，说着感激的话
穿红棉袄的妹妹神采飞扬
她直起弯曲的身子，群山低了下去
太阳被早已泛青的草举了出来
被赋予光芒的万物都仰起了脸

蓝

必须用清水净手。才敢触摸
那干净的蓝，必须把胸腔里的泥沙掏出来
才敢靠近那纯洁的白

就如此时，穿蓝印花布的女人
轻轻走来
像一道光。无边，透明

让没有绿的草提前绿了
没有开的花提前开了
没有雨水洗过的天提前蓝了

中秋夜

吹苹果树的风，吹着桂花树
也轻轻吹在我们身上

吹去眼里的夜色，脚上的灰尘
身体内岩石上的积雪
把大地吹得宽广而柔软

我们吃着苹果，说着比苹果还甜的话
吃着母亲亲手蒸的月饼
说着和月饼一样圆的心愿

月亮把光一遍遍洒在我们身上
柿子树是一个倾听者，过多的思念和期待
使它挂起一身红灯盏

爱

接住你递过来的目光
桃花都开了，一些粉色的语言顺着树枝
　　弥漫开来，温馨而甜蜜
沉睡的虫子
从暗中醒来
石头露出它发光的一面
可我还是转过身去，你看，你看
河水闪着光泽，流得多么湍急

桃花开在桃花上

当我看见你时
河湾的山坡突然升高了许多
石头发光，绿草发亮
桃花开得红红火火
尤其是开在你目光里的那些
一朵挨着一朵，一朵爱着一朵
像桃花开在桃花上
像桃花笑在桃花上
我能听到我们身体里的溪水
被三月的风吹得哗哗作响
奔腾
跳跃
在永不回头地流淌

桃花的半面人生

像是被北风吹丢，又被春天找回来的人

在桃花绽放的湖水边，她一遍一遍洗去
　　烟熏妆
洗去美人痣
桃花在微风中轻轻摇曳，香气在浮动
有一些花瓣飘落得很静
静得让她忘记了呼吸，忘记了她的轻
桃花也有半面人生，她这样想的时候
有几片花瓣落下来
像时间的碎片，砸在她走过的影子上
感觉很疼

彩虹

这道绚丽的彩虹
有红旗的颜色
五星的颜色，有救援战士们
赤诚，无畏
一腔热血的颜色
有八方支援

眼睛里蓝天的颜色

挂在雨后天空
让汹涌的洪水放下身体里的泥沙
安静下来
受灾的人们
在战栗中抬起头，泥泞中的青草
也缓缓抬起头来
树木不再左右摇摆
对着天空
一点点掏出内心的
喜悦和感激

※ 作者简介

杨东晓，河南省作家协会会员，中国诗歌学会会员。诗歌发表于《诗选刊》《诗收获》《延河》《山东文学》《河南日报》《山西晚报》《河南诗人》《天津诗人》等刊物。

历史的情缘

贾海峰

拨开夏日的涟漪
五月初五的眼睛潮湿泛滥
溯源而上
凝重的历史让人哽咽

千年岁月万里沙
风卷起你飘逸的身影
苍茫的暮色里
你仰天长啸壮怀激烈
把家破人亡的满腹忧愁和愤恨
呐喊成不朽的诗篇

治国安邦，志存高远
一个"屈"字烙上家族的血印
啜饮着清露和菊霜
你把香草和荆棘编成生命的桂冠

平以法天，原以法地
一柄长剑闪烁理性的光芒
憔悴地伫立在江边
你把硬骨和刚直裁成素朴的衣衫

荒野中你踽踽独行

犀利的长剑闪烁枯瘦的诗魂
《离骚》《九歌》《九章》
何人敢把《天问》
《远游》《卜居》《渔父》
绝笔《怀沙》可《招魂》

没有易水送别的豪情
没有乌江自刎的悲壮
毅然决然地纵身一跃
你用生命划出一道优美的弧线
你退出了政治舞台
却攀上了文化的峰巅

于是
上苍把楚国的民心留给了你
也把一条诗意斑斓的河留给了你
历史的江心
托起你皓洁的魂灵
托起你举世皆浊我独醒的高贵

奔涌的碧水
洗濯你的峨冠博带
轻轻抚摸你腰间从未拔出的圣洁之剑

草木寥落，美人迟暮
大义凛然，气冲霄汉
一曲《离骚》穿越时空
千江万河为你鸣筝奏弦

芦苇青了又黄黄了又青
都不足以祭奠你
包容了家国和诗歌的灵魂
荷叶撑满被雨水洗净的天空
都不足以包裹你
光华万丈浪漫纯粹的美丽

今天
艾草挂在门前
我扯开粽叶
扯开这千古传诵的诗行
和绵延千年的情缘
雄黄酒香弥漫开来

我把双手伸向汨罗江水
从历史的深处
打捞您的悲愤和痛楚
打捞您满腔忠贞的热血

明朗的月光普照
您矗立在永恒的教科书里
荫庇滋养着华夏儿女的精神家园
沐浴和煦的阳光
新时代的歌者
把对英烈先贤的虔诚纪念
裹进苇叶盛在龙舟
年年岁岁直到永远

※ 作者简介

贾海峰，鲁山县朗诵协会副主席，鲁山县诗词楹联协会理事，鲁山县作家协会会员。

飘扬的旗帜

丁桂红

一

我站在时代的峰巅
回眸
看你像一束光刺破夜的黑
似一团火驱散冬的寒凉
如一朵花抚慰着秋的寂寞
漫漫长夜里
在嘉兴南湖的一条红船上
一颗启明星冉冉升起
如一座航标指引着前进的方向

我歌唱我们的先驱
他们怀着对祖国挚痛的爱
让利器在怒火中淬炼
用满腔炽热把青春点燃
拯救民众于水火
拨开云雾寻觅黎明前的曙光

我歌唱我们的勇士
四渡赤水　粉碎敌军的围追堵截
遥遥二万五千里长征
他们用双脚把山河丈量
爬雪山　过草地
演绎着一幕幕惊心动魄的神曲
这是我党伟大的壮举　不朽的丰碑

我歌唱我们的文人英杰
他们以笔为剑　直击苍穹
面对血腥暗杀
他们大义凛然把热血挥洒
用铮铮铁骨筑起民族的脊梁

二

我歌唱我们的党
你团结一切可以团结的力量
推倒压在民众头上的三座大山
让饱受欺凌的劳苦大众翻身做主人
你是中华人民共和国的缔造者
你破茧成蝶
在天安门广场上空高高飘扬
你是千千万万革命先烈灵魂的呐喊
你是无数仁人志士澎湃的热血

你是一个个革命党人前仆后继的身影
你披荆斩棘　勇往直前

路漫漫其修远兮
吾将上下而求索
你任重而道远
1978年，那是历史上的春天
改革开放的春风拂过大江两岸
山青了，水秀了，花开了
一座座小村庄变换了容颜
农民的腰包鼓起来了
一幢幢楼房阔起来了
一曲曲欢歌激荡在希望的田野上

三

振科技之翼　筑强国之梦
"九天揽月"月宫探险
航母在海底遨游
高铁穿梭于崇山峻岭间

南水北调润泽心田
疫情防控佳绩频传
村村通公路连接在老百姓的心坎上
网络把距离缩短
决战贫困结对帮扶
把人民向幸福摆渡

一百年斗转星移
一百年沧桑巨变
我们的党坚定地勇立潮头
与十三亿广大民众凝聚成一股汹涌澎湃
　　的复兴力量
正勠力
绘制一幅七彩蓝图
续写一部壮美篇章

※ 作者简介

丁桂红，河南省鲁山县育英中学语文教师。平顶山市作家协会会员。作品曾在部分报刊发表，偶有作品获奖。

红色党旗的赞叹（外一首）

祝宝玉

我清晰地记得那些触手可及的幸福
就在我的唇边，只要我绽放
就能翔飞流光溢彩的姿态，激情的言语
　　直抒昂扬的情怀
一面红色的党旗植入我的信仰
于是，同样的思想深邃，接驳我与祖国
　　的血管
汩汩流淌，融为一体
我是祖国的一部分，百花园里的一朵，
　　正要绽放的花蕾

语言茂盛，集结蜜蜂和修辞
衍生的想象在花香中孕化憧憬
这里是诗的原乡，农村和城市各有自己
　　的词谱
此时，合并在美丽的一帧上
不是对比，是互相辉映

音符蜿蜒，歌调豪迈，长城、黄河、长
　　江、泰山
善于推陈出新，在起伏里制造战栗
我有一万种花朵绽放的因素，但并非全
　　部适用
只需要撷取其中一种，就能簇拥祖国花
　　开绚丽的意象
继续积蓄，等待我一生中逐次绽开的美
　　丽瞬间

新时代赞歌

姿态飞天，速度奔腾，歌声嘹亮
祖国的红星高举头顶
岸然地站立，十四亿束光芒耀集天宇
来路坎坷，前程坦途，一曲光明的颂歌
以春风为弦
弹奏新时代的歌谣

眺望，光彩夺目的祖国
绚烂的百花的色彩，心中藏着庞然大物
藏着趋向太阳的诗行，巨幅的画轴上
悬浮着山河的气象，磅礴、宏大、澎湃，
　　最远的灯盏
是夜空的星辰，打开岁月之门

让我们荡起双桨，让我们轻声歌唱
新时代的年轻人有着无穷的力量
广袤的土地等待着我们的漫行
复兴的重担由我们鼎扛
带着追逐闪电的信仰，我们以步履丈量
　　伟策宏图

吟哦丰收，唱响波澜
魅力新时代，我与祖国签下美好的契约
不后退，不放弃，一往直前

胸怀大江大河的锦绣，读写繁荣昌盛的
　　人生
词语跨界，旗帜育新，拓展语言的疆域，
　　诠释时代的意义

※ 作者简介

祝宝玉，1986年生人。中国诗歌学会会员。有作品发表在《诗刊》《诗选刊》《诗歌月刊》《骏马》《星星》《作品》等期刊。

最美党旗红

唐海林

镰刀和铁锤
你这黄金锻造的封面
我深信这最佳组合
聚集在一面旗帜上的意义
仰可立于苍穹
俯可秀于大地

抛头颅洒热血
党旗红，是山河的筋骨
用信仰传递着
中国人的精气神
党旗红，是民族的血脉
用牺牲和奉献
抒写着一个政党的大爱无疆

涉别人没有走过的路
拓前人没有垦过的荒
化危为机，收获别样的风景
应变局开新局
每一场奔赴
党旗红，是传承与链接
是天降的彩虹
见证崛起，见证富强

一种信念越飘越艳
一种坚守破冰而流
党旗红，是深情的纽带
是飞舞的巨龙
是久盼的图腾
更是一座，大国崛起的不朽丰碑

再出发

冰雪消融，树木充满生机
沿着胜利前进
千里戈壁，驼铃声声
一带一路，五彩调色
九百六十多万平方公里的土地上
无边的春潮翻涌

又是一个春天的故事
此刻，以人民为中心的政党
带着民意开启两会
我看到神舟飞天，嫦娥奔月，高铁飞驰
航母在深蓝的大海转向
我听见，一首首乡村振兴的乐章

破土而出。城市的蓝图
科技创新呈活力
褪去凛冽寒冬传来花开的声音

怀揣一张船票，百年红船催征
为了永恒不变的信仰
为了更大胜利的渴望
为了向往已久的星辰大海
为了初心如磐守望美好的未来
面对水上的家园
我们在彼此的眼中种下炙热
我们在各自的心田许下
永不后退的誓言

春种秋收，从不畏惧出发
所有的光荣与梦想
都在这一片广袤的土地上
在守正创新中，不断收获新奇迹
驶向更加辉煌灿烂的明天

※ 作者简介

唐海林，中国诗歌学会会员、安徽省作家协会会员。

童年·雪

闫铭汭

雪落的时候，人们是听不见任何声音的。

幼年时，人们大都喜欢追风吹雪，乘着冰冷的寒风，将自己一头埋进深深浅浅的白雪里。

在一片苍茫大地里涂抹着自己的颜色，零散在风里的快乐，成就了天地间唯一一抹亮色的点缀。

那时的雪啊，落在每个人心上，化作冬日暖阳。

长大后，人们赋予了雪新的意义，少不知愁的孩子渐渐长大，迈过了一个又一个春夏。

在连绵不绝的四季更迭里，雪也在慢慢蜕变。

它被裹挟在冷风中，在车水马龙的街头悠悠打盹，它想，可能是它洁白的身躯过于单调，人们难以透过五颜六色的世界看到它。

而新一代牙牙学语的孩童又嫌它的冰冷烫人，会将稚嫩的脸蛋染红。

于是，它也变了，从喧嚣转为安静。

厚厚的一层白雪躺在地上，每一层落下的霜都是寂寞徜徉。

昏暗的路灯下，有路过的三两孩童，调皮的脚踏声终于让雪花发出簌簌的声音，一秒、两秒、三秒……黑夜重新回归寂静。

那远去的，再难回首的童年就像彼时的雪花，被世人繁忙的脚步踩在地下，寂寞无声。

※ **作者简介**

闫铭汭，女，生于1998年7月，2020年毕业于河南大学播音与主持专业，现从事新媒体工作。

出彩鲁山长联

胡吉祥

三百里山川旖旎,尧峰开胜境:雄如岱岳、美似匡庐、秀比峨嵋、险超泰华。昭湖烟雨,镶嵌淮上明珠;幽谷画眉,疑是人间阆苑。温泉洗涤,消疾浣尘;佛寺闻钟,德音悦耳。姑嫂化奇岩,神工筑秘洞。名优特产燃情:柞蚕成茧、仙女织绢,浴火重生、花瓷竞艳。资源蓄势升腾。道路纵横,楼台错落,古邑绘新篇,翘望城乡添异彩。

五千年人物风流,字圣启洪荒:俯察鸟形、仰观星象、史传典籍、民不结绳。刘累豢龙,万世宗亲得姓;鲁阳祭祖,九州苗裔寻根。墨子著经,非攻兼爱;屈平故地,吟咏离骚。紫芝行善政,颜氏撰元碑。壮烈老区遗事:劲旅牵牛、中原逐鹿,邓公谠论、黎庶承恩。红色基因赓续。同奔富裕,共享小康,初心追绮梦,担当使命展宏猷。

※ 作者简介

胡吉祥,1939年9月生,河南西平县人。历任中共河南省平顶山市委副秘书长、市政协秘书长、市政府副秘书长兼市史志办主任。曾任中国楹联学会理事、河南诗词学会副会长、平顶山市诗联学会会长。专著有《棠溪诗联集》《湛园诗联集》《龙山诗联集》《胡吉祥对联选》。2014年被中国楹联学会授予"联坛十杰"称号。诗词作品获奖50余次,其中等级奖16次。应邀担任全国性诗词楹联大赛评委40余次。

艺苑撷英

古韵新曲唱鲁山

石随欣

第一段（三弦书）

三弦声声（嗯啊嗨呀嗯啊那嗨嗨那哼啊哼啊嗯嗯嗯嗯嗯），
三弦声声耳边响，轻鼓慢板心欢畅。
古韵新曲唱的是，鲁山建设谱华章（呀呼嗨嗨咿呀嗨），鲁山建设谱华章。（嗯嗯嗯嗯，嗨！）

第二段（河南坠子）

鲁山处处风光好，享誉四海九州人称道。
豫西明珠放异彩呀，风光旖旎物华天宝。
尧山美名传天下，独秀中原领风骚。
绿水青山康养地，长寿之乡生态好。
龙潭峡谷似仙境，画眉谷，世外桃源乐逍遥。
鲁山的美景说不尽，我一个个邀您细观瞧。
峡谷漂流体验感悟，昭平湖泛轻舟烟波浩渺。
好运谷里咱把那烦恼消。
（白）对啦！
天龙池美景可别忘了。
（白）那是自然！还有……
万亩桃园红花映人面，
南水北调沙河渡槽、滨河丽景美如画，你呀，
把相机DV准呀准备好，
杜鹃花开花未老，天然氧吧益寿延年百病消，
生态优美它魅力大，
（白）在皇姑浴泡上一次温泉澡，那一身的劳累
全都没有了哇，（咿呀嗨呀哪嗨嗨呀嗯呀嗨嗨嗨呀嗯哪嗨）。

第三段（大调曲子）

鲁山像幅画，看文化，说风雅，
谁不把牛郎织女牛郎织女夸。
真挚爱情感动五千年华夏。
兼相爱，交相利，平民圣人是墨家。
名窑花瓷看呀看段店，唐宋时，皇宫贡品口碑佳。
鲁山绸，仙女织，享誉天下。
元结牛皋徐玉诺，能文能武是名家。
文化鲁山续写千古佳话。

第四段（鼓儿词）

哎！哎！哎！
鲁山发展道不尽，好戏连台气象新。
农业为本稳步发展，文旅融合能富民，那个能富民。
疫情防控成果大，三大攻坚齐推进。
经济运行稳又好，产业优化鼓舞人。
民生福祉有保障，城乡面貌焕然新。
鲁山发展开新局，未来鲁山满园春，那个满园春。

第五段（合唱）

古韵那个新曲（嗯哪嗨呀嗯哪那个嗨那个嗯那那个嗯嗯），
河南坠子三弦书，鼓儿词大调曲，
古韵新声唱鲁山，美不胜收美在这里。
生态文化鲁山，美丽富强让人迷，（嗯哼嗯哼哼）。
（呀呼嗨嗨咿呀嗨），美丽富强让人迷。
哎！

【河南坠子】

抗战爱国将领任应岐

乔书明

唱的是鲁山人杰地又灵，
代代都出先贤和英雄。
春秋时，出了个大思想家叫墨子，
他与老子孔子并列留威名。
到唐代，出了个大诗人叫元结，
他那墓碑，至今珍存在"颜碑亭"。
到宋代，牛皋他本是抗金名将，
熊背乡石碑沟，留有他的衣冠冢。
到近代，出了个爱国将领任应岐，
他曾为抗日救国立大功。
仓头乡刘河村景色美，
1892年，任应岐在这儿来诞生。
他早年，曾追随孙中山闹革命，
东征时，讨伐过叛变分裂的陈炯明。
北伐革命军号响，
他统领着国民革命军十二军多威风。
实可叹"九一八事变"后，
小日本侵华露真形。
蒋介石只顾打内战，
慌着为江西剿共调重兵。
眼看国破山河碎，

任应岐，那浩然正气贯长虹。
他真心拥护共产党，
暗中跟地下党相联通。
倡导停止打内战，
全民抗日力无穷。
为了组织这统一战线，
任应岐戴月又披星。
1934年5月里，
任将军奔走于天津和北平。
他跟宋庆龄、吉鸿昌、南汉宸，
成立了"中国反法西斯大同盟"。
打从这大同盟成立后，
八方拥护响应似潮涌。
任将军，效法当年的岳鹏举，
将精忠报国记心胸。
把变卖家产的钢洋四万五千块儿，
全都捐给了大同盟。
1934年11月9日夜，
天津联络点里灯光明。
任应岐正跟李宗仁的联络代表，
商量这反蒋抗日的大事情。

军统特务侦查到影踪后，
突然闯进联络点来行凶。
将任应岐和吉鸿昌，
一块儿抓进天津监牢中。
随后又押送到北平陆军监狱，
审讯逼供动大刑。
任应岐吉鸿昌都宁死不屈：
"这抗日救国何罪名？！"
11月24日天寒地冻，
北平这陆军监狱血雨腥风。
国民党以"加入共党、破坏民国"罪，
将任应岐吉鸿昌判死刑。
为抗日救国献肝胆，
两位英烈慷慨又从容。
临刑前，任应岐挥毫奋笔写遗嘱：
"大丈夫有志不能伸，有国不能报，
实在令人遗憾和悲痛。"
任将军为救国壮烈牺牲，
这功德惊天地昭若日星。
毛主席，在《毛泽东文集》第二卷里，
赞扬了任应岐的气节和威名。
新中国成立后，李先念在亲笔题词里，
夸赞任应岐这"人民儿子"千古颂。
实可叹由于那各种因素，
影视界对任将军欠缺公正。
甚至在烈士这英名录内，
也没有任应岐的姓和名。
咱按照对历史和人民负责，
对爱国英烈要敬仰尊重。
炎黄协会成立了"烈士追认领导组"，
发誓为任应岐讨回公平。
查档案找资料千里奔走，
纪念日搞研讨倾诉衷情。
十多载这申报百折不屈，
连民间义士也参与其中。
2021年7月9日省政府下文件，
任将军追认烈士终于成功。
为此俺编一段河南坠子，
特意给"鲁山十大名人"之一、
爱国将领任应岐树碑正名。

【河南坠子】

"五星创建"耀鲁山

乔双锁

坠琴声声催玉板,
听俺把五星创建来宣传。
多亏了党的政策好,
鲁山大地展新颜。
要建设生态文化美丽富强新鲁山,
党建引领是关键。

产业兴旺这颗星,
农民增收把效益添。
乡村振兴是战略,
龙头合作带动经济能赚钱。
一村一品成效明显,
双绑机制多周全。
众人拾柴火焰高,
集体经济大发展。

生态宜居这颗星,
让农村的环境大改观。
以前是污水横流环境差,
如今是四时花开画一般。
垃圾处理再利用,
让水更清来天更蓝。
村村有公厕多便利,
消除旱厕无污染。
植树增绿除污水,
共建美好大家园。

创建平安法治星,
乡村治理有内涵。
非法集资电信诈骗,
严厉打击不容宽。
成功创建三零村,
疫情防控严把关。
治安防控要加强,
促鲁山经济腾飞和谐平安。
创建文明幸福星,
家家户户争优先。
党群服务有温度,
千方百计为群众排忧解危难。

移风易俗是民约,
志愿活动民心欢。

关爱儿童重教育，
家庭幸福多美满。

创建支部过硬星，
党员干部两袖清风正气凛然。
心往一处想劲往一处干，
赢得那群众的支持和称赞。

成立党员服务队，
当一个冲锋陷阵的先锋官。
党支部战斗堡垒强不强，
关键要看领头雁。

党支部组织生活不能忘，
三会一课要记周全。

党支部每年一次民主评议会，
树先进学标兵免得坐晕船。
党组织要定期搞培训，
开拓进取永向前。
只有那增强基层堡垒的战斗力，
才能使鲁山县百业兴旺经济腾飞国泰民安。

※ 作者简介

乔双锁，汉鲁山县辛集乡人。中国曲艺家协会会员，河南省曲艺家协会会员，平顶山市、县两级拔尖人才，平顶山市曲艺杂技家协会副主席。现任鲁山县曲艺家协会主席。荣获"鹰城十大书状元"称号，国家文化部第十五届"群星奖"。30余件作品参加国家、省市比赛并获奖。

【河南坠子】

作风建设在鲁山

乔双锁

总书记新时代思想指航程,
反腐败是不能输的政治斗争。
不忘初心、牢记使命,
正风肃纪警钟长鸣。
为人民服务要全心全意,
把党的优良作风要继承。
自觉培养高尚的道德与操守,
努力弘扬中华民族的美德和传统。
廉洁自律接受监督,
永葆咱党的先进纯洁无限光荣。

鲁山县上下齐行动,
廉洁教育正纪清风。
守纪律讲规矩摆在首位,
当官一任为百姓。
做人做事要清正,
公与私、义和利、正与邪、是和非、苦
　　与乐关系要理清。

庸俗的思想要抵制,
拜金主义、享乐主义决不容。

筑牢信仰补足精神钙,
把稳那思想舵砥砺前行。
当领导更应该身体力行,
要带头抵制住邪气歪风。
(小口)
强化榜样和引领,
树立导向旗帜鲜明。
担当尽责全县推动,
锐意进取奋发作为当先锋。

开展那能力作风建设年,
咱要把四个坚持记心中。
一坚持公私要分明,
先公后私克己奉公。
二坚持崇尚廉洁拒腐蚀,
做一个清白人做事干净。
三坚持尚节俭戒奢侈艰苦朴素,
要发扬勤俭节约的好传统。
四坚持吃苦在前享乐在后,
敢于奉献的好作风。
领导干部要做到自律端正,
廉洁从政做公仆立党为公。
维护好群众的切身利益,
思想道德自觉提升。
当领导首先要廉洁齐家,
带头树立好家风。
为建设生态文化美丽富强新鲁山。
为人民为群众清正廉洁再立新功。

【河南坠子】

老汉的心事

郭敬伟 乔双锁

李景旗今年八十一,
家住城西李家集。
孙孙是个独生子,
五月初六娶孙媳。
眼看"好儿"期就要到,
就是疫情闹得急。

饭店防疫不堂食,
老亲旧眷不能聚。
出门更是不方便,
三码核酸查仔细。

老人家本来就嫌孙子少,
单传十代男丁稀。
加上他本来好排场,
本打算风风光光娶孙媳。
要用马、要用轿,
要用那唢呐"滴滴嗒"
"嗒嗒滴"……

新郎官,戴礼帽,

穿红袍、骑红马……
这个夸那个赞,
老汉我美得好像喝蜂蜜。
新娘子,戴凤冠,披云肩儿,
凤冠霞帔惹人迷。
脚上穿着红绣鞋,
赛过天仙没说的(此处念"di")。

下了轿,拜天地,
现代婚礼多新奇。
新娘子 笑嘻嘻,
"爷爷"叫得甜如蜜。
别看我老汉平素多小气,
婚礼上我要把大大的红包给孙媳。
只因为孙子就一个,
孙媳妇刚过门可不能叫她受委屈。

谁知道新冠肺炎太可恶,
不让来回胡"出旅"。
婚事儿也要从简办,
咋不叫老汉越想越憋屈。

无奈何喊来儿子和儿媳妇儿,
叫声春生和秋菊。
都怨我自己没福气,
不能看到光光彩彩娶孙媳。

儿子儿媳开言道:
咱一切都听政府的。
讲防控,讲大局,让咱干啥咱干啥,
可不能随随便便任着性子遂自己。
秋菊说恁心里咋想俺知道,
俺理解恁的想法和心意。
黄道吉日咱不变,
五月初六还是"好儿"期。
咱来个微信视频娶媳妇儿。
亲家说,他来个微信视频嫁闺女。

五月初六应了"好儿",
黄道吉日一切都顺利。
咱们该做核酸还去做,
该待在家里待家里。
今后日子还很长,
放眼望长远日子甜似蜜。
但愿疫情早日散,
到那时咱再请亲朋好友相聚同欢喜。

老汉一听高了兴,
大手一拍喜眯眯。
本想着孙子结婚是大事,
大摆筵席同欢喜。
你们一说我心开窍,
新形势用新法儿皆大欢喜。

【河南坠子】

人大工作谱新篇

乔双锁

这几年咱鲁山经济腾飞，
离不开县人大积极参与。
战贫困抗疫情共筑小康梦，
砥砺奋进取得了新成绩，
在县委的坚强领导下，
人大干部齐努力。
助力万人助万企，
项目建设"三个一批"。
优化营商好环境，
花瓷古镇建设顺民意。
家纺产业大发展，
水库里网箱依法取缔。
沙河生态修复与提升，
加快文旅度假区。
农村公路建养一体，
路两边景观树花艳草绿！
勇敢把新鲁山建设责任扛起，
坚持抓大事议大事聚焦全局。
充分反映社情民意，
推动法律贯彻与实施。
扫黑除恶严治理，
民法典实施宣传学习。
司法公平与公正，
提高那司法质量效率公信力。
全面贯彻发展新理念，
经济健康发展稳大局。
检查优化营商环境"两条例"，
全域旅游、蚕业、家纺、促经济跨越发
　　展转型升级。
战贫抗疫是责任，
人大从来不缺席。
广大代表各所长，
无私奉献齐致力。
荣获"鹰城榜样"先进集体，
树典范全市来学习。
监督问题积极整改，
企业纾困等方面取得好成绩。
人大与一府一委和两院，
共同构筑高质量发展齐心协力。
视察调研执法检查，
依法履职不遗余力。
减污减碳强生态，
大气土壤水污染防治依法律。
关注卫生和教育，
提出了不少好建议。
加快了城乡路网升级完善，

城乡互通四通八达多便利。
群众们舌尖上的安全牢牢守护，
违法犯罪严厉打击不迟疑。
提高了供水服务水平，
破解了农村饮水安全问题。
受理群众的来信与来访，
化解了社会矛盾一批又一批。
召开现场观摩会，
推动了三十个联络站提档升级。
开展了助力乡村振兴人大代表在行动，
提高了人大工作的影响力。
加强代表履职管理，
激发了人大代表的履职力。
中央和省市县委重大会议，
都能在第一时间传达学习。
两学一做常态化，
不忘初心使命记心里。
高质量开展党史学习教育，
悟思想办实事要开新局。
制定了依法履职多项制度，
确保那履职行权有章可循规范有序。
着力推进四个机关建设，
省级文明单位、卫生单位、健康单位荣誉齐。
忆往昔人大工作成绩非凡，
今后咱更应该同心勠力。
总书记的新思想来指引，
咱沿着道路走坚定不移。
践行全过程人民民主，
贯彻中央及各级人大会议。
要坚持党的全面领导，
以人民为中心是主题。
为民用权为民代言，
解决好群众们最关心最现实的切身利益。
使用职权按程序，
遵纪守法行使权力。
人大工作靠代表，
代表履职靠能力。
要充分发挥代表作用，
才能保证人民民主永葆活力。
"中央八项规定"牢牢记，
纠"四风"正作风驰而不息。
在县委的正确带领下，
抓紧时代新机遇。
建设生态文化美丽富强新鲁山，
让鲁山经济发展再腾飞。
让国家富强永幸福，
人民的生活永富裕，
推动那高效协同形成合力，
让党中央放心，让人民群众满意！

【鼓儿词】

"书香政协"谱新篇

冯 国

红红火火艳阳天
五彩缤纷照人间
全国政协下文件
"书香政协"建设来开展
省市县级齐响应
读书学习及心间
多读书　好读书
善读书　勤钻研
四个意识两维护
指导思想路又宽
旗帜鲜明讲政治
增强运用立观点
学用结合重提升
与时俱进是关键
强化应用促履职
建言献策树信念
阅读阵地要建设
搭建高质"书香站"
书香阁　读书室
乡村书屋供阅览
干部职工都学习

读书活动到机关
每天读书一小时
每季一本要实现
举办政协大讲堂
内容丰富要全面
打造委员读书角
养成阅读好习惯
建立读书委员群
开展委员读书会
宣传教育把梦圆
委员学习正能量
最美读书人来评选
组织文史研讨会
发掘鲁山特色文化好资源
鼓励文艺创作品
书法摄影艺术展
拓展文化大平台
电台简报宣传栏
加强宣传与推荐
心得体会常发言
读书成果要推进

高质量转化为提案
加强考核和通报
履职量化是关键
加强组织领导力
良好氛围齐共管
活动载体要丰富
工作制度要完善
读书档案要创新
履职服务要规范
宣传引导要积极
积累社会好经验
喜迎党的二十大
政协各项工作走在前

在县委县政府领导下
建设生态文明富强美丽新鲁山

※ 作者简介

冯国,鲁山县赵村人。河南省省级非物质文化遗产大鼓书项目传承人、河南省民间表演艺术家。传统代表剧目有《水浒传》《杨家将》等八部长篇大书,自编自演的现代剧目有《和谐社会新农村》《夸河南》《扶贫花开在鹰城》《党魂颂》《扫黑除恶出重拳》等,其中有30个剧目在省、市曲艺演出中获奖。

【鼓儿词】

《信访工作条例》方向明

冯 国

敲书鼓　钢板掂
听我把《信访工作条例》来宣传
咱们党中央　国务院
时刻把群众心声挂心间
新的工作条例来颁布
五月一日来实现
工作条例五十条
思路清晰内容全
机关企业及群团
都把《信访工作条例》来贯彻
党建引领为表率
四意识四自信行为规范
了解民情到基层
集中民智是着力点
维护民利是重心
凝聚民心抱紧团
为党分忧责任大
牢记为民解困难
人民情怀要坚守
维护群众合法权
化解信访突出的问题

促进社会和谐的好局面
逐条逐段灵魂灌
逐字逐句细钻研
核心总纲一条线
多推敲　反复学　不能走偏
倾听群众的呼声
关心群众苦与难
三到位一处理是原则
信访人不得捏造歪曲和诬陷
可查询　可评价
六项行为莫触犯
有贡献的奖励
造成后果要承担
全国上下都学习
党员干部走在前
从农村到城市
从社区到机关
全县上下齐努力
信访工作谱新篇
"五二一"工程来实施
践行信访工作新理念

五个坚持要牢记
以人为本是重点
依法行政群众拥
以情感人把信任建
以理喻人都理解
以诚取信心喜欢
"当日工作法"办初访
提高效率即交办
"七晚工作法"化积案

入户走访不间断
"一项机制"强导向
狠抓落实成效显
振奋精神工作强
转变作风促发展
喜迎党的二十大
争创全国信访工作示范县
同志们不忘初心加油干
共创和谐稳定新鲁山！

书文评鉴

以爱唤醒爱

冻凤秋

1

初见作家叶剑秀,就觉得格外亲切。

他骨子里有中原厚土滋养出来的豪气与爽快,那仿佛是一种天生的亲和力,自然,朴素,不事雕琢,让人毫不设防。

所以,他撑起一方文学的旗帜,以他的热情、热心,以他的成熟、能干,以他的担当、气度,把鲁山县的文学、文化事业做得风生水起。

两年前的春天,受他邀约,我和"郑风"副刊的主编陈泽来老师一起到鲁山,为当地文学爱好者讲课,分享读书写作心得。那一次,我深深感受到鲁山写作者的与众不同,他们身上仿佛都附着了现代诗人徐玉诺的气息,"真纯如婴,激情似火"。他们热爱家乡,享受生活,又将这份热爱和享受,加上朴素的心愿和美丽的梦想,编织到文章里。于是,这些文章带着自然的气息、泥土的芬芳,带着生命的温良、共情的力量,一点点走进你的眼里、心里。

还是那年秋天,省散文学会年会在鲁山召开,上百名散文作家和王剑冰老师一起,探讨新时代散文写作的路径和方向。当我们行走在阿婆寨的青山绿水间,看一座曾经沉睡的荒山,如何被时代唤醒,焕发灵秀和风韵,我忽然就领悟到文化的力量。我们每个人都不可能完全脱离时代、生活、地域去写作,相反,每个写作者要做的正是深切地了解时代的风云,生活的宝藏,地域的特色。倘能把我们所经历的种种细节描述下来,准确地呈现在纸上,那将是了不起的贡献。

而具体到每个写作者，并非都有能力、阅历和天赋去构建一个"红楼梦"，但每个人的写作，每个人的探索，每个人的领悟，拼凑起来，就是一幅内容丰富、色彩斑斓的当代《清明上河图》。它将告诉后人，我们曾这样生活过，这样创造过，这样深爱过，这样怀念过。

这就是当我们面对一座座文学艺术高峰，仍然孜孜不倦，执着提笔，在寂寞中前行的意义所在。

2

拿到作家叶剑秀的散文集《怀念爱》，淡雅的石青色封面，扑面而来的"乡愁""乡情""乡韵""乡趣"等，让人感到贴心、亲近。

我常常觉得每个写作者都应该有这样一本书，追溯生命的起始，回望来时的道路，描绘故乡的容颜，探寻记忆的踪迹，发现爱的真谛。

这是一个看似容易，其实艰难的写作领域。因为记忆太丰富，感情太充沛，反而容易落入俗套，写不出新意和深度。

试想，那些千百年来印刻在我们心上的"暧暧远人村，依依墟里烟"，能否依然用"采菊东篱下，悠然见南山"的超然意境来抒写？能否仍旧以"明月松间照，清泉石上流"的诗心来观照？或者说，我们能否继续编织田园神话，陶醉在那纯美自然的乡村图景中？

自现代中国社会发生巨变，知识分子如鲁迅、师陀等笔下的主人公面临精神上无家可归的失落，他们写出了难以言表的爱与痛。那么处在当下现代化的进程中，从脱贫攻坚到乡村振兴，面对乡村日新月异的巨变，当我们提笔书写故乡，我们又该以怎样的方式抒写新时代的主人公？那乡愁，乡情，又会有怎样新鲜的内容和滋味？

以此来看《怀念爱》，会有不一样的视角和感受。

当他讲述村庄的草木、河流、炊烟、古桥、乡路、水井、大缸，书写秋风、秋蝉、秋林、秋柿，赏忆春韭、香椿、绿槐、艾蒿、桑葚、野菊、榆钱儿、蒲公英、槲坠等时，他是那个对故乡满怀深情的儿子。这一切都是他"村庄辞典"里的词条，记录着他与家乡的连接和牵念。这时的他，在散文书写的传统里，以他的视角表达着无数人表达过的乡愁。这是他对于传统散文书写的继承，他坦然打开记忆之门，让感受涌动，让情景浮现。一旦写成文字，那些深藏的怀念就有了安放之所，再也不会迷失回家的方向。

当他将目光投注到鲁山花瓷、唐代古琴台、墨子沟、白草坪纸、柞蚕丝绸、高桩故事、泥塑艺术、鲁山水席、心意六合拳等时，他是那个肩负责任感的写作者。那些最能代表鲁山地域特色的文化艺术和非遗项目，他讲述，记录，推广，希望能为更多的人知道，希望未来能大放异彩。这是连接传统与现代的领域，他回望，也展望，他还在探寻中。

《下雪白》里在寂寞中执着守护，大雪封山时坚持巡山的护林员；《亲人》中长期默默资助贫困家庭的户籍民警；《生命之树》中为山乡脱贫致富奉献全部身心的驻村干部；《天下怡然》中为贫困山区孩子的成长和教育，致力于慈善扶贫事业的歌唱家；《真情似火徐玉诺》中淡泊名利、爱国爱民的诗人、教育家等，恰是时代精神的体现。他以小说家的笔法，写出了动人的细节和对白，歌颂了鲁山平凡的英雄，聚焦他们，就是在为我们新时代乡村的主人公塑像。

3

《怀念爱》中，叶剑秀的文字既冲淡自然又内蕴深秀。如司空图《二十四诗品》中的描述，"素处以默，妙机其微。饮之太和，独鹤与飞。犹之惠风，荏苒在衣。阅音修篁，美曰载归……"一些细微的感受，只有在沉静的思考中才能浮现。那像是春天和煦的微风，轻轻拂过素衣；又像是青竹林沙沙的响声，柔声呼唤你同归故里，这是冲淡平和。

"俯仰即是，不取诸邻。俱道适往，着手成春。如逢花开，如瞻岁新……"因为有深厚的生活阅历，随处都能发现诗意，发现美妙，不需要刻意追寻。如四季更替，花开花落，一切似随手偶得，合情合理。这是自然而然。

内蕴深秀，则来自他有一颗审美自在的心灵和凝神专注的心态。如陶渊明《归去来兮辞》中的"云无心以出岫"。

人到中年，历经世事，心境空阔，自由自在。他放下了外在的名利纷扰，回到老家居住，每日呼吸着清新的乡间空气，在田野间徜徉，观察，思考，写作。

只专注于文化、文学有关的事情，一心为家乡做事，一心埋头耕耘。这样安然从容的状态，这样的清心和热爱，怎能不生智慧，怎能没有妙悟，又怎能不在字里行间深蕴秀雅的风致？

4

以爱唤醒爱，我以为是这本书容易被忽略，却能扣人心扉的精华所在。

比如《村庄辞典》里的村庄纪实部分，讲述过那些传奇仗义的行为后，作者这样写：在这些故事中，透过光阴的尘烟，仿佛看到老族长、老村主任的烟锅背后，一双双深邃的目光里，闪现着固有的善良、宽容和仁慈。这种高尚的品行，历久弥新，一代代在村里升华、延续。

而本文结尾的一句"原来我们都活在苍天编写的词典里"，更是将文章升华到一个阔大悲悯的境界。

比如《怀念爱》一文中，狗狗小黄被意外撞成重伤后，为了不连累主人，先是绝食消失，被找回后，又强忍痛苦挣扎着离开。它以为终结生命才是最好的报答。这一个小小的生命，却有着一份真诚的大爱，高尚的夙愿，作者细腻的描述和感受力，让人沉浸其中，感动落泪。

再比如《青丝华发藏岁月》中，父亲在给女儿的信中，只一句"下次见面，别再让我心里有痛"，就把那种深沉的爱表达得淋漓尽致。

而《家事过往》中，"我"背着父母偷偷去五爷家，跟着五爷学习唐诗宋词、临帖等。家族的恩恩怨怨阻挡不了人与人之间的缘分和善意，更阻隔不了文脉书香的延续。

文字的意义和价值，全在这一点一滴的怀念中，永恒不变的热爱中，灵魂对灵魂的唤醒中。

如作者的感悟：每个人都是一棵树，每棵树都是一个人，终其一生，能否风范一世，全凭自我的淬炼与修为，勇于赋予生命的追求，才能活出古树的意义。

相信作家叶剑秀会在家乡鲁山这块土地上继续深耕，不断修为，推出更多有大境界、大情怀的佳作。

※ 作者简介

冻凤秋，笔名晴雪、风儿。河南省文学院专业作家，省文艺评论家协会负责人。中国文艺评论家协会会员，中国散文学会会员，河南省文联委员，省作协理事，省文艺评论家协会理事，省网络文学学会副会长。三毛部落网络文学平台作家。武汉大学文学学士、硕士。作品有《风吹书香》《心田种字》等。

毫无矫饰的民间情怀

曲令敏

叶剑秀的散文集《怀念爱》于 2021 年 5 月由河南文艺出版社出版，收集了作者近年来在全国众多报刊发表的散文作品，是一部饱含深情抒写乡土与乡风的厚重之作。

与剑秀交往多年，深知他对文学的热诚与执着，不想用几句轻飘飘的好听话敷衍他，特意买了一本野夫的《身边的江湖》交替着读，以期寻找出批评的话题。

读完之后，我的结论很明确，两本书没有可比性。野夫的思辨性更强一些，却带有家族的印痕，多了阴暗和悲凉。剑秀得益于毫无矫饰的民间情怀，他的文字是中原大地上的麦穗，朴实、温暖，让同为草根的我走进去就像回到了渐去渐远的老家，重温生命初始的青涩岁月，苦难里的坚韧，贫穷里的温爱，改革大潮中脱胎换骨的变迁。生活的变迁，人心的变迁，有震撼，有欣悦，也有树木破皮、瓜果擦伤的深深浅浅的钝痛与酸麻……

这是浓浓的乡愁，众生的乡愁。村舍、树篱、小鸟、小河，播种、收割，光着脚踝蹚过麦茬地的刺痒与扎伤，还有筋脉一样的黄土大路与小路，还有长桥与短桥，和父老乡亲们肩扛手提，扰动四季从未停歇的劳作……多少贫寂、多少苦累都被他的文字安抚了！

读着读着，就坐进了茫茫旷野，坐进了散朗无际的天光里，清风吹动水岸苇叶，吹动少年的缕缕发丝，不知不觉，光脚伸进光阴的流水，六识全开……

作为文友，我发自深心为剑秀点赞，为他的文章，更为他给点阳光就通透、就才情勃发的创作态势点赞。

要说《怀念爱》这本散文集的特色，我有这么几点读后感。

其一，质朴，醇厚，接地气。

剑秀的文字不是凭空而来的书斋鸡汤，它们是从一望无际的烟火人间蒸腾而来的，是从作家脚下四季轮回的庄稼地里生长出来的。

打量成群结队的所谓乡土作家，大多是忸怩作态的伪乡土，要么是见了几垛山、几树花、几畦菜，就惊呼连连，或是蜻蜓点水采访了一个手握资本变农业为商业的大老板，就长篇累牍，一根韭菜煮一锅汤的水货写手，我深深地感到叶剑秀这样土生土长一身土气的作家才弥足珍贵。即便是插过队的知青如韩少功，他的《马桥词典》也与真正的农民隔山隔水不相关。

只有一出生就落在草根泥土里的叶剑秀，方能写出与草木庄稼共呼吸，如同红薯出土、柿子下枝般质朴纯净的文字。

《糊涂面条》："……漫长的冬日时光，寒风呼啸，蜷缩在柴门篱户的农人，缩紧了日子的光阴。人类终究不是冬眠蛰伏的动物，饱肚驱寒是不可或缺的重要事体。家中女人的精细成为一份责任和担当，一瓢一碗的谷米，在女人转动的眸子里和粗粝的手掌上盘算。"

《八月秋颂》："八月从远方来，藏进漫山遍野的青纱帐里。八月在山岗和田园里徜徉，烘暖殷实的田野，用金色晕染庄稼的颜色，成熟一个浪漫的秋天。"

《乡路》："乡路像一位永不屈服的老人，以坚毅的性格和博大的胸怀，承载着牛车铁轮的碾轧，承载着人间的艰辛。乡路的心脉似乎和人的生命连在一起，她见证着人世的喜悦和苦难，与季节相伴，与乡民相随，甘愿承受一切，把人们的收获驮回来，把希望和梦想驮出去……"

其二，剑秀的散文耐咀嚼，有味道。

叶文与汪曾祺先生写吃食的美文相比，那是两个世界。汪先生笔下的美食，属于上流社会，酒美茶香、山珍海味是主流。叶剑秀的《春韭》《榆钱儿》《端午的槲坠》《老娘饺子》《槐之情》等，清鲜中带着苦涩，有贫寒的凉意。因为是从生活的地垄里连根拔出来的，带起的是或苦寒或风趣的乡风乡情，是广大的乡野民间。特别是那篇《阳春面》，咬不断的日子百味杂陈："北方的阳春面要反复揉搓，软硬适度，直到弄出质感来，做出的面条粗放，遒劲力道，煮熟捞起，坚韧挺拔，咀嚼耐久。"一篇千字文，从秦始皇写到现在，从南方写到北方，从香葱、生姜、大蒜猪油炝锅的细节，到迎客饺子送客面的习俗，情意绵绵，活色生香。这是一篇教科书式的精品。

其三，小中见大，四两拨千斤。没有多余的话，没有牵强的编排和铺陈，捕捉本真的生活细节，呈现岁月变迁中的人世沧桑。

《自行车的故事》从借自行车，结婚时妻子特意为他要了一辆红旗牌自行车，之后又换了几辆摩托车，后来买了面包车，再后来换成桑塔纳……农家子弟的理想和生活一起跃迁，这不是一个人的经历，是一代人的经历。

《缸的记忆》从无粮可盛只好泡酸菜的缸，到粮食盛不下，父亲一口气儿买了四个大缸，有的人家干脆垒水泥池子替代了缸，到最后，粮食从收割机里下来，直接卖掉变成了现金，即便是口粮，也就地存进面粉厂。粮缸、菜缸、水缸的时代终归是一去不复返了。

第四，热爱，是功率最大的内燃机。

认识剑秀很多年了，最早是一起去四棵树，那天还出了车祸，违章的公交车在拐弯时与我们的小车迎头相撞，开车的剑秀满头都是血，他忍住一声不吭。也就是那次我得知他在公安局工作，那是个很多人想去去不了的地方。剑秀为了心中的文学梦想，最终改行从了文。

在文学这条路上，他大量读书，虚心求教，长年累月细心观察和记录生活，可以说下足了暗功夫。书中的民风、民俗、民间事物相互映照相互交融，形成连绵相接的画面和风景，其间千丝万缕的关联，非有心有情的多年相伴，是写不出来的。在这个互联网时代，剑秀也下足了一网打尽的功夫，所以小花小草古镇长街，在他的笔下都有来处与去处。"乡游"和"乡趣"两部分文章中多有显现。比如那篇应邀之作《回眸赊店》，从地理位置到千年历史，从镖局酒馆到商路码头，从山陕会馆的木雕石刻到青石古街的店铺商家，他都写得有根有秧。匆匆一瞥，不下足暗功夫是写不出来的。

最后我想用一句北大才女尚晓岚借剧中人司马迁之口说的话与大家共勉："我一点也不重要，世间的荣辱不重要，不朽的名声也不重要，我早该明白这一点……我看到了最后吗？根本没有什么最后，过去、现在和未来连成一体，时光奔流，无穷的远方，在我面前展开……"

洗练再洗练，质朴到骨子里，一步一步不停息地走下去，更高更远更阔大的境地在等着你和我。

值得"怀念"的《怀念爱》

娄禾青

《怀念爱》是叶剑秀新近出版的一本散文集。因特喜欢书名，进而又喜爱上书，就忍不住将书名中的"怀念"拿来，用到我这篇小文的题目上了。

《怀念爱》值得"怀念"处多矣：浓郁的乡情，本真的野趣；个性的语言，洁净的文字；优雅的表述，传神的描写……然而最值得"怀念"的，我以为还在于洋溢其间的爱——这爱不是狭义的男欢女爱，而是那种叫"博爱"的人间大爱。读这本书，如同欣赏一首爱心交响曲，交替呈现的有爱的奉献，爱的礼赞，爱的呼唤，爱的期盼……让人在深受感动的同时，受到一次爱的洗礼。

我接受了这爱的洗礼，也感受到了这爱的巨大力量。

我觉得这巨大力量来自多方面。

一是来自爱的广度。

从作者施爱寄情的视角看，书中的爱涉及方方面面，有对母亲的依恋之爱，对女儿的心疼之爱；有对家乡与生俱来的爱，对乡亲血浓于水的爱；有对艰难岁月中患难与共的爱，对太平盛世里倍加珍惜的爱……如此等等，不胜枚举。

从作者关注爱、珍视爱的角度看，书中撷取的爱心镜头，涵盖面也很广：那深夜抬担架跋涉三十里，把暴病村民送到县医院的十六后生；那千方百计鼓动、帮助作者家建房的父老乡亲；那因等不回儿子吃饺子便拦截过路车，非要司机给儿子往县城捎带饺子的老娘；那因珍爱花草、不惜带上牵牛花一起旅游的外孙；那精心筑巢、倾情育子的燕子……凡此种种，蔚为大观。

二是来自爱的深度。

这深度有时隐身在某个痛点后。像《河里的水井》，通过写家乡小河断水，以至于牧羊人为了让羊饮水，不得不在干涸的河床上挖水井，展示了环境恶化之痛，让人在心灵震撼的同时，不得不深深思考。

这深度有时躲藏在某种焦虑中。像《乡村的救赎》，列举了农村出现的土地流失，农田荒废，留守儿童孤独无依，空巢老人贫困无助等问题，进而发出"救救乡村"的疾呼，直让人禁不住忧心如焚，浮想联翩。

这深度有时笼罩在某次失落里。像《月圆中秋夜》，写出一对农村老人百味杂陈的中秋之夜：面对满桌的月饼、水果、红酒，父亲愁容满面，母亲神情失落。他们急盼着儿孙回家团圆，嘴里却还在说"不急，等等，再等等"，最终还是只等来了问候电话。让人在同情老人之余，不免心生疑问：农民进城的代价是不是太大了？

三是来自爱的高度。

爱心虽无贵贱之分，却有境界之别，有高度见格局的爱尤为可贵。这本书里也不乏这样的篇章。像《天下怡然》中的歌唱家曹怡然，在深入贫困地区体验生活时得知，中小学生生活异常艰苦，常年吃不上肉、蛋，就发起了让每个孩子每天吃一个鸡蛋的"一颗鸡蛋工程"，并在鲁山建起了确保鸡蛋质量的散养柴鸡基地。这不就是"精准扶贫"的一种雏形吗？曹怡然爱的高度，由此可见一斑。

作者本人也是个爱出了高度的性情中人。《瓜事》中，因买的四个西瓜都不熟，他心情很糟。第二天见到卖瓜父女时，他本想兴师问罪，因意识到对方有苦衷，便不仅不再追究，还把剩余的西瓜悉数买下了。《陪伴》中，他渐渐体味出，不能一味地供奉老母，而应学会"啃老"，就变着花样让老人为儿子做一些力所能及的事情。如此，老母有了被需要的成就感，自然就心情格外舒畅了。《在草木中行走》中，面对攻击自己的一对白鸟，他意识到是自己无意中走近鸟窝所致，便有意离鸟窝远一些，每天只在可目及处观察，终于人鸟相安无事了。

....

爱的广度、深度和高度，就这样被作者精心地制作成了三条柔韧的线，又神奇地拧成了一股绳。于是，爱的动能自然就聚合了，爱的力量自然就爆棚了。读者受感动甚至被震撼，自然也就不在话下了。

或问：既能制"线"又能拧"绳"，作者何以如此神通广大？我觉得得益于三方面。

其一，在于作者具有博大的爱的情怀。切不可小瞧这情怀的作用，它是关注爱、欣赏爱、讴歌爱乃至示爱于人、施爱于世的基础。正是有了这情怀，作者心中才能生得出、拢得来、装得下无尽的爱，并将其源源不断地输送出去。也正是这博大的情怀，引领作者写出了一篇篇爱心佳作，并结集了这本《怀念爱》。

其二，在于作者非常善于发现爱。读完这本书后，我曾惊讶于作者有一双爱的慧眼：竟能捕捉到那么多爱心人物和暖心故事，大到先进典型，小到乡村野夫甚至一条黄狗、两只白鸟，都能给你施放"爱心催泪弹"。后来琢磨出来了，作者的善于发现，实际上由勤于寻找而来，是处处用心的结果，是熟能生巧的必然。

其三，在于作者特别长于展现爱。这本书中的不少作品，展现爱都很成功，且表现手法多样。这说明，作者下足了"表现"功夫，力求找到最佳"表现点"。像《怀念爱》一文，明显是以真情感动人：写一条狗，却通篇不着一"狗"字，亲切地称其为小黄，并常代之以"她"，似乎是在写一个侠骨柔肠的奇女子，让人倍感亲切，肃然起敬。而《天下怡然》，则主要是用讲故事吸引人：不光讲曹怡然的大爱故事，还穿插进去贫困学生的感恩故事，直讲得引人入胜，泪点频爆。《老娘饺子》呢，又是靠巧布局征服人：以"情理之中"的层层铺垫，一步步引向"意料之外"的结局，从而把爱的感染力推向高潮，让人不只感动至极，而且刻骨铭心。

《怀念爱》这本书的价值，当然不止于"爱"。我只是出于"偏爱"，做了"不及其余"的解读。但即使是仅从爱的角度看，我也要说，这本书很值得一读，而且读后还会有"值得怀念"之感。

收笔之前，我给自己设想了一个画面：当我老得躺在床上、拿不动书也看不清字的时候，猛然想起一本叫《怀念爱》的书，想起书中满满的爱，止不住笑了，尽管眼角挂着老泪……这画面，我感觉好美。

※ 作者简介

娄禾青，学者，《平顶山日报》原总编。

生动的乡村风物志

潘 磊

在中国现代小说史上,"五四"初期曾产生过以鲁迅为首的乡土小说流派。他们的作品大都是"回忆故乡"的,"因此也只是隐现着乡愁"。当时的乡土小说作者以真诚的笔触写出了自己的家乡浓郁的地方色彩,描绘出一幅幅生动的乡村风俗画。河南鲁山的本土作家叶剑秀一直并未离开这方土地,因此他并不像五四前辈作家那样使乡土风物带上浓浓的乡愁,而是以如一个钟情于乡土风物的博物学者以朴拙的文字、深情的笔触为我们呈现出一部生动、鲜活的豫西风物志。这让笔者想到20世纪30年代的河南作家师陀,他自述自己如乡间的一棵黄花薹(蒲公英),"暗暗地开,暗暗地败"。叶剑秀的这些文字其实亦如开在乡间的黄花薹,孤独,寂寞,然而又自带着泥土的芬芳。

笔者曾在鲁山的乡村度过童年时代,因此在书中"贪婪"地搜索着星火般的童年记忆,那是《村口的皂角树》《香椿》《榆钱儿》《槐之情》等篇章。《村口的皂角树》中,三百多年的皂角树是小村庄的见证者、守护者。它是孩子们的乐园,"皂角树上倒挂的皂角,青翠碧绿,闪光发亮。相约几个伙伴,攀上树干,持一竹竿,捯饬一通,便收获半篮子皂角,回家交与母亲",它又是小村庄沧桑历史的见证者、承受者,默默地陪伴、守护,"牧归的牛群乱窜,刚入村口,就直奔古树,用力在古树身上蹭痒,甚至有顽劣撒野的牛犊,直冲古树顶撞,日复一日给古树带来伤痛"。抗日战争期间,皂角树上的大马蜂俯冲下来赶走日寇的故事使皂角树具有了某种"神性"。《榆钱儿》通过当下、过去的对比呈现出榆钱儿的历史变迁,往昔,"清苦的乡下农户,果腹的粮食青黄不接,饥饿折磨着无数的人。甘甜的榆钱儿恰在这个时候悄然绽放,便成了救民于危难的稀世珍品",乡村的孩子们"手里拿着一根长竹竿儿,头上绑着一个铁丝窝成的钩子,拎着篮子或布袋,纷纷爬上了高高的榆树,捋一把清甜的榆钱……让母亲做成各式的饭菜",生于20世纪70年代的笔者也曾是这样的孩童，用榆钱儿果腹，视蒸榆钱为美食，记忆中仍留存着榆钱儿的清香。而当下，厌倦了大鱼大肉的人们"成群结队，前呼后拥，驾车远离喧嚣繁闹的城市，去乡野或荒山上寻觅榆钱儿"，折断树枝，随意攀爬，失去了对自然的敬畏，忘记了它是上天的恩赐给人类的"救命树"。作者略带感伤的语言背后，是对大地上物种生命的尊重，从某种程度上来说，草木何尝不是生命形态的一种？由此，椿树在作者的笔下，也仿佛具有了某种"人格"色彩，"香椿树外表朴实无华，性情却坚忍持重，一般生长在村野路旁，或庭院角落，低调内敛"，春季它为人们提供可口美味的香椿芽，"等到树身成型，便走完短暂的一生，无私捐赠，去福佑故土故人的永世安康"，因为香椿树"骨肉坚实，材质上乘"，所以村人常用椿木来制作车辕、乐器和家具，此外村人们经常"用椿树木头雕刻成木剑或龙虎造型的挂饰"来驱鬼辟邪。可以说，香椿树与村人的日常生活已经融为一体。还有那"清冽淡甜、郁郁幽香"的槐花，并无文人墨客笔下的诗意，仅仅"是对万民生命的拯救"。从对这些乡村草木的描绘中，我们能够感受到作者内心深处对人与自然和谐共处的呼唤。这些清新的书写，在生态环境保护已经成为全球性的课题下，无疑能够引发我们的沉思。

不同于有的作家将乡土审美化、诗意化，叶剑秀并不回避乡村的苦难，乡村风物在很大程度上是与苦难联系在一起的。在他质朴的行文中，我们感受到的是乡土生活的苦涩。这种对苦难的态度，其实从这片土地上的前辈作家那里能够找到某种精神联系。五四新文化浪潮中鲁山籍作家徐玉诺就曾极力展现豫西兵匪灾祸下百姓的凄苦生活，又继承了鲁迅乡土小说的精神，着重揭示他们在严酷的生存环境下精神心灵的异化与扭曲。在叶剑秀笔下，豫西农村的一些饮食，带上了其时（人民公社时期）乡村生活的清贫。如香椿饼，"那时的鸡蛋和油料极其紧缺，勤俭持家的母亲就会想法做出花样。记忆犹新的就是香椿饼。母亲以香椿做馅，用粗面卷裹，层层叠叠，放入笼中蒸熟。"粗面，一个细节，折射出20世纪60年代乡村生活的沉重、苦涩。在《糊涂面条》中，作者还原了糊涂面条的民间历史。带着浓重乡土气息的糊涂面其实只是民间传统的饭食，"与名贵菜肴沾不上边"，"最初大抵只有暖身、充饥的功效"，是乡村主妇们精打细算、勤俭持家的智慧发明，"在粮米紧缺的饥荒年代，连野菜也是匮乏的。勤俭的农家妇女，早把芝麻、红薯、萝卜等可食的植物叶子采摘，晒干收藏"，糊涂面条的制作过程，作者也详细道来："（女人）先是把悬挂在屋檐下的干菜摘下几绺，再把笨重的暖瓶打开，用水把干菜泡在搪瓷盆里浸润。……几度吝啬地倒进半瓢麦子白面或者豆面，添些水，一手插进去反复揉搓，直到面团有了筋骨，便操起了擀面杖"。"几度吝啬"，可以见出乡村生活的艰难，勤俭已经成为乡村女性的习惯。《缸的记忆》中的大陶瓷缸曾是20世纪60年代至70年代乡村生活的重要器物，它既能储存饮用的井水，又能腌制咸菜，它"给我们少年不知愁的兄妹几人带来了短暂的快乐"，但"家里的陶缸空闲下来，忧愁和沧桑就卸载了父母满是皱褶的脸上"，大缸腌制的酸菜，是苦涩的乡土记忆，"虽然味道咸涩苦酸，难以下咽，却能让全家度过漫长的春荒，是乡村人熬过饥饿的依靠和希望"。《腊月的味道》书写的是当下的乡村风俗，铺叙乡间过年前的热闹气氛，颇有乡土诗情，如"腊月的河水静静流淌，荡漾着对打工者的思念，路遥遥远，隔空守望，终于盼到了腊月的团聚"，但背后其实是对当下城市化进程中乡村孤独与寂寞的哀叹，"穷过日子富过年，这是千年的祖训，为乡村奢侈的腊月做了最好的铺垫，无疑会给打拼一年的乡民注入激情和勇气……因为大家都明白，过了大年，终有一场依依不舍的送别"。

　　真实是散文的生命，这包含了叙事和情感的真实。《青丝华发藏岁月》《怀念爱》是在情感的真实上最能打动笔者的两篇。《青丝华发藏岁月》采用书信体，是父亲写给女儿的一封书信。其实，五四时期的散文家郁达夫也常常采用书简体，有些是为便于直抒胸臆，以书简的形式写作，有些是与亲友的通信，本无意发表却成为清新、畅达的散文。郁达夫的书简体散文都表现出其人热情坦率的风格，向人们披露出心灵最隐秘的角落。《青丝华发藏岁月》中，我们看到的是一个热爱文学的父亲对自己人生信念的坚守，以及对女儿深沉的爱。东方文化的保守、含蓄，使得父女之间不可能无话不谈，书信的形式反而更能剖白心迹。文中的父亲曾是一个热爱文学的乡村教师，清贫度日，他以忏悔的笔调倾诉着一个父亲在女儿成长过程中的愧疚："我喜读书，偶尔积攒的零碎钞票，急于换来书去读，这就给清苦的光阴抹上灰暗的色调。你的童年，无论向往的心爱玩具或渴求的鲜亮衣服，都成为奢望。你留存不多的几张童年照片，有几分寒碜，每当我翻起，心里就痛伤一回，愧疚和亏欠是一生都无法弥补的。"所幸的是，清贫的生活并没有挫败女儿生活的勇气，反而成就了她的勇敢与无畏，这亦是对父亲最好的报答。《怀念爱》写的是小狗与母亲之间的温情。如果说巴金的散文名篇《小狗包弟》是通过"我"为了自保而出卖了包弟而反思、忏悔自身人格的卑下从而发人深省，那么在《怀念爱》中打动读者的则是人类与动物之间质朴的情感交流。其实，动物的处境难道不也是人类处境的某种折射？萧红在《商市街》中的一篇《同命运的小鱼》对死去的鱼儿的怜悯岂不是对被寒冷和饥饿折磨着的自己的怜悯？《怀念爱》中，小黄成了孤独的母亲的最好的陪伴，甚至成为她的情感慰藉。因此之故，文中的小黄，作者用"她"指代。在作者笔下，小黄被"人格化"了："家里来了邻居或客人，只要母亲欢喜相迎，小黄就不言不语地跟在身后，样子也欢快。若是未经母亲同意，哪个敢执意进入家宅，小黄就会腾身跃起，直扑上去。"小黄被三轮车意外轧伤后，"母亲日夜陪伴着小黄，一刻不离，为她拭泪、擦血、喂药、饮牛奶"，最后恢复了些体力的小黄离开了母亲，离开了家，因为"她不愿成为主人的负担，不愿成为家庭的累赘，逃离，终结生命，才是最好的报答"。作者将人类与动物的情感写到了极致，与张贤亮《邢老汉和狗的故事》颇有几分相似。

提起散文大家周作人，我们通常会被其"博识"所折服，而事实上，"博识"只是其散文的外在形态，如钱理群所说："它的内在实质是'看彻'一切之后思想的宽容与理性的通达。于是，就打破了'门户之见'的偏狭，人类一切创造，各派学说皆吸收之；打破了时空、物我的界限，'宇宙之大，苍蝇之微'，无不为友。"周作人作为中国现代散文的开创者之一，其散文融合了生命之感、人文之思、智性之锋芒，象征着一种文体所达到的高度。从这一角度来说，许多散文作者包括叶剑秀，在人文之思与智性之锋芒上仍然有提升的空间。

※ 作者简介

潘磊，文学博士，郑州大学文学院副教授，九三学社社员，中国当代文学研究会会员，河南省文艺评论家协会会员。

大地上留下脚印窝连窝

闵 虹

真实、客观地再现社会现实，这是现实主义创作基本的含义，它强调了文学对现实的忠诚和责任，《痴心》的作者正是如此。他"力求通过一个企业几十年来的发展历程，以一系列人物和事件，以富有难度的艺术表达，表现改革开放以来时代的变迁"。

改革开放以来，以农业大省著称的河南现已发展成为中国重要的工业大省之一，尤其装备制造业具有举足轻重的地位，实体工业已经成为河南经济社会发展的重要支撑。《痴心》以改革开放为叙事背景，"用现实主义写作手法，以鲁山碳素厂创业史为蓝本"，以地方中小企业国营鲁阳炭材厂的成长历程、我国炭质耐火材料行业发展为叙事主题，以主人公季健中的奋斗史为叙事主线，真实再现了一个县级中小企业历经坎坷的艰辛创业历程，可称之为一部河南地方制造工业的创业史，具有填补河南实体工业发展在长篇纪实文学创作上的空白的意义。

我仅作为一个读者，在以下两方面谈谈读后感，不妥之处，敬请各位指正。

一、鲁阳炭材厂的发展历程就是主人公"只为那写在心中梦一个"的奋斗历程

邓小平同志说"改革是中国的第二次革命"，作者以二次革命的亲历者身份，运用细节的力量推动情节发展，构建人物冲突，铺陈他熟悉的工作、熟悉的事和熟悉的人，通过描写季健中为代表的地方企业家们不屈不挠、不服输的奋斗历程，饱含深情地书写了一个县级炭材厂成长为我国乃至亚洲最大的炉用炭砖生产基地的传奇故事，讴歌了在传统制造业领域埋头苦干的英雄群体。同时，作者直面企业和企业人改革开放以来在生存、生产、生活中面临的热点、痛点、难点，试图从文学的语

境来审视"我国中小企业平均寿命不到三年,这是为什么?万千家中小企业为什么不能成为百年老厂,而且又很少创下百年品牌呢?中小企业难,究竟难在哪里?中小企业的生存环境究竟怎样?厂长经理们的真实生活又是何等的艰辛,无助时又会有什么样的渴求?怎样从体制、机制、政策、法规及营商环境等多方位着手来解决这些问题"这些严肃的话题。

值得关注的是,作品叙写主人公奋斗历程的情节发展与中国改革开放30年的重要节点环环相扣。在这纷繁复杂的故事讲述中感受深刻的有五点。

1. 时代浪潮的冲击,传统国营企业呼唤着领军人物、改革先锋

鲁阳炭材厂当年乘着党的十一届三中全会东风建厂,当时厂子处于"三无"困境:无人才、无技术、无市场。应运而生的主人公季健中临危受命,担任厂长。他决心带领大伙"力争一年扭亏,三年翻番,五年让我们炭材人亲手打造的金凤凰飞出国门去"。他开拓了科研院所与企业横向联合之路,"终于迎来了前所未有的重大的历史性的发展机遇"。

2. 企业在改革之初,面临着复杂的困境和风险

鲁阳炭材改革初期遇到的生存生产困境和风险,具有国内企业生存的共性特征。

生存:产品更新换代,难点是人的传统观念的更新换代,和人才资金、政策环境。

生产:新产品出路,难点是小企业与大国企博弈中,资金支持、技术力量、产品质量、口碑信誉、人脉资源等。这些最终都落实到钱上。

厂子终于签订了生产合同大单,却苦于缺乏资金支持。

炭材厂从成立到发展壮大,特别是遇到困难的时候,始终为资金所累。因贷款融资难,甚至借高利贷,即使工厂获得一定效益,"实际上都是在为筹来的资金付利息,为放高利贷者打工。这样,就是送上门的大订单也不敢接了"。由此加剧了企业营商环境、生存环境的恶化。金融政策和金融机构服务实体经济发展门槛高,企业尤其民营企业融资难、融资贵渐成常态化趋势,这些今天仍然是制约企业特别是中小微民营企业发展的瓶颈,是企业成长发展的痛点难点热点:《痴心》从头至尾运用大量的篇幅反映企业融资之难,尤其作者那有着切肤之痛的追问:"中小企业融资难,难似上青天!为什么解决中小企业融资难比融资还难?"这些至今仍具有重要的现实意义。

风险:内外交困的博弈中,改革者、企业家只有使命责任的担当,缺乏容错机制和科学的研判和决策体系,为其提供法治意义上的安全保障。在诸事"没有先例"

的语境中,甘冒风险,险中求胜成为那一时期国企改革者的常态。第十八章《来之不易的订单》里有一个细节:在三家投标方究竟谁中标的抉择中,压力最终集中在北方钢铁炼铁厂总工兼副厂长张铁山身上。张铁山深知:"此事非同小可,若成功了,炼铁厂高炉大修材料费一项与国内同类产品比就可节约四五百万元。若出了问题,影响了高炉生产和安全,名声扫地不说,等待他的将是引咎辞职,甚至受到严厉的处分,成为北方钢铁发展史上的罪人。"其他人如此,季健中亦是身处这样险境。

3. 复活后的企业,在市场风云变幻中面临健康发展新困境

复活的企业成了唐僧肉,包括政府行为的强行担保四百万的被迫交易,地方苛税的猛于虎,还有三角债、担保拖累后的连带效应如债务纠纷,账号冻结,地方吃饭财政频频施压等,多重挤压下,炭材厂再次面临着停工停产的窘境。"无情的市场风云变幻,机制体制上的先天不足,加上绕不开躲不过的资金担保拖累,还有企业间的三角债,最终把鲁阳炭材厂的法人代表季健中压在了重重大山之下,动弹不得了。"

体制上的约束,营商环境的恶劣,"金融危机"的困局使企业发展再次遭遇滑铁卢。季健中曾十分伤感地说:"为什么企业这么难?我们如此尽心,难道上天都没看见?"

4. 绝地求生,破产改制

饱尝企业生存之痛的主人公,为了完成签订的合同,为了把新技术传承下去,绝地求生另辟蹊径——成立第一个民营企业新星炉衬材料有限公司,以曲线救厂。继而成立"鲁阳群星炭材集团",开启了鲁阳炭材的二次创业路程。

有着忧患意识的季健中居安思危,为使企业消除积患长治久安,就要"从根本上解决鲁阳炭材的长远发展问题",恰逢其时,在党的十五届四中全会精神引领下,他清醒认识到,要从根本上甩掉企业所背负的沉重包袱,"唯有走破产之路才能使炭材厂真正的浴火重生,走出困境"。他克服重重困难,突破层层障碍,闯过"漫漫破产路"终于使企业破产改制,又一次浴火重生,成为中国最大的炉用炭砖生产基地。

5. 与国际市场接轨,凤凰涅槃

我国加入WTO后,东西方文化在鲁阳炭材发生了激烈碰撞。面对炭砖产品验收,鲁阳人认为:"就这批产品而言,我们真的用心了,真的是我们公司组建以来最好的产品。""为生产这批砖我们确实下了功夫,质量也确实不错,如果能迁就一下,能过去就让过去吧。下批砖我们再按要求去办。"而欧洲专家认为:"我们不需要你们最好的产品!""而是要质量最稳定的产品。""产品质量的稳定性很重要,稳定的产品

必须有严格的程序管控。没有过程就没有结果；没有数据证明，一切都是空的。"企业传统思维模式和手工技艺的生产模式和程序，受到欧洲工程技术人员对产品质量以及生产流程要求科学规范严格的挑战。季健中审时度势，从零做起，使中国最大的专业从事炉用炭砖生产的企业与欧洲先进技术接轨，实现了企业技术和管理的现代化，提高了产品的国际竞争力，终于拿到了中国炭砖通向欧美市场的通行证。

二、季健中形象的塑造，诠释了一代中国企业家的文化精神和家国情怀

"现实主义除了在细节上真实，还要求在典型环境中真实再现典型人物。"这一点，《痴心》做到了。

作者忠实于传统的现实主义创作原则来塑造人物、推动情节。而且，由于作者"一辈子在企业埋头苦干，从一名普通工人到厂长，董事长兼党委书记，一干就是50年"，亲身经历和见证了"鲁山炭材业由小到大，从小高炉到当今我国最大的炼铁高炉，用上自己的产品"的成长历程，因而在主人公形象塑造上，倾注了自己"对企业，对员工这份难以割舍的深情厚谊，以及刻在心灵深处的家国情怀"。与这种家国情怀呼应的是固化于作者内心的高远理想和临危受命、力挽狂澜、扶危济困、百折不挠的英雄情结——这也成为"天将降大任于斯人，必先苦其心志"的主人公登台亮相的定妆照，和运用程式化脸谱化塑造其完美性格特征的文学语境。

小说在改革开放这一宏大叙事背景下展开了故事情节和人物冲突。字里行间，流露出作者对以季健中为代表的时代弄潮儿的讴歌，对自己曾经过往的追忆、自豪与珍惜。在预先设定的季健中们"是民族工业发展的拓荒牛，是中华民族的脊梁"的叙事想象中，作者完成了对主人公季健中这一典型人物的塑造。显而易见的是，在这个过家门而不入大禹式的、运筹帷幄儒将式的典型人物身上，作者赋予了其优秀的精神气质和高尚的道德情操，寄寓了自己高远的政治理想和人生期望，使其源于生活又高于生活。

作者不遗余力地描写季健中的舍小家为大家，舍个人为集体，为了救厂屡战屡败，屡败屡战，直至胜利的这种家国情怀，不仅表现在对企业困难的那种突破创新，为企业拼命的那种不屈不挠的精神当中，同时，也流露在人间世俗的烟火气里。

尽管作者较少从人性关怀的视角，关注和探询主人公作为个体的生命意义，更

多关注的是季健中对集体、企业、国家命运的努力。即使主人公作为个体的"人"应有的心理活动和情感交流，也常常被"亲历者"——作者本人自觉不自觉地上场"直播""代言"。但毋庸置疑，作者以他浸润的文化传统、政治语境、社会认知、生活环境、工作阅历、文学接受以及审美实践，在季健中形象塑造中诠释了一代中国企业家的文化精神和家国情怀。

1. 重情重义，心中有大爱

季健中对妻女、亲人、同事、工友、乡亲，还有家乡山水土地风物，怀有天然的无法割舍的深情。

他与妻子郑天天的爱情忠贞不渝——他们是同年同月同日出生的患难知音、恩爱夫妻。他们是"患难之交"，有着"悲壮而又凄美的人生故事"。为了企业的生存和发展，为了深爱着的土地，当爱妻和女儿到美国定居的时候，他毅然决然地留在了国内，并多次放弃赴美探亲团聚。作为一个有血有肉的有着七情六欲的"人"而言，似乎不大近人情（舍弃妻女式的"献身"精神，多少有"神化"的嫌疑）。这令人想起三过家门不入的大禹和古往今来无数舍小家为大家的英雄和道德模范。

三秋到了，他带着厂里工作人员进山帮困难职工家里割麦种豆，他和职工一起冒雨抬棺为其葬母。

他非常重感情，也通晓人情世故。在出发前往北方钢铁参加招投标工作为厂子争取大单子，出发时他特别准备了鲁阳大山里的蕨菜、蚕丝被，还有木耳和猴头几样地方名贵的特产。可是千里迢迢的，为了避嫌，莫说给张总和耿梅送去，甚至连个电话也没敢打。

2. 宽厚善良，扶危济困

即便对他误解、怨怼、告状的同事、集资人等，他亦想方设法为其排忧解难。对于反复刁难、诬告他的严瑾梅，以德报怨。他相信善恶有报，所以即使对小人、坏人如云枭翔也未曾痛下狠手，而是相信善恶有报，他终会得到必然的报应和应有的下场。

他坚决反对用三铁（铁面孔、铁手腕、铁心肠）破三铁（铁饭碗、铁交椅、铁工资）的错误做法。不仅救厂，救助安置本厂下岗工人，更是组建鲁阳吉星冶金辅料有限公司，安置了其他国有企业的大龄和残疾员工！在他心里，这60多个"老弱病残的员工，绝对不是两个馍、一碟菜可以打发的。因为，他们背后，都是一个家庭。再者，人总会遇上七灾八难，也终归会老的"。作为厂长，他必须得为他们的后半生谋划出生路。他希望这些老弱病残职工日后有个幸福的归宿，因此把这个为了他们专门建立的公司命名为鲁阳吉星冶金辅料有限公司，"希望这个公司给每位心灵上遭受过创伤的人带来吉祥，带来幸福"。

3. 忍辱负重，清廉守正

他时常被设计、被刁难、被误解、被质疑、被举报。从第一章《风雪上任路》，在就职仪式上被人暗中扔纸团、横幅上"厂长"二字掉下来开始，到三十七章《想不到的磨难》，他几乎一直以"受难者"的角色伴随着走过艰难的救厂创业之路。他先后多次被纪委调查和检察院立案审查，并被全国性的大报点名批评，多次被人们围攻堵截。但每一次都在证明他的干净正派，坦荡无私和隐忍坚韧。正如他对连续24小时审查质询的检察官的回答："我季健中只长了一颗心，那是一心一意为着炭材厂生存与发展的痴心，所以我不会干那些歪门邪道的事儿。反之，要是为了自己的腰包，我早就不会在鲁阳了。"

4. 负责任讲担当，有办法守诚信

他始终不忘初心，"念念不忘的是把鲁阳炭材这个产业做下去，为着这一梦想，他一定舍弃了许多许多，而且是本不该舍弃的东西"。而且他千方百计想方设法不达目的不罢休。他为了攻坚使产品达到欧美验收标准，要聘请验收专家白瑞博士作为技术指导。这里有个细节写他很有办法对付老外：他知道欧洲人好喝酒，就备了酒。宴请白瑞一行，酒至半酣的时候，听听对方乐意接受，便当场商定聘请白瑞为鲁阳炭材名誉技术顾问，并于次日在集团会议室举行了聘任仪式，并颁发聘书。

在缺乏容错机制和科学的研判和决策体系，为其提供法治意义上的安全保障的前提下，季健中每一次的抉择和担当都承受了巨大的压力。在决定破产改制时，"他也做好了最坏打算，假如在破产改制中牵扯出要让他承担的法律责任，为着鲁阳炭材的重生，他觉得即便是身陷囹圄也在所不惜"。

在第四十一章《铁肩担道义》里，新组建的公司从法律角度上与原炭材厂的债务已没有一点关系，但为了职工，为了社会稳定，为了鲁阳的投融资环境，他决定新公司理旧账，用两年时间偿还职工工资和集资款以及"三会一部"（农村合作基金会、互助储金会、光彩基金会、供销社股金服务部）欠款1700多万，还有县农村信用社的1500万元贷款坏账，共3200万元。"这种担当精神，不仅是对中华民族'诚信'和'道义'传统的良好传承，更是作者在市场经济大潮中，为重塑道德观、价值观树起一座金字灯塔。"

5. 历经坎坷，痴心不改

他的奋斗历程简直可以用四个字概括——救厂，拼命。书中围绕季健中展开的故事情节，无不与"救厂"有关，因为"摁了葫芦起来瓢"。为了企业的生存和发展，他抛却生死和小家，一直疲于奔命在救厂的路上，"现在的季健中，每每睁开眼睛，已经无法谋划鲁阳炭材厂的明天，就仿佛是消防队队长，他得随时准备为企业赴汤蹈火，纾难解困"。救厂之路磨难不断艰辛坎坷，甚至让他有"以死明志"的念头。但他屡战屡败，屡败屡战，直至胜利。

"世界以痛吻我，要我报之以歌"，还是"世界以痛吻我，我要报之以歌"，显然，季健中选择了后者。

小说中，有两首诗歌在人物塑造上起到画龙点睛作用。一首歌是季健中喜欢唱的《人生百年好梦多》：

"站直了热血汉子人一个，敞开那坦荡胸怀任评说……做不了擎天玉柱跨海梁，为何不化作铺路石一颗。长天里喊声兄弟手挽手，大地上留下脚印窝连窝。只为那写在心中梦一个，大丈夫咽下苦水当酒喝。"

"大地上留下脚印窝连窝"即是画龙之笔，是对他奋斗历程和性格特征最好的写照，与结尾的长诗《痴心》相应。

小说结尾有一个细节，是集团三十年庆典上的配乐诗朗诵《痴心》，这是从季健中内心深处流淌出来的心声，是全书点睛之笔：

这个只有 0.1 平方公里的厂院，我丈量了 20 年，一年 365 天，一天丈量两遍。……

读到这里，不禁潸然，再说点什么，都觉得多余了！

最后，谢谢作者呕心沥血为我们奉献了这部精彩的改革开放"创业史"。今天企业特别是中小民营企业仍面临了非常大的困难，内外压力交集，疫情困扰之下，面临生死存亡的关头，希望季健中们继续为企业的生存拼搏，祝愿季健中们和我们所有的企业有美好的今天和充满希望的明天。

※ 作者简介

闵红，河南省人大常委会原副秘书长，河南省《红楼梦》研究会会长。

痴心企业踏浪行　勇立潮头唱大风

鲁厚之

大江东去,浊浪排空。风定云清之后,历历往事依然惊涛拍岸,撞击着作者的心扉,于是胸中的波涛便一泻千里,势不可挡,洋洋洒洒70多万字的《痴心》便奔涌而出。读之,感觉作者似乎还言之未尽。这部小说是作者奉献给读者独特的,清新而又自然的,毫无污染的,满满正能量的大餐。读着读着,你就会情不自禁地被裹进小说情节之中,主人公宽阔的胸襟和勇立潮头唱大风的精神,令你啧啧赞叹。掩卷而思,总觉快意,像陪着主人公在风涛浪颠之上走了一遭,既惊心动魄又风光无限。

这部小说真切地展现了一个县级中小企业波澜壮阔、兴衰荣辱的艰难进程。20世纪80年代末、90年代初我国炼铁高炉炉衬使用寿命短的问题直接制约了冶金工业的发展,如何让高炉长寿,怎样勇于开辟自己的新天地,如何节能创益,怎样解决技术问题,以主人公季健中为首的一群企业精英,痴心企业、断腕出征、痴心不改、踏浪前行,最终走出困境,业务扩展至全球。他们是企业之魂,民族经济之脊梁,他们身上的那种勇于担当的精神气如长虹,照亮了企业艰难前行的一方天空。

文以气为主,气包括内容很多,简言之就是作品的精气神,这是作品的精神境界和生命力。欣赏一部优秀的小说主要看作品的文气如何在字里行间运转。清代黄子云说:"眼不高,不能越众;气不充,不能作势。"只有把握住了作品的气,才能从中体会到文学的生命,因为那是创作主体的心灵律动;才能感受到作者那种"放之则如长江大河,波澜汹涌,滚滚不穷;收之则藏形匿影,乍出乍没,姿态横生。(宋代张戒)"的气势。这部小说的人物形象之所以丰满感人,体现了作者的灵心慧眼和妙笔运气之巧妙。读来令人不胜感怀,创业英雄的浩然大气涤荡心胸,进而弥散于天地之间,以至于形成强大的辐射圈久久回荡。

一、波涛滚滚踏浪行

这部小说情节跌宕起伏，摇曳生姿，扣人心弦。由于篇幅长，作者精心设计章节，从章节目录就可以看出情节是一波未平，一波又起。"行到水穷处，坐看云起时。（王维）"作品一开始就将主人公季健中推向第一个波峰，第一章《风雪上任路》，春节将至的一天，狂风呼啸，雪花飞扬。县委一个电话：接任县炭材厂厂长。季健中临危受命，且毫无回旋余地。

此时的炭材厂"受大的经济环境的影响，生产下滑，利税锐减，炭材厂不仅停产，而且停水、停电，全厂上下已经六个月没发工资了。欠人家的地款给不上，工厂大门也被村民封了"。

县财政也困难，拿不出一分钱。"时下，鲁阳炭材厂就像是一头疾病缠身的老牛，虽苦苦支撑，但终因力不从心倒下不能动了"。

钱，钱，钱！一分钱逼死英雄汉。为钱的问题正在发愁，就职典礼上的恶作剧又出现了，会议正在进行中，横幅上"厂长"二字突然从会场上空飘然而下，台下议论哗然，这显然是对新厂长初次挑战和警示。

故事情节一开始就两条线索并行，明线是炭材厂怎样走出困境，浴火重生；暗线是云枭翔、冯国欣等反派势力的干扰和破坏。明线波浪汹涌，暗线潜流涌动。要启动炭材厂这艘搁浅了的大船谈何容易？季健中如何闯过第一关？

季健中发动老工人、老党员献计献策；重组机构、整合资源，党政工齐心发力；走访村民，说明情况，求得谅解；制订规划，明确前景目标。但眼前咋过年呢？六个月了，工人没见一分钱，怎么办？那一双双巴望着的目光，那么淳朴，那么善良！"马上新年了，他们都上有老，下有小，难道连顿饺子也吃不上？"季健中的心痛得厉害，厂子里的账上不但没一分钱，却全是赤字。无奈他回到母亲的家里，恳求弟弟妹妹，挪用了父母亲给傻弟弟留下的养命钱。拿到厂里财务科，每个职工可以领一百元过年。钱虽不多，但解决了大问题，新厂长上任总算让工人们看到了一线温暖的光亮。

炭材厂刚刚起死回生，县里的冶炼厂倒下了，县委决定让他兼并冶炼厂。冶炼厂能运转了，耐火材料厂又趴下不会动了，又让他兼并耐火材料厂。他就是一列火车，也严重超载了，再加上炭材厂的技术革新正在紧锣密鼓地进行中。厂与厂之间，新思想与旧思想之间，企业间三角债等困难接踵而至，别有用心的人又趁机加害，那简直就是把他架在炭火上烧烤，身心的焦灼不是常人能挺得住的。但季健中始终凭着对党、对企业的痴心负重前行，稍不留神就会触礁沉没，因为暗礁时时伴随。

难！难！难于上青天！一个浪又一个浪向他袭来：银行突然停止贷款，资金链暂时断了，讨债的围破门子；遭诬陷，上压下挤，层层调查，身心交瘁；一腔壮志，满肚苦水。挺！挺！挺！咽！咽！咽！多少次妻子女儿催他去大洋彼岸团聚，多少次为厂子接受妻子和岳母的接济，多少次梦里泪雨滂沱！到底为了啥？名利？不需要。妻子在海外的企业做得风生水起；安逸？整天身心俱疲。到底为了啥？为了他对企业的痴心坚守，那是一个男子汉心中的铮铮誓言，企业比自己的生命都重要！这就是一个人发自内心的浩然大气，排山倒海，所向披靡，任何人都阻挡不了。身正不怕影子斜，山高不惧狂风吹。

季健中是个硬汉子从不言苦，早年的磨难和良好的家教，使他成为企业的脊梁。他内心深处纯洁善良，坚强执着，他是一个压不垮的人，因为他的灵魂深处是纯天然的。纵然在前行的道上险象环生，"一山放过一山拦"，他都能以自己的人品和智慧化险为夷，最终他带领濒临倒闭的炭材厂走出国门，每年为鲁阳财政创下了数千万元利税。

好花难有千日红，英雄也有太息时。受大形势影响，中小企业纷纷倒下。鲁阳炭材厂只得破产清算，另谋生路。季健中凭着自己的实力又一次次化险为夷，像孙行者经历了九九八十一难，"踏平坎坷成大道"。至此，毫无雕饰的英雄大气便在作品中自然而然地流露出来了。看这部书的人，一颗心紧紧被情节拽着，既惊心动魄又难以释卷。若不是作者内心丰厚的积淀，是断然设置不出这样自然流畅，引人入胜的情节的。

当现在的人们赏腻了灯红酒绿、天马行空、光怪陆离的虚幻景象之后，都开始崇尚原生态的东西，这部小说是生活的原生态。作者确实无意当小说家，可他偏偏当了，并且一下子写出了如江河而下，大气磅礴的上下部。

有底气就有胆气，有胆气就能为之。气从情节生，情节生胆气。这部小说的内容装在作者内心很久了，那人、那事、那情景早已熟稔成形，越来越清晰，使得他五脏六腑激流奔涌。蓦然回首，笔芯用空了一大把，稿纸堆了一米多高，写到动情处或泪流满面或敞怀放歌或与主人公深情对话，这就是一个企业家的家国情怀和义薄云天的豪气，这也是小说的生命力之所在。动人者情也，撼人者气也。

二、沧海横流唱大风

一部优秀的作品，刻画人物是多角度的。作者不仅把主人公放置复杂的情节之中去考量他的能力，还把他放在特定的空间里去展示性格特征。炭材厂是一艘正在修复的大船，季健中身后站着一群痴心英雄：奚道强、何百松、余华星、王远山、秦明杰、杨逸菡、张铁山、耿梅等，还有关键时候支持鼓励他的县委书记和经贸委主任，这些人与他同呼吸共命运。他们信任季健中的人品，欣赏他的能力和胸襟，甘愿一起摇桨，划动这艘大船，且坚定不移。季健中也相信他们，赴汤蹈火在所不惜。相互勉励，相互欣赏，同步跳舞。和谐的班子，形成了企业的拳头。船长亲民接地气，厂内上下和睦共处，呈现一派祥和之气。遇到困难时，大家奋勇出手，舍命担当。在第二十二章《迈不过去的坎儿》中，因一时资金周转出现问题，小人作梗，两面人施压，辞职也是难事，要钱的围着难以脱身，同时，耐火材料厂的厂长王远山同样被讨债人围了一天，连饭也没顾得吃，夜色苍茫，雪花飞扬，路滑难行，徒步回家的时候被人绑架了。文中这样写道：

> 出来工厂大门，忽一股寒风吹来，让王远山禁不住打了个寒战。整理下大衣领子，又把腋下夹着的手套套好，王远山正要昂首挺胸加快速度走去，突然，从暗地里蹿出来两个人横在面前。
>
> 为首的皮笑肉不笑地道："你是王远山厂长吗？"
>
> 王远山预感来者不善……
>
> 不等王远山反应过来，便被踹倒在地。然后架起王远山塞进面包车里，眨眼工夫便消失在茫茫黑夜中了。
>
> 被人绑架，一顿毒打，王远山昏了过去。
>
> 当寒风把他吹醒的时候，王远山在雪地里躺着。
>
> 四野茫茫，寒气逼人，又不知身处何方。不能因此死去，季健中那也不知怎样了？
>
> 强大的求生力量，使他爬到了公路上，拦了一辆三轮车，人家把他送回了家。他和季健中一样都是打掉牙齿往肚里咽的主。在这样的情况下，王远山刚刚萌生的对季健中些许埋怨的念头瞬间便消失了，因为他们是一个战壕的战友，是共赴厂难的亲人，惺惺相惜呀。

当经济大潮再次袭来的时候，一个个中小企业像秋风扫落叶，败下阵来。炭材厂同样内外交困，外账要不回来，欠人家的钱还不上，集资款又要兑付。"迈不过的坎儿一个接一个，道不尽的烦心事一桩接着一桩。"杨逸菡夫妇把季健中当儿子一般的看待，在兑付集资款现场即将发生挤兑时，续存了自己仅有的养老钱，才稳住了岌岌可危的局面。

信任当钱使，人格是力量。大家坚信：只要健中在厂，我们都放心。这力量用金子换也换不来的！有道是人眼是杆秤，平时他一心为厂子，不计个人得失，把一百多斤全交给了厂子。用傻弟弟的养命钱为厂里排忧，拿妻子的钱解决厂里困难，用岳母的钱为厂里解围，这样的厂长去哪儿找？雪夜里访贫问苦，亲自为职工抬棺葬母，急人所急，急人所难，这样的厂长去哪儿找？

接地气融人气，敞开心胸为他人，也是成就自己。一群聪明的痴心"傻子"，撑起了企业的大船，季健中就是舵手。沧海横流方显英雄本色，海无涓流难成汪洋，人无高品难以服众。接地气方能有人气，有人气方能成大气，有大气方能胸藏万壑而游刃有余。

一部作品如果为了塑造英雄人物而忽略其他人，那英雄便成了光杆司令，即使动作如何豪迈，语言如何铿锵，也是个吊在半空中的另类；如果为了塑造英雄人物而去贬低或打击其他人物，即使英勇无比，所向披靡，也是不值得观众欣赏的疯子。只有塑造根植于民众之中的栩栩如生的英雄群像，才属于人民自己，这就是作品的生命力。

三、横看成岭侧成峰

小说是一座用语言构架起来的精神殿堂。它所展示的精神宇宙，其蕴涵无比丰富。无论是情节的设置、侧面的烘托，抑或是环境描写，肖像描写、细节描写都是从不同角度展示人物形象的。这样安排给人以"横看成岭侧成峰"的视觉，使人物形象更加丰满，不落俗套。书中多处环境描写和心理描写无不生动形象地展示了人物的内心世界。当世界金融经济危机的疾风暴雨劈头盖脸袭来时，置身于经济大环境之下的炭材厂，也到了山穷水尽疑无路之时，英雄末路，无力回天。在第426到429页作者用大篇幅的环境描写和心理描写，展现主人公内心的万般纠结，现实像一条条结实而粗大的绳子索勒得他挣扎不得。独登千年琴台，面对长空、流星、微风；古人、今人，一声长叹，万般纠结。

文中这样写道："无情的市场风云变幻，机制体制上的先天不足，加上绕不开资金担保拖累，还有企业间的三角债，最终把炭材厂的法人代表季健中——压在了重重大山之下，动弹不得了。"

"为解脱这无尽的烦恼，卸掉这无形的枷锁，季健中不由得站起身走过去登上了台裙，准备从琴台上纵身一跃而下，结束自己的生命，以死明志。"

"晕晕腾腾中，他的眼前立时幻化出一个五彩的世界——"

这些描写真切地道出了季健中内心的煎熬与灼痛，字里行间没有一个"伤心、痛苦"等词，却将人物内心表达得淋漓尽致。死要有勇气，活下去更要有勇气。生命不是你一个人的，你没有权利去自杀，自杀就是逃避。

之后炭材厂通过破产清算，又一次浴火重生。为支持企业发展，季健中的妻子卖掉了海外的大华珠宝公司，将全部资金作为炭材厂的发展基金。炭材厂变成了群星集团，五家公司发展势头良好，前途一片光明。有人说过："上帝借你的生命去演一场戏，你演得好是喜剧，演不好就是悲剧。"

"这时，尽管是在寒夜里，但厂区里依然浸润在淡淡的煤烟气味中。来炭材厂十年了，季健中习惯了这淡淡的味道，而且感到很温馨。"从这些文字中，我们可以看出他对企业的挚爱和痴心。没有这份痴心和爱，就不会有八大合同的执行，就不会有炭材厂新的曙光。

无情未必真豪杰，怜子何必不丈夫。他爱淳朴勤劳的员工，也爱自己的父母妻儿。一边是他痴心于正处在多灾多难的企业，一边是大洋彼岸温馨的家庭，最亲最爱的人在翘首以盼。花前月下的团聚一次次成为泡影，让他两头撕扯，心绪难平。这种心绪都是通过环境和心理活动展现出来的。文中多次写到夫妻相处的美好场面，正是妻子的理解和支持才能多次使炭材厂绝处逢生。妻子的格局和大气，侧面烘托了季健中的品行和人格魅力。

炭材厂人在季健中带领下乘风破浪，用信念和痴心重铸辉煌。作品中的精英人物是作者在现实的基础上，经过心灵的熔铸创造出来的，他的特性人人心中有，个个笔下无，不可一一对号入座。但是作品中的人物身上流淌着作者的血液，灌注着作者的生命，充盈着作者的精神，弥漫着作者的气息，映射出作者的灵魂，体现出作者的理想和人格。所谓"人品即文品"，"文品即人品"也。反之，作品的寿命是不会长久的。高山大河故能久远，因为他们挺拔坚定，汹涌而曲达，人有高品文自畅。人文合一，道法自然，才是最美好的。

花非花，雾非雾。优秀的文学作品是永远也探测不完的，她给读者提供了广阔的心灵空间和审美视觉。精神的力量在字里行间奔流不息，让读者时时感到有一种力量在撞击。三十年痴心企业，青春已逝，两鬓如染，而心依然澎湃，痴心难改，重磨利剑，让生命更加辉煌。读这部 70 多万字的小说，毫无冗长疲惫之感，而是难以释卷，荡气而回肠也。

这部小说是激情而作，出版得也快，缺乏一定的冷却期，但瑕不掩瑜。

遇到好书不读是遗憾，是精神世界的损失。读好书是温暖的幸福，是内心的超然享受。衷心感谢路程和朱六轩两位作者给我提供了幸福的阅读机会。

小说《痴心》的习俗语境与生命观照

赵 黎

路程、朱六轩合著的长达 70 多万字的长篇小说《痴心》，由河南大学出版社出版。这部主述小企业体裁的小说在创作过程中，作者嵌入其自我肖像和骨血中不可或缺的"鲁阳炭材"。一系列的工业炭材术语的定义走进作者的小说语系，就成为意念及意象的定位。故事在现实社会的广阔背景下，通过地方品牌的创立，以及所面临的各种矛盾的激烈碰撞，从企业发展与众多不可抗矛盾的巨大冲突、纷繁地交织在一起，深刻地展示了创业者以血浓于水的家国情怀，作者把自身的日常工作和生活的"在场"，完全融入小说的血液中。小说中的这一代人群是有苦难的，也是觉醒的，经由生命感悟渗进"生活的底部"获得生活的观照。作者选择了在一定程度上有书写困难，有方向特色的写作。这样，作者的这部长篇小说的思想深度和广度就展开了双向努力和奔赴。

对于现代工业生活背景和当下基层日常人文生存现状，作者写作维度凸现出高度的社会良知和使命感，自觉发出的时代担当和不断加深的生存忧思，潜入灵魂深处羽化为创作的动能。以虔诚的敬畏之心完成"小企业"在隐喻、借喻的小说意识和精神支配下的"互动"，有质感、有硬度、有冲击力地涉及多元语境，不断超越职业思考方式，走向个体生命与他人之间的"观照"诗学。沉潜是作为作家身份的本真，渴望自由与葆真使其有了深邃、广阔的情绪，而落实到洞悉时代精神的实验性小说的结果，就是作者始终明澈地察觉"自我"。为一个时代的企业讴歌，作家的笔触就有了历史的责任与担当。

作者在小说中不断加深语言的"具体"对象，在意象和题材中可能在思考，或者在聆听，在作者的"企业"体制中流出鲜热的本质血液，最终呈现出作者的小说文本。对作者小说文本的客观阅读，对小说中人文思想的深度碰撞，笔者有一点阅读后的体会。

首先是作者的新现代工业小说的责任性和多元化语义创造。多元素使得作者在内心和思想深处对语言有着高度的筛选和自觉，也就是对无效语言进行了有效的"清理、筛选、甄别"。作品中有男性作家特有的硬朗和掷地有声的小说体语，有揭示生存真相的内驱力，回避但不拒绝当下时代语言的直接和混生，让他的"对话"结构不断趋于"回归"。作者写企业就是写母亲，写爱人，甚至写一种源于生命本体的自恋、救赎，企业就是他，他就是企业。这些让读者读小说时感受到那种舍我其谁的牺牲精神，感受到小企业在创业的道路上，任凭几多风雨，从不退缩，激流勇进，展现出了七彩的芳容，让人看到了华夏民族复兴路上的耀眼亮光。

在这部长篇的小说视野中，作者的笔触有着深切的现实感和画面感，如：这时候，健中妈正高挽着袖子，把洗衣盆放在屋门口，准备趁太阳照着洗衣服，可是盆子刚放好，她的已经三十挂零、人高马大的傻儿子——健民，就从屋子里走出来，他手里拿着几片白菜叶和一把木头刀，嘿嘿笑着，生硬而且迟钝地说着做饭，要把菜叶子往盆子边放，母亲见了，忙把他哄到一旁，道："就坐在这，做吧，做好了妈和你一起吃。"一种画面的叙述让读者不断沉入，即使零基础的阅读也没有任何晦涩和磕绊。他笔下的"健中母亲""综合办主任王红珠"这些社会的普通人物的提取，实际是巧妙地融入了"我们"身边亲近的某个人、某些人，用我们熟悉的平凡人去陈铺"角色情节"。在作者"唠嗑式"的小说景观中去肆意呈现企业的事实，对企业变革中的人与事展开多维度的"聚焦"。在与苦难和字句的长久较量中，"回归"和嵌入大众生活，植入生命隐痛与慈悲体验，对人物思想和行为的刻画看似云淡风轻地记述企业的发展，却含蓄地暗示了幸福的来之不易，融入了当下企业正在悄然来临的变革和个人的获得感、幸福感，这一点无疑是作者语言写作的深意，在日常处境下和客观在场中极力规避宏大叙事，在情理中叙说着企业生活化意象，让读者感受到多元化思想和语言的双重探索。

当然，在长篇小说创作的路上，每一个作家都有小瑕疵是自身无意忽略的东西。譬如，在这部长达70多万字的小说中，故事叙述有点冗长，作者写的个别人物，缺一些"血肉灵魂"的有效抵近，在人物刻画手法上还需更加多元，还缺点那种乡土的特质和对社会底层人的生活状态的单刀切入。虽然我们也知道，在现实中我们都很难做到绝对意义上的还原。

诚然，作家的这部长篇小说《痴心》，作者没有采取冷僻的方言俚语来塑造小说特色，而是选取了一些通俗易懂的方言与习俗，这拉近了与非鲁山地区的读者的距离。脱胎于世俗，聚焦于企业，一幅幅企业群像，真实的企业生活现状，让读者的情感在这里碰撞与共鸣。

※ 作者简介

赵黎，中国曲艺家协会会员，中国煤矿文化艺术理论协会副主席，中国煤矿《阳光》杂志签约作家，平顶山市作家协会评论专业委主任。千余篇文学作品散见于国内各大报刊，荣获"中国报告文学一等奖"等奖项。

痴心不改，实业报国

郭伟宁

路程、朱六轩先生年逾古稀，却创作出《痴心》这样大部头的作品，并且好评如潮，我为捧在手里的厚厚的上、下两卷而感动。

长期以来，鲁山县文联注重发挥桥梁和纽带作用，组织好、团结好、联系好、服务好全县广大文艺家。不少文学家自觉担负起历史使命和时代责任，深入人民，扎根生活，用文学的方式，举精神之旗、立精神支柱、建精神家园，创作了大量有筋骨、有道德、有温度的文艺作品，彰显信仰之美、崇高之美，以文学作品书写了对伟大祖国、中华文化、中国共产党、中国特色社会主义的价值认同，弘扬中国精神、凝聚中国力量，其中路程先生就是杰出的代表。

但毋庸讳言，鲁山的文学创作还有不少缺憾，其中最突出的问题，是现实主义题材长篇小说创作成果的缺失。人民和这个火热的时代，急切地渴盼、需要书写当下的现实主义作品，渴望那些对应着中国当下复杂经验的叙事，酣畅淋漓描摹时代生活的现实主义力作。这之前，鲁山作者创作有《父母川》《大斜谷》《大裂变》《野太阳》《妈妈领着我们闯关东》，但工业题材的现实主义作品尚属空白。路程、朱六轩先生的长篇小说《痴心》的创作出版，填补了这方面的空白。

路程先生从事工业生产和企业管理五十余年，他五十载痴心不改，对工业、对工人有着一种特殊的情怀。50年来，他怀抱一颗"实业报国"的情怀，在风起云涌的时代大潮中奋勇搏击，备尝艰苦创业的酸甜苦辣，深切感受到世情的冷暖。他在创业、创新、创造的崎岖道路上艰难跋涉，却始终有着"虽九死其犹未悔"的壮志与情怀。路程先生将这种情怀与追求，通过他的笔尖，流淌成一部70多万字的皇皇巨著，流淌成一首优美而又动人心弦的诗，浓墨重彩绘制成刻画芸芸众生相的画卷，谱写成一曲这个火热时代的壮丽雄浑的乐章。

这首诗里、这幅画里、这首乐章里，有八百里伏牛山腹地鲁阳的恬静岁月、淡然时光和苦难岁月，有时代浪潮的涤荡冲击，有各种矛盾问题交织的严峻考验，有舍我其谁的无悔追求与担当，有纯洁热烈的爱情，也有对故土的挚爱与牵系。作品以细腻的笔触，把当下中国社会生活与时代演进中五光十色、庞杂斑驳的丰富与复杂，层出不穷的新问题和新状态刻画得非常成功。

《痴心》的时间跨度长达40年。近半个世纪，中国社会发生了天翻地覆的变化。作者在这40年的典型环境里，生动地刻画塑造了众多的典型人物，这些人物形形色色，涉及企业家、政府官员、大学教授、技术人员、海外人员、普通工人、工人家属等。作者刻画这些人物，力避脸谱化描写，而是把他们作为一群有血有肉、有爱有恨的活生生的人物来写，他们个性鲜明，从而为读者留下了深刻的印象。《痴心》始终紧扣主题，让读者为痴心于实体经济发展的主人公所深深打动。即使是写负面人物"两面人"，也是建立在深入挖掘体味他们的内心世界的基础上的，有着一种人性善与恶的彷徨与挣扎。但总体上，作品表达的是一种时代的理想，展示的是一种时代精神。这种理想，这种精神，能使广大读者汲取厚重的滋养。

小说，就是讲故事。路程、朱六轩先生有着较强的叙事把控能力。《痴心》的故事，围绕鲁阳炭材厂的成长与发展徐徐展开，以第三人的叙事视角和成熟的叙事笔法，构建了一个宏大的叙事架构。跌宕起伏的故事情节、扣人心弦的叙事方式、纵横交错的矛盾冲突，时时紧揪着读者的心，让人有着一种欲罢不能、先睹为快的强烈阅读欲望。

此外，《痴心》还有很多优点，比如叙述的典雅优美、心理刻画的准确把握、人物对话的生动传神等，在此不再赘述。

总之，《痴心》用痴心记录了人民的伟大实践、时代的进步要求。尽管它还有一些可以提升的空间，但这是一部优秀的长篇小说。

祝愿路程、朱六轩先生宝刀不老，艺术青春常在，创作更多更好的文学作品。

※ 作者简介

郭伟宁，现任鲁山县文联党组书记、主席，《鲁山文艺》主编。中国民间文艺家协会会员，河南省作家协会会员，河南省散文学会理事。执行主编《中国民间文学大系·河南·故事·平顶山分卷》《中国民间文学大系·河南·传说·平顶山分卷》《中国民间故事集成·河南鲁山卷》《魅力古县·河南鲁山》《墨子里籍在鲁山》等，主编鲁山县优秀文艺成果丛书《中国传统文化研究·鲁山文化》等7部，作品发表于《文艺报》《平顶山日报》等。

《致我所爱的人》读后感

王福安

　　我和老伴淑芳有幸拜读了鲁山县人民医院主任医师，享受国务院特殊政府津贴的杨朝山大夫所著的《致我所爱的人》一书，受益匪浅。文章内容丰富，文词精练，道理深刻，对指导人们的生活实践有着特别重大的意义和指导作用！《致我所爱的人》一书，您怀着深厚的感情写了您的父亲、母亲、舅父、爱人、长姊、长兄以及其他家人，表现了您对他们无限的喜爱和无比的敬重，您是一位孝子，好丈夫、好父亲，家人尊敬您，人们尊崇您，您在乡邻和同志们心中声望极高。《致我所爱的人》还记述了陈章法、雷金志、郭金贵、贾永志等53位人物，这些人物都写得栩栩如生，活灵活现，十分生动，您是他们的好同志、好朋友。我想，这么多的人物，这么丰富的素材，您把他们井然有序地排在一起，如果没有渊博的知识，深厚的文学功底，丰富的生活经验，是写不出来的。由此，我想到了朝山主任超凡的记忆力和系统组织能力，以及非凡的天才。您确实是一位不凡的天才人物，我非常敬重您崇拜您，您是中外知名的眼科专家，但您淡泊名利，深爱事业，心境高远，正如人们所说的"人无贪欲品自高"，令人敬佩。这本书将作为我和老伴的生活指南，用以指导我们俩向着更好更幸福的未来攀登。感谢您写了一本好书，我和老伴有幸学习。

※ 作者简介

王福安，鲁山县文化局原局长。

淡极始知花更艳

郭伟宁

近年来杨朝山先生出版了三部作品。《眼科医鉴》是一部纯学术著作，深深为先生的精湛的医术和敬业、执着的精神所感动。他以八秩高龄，仍不辞辛苦，潜心著述。杨朝山先生将其近年来的眼科医案精心整理成册，这是对医学事业的贡献，是一笔宝贵财富。所谓"医者仁心"，大抵也不过如此吧。

《致我所爱的人》，我花了一周多时间读完，被其间流淌着的浓浓亲情所深深打动。杨朝山先生的《致我所爱的人》是一部有着别致意义的作品。从体裁来看，有散文，有诗歌，有感言，有序言，有信件，也有讲话。这些文字，质朴无华，有些甚至不能称其为文学作品。然而，"淡极始知花更艳"。文章没有太多华丽的辞藻，没有故作的高深，没有俊逸的洒脱，却具有一种感人肺腑的强大力量。

杨朝山先生是儒雅的文士，是治学严谨的学界大咖，是誉满杏林的医者，也是一位人淡如菊的长者。文如其人。在这部作品集里，我们能够感受到杨朝山先生血脉中流淌着的浓浓亲情，能够体味到他心底无私、敦厚待人的师友挚爱，也能够透过先生的记述，追思流逝的悠悠岁月，洞见异域风情与医学水平。杨朝山先生的目光，没有朝向白云的飘逸，没有对准流水的欢畅，他的目光，聚焦的是他的亲人、同学、师长、挚友，关注的是他脚下的土地。他是怀着深情去写的，笔端自然汇聚起真挚的情怀，自然也就有了千钧的力量。读他的作品，有着山一般品质的父亲，像一本厚重的书的母亲，好似一条暖暖的河流的岳母，如同一方宁静港湾的爱人，等等，一个一个有血有肉的人物就在这平淡的记叙中鲜活生动起来，让读者追随作者平白如话的记述，油然而生或敬仰、或眷恋、或感激、或敬佩、或惋惜、或哀痛的情感；读他的作品，故乡半坡羊风土民情、西欧各国的人文历史、日本名古屋大学的眼科学术水平、德国的教育和工业状况，眼前仿佛打开了一扇一扇窗，让读者增长见识，读来饶有兴趣。杨先生放低姿态，不是以一种居高临下的眼光来审视这个世界，而是以一种心灵情感碰撞的方式来感知这个世界，来感恩与他有过交集的人们，来抒写充溢作者内心的深厚的家国情怀和人性关怀。他是用这些文字，来记真事、抒真情、讲真理，引导人们去感恩亲情、尊重生命，启迪人们去追求和平幸福的美好生活。更为难能可贵的是，这些作品在质朴感人的主基调上，很多语言文字也闪耀着如同珠玑一样的光芒。

文艺动态

举办"九姑娘花开在鲁山"民俗系列活动

3月13日,由中共鲁山县委宣传部、平顶山市文联、中国牛郎织女文化研究中心、河南省风筝协会、平顶山市民间文艺家协会共同主办,鲁山县文联等单位承办的中国牛郎织女文化之乡"九姑娘花开在鲁山"民俗系列活动在鲁峰山下启动。活动内容主要有"九姑娘花开在鲁山"民俗系列活动启动仪式、山歌会、"彩绘梦想·拥抱春天"DIY创意风筝活动及当天的"携手放飞·筝舞蓝天"风筝表演、"九姑娘花开在鲁山"抖音挑战赛等。

举办王安琪鲁山文学讲座

3月13日下午,鲁山县文联、鲁山县作家协会、鲁山县兴源高中特邀河南省文学院专业作家、《莽原》杂志社主编王安琪,为兴源高中师生及我县文学爱好者开办文学创作讲座。王安琪,著名作家,河南省文学院专业作家、《莽原》杂志社主编。代表作品有《乡村物语》《喊山》等。县文艺界会员及学生500余人现场聆听讲座。

举办第五届世界汉字节

5月9日,中国(鲁山)第五届世界汉字节仓颉文化系列民俗活动开幕式在鲁山县仓头乡仓颉祠广场举行。开幕式上,河南省民间文艺家协会副主席、河南大学教授彭恒礼宣布《关于命名鲁山县为河南省仓颉文化之乡并建立河南省仓颉文化研究中心的决定》。中国民间文艺家协会副主席、河南省民间文艺家协会主席程健君宣布汉字节开幕并向鲁山县授予"河南省仓颉文化之乡"牌匾。本届汉字节主要内容有开幕式、"百名将军"书法展、仓颉祭拜大典等。

鲁山县开展"欢聚吧 第一百个春天"文艺作品展演活动

5月19日,在河南省红色教育基地——鲁山县豫西革命纪念馆,鲁山县文联、鲁山县音乐家协会、鲁山县舞蹈家协会组织百余名文艺志愿者合唱歌曲《没有共产党就没有新中国》《唱支山歌给党听》，表演舞蹈《各族儿女心向党》，与全国2020年"圆梦工程"文艺培训志愿服务行动线上培训的832个县和83个线下培训实施地、各新时代文明实践文艺志愿服务项目试点地区的志愿者共同参与"欢聚吧 第一百个春天"文艺作品网络展演活动。

中国民间文艺家协会考察团莅鲁考察

5月28日，中国民间文艺家协会副主席、北京师范大学文学院教授、博士生导师、中国民间文学大系出版工程民间故事专家组组长万建中，中国民间文艺家协会副主席、河南省民协主席程健君一行就鲁山县"中国墨子文化之乡""中国牛郎织女文化之乡"建设情况进行考察。市级领导侯红光，中国墨子文化研究中心主任、二级巡视员张振营，县委常委、宣传部部长刘万福，中国牛郎织女文化研究中心主任、县政协副主席邢春瑜等陪同考察。

开展党史教育实践 繁荣新时代文艺

6月2日，鲁山县文联携12个协会走进河南安阳林州市红旗渠教育基地，开展党史教育实践活动。在大巴车上组织了一场别开生面的党课，深情讲述革命烈士吴镜堂、红二十五军走鲁山、八路军南下支队打日寇等红色故事。实践活动中，通过考察红旗渠纪念馆、青年洞、石板岩村等地，深入学习"自力更生、艰苦创业、团结协作、无私奉献"的红旗渠精神，在青年洞口重温入党誓词，唱响《没有共产党就没有新中国》，教育党员干部铭记光辉历史，坚定理想信念。

举办我们的节日——2021中国（鲁山）端午节

6月14日，我们的节日——2021中国（鲁山）端午节系列活动在鲁山县张官营镇开幕。中国文联民间文艺艺术中心副主任刘德伟，中国屈原学会副会长黄震云，北京大学教授陈连山，中国传媒大学教授耿波，河南省民间文艺家协会副主席、郑州大学教授汪振军，河南省民间文艺家协会副主席、河南大学教授彭恒礼，平顶山市政协副主席、中共鲁山县委书记杨英锋，鲁山县人大常委会副主任许杰，鲁山县政协副主席邢春瑜等领导嘉宾出席。活动主要内容有开幕式、民俗文艺汇演、"对话端午"文化大讲堂和"诗韵端午 颂歌向党"诗会等。

举办庆祝中国共产党成立100周年诗歌朗诵会

6月18日，鲁山县庆祝中国共产党成立100周年诗歌朗诵会举行。县政协副主席、县炎黄文化研究会会长邢春瑜，县重点项目工作领导小组副组长谷洪涛到场观看。鲁山县广大文艺工作者深耕红色资源，讲好党史故事，学习红色历史，传承红色基因。朗诵会上，表演者依次表演了诗朗诵、红色故事、歌曲、红歌联唱、古筝合奏、舞蹈等17个节目，庆祝中国共产党成立百年，弘扬爱国情怀。

举行庆祝中国共产党成立100周年书法、美术、摄影作品展

6月23日，鲁山县庆祝中国共产党成立100周年书法、美术、摄影作品展启动。县政协副主席、县炎黄文化研究会会长邢春瑜，县文联党组书记、主席郭伟宁，县文联党组成员、副主席晏文轩等出席活动。本次作品展累计收到来自全国各地书法、美术、摄影作品8000余件，经评审，最终展出书法、美术、摄影作品300件。

举办"最美家乡 魅力鲁山"书法作品邀请展

6月25日，"最美家乡 魅力鲁山"文化慈善助力乡村振兴、献礼百年华诞平顶山市书法家题写村名书法作品邀请展开展仪式在平顶山学院艺术设计学院举行。市政协副主席李建华，市慈善总会会长高德领，市慈善总会常务副会长严寄音，县委常委、宣传部部长刘万福，市文联副主席虎静等出席开展仪式。本次邀请展共展出书法作品610幅，展出的内容包括555个建制村的村名和"爱之胜地大美鲁山""文化鲁山""脱贫攻坚""乡村振兴"等四个篇章的翰墨长卷。

鲁山县文学创作暨叶剑秀散文集《怀念爱》发行座谈会召开

6月30日，鲁山县文学创作暨叶剑秀散文集《怀念爱》发行座谈会召开。县委书记杨英锋，县委常委、宣传部部长刘万福，县政协副主席邢春瑜及部分市、县作家代表出席会议。杨英锋代表县委、县政府向叶剑秀颁发10万元奖金，奖励他为鲁山文学创作做出的突出贡献；刘万福主持会议。叶剑秀，鲁山籍本土作家，中国作家协会会员，先后有小说、散文、纪实文学等200余万字发表于《人民日报》《光明日报》《河南日

报》等报纸杂志。

举行庆祝中国共产党成立100周年舞蹈大赛暨优秀文艺作品征集活动颁奖仪式

7月1日，鲁山县庆祝中国共产党成立100周年舞蹈大赛暨优秀文艺作品征集活动颁奖仪式举行。县委常委、宣传部部长刘万福，县人大常委会副主任许杰，县政协副主席邢春瑜，县重点项目工作领导小组副组长谷洪涛出席仪式。此次征集活动共收到全国各地来稿万余件，经评委会评选，评出文学、摄影、书法、美术、歌曲、诗词等各艺术门类166件作品，分获一、二、三等奖和优秀奖、入围奖。仪式上，与会领导为获奖作者颁奖。

任应岐故居爱国主义教育示范基地揭牌仪式举行

7月30日，任应岐故居爱国主义教育示范基地揭牌仪式在鲁山县仓头乡刘河村举行，县委常委、宣传部部长刘万福，县委常委、办公室主任贾源培，县政协副主席邢春瑜，县重点项目工作领导小组副组长李杰和县老促会会长郝元方、县慈善协会执行会长刘涛等出席仪式。出席仪式领导共同为任应岐故居爱国主义教育示范基地揭牌。

守望相助 携手抗洪 | 鲁山县文艺界驰援卫辉、浚县灾区

7月30日，鲁山县文艺界在支援卫辉后，县文联党组书记、主席郭伟宁再次发起倡议，援助鹤壁、携手抗洪。当晚，文艺志愿者刘转转满载第一批抗洪救灾物资连夜抵达鹤壁市鹿鸣中学安置点。8月2日，郭伟宁带队，鲁山文联和河南常实实业第二批总价值4.5万元救灾物资会同鹤壁文联组成捐助救援车队来到浚县将军墓村支援灾区重建。据不完全统计，此次洪涝灾害期间，各民间文艺家协会先后为鲁山县四棵树乡、瓦屋镇、郑州市、新乡市、鹤壁市等灾区捐献抗洪物资价值16万余元，同时动员广大文艺工作者发挥文艺力量，助力战胜自然灾害，重建美好家园。

举办我们的节日——中国（鲁山）云上七夕节

8月14日，"我们的节日——中国（鲁山）七夕节"以网络直播的形式进行。中国民间文艺家协会副秘书长侯仰军，中国民间文艺家协会顾问、河南省民间文艺家协会主席程健君，中共鲁山县委书记刘鹏做客"云"端寄语美丽七夕。中国牛郎织女文化研究中心主任、县政协副主席邢春瑜参加"对话民俗：

爱情圣地话七夕"专家访谈网络直播，和线上观众分享"乞巧"节日民俗。"相约鲁山·云上七夕"云直播以诗赋《鹊桥仙》拉开序幕，《仙凡情缘》《乞巧》《牛郎织女》等节目美轮美奂，演绎了天地缘、人间情的美丽婉转。

叶剑秀散文集《怀念爱》作品研讨会召开

9月16日，叶剑秀散文集《怀念爱》作品研讨会召开。市政协原副主席潘民中，县政协副主席、县炎黄文化研究会会长邢春瑜等出席研讨会。会上，文学创作者代表围绕散文集《怀念爱》进行了研讨交流。

举办"根在沃土 感念党恩"红色文艺轻骑兵走基层活动

10月至11月，县文联、县曲艺家协会组织文艺工作者、志愿者围绕"四史"宣传教育、振兴传统节日、舞台艺术送基层、新时代文明实践，先后在马楼乡、瓦屋镇、下汤镇、董周乡、梁洼镇等乡镇开展"根在沃土 感念党恩"红色文艺轻骑兵走基层惠民巡演，累计参与群众近千人。《高歌宣传民法典》《不忘初心方始终》《百年颂歌献给党》等文艺节目，赢得群众们高度好评。

举办纪念墨子诞辰2501周年活动

10月13日，中国墨子文化之乡——纪念墨子诞辰2501周年系列民俗活动在赵村镇中汤村举行。县政协副主席邢春瑜，县文联党组书记、主席郭伟宁，赵村镇党委书记张学敏，县政协文史委主任石随欣等出席活动。传统民俗节目挑经担《十唱墨子》、河南坠子《止楚攻宋》等受到观众喜爱和好评。此次活动由中国墨子文化研究中心、中共鲁山县委宣传部主办，县文联，县炎黄文化研究会，赵村镇党委、政府联合承办。

河南省民间文化教育示范学校、省民间文化研学旅行基地、省陶瓷艺术研学旅行实践基地授牌

10月14日，河南省民间文化教育示范学校、省民间文化研学旅行基地、省陶瓷艺术研学旅行实践基地授牌仪式在鲁山县兴源高中举行。中国民间文艺家协会顾问、河南省民间文艺家协会名誉主席夏挽群，省文化产业发展研究院副院长、省民间文化之乡建设工作委员会副秘书长程玉艳，省民间文艺家协会交流中心主任王健，县政协副主席邢春瑜等出席仪式，为河南尧山中国墨子文化旅游区，鲁山县花瓷文

化传承基地，县兴源高级中学、县花园路小学授牌。

河南省散文学会、河南省报告文学学会创作年会召开

10月25日，河南省散文学会、省报告文学学会创作年会暨鲁山采风活动举行。县委常委、宣传部部长、副县长赵飞出席活动并致辞。中国散文学会副会长、省散文学会会长、省报告文学学会名誉会长王剑冰，省报告文学学会会长、省散文学会名誉会长、时代传媒集团董事长、《时代报告》杂志社社长张富领等知名作家、评论家以及文学爱好者出席活动。会上，省散文学会、省报告文学学会授予鲁山县"文学创作基地"牌匾，省内作家代表分享了创作体会和感悟。

鲁山县炎黄文化研究会工作会议召开

11月18日，鲁山县炎黄文化研究会工作会议召开。县委常委、宣传部部长、副县长赵飞，县政协副主席、县炎黄文化研究会会长邢春瑜出席会议。会议集中学习了党的十九届六中全会精神，安排了全县炎黄文化研究工作，增补了新的理事、常务理事，对炎黄文化研究先进团体及个人进行表彰，并举行《鲁山炎黄》图书捐赠仪式。

举办任应岐烈士诗书画作品展

11月24日，由河南省平顶山市退役军人事务局和鲁山县委宣传部主办，鲁山县退役军人事务局、鲁山县文学艺术界联合会等承办的"英雄杯"纪念任应岐烈士诗书画作品展在河南省平顶山市鲁山县仓颉书院展厅举行，100多幅诗书画作品寄托了任应岐烈士浓郁的爱国情怀。县政协副主席邢春瑜、县重点项目工作领导小组副组长谷红涛等出席活动。

鲁山县"名家看鲁山"采风创作活动座谈会召开

12月9日，鲁山县"名家看鲁山"采风创作活动座谈会召开。县委常委、宣传部部长、副县长赵飞，县政协副主席邢春瑜出席座谈会。中国作家协会创研部主任何向阳，吉林省作协副主席、《作家》主编宗仁发，北京市作家协会副主席乔叶，《人民文学》编审杨海蒂，中国散文学会副会长王剑冰，河南省散文学会副会长赵敏应邀出席座谈会。会后，文学名家先后到中国传统古村落梁洼镇鹁鸪吴村、辛集乡徐玉诺故居等地采风创作。